Stefan Piasecki

Himmelsleiter

Nardebane Aseman

Stefan Piasecki

Himmelsleiter

نمای آسمان

Roman

edition *vi:jo*

Impressum

Copyright: Stefan Piasecki

B.A.120425

Stefan Piasecki im Web:
www.editionvijo.com (Romane)
www.instagram.com/stefan.piasecki.boucher/

Titelillustration: Monika Spillecke, Duisburg

Persischer Schriftzug: Mohammad Asgari Maspi, Teheran

Karte: Teheran 1930 (Shirazian 2010; siehe Literaturverzeichnis)

Veröffentlicht von:
edition vi:jo - Stefan Piasecki
c/o Contendo Media GmbH
St. Huberter Landstraße 21
47839 Krefeld

Buchhandelsvertrieb: Libri GmbH / Bookmundo
Online: Amazon

Die Deutsche Nationalbibliothek verzeichnet diese Publikation in der Deutschen Nationalbibliografie.

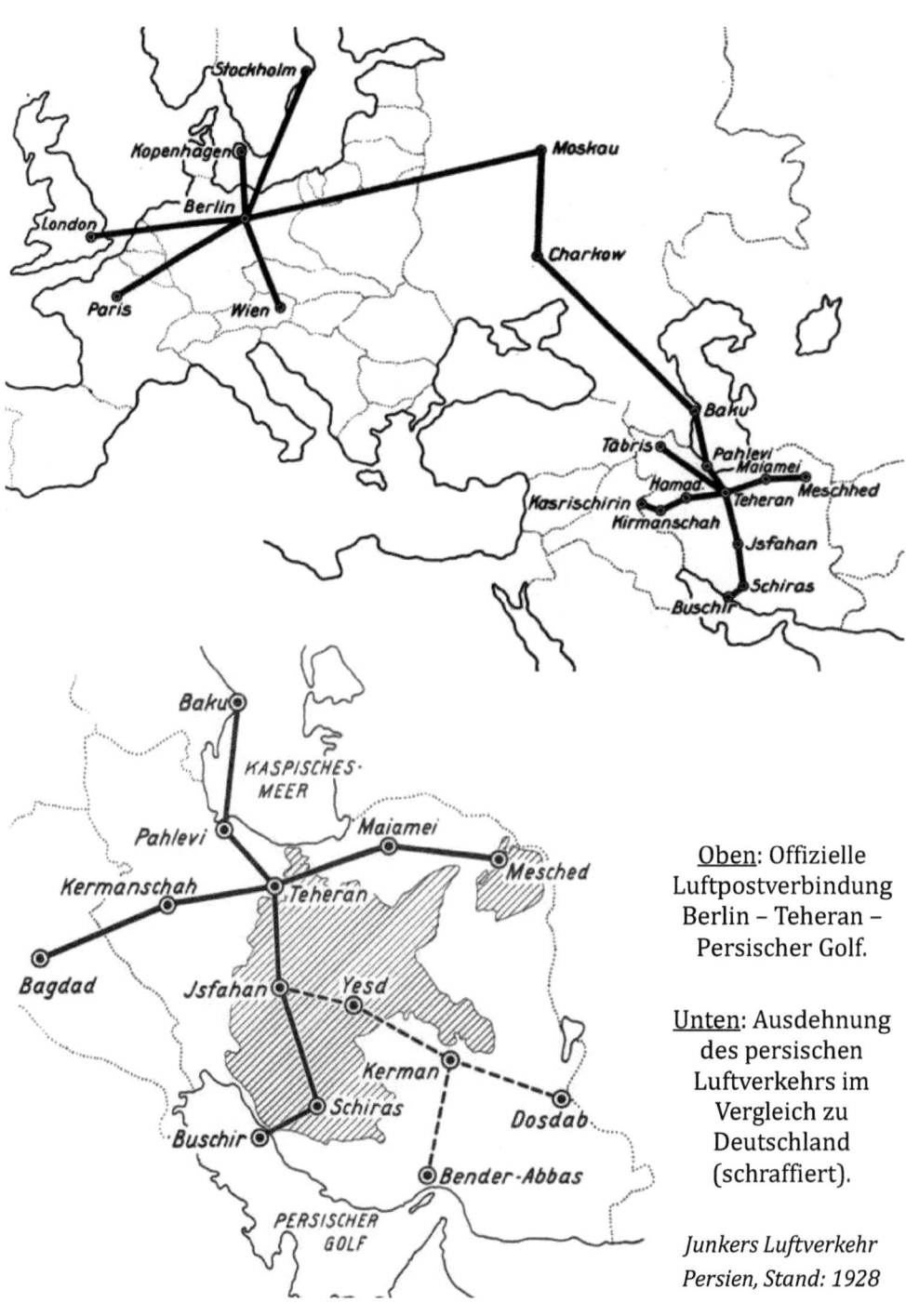

Oben: Offizielle Luftpostverbindung Berlin – Teheran – Persischer Golf.

Unten: Ausdehnung des persischen Luftverkehrs im Vergleich zu Deutschland (schraffiert).

Junkers Luftverkehr Persien, Stand: 1928

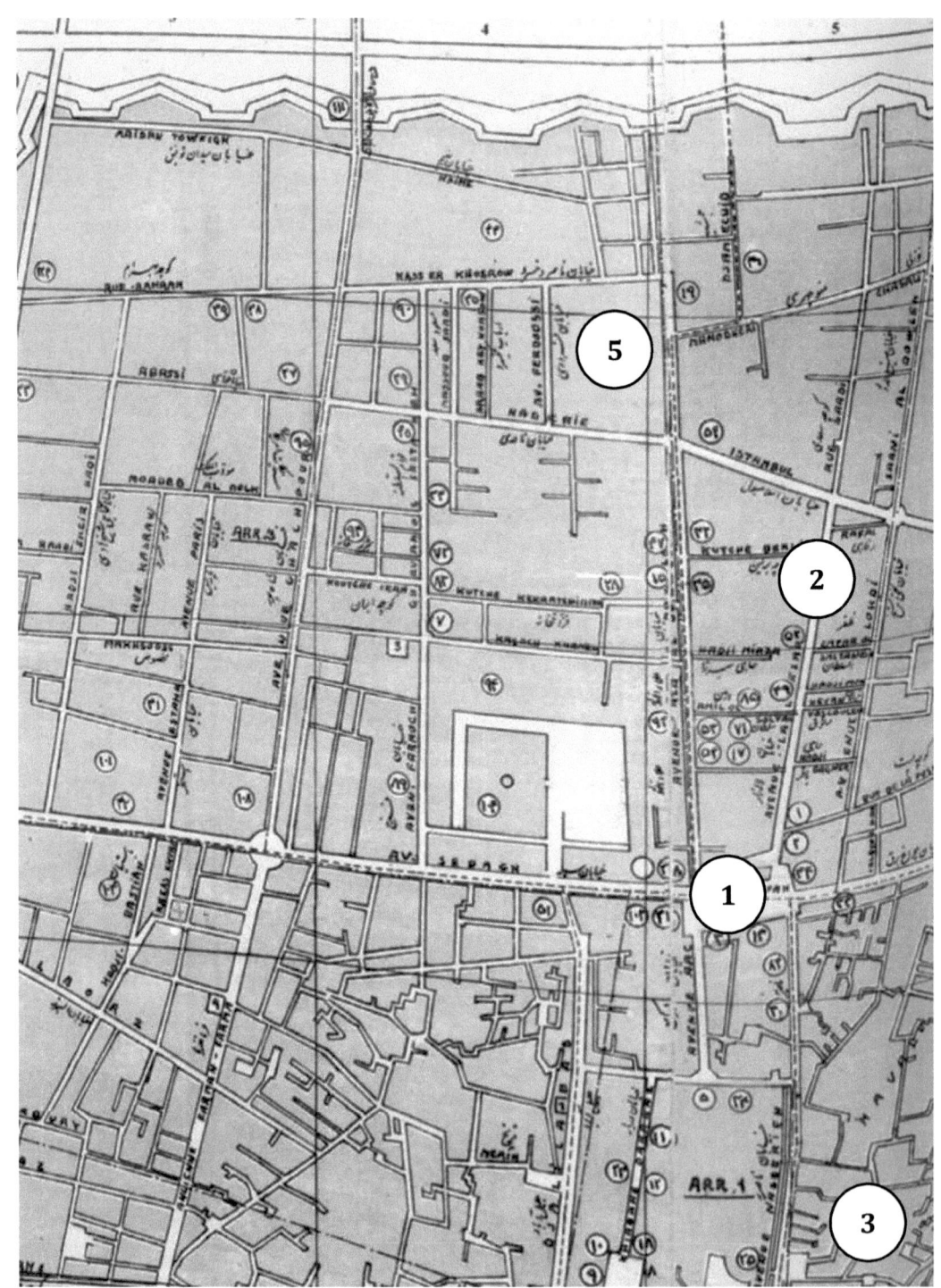

Teheran 1930

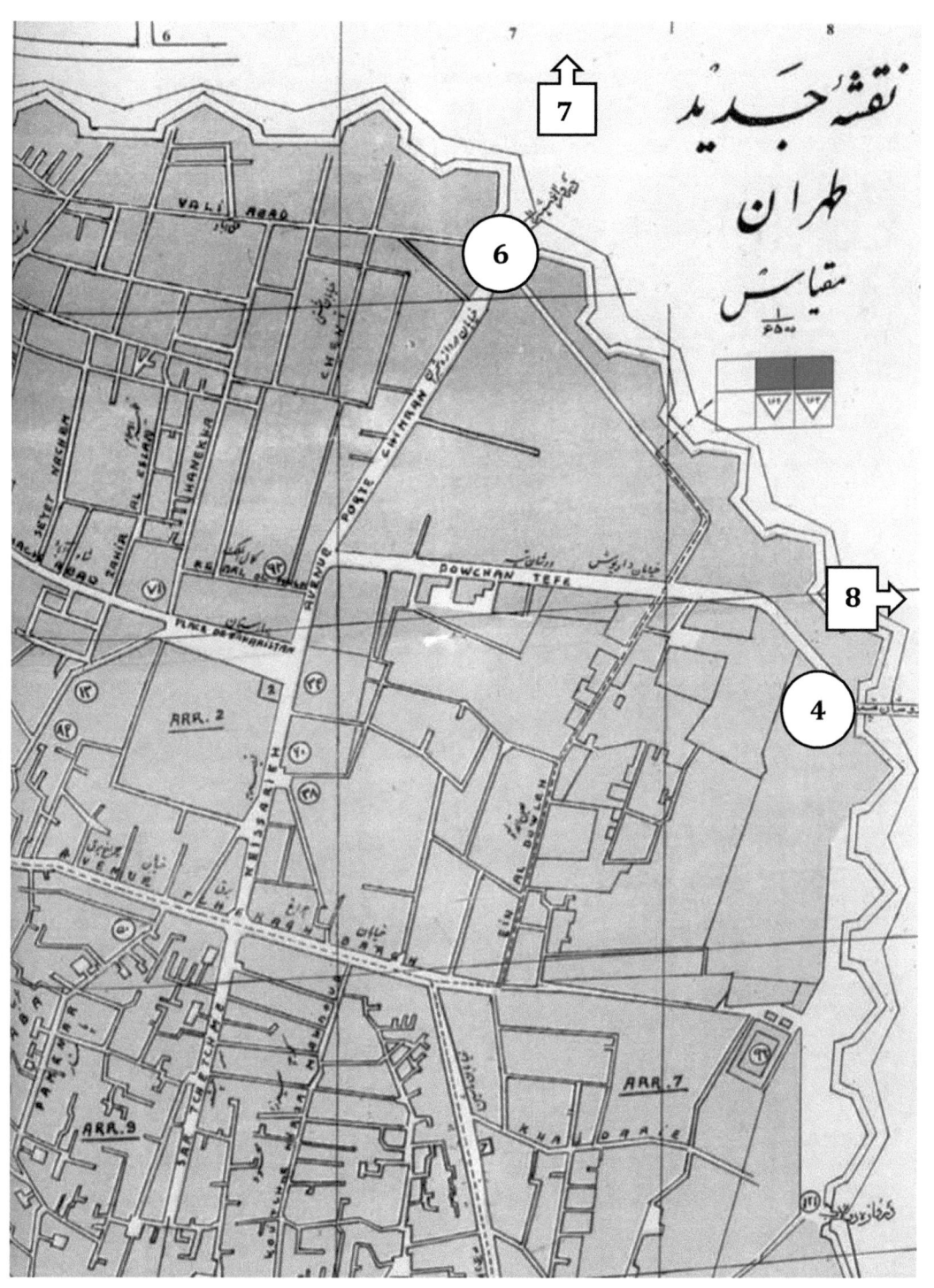

1) Kanonenplatz 2) Straße Laleh-Zar 3) Großer Bazar 4) Doschantape-Tor 5) Dt. Gesandtschaft
6) Schemran-Tor 7) nach Schemran 8) zum Flugplatz Meydan-e Junkers

Die zentrale Handlung dieses Romans ist fiktiv, bezieht sich jedoch auf reale Ereignisse.

Einzelne Erlebnisse und Aussagen historischer Persönlichkeiten wurden aus dramaturgischen Gründen der Handlung angepasst.

Inhaltsverzeichnis

»Du bist Deine eigene Grenze, erhebe Dich darüber.«

Hafis

Perlendieb

Laut und eindringlich legte sich der Ruf zum *Dhuhr*, dem Mittagsgebet, wie ein himmlisches Seidentuch über die engen Gassen und Winkel des Hauptbazars von Teheran, des *Bazar-e Bozorg*. Nicht eine einzige Sekunde verebbte das Gewimmel der Menschen, die sich eng gedrängt aneinander vorbeibewegten. In die Soltani-Moschee gleich nebenan strömten viele, als folgten sie einem geheimnisvollen Sog.

Ein schwitzender Ausländer drängte sich mit ihnen, seine Augen wieselten umher.

»Chordad heißt Juni, zehn Tage zurückrechnen. 16. Chordad 1308 ist der 6. Juni 1929«, murmelte Byron Alvarado immer wieder. Er war gebildet, gefeierter Schriftsteller und nicht dumm. Aber das? Warum zum Teufel datierten die Perser so vorsintflutlich? Es war Donnerstag, *Pantsch Schanbeh*, und alles schien sich auf den Straßen Teherans zu drängen was Füße besaß oder Räder hatte. Morgen, am *Jomeh*, dem 7. Juni, war der persische Ruhetag. Dann würde er wieder bezahlen müssen!

Mit zunehmender Unruhe hatte Byron eine geschlagene halbe Stunde vor dem *Sardar*, dem Haupttor gewartet, das unvermittelt in die Tiefen des Gewirrs von Gassen und Pfaden führte, die den Bazar von Teheran bildeten. Er zupfte an einem Faden seiner Hose herum, obwohl er wusste, dass das selten gut ausging. Dort unten gab es hunderte von kleinen und winzigen Geschäften, manche nicht größer als eine Nische, in denen man von Brautkleidern über Möbel, Fleisch und Früchte alles kaufen konnte. Eine Kleinstadt in der Stadt, mit Moscheen und Banken, bevölkert von den handelnden *Bazari:* Kupferschmieden, Gewürzmachern, Geldwechslern, *Hawala*-Bankiers, Teppichhändlern und Juwelieren. Und Dieben. Und Mördern!

Mehr als einmal war er gewarnt worden, sich unbegleitet in den Bazar zu wagen, und doch musste es heute sein. Er hielt seine Hände in den Hosentaschen und presste die Arme an den Körper, als er sich von der Menge treiben ließ. Die ersten Gassen gehörten den Tuchhändlern, das wusste er. Sie, wie alle Händler hier, waren in *Asnafs* organisiert, Gilden oder Zünften, *Senf* genannt. Nach wenigen Dutzend Metern hatte ihn der Mut verlassen, eine Rückkehr war absolut unmöglich. Er würde warten müssen, bis eine der Abzweigungen auftauchte – und sich dann irgendwie nach draußen durchschlagen. Es gab ja mehr als einen Eingang und die Tore waren tagsüber alle geöffnet. Doch ab 7 Uhr abends würde man sie schließen und bewachen.

Der *Dhuhr* hatte von der nahenden Mittagszeit gekündet, in einer Stunde würde es ruhiger. Später, nach dem *Maghrib* zum Abend hin, nähmen die Menschen ihre Tagesaktivitäten wieder auf und führten bis tief in die Nacht ihr soziales Leben.

Sein weißer Leinenanzug war längst durchgeschwitzt und das lag nicht allein an der Hitze. Hinter dem Eingang öffnete sich zunächst ein Tunnel, übermauert und geschmückt mit bunten Mosaiken. Danach hatte er einen rund gebauten größeren Platz überquert, um den herum Gewürzhändler ihre Ware feilboten, in farbenfrohen Kegeln aufgeschüttet. Der Geruch war betäubend und begleitete ihn in einen langen Gang, der zum Himmel hin offen war. Auf dem Boden verlief sich in der Mitte ein Rinnstein. Dunkle Tücher waren zwischen die Wände gespannt und hielten die ärgste Mittagshitze fern, sonst würden Fleisch und andere Waren keine halbe Stunde handelbar sein.

Es war die Angst, die ihm zusetzte, und die Scham. Er war nicht gerade klein. Als Amerikaner immerhin größer als die meisten Perser. Dennoch musste er sich immer wieder recken, um zu erkennen, wo er sich befand. Viele Männer trugen Tuchwickel auf dem Kopf. Turbane waren es nicht, jedenfalls nicht von der Art, wie er sie aus Indien kannte. Die Menschen sahen interessant aus. Würde ihn seine eigene Furcht nicht lähmen, dann müssten einen Schriftsteller wie ihn die flinken Gemüseverkäufer oder die Kaukasier und Kurden in den bunten Trachten und Ballonhosen in ihren Bann ziehen. Träger karrten Lasten umher, ganze Möbel trugen sie über dem Kopf oder voluminöse Teppichrollen. Frauen waren leicht zu erkennen. Wie schwarze Schatten erschienen sie ihm, gehüllt in Tschadore und die meisten verbargen ihr Gesicht. Sie schienen seine Präsenz zu ahnen und wichen zur Seite, wenn er sich ihnen von hinten näherte. Notfalls half ein Begleiter unsanft nach, dass niemand zu nahe kam. Dunkle Augen, groß und schön, musterten ihn verstohlen aus den Tiefen der Umhänge. Intensiver und verboten, unbemerkt von den Beschützern. Manche von denen hatten in der Tradition ihres Propheten die Bärte mit Henna rot gefärbt. Rot wie die wertvolle Ware, die Byron fest in seiner geballten Faust in der Hosentasche umfangen hielt.

Hier, wo er sich mittlerweile befand, war es schmutzig. Ein leichter Luftzug warf penetrante Gerüche umher. Der Amerikaner rümpfte die Nase. Natürlich war das nicht die Fifth Avenue. Dieser Teil des Bazars war dennoch anders. Ärmlicher, dunkler. Nicht der Bazar der Fremdenführer. Die wussten die gleichförmigen erdfarbenen Fassaden im Dämmerlicht, die verschlagenen Gesichter der Händler mit ihren im Hintergrund lauernden Gehilfen, die nur darauf zu warten schienen, ihren Vorteil einzufordern, ungesehen zu lassen. Er bereute seine Idee längst, aber nun war er hier. Und wollte die Edelsteinhändler wiederfinden, an denen er neulich vorbeigelaufen war, als der britische Gesandte für einige Gäste eine Führung organisiert hatte. Die Teppiche hier waren plötzlich groß und prachtvoll. Er musste wieder den Bereich einer Gilde betreten haben, denn die ausgelegte Ware stapelte sich bis in die Gasse hinein, die hier auch breiter war. Weniger Menschen drängten sich hier, aber die Händler waren noch immer aufdringlich und marktschreierisch wie alle anderen. Genervt verjagte er einen Jungen, der an seinen Beinkleidern zerrte, an dessen Stelle traten gleich zwei weitere, es war hoffnungslos. Den Pulk Kinder um sich herum mitschleifend, die ihn in ihrer Sprache zu einem der Teppichstapel ihrer Väter, Onkel oder sonstigen Familienangehörigen lotsen wollten, enteilte er dem Territorium der Teppichgilde. Er stürzte sich zurück in das Getümmel einer der Hauptgassen, wo augenblicklich der Lärm aus den Bäckereien, Kramläden, Lederwerkstätten und Garküchen seine Sinne betäubte. Tiere wurden hier feilgeboten, Hühner, Tauben und allerlei Viehzeug, mit dem Byron in seinem normalen Leben nichts anfangen konnte. Hier schon mal gar nicht.

Persien? Seine Verlegerin bei Rock Books war entgeistert gewesen. »Gott soll schützen, Asien? Was treibt Sie dahin? Was wollen Sie unter den wilden Menschen in diesem unzivilisierten Land?«

Miss Perrier hatte ihren Kopf geschüttelt und die blonden Locken waren geflogen um ihr Kinn. Das tat sie oft, er fand das niedlich. Sie konnte es einfach nicht glauben, dass er seinen neuen Roman über Persien schreiben wollte. Und nicht nur das, sogar *in* Persien! Und er blieb beharrlich, letzten Endes gab sie ihm den Scheck über 5000 Dollar.

»Und wenn Sie krank werden? Wie erfahre ich, dass Byron Alvarado etwas zustößt?«

Diese Sorge hatte er momentan ganz und gar nicht. Er würde keinesfalls essen, was ihm eine der vielen Garküchen aufzudrängen versuchte. Und um den Vorschuss vom alten Trevor Rock sollte sich Miss Perrier keine Gedanken machen. Er machte sich allerdings welche, denn das Geld war beinahe aufgebraucht und bisher hatte er nicht eine einzige Zeile geschrieben. Rock Books gehörte nicht nur zu den Großen der Branche, sondern erwartete die penible Einhaltung von Terminen. Statt längst mit mindestens der Hälfte fertig zu sein, stocherte Byron im Nebel der persischen Verhältnisse herum, die aus der Nähe weder durchdringbar noch überhaupt verstehbar erschienen.

»*Faranghi, Faranghi.* Kaufen kaufen«, rief ein junger Mann von weitem und stürmte auf ihn zu.

Er hatte die zielgerichtete Bewegung mehr erahnt als gesehen und wollte sich wegducken. Die vertrauten Worte in seiner Sprache ließen ihn gleichwohl verharren. Augenblicke danach war der andere heran.

»*Faranghi, Faranghi.* Kaufen kaufen«, wiederholte der Bursche, kaum älter als fünfzehn, bekleidet mit einer weißen Baumwollbluse, die locker über den Gürtel hing. Eine dunklere Weste zugeknöpft. Byron musterte ihn.

»Was kaufen kaufen?«, erwiderte er.

»Alles kaufen kaufen. Alles. Gute Ware.« Der Bube langte nach seinem Arm. Byron dachte nicht daran, die Hände aus den Taschen zu nehmen. Er wollte weitergehen – andererseits: Der Junge hatte ihn auf Englisch angesprochen.

»Kaufen kaufen?«, sah er ihn fragend an. »*Pul? Pul?*« Er hatte keine Ahnung, was Gold auf Persisch hieße, Schmuck oder Juwelier. Er wusste nur wenige Wörter, wie dieses für Geld.

Die Miene des Jungen entspannte sich nachdenklich, dann hellte sie auf.

»*Bashe, Money.* Gut Money.« Er packte und zog ihn und Byron ließ sich mitschleifen. Wo würde er landen, nach einer solchen Diskussion?

»Wir sind Händler von großartigen Sachen.«

Sie umrundeten eine Gruppe von Männern, die sich lautstark zu streiten schienen und bogen in eine neue Gasse links ab. Die Türen erschienen ihm hier höher und mit einiger Überraschung wandte er sich um und stolperte, als er hebräische Schriftzeichen zu erkennen glaubte und tatsächlich, es waren welche. Der Junge zerrte ihn weiter. Die Auslagen der Händler wurden kleiner, dafür die Nischen tiefer und Byron fiel auf, dass viele über Gitter verfügten, die aufgeschlagen an den Häuserwänden ruhten und zweifellos nach Einbruch der Dunkelheit verschlossen werden würden.

»Wo bringst du mich hin?«, fragte er. »Ich will nichts kaufen. Ich will etwas verkaufen.«

»Verkaufen ist gut. Wir haben *Pul ziad.* Wir gehen zum Onkel. Vater ist tot. Eine Schlange biss ihn. Allah bestimmte es so, gepriesen sei sein Name.«

Byron verstand. Eine Familiengeschichte bis ins fünfte Glied gehörte offenbar immer dazu. Eine breite Fassade tauchte rechts neben ihnen auf, in der Mitte ein mit einem Gitter verschlossenes Tor, darüber war ein Davidstern gemalt. Wieder stolperte er beinahe, als er an der kleinen Synagoge inmitten des großen Bazars von Teheran hochschaute.

Sie hatten den Bezirk der Goldschmiede und Edelsteinhändler betreten, der unweit der Gilde der Lederhändler lag.

Sie hatten ihr Ziel erreicht, wenige Meter weiter blieb der Junge stehen. »Das ist unser Laden.« Ein alter Mann saß vor der Tür und bastelte, neben ihm standen einige Schalen auf dem Boden, in denen sich kleine Gegenstände befanden. Aus einem geöffneten Kasten heraus griff er immer wieder nach anderen Werkzeugen. Offensichtlich fertigte er Schmuck. Er trug eine Kippa, unter seinem Kinn ragte ein zotteliger weißer Bart hinab. Wenn das der Onkel war, wieso hatte der Junge aus einer jüdischen Familie sich dann soeben auf Allah berufen?

Der Alte bemerkte Byron, reagierte aber nicht und sprach ihn nicht an, sondern arbeitete gemächlich. Einige Meter weiter befand sich der nächste Goldschmied und dahinter wieder einer und auch gegenüber. Überall wurde gehämmert und genestelt. Leise und zurückhaltend, wie gedämpft. Die Verkaufsgespräche wurden ebenso flüsternd geführt, die Atmosphäre unterschied sich deutlich von jener der Garküchen und Kofferhändler. Hinter dem Mann führten zwei abgetretene Stufen hinauf in einen Raum, kleiner als Byrons Schlafzimmer in der Heimat, über und über mit Waren angefüllt. Kästen und Schalen mit Schmucksteinen, langen Fäden und Stäben aus Edelmetallen und auf einem Regal entdeckte er sogar technische Geräte: Eine Filmkamera und einen Projektor mit Handkurbel und Schachteln verschiedener Größe mit europäischen Firmensignets darauf.

»Ist das dort ein Radio?«, fragte er den Jungen ungläubig und zeigte auf den Apparat, goße Schweißflecke unter den hellen Ärmeln.

»*Areh*, Radio. Ja ja.« Augenblicklich sprang er in das Ladenzimmer und hob eine der Schachteln empor. »Und Röhren für Radio. Telefunken. Gut für Radio. Amerika.«

»Telefunken ist Deutsch«, murmelte Byron, noch immer staunend. »Es gibt keine Radiostation hier«, fügte er dann hinzu. Sicher konnte man mit Glück und bei gutem Wetter Radio Moskau empfangen, Teheran gehörte zum russischen Einflussgebiet. Aber das Stromnetz erreichte die meisten nicht und war nur einige Stunden am Tag unter Spannung. »Was macht ihr denn damit?«

»Vater hat gekauft von einem Faranghi. Viel Film.«

»Ist das dein Onkel?« Er zeigte auf den alten Mann, der ihn von unten anschaute.

»*Nah, Babam.* Das ist mein Vater. *Man Haim hastam ...* Ich bin Haim.«

Verwundert runzelte Byron die Stirn. Hatte der Kleine nicht eben noch ...? War nicht eine Schlange es gewesen, die ... Händlermärchen, schoss ihm durch den Kopf. Sie würden ihm alles erzählen, um ihn bloß anzulocken.

Er zog seine linke Hand aus der Tasche, wachsam folgte Haim der Bewegung, dann präsentierte er sie ihm leicht geöffnet. Die Augen des Jungen weiteten sich und als hätte der alte Mann das Erstaunen gespürt, stand er abrupt auf und besah sich ebenfalls den Inhalt von Byrons Handfläche. Dort lag eine Perle, nicht viel größer als ein Stecknadelkopf, höchsten fünf Millimeter im Durchmesser, von perfekter Form und von einer atemberaubend reinen Farbe: Sie war leuchtend rot.

Haim atmete hastig, der Alte blieb augenscheinlich gelassen. Er sagte leise etwas, das der Junge zu verstehen schien.

»Ist das eine sizilianische Perle?« Auf einmal war Haims Englisch nahezu akzentfrei.

Byron nickte. »Ja, sie stammt aus Italien, sie wurde im Mittelmeer gefunden, südlich von Sizilien. Interessiert sie euch?« Er sah langsam von einem zum anderen. Der Alte musterte die Perle, berührte sie aber nicht, sondern hielt die Hände vor seiner dürren Gestalt verschränkt. Haim flüsterte mit ihm und wiederholte es, dabei waren seine Augen flink. Das Interesse war mehr als offensichtlich.

Byron eröffnete die Handelsschlacht. »Ich möchte sie verkaufen. 1500 Toman.« Das waren nach seiner Schätzung etwa 1400 Dollar. Die Brüder würden sicher zu handeln versuchen. Mit 1000 Dollar könnte er sich zufriedengeben. Diese Summe würde es ihm erlauben, hier endlich wieder wegzukommen.

Der Junge schluckte und sah seinen alten Vater an. Der rührte sich nicht. »Das ist zu viel«, gab er dann zurück, unsicher. Sein Interesse konnte er kaum verbergen.

»So?«, fragte Byron schwitzend. Die Hitze setzte ihm zu, die Sonne stand mittlerweile direkt über der Gasse und die aufgespannten dunklen Tücher mochten die Farben von Textilien schützen, aber halfen gegen die Hitze überhaupt nicht. »Wie ich hörte, ist diese Perle viermal so viel wert.« Er kannte sich mit Schmuck nicht aus. Er wusste nur, dass sie einmal für 6000 Reichsmark erworben worden war. Das waren 1500 Dollar.

»Viel zu viel«, wiederholte Haim. Dessen Halsmuskeln zuckten, der Junge widerstand dem Drang, den alten Mann anzusehen. Anscheinend sollte er hier eine Lektion im Verhandeln lernen. »500 Toman.«

Ein hysterisches Lachen platzte aus dem Amerikaner heraus. »Wieviel?« Er rechnete nach. Weniger als 500 Dollar. »Hör mal. Soviel kostet es, sich scheiden zu lassen. Die Perle ist das ideale Brautgeschenk.«

»Dann kein Deal«, radebrechte Haim auf einmal wieder.

Wenn der Junge hier eine Meisterschaft im Feilschen gewinnen musste, konnte Byron nicht siegen. Dazu war er weder aufgelegt, noch in der Lage. Er schloss die Hand, weil er sich über die Stirn wischen wollte. Der Alte schien das zu missdeuten, zischte ein paar leise Worte und Haim sprach sofort.

»Nein, nicht gehen. 600 Toman.«

Byron witterte seine Chance. »Warum soll ich nicht gehen?« Er sah sich um. Weniger als 600 Dollar waren ein Witz. Seine rechte Hand beschrieb einen Halbkreis in die Gasse hinein. »Gleich nebenan ist ein weiterer Händler, und daneben noch einer.«

»Das ist Onkel und daneben Schwager. Wir alle sind eine Familie, die Bar Yaghoubzadehs.«

Er hielt das für eine Zwecklüge und sagte nichts, steckte aber die Hand zurück in die Hosentasche. »Wir können über 1200 Toman sprechen. Weiter gehe ich nicht runter.«

»700 Toman«, antwortete Haim und Byron spürte den Ärger des Alten mehr, als dass der ihn sich anmerken ließ. Er hockte sich wie desinteressiert wieder neben seine Schalen auf den Boden. Der Junge war hingegen außerordentlich interessiert.

Mit aufgesetztem Bedauern schüttelte Byron den Kopf und ging. Nun war er schon hier und konnte genauso gut die Reaktion anderer Händler auf die Perle testen.

»Warten, warten!«, sprang Haim zu ihm, kaum dass er einen Schritt gemacht hatte. »Wem gehört diese Perle?«

Ein wenig überrascht blieb er stehen. »Mir natürlich.«

»Diese Perle soll Ihre sein?«

Byron schwieg, sah über Haim hinweg und musterte das halbe Dutzend anderer Läden in der Gasse. Der Junge hatte permanent geplaudert und ihn von der Konkurrenz abgelenkt. Geschickt gemacht.

»Wem gehört diese Perle?« Der alte Mann hatte sich wieder erhoben und sprach ihn direkt an. »Das ist eine Perle von Fürsten. Oder Königen. Nicht ... einem Amerikaner.«

Seine Stimme war fest und ruhig. Sein Englisch glasklar und flüssig wie das des Schriftstellers. Der räusperte sich und blinzelte.

»Es ist meine Perle. Wie ich es sagte.«

»Dann ...«, begann Haim, doch sein Vater überstimmte ihn.

»Ich biete Ihnen 800 Toman, wenn es Ihre Perle ist. Ich glaube nicht, dass es Ihre Perle ist. Niemand hier wird Ihnen glauben, dass Sie eine solche Perle auf dem *Bazar-e bozorg* anbieten. Statt auf einer *Tea-Party*«, spielte er auf eine der wenigen Vergnügungen der Angehörigen der europäischen Kolonie an, die aus Botschaftspersonal oder Mitarbeitern ausländischer Firmen bestand. »Wo Sie mehr Geld bekommen könnten.«

Wortlos nickte der Amerikaner und als hätte der Junge auf ein Signal gewartet, sprang er in den Laden und verursachte ein wildes Gesuche und Geräume, damit der genaue Lagerort des Bargeldes unsichtbar bliebe. Sein Vater stand unterdessen weiterhin reglos und musterte den Faranghi. Das tat er auch noch, als Haim mit dem Geld kam und es vor ihren Augen abzählte. Er hielt ihm den angebotenen Betrag hin. Byron zögerte, dann nahm er das Geld. Es mussten umgerechnet 760 Dollar sein, weniger als erhofft, aber das brächte ihn immerhin ein großes Stück weiter ... falls er sparsam bliebe. Sein Blick fiel auf die Geldscheine in der Hand des Jungen. Da lag der Rest, den er so dringend brauchte. Er hatte keine Wahl, selbst wenn es kein guter Deal war. Trotzdem reichte er ihm die Perle. Es war der Alte, der zugriff und sie erneut prüfte. Ein Lächeln huschte über sein Gesicht.

Byron räusperte sich, plötzlich erfüllt von Reue. Und Ärger. »Den Rest auch!« Seine Stimme wurde laut, sein Körper straffte sich.

Haim zog die Scheine weg und rückte in den Hintergrund. Aus den Augenwinkeln bemerkte Byron, wie Männer sich näherten, die Streit witterten. Auf welcher Seite sie stehen würden, war nicht zweifelhaft.

»Das ist kein guter Handel. Die Perle ist mehr wert«, presste er trotzig hervor.

Der Junge war im Schatten des Ladens verschwunden und wartete dort. Byron hätte zu ihm laufen müssen, um seiner habhaft zu werden. Daher zeigte er auf die Kamera. »Das ist ein schlechter Deal. Gib mir noch die Kamera.« Die würde er ebenfalls verkaufen können, wenn auch für weniger. Der Händler selbst würde sicher Jahre darauf sitzen.

»Kein Deal. Sie gehen jetzt!« Der Alte wechselte Blicke mit den Händlern, die um sie herumstanden. Byron roch ihre Kleidung. Widerstrebend machte er Schritte zurück. Plötzlich rannte er los, hinter sich hörte er Verwünschungen in einer ihm unbekannten Sprache. Hebräisch? Persisch? Jedenfalls nicht Englisch. Als er sich umsah, folgten ihm andere Händler, aber nur langsam und in weitem Abstand. Bei den Garküchen angelangt blieb er stehen und lehnte sich atmend an eine Wand. Die Verfolger hatten von ihm abgelassen. Die Menschen gingen hier wieder dicht gedrängt ihren Geschäften nach und niemand beachtete ihn. Bange hielt er das Bündel Geldscheine in seinen Taschen verborgen. Er hatte keine Ahnung, wo er war und hoffte, dass er bald hier herausfände. Urplötzlich fühlte er Angst. Todesangst. Der Bazar war nach To- resschluss nicht sicher, hieß es. Und jetzt fühlte er sich, als wandele er mitten in der Nacht.

Kinder drängten wieder heran. Diesmal mit flachem Brot, *Taftuun*. Er vertrieb sie und orientierte sich an dem Himmel, der zwischen den Hauswänden durchschimmerte. Er wollte nur hier raus.

Bazar, Bereich der Teppichgilde (Quelle: Kasraian / Arshi 2010)

Einladung nach Potsdam

Die grauen Strähnchen des dunkelblonden Oberlippenbartes pflegte Wilhelm Darburg gerne zu verstecken, wenn er in Gedanken darüberstrich. Zeichen des Alters. Wenige Monate vor dem vierzigsten Geburtstag nicht unüblich. Er ignorierte sie für gewöhnlich. Der Hörsaal im ersten Stock der Friedrich-Wilhelms-Universität zu Berlin war gut gefüllt und die Studenten hingen an seinen Lippen. Selbst wenn er kein hauptamtlicher Professor war – als außerordentliche Lehrkraft genoss er Respekt und Ansehen. Leider fehlte zu seinem Glück das sichere Gehalt eines Hochschullehrers.

Es war warm. Bereits jetzt, Anfang Juni, befürchtete die Landwirtschaft Schlimmstes für die trockenen Felder. Als wäre die Lage nicht schon hart genug. Wirtschaftlich und auch sonst. Das Diktat von Versailles hatte Deutschland bislang alles eingebracht, außer Wohlstand und Arbeitsplätze. Wilhelm hob seinen Zeigefinger und lockte die smarten Herren zu sich, die manierlich in ihren Zweireihern in den Bänken saßen.

»Komm se mal ran, meine Herren Studenten«, witzelte er wie auf dem Jahrmarkt, wenn junge Männer zum Mitreisen gesucht wurden. Zögernd traten sie näher und bildeten drei Reihen, die andächtig auf den Apparat starrten, den er auf dem Versuchstisch aufgebaut hatte.

Er musterte sie. Niemand hatte eine Ahnung. »Das hier ist der letzte Schrei«, strahlte er. »Wir alle kennen Kathodenstrahlrekorder oder Glimmlichtröhren als Grundlagen der Faksimilemethode. Dieses«, er strich sanft an dem länglichen Gerät entlang, das aus mehreren Zylindern und einer Doppeltrommel bestand, »ist der Faksimiletelegraph nach Telefunken-Karolus-Siemens für Duplexbetrieb mit Ringphotozelle, Kerrlichtrelais und Gleichlaufregler.« Einige der Studenten aus höherem Semester hielten die Luft an. Sie wussten, was das bedeutete. Immerhin stand vor ihnen eine Weltneuheit. Die jüngeren glotzten bloß andächtig wie Schafe.

»Mit derartigen Mitteln können wir die Übertragung des Zeichensymbols nach dem Wiederholungsprinzip mit der Grenzgeschwindigkeit verwirklichen, die unser Telegraphiersystem selbst zulässt.« Er lächelte, als er in die Runde schaute und einen Rothaarigen in der letzten Reihe ansah. »Und? Hammerling?« Sein Musterstudent strahlte überlegen und reckte sich gierig um Aufmerksamkeit.

»Ein Zug beliebig vieler Impulse, wie das Morsezeichen *D*, kann mittels eines rotierenden Tasters einmal während jeder vollen Umdrehung ausgesandt werden, an der Empfangsstelle wird es vollkommen synchron mit dem Geber auf einer Filmtrommel durch ein Lichtrelais mit steiler Kennlinie fotografisch registriert.«

»Nach Art der Undulatorschrift?«, fragte Bärrlein, ein blonder Neunmalklug, und bevor Wilhelm etwas sagen konnte, kicherten die ersten. Bärrlein lief rot an und machte sich klein.

»Als lineare Strich-Punkt-Folge selbstverständlich«, sagte Hammerling schneidend, als wüsste er von dem Prinzip auch schon länger als seit einer Woche.

Wilhelm schlug eine Mappe auf und holte Papiere heraus. »Das sind die jüngsten Versuchsergebnisse.« Andächtiges Schweigen machte das Rascheln hörbar, als er die telegrafischen Kopien ausbreitete. Das Chemigramm eines Telefunkenbandschreibers zeigte das gut erkennbare Foto eines lächelnden Mannes. Zwei Sammel-Phototelegramme legte er nebeneinander. Der Sendestreifen und die Empfangskopie waren nicht auseinanderzuhalten. Die Zeilen von maschinengeschriebenem Text waren identisch. Er ließ die Studenten die Dokumente in Ruhe betrachten.

»Die Textseiten und auch das Bild wurden in jeweils etwa einer Minute übertragen. Im Probebetrieb Berlin-Wien auf Welle 1250 Meter. Das Gerät wurde auch schon eingesetzt auf den Kurzwellenübertragungen Nauen-Rio de Janeiro, Nauen-Rom und Nauen-Moskau.«

»Das ist ein Ding«, entfuhr es Bärrlein und die Gruppe brummte. »Bilder und Text im gleichen Augenblick überall auf der Welt übertragen?«

Darburg nickte. »Das lassen Sie dann mal sacken. Bis nächste Woche.« Es dauerte eine Weile, bis die Studenten den Raum verlassen hatten. Zu beeindruckend war die Demonstration gewesen, die seine Vorlesung gekrönt hatte. Die Technik galoppierte im Sauseschritt und wo würde das alles hinführen? Kürzlich waren mit der Braun'schen Röhre Bewegtbilder per Funk übertragen worden, das sogenannte *Fern-Sehen*. Bärrlein war noch da und drückte sich in der Tür rum. Seine Leistungen waren mittelmäßig und er hatte schon damit gerechnet, dass der junge Mann dereinst ein Gespräch suchen würde. In der Tat wartete er auf ihn. Wilhelm hatte einen spannenden Ruf als nebenberuflicher Dozent. Seit zwanzig Jahren arbeitete er für Siemens als Fernmeldetechniker und war lange im Orient gewesen. Wie wenige andere vermochte er gekonnt Theorie und Praxis zu verbinden. »Nun, Bärrlein? Haben Sie was auf dem Herzen?«

Erfreut kam der Junge näher. »Ja, Herr Darburg!« Dessen Augen strahlten. Nach einem Sorgengespräch sah das nicht aus. »Ich war bei einer Seancé und musste dabei an Sie denken.«

Da der Lehrer überrascht schwieg, fuhr er fort. »Die Teilnehmer haben sich an den Händen gehalten. Als wenn durch die Runde Energie geflossen wäre, konnte das Medium, Madame Albertine, aus dem Wissen der Anwesenden schöpfen und ihre Gedanken lesen.«

Wilhelm öffnete den Mund, aber er kam gar nicht zu einer Entgegnung.

»Es war beeindruckend! Allen Anwesenden wurde gemeinsames Wissen zuteil und Madame Albertine las daraus wie aus einem Buch. Sie war hypnotisch und konzentrierte sich auf die Nervenkraft. Es muss so gewesen sein. Sie war wie ein Körperteil, das auf die Signale des Gehirns reagierte. Das Wissen jedes Einzelnen wurde zu der Intellektualität von allen. Glauben Sie an somnambule Mehrleistung?«

Langsam schob Wilhelm seine Unterlagen in die Mappe und dachte nach. Derartige Fragen wurden schon lange diskutiert, bis jetzt ohne eindeutigen Beweis. Man hatte bei spiritistischen Sitzungen Messungen durchgeführt und kalte Ströme oder Elektrizitätserscheinungen festgestellt. Sogar Funkenflug. Meistens war es Humbug gewesen. Etliche Situationen waren hingegen nicht erklärbar. Halluzinationen und Selbsttäuschungen mögen eine Rolle gespielt haben, jedoch nicht, wenn man Messgeräte eingesetzt hatte.

»Spielen Sie auf die Theorie der kollektiven Archetypen an, das Untergrundwissen, über das wir alle verfügen sollen?«

Bärrlein grinste. »Sie kennen die Arbeit von C. G. Jung?«, staunte er glücklich und Darburg nickte schmunzelnd. »Aber Sie glauben nicht daran?«, bohrte der Jüngling nach, enttäuscht.

»Lassen Sie uns das in der kommenden Woche klären. Ich habe eine Verabredung«, mit diesen Worten klemmte er sich den Faksimiletelegraphen unter den Arm, den er sicher verschließen musste. »Ich war im Orient«, schob er versöhnlich hinterher. »Seither glaube ich an mehr Dinge, als die meisten im Leben gesehen haben.« Nein, er war nicht von Hexen-Hokuspokus überzeugt. Aber er wollte Bärrlein seine Motivation nicht nehmen. Wenn es das Vertrauen auf menschlichen Kriechstrom war, der ihn zum Lernen animierte, dann bitte schön. Der Student strahlte ihn an und öffnete bereitwillig die Tür. Es war bekannt, dass Herr Darburg sich nicht gerne helfen ließ, deshalb hielt er sich zurück.

Zügigen Schrittes verließ Wilhelm die Friedrich-Wilhelms-Universität durch den Hauptausgang und trat auf die Straße Unter den Linden. Quer über den Gendarmenmarkt, am Kupfergraben entlang und seitlich des Schlosses rüber zum Nikolaiviertel, dann würde er bald zu Hause sein. Und musste sich trotzdem eilen, denn am Nachmittag wollte er mit Gertrude flanieren gehen. Erst vor wenigen Wochen hatten sie sich kennengelernt. Seine Hübsche, zudem deutlich jünger, fünfzehn Jahre, um genau zu sein. Mitte Zwanzig. Die Schneiderin und er, der alte, ewige Junggeselle. Aber sie mochten sich und das war die Hauptsache. Beide kamen über die Runden, wenn sie gemeinsam spazieren gingen, machten sie groß was her. Dank ihrer Künste war er heutzutage gut gekleidet wie nie zuvor. Er lief die Rathausstraße weiter bis zur Poststraße und erst dann betrat er das Nikolaiviertel. Am Spreeufer entlang wäre der Weg kürzer gewesen, aber über die Poststraße und durch die Hinterhöfe würde er seinem Hauswirt entgehen, der für gewöhnlich schon in der Mittagsstunde den Kneipenbesuch begann. Danach war mit ihm nicht mehr gut umzugehen. Erst recht nicht, wenn man mit der Miete im Rückstand war. Und das war er. Mal wieder. Gestern hatte der Mann ihn erwischt und bedroht. Wut schüttelte ihn, bei dem Gedanken an dessen Respektlosigkeiten.

Heute hatte er Glück. Unbemerkt kam er an. Mit einem unguten Gefühl langte er in den Briefkasten und fand ein blütenweißes Kuvert. Neugierig hob er es hoch. Verschlossen. Das war nie und nimmer eine Mahnung von Walterscheidt, dem Hauswirt. Er sah sich kurz um, dann schob er ihn in die Innentasche seiner Weste und stieg bis unters Dach. Die Wohnung hatte er kaum betreten, da öffnete er vorsichtig den edlen Umschlag. Leider riss er ein und so würde er ihn nicht erneut verwenden können.

Auf geprägtem Papier standen unterhalb des goldenen Signets ›*Theodor Simon, Textilfabrikant. Potsdam*‹ maschinengeschriebene Zeilen: *Sehr geehrter Herr Darburg. Ihre Anwesenheit wird erbeten für den 6. Juni, 16 Uhr. Bitte suchen Sie meine Geschäftsräume auf: Simon'sche Seidenfabrik. Wielandstraße.*

Der 6. Juni – das war heute! So kurzfristig? Sollte er Getrude jetzt etwa einen Korb geben? Andererseits: Er war ohne feste Beschäftigung. Und diese Einladung ... versprach sie nicht eine Tätigkeit, die sich lohnte? Was mochte eine Seidenfabrik von ihm wollen? Eine Anbindung an die telegrafischen Netze? Oder die modernsten Verfahren der Bildtelegrafie? Hastig schrieb er Gertrude einen Zettel, auf dem er vielmals um Verzeihung bat. Diesen heftete er unten an die Tür und hoffte inständig, dass niemand ihn fortnehmen würde. Danach machte er sich augenblicklich auf den Weg. Der Bahnhof Alexanderplatz war nahe, bis raus nach Potsdam würde es dennoch dauern. Besser er kam zu früh an als zu spät.

* * *

Die Einsamkeit außerhalb der nördlichen Stadtmauern von Teheran war nahezu vollkommen. Einige hochgewachsene Zypressen spendeten spärlichen und unaufrichtigen Schatten, der in breiten Streifen den Boden verdunkelte, aber nicht zu kühlen vermochte. Träger scheuchten ihre Lasttiere mit langen Stöcken weiter nach Norden in Richtung Schemran zu Fuße des Gebirges, dem Refugium der Wohlhabenden und Mächtigen, dessen ferne Türme und Bäume in der Morgenhitze flirrten. In die Gegenrichtung fuhren einige Autos und ein LKW. Sogar einen Fahrradfahrer hatte Maren Grande beobachtet, der alleine von Schemran aus auf Teheran zuradelte, unwirklich wie eine Fata Morgana. Fahrräder hatte sie ansonsten hier noch nie gesehen. Der Mann trug einen schwarzen Anzug. Es war wie eine Szene aus einem expressionistischen Film. Ein Schirmchen noch, dann wäre die Inszenierung perfekt.

Abseits der Straße, etwa 150 Meter entfernt, lag ein islamischer Friedhof in der prallen Sonne. Das war ihr Ziel. Die UFA hatte ein neues Programm an Filmen angekündigt, das musste sie abwarten und könnte bis dahin nicht viel arbeiten. Eine gute Gelegenheit, wieder nachzudenken. Deshalb war sie ja in erster Linie nach Persien gekommen, um Abstand zu gewinnen von allem. In Potsdam hatte sie gerne alte Friedhöfe besucht. Die erzählten von vergangenen Zeiten, ihre Grabsteine bargen manchmal ganze Serien von Geheimnissen. Von der Gestaltung über die Inschriften, Anspielungen, Bibelworte ... mitunter meinte sie, die Geschichten hinter den Steinen erspüren zu können, als würden sie ihr mitgeteilt und flüstere der Wind ihr die verflogenen Leben ins Ohr.

Anders die persischen Friedhöfe. Selten waren sie umfriedet oder bepflanzt, die Grabhügel ragten kahl und nur manchmal mit Platten bedeckt in die Höhe. Allein die Wohlhabendsten und Einflussreichsten investierten in Gruften oder dynastische Grablagen – und natürlich die heiligen schiitischen Würdenträger. Aus europäischer Sicht machten sie oft einen verwahrlosten Eindruck. Bisweilen sah man aus einem fahrenden Auto heraus verstreut liegende Gräberfelder, die sich ohne erkennbaren Bezug zu Ortschaften einfach nackt unter der Sonne erstreckten. Achtlos übertrampelt von Kamelen, manchmal gleich zwischen bewohnten Häusern.

Es war früher Morgen und menschenleer. Am Nachmittag erschienen hin und wieder Besucher. Alleine oder in kleinen Gruppen kamen Frauen und Kinder zu Teepartien und hockten sich neben junge Gräber. Dann ging das Gejammer und Klagen los, gefolgt von munterem Schwatzen. Bis einer der Trauernden einfiel, dass es erneut daran sei zu jammern. So beklagten alle abermals den Verlust der Verblichenen, bis es nochmal ruhiger wurde und weltliche Themen überhandnahmen.

Selten fehlten Obst, Samowar, Brot oder Tee, der in winzigen Gläsern gereicht wurde.

Manche Friedhöfe verfügten über eine kleine Imamzadeh. Das waren kapellenartige Gebäude mit farbig glasierten Ziegeln bedeckt, die älteren von ihnen reizvoll gestaltet. Dieses Gräberfeld hatte keine, lediglich eine Gruppe von drei besonders hohen Zypressen wurzelte am Rand. Auf einem Stein, der im Schatten lag, ließ sich Maren nieder. Ihr Blick ging gen Osten, wo vor einigen Stunden, begleitet vom Ruf zum Morgengebet, die Sonne aufgegangen war. Südöstlich von hier lagen der Flugplatz und die östlichen Ausläufer der Stadtmauern.

Persien war eine Flucht. Irgendwann würde sie nach Hause in Deutschland zurückkehren müssen, obwohl dort nichts mehr war für sie. Ja, die Großeltern waren noch sechsspännig durch Memel gefahren, großbürgerlich, standesgemäß mit Hausmädchen. Der Weltkrieg hatte sie aus dem nördlichen Ostpreußen vertrieben, die Inflation dem Wohlstand der Familie schwer zugesetzt. Die Spielleidenschaft ihres Vaters endgültig vernichtet, was in hundert Jahren aufgebaut worden war. Teure Zigarren hatte er geraucht. Geliebt hatte er die. Der Tabakgeruch in fremden Kleidern erinnerte sie immer wieder aufs Neue an ihn und an seine Bekannten, die nicht mehr aufgetaucht waren, als er pleite war. Obwohl er selbst beteuert hatte, dass man ihn betrogen habe. Ein Freund soll es gewesen sein, den sie nicht gut gekannt hatte, einer aus der Molkereidynastie Bolle. Hatte ein Auge auf sie geworfen, stets im Anzug mit Weste, schüchtern. Hinterlegte Zettelchen für sie mit nichtssagenden Grüßen. Nach dem Bankrott war auch er nie wieder erschienen. Aber dann hatte die freie Stelle für den Lizenzvertrieb in Asien sie in der UFA-Hausmitteilung angesprungen, kurz nachdem Vater beerdigt worden war. Eine Zusage kam fast schneller, als die Bewerbung geschrieben war. Jetzt wusste sie, warum. Persien war faszinierend, leider waren deutsche Filme für das nationale und internationale Publikum hier nicht so gut geeignet. Zu schwer waren sie, langmütig, düster – beinahe wie der deutsche Wald als eine dunkle Wand erschien gegenüber dem feuchten, dschungelartigen persischen Norden oder dem sonnendurchfluteten Süden.

Zuhause gab es irgendwo eine Schachtel mit Bildern von ihren Eltern. Sie wusste nicht genau, wo die war. Fünfzig Jahre Familiengeschichte. Zusammengeschrumpft auf wenige Augenblicke, in denen zufällig jemand auf einen Auslöser gedrückt hatte. Schnappschüsse, die älteren noch akkurat gestellte Aufnahmen ohne Lebensbezug oder Geruch von Alltag.

Auch Männer hatte es gegeben in ihrem Leben. Deren Ziele waren nie die ihren gewesen und in die Quere kommen durfte sie ihnen schon gar nicht. Die trafen sich fortwährend mit bedeutenden Leuten. Und wenn ihre Pläne noch so wichtig gewesen waren, vielversprechend, aussichtsreich – Erfolg war ausgeblieben. Wie bei Vater.

»*Êtes-vous européen?*«, fragte eine weibliche Stimme auf Französisch und überrascht bemerkte Maren, dass eine junge Frau sich wenig von ihr entfernt auf den Boden gesetzt hatte, quasi zu ihren Füßen.

»Ja«, antwortete sie erfreut. »Ich bin Deutsche. Ich spreche etwas Französisch. Aber Sie sind keine Französin?«

Die junge Frau kicherte hell. Sie trug einen dunklen Überwurf, den hatte sie weit nach hinten geschoben, so dass ihre pechschwarzen, leicht gewellten Haare und ihr schön geschnittenes Gesicht deutlich zu sehen waren. Sie hatte große und fast schwarze Augen, wie Maren selbst. Sie schüttelte den Kopf. »Ich war mit einem Europäer verheiratet. Einem Deutschen. Er ist wieder fort.«

»Oh«, stotterte Maren heraus.

Die andere nickte. »Mein Vater ist gestorben. Ich hätte neu heiraten sollen. Das wünschte er stets. Ein Onkel hatte Interesse.«

»So bleibt der Familienbesitz beisammen«, stimmte Maren zu.

Kurzes Schweigen trat ein. »Sie besuchen einen schiitischen Friedhof«, wunderte sich die fremde Frau, und es konnte sowohl Frage wie auch Feststellung sein.

Maren sagte einige Zeit nichts.

Dann zeigte die Perserin auf ein Grab. »Mein Vater liegt dort vorne. Ich spreche oft mit ihm. Sein Bruder ist gut zu mir. Aber er ... ist nicht *er*. *Mein Mann*. Wir hatten keine Kinder. Und den Onkel will ich nicht. Er hat schon eine Frau.«

Das verstand Maren nur zu gut.

»Ich habe auch keine Kinder«, sagte sie leise. »Und verheiratet bin ich auch nicht.«

»Eine Frau sollte verheiratet sein und Kinder haben. Das ist das oberste Gebot. Bei den Deutschen nicht?«

Scheinbar nachdenklich wanderte Marens Blick zum Horizont, an dem feine Staubschwaden entlangzogen. »Doch, doch. Für die meisten Leute ist das wichtig.« Weiter sagte sie nichts und obwohl ihr das Gespräch gut tat, wünschte sie sich fast, dass die Frau wieder ginge.

Die Perserin sprach leise. »Wenn Sie einen geliebten Menschen verloren haben, dann finden Sie ihn vielleicht in einem heiligen Brunnen?«

Es dauerte ein paar Momente, bis die Information in Marens Bewusstsein gedrungen war.

»Meinen Sie?«

Die andere nickte. »Gehen Sie innen an der Stadtmauer entlang nach Westen, kurz vor dem nordwestlichen Tor finden Sie einen kleinen Park. Darin liegt der Brunnen von Fatemeh.«

»Der Tochter des Propheten?«, fragte Maren und die Fremde lächelte.

»Sie kennen sie also. Dann werden Sie würdig sein, ihr Wasser zu schauen.«

»Ich bin keine Mohammedanerin!«, flüsterte Maren. Die Frau sah sie nur schweigend an und grinste. Dann stand sie auf und ging zum Grab ihres Vaters.

»Wie heißen Sie?«, fragte Maren hinterher. Ob es am aufkommenden Wind lag, der den Staub schabend über die Landschaft trieb oder weil sie nicht wollte – eine Antwort der Fremden vernahm sie nicht.

Maren dachte noch eine Weile nach, dann stand sie auf und ging wieder zurück in Richtung der Straße. Die schwarz verhüllte Frau hockte regungslos an einem Erdhaufen, als habe es das Gespräch mit ihr niemals gegeben.

Friedhof außerhalb der Stadt (Quelle: Luftreise, August 1925)

Radio Teheran?

Die Sonne tauchte die Gipfel des Todschal in gleißendes Licht und zeichnete sie damit umso schärfer gegen das erhabene Blau eines endlosen Himmels, dem sie sich bis in fast viertausend Meter Höhe emporstreckten. Weit oben hatte sich ein Fetzen Frühnebel erhalten und verbarg sich hinter einem Felsvorsprung.

Unten, anderthalb Kilometer östlich der mittelalterlichen Stadtmauer, lag der neue Flugplatz Teherans: *Meydan-e Junkers*. Wenn nicht gerade eine Maschine startete oder landete und die wenigen Fluggäste auswarf, war es still, wie es in einer unbewohnten Ebene nur sein konnte. Der Lärm der Metropole drang nicht bis hierher. Flatternde Wachsplanen und das Schlagen des Flaggentuches an den Masten waren die einzigen Geräusche. Bis auf ... *Yes, we have no bananas.* Paul grinste angestrengt und fletschte die Zähne. Fräulein Huth hatte in der Verwaltungsbaracke das Grammophon angeworfen. Das tat sie gerne, wenn kaum was zu tun war und der Chef sich nicht blicken ließ. Und dieses Lied liebte sie. So wie sie Barret geliebt hatte, den amerikanischen Handelsvertreter, der ihr die Platte einst schenkte.

»Du kleines Biest. Wirst du jetzt endlich ... wieso müssen diese Spezialisten nur immer ...«, mit einem leisen *Plopp* platzte die Ölschraube aus ihrer Fassung heraus und in einem Schwall ergoss sich das warme Öl aus dem Motorblock. Gerade rechtzeitig ließ sich Paul Anar nach hinten fallen in den sandigen Untergrund. Zufrieden sah er ein paar Sekunden dem Öl zu, das eine wachsende schwarze Lache im Sand des Flugplatzes bildete. »Aus dem Staub kamst du, zum Staub wirst du gehen ...«, murmelte der Dreißigjährige, der für den Junkers Flugdienst in Teheran Techniker, Behelfspilot und manchmal Passagierbetreuer in einem war – aber bloß als Platzmechaniker entlohnt wurde. Der Flugzeugbauer Junkers aus Dessau hatte Anfang 1927 die Konzession für einen Luftverkehrsdienst in Persien erhalten. Dass ein erstes Firmenflugzeug anscheinend zufällig 1923 über der Hauptstadt aufgetaucht war, hatte seine Wirkung nicht verfehlt und den guten Ruf deutscher Ingenieurskunst hierzulande mitbegründet. Die Junkersmaschinen waren vollständig aus Metall. Sie konnten überall landen und waren genügsam, während die Holz- und Stoffkonstruktionen der Franzosen eines Schuppens bedurften gegen die Witterung.

Langsam rappelte Paul sich hoch, trat mit eingezogenem Kopf unter dem Rumpf des Fliegers heraus in den prallen Sonnenschein und betrachtete liebevoll die W 33, einen freitragenden Ganzmetall-Tiefdecker.

Im Inneren bildete ein vernietetes Gerüst aus Profilen die Struktur, welche mit Wellblechen verkleidet war. So erhielten die Junkers-Flugzeuge ihr charakteristisches Aussehen und das Wellblech war zudem stabiler als gehämmerte Bleche.

Paul liebte die Maschine. Es handelte sich um die neue Ausführung mit dem verbesserten L5-Motor. Ein historisches Exemplar sogar. Glücklicherweise hatten die Konstrukteure in der Heimat auch bei diesem Typen das Cockpit unbedeckt gelassen. Für ihn als Piloten der ersten Stunde war es undenkbar, *nicht* das Fliegen im Wind, mit der Nase und allen anderen Sinnen zu erschnuppern. Aber es war klar, dass stärkere Motoren und größere Fluggeschwindigkeiten bald für jedes Flugzeug die Konstruktion einer Kanzel notwendig machen würden. Die gute alte Zeit wäre dahin. Was unterschied die Kapitäne der Luft dann von einem Triebwagenführer der S-Bahn? Jetzt war es Mitte 1929 und die internationale Fliegerei ihren Kinderschuhen entwachsen, glaubte er. Nicht mehr lange und sie würde in Windeseile davonrennen.

Als das Öl nur noch tropfte, stopfte er einen alten Lappen in die Öffnung. So würde keinesfalls etwas hineinkriechen können. Manchmal kam das vor. Die deutschen Pilotenkollegen von der persischen Luftstaffel hatten auch einmal Metallteile im Motor ihrer F 13 gefunden. Sabotage konnte nie nachgewiesen werden, aber sicher war sicher.

Mit dem Unterarm wischte er sich über die Stirn und das Gesicht. Mit den Handrücken ging er durch seine Haare, die Finger musste er erst waschen. Jetzt wartete Fräulein Huth!

Der Flugplatz östlich des Doschantape-Stadttores von Teheran war spartanisch, kaum anders ausgestattet als Feldflugplätze im Weltkrieg. Es gab eine dreihundert Meter lange Piste. Innerhalb eines Vierecks aufgeschütteter Wälle vor Wind und Sand geschützt, lag eine Gruppe aus fünf flachen Gebäuden. Zwei weitere in die Dämme integriert als Schutz vor der sengenden Tageshitze. Von der Piste aus erreichbar beherbergten sie Flugleitung, Polizei und einen Warteraum. Im Inneren der Aufschüttungen die Schuppen für Reparaturen, Motorenwerkstatt, Lager sowie gegenüber eine Schmiede und die Garage mit den Dienstfahrzeugen für den Flugdienst und den Transport der Passagiere in die Stadt. Die Flugleitung teilte sich kleine Büros mit der Verwaltung, daneben befanden sich ein Zimmer für den diensthabenden Polizisten und der Wartebereich der Fluggäste. Die W 33 stand abseits der Piste. Er hatte Zeit, bis die Rollbahn wieder frei sein musste.

Neben der Verwaltungsbaracke lümmelten ein paar junge russische Offiziere herum. Fesche Kerle, die ebenfalls spitz gekriegt hatten, dass Fräulein Huth heute im Dienst war. Sie gehörten zur persischen

Kosakengarde, die im Auftrag der Regierung militärische Sicherungs-aufgaben durchführte und das Wachregiment des Schahs ausbildete. Die Wachleute von Junkers hockten dort im Schatten, wo sich welcher fand – und das waren nicht viele Stellen.

Während Paul über den planierten Platz auf die Baracke zulief, blieb er einen Moment stehen. Bis auf wenige Gesprächsfetzen machte sich bloß der Wind bemerkbar.

Noch immer war Teheran von einer hohen Stadtmauer umschlossen, nahezu zwanzig Meter ragte sie auf. Zugang erlangte man durch eines der mehr als ein Dutzend Stadttore, wie seit hunderten von Jahren. Der neue Machthaber Reza Schah hatte erst vor kurzem damit beginnen las-sen, die Mauern aufzubrechen, um Platz zu schaffen. Stadtbefestigun-gen? Im zwanzigsten Jahrhundert? Das schien überholt. Paul hoffte, dass man wenigstens die prächtigen Türme und Tore stehenlassen würde. Die persische Regierung war leider oft so, wie Charles de Mon-tesquieu einst die Franzosen beschrieben hatte: Wie ein Tausendfüßler, entweder zu schnell und über die eigenen Beine stolpernd – oder zu langsam ... und weiter über die eigenen Beine stolpernd. *Hezarpa*, das persische Wort für Tausendfüßler, fiel ihm ein und er betrat lachend das Verwaltungsbüro, den Mann nicht näher beachtend, der neben der Tür saß und in die Ferne starrte.

»Paul, du hast gute Laune.« Ihre Augen rollten und sie schob ihr Kinn vor, in Richtung der Tür. »Ist er dir auch aufgefallen? Er ist wieder da!« Betty Huth strahlte ihn flüsternd an.

»Natürlich habe ich gute Laune. Unsere neue Wellblechkrähe hat doch den modernen L5-Motor, jetzt mit fast 360 Pferdchen. Damit sind wir strammer unterwegs als mit dem Vorgänger, 200 Kilometer schaf-fen wir in der Stunde. Wenn sich unsere Fachleute in Dessau nur nicht immer neue Finten einfallen lassen würden. Wieder neue Schrauben-größen.« Er bemerkte ihr Lächeln ermatten. Hatte sie etwas anderes gemeint?

In der Tat schmollte sie. »Seit die neue W 33 da ist, bist du wie ver-wandelt.«

Er wandte sich halb um. Vor dem Fenster hockte ein weißer Hut. Be-ziehungsweise ruhte er auf dem Kopf des Mannes, der vor der Baracke saß. Nun verstand er.

»Der Amerikaner? Ja, er ist wieder da. Ist mir aufgefallen. Natürlich. Ja und? Tut er dir leid?«

Sie nickte. Jeder kannte ihn: Byron Alvarado. Ein berühmter Schrift-steller aus USA, der einen modernen Persienroman schreiben wollte. Seit der Machtergreifung Reza Schahs ging es mit Siebenmeilenstiefeln vorwärts. Fluglinie, Eisenbahnen, Straßenbau – innerhalb von zehn Jahren sollte das große Land aus dem Mittelalter in die Neuzeit geführt werden. Und der Schah war erfolgreich. Es würde ihm gelingen. Sie als Deutsche waren seit 1923 vorne mit dabei. Während seiner Amtszeit hatte der Gesandte Friedrich-Werner von der Schulenburg eine umsichtige Strategie verfolgt. Die Briten hatten 1907 mit den Russen das Land de facto in zwei Einflusszonen geteilt. Seit Ende des großen Krieges und der Oktoberrevolution kamen die Russen erst langsam wieder zu Kräften und die Briten mussten an allen Ecken ihres Empire Feuerwehr spielen und Revolten beenden. Deutschland wusste diese Lücke zu nutzen. Der Graf mischte sich nicht in die Geschäfte der Briten. Zug um Zug lockerten sie ihre Kontrolle. Um nicht anzuecken, war die deutsche Gesandtschaft von Berlin aus sogar als eine diplomatische Vertretung zweiter Klasse eingruppiert.

Seit 1923 wuchs der Handel zwischen Deutschland und Persien permanent. Seit 1924 arbeitete eine deutsche Munitionsfabrik im Land. Junkers war vor Ort. Seit Februar 1925 vermittelte die deutsche Gewerbeschule in Teheran das deutsche Ausbildungssystem, ein Schiffsfrachtdienst verband Hamburg mit dem persischen Golf und nun plante man ein gemeinsames Stahlwerk. Seit Januar gab es sogar einen deutsch-persischen Handels- und Freundschaftsvertrag.

Für den Amerikaner musste sich aus diesem unmittelbaren Gegensatz von Mittelalter und Neuzeit einfach faszinierender Stoff ergeben. Allein: Jeder wusste, dass er auf dem Hinweg fast seinen gesamten Vorschuss aufgebracht hatte und daran verzweifelte, nicht wegzukönnen und wegen des Zwangs zum schieren Überleben keine Zeit mehr für sein eigenes Buch hatte. Deshalb traf man ihn öfter auf dem Flugplatz. Heimweh, Fernweh oder die Sehnsucht nach Stille – all das konnte man hier befriedigen.

Paul goss sich zwei Handbreit Whisky ein und nippte. Fräulein Huth hatte wieder mit ihrer Arbeit begonnen, sie tippte irgendein Schriftstück, als vor der Tür Worte fielen.

»Jerome ist da!«, lauschte Paul und Betty sah hoch. »Herr Jaroljmek? Will er uns besuchen?«

»Er kann anscheinend nicht von uns lassen«, nickte er. »Immerhin hat er die Firma aufgebaut.«

»Und von Persien lässt er wohl auch nicht.« Fräulein Huth grinste räuberisch. Der ehemalige Leiter des Junkers-Flugdienstes hatte sich aus politischen Gründen zurückziehen müssen. Genaueres wusste keiner. Die Sowjets hatten sogar mit einem Landeverbot in Baku gedroht, wenn er sich nicht gleich ganz aus der Region löste. Und die Zwischenlandungen in Charkow oder Tiflis und Baku waren unbedingt notwendig, um einen regelmäßigen Flugbetrieb zwischen Deutschland und Persien sicherzustellen. Jetzt vertrat er die Firma Steffen & Heymann bei Geschäften mit der persischen Armee. Unruhen gab es in den Randgebieten des Landes, mit den Luren, den Bachtiaren, den Qaschkai-Stämmen. Es hielten sich die Gerüchte, dass im Haus der Jaroljmeks eine Scheidung anstünde.

»Kommt denn Herr Weil heute?«, wunderte sie sich. »Vielleicht wollen die beiden sich treffen? Der alte und der neue Chef. Aber dann hätten sie es in der Zentrale in der Laleh-Zar bequemer.«

Paul zuckte die Schultern. Er lauschte. »Hör mal, es geht um Geld! Alvarado muss für ihn etwas geschrieben haben. Hat man Töne.«

»Mir dürfte er auch etwas schreiben«, lächelte Fräulein Huth versonnen. »Aber ich kann ihn mir nicht leisten.«

Paul warf ihr einen energischen Blick zu. »Das ist unanständiges Zeug, das er schreibt, Betty. Die Leute bezahlen ihn für Schweinskram.« Er sah die Anfang Zwanzigjährige von einem Ohr zum anderen grinsen. »Herrje, *das* ist es, was du von ihm willst?«

Sie kokettierte. »Eine gute Geschichte ist lohnend investiertes Geld. Vor allem, wenn man oft alleine ist. Zum Glück schreibt er nicht so, wie er spricht.«

Paul wusste, was sie meinte. Dieser Alvarado sprach oft im Telegrammstil. Kurze, abgehackte Sätze. Dafür schrieb er anregend. Er trank sein Glas aus, grinste und schüttelte den Kopf. Diese Betty war schon ein echter Feger. Nicht wenige kamen betört und begeistert von Ausflügen mit ihr in die Berge zurück, und sie alle schwiegen eisern. Das war ihm doch zu offensiv. Man war ja nicht bei Blücher.

Jaroljmek, *Jerome*, betrat die Baracke und breitete die Arme aus. »Paul! Und? Wirst du der persische Willy Neuenhofen? Schon gehört?«

Die beiden begrüßten ihn erfreut. Paul nickte. »Wer hat denn nicht von dem Rekordflug erfahren, als Willy im Mai mit einer W34 die 12000 Meter-Marke geknackt hatte – ein neuer Höhenrekord. Wir in Persien sind doch nicht hinter dem Mond.« Für eine Sekunde wurde es still, dann lachten alle gemeinsam los.

»Paul, zum Mond kommst du wohl auch noch!« Jerome sah sich triumphierend um wie ein Feldherr.

Paul konnte seine Gedanken beinahe lesen. Ja, das hatte er aufgebaut in jahrelanger und mühseliger Arbeit. Aber es war niemand da. Die Besatzungen waren auf dem Weg nach Schiras und von dort weiter bis Buschehr. Die Verstärkung aus Berlin war noch gar nicht angekommen.

Ersatz für Fräulein Huth, die jetzt doch in die Heimat zurückwollte. Ein *Frollein* Grohmann sollte für sie kommen, auch so ein junges Ding. Hoffentlich mal eine Rothaarige. In Persien gab es einfach alles – nur das nicht. Paul verabschiedete sich mit Handschlag und ging dann vor die Tür. Jerome würde sich einen Drink genehmigen oder zwei und irgendwann wieder abdampfen. Er mochte den Ex-Chef, aber die W 33 musste fertig werden. Dort konnte sie nicht ewig stehenbleiben, gleich neben der Piste. Offen sprach man darüber, dass die Luftverbindungen bis Kabul in Afghanistan ausgedehnt werden sollten. Bis dahin wäre aber ein ordentlicher Zahn zuzulegen, was die Betriebsabläufe und die materielle Verfügbarkeit anging.

Als er vor der Tür unter freien Himmel trat, war ihm, als sähe er einen Staubwirbel am Horizont. War das ein Naturphänomen oder näherte sich ein Flugzeug? Es stand keines auf dem Plan. Wenn es jemanden in diese Gegend verschlug, gab es keine Möglichkeit, sich anzukündigen. Sie hatten keinen Funk, *noch nicht.* Und selbst wenn es Erdfunk gäbe, die Flieger hatten keine Sende- oder Empfangsstationen an Bord. Langsam löste sich das Phänomen auf. Also doch ein Staubwirbel in der Steppe östlich Teherans.

Die metallene Flugzeughaut schimmerte in der Sonne. Er hatte vergessen, auf die Uhr zu sehen, es mochte 16 Uhr sein. Vielleicht. Jedenfalls hatte er beschlossen, sich nach dem Wechsel des Motorenöls in sein Zelt zurückzuziehen, innerhalb der Wälle. Dort wollte er dann seiner Leidenschaft frönen, bis es abends so kalt würde, dass es ihn zurück in die Stadt trieb.

Neben ihm auf einer Bank saß nun der Amerikaner und blinzelte regungslos in die Ferne. Aus der Nähe wirkte er ein wenig wie Peter Lorre, der Schauspieler, fand Paul. Das Gesicht rundlich, die Augen standen leicht hervor. Die Lippen gingen unvermittelt in die Mundwinkel über, so dass er oft einen verkniffenen Zug im Gesicht trug.

»Heute ist nicht viel los, Mister Alvarado«, sagte Paul, um überhaupt etwas zu sagen. In Gedanken war er längst in seinem großen alten Armeezelt.

»Stimmt, alle ausgeflogen. Buchstäblich«, witzelte der. Ein Wortspieler. Er erhob sich und lief neben Paul her, der den Innenhof betrat. Arbeiter dengelten in einem Schuppen an einer Tragfläche herum. Byron hob die Hand und zeigte auf zwei dürre Baumstämme, die, ihrer Äste beraubt, der Mechaniker seitlich des Zeltes aufgerichtet hatte. »Was wird das?«

Paul stützte die Arme in die Seiten, dann ging er darauf zu und krümmte geheimnisvoll den Zeigefinger, damit der Amerikaner folgte.

Der Deutsche schlug das Zelt auf und sie traten ein. Alvarado sah sich um. Sein Gesichtsausdruck war nicht mehr leer und resigniert, sondern aktiv und neugierig! Das freute den Mechaniker.

Im Halbdunkel stand ein kleiner Einachser, ein Pritschenwagen, üblicherweise mit Pferden gezogen oder an eine Lafette gehangen. Auf dem Wagen waren Geräte montiert, deren Funktion sich Byron nicht erschloss. Er schaute und sagte nichts.

»Erkennen Sie es?«, schwärmte Paul und riss die Augen auf. Da der Amerikaner den Kopf schüttelte, lief er um den Karren herum und präsentierte ihn, als stünde er auf der Funkausstellung in Berlin. »Eine Protze, ein Funkwagen. Ich war im Krieg bei einer Fernmeldeeinheit in Palästina und wir hatten genau solche Funkstationen. Diese hier habe ich gebraucht gekauft, von einem Briten aus Basra. Es sind sogar deutsche Geräte. Hier auf der kleinen Plakette steht es: *Funkstation Nr. 12* ... müssen die Lümmels irgendwo erbeutet haben. Wir sind hier in Teheran zwar im tiefsten Funkloch der Welt, aber nicht mehr lange. Hier drüben lagern die Teile für die Funkmasten. An den beiden Baumstämmen draußen will ich zwei jeweils 28 Meter hohe Antennen aufrichten. Das wird fein. Mindestens Radio Moskau und die Funkstation in Bagdad werde ich empfangen. Vielleicht auch Königs-Wusterhausen. Bestimmt sogar Königs-Wusterhausen.«

Mr. Alvarado nickte stumm. »Der deutsche J. Andrew White, hm?« Er hatte mit keiner Reaktion gerechnet, doch Anar bekam große Augen.

»Genau der, Mister Alvarado. Kennen Sie ihn?«

Er grinste. »Kennen? Ich war dabei. Juli 1921 in Hoboken, nicht weit von meinem Büro. J. Andrew stand am Ring eines Boxkampfes mit einem Mikrofon, das mit einem Sender verbunden war. Alle hatten sich vorher über die riesige Antenne gewundert. Er war immer schon für Spinnereien zu haben.«

»Und niemand ahnte, dass er mit dieser Konstruktion Tausende Neugierige an den neuen Radioempfängern erreichte.«

»Ganz recht. Der erste Boxkampf der Geschichte im Radio«, Byrons Blicke wanderten versonnen in die Ferne. »Sie empfangen nur, Herr Anar? Oder senden Sie auch?«

Paul sah eine Veränderung in dem Verhalten des anderen. Von Technik hatte der keine Ahnung. Aber irgendein Gedanke schien ihn nahezu zu elektrisieren.

Jovial sprang der Deutsche auf den Amerikaner zu und ergriff dessen Hand. »Menschenskinder, natürlich will ich funken. Wenn dann die nächsten Junkers-Vögel eines nicht allzu fernen Tages mit Peilung ausgeliefert werden, sind wir bereit.«

Byron dachte indes weiter. Viel weiter. Auf diese Weise würde er seinen Verlag möglicherweise erreichen. So könnte er senden. Und anständiges Geld verdienen. Reportagen. Oder Lesungen aus dem Land der ewigen Sonne. Das versprach neue Perspektiven. Mischungen aus Fiktion und Fakten, *Radio Plays*. Vor Jahren hatte er einmal *A Comedy of Danger* von der BBC gehört, über Eingeschlossene in einem Waliser Kohlenbergwerk. Und Tyrone Guthrie hatte ihm erst vor ein paar Monaten erzählt, dass der selber an Geschichten arbeite, die von amerikanischen Networks aufgeführt werden sollten. Aber soweit war er nicht. Wenn er, Byron Alvarado, allen zuvorkäme und sendete ... *Air Plays* könnte er sein Format nennen. *Etwas*, das zuvor keiner gemacht und vor allem, *von wo* niemand gesendet hatte ... die Möglichkeiten erschienen *endless*.

Simon'sche Textilfabrik, Potsdam

Die Sonne drückte auf die Brandenburger Vorstadt südwestlich des Stadtzentrums von Potsdam. Vom Bahnhof Charlottenhof sollte es nicht mehr weit sein. »Bergab, zur Havel hin«, hatte die Blumenhändlerin auf dem Vorplatz Wilhelm den Weg gewiesen. Es müsse sodann eine der Querstraßen sein. Er hielt lieber nach dem Schornstein Ausschau, den er im Umfeld einer Textilfabrik vermutete. Und er behielt recht. Es gab einen und der ragte aus einem Grundstück heraus, das mit hohen Bäumen bewachsen war. Pünktlich um zwanzig vor vier Uhr war die Bahn angekommen. Ständig musste er an Gertrude denken. Hoffentlich hatte sie den Zettel gefunden, denn sonst würde sie seit geschlagenen vierzig Minuten auf ihn warten. Das wollte er auf keinen Fall. Es war drückend heiß und er hielt sich im Schatten wo er sich bot, damit er nicht nass geschwitzt ankäme. Wäre der Anlass nicht bedeutend, hätte man ihn kaum ausfindig gemacht und eigenhändig eingeladen.

Leichter Wind bewegte die Blätter der Bäume und Blüten in den Vorgärten, es war eine heimelige Idylle. Kleinbürgerlich roch es aus manchen Wohnungen im Erdgeschoss nach einem späten Mittagessen oder einem Kaffeetrinken. Zu gern vergaßen Menschen die wirtschaftlichen Schwierigkeiten der Welt, indem sie sich den harmlosen Genüssen und kleinen Lastern des Lebens hingaben. Potsdam war weit entfernt von den Berliner Verhältnissen und permanenten Aufmärschen und Straßenkämpfen von Kommunisten und Nationalsozialisten. Fast wie die Erde vom Mond. Ein solches Dasein wünschte er sich ebenfalls. Am liebsten mit seiner Gertrude. Vor allem Sicherheit, wenigstens ein wenig.

Er bog nach rechts in eine Straße ein, die etwas breiter war als die anderen. Kopfsteinpflaster machte seine Schritte unruhig. Auch hier war es still, aber in den schläfrigen Nachmittag hinein mischten sich doch neue Wahrnehmungen. Ein leises Dröhnen und Klappern, bisweiliges Zischen und vor allem ein Geruch, leicht stechend, erstreckte sich die Straße hinauf und herab. Nach etwa dreihundert Metern gelangte er an ein großes Metalltor, das in eine halbhohe Ziegelsteinmauer eingelassen war. Das schmiedeeiserne Gitter stand weit offen. Fenster, die über mindestens zwei Etagen reichten, verliefen vom Boden bis zu einem gemauerten Dachvorsprung. Sie waren oben halbrund und mit Sprossen versehen. Durch eines erkannte er einen riesigen Kessel, unförmig wie ein Wagen der Reichsbahn. Dort befand sich die Quelle des leisen Zischens und rhythmischen Geklappers. Hinter der Fabrik ragte der Schornstein aus den Baumwipfeln, die das Grundstück, beinahe ein

kleiner Park, in schattiges Halbdunkel tauchten. Eine dünne Rauch-
fahne stieg nahezu senkrecht in die Luft, als könne sie sich nicht ent-
schließen, in welche Richtung sie sich wehen lassen wollte. Zwei ange-
deutete Türmchen entsprangen dem Kupferdach. Zuckerbäckerindust-
rie, wie sie in den 1840er Jahren bis zur Gründerzeit modern gewesen
war. Wilhelm blieb stehen. Vom Tor aus führte eine breite Einfahrt
gleich auf die Fabrik zu und um sie herum. Auf der linken Seite erspähte
er eine abgesenkte Zufahrt, anscheinend war das Gebäude unterkellert.

Kein Mensch war zu sehen, das sonore Klappern und Zischen erfüllte
jeden Winkel. Langsam setzte er sich wieder in Bewegung und schritt
bis zu dem Portal. Von dort führten Stufen hinauf in ein repräsentatives
Vestibül, in dem ein junges Fräulein saß. Großzügige Wendeltreppen
reichten beiderseits einer Empore in das nächste Stockwerk. Eine von
ihnen reichte weiter ins Halbdunkel eines Untergeschosses. Zwei Korridore gingen von der Halle ab, der Kessel, den er gesehen hatte, befand
sich offenbar linkerhand. Eine kleine Fabrik war das, gearbeitet und gefertigt wurde gleich nebenan und im Kellergeschoss. Zu seiner rechten
stand ein grünes Sofa an der Wand, links gegenüber eine mächtige sitzende Buddha-Statue aus Stein, sie würde ihm bis zur Hüfte reichen.
Alles hier sah nach Wohlstand aus. Die junge Frau tippte abwechselnd
auf einer Schreibmaschine und malte hin und wieder auf einem großen
Bogen Papier. Er war stehengeblieben, trat dann auf sie zu und räusperte sich. Überrascht hob sie ihren Kopf. Sie hatte ein breites Gesicht,
schien slawischer Herkunft, rote Locken fielen neckisch auf ihre Nase.
Wilhelm verkniff sich ein Lachen, als ihre grünen Augen zunächst
schielten und sie Luft holte, um die Strähne wegzupusten.

»Sie also?«

Wilhelm war verwirrt und das konnte man ihm ansehen.

»Sie brauchen Hilfe? Kann ich Ihnen helfen?«

»Äh, ja. Bitte«, druckste er herum. Er legte ihr die Einladung vor. »Ich
soll Herrn Theodor Simon aufsuchen.«

Ihr Blick fiel auf den Briefbogen, dann sah sie ihn an. Für eine Sekunde wie eingefroren, als wieder Leben in sie kam. »Einen Moment
bitte.« Mit diesen Worten erhob sie sich, lächelte kurz und betrat den
Korridor, der nach hinten in das Gebäude führte. Am Ende des Ganges
klopfte sie an eine Tür und auf ein unhörbares Kommando hin öffnete
sie sie und verschwand. Wilhelm stand alleine und sah sich um. Der
große Vorraum war gefliest, die Kacheln bildeten ein Muster das, wie er
erst jetzt bemerkte, sich die Wände hinauf fortsetzte. Zumindest bis auf
halbe Höhe, denn darüber war das Mauerwerk getüncht. Gemälde und
bedruckte Tücher sorgten für Abwechslung, sie zeigten Motive aus

fremden Ländern. Er wagte es nicht, sich vom Fleck zu rühren. Mühelos erkannte er von hier aus Elefanten, Savannen und Berge.

»Henni? Henni!«, ertönte eine Stimme von oben. Wilhelms Blicke trafen jene eines jungen Mannes mit Ärmelschonern und einer Schirmmütze, der in die Halle hinuntersah. Er wirkte wie ein Buchhalter oder ein Prokurist. Er zuckte wortlos die Schultern und der andere verschwand.

Die Tür am Ende des Ganges gleich gegenüber öffnete sich und Henni, das Fräulein vom Empfang, kehrte zurück. »Darf ich noch einmal die Einladung sehen?« Wilhelm deutete auf das Papier, das sie auf ihrem Tisch liegen gelassen hatte. Sie lächelte und nahm wieder auf ihrem Stuhl Platz.

Mit großen Augen schaute sie ihn an. »Sehen Sie, es ist so, Herr *Direktor* Simon ist heute gar nicht im Haus.«

Bevor er sich rühren konnte, griff sie zu einem geschwungenen Telefonhörer und wählte zwei Ziffern. »Anschluss Wannsee 1-3-5, bitte«, sagte sie zu der Vermittlung. Dann dauerte es wenige Sekunden, bis die gewünschte Verbindung hergestellt war. Ihr Gesicht hellte sich augenblicklich auf. »Guten Tag, hier Praharczyk, Seidenfabr ... ja ... natürlich Potsdam«, sie lachte ein klingelndes Lachen. Anscheinend kannte man sich. Sie hörte zu. Nochmal Gekicher und heftiges Kopfnicken. »Doch, der Kleinen geht es gut. Mara haben wir sie genannt. Sie ist jetzt vierzehn Monate alt. Aber sie scheint eigensinnig zu werden. Ein Dickkopf.« Dann wurde sie ernst. »Selbstverständlich. Herr Ginsburg hat uns sehr mit der Wohnung geholfen. Doch ... Mark Ginsburg. Wir sind Ihnen dankbar für die Empfehlung und ... Aber, ich bitte ... Ja, denn ich habe hier Besuch für Herrn Direktor.« Die Gegenstelle sagte etwas, sie nickte und hörte weiter zu, bevor sie sich verabschiedete.

Mit einem entschiedenen Pusten blies sie eine andere rote Strähne aus ihrem Gesicht und sah Wilhelm an.

»Sie werden abgeholt. Würden Sie bitte vorne auf dem Sofa Platz nehmen?«, sie zeigte auf das große Canapé, mit grünem Samt bespannt, das ein wenig deplatziert an der Wand neben der doppelflügeligen Eingangstür stand. Bereitwillig nahm er Platz, betrachtete den Buddha und fragte sich, wer ihn bloß wohin abholen würde. Derweil tippte und malte Henni Praharczyk weiter vor sich hin.

Die Minuten vergingen und dehnten sich bis über eine halbe Stunde. In der ganzen Zeit betrat niemand sonst die Vorhalle. Plötzlich fiel ihm der Buchhalter ein, der nach dem Fräulein gerufen hatte. Aber er sagte nichts. Das dürfte sich mittlerweile erledigt haben. Als er soeben tief in Gedanken versank, öffnete sich die große Flügeltür und ein Mann trat in die Halle. Er trug graue Knickerbocker, geschnürte Stiefel und einen ebenfalls grauen Janker. Nach einigen Metern blieb er stehen. Von hoher Statur und mit einer gewissen Attitüde. Wilhelm sah sein Gesicht von der Seite, er schien kein Deutscher zu sein. Wohl der Chauffeur.

»Frau Praharczyk«, sagte der bloß. Das war keine besonders höfliche Begrüßung, aber die Angesprochene lächelte dennoch.

»*Saloom*«, kicherte sie und zeigte auf den Wartenden. »Das ist Herr Darburg. Er wartet schon.«

Als er sich umdrehte, musterte Wilhelm den Mann. Ein Südländer, mit buschigen schwarzen Augenbrauen und einem dichten Haarschopf, den er länger trug, als es aktuell bei Herren Mode war. Seine Augen dunkel, das Kinn energisch. Würde der ihn fahren? Da der andere sich nicht regte, stand er auf und in der Tat, der Fremde drehte sich um und verließ das Gebäude eilig, so dass Wilhelm dieser Henni nur kurz zulächeln konnte. Aber sie tippte längst wieder.

Auf dem obersten Absatz blieb er stehen, staunend. Der Mann wartete neben dem Fond eines Maybach 12 und Wilhelm schluckte. Das dort waren nicht weniger als 25.000 Reichsmark, in Blech verwandelt, er konnte sie anfassen. Er selbst verdiente mit Mühe im Monat 150 Mark. Das kleinste Verkehrsflugzeug von Junkers kostete bloß dreimal so viel. Mit angehaltenem Atem ging er an dem Fahrer vorbei und stieg ein. Satt fiel die Tür in den Rahmen, Stille umgab ihn und der Geruch von Leder und Holz.

Der schweigsame Chauffeur legte einen Hebel um und das lange, schwere Auto rollte los, ohne merkliche Erschütterung und Motorengeräusch.

Er entsann sich, was er in der Zeitung gelesen hatte, die zur letzten Berliner Automobilausstellung diesen Maybach beschrieben hatte: Die Fahrt im Maybach 12 könne allein ... wie waren die Worte? Allein m*it dem von jeder Erdschwere befreiten Dahinschweben über Berge und Täler des phantastischen Wolkenschiffes Graf Zeppelin verglichen werden.* Richtig. Wie wahr. Er wollte sich jede einzelne Sekunde dieses Erlebnisses merken und alles Gertrude erzählen. Das würde sie beeindrucken.

Mit angemessener Geschwindigkeit fuhr der Chauffeur in das Umland von Potsdam hinaus. Wilhelm musterte ihn heimlich. Ob er Deutsch sprach? Was hatte die Frau in der Fabrik zu ihm gesagt? *Saloom? Shalom?* War er Jude? Ein jüdischer Fahrer? Unmerklich zuckte er die Schultern. Sie hatte der Vermittlung eine Nummer am Wannsee angesagt. Sollte es dorthin gehen?

Leise glitt die Landschaft an ihm vorbei. Die Bäume links und rechts der Straße öffneten sich und sanft rauschte der Maybach über die

Glienicker Brücke, nach Osten. Die Richtung stimmte. Vielleicht lag das Ziel tatsächlich am Wannsee. Heimlich breitete er die Arme aus. Nicht einmal in einem Omnibus hatte man so viel Platz auf der Bank wie in diesem Auto.

.

LZ 127 Graf Zeppelin am Ankermast (Quelle: Bilderstelle Lohse 1933)

LZ 127 Graf Zeppelin über New York (Quelle: Lehmann 1936)

Seidenfabrikant Theodor Simon

»Ja, Klara?« Theodor Simon hob seinen Kopf und sah das Hausmädchen neugierig an, welches soeben die große weiße Tür zur Bibliothek geöffnet hatte. Aus der Tiefe des Anwesens stahlen sich Töne einer Querflöte zu den drei Herren, die gebeugt über einen voluminösen Lesetisch standen, der mit Berechnungen, Plänen und Landkarten bedeckt war. Eine der vier Töchter des Hauses übte.

Sie trug ein schwarzes Kostüm und eine weiße Schürze darüber. Klara war erst seit einigen Wochen bei der Familie Simon in Diensten und immer verlegen, wenn sie dem einflussreichen Unternehmer alleine unter die Augen treten musste: hochgewachsen wie er war, mit einem stattlichen dunklen Bart. Er war oft ernst und nachdenklich, aber behandelte sie alle gut. Und bezahlte anständig. Klärchen holte Luft und versuchte, sich nicht noch von den beiden ihr unbekannten Männern ins Bockshorn jagen zu lassen, die sie schweigend ansahen. Sie wusste nur, dass die bedeutend waren. Wie so viele Besucher des Herrn Direktor.

»Ghasem ist da. Und Ihr Gast, Herr Direktor!« Erneut lief sie rot an.

Theodor Simon konnte mühelos das Schmunzeln in seinem Bart verbergen. »Ist gut, Kindchen. Danke. Bitten Sie doch Herrn Darburg zu uns und Ghasem möge warten. Er möchte später Herrn Darburg wieder in die Stadt bringen.«

Sie deutete einen Knicks an und schloss die Tür hinter sich.

»Wohlan, meine Herren. Dann wollen wir mal sehen, ob unser lieber Freiherr hier zu viel versprochen hat.« Die Männer lachten gemeinsam und der Adelige hielt seinen Bauch.

Nach der Glienicker Brücke war der schweigsame Fahrer noch zwei Kilometer über die Königstraße geradeaus gefahren und dann rechts eingebogen. Wilhelm rückte so nah an die Scheiben wie es ging, ohne sie zu berühren und womöglich Spuren darauf zu hinterlassen. Villen, stattlich wie Paläste, säumten die Straße, alle paar Dutzend Meter folgte eine weitere. Schnell hatte er die Orientierung eingebüßt. Kaum merklich verlangsamte der Maybach die Fahrt und bog auf ein Anwesen ein, dessen Einfahrt von zwei großen Löwen begrenzt wurde, die auf Sockeln ruhten, welche wiederum die Eckpunkte einer übermannshohen Mauer bildeten. Diese verlor sich in der Weite eines Besitzes, der von schmalen Wegen durchzogen wurde. Beete und Büsche lockerten ihn in unregelmäßigen Abständen auf. Statuen umringten Lauben und Rotunden und in der Ferne glitzerte ein See. Fünfzig Meter zurückgesetzt erwuchs ein klassisches Portal aus dem Boden, mit einer Freitreppe und vier griechischen Säulen, die das Vordach trugen. Auch hier fanden sich Türmchen an den Ecken des Gebäudes wie an der Fabrik. Deren Dächer waren vergoldet und auf der Spitze des kleinen Palastes kniete ein lebensgroßer Herkules und stemmte die Weltkugel auf seinen Schultern.

Das Auto hielt nahezu lautlos. Während der Motor noch lief, vernahm er Vogelgezwitscher, dann verstummte die Maschine und mit einem formvollendeten Schwung öffnete der Chauffeur mit neutralem Gesichtsausdruck die hintere Tür und wartete. Eingeschüchtert rutschte Wilhelm vom Sitz und auf seine eigenen Beine. Erst jetzt fiel ihm auf, dass sogar sein bester Straßenanzug, den er trug, schäbig war im Vergleich zu der Livree des Fahrers, der ihn schweigend aus tiefschwarzen Augen ansah. Er lächelte gequält. Das Rauschen der Blätter im sommerlichen Wind des fortgeschrittenen Nachmittags, die Laute der Singvögel in den Bäumen und das entfernte Spiel einer Flöte wirkten gegenüber dem gedämmten Inneren des Maybachs wie tosender Lärm. Er sah sich um und realisierte erst spät, dass der Fahrer wohl so lange regungslos warten würde, bis er die Tür gefahrlos schließen konnte.

Wilhelm trat zur Seite und satt fiel die Tür in den Rahmen. Augenblicklich ging der Chauffeur voran. Die Villa glich in der Tat der Fabrik, war aber ungleich größer und prachtvoller. Die Außenwände blau getüncht, hohe Fenster, weiß eingefasst, verliefen über drei Etagen reihum. In einiger Entfernung entdeckte er weitere Häuser, ebenfalls schön, jedoch bedeutend kleiner. Offenbar durfte das Personal mit auf dem Grundstück wohnen. Er schluckte und beeilte sich, hinter dem Chauffeur herzueilen, der bereits die Stufen der Freitreppe erklomm. Oben tauchten zwei Hausmädchen auf, in schwarzen Uniformen und mit viktorianischen Hauben. Sie nahmen ihn in Empfang, während der stumme Fahrer wortlos im Inneren des Hauses verschwand.

»Die Herren bitten Sie in den Safransalon«, sagte eines der Mädchen und wies ihm den Weg. Die andere lächelte. Wieder fehlten ihm die Worte und konnte er nur freundlich nicken. Ihm wurde unwohl, angesichts dieses Reichtums, dieser Klasse und dieser Kultur. All das war nicht seine Welt. Wahrscheinlich verdiente jedes dieser Dienstmädchen mehr als er.

Kaum hatten die drei Herren den Safransalon betreten, als das knarrende Parkett Schritte vom Treppenhaus her ankündigte.

»Das wird er wohl schon sein«, freute sich Hans Schulz, der einen eleganten Zweireiher trug. Seine graumelierten Haare waren gescheitelt.

Er suchte mit Blicken nach einer Uhr, fand keine, also geduldete er sich. Auf seine Armbanduhr zu sehen, schickte sich hier nicht. Auch die anderen beiden Herren nahmen Aufstellung, der Freiherr und der Fabrikant. Aus der Tiefe der Halle vor dem Salon näherten sich Gestalten. Die Mädchen blieben zurück und ließen den Gast alleine auf die weit geöffnete Tür zugehen.

Unsicher betrat Wilhelm das Gesellschaftszimmer und fand sich nahezu erdrückt von der safrangelben Fülle an seidenen Wandbehängen, Polstern und Gemälden. Wenn nicht ... die drei Grandseigneurs gewesen wären, die freundlich lächelnd in der Mitte des Zimmers verharrten, unweit eines Tisches mit Getränken. Bevor er ein Wort der Begrüßung sagen konnte, trat ein hochgewachsener Herr mit schwarzem Rauschebart und im eleganten Frack vor, an dessen Aufschlägen die goldene Kette einer altmodischen Taschenuhr befestigt war.

»Angenehm. Theodor Simon, Fabrikant«, stellte er sich formvollendet vor. Wilhelm ergriff seine Hand und sah ihm mutig ins Gesicht. Der Hausherr war größer als er und Wilhelm maß bereits über 1,80 Meter.

Der zweite Mann war deutlich kleiner als der erste. Sogar kleiner als er selbst. »Hans Schulz, Firma DELAG, angenehm.« Ein freundliches Lächeln leitete ihn über zu dem Dritten. Den kannte er!

»Herr Darburg, es ist mir eine ausgesprochene Freude!«, streckte der ihm die Hand hin.

»Freiherr von Richthofen«, krächzte Wilhelm in einer Mischung aus Erleichterung und Überraschung. Hartmann von Richthofen war bedeutend älter als er, fülliger, ebenso groß. Vor allem mächtig: Bankier, Reichstagsabgeordneter und ehemals Legationsrat im Auswärtigen Amt mit Stationen als deutscher Geschäftsträger in St. Petersburg, Washington und Teheran. Der Adelige trat vor und schüttelte Wilhelms Arm, als wolle er ihn ausreißen. »Ich dachte mir schon, dass wir uns irgendwann wieder über den Weg laufen.«

Die Herren baten ihn zu der Sitzgruppe aus safrangelben Plüschsesseln, die um einen Tisch herumstanden. Auf diesem thronten Gebäckschalen und Karaffen mit alkoholischen Getränken. Ein Dienstmädchen trat hinzu und reichte Gläser auf einem silbernen Tablett. Wilhelm lehnte dankend ab, ebenso der Mann mit dem grauen Scheitel, Hans Schulz.

»Nun wollen wir Sie aber nicht länger auf die Folter spannen, lieber Darburg«, strahlte Freiherr von Richthofen jovial und sah den Textilfabrikanten an. »Wir sprachen jüngst in kleiner Runde über den Nahen und Mittleren Osten und wie unerschlossen dieser für die Errungenschaften der modernen Funktelegrafie ist. Und was soll ich sagen, ich erinnerte mich an Sie.«

»An mich?«, fragte Wilhelm nicht unbeeindruckt. »Aber ich war doch schon lange nicht mehr dort.« Er überlegte blitzschnell. Von Richthofen hatte ihn damals für den Aufbau von Telegrafienetzen in türkisch-Kurdistan für das Auswärtige Amt angeworben. Aus den Diensten von Siemens heraus, wo er seit 1910 gearbeitet hatte. 1911 war das gewesen. Nicht lange danach war von Richthofen selbst aus dem AA in die Wirtschaft gewechselt.

Schulz lachte. »Aber andere waren noch nie dort und keine zehn Pferde würden sie dahin bringen. Sie aber kennen die Verhältnisse.«

»Kennen ist ...«, wollte er bescheiden einen Einwand vorbringen, doch der Freiherr übernahm wieder, zog sich eine voluminöse Zigarre aus dem silbernen Kästchen auf dem Tisch und hielt sie gestikulierend zwischen den Fingern, ohne sie anzuzünden.

»Ich mag mich ja unmittelbar nach Ihrer Dienstverpflichtung aus dem Außenamt entfernt haben, aber ich bin nicht von gestern.« Er kniff verschwörerisch ein Auge zu. »Ich weiß durch General Kreß, wie Sie sich im Weltkrieg in Palästina bei der Funkeinheit im Felde geschlagen haben.«

»Friedrich Kreß von Kressenstein«, flüsterte Wilhelm andächtig. »Mit ihm ging ich später nach Georgien, als ...«

»Nach seiner Versetzung nach Transkaukasien.« Der Schatten von Bedauern trübte für einen Moment die Gesichtszüge des Freiherrn. »Unglückliche Sache. Gegen die Briten unter General Allenby hätte im November '18 auch niemand anderes etwas ausrichten können. Nicht bei der lausigen Versorgungslage. Für diese Versetzung konnte er sicher nichts.« Von Richthofen griff nach dem Cognacglas, ohne die Zigarre abzulegen. »Aber immerhin konnten die Räterussen durch Kreß vom Einmarsch in Georgien im Süden abgehalten werden.«

»Zunächst«, entgegnete Wilhelm, dem nicht entging, dass dieser Schulz ihn ausnehmend freundlich ansah, Fabrikant Simon hingegen undurchsichtig blieb. Dann setzte er den begonnenen Satz fort. »Dafür wurden die Briten wieder frech und als die Russen nach unserem Abzug Anfang '21 doch Georgien besetzten, sorgten die Engländer mit ihrer *North Persian Force* für Unruhe, ohne etwas bewirken zu können.«

»Nun, sie schützten wohl ihre Interessen.« Erstmals meldete sich Theodor Simon zu Wort, ruhig, überlegt und bedacht, mit einer sonoren Stimme, die zu dessen Rauschebart passte wie der Wodka zu den Donkosaken.

»Allerdings, und sonst schützten sie nichts«, empörte sich Freiherr von Richthofen. Da Schulz neugierig guckte, sprang Wilhelm seinem ehemaligen Chef bei.

»Gemeint ist wohl der Mord an Konsul Wustrow. Ein guter und pflichtbewusster Beamter. Nach dem Krieg wurde er von Mossul nach Täbris geschickt, um die diplomatischen Beziehungen in Persien für das Reich wieder aufzunehmen. Als aufständische Perser in das Konsulat Geflüchtete lynchen wollten, weigerte er sich, sie auszuliefern und kam bei dem Sturm auf das Gebäude ums Leben.«

»Sehr richtig. Und General Ironside ließ seine Briten untätig vor der Stadt liegen, bis alles vorüber war.« Von Richthofen hob sein Glas. »Auf Karl.« Die anderen taten es ihm gleich.

»Ich war im Juni '20 noch auf seiner Beerdigung. Er liegt auf dem protestantischen Friedhof in Täbris. Danach ging ich auch zurück nach Deutschland.« Wilhelm beobachtete seine Gesprächspartner. Das war sicher keine Gelegenheit, alte Kriegsgeschichten aufzuwärmen. Bald müsste er wohl erfahren, warum er hier war.

Für einen Moment trat nachdenkliche Stille ein. Dann beugte der Mann von der DELAG sich vor und griff nach einem Plätzchen, das er mit einem Biss verschlang. In dieser Haltung sah er Wilhelm an, schräg von unten.

»Wie man hört, kennen Sie sich ausgesprochen gut mit der Kopiertelegrafie aus. Mir wurde zugetragen, dass Sie im Vergleich mit einem britischen Patent die einfachere, aber durchaus reale Möglichkeit einer Apparatur propagieren, die nur je eine Gebe- und Registriervorrichtung bei beliebig häufiger Wiederholung benötigt und man so des lästigen Problems der ewigen Umschaltungen ledig wird.«

Ein Lächeln umspielte Wilhelms Lippen. Es ging also endlich los. »Sicher, wenn es nur eine Lösung für die Papierzufuhr gäbe, denn den Endlosstreifen können wir bei dem Faksimileverfahren nicht nutzen. Und die Sendegeschwindigkeit ist doch sehr abhängig von der Kabelgüte und der Netzauslastung.«

»Hammerling meint, Sie sind da mit Ihrem Ansatz auf der richtigen Fährte.« Schulz lehnte sich zurück. Irgendwo tickte eine Uhr und jetzt fiel Wilhelm auf, dass seit geraumer Zeit niemand mehr Flöte spielte. Es war sehr still.

Hammerling, dachte er. Natürlich. Sein Primus. Hatten diese Leute hier ihn also in seine Vorlesungen eingeschmuggelt? Er legte die Hände auf seine Schenkel und gedachte abzuwarten, dann fiel ihm Gertrude ein, die hoffentlich tatsächlich den Zettel bekommen hatte. Er sah von einem zum anderen. Wie konnte er herausfinden, was die von ihm wollten? Direkt fragen? Das mochte als unhöflich aufgefasst werden. Wen vertrat noch einmal dieser Schulz? Von Richthofen war Bankier, Theodor Simon Textilfabrikant.

»Herr Schulz, Sie vertreten die Firma DEBEG? Das ist doch die deutsche Betriebsgesellschaft für drahtlose Telegrafie, die Funkoffiziere für die Handelsschifffahrt ausbildet?«, pokerte er, ohne sich vorstellen zu können, wie er selbst in diese honorige Runde passen sollte. »Wenn Sie sich für die Bildtelegrafie interessieren, könnte ein Vertreter der Telefunken unsere Runde bereichern.«

»Was wissen Sie über Persien, Herr Darburg?«, ertönte stattdessen wieder die tiefe Stimme von Fabrikant Simon.

Wilhelms Augen wurden schmaler. Mittlerweile erschien ihm dieses Treffen zunehmend geheimnisvoll. Ihm war nicht ganz geheuer. Er hatte vor zehn Jahren im Nahen Osten und im Grenzgebiet von Persien gekämpft. Jetzt fragte man ihn nach den Verhältnissen dort?

»Nun«, begann er stockend und räusperte sich vernehmlich. Eines der Dienstmädchen sprang sofort herbei und reichte ihm ein Glas Wasser. Er hatte sie beinahe vergessen, nickte ihr aber dankbar und glücklich zu. »Was ich weiß, speist sich weitgehend aus der Zeitungslektüre. In Persien hat es vor einigen Jahren einen Putsch gegeben, einen Staatsstreich. Aus diesem ging ein ehemaliger Offizier siegreich hervor, Reza Khan. Er begründete die Dynastie der Pahlavi und hat sich zum Ziel gesetzt, das Land in kürzester Zeit zu modernisieren.«

»Inwiefern?«, ließ sich Schulz vernehmen.

Wilhelm sah ihn lange an. War das eine Testfrage oder wusste der es wirklich nicht? Das war eher nicht anzunehmen. »Also, als wir damals im nordwestlichen und nördlichen Grenzgebiet waren, da war von einer Zivilisation kaum zu sprechen. Straßen, Wasserleitungen, Schulen ... es gab nichts.«

»Sie meinen, eine Zivilisation nach unseren Maßstäben, Herr Darburg?«, sagte Freiherr von Richthofen leise.

»Wie?«, er besann sich. »Natürlich. Ja, nur unsere Maßstäbe. Die Perser selbst sind eine der ältesten Kulturen der Welt.«

»Sechstausend Jahre, mindestens«, brummte Theodor Simon.

Von Richthofen ergriff das Wort. »Dennoch kommt man nicht umhin festzustellen, dass es einen Nationalstaat Persien nicht gab, auch wieder in unserem Sinne. Denn faktisch war das Land bis vor kurzem geteilt. Die Russen kontrollierten den Norden, die Briten den Süden, um eine Landbrücke vom irakischen Protektorat über Südpersien bis nach Indien zu beherrschen und die Ölvorräte auszubeuten. Hierbei machte man sich Knebelverträge zunutze, die man mit den schwachen Herrschern vor Reza Khan abgeschlossen hatte. Die jeweiligen Dynastien wurden beschäftigt durch mutwillig angezettelte Aufstände von Nomadenstämmen. So konnten die Besatzungsmächte gleichzeitig Ruhe versprechen, während ihre Vergünstigungen den Hofstaat ruhig hielten.«

»Das endete, als Mitte 1928 sämtliche der sogenannten Kapitulationen liquidiert wurden«. Die Stimme des Fabrikanten füllte den Raum, er saß reglos auf seinem Sessel.

Von Richthofen nippte am Cognac, trank einen großen Schluck und leerte sein Glas. »Das war der Umschwung auch für Deutschland. Deswegen sind wir heute hier.« Zufrieden lehnte er sich zurück und betrachtete seine Zigarre. »Es ist ja so. Unser Mann in Teheran, Graf von der Schulenburg, hat sehr umsichtig taktiert. Er hat jahrelang, wo es ging, die Position der Briten unterstützt und gleichzeitig gute Verbindungen zur persischen Staatsspitze aufgebaut. Hofminister Timurtasch oder Prinz Firus, der Finanzminister, zählen ihn zu ihren Freunden. Der Schah vertraut ihm, die Briten vertrauen ihm, der Schah entmachtet die Briten und die Russen.«

Er zog die Augenbrauen hoch und sah Wilhelm an, als erwarte er eine Antwort. Da der nur weise nickte, sprach er weiter. »Wer bleibt übrig? Unser Mann Schulenburg. Stück für Stück bricht er uns eine Nische in die internationale Isolation sowohl Deutschlands als auch Persiens. Fabriken, Schulen, sogar die einzige Fluglinie in Persien – alles deutsch. Die Perser wissen genau, dass sie uns vertrauen können. Politisch ebenso wie der deutschen Wertarbeit. Große Dinge sind im Begriff zu werden, lieber Darburg. Große Dinge. Die Finanzamerikaner haben den persischen Bankenapparat saniert, schon Ende September '27 erfolgte eine erste vertrauliche Anfrage durch den Ministerpräsidenten Hedayat, ob nicht ein Deutscher Chef der Nationalbank werden könnte. Schulenburg taktierte zunächst, gab sich bescheiden, und als die Briten zustimmten, erteilte auch Berlin grünes Licht. Krupp von Bohlen und Halbach entdeckte Persien, Juli '27 gibt es deutsch-räterussische Geheimverhandlungen und plötzlich wollen auch die Sowjets deutsche Interessen fördern.«

»Der Feind meines Feindes ist mein Freund«, brummte Direktor Simon. »Diese Weisheit ist mindestens so alt wie Persien, und so persisch wie Persien.« Alle lachten.

»Besuchte nicht eine persische Delegation im letzten Jahr Berlin?«, fragte Wilhelm interessiert und von Richthofen nickte stürmisch. Er führte die Zigarre zum Mund, und zündete sie wieder nicht an.

»Aber ja. Das war dieser Timurtasch. Der zweite Mann im Staat hinter dem Schah selbst. Sommer '28. Aber schon Ende 1926 war er erstmals hier, was viel weniger Aufsehen erregt hatte. Jedoch, der Besuch vor einem Jahr ... nun, ohne diesen, wären wir jetzt nicht beisammen.« Er hob die Zigarre, sah in die Runde, niemand gab ihm Feuer. Daher legte er sie auf den Tisch. »Sophie sagt ohnehin, ich solle das lassen«, grummelte er. Dann wieder an die anderen gerichtet: »Der Rest ist etwas komplizierter. Die Perser stellen also den Russen und den Briten den Stuhl vor die Tür. Nicht nur das, sie entziehen den Briten die Überflugrechte von West nach Ost, was für diese ein riesiges Problem darstellt, wegen Indien natürlich. Die realisieren, dass die Perser unabhängiger werden wollen und können wenig dagegen tun. Das britische Empire bröckelt, die Sowjets sind noch schwach. Dass ausgerechnet wir Deutschen jetzt fein raus sein sollen, gefällt denen aber auch nicht. Deutsche Unternehmen wachsen Stück für Stück in die Lücken hinein, die beide, Sowjets und Briten hinterlassen. Jedoch: Solange Schulenburg die Briten unterstützt und wir für die deutsch-russischen Projekte in Persien wie den Eisenbahnbau bezahlen, bleibt ihnen wenig dagegen zu tun.« Stille trat ein.

»Das war aber immer noch nicht alles«, lächelte Hans Schulz und Wilhelm fragte sich zum wiederholten Male, was dessen Rolle hier wäre. *DEBEG*? Handelsschifffahrt?

Hartmann von Richthofen schüttelte den Kopf, schielte zu der Zigarre, besann sich dann anders. »Lieber Freund von der DELAG, wenn Sie schon damit anfangen ...«

Und Schulz übernahm.

»Deutschlands Einfluss wuchs nicht nur auf Kosten der Briten und Russen. Sondern auch für die persische Politik. Der Schah wollte den Madjlis, das Parlament, stärken und den Einfluss der Geistlichen, der *Olama*, zurückdrängen. Also beauftragte er Minister Timurtasch, eine Rechtsreform einzuleiten, infolge derer neunzig Prozent der religiösen Richter ihre Stellung verloren hätten. Das Land wäre auf einen Schlag säkular geworden. Das führte im Herbst '27 zum heftigen Widerstand der Geistlichen, die das Volk gegen die Führung aufhetzten. Die Sache stand Spitz auf Knopf, als Doktor Boetzke, Direktor der Bank für Industrieobligationen, im Oktober nach Persien reiste und umfangreiche Investitionen versprach. Dass Schulenburg und die deutsche Industrie in diesem Moment der Schwäche die Regierung stärkten, vergaß der Hofminister nicht. Er willigte Sonderrechten für die Deutschen ein. Während die Briten keine Überflugrechte mehr hatten, bekam Junkers die Konzession für den persischen Flugverkehr. Exklusiv. In wenigen Tagen werden zwei Junkers W 33 nach Teheran überführt. Mitsamt deutschen

Besatzungen werden sie das Rückgrat der persischen Luftwaffe bilden. Jüngst im Februar folgten ein deutsch-persischer Handels- und ein Freundschaftsvertrag. Mittlerweile dürfen die Engländer auf dem Weg nach Indien wieder zwischenlanden, aber in kaum drei Jahren hat sich die deutsche Wirtschaft mächtig breit in den persischen Sattel gesetzt und es sind deutsche Geologen, die die Bodenschätze erforschen. Gemeinsam mit den Persern, nicht durch Knebelverträge geschützt.«

»Sie verstehen, was das bedeutet?«, lächelte der Fabrikant. »Persien und seine Gärten und Schätze liegt offen vor uns wie ein prächtiger Harem!« Er schmunzelte. »Und es gibt keine Wächter. Für mich ist das Land wie eine Schatzkammer der feinsten Seiden und Tücher und Rohstoffe und Farben. Sehen Sie diesen Salon?« Seine Hände vollführten einen Halbkreis. »Safran, feinstes, magisches, natürliches Gelb, so weit das Auge reicht. Können Sie sich vorstellen, was mich das gekostet hat? Dieser Salon ist jetzt zwanzig Jahre alt. Hätte ich einen direkten Zugang nach Persien und könnte ich Rohstoffe und Materialien in großen Mengen importieren, würde das einen Bruchteil kosten, obwohl viele Menschen noch immer bereit wären zu bezahlen, was ich damals ausgab.«

Langsam nickte Wilhelm. Er verstand die Hintergründe. Während ihm das Ticken der Uhr auf dem Kamin nahezu lärmend in die Ohren stach, fragte er sich nach wie vor warum er Gertrude für diesen Termin einen Korb geben musste. Ihm gefiel der politische Gedankenaustausch, aber es würde ihn wundern, wenn er grundlos in die besseren Salongesellschaften der Republik aufgenommen werden würde.

»Darf ich fragen, ob es also um den Telegrafenverkehr gehen soll, mit dem ich mich an der Universität beschäftige?« Es irritierte ihn, dass Hans Schulz eindeutig mit dem Kopf schüttelte und zu den anderen hinsah. Was denn sonst? »Oder sollte es um den Luftverkehr gehen? Sie hatten Junkers erwähnt ...«

Schulz ergriff das Wort. »Die Perser lieben unsere Flugzeuge. Aber lieber bleiben sie am Boden als zehn Toman mehr zu bezahlen gegenüber einer Autopassage, die Tage dauert und im Winter gar nicht stattfindet. Junkers steckt viel Geld in den Luftverkehr in Persien, aber das rentiert sich niemals. Und die Landeplätze sind schlecht. Teheran hat den besten Flugplatz. Die anderen ... nur der Militärflugplatz bei Teheran und Bushir sind überhaupt mit Gebäuden ausgestattet«, er machte eine abweisende Handbewegung. Wilhelm schaute in die Runde. Er begriff noch immer nicht.

»Hofminister Timurtasch hatte im vergangenen Jahr zwei besondere Begegnungen, als er im Juli und darauf im September Deutschland erneut besuchte«, hob von Richthofen wieder an. »Reichspräsident von

Hindenburg empfing ihn und der Minister war äußerst beeindruckt von dem greisen Haudegen.«

Wilhelm nickte. Alter und Weisheit und Männlichkeit, das war der Dreiklang höchster persischer Anerkennung.

»Im September aber, kurz vor seiner Rückkehr nach Persien, machte er seine zweite, denkwürdige Begegnung, die sein Leben veränderte, wie er selbst angab«, sprach Hans Schulz leise. Ehrfürchtig, ohne jede Dramatik. Wilhelm hielt ein wenig die Luft an.

»Er wurde Zeuge eines Überfluges von LZ 127, des Luftschiffs *Graf Zeppelin* auf einer seiner fünf Probefahrten. So etwas hatte der Minister noch nicht gesehen. Ein Gigant der Lüfte, fast zweihundertfünfzig Meter lang, dessen Maybach-Motoren ein Dröhnen vom Himmel schickten, das Verheißung und Machtanspruch zugleich war. Er hatte nicht einmal einen Begriff dafür. Die Perser kennen *Balluntschis* für Männer, die in Fesselballons zum Himmel steigen oder in Flugzeugen fliegen. *Setareh parvaz*, hat er ein paarmal gestaunt. *Setareh parvaz*. Was wohl soviel heißt wie *Fliegender Stern*.« Herr Schulz triumphierte sichtlich. »*Das*, bekräftigte der Minister immer wieder, *das* sei für ihn die Zukunft der Luftfahrt.« Seine Augen strahlten. »Wir alle fühlten uns damit wie zu Rittern geschlagen.«

Wilhelm realisierte, dass er sich verhört haben musste. Schulz war offenkundig von der DELAG, nicht der DEBEG. Er vertrat hier die erste Luftfahrtgesellschaft der Welt.

»Und *deshalb*, werter Herr Darburg, wollten wir Sie kennenlernen und mit Ihnen sprechen.« Theodor Simon stellte sein Glas ab und von Richthofen übernahm.

»Das wäre dann wohl der Moment, in die Bibliothek zu schreiten, meine Herren?« Alle erhoben sich und Wilhelm tat es ihnen nach. Verwirrter als zuvor. Weswegen war er nun einmal hier? Wegen Safran? Oder Luftverkehrsfragen? Doch der Funktelegrafie?

Die beiden schweigenden Dienstmädchen liefen beschwingt voraus und öffneten die Türen. Dort, wo der Boden nicht mit endlosen Läufern bedeckt war, knarrte das helle Parkett unter ihren Schritten. Wie aus dem Nichts trat ein Diener zum Hausherren und wisperte ihm etwas zu. Unmerklich blieb die Gruppe für einen Moment stehen. Wilhelm glaubte, von einem Eindringling auf dem Grundstück gehört zu haben, der gerade verjagt worden sei. Es entging ihm nicht, dass Simon und Schulz einen langen Blick wechselten, aber sofort ging es weiter. Irgendwo im Haus ertönte kurz Kinderlachen, dann war es wieder vorüber und wurde abgewechselt von dem tiefen Schlagen einer Standuhr.

Sie überquerten eine Spiegelgalerie und standen unvermittelt in der Bibliothek.

Der Fabrikant grinste gewinnend.

Wilhelm blieb andächtig stehen und betrachtete die prall gefüllten Regale, die die Wände bedeckten, so dass hier kein Quadratmeter Tapete zu sehen war. Ein ausladender Lüster schwebte über ihnen, Sitzgruppen luden zum gemütlichen Lesen ein und in der Mitte des Raumes stand ein großer Tisch, mit Dokumenten überhäuft.

Schulz raunte dem Fabrikanten etwas zu: »Gestern Abend war wieder jemand vor meinem Zimmer im Hotel Savoy und wartete, ich sah den Schatten unter der Tür hindurch. Ich spinne doch nicht.«

»Möchten Sie zu uns stoßen?«, fragte indes der Freiherr den stehengebliebenen Wilhelm und der kleine Eiskristall von Tadel schmolz ungeduldig in seiner Stimme. Der riss sich zusammen und folgte den anderen, die sich um den Tisch versammelt hatten. Lautlos platzierten die Mädchen neue Getränke auf einem Servierwagen nahebei. Er ließ seinen Blick über den gewaltigen Lesetisch schweifen, auf dem Mappen, Bücher, Pläne und Zeichnungen lagen. Und Landkarten von Persien, der Türkei, dem Kaukasus und des Donauraumes. Er erkannte Ordner der internationalen Donaukommission. Das, was ihn am meisten elektrisierte, waren Baupläne großer Gebäude, Hallen und die Querschnittszeichnung eines Luftschiffes, die unter einigen der Akten hervorragten. Was war das hier?

»Wir müssen sicherlich nicht betonen, dass alles, was wir hier besprechen, streng vertraulich ist. Und dass Sie später auch dann nicht darüber sprechen dürfen, falls Sie nicht an unserer Unternehmung teilnehmen wollen!«

Wilhelm nickte. Diese Ansage des Freiherrn war eindeutig. Wem sollte er schon davon erzählen? Nun, Gertrude *würde* er berichten. Selbstverständlich.

* * *

Die Stadt Teheran bestand in den Randbezirken aus einem Irrgarten von engen Gassen wie seit hunderten von Jahren. Sie alle schienen einander ähnlich, braune Lehmmauern, meistens ohne Fenster, formten ein Labyrinth, das selten durch Türen unterbrochen wurde. Byron irrte zurück zum Grand Hotel, dem besten der drei Herbergen nach westlichen Standards. Es lag an der Laleh-Zar, der einzigen moderneren Straße, in der man ebenso flanieren wie Besorgungen machen konnte.

Als stünde ihm das Vergnügen des Einkaufens zur Wahl, denn wenn er sich nicht permanent für irgendwen verfügbar hielte und Geld verdiente, wäre er längst aus dem Hotel geflogen. Und dann *good night, my friend.*

Neben Lehmwänden gab es noch unendlich viele Hunde und Kehrichthaufen. Auch auf die brannte die Sonne eines drückenden Nachmittags, wie auf Byron ebenfalls. Manchmal erspähte er die Spitzen der Berge zwischen den Mauern, deren zerklüftete Felswände bereits längere Schatten warfen und wusste, dass wenigstens die Richtung stimmte. Er hatte sich vom *Bazar-e Bozorg* aus nach Nordosten zu halten, dann träfe er irgendwann auf die Laleh-Zar, der er bloß zu folgen hatte. Hin und wieder trippelten Packesel vorbei, hoch beladen mit Warenbündeln und durch Staub und Sonne getrieben von verwitterten Männern. Verschleierte Frauengestalten huschten im Halbdunkel der Mauern dahin, wie schuldbeladene Wesen einer anderen Welt.

Lautes Rollen und Geschrei alarmierte ihn und er sprang zur Seite. Gerade noch rechtzeitig presste er sich in den Rahmen einer verschlossenen Tür. In rasender Fahrt passierte ihn eine Droschke. »Berin kenar! *Berin Kenar!*«, brüllte der Kutscher.

Die Staubfahne, die der wahnsinnige Fahrer mit seinem Gefährt hinter sich her zog, legte sich auf Byron und sein Gesicht.

»Verdammter Idiot«, kreischte er hinterher und klopfte seine Sachen ab. Wohin sollte er ausweichen in einer schmalen Straße, die Lasteseln entsprach, nicht europäischen Droschken, die mit ihren zwei Pferden den Durchgang von Mauer zu Mauer füllten? In Teheran führten alle Wege zum großen Bazar. Dessen Aktivität verlagerte sich nach dem Abendgebet wieder zurück in die Stadtteile. So still und tot es in den Gassen auch sonst war, im Umfeld des Bazars ging es lebhaft zu. Aber die dem Markt eigentümliche Farbenglut verblasste wenige Meter außerhalb und das Leben in der Stadt färbte sich uniform braun am Boden und blau am Himmel.

Byrons Verfolger hatten bald von ihm abgelassen. Sie besaßen ja die Perle und er das Geld – der Triumph gehörte ihnen. Davon war er fest überzeugt. Nur ganz langsam ließ die Hitze nach und er empfand sich mindestens so schmutzig wie geschwitzt. Aber er hatte eine weitere Aufgabe zu erledigen heute Abend. Wenigstens war es eine, die bezahlt werden würde. Er fühlte die Blicke der schwarz verborgenen Frauen auf sich, selbst wenn er ihre Gesichter nicht sehen konnte.

Zweimal landete er in einer Sackgasse und kam irgendwann doch an dem modernen Telegrafenamt vorbei, vor kurzem fertiggestellt. Es hätte so auch in Brüssel oder Warschau stehen können. Hier kannte er sich aus und traf auf die südlichen Ausläufer der Laleh-Zar. Zum Glück. Wenn es dunkel wurde, waren Ausländer gefährdeter als sonst schon. Ein großes Kontorhaus an der Einmündung zum Kanonenplatz beherbergte das Junkersbüro, dessen farbenfrohe Plakate weithin leuchteten und für Flüge in alle Welt Propaganda machten. Sehnsüchtig schielte er hin und zwang sich dann stur nach vorne zu sehen. Der Weg war nicht mehr weit.

Keine zehn Minuten später trat er unter den Balkon des Grand Hotel, der sich über den Eingang streckte und um welchen herum ein geschäftiges Kommen und Gehen passierte. Die westliche Kolonie in Teheran war größer, als die weltpolitische Bedeutung der Stadt erahnen ließ. Neben dem diplomatischen Personal und internationalen Gästen gaben sich Industrielle und Fachleute, Arbeiter, sogar Künstler und ihre Angehörigen die Ehre. Und wer nicht in einer der unwürdigen Absteigen unterkommen wollte, war auf das Grand Hotel und ein oder zwei vergleichbare Etablissements angewiesen. Gott möge verhindern, dass er irgendwann in einer dieser *Pensionen* enden würde.

Er hatte den Zimmerschlüssel nicht abgegeben, was das Personal öfter zu Protesten veranlasste, und eilte daher gleich in den ersten Stock in sein Zimmer. Dort thronte seine Schreibmaschine auf dem kleinen Tischchen zur Seite des Bettes, auf welchem sitzend er immer schrieb. Eine *Remington Portable*, sein ganzer Stolz, wenigstens hier, am Ende der Welt.

Er riss sich seinen Hut vom Kopf und warf ihn auf ein Schränkchen neben der Tür. Dann ließ er sich ächzend auf das Bett fallen und griff zu der Whiskyflasche, die seitwärts des Kopfkissens lag. Sie war nahezu leer, aber trotzdem trank er einen riesigen Schluck, als sei sie aus dem Schlaraffenland gefallen. Morgens, mittags und abends Whisky – davon wurde man immerhin nicht krank wie von dem Wasser hier. Für eine Sekunde schloss er die Augen und spürte den nahenden Schlaf, der schon an den Augenlidern zupfte, aber er musste noch arbeiten. Daher mühte er sich auf und legte die Hände auf die Schreibmaschine. Er mochte die Vertiefung ihrer runden Tasten. Sie hatten einen leicht erhabenen Rand und gaben ihm beim Schreiben immer ein Gefühl der Sicherheit, als könne er sich daran festhalten.

Einen Moment besann er sich. Dann schrieb er los. Es fehlte nicht mehr viel. Nur ein würdevoller Abschluss für eine in jeder Hinsicht aufregende Geschichte. Eine *Story*, die er leider nicht veröffentlichen konnte und die vermutlich niemals das Licht der Welt entdecken durfte. Kurze Zeit später war er soweit. Er zog das Blatt von der Walze und legte es auf die anderen. Zehn Seiten waren es geworden. Eine Lesezeit von dreißig bis vierzig Minuten. Viel Stoff für die unangemessene Bezahlung. Aber wählerisch zu sein war ihm unmöglich.

Dann stand er auf und schlurfte auf den Gang hinaus, ging bis zum anderen Ende zu dem Zimmer, das seinem eigenen direkt gegenüberlag, und klopfte.

Antwort kam augenblicklich. »Komm rein, Byron!«, rief sie von innen. Er öffnete die Tür und schloss sie hinter sich. Der Raum lag dunkel, die Vorhänge waren zugezogen, durch den Spalt der geöffneten Tür war ein Lichtstrahl auf die Frau gefallen, die an das Kopfende des Bettes gelehnt saß. Elena Reason, die Vertreterin von Paramount Pictures für den Mittleren Osten. Anfang dreißig, vielleicht fünf Jahre jünger als er. Sie hatte eine dünne Seidendecke bis zum Hals hochgezogen. Er schluckte.

»Die Öllampe«, hörte er, er wusste ja längst Bescheid. Im Dunkeln suchte er die Zündhölzer, fand sie und entflammte das Licht, das ein wenig flackerte und mit warmem Farbton das Zimmer erhellte.

Byron setzte sich auf den Boden, wie sie es immer wünschte. Er sah sie an. Ihre langen schwarzen Haare fielen gewellt auf die purpurne Decke, ihre Augenbrauen dünn nachgezogen. Sie glich nicht nur der göttlichen Norma Shearer, für ihn war sie es. Das half ihm. Er hatte sie einmal getroffen, als sie für Kelly-Springfield-Reifen einen Werbeauftritt hatte. Seitdem ging sie ihm nicht mehr aus dem Kopf.

»Du bist hübsch gesprungen eben, Byron.« Die Frau auf dem Bett kicherte kehlig. Er stutzte und sah sie an. Die Seidendecke war ein wenig gerutscht; er hatte nicht vergessen: *Nur Hinsehen! Niemals etwas tun, niemals etwas sagen.*

»Warst du das in der Kutsche?«, knurrte er. Sie nickte.

Er wollte protestieren, verkniff sich dann doch einen Kommentar und begann zu lesen. Elena liebte beschriebene Körperlichkeit. Sie durchlebte sie, während er sie las. Einmal hatte er als Schauplatz ein verfallenes Krankenhaus gewählt, in dem ein Wanderer von zwei liebeshungrigen Damen überfallen wurde. Diesmal handelte die Geschichte von einem verarmten Fischersmann, der am Fuß einer Steilküste auf eine Meerjungfrau traf. Heimlich spähte er über den Rand seiner Seiten. Das Tuch war gefallen, sie hatte die Arme hinter ihrem Kopf verschränkt, ihre schön geformten Brüste strahlten im Lichtschein der flackernden Öllampe. Was der Fischer aus dem Netz holte, war die Sirene, was sie ihm bot unbeschreibliche körperliche Lust und was er schließlich fand – einen grauenhaften Tod. Als Byron endete, hob er den Blick. Elena hatte die Augen leicht geschlossen und schien noch im Nachhall seiner Worte gefangen. Eine schwarze Strähne war ihr ins Gesicht gefallen und ruhte am Rand ihres wohlgeformten Mundes. Die

Arme lagen neben ihren geöffneten Schenkeln, sie saß dort wie ein plastisches Gemälde und Byron schluckte. Er rührte sich nicht. Sie würde es ihm irgendwann bedeuten, wenn er gehen sollte. Er betrachtete sie, versuchte, alles an diesem Bild im Gehirn zu verankern und wusste doch genau, dass er es bald wieder auffrischen musste, dass er mehr sehen wollte – so wie sie von ihm hören. Hundert Toman bekam er für seine Geschichten und Lesestunden von ihr. Einhundert Toman, ein angemessener Lohn für eine erotische Erzählung, die er gerne schrieb. Dennoch viel zu wenig gemessen am Preis des Verzichts, stattdessen endlich mit dem Roman zu beginnen.

* * *

»Wir stehen heute, im Juni 1929, vor großen Herausforderungen«, begann Theodor Simon, als spräche er im Reichstag. »Nicht nur ist die Lage in Deutschland schwierig, sondern weltweit. Aus den Vereinigten Staaten berichtet man mir große Furcht vor wirtschaftlichen Turbulenzen. Bei uns steigen die Arbeitslosenzahlen. In Persien zwingen der radikale Wandel und die Reformen des Schahs die Menschen alles aufzugeben. Völker, die seit Jahrtausenden als Nomaden leben, werden sesshaft gemacht und in die neuen Fabriken geschickt. Ohne Ausbildung, ohne Absicherung. Es droht dem Land das, was wir Deutsche im langen neunzehnten Jahrhundert erlebten: Wandel, Umsturz, gleichzeitig Aufbruch und Hoffnungslosigkeit für die Massen. Die Regierung weiß das und eine enge Zusammenarbeit in jeder Hinsicht ist für beide große Nationen von Nutzen.«

»Gleichzeitig trübt sich die politische Lage international ein«, übernahm von Richthofen. »Die Russen und die Briten brauchen uns, aber sie fangen auch an, uns Nadelstiche zu versetzen. Ganz klar wollen sie uns zeigen, wo wir hingehören.« Sein Zeigefinger wies zu Boden. »Dass unser Gesandter in Teheran bislang so gerne die britischen Positionen unterstützte, verstimmt mittlerweile die Perser. Dass Deutsche in die Positionen rutschen, die zuvor die Briten, Russen und Amerikaner innehatten, ärgert die Briten. Dass ausländische Mächte sich nach wie vor aktiv in Persien einmischen, missfällt dem Schah. Es kommt wohl nicht von ungefähr, dass Seyyid Hassan Timurtasch sich auf seiner Europareise im letzten Jahr in Italien über Aufbau und Inhalte von Mussolinis faschistischer Partei erkundigt hat. Eine solche plant er für Persien zu gründen. Die Russen agitieren offen in dem Land und unterstützen bolschewistische Scharfmacher, gerade wie bei uns. Wir stehen an einem Scheideweg – wir *und* Persien. Binnen Jahresfrist werden die Karten neu gemischt sein. Die Sowjets blockieren immer wieder den Landtransport von Deutschland nach Persien. Momentan droht abermals ein Landeverbot der Junkers-Linien in Baku. Dadurch würde sich die Reisezeit nach Teheran im günstigsten Fall von vier Tagen auf fast zwei Wochen verlängern, wenn man mit dem Zug führe und auf die Dampferverbindung über das Kaspische Meer angewiesen wäre. Bedenken Sie die Kosten für zusätzliche Übernachtungen und Unwägbarkeiten: Fährt der Dampfer? Sind die Züge pünktlich? Gibt es Unruhen, Schikanen beim Zoll? Die Landpassage führt über Russland oder die Türkei. Beides ...«, sein Gesicht verdeutlichte, was er ungesagt ließ. »Die einzige sichere und halbwegs saubere Passage wäre die von Sizilien aus über Beirut, Damaskus, Bagdad. Erst mit dem Schiff, später dann mit den modernen Fernbussen durch die Levante. Aber dann ... sind Sie viele Wochen unterwegs.«

»Und dies ist die Stunde der DELAG«, freute sich Hans Schulz. »Herr von Richthofen könnte Ihnen stundenlang über die Arbeit des Mitteleuropäischen Wirtschaftstags berichten. Werfen Sie mal einen Blick auf dieses riesige Gebiet.« Er beugte sich vor und rückte eine große Karte des südlichen Osteuropas gerade: Ungarn, Rumänien, Bulgarien, Türkei. »Der MWT will die Donauländer als Rohstofflieferanten und als Absatzmärkte für deutsche Waren nutzbar machen. Aber der Schlendrian dort lässt eine Infrastruktur, die mit unserer vergleichbar ist, vielleicht in fünfzig Jahren erwartbar werden. Wenn überhaupt. Dort transportiert man noch fröhlich mit dem Panjewagen wie bei uns vor hundert Jahren. Aber wenn wir uns die Karte näher betrachten, was sehen wir dann?« Er legte Akten über den oberen und unteren Teil des Planes. Es entstand ein Streifen, der sich von Deutschland bis Persien erstreckte. »Das«, er senkte seine Stimme in einer Mischung aus Andächtigkeit und Verschwörertum, »ist der Korridor des Wohlstands. Er reicht von Österreich, Ungarn, Bulgarien an das Schwarze Meer bis nach Georgien. Von dort ist es ein Katzensprung nach Aserbaidschan und Persisch-Kurdistan. Dort ist man nicht nur deutschfreundlich, viele sprechen unsere Sprache.«

»Sie wollen diese Länder mit einem telegrafischen Funknetz ausrüsten?«, fragte Wilhelm mit nicht geringem Zweifel. Daran wurde längst gearbeitet.

»Größer, lieber Darburg«, lächelte von Richthofen.

»Einen Junkers-Flugdienst einrichten auch für diese Länder?«, pokerte er.

Theodor Simon lachte laut. »Um Gottes Willen, lieber Freund. Junkers-Flieger wie die F 13 schaffen doch lediglich eine Tonne Fracht bei tausend Kilometern Reichweite. Sogar die neue W 33 schafft höchstens zwei Tonnen. Im Tagesgeschäft deutlich weniger. eine halbe Tonne die F 13, die W 33 vielleicht eine. Wie lange soll es denn dauern, bis jemals etwas ankommt? Nein, denken Sie noch größer. Denken Sie nicht in Tropfen, denken Sie in Eimern.«

Wilhelm ließ seinen Blick schweifen und starrte auf eine der Karten. Seine Augen weiteten sich.

»Er hat es«, triumphierte Hans Schulz. Dann zog er aus einer Röhre einen Plan und breitete ihn über den ganzen Tisch aus. Es war die Konstruktionszeichnung eines Luftschiffes.

»Jetzt erkennen Sie, worum es geht! Die Welt hat doch längst vergessen, was Zeppeline im letzten Krieg angerichtet haben. Die Atlantikfahrten von LZ 126, das ja heute im Besitz der Amerikaner *Los Angeles* heißt, und LZ 127 *Graf Zeppelin* haben der Welt die Großartigkeit dieses Friedenswerkes bewiesen. Wo immer ein Luftschiff am Himmel auftaucht und dessen Motoren den dröhnenden Friedensgruß übermitteln, jubeln die Menschen. Unsere Zeppelin-Luftschiffe sind bessere Botschafter der Völkerverständigung, als alle Konferenzen des Völkerbundes. Und nun: Die Reichweite von *Graf Zeppelin* beträgt ...«, er machte eine Kunstpause, »12.000 Kilometer mit einer Nutzlast von mehr als 15 Tonnen. Damit ließe sich nach Teheran fahren und zurück mit einem schönen Abstecher über die Akropolis und einem Sonnengruß an den Olymp, wenn gewünscht – in zwei bis drei Tagen. Ohne Schikane der Russen oder Kontrolle der Briten. Ohne Halt, *non-stop.* In einer Reiseflughöhe von 1500 bis 2000 Metern gleitet er dahin, kann, wenn nötig, aber höher steigen als die meisten Flugzeuge. Er ist wendig und zäh, wie wir auf der Orientfahrt vor einigen Monaten gesehen haben. Wir haben LZ 127 im heiligen Land über dem Toten Meer abgesenkt, *dreihundert Meter unter den Meeresspiegel!*«

»Gleichzeitig hat uns diese Reise auch die Grenzen der internationalen Akzeptanz gewiesen.« Von Richthofen trat an die Karte heran und hob den riesigen Konstruktionsplan an. »Die Orientfahrt im März konnte nicht, wie geplant, die Pyramiden von Gizeh passieren, weil die Briten den ägyptischen Luftraum nicht freigeben wollten. Der *Korridor des Wohlstandes*, wie ich ihn bezeichne, liegt hingegen ebenso offen vor uns wie Persien auch.«

»Deshalb brauchen wir Sie, Herr Darburg«, sagte der DELAG-Vertreter ernst. »Es geht um Folgendes: LZ 127 sorgt zwar für Furore, aber unsere Zeppelin-Werft in Friedrichshafen benötigt einen Nachfolgeauftrag, sonst können wir unsere Talente und Fachleute nicht halten. Die wirtschaftliche Situation trübt sich bis Ende 1929 möglicherweise weiter ein. Was in den dreißiger Jahren kommt, weiß keiner zu sagen. Wir haben dieses Luftschiff hier«, er zeigte auf den Plan, »in der Konzeption. LZ 128. Es soll gegenüber LZ 127 endlich das ideale Streckungsverhältnis einnehmen und ein höheres Gasvolumen besitzen, das uns die bestehende Halle bisher verwehrte, weil sie zu klein ist. Dadurch steigt der Durchmesser, während es gleichzeitig etwas kürzer wird als der *Graf Zeppelin*. Die Motorleistung wird erhöht, jede Maschinengondel erhält zwei Motoren statt einem mit einem Durchmesser der Rotoren von jeweils sechs Metern statt viereinhalb. Dadurch wird der Verschleiß gesenkt und das gesamte Schiff wird leiser. Volumen und Motorleistung erhöhen die Tragkraft und Geschwindigkeit deutlich. Ein Frachtschiff der Lüfte wird geboren.«

»Hier«, der Fabrikant tippte auf die Landkarte, »soll bei Teheran ein neues Luftkreuz der ›Simon'schen Handels-Korporation‹ entstehen. Auf halbem Wege gelegen zwischen Deutschland und Indien. Ich bin bereit, das Unternehmen zur Hälfte zu finanzieren. Das Reich gibt weitere fünfunddreißig Prozent, die DELAG den Rest. Ich rechne mir damit binnen kürzester Zeit für mein Unternehmen eine bedeutende Stellung innerhalb des europäischen Textilhandels aus. Zeppelin gegen Flugzeug. Während die Briten aus den Kolonien ihre Schätze noch tröpfchenweise abtransportieren, liefern wir schon mit Schubkarren. Und LZ 128 ist nur der Anfang.«

Wilhelm staunte. Das war alles mehr als beeindruckend und erschien realistisch und logisch. Die krisenhafte Grenzregion um Kurdistan und Aserbaidschan wäre für ein Luftschiff kein Problem. Niemand würde es in großen Höhen vom Himmel schießen können, nicht einmal aus Versehen oder heißblütigem kurdischem Übermut. Und doch war er nicht recht überzeugt.

»Bislang liest man von Fahrtrouten über den Atlantik. Von Asien habe ich nie gehört. Und das Klima? Im Krieg war ich in Palästina stationiert und dort erfuhren wir von L 57, das über Afrika wegen starker Fallwinde Ende 1917 beinahe verlorenging.«

Schulz, von Richthofen und Theodor Simon wechselten schnelle Blicke. Wilhelm blieb das nicht verborgen.

»Wir stimmen mit Alfred Colsman überein ...«, begann von Richthofen, bevor er unterbrochen wurde.

»Nun«, schob Fabrikant Simon dazwischen, »der Herr Generaldirektor der Zeppelin-Werke sieht die Zukunft in einer Vielzahl von Firmenaktivitäten und möchte alle Märkte im Blick behalten.«

Wilhelm holte nachdenklich Luft. »Ich spüre verschiedene Meinungen zu dem Thema. Irre ich mich?«

Von Richthofen nickte. »Wir erkennen in der Zeppelin-Geschäftsführung zwei unterschiedliche Strategien. Eine erspürt die Zukunft in der Verbindung Europas mit Nord- und Südamerika. Die andere möchte die Expertise der Firma vielfältig zur Geltung bringen. Zusätzlich in Richtung Afrika und Asien. Und Sowjetrussland.« Der Freiherr sah Wilhelm direkt und offen an. »Wir glauben, dass sich nur ein Ansatz durchsetzen kann. Und dieser entscheidet über die Zukunft von Generaldirektor Colsman oder Doktor Eckener.«

Hans Schulz nickte bedeutsam. »Der Atlantik ist das Spielfeld von Doktor Eckener, unserem Chef. Er präferiert den Passagierdienst. Wir hier gehen jedoch mit unserem Generaldirektor einer Alternative nach, die politisch von höchster Bedeutung und überdies sicher finanzierbar ist. Uns geht es um Fracht.« Die anderen brummten zustimmend. »LZ 128 wird fast so lang sein wie der Vorgänger. Als teure Industrie ist die Luftfahrt immer auch politisch. Deswegen sind wir hier beisammen.«

Von Richthofen übernahm von hier. »Ihr Auftrag, mein lieber Darburg, wäre nun folgender: Im August beginnt die Weltfahrt von LZ 127. Es fährt zunächst nach Lakehurst, um amerikanische Passagiere abzuholen. Prominenz! Anwesend sein wird auch Miss Drummond-Hay, eine einflussreiche amerikanische Journalistin, die bisher jede Fahrt exklusiv für die amerikanische Presse begleitet hat. Danach kehrt es zurück nach Friedrichshafen, um nach einem Zwischenstopp die Reise nach Japan anzutreten, es folgen Los Angeles, New York und wieder Friedrichshafen. Das wird der Welt die Leistungsfähigkeit des deutschen Luftschiffbaus eindrucksvoll vor Augen führen. Die Fahrt nach Japan führt über Russland und den Ural, eigentlich.« Von Richthofen bemerkte die Ahnung in Darburgs Gesicht. »Wir beabsichtigen nämlich, einen Abstecher nach Süden über das Kaspische Meer nach Persien zu machen. Nach der russischen Einöde wird kein Passagier wissen, wo es lang geht und die Überraschung daher noch vollkommener sein, wenn man urplötzlich in aller Herrgottsfrühe in Tausend und einer Nacht landet. Die Verzögerung wird nur maximal anderthalb Tage betragen, aber der Propagandaeffekt gewaltig sein. Wir benötigen im Vorfeld jedoch Informationen vor Ort. LZ 127 soll sich von Norden her durch das Elburs-Gebirge nähern.« Er zeichnete auf der Karte die Route nach.

Der Freiherr und Schulz sahen sich an. »Das Gebirge ist an manchen Stellen mehr als fünftausend Meter hoch«, sagte von Richthofen dann. »Von der dortigen Gegend gibt es keine guten Aufzeichnungen. Sie sollen sich also mit dem Junkers-Flugdienst in Verbindung setzen und eine passende Route suchen, die eine Passage durch ein Tal erlaubt und Auskunft gibt über Thermik, Fallwinde und so weiter.«

»Wenn ich kurz dazwischenfragen darf«, machte Wilhelm sich bemerkbar. »Warum lassen Sie sich diese Erkenntnisse nicht aus der Zentrale in Dessau kommen oder beauftragen Junkers selbst, wenn die längst vor Ort sind?«

»Weil wir uns nicht als Konkurrenz für Junkers anbieten möchten und das auch nicht sein wollen. LZ 128 wird den verfügbaren Raum für Fracht nutzen, nicht für Passagiere. Es soll höchstens zehn Personen gleichzeitig transportieren, vor allem diplomatisches Personal, dem es auf Verschwiegenheit und Geschwindigkeit ankommt. Und sonst für zwanzig bis dreißig Tonnen Fracht ausgerüstet werden. Wir wollen also keine Pferde Scheu machen.«

Wilhelm nickte und von Richthofen fuhr fort. »Weiterhin müssen Sie mit dem Hofminister sprechen. Er muss den Schah schonend auf das Ereignis vorbereiten, damit es ihn nicht schockiert und er eine Landung gut für sich propagandistisch nutzen kann. Auch sollen Sie die Verfügbarkeit von Mannschaften prüfen, die alsbald die Wartungshalle bauen könnten. Es werden auch ein paar Männer gebraucht, die die Flaggen- und Lichtsignale lernen, damit LZ 127 bei seinem Abstecher auf Sicht navigieren kann. Dort gibt es keinen Funk, der Staat hat jeden Betrieb einer Anlage untersagt, bis er sein eigenes Monopolsystem eingerichtet hat. Aber das kann dauern. Die Verfügbarkeit von Elektrizität ist instabil und unsicher. Kontakt zur Funktelegrafenstation der Briten in Bagdad darf nur im Notfall aufgenommen werden. Sie werden also viel sprechen und verhandeln müssen. Nur eines brauchen wir konkret und auch das müssen Sie organisieren: Einen Ankermast für LZ 127 auf dem Flugplatz östlich von Teheran. Der muss vor Ort gebaut werden. Die Pläne gibt Ihnen dann Herr Schulz.«

»Und wie verständige ich mich dort?«, zweifelte Wilhelm.

Theodor Simon blieb gelassen. »Deutsch, Französisch, Englisch. Meistens kommen Sie damit durch. Persisch natürlich, aber man wundert sich, wieviele Menschen in den großen Städten Asiens europäischer Sprachen mächtig sind. In Indien oder dem Irak ist es Englisch, in Palästina und Syrien Französisch. Aber in Persien und der Türkei nicht selten Deutsch.«

»Doch Vorsicht«, hob Schulz den Finger. »Der Mast mag recht einfach konstruiert sein, er muss jedoch auch halten. Und sogar hier im märkischen Sand um Berlin ist es alles andere als einfach, etwas so im Boden zu verankern, dass es nicht beim nächsten Wind einfach wieder davonfliegt.«

»Bei den Gesprächen mit der persischen Regierung ist Fingerspitzengefühl nötig«, gab Fabrikant Simon zu bedenken. »Die Kosten für LZ 128 werden sich vermutlich auf zehn bis zwölf Millionen Reichsmark belaufen, die wir organisieren. Der Schah wird über das nun deutsch beeinflusste Finanzministerium Zölle kassieren können. Und zwar nicht zu knapp. Dafür soll er etwas tun. Die Halle zur Unterstellung und Wartung würde uns in Deutschland ebenfalls an die zwei Millionen Mark kosten. Dort wird es billiger sein, aber das soll die Gegenleistung Persiens werden. Dafür ...«, er machte es bedeutsam. »Bekommt er für seine Propaganda dies!«

Wie auf ein geheimes Kommando hin zog Hans Schulz ein weiteres Papier aus der Röhre. Keine Konstruktionszeichnung, sondern ein Gemälde. Der Farbdruck eines gigantischen Zeppelins, dessen Name in geschwungenen, arabisch anmutenden Buchstaben gut sichtbar oberhalb der Führergondel auf die graue Hülle gemalt war: LZ 128 *Schahnameh.* Dargestellt über einer idealisierten Stadtsilhouette im Orient. *Schahnameh*, die persische Variante der Nibelungensage, das Nationalepos des Landes, gleichsam Bezeichnung wie Botschaft eines Luftschiffes. Wilhelm begriff sofort: *Eine solche Geste* würde in der Tat jeden morgenländischen Herrscher mächtig beeindrucken.

Draußen hatte sich die Sonne auf ihren Weg hinter den Horizont begeben. Die Dämmerung war zu erahnen, als von Richthofen das Gespräch abermals in Gang brachte, nachdem Wilhelm vermutet hatte, dass man sich jetzt wohl bald auf den nächsten Tag verabreden würde.

»Wir dürfen Ihnen gegenüber das Risiko nicht verschweigen.«

Seine Aufmerksamkeit war sofort geweckt. Er dachte an die Andeutung von Hans Schulz vor wenigen Minuten.

Von Richthofen sah ihn bedeutungsvoll an. »Die Briten entwerfen mit den Starrluftschiffen R100 und R101 momentan ein Luftschiffsystem, welches wie LZ 128 über bis zu 50% größeres tragfähiges Volumen im Vergleich zu LZ 127 verfügt. Gleichzeitig ist uns bekannt, dass sie ebenfalls eine Luftschiffroute nach Indien planen. Nun verstehen unser Chefkonstrukteur Ludwig Dürr und Doktor Eckener den Luftschiffbau als Ringen um den Fortschritt und empfinden Konkurrenz als sportlichen Wettbewerb. Ich möchte dem nicht widersprechen. Sie pflegen engen Kontakt zu den Engländern wie auch den Amerikanern bei Goodyear, die ihrerseits an Luftschiffen arbeiten.« Er nickte Schulz zu.

»Das Thema ist aber nicht ohne. In Großbritannien beharken sich Vickers mit ihrem R100 und die Royal Airship Works mit R101.« Eine Pause trat ein. Der DELAG-Mann beugte sich vor. »Seit geraumer Zeit hege ich den Verdacht, dass meine Post überwacht wird«, flüsterte er verschwörerisch. »Und ich persönlich vielleicht auch.«

Wilhelm wagte es nicht, etwas zu fragen. Also sah er bloß zu Boden. Sollte er sich auf all das wirklich einlassen? Aber hatte er denn eine Alternative?

Von Richthofen sprach weiter. »Demnach müssen unsere Pläne streng geheim bleiben, fürs Erste *auch* gegenüber dem deutschen Gesandten in Teheran. Er ist umsichtig und ein hervorragender Diplomat. Seine Nähe zu den Briten, so nützlich sie ist, bereitet jedoch den investierenden Kapitalgebern Sorgen. Selbst wenn wir die britischen Luftschiffpläne nicht stoppen können und wollen, wäre unsere Verbindung stets direkter und schneller, zumindest solange die Briten südlich über dem persischen Golf *um* Persien herum müssen. Den wirtschaftlichen Vorteil hätten damit immer wir. Und die Geste eines spontanen Besuchs in Teheran zur Würdigung des Reformwerkes des Schahs und der Name des Schiffes können ihre Wirkung nur entfalten, wenn auch der liebe Graf Schulenburg ebenso ahnungslos ist.« Wilhelm nickte stumm. »Halten Sie sich vor Ort an Doktor Staudacher, den neuen Legationssekretär der deutschen Gesandtschaft. Er ist jung und aufgeschlossen. Und möchte Karriere machen. Wir haben auch Ihre Karriere im Blick. Wir bieten Ihnen vorerst 400 Mark im Monat und das gleiche noch einmal als Auslandszulage sowie eine Verpflegungs- und Unterkunftspauschale von 90 Mark.« Von Richthofen erhob sich und die anderen taten es ihm nach. »Sind Sie dabei?«

Wilhelm hielt die Luft an. Fast 900 Mark … das entsprach dem Ruhestandsgehalt eines ordentlichen Professors! Wenn Gertrude das erführe. Er nickte. Unsicher, zögerlich, deutlich. »Wann soll es denn losgehen?«

»Na, sofort, mein Lieber«, strahlte von Richthofen. »In den nächsten Tagen erhalten Sie die notwendigen Papiere.«

»Es ist … da ist … reise ich alleine?«

Von Richthofen und Schulz zwinkerten sich zu und nickten. »Ihrer Holden können Sie dafür nachher viele Geschichten erzählen!«

»Oh mein Gott«, murmelte Wilhelm.

»Herzlich willkommen bei der Simon'schen Handels-Korporation, Herr Darburg«, tönte der Fabrikant warm und feierlich.

Wilhelm war durcheinander und doch freute er sich. Endlich eine Perspektive. Was würde nur Gertrude sagen?

Ankunft in Teheran

›An Bord des Zwergspecht, dreiviertel 12 Uhr mittags. 17. Juni

Werte Gertrude, ich hoffe, du wirst mir dereinst verzeihen können. Deinen vorwurfsvollen Blick in den vergangenen Tagen habe ich wohl recht gedeutet und es bedeutet mir viel, dass du dennoch nach Tempelhof gekommen bist, mir Adieu zu sagen. Während ich dir diese Zeilen schreibe, höre ich von vorne das Dröhnen des Motors und hinter mir wie die Luft, die das Flugzeug auseinanderreißt, wieder zusammenfließt. Der ‚Zwergspecht‘, das ist der Name der Junkers-Maschine, in der ich sitze, ist recht groß. Sechs Mann hocken hier auf Korbgeflecht, über uns nehmen Netze das Gepäck auf. Wie man hört, sollen in Fliegern der Zukunft bis zu sechzig Passagiere Platz finden. Das glaube ich nicht. Das ist zu viel. Es gibt ja nicht einmal ein Abort.

Die Reise war beschwerlich und auch unglücklich. Bis Moskau verlief der Flug recht anständig, plötzlich gab es aber keinen Anschlussflug nach Charkow. Niemand wusste Bescheid. Ich musste eine Nacht im Hotel Metropol zubringen, dann ging es am späten Abend des nächsten Tages weiter. Jedoch nicht bis Baku und von dort gen Teheran, sondern nur bis Tiflis. Die Sowjets haben Junkers wieder einmal die Landegenehmigung für Baku entzogen. Warum nicht gleich auch für Tiflis, muss ein Geheimnis bleiben. Von da also mit der Eisenbahn bis Täbris in Nordpersien. Das war ein schönes Wiedersehen, die Stadt habe ich vor zehn Jahren besucht, damals beim Militär. Da niemand wusste, wann und wie es weiterginge, konnte ich nicht einmal den historischen Bazar besuchen, sondern musste mehr als vierundzwanzig Stunden neben der Baracke des Flugplatzes hocken. Ein weiterer Deutscher ist hier, der fliegt nach Schiras. Dem wurde übel mitgespielt vom russischen Zoll. Er musste jede einzelne Tasche öffnen, seine Taschentücher auspacken. Nur er, mich ließen sie in Ruhe und andere ebenfalls. Reine Schikane, finde ich.

Wir fliegen 2700 Meter hoch. Im weiten Umkreis Ödnis, selbst die Berge scheinen wie Aschehäufchen, die jemand zusammengekehrt hat. Man täusche sich nicht. Das Elburs-Gebirge gleich hinter Teheran geht bis über 4000 Meter, der Damawand nebenan höher als 5000 Meter. Ist nicht die Bewegung entzückender als jedes Ziel? Wir werden sehen. 1 Uhr, Sultanieh. Viertel nach 2 Uhr, Ghasvin und dann: Teheran. Ich durfte dem Piloten über die Schulter schauen, als vorne die Ahnung einer mächtigen Stadt auftauchte. In weniger als drei Stunden haben wir achthundert Kilometer zurückgelegt. Direkt vor uns, doppelt so hoch wie wir – der ewige, schneebedeckte Damawand reckt sich in den blauen Himmel. Jetzt muss ich mich setzen, es geht herab. Und war es bis eben noch angenehm, leckt die süße Sonne in den tieferen Luftschichten nach dem Metall unseres Vogels, erwärmt es und alle darinnen gleich mit. In Persien, lass dir das gesagt sein, ist man als Europäer meistens falsch angezogen. Gut leben die Einheimischen. Manche tragen die weite Abba der südlichen Stämme, wie auch die Geistlichen. Das Gewand passt einfach immer, zu jedem Wetter. Der Vogel senkt sich. Es ist 2 Uhr 40. Noch drei Flügelschläge über der Stadt, wir streiften fast die Minarettnadeln der großen Moschee, Straßen strecken sich uns wie Finger entgegen. Der Flugplatz eine Piste, nicht mehr, daneben ein Viereck aus Wällen, wie eine Wallburg der Eisenzeit.

Da ist sie, die braune Brust der Ebene und die Krähe setzt auf, rumpelt anständig und kommt zum Stehen. Wir sind in Persien. Acht Tage nach der Abreise. Der arg vom russischen Zoll gepiesackte Mitreisende legt sich sanft an die Erde wie an ein Herz. Da hat wohl jemand mächtig Angst vor dem Fliegen gehabt.

Liebste, ich muss zum Schluss kommen. Draußen laufen ein paar Leute herum und ich weiß nicht, wie es weitergeht, mit wem ich spreche und wohin ich gehen werde. Wenn du diesen Brief eines Tages bekommst, dann ist gewiss: Es gibt Briefkästen im Morgenland.

Gehab dich wohl. Dein Wilhelm‹

Die Hitze im Inneren der Kabine drückte. Die ersten Passagiere waren aufgesprungen und aus dem Flugzeug geklettert, sobald es zum Stehen gekommen war. Durch die kleinen Fenster brach die Helligkeit der staubigen Steppe, planiert zum *Meydan-e Junkers*, dem Junkers Flugfeld.

Das war also Persien! Land der Hochkultur. Er schob den Brief in die Innentasche und stand auf, stieß sich den Kopf und zog in gebückter Haltung seinen alten Koffer aus dem engen Gepäckraum im rückseitigen Teil der Kabine. Dann wankte er halb gedreht zurück zu der Luke, die den Ausgang darstellte und gleich auf den Grund führte. Hinter sich hörte er die Piloten aus der Kanzel klettern.

Draußen angekommen, verharrte er orientierungslos. Die anderen Passagiere schlenderten zu der flachen Baracke des Junkers-Flugdienstes. Der Mann für Schiras, der sich zu Boden geworfen hatte, wischte sich den Staub aus den Kleidern. Ein seltsames Verhalten, fand Wilhelm.

»Willkommen in Teheran«, überholte der Pilot ihn grinsend, seine verglaste Lederkappe auf dem Kopf, die er gegen den Flugwind brauchte in seiner offenen Kanzel.

Wilhelm sah sich um. Alles grau in braun. Die Stadtmauer, etwa eintausendfünfhundert Meter entfernt, erhob sich massiv bis in fast zwanzig Meter Höhe. Jede fünfzig Schritte wölbten sich kriegerisch ausschauende Bastionen hervor in die Landschaft. In der direkten Nähe des Tores waren Menschen unterwegs mit Eseln, eine kleine Kamelkarawane trabte aus der Stadt heraus. Ein großes getäfeltes Tor mit sanft geschwungenem Durchgang war geschmückt mit farbigen Mosaiken und bildete einen bunten Kontrast zu der kargen Einöde, leer bis zum Horizont.

Hinter dem Zugang war Bewegung zu erkennen. Teheran, eine Kulturstadt. Warum bloß hier erbaut? Wem nutzen Farbenpracht und Künste, wenn alles zu verdorren droht? Oder gerade deswegen? Aufbegehren des Lebens gegen das Ende der Welt?

Das Flugfeld leer, bis auf die gelandete F 13. Das Karree aus Erdwällen mit Gebäuden im Inneren, das er aus der Luft gesehen hatte, lag in der prallen Sonne. Hammerschläge deuteten auf Arbeiten hin. Nur sah er niemanden, und es wartete keine Seele auf ihn. Kontakt zur deutschen Gesandtschaft aufzunehmen war der Auftrag, den ihm Freiherr von Richthofen mit auf den Weg gegeben hatte, vier Tage nach ihrem ersten Treffen am Wannsee. Man würde diese von seiner Ankunft verständigen. Ansonsten: Stillschweigen galt es zu bewahren!

In Wilhelms Gepäck befand sich eine große Mappe mit den Plänen der Luftschiffhallen und einer Zeichnung des neuen Zeppelins, die er später den persischen Offiziellen präsentieren sollte. Die würde er zunächst einmal ausfindig machen müssen.

Da es sonst kein lohnendes Ziel gab, lief auch er zu der Baracke, die, an der Außenwand der staubabweisenden Erdwälle gelegen, alles in einem war: Warteraum, Platzverwaltung, Fremdenpolizei. Über den Wall hinweg gewahrte er einen großen Schuppen, dessen Tor offenstand. Darin mochte ein Flugzeug Platz finden, oder ein Teil davon, denn die Zugänge waren schmal. Aus der Luft hatte er außerdem ein Zelt gesehen, neben dem zwei kahle Baumstämme aufgerichtet worden waren. Hinter dem aufgeschlagenen Zelteingang war jemand im Halbdunkel herumwerkelnd zu sehen gewesen. Auf dem gesamten Flug hatte er gestaunt, wie leer die Landschaft war. Hatte er tatsächlich daran gezweifelt, dass man in der persischen Hauptstadt eine Luftschiffhalle mit mehreren hundert Metern Länge und Dutzenden Metern Breite und Höhe errichten könnte? Platz war hier reichlich – bis zu den Bergen und in der anderen Richtung zum Horizont. Es ließen sich Hallen für eine ganze Weltluftflotte bauen und es blieb genug Raum übrig.

Langsam stieg er die Holzstufen zum Ankunftsbüro hoch und stand im Vorraum, der durch eine halbhohe Trennwand geteilt wurde. Dahinter saß ein junges Fräulein, vielleicht zwanzig Jahre, kaum älter. Einige Sessel boten Gelegenheit zum Niederlassen, in denen just zwei seiner

Mitreisenden Platz genommen hatten und auf irgendetwas warteten. Wilhelm trat zu ihr und stellte sich vor.

»Guten Tag, mein Name ist Darburg. Ich werde erwartet. Jemand von der deutschen Gesandtschaft wollte mich abholen.«

Fräulein Huth sah kurz auf, dann blätterte sie in einigen Papieren.

»Richtig, ich habe die Gesandtschaft bereits heute früh davon in Kenntnis gesetzt, wann der Flieger landet. Sicher wird man sie nicht vergessen.« Dann wandte sie sich wieder ihren Unterlagen zu. Wilhelm hoffte inständig, dass es an dem wäre. Er sah sich um.

»Ist das hier die Firma Junkers in Teheran?« Er wollte nicht hochnäsig klingen, aber den Zweifel konnte er nicht ganz aus seiner Stimme verbannen. Sie musterte ihn von unten, ohne den Kopf zu bewegen.

»Das ist der Flugplatz, mein Herr. Unser Verkaufs- und Propagandabüro liegt an der Laleh-Zar, gleich am Kanonenplatz. In der Stadt. Ist hübsch dort.«

Wilhelm nickte stumm. Da die beiden anderen Passagiere an Wassergläsern nippten, setzte er sich ebenfalls und schüttete sich aus einem Krug ein. Es war lauwarm, gemessen an der glühenden Hitze draußen aber fast erfrischend. Drei Ventilatoren im Zimmer richteten wenig aus. Auf dem Platz vor der Baracke röhrte etwas kläglich. Das Knirschen des Staubes unter Rädern und ein sirrendes Brummen kündigten das Vorfahren eines Wagens an. Die anderen beiden Herren sahen interessiert auf beim Eintreten eines recht jungen Mannes, der hemdsärmelig gekleidet war, im wahrsten Sinne des Wortes. Das weiße Hemd offen, keine Krawatte, die Hose überaus hochgezogen. Wache Augen musterten die Runde aus einem jungenhaften Gesicht heraus, darüber eine hohe Stirn, schütteres dunkelblondes Haar, das vorne in einer Tolle zulief.

»Guten Tag zusammen. Wer von Ihnen ist Herr Darburg aus Deutschland?«

Wilhelm regte sich, stellte das Glas fort und stand auf. Der andere ging auf ihn zu: Legationsrat Dr. Staudacher von der Gesandtschaft. Er führte ihn nach draußen, zurück unter die Sonne. Wortreich gestikulierte er.

»Es tut mir so leid, Herr Darburg. Wir wussten ja gar nicht, wann Sie überhaupt ankommen. Fräulein Huth hier rief erst heute morgen an und teilte uns mit, dass Sie auf der Liste des heutigen Fluges stünden. Wir haben Sie schon vor Tagen erwartet.«

Wilhelm hatte sich ebenfalls gefragt, wie er von unterwegs Kunde seiner Ankunft geben könnte. Aber es war nicht möglich gewesen.

Unweit der Baracke stand der Wagen, ein Hansa. Staubig, verschrammt, alt. Damit fuhr eine deutsche Gesandtschaft, selbst wenn sie nur eine solche zweiter Klasse war? Staudacher deutete seinen Blick.

»Unser Dienstwagen. Leider. Graf von der Schulenburg hat einen neuen Horch bestellt und der wurde auch geliefert, aber schon im Hafen von Pahlavi stellten wir einen Getriebeschaden im Differenzial fest. Bis die Teile mal geliefert sind ...«. Den Rest ließ er ungesagt. Er nahm ihm den Koffer ab und verfrachtete ihn mit großem Schwung auf den Rücksitz, dann stiegen beide ein und fuhren los.

»Ein Vorkriegswagen«, sagte Wilhelm, unschlüssig, was er sonst sagen konnte. Das Auto war riesig, es passte leicht ein halbes Dutzend Leute hinein. Der junge Mann war forsch, das mochte er. An ihn sollte er sich halten, hatte von Richthofen gesagt. Nicht an den Gesandten. Wusste dieser Staudacher das?

Der Hansa brauste mit seiner quäkenden Hupe lärmend auf das Stadttor zu und verscheuchte Esel und Menschen gleichermaßen und stoppte kurz an einem Verschlag unter dem Torsturz. Aus dem offenen Wagen heraus wedelte Staudacher mit einigen Papieren und der Polizist winkte ihn gelangweilt weiter. Wilhelm hielt sich fest. Das hier war anscheinend eine Welt, die zu Fuß ging oder ritt. Kutschen waren unterwegs, aber kaum Autos.

Staudacher sah zu ihm, während er geradeaus brauste. »Vorkrieg? Wie meinen? Das Auto? Das ist doch ein Typ D10. Vorkriegswagen? Wir sind doch nicht von gestern.«

Wilhelm blieb überzeugt, dass der D10 älter war, als dieser Jüngling glaubte, aber das war einerlei. »Wann kommen wir denn in der Gesandtschaft an? Ich habe Gespräche zu führen und Freiherr von Richthofen sagte ...«

Abrupt bremste der Hansa, um nicht zwei schwarz gewandete Frauen anzufahren, dann ging es eilig weiter. Die Haartolle des Fahrers wehte im Wind. Wilhelm fiel auf, wie sonderbar die Stadt roch. Anders als er sich an Persien erinnerte, nicht wie Täbris vor zehn Jahren. Würzig, staubig und doch auch etwas blumig.

»Ankommen? In der Gesandtschaft? Sie sind ja ein guter Mann, guter Mann.«

Wilhelm schielte verstohlen und irritiert zu ihm und versuchte sich einen Reim auf die letzte Aussage zu machen.

»Es ist *Moharram*!«

Schweigend nickte er. Er verstand kein Wort. »Dann ist die Gesandtschaft geschlossen?«

»Aber Herr Darburg!«, stieß der andere hervor und bog scharf nach rechts ab. »Richtung Schemran-Tor«, murmelte er vor sich hin. Und lauter: »Herr Darburg. Es ist *Moharram*!«

»Gott zum Schutze, Herr Doktor Staudacher: Was soll das heißen?«, wurde Wilhelm langsam grantig und etwas quietschte kläglich. Der Hansa war ganz sicher gerade über ein Huhn gefahren und wenn der so weiter bretterte, half ihm auch keine Hupe. Mehr als nur ein schwarzäugiger, schnurrbärtiger Passant hatte bereits wütend die Fäuste geschüttelt.

»*Moharram*!«, rief der Fahrer bloß, dann besann er sich. »Der heiligste Monat der Schiiten. Übermorgen finden die Prozessionen statt. Am 19. Juni. Menschenskinder. Was glauben Sie, was in diesen Tagen hier los ist.« Er warf blitzschnell einen Blick zu ihm rüber. Staudacher setzte den Gedanken fort. »Wie der Karneval in Rio, den mein Vorgänger Glock seit seiner Versetzung dort sicher in vollen Zügen genießt. Nur mit Opferfest, Hackebeilchen, Blut und Geschrei«, er grinste. Wohl wissend, dass dieser Vergleich jeden frommen Perser gegen ihn aufbringen würde.

Der Fahrer machte eine Vollbremsung und stöhnte laut. Ein altes Mütterchen war vollkommen unbeeindruckt von ihnen auf die Straße getreten und überquerte sie in Tippelschritten. »Das trifft sich gut, wir müssen nach links, in die Vali Abad Straße.« Mit einem Satz riss er das Lenkrad herum und der Hansa stieß in eine winzige Gasse, die kaum breit genug war, sie durchzulassen. Langsam realisierte Wilhelm den Grund für den lädierten Zustand des Wagens. Der schmale Weg war ziemlich leer und schnurgerade, so dass sich alle Fußgänger frühzeitig aus dem Staub machten. Sie brausten noch einige Momente dahin, dann endete die Fahrt abrupt. »Wir sind da.«

Zweifelnd drehte Wilhelm den Kopf und sah sich um. Hohe, braune Mauern aus Lehm, wohin er sah. Selten durchbrach ein hölzerner Fensterrahmen die erdfarbene Öde. Nichts, was nach einer Botschaft oder Gesandtschaft aussah, nicht einmal einer solchen der fünften Klasse, wenn es sowas gab.

»Wir sind da? Wo sind wir? An der Gesandtschaft?«

Staudacher öffnete den Mund und Wilhelm kam ihm zuvor, indem er fragend flüsterte: »*Moharram*?«

Als sei der andere erleichtert, nickte er.

»Sagen Sie, Doktor Staudacher. Mir drängt sich der Eindruck auf, dass *Moharram* die Erklärung für alles sei.«

»Aber keinesfalls«, kam es ehrlich überrascht zurück. »Die Erklärung für alles ist in Persien *Enscha'Allah!*« Er grinste. »Jetzt haben Sie sich nicht so. Ich mache doch nur Witze. *Moharram* ist in der Tat der heilige Monat. Früher war es hier richtig unsicher für Ausländer, ein amerikanischer Konsul ist mal totgeschlagen worden, weil er eine Zusammenrottung an einem heiligen Brunnen fotografiert hat. 1924 war das, oder '25. Nicht lange her. Der Schah hat das alles eingedämmt, die meisten Umzüge wurden verboten. Seitdem ist es ruhiger, aber immer noch ein rechtes Spektakel, das kann ich Ihnen sagen. Es ist aber auch der heißeste Monat, die Ausländer und die reichen Perser gehen dann mit ihren Dienern und dem ganzen Hausrat nach Schemran, in die Berge, im Norden. Der Gesandte ist außerdem gar nicht in Teheran. Wir erwarten ihn aus Deutschland zurück. Aber mit den Ankunftsdaten ist das hier ja so eine Sache: *Enscha'Allah.*« Er grinste.

Wilhelm brauste es hinter der Stirn. Dann hätte er ihn längst in Berlin treffen können? Das war ja nahezu unglaublich.

Staudacher sprach weiter vor sich hin. Laut, um den Motorenlärm zu übertönen. »Deshalb gibt es in der Gesandtschaft nur eine Notbesetzung. Für heute Nacht bringen wir sie in einer Pension unter. Haus *Dughess*, hier!« Er zeigte vor sich auf eine graubraune Wand wie alle anderen graubraunen Wände in der Straße. Nur ein winziges Schild war neben der Tür angebracht, in geschwungenen arabischen Buchstaben stand dort vielleicht der Name des Etablissements.

Staudacher stieg aus. Zögernd tat es Wilhelm ihm gleich. Dann griff er seinen Koffer, während der Legationsrat einen großen Türklopfer schlug. »Nur eine Nacht, alles ist bezahlt. Bleiben Sie nach Einbruch der Dunkelheit drinnen. Ab halb zehn abends erlöschen die Straßenlaternen. Wenn sie überhaupt funktionieren. Die Firma Hadschi Emin-e Sarb betreibt sie mit deutschen Generatoren, aber wenn keine Kohlen geliefert wurden oder etwas kaputt ist, bleibt es dunkel und mit Strom ist's essig. Morgen werden wir weitersehen.«

»*Enscha'Allah*?«, antwortete Wilhelm zweifelnd, als er ihm folgte, durch die sich öffnende Tür, hinter der es verführerisch nach Essen roch. Staudacher sah ihn erfreut und beinahe liebevoll an, als habe der kleine Wilhelm das Laufen gelernt. *Enscha'Allah.*

Teheran 1927 (Quelle: Junkers-Archiv, Deutsches Museum München)

Der Brunnen von Fatemeh

Zuversichtlich und gut gelaunt für ihre Verhältnisse wanderte Maren durch den Norden Teherans. Sie hatte Schlimmes für die neueste UFA-Produktion befürchtet, glücklicherweise traf der Großstadtstreifen *Asphalt* auf nicht geringes Interesse. Monsieur Safaeghian vom *Cinema Mayak* hatte ihn überhaupt nicht vorher sehen wollen, ihm reichte die Beschreibung, um augenblicklich zuzugreifen. Ganze sechs Wochen hatte er ihn gebucht. Und zahlte im Voraus. Bestimmt hatte es mit den beiden neueröffneten Kinos im Westen der Stadt zu tun, wegen derer er sich den ausländischen Film sichern wollte. Gerne hätte sie mal eine UFA-Komödie vermarktet, darauf wartete sie schon lange. In den vergangenen Tagen waren ständig neue Leute zu treffen. Es schien, als wolle jeder ein Kino eröffnen und suchte Material.

Die Fatemeh-Zisterne, welche die fremde Frau Maren neulich beschrieben hatte, lag verborgen in den Büschen eines Parks. Der befand sich mitten in dem Gewirr von Wegen und Gassen auf der Innenseite der großen Stadtmauer im Norden Teherans und schlug eine grüne Bresche in das gräuliche Braun der Straßen.

Sie hatte sich einen Tschador übergeworfen, weil sie nicht wusste, was sie dort erwartete, aber es handelte sich tatsächlich nur um einen Park. Er war nicht einmal groß, dafür ruhig und grenzte direkt an die Stadtbefestigung. Bäume spendeten Schatten, dichtes Buschwerk bot ein wenig Intimsphäre den Personen, die sich hier aufhielten. Gut ein Dutzend waren es – ausschließlich Frauen. Sie spazierten alleine oder saßen zu zweit herum und unterhielten sich. Ein friedvoller Ort war dieser Park. Auch wenn sie seit einigen Monaten hier in Teheran war, hatte sie ihn vorher nicht gekannt. Die Geschichte des Brunnens reizte sie. *Wäre sie würdig, die Wasser der Fatemeh zu schauen*, wie die Fremde gesagt hatte? Sie machte sich keine Vorstellung davon, was das heißen mochte. Aber sie wollte es herausfinden.

Als Ausländerin konnte Maren sich für gewöhnlich überall bewegen. Man schätzte sie, besonders die Deutschen, respektierte sie manchmal und selbst wenn nicht, ließ man sie in Ruhe. Manche Orte waren anders, gerade jene, die heilige Bedeutung hatten. Da galten alte und mythische Regeln, nur Einheimischen vertraut. Von dem Fall Imbrie hatte sie gehört. Der amerikanische Konsul, der vor ein paar Jahren totgeschlagen worden war, weil er sich genähert hatte und jemand ihn erkannt hatte. Ebenso sein Dolmetscher, einige Polizisten und Passanten, die ihn retten wollten. Daher verbarg sie sich in ihrem Tschador. Der würde selbst die religiösesten Zuschauer beruhigen.

Der Brunnen bestand aus einem Rund, kniehoch. Nicht gemauert, sondern offenbar aus einem einzigen großen Stein gemeißelt und dann geglättet. In seiner schmucklosen Wuchtigkeit sah er auf eine faszinierende Art würdevoll aus. Über ihm erhob sich ein Holzgerüst, in der Art einer Gartenpergola mit einem kleinen Dach, welches schützend das Wasser überspannte. Die hölzernen Stützpfeiler waren mit geschnitzten Ornamenten verziert. Beete lagen in unregelmäßiger Entfernung inmitten von kiesbestreuten Wegen, die Blüten ihrer Blumen dufteten schwer bis hierhin.

Maren trat an den Brunnen heran. Das Wasser lag ruhig und dunkel vor ihr, den Grund konnte sie nicht sehen. Die Form ließ nicht erkennen, ob es nur fünfzig Zentimeter tief reichte oder viel weiter. Sie verspürte den mächtigen Drang, hineinzugreifen. War es kühl? Seine Oberfläche war so aufreizend glatt, so skandalös still, dass alles in ihr danach trachtete, diese Ruhe zu stören, aufzuwühlen, wie ihr eigenes Herz permanent aufgewühlt war. Sie stutzte. Ein schöner Gedanke, sich in Verbindung zu dem Brunnen zu setzen und ihre Unruhe als Kontrast zu der perfekten Fläche des Wassers und seiner undurchdringlichen Tiefe zu sehen.

Ihr war, als wehe ein leichter Wind und tatsächlich. Der Blütenduft veränderte sich in seiner Intensität und der schwarze Stoff um ihr Gesicht bewegte sich. Das Wasser blieb indes unbewegt. Fast schien es wie Glas und wie sie eben noch Lust verspürt hatte, hinein zu fassen, so schreckte sie jetzt davor zurück. War es giftig und lag deshalb so unbeachtet hier?

»Heiligen Brunnen sagt man vieles nach«, hauchte eine Stimme neben ihr. Erschreckt sah Maren zur Seite. Die Frau vom Friedhof.

»Es ist schön hier«, murmelte Maren widerstrebend. Sie hatte sich erst an diese Ruhe gewöhnt und wollte nicht sprechen. Die Fremde nickte.

»Manche behaupten, die Wasser der Fatemeh seien an verbotenen Tagen im Jahr vergiftet. Andere glauben, dass es Blinde heilen kann. Dann sagen manche, dass das Wasser das Augenlicht raubt oder satt macht oder durstig.«

»Und was davon stimmt?«

»Wer kann das wissen?«, murmelte die schöne Perserin. »Vielleicht alles davon. Oder auch gar nichts.«

»Oder es hängt davon ab, wer hineinschaut?«

Leises Lachen und Nicken der Frau.

Maren beugte sich vor und näherte ihr Gesicht der Oberfläche. Sie sah sich selbst, makellos: »Jetzt sehen wir im Spiegel nur dunkle Umrisse, dereinst aber geht es von Angesicht zu Angesicht«, flüsterte sie plötzlich, ohne darüber nachzudenken.

»Jetzt ist mein Erkennen Stückwerk, dereinst werde ich erkennen so ganz, wie ich erkannt bin«, raunte die Frau neben ihr.

Überrascht erhob Maren sich wieder und sah sie an. »Das ... Sie kennen den Korintherbrief?«

Die Frau lächelte, schüttelte den Kopf und sagte nichts.

Maren wurde emotional. Damit hatte sie nicht gerechnet, an diesen Bibelvers hatte sie nicht mehr gedacht, seit ... der Beerdigung. Und, urplötzlich – hier – fiel er ihr wieder ein. Wieso jetzt?

»Manche sagen, dass der Brunnen der Fatemeh dabei hilft, sich und seine Verirrungen zu entdecken.« Die Fremde sah sie nicht an, sondern sprach wie zu dem Wasser. Maren hatte sie längst nach ihrem Namen fragen wollen, schon auf dem Friedhof, doch sie hatte es nicht gewagt.

»Ihr Vater ist gestorben?«, flüsterte diese stattdessen und kam ihr zuvor.

»Was, woher ...«, weiter kam sie nicht, denn die andere strich das Gewand hoch, so dass ihr Arm frei wurde und beugte sich vor, tiefer, so weit, dass Maren schon befürchtete, dass sie in den Brunnen fallen könnte. Die Frau reichte in das Wasser. Nur leichte Wellen entstanden, als sei es träge wie Öl. Dann folgte der linke Arm dem rechten. Sie schien etwas zu greifen und tatsächlich zog sie die Arme vorsichtig wieder zurück. Langsam hob sie die Hände an die Oberfläche. In ihren aneinandergelegten Innenflächen schimmerte es. Mitsamt des Wassers hob sie es nach oben und streckte es ihr hin.

Marens Erstaunen hätte nicht größer sein können. »Ein Goldfisch?«, hier? Er war friedlich, nicht länger als ein Daumen. Er schwamm in dem Halbrund ihrer Hände, als fühle er sich wohl und geborgen. Seine roten Schuppen funkelten in den vom Wasser gebrochenen Lichtstrahlen der Sonne.

Sanft sprach die Frau zu dem Fisch in ihren Händen. »Ein Goldfisch kann Glück bedeuten. Oder den verborgenen Schatz. Den gesuchten Geliebten oder den entschwundenen Verstorbenen. War dieser Fisch nicht unsichtbar und waren wir nicht vollkommen ahnungslos? Aber hier ist er. Er war da, die ganze Zeit. So kann für uns das Gute da sein, die Liebe und diejenigen, die wir vermissen. Sie könnten jederzeit bei uns sein. Vielleicht ist das, was wir suchen, schon ganz nah verborgen?«

Behutsam führte sie die Hände bis wenige Zentimeter über das Wasser. Als hätte er darauf gewartet, wagte der Goldfisch einen kunstvollen Sprung, tauchte in den Brunnen ein und verschwand schillernd in der Tiefe.

Die beiden Frauen sahen sich an.

Maren lächelte und für einen Moment hellte sich die Düsternis in ihrem Gesicht auf. »Das war sehr schön«, sagte sie leise und ehrfurchtsvoll. »Wie heißen Sie?«

Die andere nickte. »Mahpareh.« Dann verbeugte sie sich leicht.

Moharram

Früher Morgen: Die Mondscheibe war unermüdlich den Himmel emporgewandert und hüllte die farblosen Straßen in ein unirdisch bläulich-grünes Licht.

Der Schlaf der Gerechten ist die heilige Handlung des Orients, waren Wilhelms letzte Gedanken gewesen, bevor er fortdämmerte, ermattet und ausgezehrt zugleich von der Anstrengung der Reise und der permanenten Ungewissheit der Ankunft. Die Nacht wurde selten unterbrochen vom Heulen eines Hundes oder den Schreien von Eseln hier und da, bis ein langgezogener Schrei ihn in den frühesten Morgenstunden aufgeschreckt hatte, geradezu alarmiert: *Emsak*, der Ruf zum Morgengebet, hallte mannigfach von den Minaretten der Moscheen in der Stadt. »*Allah hu akbar!*« Gott ist am größten! »Ich bezeuge, dass es keinen Gott gibt außer Gott und keinen Propheten außer Mohammed!«

Die Stimme des Rufers brachte die Worte über die Häuser und in die Gassen. Wie Tropfen fielen sie vom samtschwarzen Himmel und vermehrten sich etwa fünf Minuten lang – ausgesandt von all den Minaretten der großen und prächtigen wie der kleinen und weniger wohlhabenden Gotteshäuser. Wenn viele Moscheen ärmlich schienen – hässlich war keine einzige von ihnen. Auch die geringste *Imamzadeh* hatte Würde, wie er schon damals im Grenzgebiet festgestellt hatte. Im Krieg.

Es war die Zeit der Morgendämmerung, *Sobh Sadegh*. Die Minuten nach dem Ende der Nacht, wenn weißes Licht am Horizont streut und das Dunkel von der Erde spaltet. Wahrhaftig die tugendhafteste Zeit, das Morgengebet zu verrichten. Kurz schlug Wilhelm ein Kreuz, wie er es damals gemacht hatte, wenn die aserbaidschanischen Kampfesbrüder einluden, mit ihnen zu beten. Sie auf ihre Weise, er auf seine eigene. Sanft lächelte er. Alle Knochen schmerzten und doch war er froh, hier zu sein. Zurück zu sein in diesem Land.

Er wunderte sich über diesen Staudacher. Eine Pension war ihm versprochen worden, dies hier war keine. Nicht mehr als eine Garküche. Auf dem Dach des ersten Stockes drei schmale Zimmer. Verschlägen gleich, in denen er der einzige Gast war. Hastig hatte er nach dem Aufwachen seine Sachen gepackt und sich zum Frühstück bedienen lassen, von fünf Jungens. Auch dies kam ihm bekannt vor. Schon in Täbris waren auf zwei Leute, die die Arbeit verrichteten, drei gekommen, die sie oft verhinderten, hatte General Kreß immer gelacht. So falsch war das nicht. Hier standen sich neben dem Wirt und dem Verwalter ein Kellner, ein Koch und der Küchenjunge mit schönen, großen Augen gegenseitig auf den Füßen, bis er mit dem Essen fertig war und das war bald. Die verbreitete Ineffizienz führte traditionell zu einem gewaltigen Einsatz von *Bashis*, dienstbaren Geistern, die aber alle nicht viel verdienten. Andererseits: Hätten sie überhaupt keine Arbeit, wäre ebenfalls niemandem geholfen.

Danach schleppte er seinen Koffer die schmale Stiege hinunter, lächelte in die Runde und setzte sich vor der Haustür auf den Boden. Durch die enge Gasse schwankte eine trübe Laterne, gehalten von einem Träger in blauem Rock. Er begleitete einen bärtigen Mullah, der andächtig im Koran las.

Langsam erwachte der Tag und es vergingen noch einmal zwei Stunden, in denen er wieder eindämmerte und sich vorkam wie ein Treiber in einer abgelegenen Karawanserei. Die hatten oft auch nichts weiter zu tun, als tagelang zu warten. Und das konnten sie vortrefflich, Wilhelm ebenfalls.

Immer mehr Menschen erschienen, gingen ihrem Tagewerk nach, langsam, gemessen. Sie hatten alle Zeit der Welt in diesem unindustrialisierten Land. Frauen liefen vorüber, verschleiert, nicht uninteressiert. Manche musterten ihn interessiert.

Irgendwann fiel ihm dann ein, warum er hier saß. Er war müde und durcheinander, aber sollte ihn nicht jemand abholen? Dr. Staudacher. Wo blieb der? Was für ein Konzept konnte das sein? Müsste man sich nicht um ihn kümmern? Er durfte nichts über seine Angelegenheiten verraten und der Gesandte war nicht in der Stadt, alle vernünftigen Menschen weilten in der Sommerfrische in Schemran. Man hatte ihn hier abgeladen und nun geschah – nicht das Geringste. Manchmal hörte man das langgezogene Röhren einer Hupe irgendwo. Als er es nicht länger aushielt stand er abrupt auf, ihm schwindelte. Bis auf etwas Tee heute früh hatte er lange keinen Schluck mehr getrunken. Wasserleitungen gab es hier nicht und ob sein Gastwirt ihm keimfreies Wasser reichen würde, darauf wollte er sich lieber nicht verlassen. Entschlossen marschierte er los, fühlte sich unwirklich wie der Wanderer in einem surrealistischen Gemälde von Tanguy, neugierig beäugt von den herumeilenden Händlern und Lieferjungen, die er ebenso musterte. Er lief einfach den Weg zurück. Irgendwo befand sich wohl das Tor, durch das sie gestern gebraust waren. Und irgendwann würde er jemanden finden, der einer bekannten Sprache mächtig war.

Keine zehn Minuten später hatte er sich vollkommen verirrt. Die Straßen, die am Nachmittag des Vortages recht leer gewesen waren, hatten sich gefüllt und sahen anders aus. Ständig passierte er Abzweigungen, mal hörte er lauteren und dann wieder leiseren Lärm. Nichts hier sprach seine europäischen Sinne an. Alles war fremd. Hatte er sich zu viel auf seine kulturelle Erfahrung eingebildet? Nun, Täbris war ein Dorf im Vergleich zu Teheran gewesen und das Grenzgebiet – eine arge Wüstenei. Zwar hatte er realisiert, dass das Gebirge immer im Norden lag. Doch leider sah er es kaum, denn mit dem Steigen der Sonne hatten die findigen Perser Tücher und Laken über die Straßen und Gassen gespannt, welche die Hitze draußen und die Blicke unten behielten. Wildes Geschrei lockte ihn an. Es war kein Streit, der hinter der nächsten Ecke seinen Lauf nahm, sondern die lautstarke Unterhaltung mehrerer Kameltreiber, die am Rande eines großen Platzes sich den Raum mit Automobilen und Omnibussen teilten. Er hatte den Kanonenplatz, *Meydan-e Tupchaneh*, erreicht. Staunend verharrte er einen Moment. Gegenüber den engen, wimmelnden und grauen Gassen kam dieser Anblick zivilisierter Weite abrupt und überraschend.

Der Platz war hübsch, gerahmt von imposanten Gebäuden, Kasernen an zwei Seiten, an der dritten das Zeughaus, an der östlichen die Bank Melli, die aus der Imperial Bank of Persia hervorgegangene persische Nationalbank. In der Mitte stand eine einsame Kanone, blank poliert, rot umgeben von Geranienbeeten. Nördlich und südlich grenzten zwei Portale an die stattliche Fassade des Bankhauses: das südliche Nasiriyeh-Tor führte zum Bazar, das nördliche Dowlet-Tor zu den königlichen Palästen. Eine Truppe Kosaken exerzierte über den Platz, in ihren historisch anmutenden Uniformen.

»He, hallo. Warten Sie!«, zwang er sich aus seiner Starre und rannte auf einen jungen Herrn zu, der europäisch gekleidet und sogar blond war. Wilhelm beschleunigte seine Schritte weiter, als er sah, dass der andere offenbar eine Kutsche erreichen wollte und ihn nicht bemerkt hatte. Angstgefühle kamen hoch. »Halt, Stopp. Stooopp!« Sein Koffer war hinderlich, also nahm er ihn vor die Brust und rannte hinter dem Mann her, der bereits auf der Bank der Droschke Platz genommen hatte und zu dem Fahrer etwas sagte. Erst im letzten Augenblick bezog er das Rufen auf sich und tippte dem Kutscher auf die Schulter, bevor er sich umdrehte. Sein Gesicht hellte sich neugierig auf, als er in Wilhelm ebenfalls einen Europäer entdeckte.

»Bitte«, atmete Wilhelm schwer. »Sie müssen mir helfen!«

»*Cosa vuoi? Sono di fretta*«, maulte der andere und hob die Hände. Wilhelms Mut sank. Italienisch. Aber immerhin. Nur konnte er kein Wort davon. Doch, Moment.

»*Perditus sum ego autem vadam ad Germania.*« Ihm dämmerte, dass er da wohl vollkommenen Blödsinn mit seinem Schullatein zusammengestammelt hatte. Der andere lachte.

»*Devi andare in germania? E una lunga strada.*«

»Was? Warte«, *lunga strada?* »Nein, nicht Straße, eh, *non lunga strada. Legationis Germania.*«

Der andere machte ein bemüht ernstes Gesicht, aber seine Augenwinkel verrieten seine Belustigung. »*Ambasciata tedesca?*«

Wilhelm kratzte sich am Kopf. Sollte er *Ja* sagen?

Das Gesicht des Gegenübers löste sich in prustendes Lachen. »Deutscher! Sagen Sie das doch gleich. Was für ein Gewese um eine solch einfache Frage.« Der blonde Bursche feixte breit.

Wilhelm hielt den Atem an. Er fühlte, wie ihm das Blut in den Kopf stieg. Sollte er jetzt lachen oder ihm an die Gurgel springen? Der hatte noch dazu einen österreichischen Dialekt, höchstwahrscheinlich ein Tiroler. In Abwägung der Umstände und weil der andere abfahrbereit im Wagen hockte, lachte er lieber ebenfalls, wenn auch gequält.

»Ich bin verloren. Gut, dass ich Sie treffe. Ich brauche eine Unterkunft. Jemand von der deutschen Gesandtschaft hat mich gestern zur Übernachtung abgeladen und ist nicht wieder aufgetaucht. Ich muss dorthin.«

»Sie könnten warten«, meinte der andere lakonisch. »Wir sind hier in Persien. Da ist ein Vormittag wie ein Tag wie ein Monat oder Jahr. Alles einerlei. *Enscha'Allah.* Oder aber Sie laufen die Firdousi-Straße hinauf bis zur Gesandtschaft. Diese Richtung.«

»Daher bin ich gekommen«, stammelte Wilhelm.

»Vortrefflich«, jubelte der andere und grinste. »*Arrivederci!*« Dann raste die Kutsche los. Wilhelm fluchte laut und unanständig. Als er sich umsah, fand er sich von den Kameltreibern umringt. Sie grinsten ebenfalls. Fluchen war international. Wütend über sich selbst stapfte er zurück in die Richtung, aus der er gekommen war. Diesmal nahm er sich vor, besser die Umgebung im Blick zu behalten. *Enscha'Allah.*

* * *

»Wen haben wir denn da?« Die junge Frau sprang aus einem der Sessel in der kleinen Stube. »Was tun Sie denn hier?«

Für einen Moment mussten Wilhelms Augen sich an die Lichtverhältnisse gewöhnen, die im Inneren der Pension *Trey* herrschten, in die ihn Kasem Khan, der Hausdiener des Grafen von der Schulenburg gebracht hatte. Die Gesandtschaft war heute früh schnell gefunden, dann hieß es wieder warten. Keiner wusste etwas, niemand war da, bis Kasem erschien. Ein Perser im Dienst der deutschen Gesandtschaft und der einzige, der sich kümmerte. Der brachte ihn hierher. Staudacher blieb verschwunden.

»Sie sind doch das Fräulein vom Flugplatz?!«, stellte Wilhelm fest. Sie nickte und trat näher.

»Betty Huth, angenehm. Heute habe ich frei.« Sie schüttelten die Hände.

Kasem hatte die geschäftlichen Angelegenheiten mit dem Hauswirt geregelt und kam, um sich zu verabschieden. »Die Pension wird von Deutschen geleitet, der Familie Stump. Sie werden zufrieden sein.« Der Diener sprach kein gutes Deutsch aber man konnte ihn verstehen. Er nickte auch Fräulein Huth zu, offenbar kannten sie sich.

Wilhelm lächelte ihn dankbar an. Dann hielt er sich an Betty.

»Jetzt bin ich hier gelandet. Aber es sieht besser aus als gestern. Doktor Staudacher hat mich zunächst in einer unmöglichen Bleibe abgesetzt.«

»Fescher Kerl«, meinte sie anerkennend. »Ich habe mit ihm mal eine Wanderung in die Berge gemacht.« Sie sah auf seine Hände, die den Koffer noch immer hielten. »Den bringt gleich jemand auf Ihr Zimmer.« Tatsächlich näherte sich lautlos ein junger Mann, Deutscher, vielleicht etwas jünger als Fräulein Huth, der ihm den Koffer abnahm und verschwand. Einen Moment lang machte Wilhelm sich Sorgen, dann gab er sich hin.

»Ja, fesch«, murmelte er nachdenklich. »Aber heute nicht da. Ist wohl in Schemran und organisiert da irgendwas. Muss ich wohl warten.«

Sie hob die Schultern. »Wir sind hier in Persien ...«, den Rest ließ sie ungesagt. »Waren Sie schon einmal hier?«

Er lächelte. »Ja, aber das ist lange her. Im Krieg. Zuerst in Palästina und später verlegt nach Aserbaidschan.«

»Wirklich?«, stieß sie hervor. »Unser Mechaniker auch. Paul Anar. Er war bei der Funkertruppe in Palästina.«

»Nicht möglich!« Wie überraschend. »Dann kenne ich ihn vielleicht. Ich war dort ebenfalls. Bei den Funkern und Telegrafen.«

»Morgen ist in Schemran ein großes Fest, ein Empfang. Herr Jaroljmek, mein ehemaliger Chef, lädt ein. Er ist ein Freund des deutschen Gesandten und vertritt nun eine neue Firma in Persien, Steffen & Heymann. Gut möglich, dass Doktor Staudacher damit irgendwas zu tun hat. Kommen Sie auch? Dann treffen Sie bestimmt auch Paul.« Wilhelm sah unschlüssig aus, er wusste ja nicht einmal, was er heute Abend täte.

»Ihr ehemaliger Chef? Bei Junkers?« Jemand aus dem Luftfahrtbereich könnte ihm beiläufig wichtige Hinweise geben und er müsste nicht einmal etwas verraten.

Fräulein Huth nickte. »Klar! Kommen Sie, alle kommen. Die ganze europäische Kolonie. Sonst ist hier ja auch nicht viel los. Was tun Sie heute noch? Nichts? Dann gehen wir aus und ich zeige Ihnen Moharram. Das können wir nur heute. Morgen ist der hohe Tag für die Prozessionen, dann wird es hier richtig wild. Deshalb der Empfang, da möchte kein Europäer in der Stadt sein.«

Wieder dieses Moharram, dachte Wilhelm. Gut möglich, dass er einmal etwas mitbekommen hatte. Er hatte flüchtige Bilder im Kopf von Umzügen und Menschenmengen, aber keines davon konnte er festhalten.

»Wollen Sie sich noch hinlegen? Nicht? Dann lassen Sie uns gehen!«

Wilhelm stöhnte. Diese junge Frau ließ ihm keine Pause. Aber allein in einem stillen Zimmer wollte er auch nicht sein. Daher stand er auf und nickte.

Es war später Nachmittag. Alles heute hatte lange gedauert, das Herumirren durch Teheran, die Verständigung mit Kasem, dem Diener. Die Zeit, bis jener bereit war, ihn zu einer neuen Unterkunft zu bringen, der Weg hierhin … fußläufig, wenn auch weitgestreckt. Und deshalb dauerte jede Etappe Ewigkeiten. Immerzu musste man warten, egal ob es einen Grund gab oder nicht. Wie konnte das nur möglich sein?

Kurz hatte er das schattige Innere der Pension genießen können, schon standen sie wieder draußen und wandten sich gen Süden. Die Laleh-Zar war die belebte Einkaufsstraße. Hier fuhren Autos, Fuhrwerke, Handkarren wurden gezogen und es mischten sich Europäer mit den Völkern des persischen Reiches. Eine Vielzahl von Kulturen auf engstem Raum.

»Wir sind hier recht weit im Norden«, sprudelte es sofort aus seiner Begleiterin heraus. »Die Laleh-Zar verläuft bis fast in das Stadtzentrum und hat sich in den letzten Jahren sehr verändert. Hier gibt es alles, was man braucht. Dort«, sie zeigte auf ein Geschäft im europäischen Stil mit Auslage und Schaufenster. »Das *Femina*. Da können Sie sich Damenkleider kaufen und sogar Dessous.«

Wilhelm dachte, dass er für sich doch recht selten Dessous kaufte, aber Fräulein Huth war gedanklich längst woanders.

»Hier gibt es auch Theater, mehrere Kinos und mittlerweile drei Hotels nach westlicher Art. Das dort«, sie wies auf ein Gebäude mit einem auffälligen Vorbau, hundertfünfzig Meter südlich von ihnen, »ist das Grand Hotel. Das beste Hotel in ganz Teheran. Es hat ein Auditorium mit sechshundert Plätzen. Manchmal gibt es Filmvorführungen. Wenn Sie Glück haben, singt dort Qamar, eine fantastische Sängerin. Sie tritt sogar ohne Schleier auf und könnte ebenso gut in Paris oder Berlin singen. Die meisten Ausländer steigen dort ab. Ich kann es mir allerdings nicht leisten. Leider. Wer hier länger arbeitet, mietet ein Haus oder kauft sich eines.« Sie schmollte und sah dabei ungewollt hübsch aus. »Ich *bin sogar* länger hier und kann es mir trotzdem nicht leisten.«

Interessiert besah er sich das Hotel, als sie langsam darauf zuliefen. Kasem Khan hatte gesagt, dass man ihn dort unterbringen wolle. Der Tag sei noch unbestimmt, wie alles hier in diesem Land.

»Ich bin ganz gerne mit Herren unterwegs. Die sind unkompliziert und bieten Schutz. Manche missverstehen das, aber das ist mir egal.«

Wilhelm wollte ihr sagen, dass er in Berlin bereits eine Herzensdame habe, nur für den Fall, dass sie ... er ließ es bleiben. Bevor er nach dem Leben in Teheran fragen konnte, plauderte sie weiter, ihn die Straße entlang ziehend.

»Gleich kommen wir an der Firma Junkers vorbei. Da arbeite ich, wenn ich nicht gerade Dienst am Flugplatz habe. Dann geht es über den Kanonenplatz rein in den Bazar. Wir wollen zur *Soltani Moschee*. Ein außergewöhnliches Gebäude mit zwei Minaretten und einer vergoldeten Kuppel. Wir haben Moharram und können als Nichtmohammedaner nicht hinein, aber sie ist sehr groß und verfügt über einen weitläufigen Hof. Von einem Dach aus könnten wir mehr sehen und ich weiß schon, wie wir das anstellen. Wir müssen gleich abbiegen und uns dann durch das Gassengewirr schlagen. Einem der verfallenen Häuser steigen wir aufs Gesims. Wir sind ja zu zweit.«

Der Ruf zum *Maghrib*, dem Abendgebet, erschallte an einzelnen Stellen der Stadt, wurde beantwortet und es entstand wie schon in der Früh ein Klangteppich der Lobpreisung Allahs und des Propheten. Die beiden Minarette ragten auf der anderen Seite des Kanonenplatzes aus dem Häusermeer. Die Quelle des Abendrufes war nah, als sie in das Halbdunkel der engen Gassen tauchten.

Betty Huth schubste ihn in eine schmale Sackgasse und wenig später lotste sie ihn in einen Hof, dessen Tor faulend in den Angeln hing. Am entgegengesetzten Ende erhob sich ein halbverfallenes Gebäude, im Grundriss ähnlich der ersten Pension *Dughess*, die ihn beherbergt hatte. Er verstand, von diesem Dach hätte man in der Tat einen guten Blick, die beiden Minarette waren direkt nebenan. Verwunderlich, welche verschwiegenen Plätzchen der Stadt die junge Frau kannte ...

Sie erklommen eine verschlissene Stiege, aus einer Ecke sprangen fauchend drei Katzen, dann hörten sie es: rhythmisches Singen und

Klagen, Gebrummel und Schlagen von Objekten auf einen Untergrund. »Es hat bereits angefangen«, frohlockte sie.

Am oberen Absatz der Treppe gingen sie in die Hocke und krochen zum Rand des Daches, das von einer kniehohen Mauer begrenzt war. Niemand sollte sie sehen. Vor ihnen lag die *Soltani Mesdjad.* Prächtig funkelten die glasierten Kacheln der Kuppeln und Fassaden in der Abendsonne. Hoch ragten die Minarette in den Himmel. Letzte Gläubige eilten hinein. Auf dem Hof waren schwarze Zelte aufgeschlagen.

»Ich hörte von Moharram, ich erinnere mich vage an früher. Aber ich war noch nie bei einer Prozession, nicht aus der Nähe«, flüsterte er.

»Das geht schon den ganzen Tag so. Seit heute morgen erzählt man sich in theaterhaften Aufführungen von dem Leiden der Imame und Märtyrer Ali, Hassan und Hussein. Unter großer Anteilnahme folgen Männer, Frauen und Kinder den Darbietungen und klagen und schreien und weinen. Die Darsteller tragen historische Kostüme.«

»Ich weiß, glaube ich«, flüsterte Wilhelm zurück. Das deckte sich mit den Erinnnerungsfetzen in seinem Kopf. Es war so weit weg.

»Aber gleich nach dem Gebet trennen sich die Gruppen«, berichtete sie. »Dann treffen sich die Männer alleine und beginnen sich zum Gebet des Mullahs zu schlagen und zu geißeln, um dem Leiden ihrer Heiligen nah zu sein.«

»Das ist so grausam«, murmelte er und sagte nichts weiter. Ihr Wissen flößte ihm Respekt ein. Rituelle Handlungen hatten oft Elemente, in denen die Gläubigen sich selber oder gegenseitig Schmerzen zufügten, in allen Religionen. Dröhnende Rufe rollten rhythmisch über die flachen Dächer und ergossen sich in die Gassen.

»Jetzt brüllen sie: *Ya Ali! Ya Hossein!*« Fräulein Huth schien ehrlich ergriffen. Auch an Wilhelm ging der Ruf wie Donnerhall nicht vorbei, aus hunderten Kehlen gleichzeitig gefordert, gebrüllt, gefleht mit Wut und Schmerz zugleich. Er hallte zwischen allen Mauern wider. *Ya Ali! Ya Hossein!* Sie flüsterte: »Fatemeh, die Tochter des Propheten Mohammed, war verheiratet mit Ali. Für die Schiiten ist er daher als Verwandter und einzig legitimer Nachfolger des Propheten der erste Imam. Aber im Jahr 661 wurde er von Widersachern ermordet. Seine beiden Söhne mussten sich zurückziehen. Hassan, ebenfalls Imam, fiel zehn Jahre später einer weiteren Verschwörung zum Opfer. Vielen Anhängern Alis galt nun Hossein als Oberhaupt der Mohammedaner.«

»Das ist furchtbar«, flüsterte Wilhelm.

»Es kommt noch schlimmer. Hunderttausende Anhänger Alis versprachen ihm ihre Treue. Doch als es zum Kampf kam, ließen ihn alle allein. Nur 72 Getreue gegen Tausende. Sämtliche direkten Verwandten kamen um, nur ein junger Mann überlebte und die Frauen wurden verschont.«

Er beobachtete unter sich Männer, die sich gegenseitig auf die Köpfe schlugen, andere rissen ihre Kleider entzwei und entblößten ihre Brust. »Und bis heute dauert dieser Hass!«, hauchte er.

Sie kiekste leise. »Das sind Holzschwerter und viele tun nur so als ob. Es gehört dazu. Einige bespritzen sich mit Hühnerblut!« Fräulein Huth kicherte, Wilhelm fand das vernünftig, statt sich schwer zu verletzen.

Ein Schnaufen hinter ihnen ließ sie herumfahren und ein schwarzer Haarschopf verschwand in der Stiege nach unten. Jemand lief davon und schrie. Ein Kind hatte sie entdeckt!

Sofort sprangen sie auf und eilten ihm hinterher, quer über den ungepflegten Hof und auf die Straße hinaus, in die Sackgasse, hinter dem schreienden Jungen her. Während der nach links rannte, bogen sie rechts ab, schlugen einige Haken und waren bald wieder auf der Laleh-Zar. Hier wähnten sie sich in Sicherheit.

Grand-Hotel Laleh-Zar, Teheran 1928

Polizeieinsatz in der Straße Laleh-Zar

Als der Tag der Prozessionen angebrochen war, verhielten sich die Ausländer betont zurückhaltend. Zu aufgewühlt waren die religiösen Seelen vieler Einheimischer, als dass man ein Risiko eingehen mochte. Das Junkers-Büro hatte geöffnet, aber es war nichts los.

»Betty Chanom«, wisperte *der dritte Ali*, wie sie ihn nannten, denn drei der fünf persischen Helfer in der Zentrale hörten auf diesen Vornamen. Er wies zum Eingang. Fräulein Huth schaute von ihren Unterlagen hoch. Auf der Straße vor dem großen Schaufenster stand eine khakifarbene Anzughose, stark verknittert. Über der Rückseite des Werbeplakates für Flugreisen schwebte ein Strohhut. Jeder kannte diesen Aufzug, auch wenn das Plakat die Person verbarg. Betty nickte und Ali huschte nach vorne und öffnete die Tür.

»*Saloom*«, murmelte er freundlich dem Besucher zu und verbeugte sich.

»*Saloom*«, antwortete Byron und zog den Hut. »Sind die Herren der Geschäftsleitung zu sprechen?«

Ali verneigte sich stumm und trat aus dem Weg. Betty mühte sich, den Schriftsteller als seriösen Kunden anzulächeln.

»Treten Sie doch näher, Mister Alvarado. Nein, Herr Weil wird erst heute Abend zugegen sein. Sie wissen ja, die Hausparty von Herrn Jaroljmek.«

Der Amerikaner kam an ihren Tresen heran und sah sich um, als sei er erstmalig hier.

»Ich muss in dringenden Geschäften nach Berlin. Gibt es eine Möglichkeit dorthin zu fliegen, wie lange dauert es und was kostet es?«

Für einen Sekundenbruchteil schloss Betty die Augen. Anscheinend das gleiche Spiel – mal wieder. Aber der Kunde war König. Sie setzte ihre freundlichste Miene auf.

»Jawohl, die Möglichkeit gibt es, vorausgesetzt, dass die Sowjets uns den Einflug nach Baku gestatten. Wenn Sie ernsthaft an einen Flug denken, werde ich sofort telegrafisch um Genehmigung in Tiflis bitten. Sie hätten im Erfolgsfall Anschluss an das tägliche Postflugzeug nach Mineralnyja Wody und kommen abends um sieben Uhr an.« Sie wartete. War das ein Zeitvertreib für ihn?

»Bitte!«, ermunterte er sie.

»Nach einer Nacht im Hotel geht es weiter nach Moskau. Am frühen Morgen um vier Uhr des nächsten Tages starten Sie über Smolensk und

Kowno nach Königsberg und landen am dritten Tag nach Ihrem Abflug aus Teheran nachmittags um fünf Uhr in Tempelhof. Die Kosten für den gesamten Flug sind nicht hoch. Sie zahlen für die ganze Passage zweihundert Toman.«

»Der Schnellzug kostet hundertneunzig Toman«, murmelte Byron. Betty schwieg.

»Ist denn ... haben Sie ... soll ich alles für Sie arrangieren, Mister Alvarado?«

Er lächelte. »Bitte veranlassen Sie das Nötige.« Damit ging er, blieb innerhalb des Verkaufsraumes vor der Tür stehen und drehte sich im Kreis, als wolle er ein letztes Mal die Atmosphäre von Junkers in Teheran schnuppern. Dann grinste er, zog aus der Innentasche seines hellen Jackets ein Bündel Scheine und trat wieder auf die Straße.

Der dritte Ali sah sie neugierig an. »Soll ich wirklich rüber zum Indo Telegraphen ...«

Betty verdrehte die Augen. Er hatte Geld? Seit wann? Sie zischte und wollte sagen, dass doch jeder wüsste, dass er pleite sei, als Byron draußen hart zurück vor die Tür geschubst wurde, so dass der Glasrahmen zitterte. Ali schlug die Hände vor sein Gesicht und Betty zuckte zusammen.

Urplötzlich hatte sich das Trottoir vor dem Kontorhaus mit grimmigen jungen Männern gefüllt, in weiße, weite Abbas der südlichen Stämme gekleidet. Sie schrien und vertrieben Passanten, warfen Steine vor die Scheiben, die mit Mühe standhielten. Ali riss geistesgegenwärtig die Tür auf. Bebend vor Angst rettete Byron sich zu ihnen ins Innere.

»Tür zu, Tür zu«, kreischte Ali heiser und zerrte am Schloss, als würde das eine aufgebrachte Menschenmenge daran hindern, durch die dünnen Türen einfach durchzubrechen.

»Wo ist denn die Polizei? Und die Kosakenbrigade?«, rief Betty. Üblicherweise befand sich wenige Meter weiter am Eingang zum Kanonenplatz ein kleiner Posten.

»Da war keine. Ich habe keine gesehen«, keuchte Byron.

Fräulein Huth griff zum Telefonhörer. Ein faustgroßer Stein schlug durch das Schaufenster, wurde durch das Plakat verlangsamt und kam Zentimeter vor ihr auf dem Boden zum Liegen. Hastig verwählte sie sich. Als das Mädchen vom Amt nach der Verbindung fragte, gellten draußen Trillerpfeifen.

»Schon da«, flüsterte sie erleichtert und legte auf. Blitzschnell stob die Gruppe auf der Straße auseinander. Kosaken sprangen von einem Pritschenwagen und hieben wie von Sinnen auf die Demonstranten ein.

Ali, Byron und Betty kauerten sich nieder. Draußen floß Blut und Knochen brachen. Gedämpfte Schreie von beiden Seiten auf der sonnenüberfluteten Prachtstraße.

Nach kurzer Zeit war der Aufruhr vorbei und es kehrte Ruhe ein. Alvarado stand zuerst wieder auf den Füßen. »Ich bin sicher, dass sie vorher die Polizei abgezogen haben.« Er schlug sich auf die Hosenbeine. Ganz so, als wollte er den Schrecken aus den Kleidern klopfen.

»Bachtiaren sind aufgebracht, weil der Schah Krieg gegen sie führt«, erklärte Ali.

Betty sagte nichts. Die inneren Angelegenheiten des Gastlandes öffentlich zu erörtern war ihnen untersagt. In der Polizei dienten ebenfalls Bachtiaren – und man half sich unter Stammesbrüdern. Die Brutalität der Schahtreuen war ebenso bekannt.

»Wollen Sie den Flug arrangieren?«, wiederholte sie die frühere Frage noch einmal. Byron verließ wortlos das Büro.

»Dann bis heute Abend«, murmelte sie ihm hinterher und gab Ali ein Zeichen, dass er den Schaden und den Dreck beseitigen möge.

Passanten studieren das Flugangebot von Junkers (Quelle: Junkers-Kalender 1929)

Die gehobene Gesellschaft von Teheran

Die Straße nach Norden in Richtung Schemran war schnurgerade und wurde gesäumt von Obstgärten, deren Früchte Wilhelm meist nicht kannte. Bunt schimmerten sie durch das Grün der Blätter. Dahinter ragte wild das Elburs-Gebirge in die Höhe, in sanftes Gold getaucht durch die gen Westen sinkende Sonne. Dr. Staudacher und Kasem Khan hatten ihn und Fräulein Huth mit dem ollen Hansa abgeholt. Angeregt unterhielten die beiden sich, während Wilhelm Mühe hatte, sich auf dem Rücksitz gerade zu halten. Besonders gut gefedert war der Wagen nicht und so wurde immer wieder alles, was sich darin befand, gestoßen und geschüttelt, dass auch ein wilder Ritt nicht weniger anstrengend gewesen wäre.

Schemran lag flach und ansprechend unter dem Himmel. Anders als in Teheran dominierten hier helle Häuser und großzügige Gärten. Es war eindeutig das Dorf der oberen Zehntausend der Hauptstadt. Hier waren die Ausläufer des Gebirges zu spüren. Der Ort schmiegte sich daran wie Verliebte aneinander im Kino. Am Eingang des Ortes lungerten Polizisten herum, die aber von dem fremden Wagen und seinen europäischen Insassen keinerlei Notiz nahmen. In einer stillen und vornehmen Straße lag das villenähnliche Haus. Dr. Staudacher kurvte ein wenig umher und hielt dann gegenüber dem großen Grundstück, vor dem schon mehrere Autos parkten. Knarrend zog er die Handbremse. Im Schatten einer riesigen Eiche in etwa hundert Metern Entfernung hockten bärtige Männer mit gewickelten Tüchern auf dem Kopf – Wagenlenker. Nahebei standen ihre Pferdedroschken. Sie warteten auf die Rückkehr ihrer Fahrgäste.

»Hach, ich freue mich ja so sehr auf etwas Unterhaltung«, jubelte Fräulein Huth und sprang aus dem Auto. Sie hatte ihren Schrecken längst verarbeitet und allen von dem Aufruhr berichtet, die sie kannte. Galant und mit einer leichten Verbeugung öffnete sie Wilhelm die hintere Tür. Er lachte und erhaschte einen kurzen Blick in den tiefen Ausschnitt ihres Cocktailkleides. Sie war wie verwandelt. Die hübsche Büromaus hatte sich in eine adrette Balldame verwandelt. Wilhelm trug den zweiten Anzug, den er besaß. Der war etwas älter, aber wenigstens sauber. Seinen gut geschnittenen Reiseanzug würde er erst reinigen lassen müssen. Ihn besorgte, was er über die Ereignisse mit den Bachtiaren gehört hatte. Das waren keine werbewirksamen Nachrichten: Stammesunruhen auf den Straßen der Hauptstadt.

»Hier entlang«, wies Staudacher den Weg. Sie schritten durch das runde Tor der Mauer, die das Grundstück sicherte. Es war noch hell, die Sonne längst nicht untergegangen. Doch hatte die Nacht ihre ersten Vorauskommandos unter die Bäume geschickt, die von bunten Lampions in verbissenem Zweikampf wieder zurückgedrängt wurden. Es waren etliche, vielleicht hunderte von ihnen und sie hielten das Dunkel fern.

Vor einem großzügig geschnittenen, weißen Haus im Hintergrund, das die Form mehrerer ineinander geschachtelter Quader hatte, saßen und standen zwei Dutzend Menschen in exquisiter Abendgarderobe und unterhielten sich über alles Mögliche. Hier spielte die Nationalität keine Rolle. Eine korpulente Frau in blauem Seidenkleid sprach in der Haltung einer gewissen Überzeugung auf einen Mann ein, wobei die Zigarette mit Goldmundstück seinem Gesicht bisweilen beängstigend nahekam. Ein Tisch gleich nebenan offerierte ein vielfältiges Buffet. Ein weiterer Getränke aller Art: Säfte, Wasser, Sekt, Wein aus Schiras und Whisky aus USA. Persische Jungens in weißen Jackets liefen umher und versuchten, den Gästen die Wünsche von den Augen abzulesen. Einer von ihnen stand abseits und bediente zwei Grammophone. Das eine zog er immer wieder auf, während das andere spielte, so dass die Musik niemals abbrach. Es war ein nahezu märchenhafter Anblick: westlich, europäisch und doch so tief im Morgenland wie irgend möglich. Fräulein Huth entfernte sich, beinahe hüpfend. Sie hatte einen Bekannten entdeckt. Kasem hielt sich am Rande des Lichtscheines zur Verfügung.

»Kommen Sie, ich stelle Sie Herrn Jaroljmek vor.« Staudacher winkte einem eleganten Herrn zu, der einen eng geschnittenen weißen Anzug trug, mit einer roten Blume am Revers. Er hatte die Haare leicht gescheitelt und zurückgekämmt und lächelte, wobei er tiefe Grübchen enthüllte, die trotz seines akkurat gestutzten Kinnbartes sichtbar waren. Mit ausgestrecktem Arm kam der auf sie zu.

»Lieber Doktor Staudacher, Sie haben uns wieder Beute gemacht, Menschenbeute, wie mir scheint.« Der andere hatte einen leichten Dialekt. Ungarisch? Kroatisch? Er hielt ihm die Hand hin: »Edmund Jaroljmek.«

Wilhelm schlug ein. »Darburg, Wilhelm Darburg. Ich bin gerade erst angekommen, aus Berlin.«

Breit lächelnd schüttelte der andere seine Hand und drehte sich halb um. »Augusta!« Als keine Reaktion kam, versuchte er es erneut. »Augusta ... Alex!« Eine Dame im eleganten Kleid, wie er Ende vierzig, wandte sich kurz zu ihm um, sah Wilhelm an, lächelte flüchtig und verlor das Interesse. Ihr Gesprächspartner, ein fetter Mann mit gelblicher

Gesichtsfarbe, schien wichtiger zu sein als der eigene Gatte. Einen Moment lang wirkte der enttäuscht, dann strahlte er wieder. »Meine Gattin ... So viele Gäste«, murmelte er entschuldigend und wich für eine Sekunde Wilhelms Blick aus.

»Ich bin wirklich erfreut, Sie ...«, begann er, aber der Gastgeber wurde abgelenkt, als weitere Personen eintrafen. Er tätschelte Wilhelm den Arm. »Nicht jetzt. Brechen Sie nicht Ihre Zunge mit meinem Namen. Nennen Sie mich *Jerome*, wie die anderen hier. Wir reden später. Und Sie berichten mir von dem neuesten Klatsch in Berlin. Ach, ...«, er zeigte auf einen außergewöhnlich schlanken, großen und hübschen Perser. »Das dort ist Abusar, mein *Gholam bashi*. Wenn Sie irgendwas brauchen, lassen Sie es ihn wissen.« Mit diesen Worten war er wieder fort und rannte beinahe auf die Neuankömmlinge zu.

Wilhelm musterte den Mann. Er stand unter den Bäumen und das Restlicht der Abendsonne fiel auf ihn, ebenso wie das farbige Licht der Lampions. Seine schönen großen Augen wirkten dadurch tiefgründig und sein Gesicht edel. Er war ständig damit beschäftigt, die kleinen persischen Jungs in ihren weißen Jacken herumzukommandieren. Er schien hier der Motor zu sein.

Mittlerweile hatte man Notiz von den neuen Gästen und von Wilhelm genommen. Er wurde beobachtet: verstohlen aus den Augenwinkeln von manchen, bedacht mit Bemerkungen im Gespräch von anderen. Nicht unfreundlich. Langsam wanderte er von einem Grüppchen zum nächsten, stellte sich vor, wechselte ein paar Worte – nichts Tiefgründiges, wie es ja selten bei Festen dieser Art zu weltbewegendem Gedankenaustausch kam. Anfängliche Zurückhaltung wandelte sich in Neugierde und wurde zu Interesse. Von irgendwoher drang ein »Kann sein, dass man ihn kennen muss« an seine Ohren.

Dem Gespräch zweier Gentlemen über archäologische Artefakte, die einer von ihnen, ein ernsthafter Herr mit Schnauzbart und hoher Stirn, an den Felsen von Kurangun gefunden zu haben vorgab, lauschte er interessiert und angeregt. Leider machten sie keine Anstalten, ihn teilhaben zu lassen und ignorierten Wilhelm. Als er schon weiter gehen wollte, verabschiedete sich der andere von Professor Herzfeld, wie er ihn nannte. Der Archäologe gab seinem Gesprächspartner die Hand und dankte für die Hilfe beim Transport von Werkzeug und Ausgrabungsgegenständen per Flugzeug. »Ohne den Beistand Ihrer tapferen Flieger würden die Reliefschriften wohl noch immer in Päsärgäd liegen, Herr Weil.«

Wilhelm merkte auf. Das war also Herr Weil.

Der lachte. »Da waren sie ja auch die letzten 2400 Jahre, die paar Monate hätten sie schon ausgehalten.« Dann ging er und schloss sich anderen Gästen an, gleich nebenan. Wilhelm grüßte den Professor flüchtig und erreichte den Junkers-Chef bevor der in das nächste Gespräch einsteigen konnte.

»Herr Ingenieur Weil, nehme ich an? Von Junkers?«

Der Angesprochene drehte sich um und sah ihn an, musternd von oben bis unten. Da der nichts sagte, reagierte Wilhelm.

»Verzeihen Sie die Störung. Mein Name ist Wilhelm Darburg. Ich bin Ingenieur aus Berlin und müsste Sie sprechen. In dienstlichen Angelegenheiten.«

»So?«, fragte Herr Weil.

»Ja«, erwiderte Wilhelm. »Ich würde zu diesem Zweck gerne bei Ihnen vorsprechen. Wäre es morgen genehm?«

Weil überlegte einen Moment. »Vermutlich ja. Suchen Sie mich auf. Bitte pünktlich um sieben Uhr morgens.« Er zog mit gespielter Irritation die Augenbrauen hoch, als Wilhelm nichts sagte. »Ist Ihnen das zu früh? Nun, sieben Uhr morgens ist die übliche Besuchszeit in Persien. Unsere Arbeiter beginnen oft um vier. Dann ist die Temperatur noch erträglich. Zehn Uhr ginge aber auch.«

»Danke«, antwortete Wilhelm. »Es ist nur, ich wohne in einer Pension und ich vertraue dem Personal beim Wecken nicht ...«

»Ja, ist gut. Dann zehn Uhr.« Mit diesen Worten ließ er ihn stehen, außerhalb der Gruppe. Auch Professor Herzfeld war derweil weitergewandert.

Wilhelm entschied sich, einen näheren Blick auf das Buffet zu werfen. Er kannte die aserbaidschanische Feldküche. Das, was die Nomaden aßen – meistens Fladenbrot und mit Glück ein wenig Lammfleisch. Die aufgefahrenen Speisen hier wirkten bedeutend interessanter.

»Und Sie sind wer?«, hauchte eine kratzige Stimme und vertrieb seine Gedanken an vergangene Lagerabende. Sie gehörte zu einer schlanken, dunkelhaarigen Dame in einem weißen Abendkleid, hoch geschlossen. Auf dem Kopf trug sie eine ebenfalls weiße Seidenkappe, mit großen Perlen bestickt. Sie hielt eine Zigarettenspitze zwischen dem Zeige- und Mittelfinger der linken Hand, die nicht angezündet war. Sie sprach Deutsch mit einem entzückenden englischen Dialekt.

Betört wanderte Wilhelms Blick an ihr auf und ab. Wohlproportioniert, ein zartes Gesicht mit vollen Lippen, denen nahezukommen der Traum jedes Lippenstiftes sein musste. Wespentaille, ausladende Hüften und stramme Schenkel. Wie die Schaufensterfiguren einer sehr teuren Boutique. Ihre Augen waren neugierig, sie ruhten selten länger als einen Moment.

»Wilhelm Darburg«, hauchte er und ärgerte sich augenblicklich über sein nervöses Unterprimanerbenehmen. »Ingenieur aus Berlin.«

»Ein Ingenieur ... aus Berlin«, wiederholte sie langsam und verehrte ihm einen Aufschlag ihrer verlängerten Wimpern. »Sicher in Diensten des Fernverkehrs?«

Sie machte ihn durcheinander, seine Kehle schnürte sich zu. Er wollte schon nicken, schnell schüttelte er den Kopf.

»Funktelegrafie.«

»Sicher für die Eisenbahn?« Sie hielt ihm die linke Hand hin, die Zigarettenspitze stach bedenklich in Richtung seines Kopfes, während sie gleichzeitig ihm ihre winzige Handtasche geöffnet präsentierte. »Alle Welt in Persien baut gerade eine Eisenbahn.« Er begriff nicht. Sollte er ihr die Hand küssen? Dann schaltete er.

»Was? Nein. Doch. Nein, für den Flugplatz.« Seine Gedanken rasten und er fingerte in ihrer Handtasche nach dem großen metallenen Feuerzeug, das in Form eines Röhrchens gearbeitet war. Es lag schwer in der Hand und war offensichtlich vergoldet. Die Initialen PS prangten groß und deutlich sichtbar auf ihm. Solche Modelle hatten Soldaten im Krieg mit sich geführt. Geübt entlockte er ihm eine stabile helle Flamme und führte sie an die Zigarette, an der die Dame in weiß gierig sog. Tief atmete sie ein.

»Palmer-Smith, Misses. Dieses eigentümliche Feuerzeug hat mir einst mein Mann geschenkt.«

Wilhelm nickte höflich. »Dann ist er auch hier?«

Sie blies genüsslich den Rauch in den sternenbedeckten Himmel. »Gott bewahre. Keine Ahnung, wo der ist.«

Er hüstelte indigniert. Sie plauderte weiter.

»Ich schreibe. Ich bin Korrespondentin sowohl der *Times* als auch der *Near East and India*. Ich kenne Herrn Jaroljmek gut, Sie auch? Den deutschen Gesandten ebenfalls.« Sie sog wieder an der Zigarette und atmete aus. »Ach, ich kenne die hier alle gut. Ich muss die ja kennen, solche Empfänge sind für mich fast wie ... Arbeit.«

»Ich habe *Jerome* eben erst kennengelernt. Aber ich werde mit Ingenieur Weil vermutlich arbeiten.«

»So?«, sie kniff die Augen zusammen. »Mir scheint, als werden die Deutschen dann also auch den Funk nach Teheran bringen, nachdem sie ja jetzt das Flugwesen und die Eisenbahn unter Kontrolle haben. Und die Staatsbank. Haben Sie den Aufruhr heute erlebt?«

Wilhelm zog ein wenig die Augenbrauen hoch. Aus ihrem Dialekt sprach nicht Arroganz oder Feindseligkeit, sondern feine britische Ironie. Er verneinte und sie war längst bei einem anderen Thema.

»Seien Sie mir nicht böse, Mister Darburg. Ich will doch schnell einmal mit Miss Clive sprechen.« Verschwörerisch beugte sie sich vor. »Sie ist die Frau des britischen Gesandten, aber wird von Monsieur Du Gardier und gleichzeitig Mister Capel-Dunn umworben. Ich sage Ihnen eines: Teheran ist die Welthauptstadt des Klatsches. Danke für das Feuer«, nickte sie abschließend und schwebte zu einer anderen eleganten Dame, älter als sie, in deren Umgebung sich tatsächlich zwei Herren verdächtig nah und ihr zugewandt aufhielten. *Was für eine Stadt!*

Er setzte seinen Weg zum Buffet fort und nahm in den Blick, was er als Lammspieße wiedererkannte. Damit lag er immer richtig. Hungrig langte er zu. Für ein paar Momente hatte er sich auf den Imbiss konzentriert und alles andere nahezu vergessen, als er eine Präsenz spürte. Argwöhnisch schaute er nach rechts, wo eine junge Frau reglos neben dem großen Speisentisch stand und ihm zusah. Sie war eine interessante Erscheinung. Ein schmales Gesicht mit hohen Wangenknochen wurde umrahmt von einer schwarzen Bubifrisur. Unter ihrem schwarzen knappen Kleid, auf welches Pailletten aufgetragen waren, schimmerte marmorgleich helle Haut. Eine Kette mit grauen Perlen bedeckte ihren Hals und eine kohlefarbene Samthaube saß auf ihrem Kopf. Ihre Augen waren dunkel. So finster, dass die Gestalt vor dem Hintergrund der Schatten unter den Bäumen einem Gespenst glich. Langsam schluckte er den letzten Bissen runter und wischte verstohlen die Finger an seinem Einstecktuch ab.

»Sie habe ich hier noch nicht gesehen«, sprach die Frau ihn mit einer Stimme an, die im Kontrast zu der zerbrechlichen Figur bemerkenswert stark war. »Aber wir kennen uns.« Sie hielt ihm ein wenig schlaff ihre Hand hin. Wilhelm erstarrte, seine Kehle war trocken und er unterdrückte ein Husten. Dann erst ergriff er sie. Die Berührung elektrisierte. Das gleichzeitige und unmittelbare Verlangen, sie zu halten und im gleichen Moment loszulassen wie einen glühenden Schürhaken, überforderte seinen Verstand.

Er sah nur sie, das bleiche Gesicht mit dem sanften Lächeln, die schwarzen Augen, die ihn direkt ansahen und nicht blinzelten.

Er öffnete den Mund. »Ich fürchte leider, wir hatten noch nicht das Vergnügen.« Mit allergrößter Kraft unterdrückte er den Zwang, sie begehren zu müssen. Kein Geräusch von der Party nahm er wahr, während er nach Worten rang und sich ihr irgendwann vorstellte als Darburg, Wilhelm. Berlin – wie ein Schuljunge.

»Maren Grande, UFA-Vertreterin für den Mittleren Osten«, entgegnete sie und lächelte ein Spinnwebenlächeln. Gleichzeitig hielt sie noch immer seine Hand, stark und doch zart, so dass sein Herz bis hoch in den Hals schlug.

»Die UFA? Hier in Teheran?«, brachte er mühsam hervor. »Sagen Sie bloß, es gibt deutsche Filme in persischen Kinos?« Sie war schön. Und mysteriös, als stamme sie selber aus einem Friedrich-Wilhelm-Murnau-Streifen. Jetzt ließ sie seine Hand los. Sie fühlte sich warm und schwitzig an.

»Selbstverständlich. Der persische Markt ist im Aufbruch. Die Leute lieben deutsches Kino. Es gibt auch die ersten Filmemacher. Erst neulich traf ich einen, Khan Baba Motazedi. Er dreht Kurzfilme und durfte auch für den Kriegsminister schon Palastzeremonien filmen. Ein anderer, Ovans Ohanian, arbeitet an dem ersten persischen Spielfilm.« Sie kicherte ein silbernes Lachen. »Es soll eine Komödie werden. Kennen Sie *Der König von Pelikanien*?«

Wilhelm feixte offen. »Pat & Patachon? Natürlich. Den kennt doch jeder.«

»Ich vertrete die Aufführungsrechte«, sagte sie nicht ohne Stolz. »Ohanian und Motazedi haben sich dermaßen schräg gelacht, dass sie seitdem an einer persischen Version arbeiten. Ohanian hat das *Parvareshghahe Artistiye Cinema* gegründet, eine Akademie für Filmkunst, unten in der Stadt. Sie haben einige Studenten und drehen mit denen den Film. Ich durfte mir ein paar Szenen ansehen. Er soll *Abi & Rabi* heißen.«

»Und?«, fragte Wilhelm neugierig.

Sie lächelte gutmütig. »Sagen wir es so, ambitioniert. Wären sie in Neubabelsberg – vielleicht würde etwas aus ihnen. Mit einem Produzenten wie Erich Pommer oder einem Bühnenarchitekten wie Kettelhut ...«, den Rest ließ sie ungesagt.

»Ich verstehe. Schade. Aber wie zeigt man denn dann die deutschen Filme, die Sie verkaufen? Laufen die Geschäfte gut?«

Wieder lachte sie, weniger fröhlich. »Ich bin eine Frau. Haben Sie schon mitbekommen, was Frauen hier zu sagen haben? Gar nichts. Man nimmt die Filme, weil man sie nur von mir bekommen kann. Aber man gibt mir nicht einmal die Hand, akzeptiert jeden Preis, damit man mich nur ja nicht beim Verhandeln ansehen muss und lässt die Kopien durch einen Botenjungen zurückbringen. Bis zum Empfang des Grand Hotels, wo ich wohne. Kein weiterer Kontakt. Ich bin unrein und ungläubig. Außer der Besitzer des *Cinema Mayak*. Der ist modern.« Wilhelm nickte und fragte sich, ob es dann klug sei, eine Frau nach Persien zu schicken.

»Ich bin aber nicht die einzige. Paramount hat auch eine Vertreterin vor Ort. Vielleicht treffen Sie die mal irgendwann. Ach ja: Und die Filme werden im Original gezeigt. Vorne neben der Leinwand steht ein Übersetzer, der schreit den Inhalt der Texttafeln in den Raum. Oder das, was er zu verstehen glaubt.«

»Oh mein Gott«, prustete Wilhelm los und sie stimmte in sein Gelächter ein.

»Hier laufen aber eher kurze Streifen. Die Perser sind es nicht gewohnt, drei Stunden zu sitzen. Metropolis lief überhaupt nicht gut. Das hat keiner verstanden. Zukunftswelten – die Leute denken noch im Mittelalter. Komödien gehen gut, Slapstick.« Plötzlich stieß sie ihm vor die Schulter und drängte ihn, sich umzusehen. »Der da, kennen Sie den? Das ist Byron Alvarado, ein amerikanischer Schriftsteller.«

Der Mann, etwa Ende dreißig, trat durch den Torbogen unter die Versammelten und wurde mit großem Hallo begrüßt. Er machte einen wieselhaften Eindruck, das Gesicht rundlich, runde helle Augen, die hervorstachen. Er trug einen weißen Leinenanzug und hatte die Haare zurückgekämmt. Eine Mischung aus verhindertem Lebemann und Draufgänger.

»Er hat etwas von Peter Lorre, finde ich«, entglitt es Wilhelm und Maren schlug ihm auf die Schulter wie ein Straßenbauer.

»Das sage ich ja auch immer!« Gemeinsam folgten sie ihm mit Blicken zum Buffet, wo er anfing zu essen und so bald nicht mehr aufhörte. Schnell war er umringt von Frauen. Miss Palmer-Smith stand ebenfalls bei ihm. »Er ist ziemlich berühmt, heißt es. Und er hat anscheinend ein Geheimnis.«

»Er kommt gut bei Frauen an?«, murmelte Wilhelm, denn in der Tat war kein einziger Mann in der Nähe Byrons. Wie ein Magnet zog er weibliche Gäste an, während ihre Gatten, Geliebten oder Gespielen sich um Whisky und Häppchen und Geschäfte kümmerten. »Er macht das wirklich einzigartig.«

Maren schielte ihn von der Seite an.

»Was?«, fragte er, denn ihr Blick war nicht zu deuten.

»Mein lieber Mann, Sie sind ja wirklich vollkommen unbefleckt von dem, was hier in Teheran Tagesgespräch ist. Man erzählt sich«, sie beugte sich zu ihm und er roch ein schweres Parfüm, das ihre zarte Erscheinung zusammenhielt. »Dass er Geschichten für Frauen schreibt. Verstehen Sie? *Für Frauen*. Nur für die. Und die bleiben auch bei ihnen.«

»Nee, versteh ik nich«, rutschte ihm der Berliner raus.

Ungeduldig stampfte sie mit ihrem Fuß auf. »*Geschichten!* Versaute Geschichten. Brutale Geschichten. Was man bei ihm bestellt, bekommt man geliefert. Die Emmy Wasserthal«, ein flüchtiger Blick umher, dann sprach sie weiter. »Kennen Sie nicht, ist auch egal. Also die Wasserthal hat sich mal eine Geschichte schreiben lassen und erzählte mir, dass sie ...«, sie beugte sich nah zu ihm und flüsterte es in sein Ohr.

»Herrjemine«, platzte es aus ihm raus. »Nur vom Hören?«

Sie nickte wild.

Er musterte den Ami. »Vielleicht lasse ich mir auch eine Geschichte schreiben«, murmelte er. Der erste Andrang war vorüber. Miss Palmer-Smith stand noch immer in Alvarados Nähe. Es schien, als wollte sie ihn alleine sprechen.

Maren sah ihn erstaunt an, als habe er ihr ein unmoralisches Angebot gemacht und daher beteuerte er schnell, dass es sich dabei um einen Scherz gehandelt habe.

Miss Palmer-Smith und Byron steckten die Köpfe zusammen. Ein paarmal zuckte sie zurück, als könne sie nicht glauben, was sie hörte. Dann machte sie große Augen und lachte maliziös. Sie schüttelte ihm die Hand, dreht sich um und nahm sich ein Falafelbällchen. Dann griff sie ihr Handtäschchen, das sie auf den Tisch gestellt hatte und ging zu Dr. Staudacher. Auf halbem Weg blieb sie stehen, suchte in ihrer Tasche, kniete sich nieder und durchsuchte sie noch einmal, wandte sich dann dem Boden zu und sah sich wutentbrannt um. Sie reckte sich und schrie: »Diebstahl! Mein goldenes Feuerzeug ist fort. Wer hat mein Feuerzeug gestohlen?«

Alle hielten inne, erschrocken sah man sich gegenseitig an. Mrs. Palmer-Smith spürte die Aufmerksamkeit auf sich gerichtet.

»Jemand hat mein Feuerzeug gestohlen«, sie zeigte auf Kasem. »Der da, der war in der Nähe des Tisches.«

Kasem blieb stehen, wo er war und senkte den Kopf. Dr. Staudacher eilte, gefolgt von Jerome, augenblicklich zu ihr.

»Miss Palmer-Smith, Kasem Khan war nicht einmal in der Nähe des Tisches. Er war die ganze Zeit bei mir«, sagte er laut, so dass es alle hören sollten. Kasem blieb stumm und regte sich nicht. Es ziemte sich nicht für einen Diener, Widerrede zu halten. Abusar war zunächst zu ihm gelaufen, drehte sich dann aber um und ging zu dem Tisch, von dem die Journalistin die Falafel gegessen hatte. Verträumt stand dahinter ein vielleicht zwölfjähriger Bub, der die ganze Aufregung nicht begriff, denn er sprach nur Persisch. Er spürte bloß, dass irgendwas geschehen war. Miss Palmer-Smith zerrte noch an Jeromes Jacket, als ein lautes Klatschen allen Lärm übertönte. Abusar hatte den Jungen mit einer

Macht geohrfeigt, dass Wilhelm regelrecht entsetzt war. Kreischend und schreiend wollte das Kind weglaufen, doch Abusar griff zu und schleifte ihn hinter das Haus. Betretenes Schweigen kehrte ein, auch Miss Palmer-Smith war offenkundig schockiert. *Happy Days are here again* von Johnny Marvin leierte jaulend zum Stillstand, weil keiner das Grammophon aufgezogen hatte. Jerome hatte diese Vorabpressung exklusiv erhalten und wollte sie eigentlich fröhlich präsentieren. Jetzt achtete niemand mehr darauf.

»Das ...«, begann Wilhelm laut und empört, schwieg aber dann. Dies war nicht seine Welt und Kultur. Er konnte nicht helfen. Maren musterte die in Stille getauchte Szenerie.

»Wir sind in Persien, Herr Darburg. Einer muss schuld sein und es ist hier immer der Rangniedrigste.«

Wilhelm schluckte, unfähig was zu sagen. Die Gäste fanden sich in kleinen Grüppchen zusammen und unterhielten sich kaum hörbar. Er sah sich um. Jeromes Frau war verschwunden und der selbst auch. Ebenso Byron Alvarado. Vielleicht noch ein paar andere. Waren sie schon gegangen? Er wusste es nicht.

Maren verabschiedete sich ebenfalls. Wilhelm achtete nicht darauf, in Gedanken versunken. Immer der Rangniedrigste war schuld? Eher beiläufig nahm er eine verschleierte Frau wahr, die den Garten betrat und am Rande des Lichtscheins auf das Haus zuging. Jeder sah sie, niemand kommentierte ihr Auftauchen. Das kam ihm zwar seltsam vor, aber vielleicht war das für hier nicht ungewöhnlich. Weitere Gäste verschwanden. Als er sich nach dem nächsten Gang zum Buffet wieder umsah, war höchstens die Hälfte anwesend. Fast alle Frauen waren fort, etwas mehr als ein halbes Dutzend Herren unterhielt sich ungerührt. Vor dem Hauseingang hatten zwei Diener Aufstellung bezogen und wirkten wie eine Wachmannschaft.

Langsam schlurfte er zu Dr. Staudacher, der mitten unter den Bäumen stand und zufrieden schien. »Ist das nicht ein wundervolles Fest?«

Wilhelm brummte. »Wo sind denn alle?«

Der Legationssekretär lachte laut, als sei rein gar nichts geschehen. »Da gibt es eine kleine Gesellschaft, die sich hin und wieder trifft. Keine große Sache. Alles Spökenkiekerei. Ich fahre übrigens gleich runter in die Stadt. Wollen Sie mit? Auf Fräulein Huth müssen wir nicht warten. Sie wird später mit jemand anderem fahren.«

Wilhelm nickte. »Ich muss morgen zum Flugplatz. Um 7 Uhr soll ich Herrn Weil treffen. Wenn es heute nicht allzu spät wird, wäre mir das sehr recht.«

Der stimmte zu. »Gut, dann sollten wir gleich fahren. Machen Sie sich keine Gedanken über die Sache eben. Hier kommt immer mal was weg. Die kleinen Perser stehlen wie die Raben. Das ist gar nichts. Aber man darf ihnen auch nichts durchgehen lassen.«

Wilhelm war nicht dieser Ansicht, und behielt seine Meinung trotzdem für sich. »Übrigens«, fuhr Dr. Staudacher fort. »In einer Woche fährt Graf von der Schulenburg aus Berlin los. Er kommt über Moskau und Baku. Hoffen wir, dass Junkers dann Baku anfliegen darf und er nicht den Dampfer rüber nach Pahlavi nehmen muss, dann geht es nämlich schneller. Wie toll wäre es, wenn er einfach den Zeppelin nehmen könnte. Non-stop aus Deutschland. Das wäre eine Sahne, oder?« Er grinste.

Wilhelm nickte schweigend und fragte sich, ob Staudacher etwas ahnte. Seine Freude an Persien hatte einen ordentlichen Dämpfer bekommen.

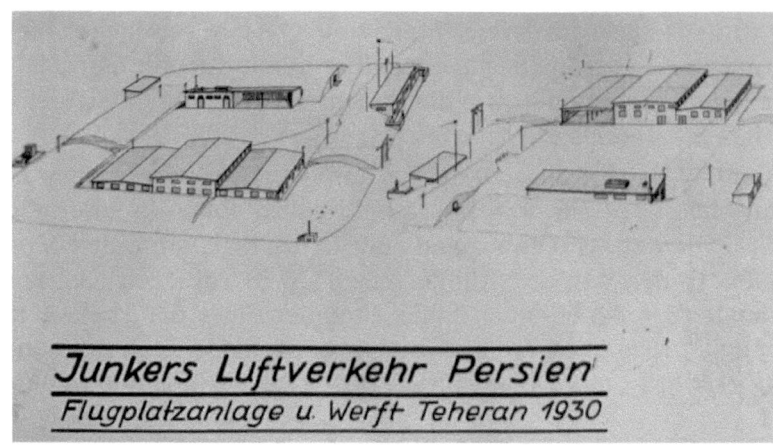

Flugplatz Teheran 1930 (Quelle: Junkers-Archiv, Deutsches Museum München)

Probeflug nach Ghom

Es donnerte. Aus dem Grollen des Himmels in einem fernen Traum wurde Hämmern, es beschleunigte sich zu rasendem Schlagen und zuletzt blieb ein Klopfen übrig, das nicht enden wollte.

Ruckartig saß Wilhelm in seinem Bett und sah sich um. Die Pension *Trey*! Licht fiel durch verschlissene Vorhänge und langsam fand er sich zurecht. Dann fluchte er und sprang aus dem Bett, augenblicklich die Zimmertür aufreißend. Vor ihm stand Legationssekretär Dr. Staudacher.

»Menschenskind, haben Sie es sich anders überlegt? Wollten Sie nicht um sieben Uhr am Flugplatz sein?« Wilhelm sah ihn an, mit zerlegenem Gesicht und verwirrtem Blick.

»Wieviel Uhr ist es denn? Gott, wir sind doch in Persien.«

»Wenn meine Schweizer Uhr in Persien nicht anders läuft, viertel sieben. Und scheinbar sind Sie schon zu lange hier, wenn Sie die deutsche Pünktlichkeit bereits vergessen haben.«

Er ließ die Tür offen, riss sich den Pyjama vom Leib und schlüpfte in den Anzug von gestern Abend. Alles andere war verstaubt oder weniger präsentabel.

»Sie sollten mal einen der Teheraner Couturiers besuchen«, tadelte der Beamte leise.

Wilhelm sagte nichts, sondern kämmte sich kurz und warf etwas Wasser ins Gesicht, das in einer Schale im Zimmer stand. Er vermied es tunlichst, es in den Mund zu bekommen und langte nach seiner Aktentasche. Dann lief er auf den Gang und eilte Staudacher hinterher, der vorausgegangen war.

Vor der Pension brach überraschend kühle Luft über ihn herein. In den frühen Morgenstunden musste ein Gewitter niedergegangen sein. Noch hingen Tropfen an den Blättern der wenigen Bäume oder liefen an Streben vor den Fenstern herab, silberne Spuren hinterlassend. Tief atmete er ein. Auch der Hansa war mit Wasserperlen bedeckt, aber die Polster waren trocken. Irgendjemand hatte ihn wohl in weiser Voraussicht abgedeckt.

Staudacher saß bereits, schaltete und fuhr los, als Wilhelm nicht einmal die Tür geschlossen hatte. Um ein Haar wäre sie gegen einen Obstkarren geschlagen. Er hielt seinen Aktenkoffer fest.

»Was war das gestern Abend?«, fragte er, noch immer nicht beruhigt über den Verlauf der Party.

»Die Maßregelung des kleinen Diebes?« Staudacher zuckte die Schultern und hielt fluchend hinter einer Traube von Menschen, die einen Mullah umringte, der gemächlich über die Straße schritt. Im Hintergrund wankte ein Kamel. »Pünktlich kommen wir kaum«, schimpfte er. »Sie müssen sich beruhigen. Wirklich. Hier ist alles anders.«

»Aber Doktor Staudacher, der Junge hat nichts gestohlen.«

»Ach, haben Sie es gesehen? Weil, wenn nicht, dann haftet hier in Persien immer der letzte in der Hackordnung.« Sie zuckelten im Schritttempo hinter dem Kamel her und fuhren auf den großen Platz, den Wilhelm bereits kannte.

»Ich bitte Sie«, begehrte er auf. »Das ist doch wertlos. Man macht keinen Dieb dingfest, indem man einen Jungen schlägt.«

Staudacher hielt an. »Ich will Ihnen mal was zeigen. Sehen Sie dieses Objekt dort?« Wilhelm folgte seiner Hand und erspähte die große Vorderladerkanone, die gleich im Zentrum des Platzes aufgestellt war. »Das ist der *Meydan-e Tupchaneh*, auch bekannt als Kanonenplatz. Früher, wenn in einer Armeekasse Geld fehlte, wurde hier der Kassenoffizier öffentlich bestraft. Und wie hat man das getan? Man band ihn vor die Kanone und ... *Bumm.*« Er ließ seine Worte wirken. »Es kam also nie vor, dass ein Kommandeur, der sich aus der Garnisonskasse bedient hatte, bestraft wurde, denn der Schuldige war ja bald gefunden. Sie verstehen? Der Schah hat Ärger mit den Olama, sein Hofminister ist verhasst und wird der Korruption beschuldigt. Ach, und wer sitzt im Gefängnis? Prinz Firus, der Finanzminister.«

Wilhelm nickte, sein Hals schnürte sich zu. Die Faszination für Persien schwand weiter.

Staudacher fuhr wieder los. »Man muss dem Schah zugutehalten, dass Korruption und Verschwendung so gering sind wie nie zuvor. Das Land ist extrem effizient für hiesige Verhältnisse. Aber das ist eben der Preis. Nicht immer wandert auch der Schuldige vor den Henker, aber jeder Strafakt lehrt hundert andere, besser zweimal nachzudenken, was sie tun und mit wem sie sich anlegen. Wäre bei uns zuhause manchmal auch nicht schlecht. Und gegenüber der Willkür früher ist das heute fast ein Rechtsstaat.«

Das Auto machte einen Schlenker und steuerte auf eine schmale Durchfahrt neben einem palastartigen Gebäude zu. »Wir fahren durch das Dulab-Tor und dann nach Norden, der Weg ist um diese Uhrzeit weniger voll!« Fluchend bremste er erneut und Wilhelm stützte sich an der Karosse ab, um nicht hart anzuschlagen. Ein Eseltreiber war mit einem Tier unvermittelt auf die Straße getreten, das auf beiden Seiten seines Körpers riesige Körbe trug. »Eine Lieferung für den Bazar. Waren Sie dort schon?« Sein Daumen wies auf das Stadtviertel rechts von ihnen. »Müssen Sie unbedingt sehen.« Dann war der Weg wieder frei und er brauste weiter, laut röhrte die Hupe, aber niemand schien sich zu stören. Die persische Ruhe war immun gegen den Einfluss des Westens. »Wenn Sie auf den Bazar gehen, nehmen Sie nicht viel Geld mit. Am besten keines. Dort klaut man oder überfällt Sie. Und wenn Sie was kaufen, ist es nicht viel anders.«

Wilhelm verstand nicht. »Inwiefern? Ich werde beim Kaufen beklaut?«

Staudacher lachte. »Ich gehe mit Ihnen. Übermorgen habe ich Zeit, morgen ist *Jomeh,* der persische Sonntag an unserem Freitag. Dann erkläre ich Ihnen alles. Ich zeige Ihnen mal ein paar Teppiche. Und den Unterschied zwischen echten Teppichen und denen von Bazarjuden. Als Juweliere sind die Brüder unschlagbar, aber als Teppichhändler ...«

Langsam fuhren sie durch ein Stadttor, das nahezu identisch war dem Doschantape-Tor gestern. Endlich vor der Stadt gab Staudacher dem alten Hansa die Sporen und raste in nördlicher Richtung auf den Flugplatz zu, von dem gerade eine Junkers W 33 abhob – eine gewaltige Staubfahne hinter sich herziehend. Die F 13 stand noch nahe der Wartungshalle, die doch eigentlich nur ein großer Schuppen war, gedeckt mit Kanisterblech und sonnenseitig mit Strohverkleidung geschützt, wie er durch die Lücke zwischen den Erdwällen hindurch beobachten konnte.

Sie hielten. Wilhelm sprang raus und die Holzstufen zum Verwaltungsbüro hoch. Staudacher rief schnell einen Gruß und fuhr wieder in die Stadt zurück. Hinter der Tür räumte Fräulein Huth Gläser der wartenden Passagiere weg, deren Flug soeben abgehoben hatte. Sie lächelte ihn an. »Guten Morgen!«

»Guten Morgen«, grüßte er zurück. »Ich habe Sie gestern gar nicht mehr gesehen.«

»Ich hatte einen wunderbaren Abend, so *geistreich*«, betonte sie und kicherte, als sie sah, dass er nicht verstand. Und er dachte natürlich an den Jungen. Sie legte den Zeigefinger auf den Mund. »Möchten Sie einen Flug buchen?«

»Nein, ich habe einen Termin mit Herrn Weil.«

»Aber Herr Weil ist nicht da. Wann denn? Jetzt? Hier? Nicht in der Zentrale?«

Er nickte und schielte auf die große Uhr an der Wand, die viertel nach sieben anzeigte. »Oder war er schon da und ist wieder gegangen, weil ich spät war?«

»Neiiin«, zog sie ihre Antwort irritiert in die Länge. »Wir sind in Persien, das müssten Sie sich aber wirklich merken.«

»Klar, Persien«, grummelte er. Auch zehn Uhr war im Gespräch gewesen, vielleicht hatte Herr Weil sich diese Zeit gemerkt. Auf einmal war er sich sicher – sie waren in der Tat erst für zehn Uhr verabredet. »Ich drehe mal eine Runde.«

Sie nickte. »Wollen Sie Ihre Aktentasche hierlassen?«

Er schüttelte lächelnd den Kopf und verließ die Baracke. Draußen war es noch immer kühl, aber die nächtliche Feuchtigkeit hatte sich längst verflüchtigt und die Temperatur war spürbar gestiegen. Fasziniert beobachtete er die Berge. Die Gipfel streckten sich nahezu glänzend vor Trockenheit in der Sonne, die Hänge indes in dichten Nebel gehüllt. Überbleibsel des Regens heute Nacht, die in höheren Lagen langsamer verdunstete. Dieses Naturschauspiel kannte er aus den Urwäldern Nordpersiens, an der Ostgrenze Aserbaidschans. Hier, am Rande der Wüste, war der Anblick fast surreal. Schemran war unsichtbar und lag unter dichtem Nebel verborgen. Nun liebte er dieses widersprüchliche Land doch wieder.

Jemand schimpfte laut. Interessiert spazierte er in den Innenhof und entdeckte einen Mann in Mechanikermontur, der an einem Teil der F 13 arbeitete. Langsam näherte er sich ihm. Der andere bemerkte den hochgewachsenen Fremden mit dem blonden Oberlippenbart, werkelte aber weiter.

Schweigend standen sie beieinander, bis der Mechaniker mit einem riesigen Schraubenschlüssel prüfend gegen zwei Stellen des Motorblocks schlug, dem Klang lauschte und zufrieden lächelte. »Ich liebe es, wenn Dinge gut werden.« Augen und Zähne blitzten aus dem verschmierten Gesicht, in welches er beim Schweiß abwischen neue Ölspuren einmassiert hatte.

Wilhelm nickte anerkennend. »Gute Arbeit. Nicht, dass ich sie einschätzen könnte. Ich bin Wilhelm Darburg, Fernmeldeingenieur. Angenehm.«

Der ölige Mann grinste und reichte ihm den Ellenbogen. Wilhelm schlug ein.

»Interessant. Fernmeldeingenieur. Ich bin Paul Anar. Mechaniker hier. Und oft genug Mädchen für alles. Quasi die unerschöpfliche *Frucht guter Ideen*.«

Wilhelm lachte laut auf. »Na, das ist aber mal eine blumige Umschreibung. Sie sind wohl schon lange in Persien.«

»Ist auf Fräulein Huths Mist gewachsen. Mein Nachname heißt auf Persisch *Granatapfel. Anar* ist also eine Frucht. Tja, die Huth ist schon selbst ein goldiges Früchtchen. Schade, dass sie bald abgelöst wird.« Als er sah, dass Wilhelm die Information nicht einordnen konnte, erklärte er, dass sie viel länger hier sei als beabsichtigt. »Wenn der deutsche Gesandte zurückkehrt, bringt er ihre Ablösung mit. Ein Fräulein Grohmann von Junkers. Kennt niemand. Aber die Betty muss hier dringend raus und mal wieder die Welt sehen. Hätte der Graf sie damals nicht gerettet, nicht auszudenken.« Er schlug erneut auf den Motorblock und zog eine Schraube fest. »Ich muss leider weitermachen. Eine Runde drehen. Der Vogel soll morgen nach Bagdad eingesetzt werden und wir wollen doch, dass er auch ankommt.«

»Fliegen Sie die Maschine?«, folgte Wilhelm einer Ahnung.

Paul sah ihn an und blickte sich theatralisch um. »Die Betty hat viele Talente, aber Fliegen gehört nicht dazu. Und ... da hier sonst niemand ist, bleibt also auch das wieder an mir hängen. Sehen Sie? Mechaniker sind Mädchen für alles.« Beide lachten. Er wurde ernst. »Wir sind schon ein paar mehr Leute. Boten, Wächter, vier Monteure, zwei Stationsbeamte, vier Flugzeugführer. Ein gutes Dutzend persische Arbeiter. Aber ja, wir können meistens alle mehr als wir müssen. Wenn Sie sich nicht vor Angst in die Hose machen, kommen Sie doch mit. Wir machen es uns vorne gemütlich und Sie können fliegen wie ein Vogel unter freiem Himmel.«

Zweifelnd wandte sich Wilhelm ab, beäugte die offene Pilotenkanzel des Fliegers außerhalb der Wälle und schaute dann wieder das ölige Metallstück an, das Anar stolz festhielt. Er grinste triumphierend, den Schraubenschlüssel in der Hand. Wohl war ihm nicht, aber es ging ja auch darum, fliegerische Informationen zu sammeln. Also nickte er und stimmte zu. Gemeinsam stiefelten sie zu der F 13 und es dauerte nicht lange, bis der Mechaniker das bearbeitete Teil wieder montiert hatte.

»Ich habe Sie gestern auf dem Empfang von Herrn Jaroljmek vermisst«, rief Wilhelm, während er umständlich über die Tragfläche in das enge Cockpit kletterte. Bei dem Mechaniker hatte das viel eleganter ausgesehen. Einige Handbewegungen von Paul, und unter ihnen dröhnte lärmend der Motor. Dessen Betriebshitze erreichte ihre Beine nahezu ungehindert.

»Der L5-Motor startet den Propeller mit Pressluft«, grinste Paul stolz, als hätte er ihn selbst erfunden. »Sie können also sitzen bleiben und müssen nicht anschubsen.«

Wilhelm nickte stumm und besorgt. Er wusste gar nicht, wo er zuerst hinsehen sollte.

Anar hielt die wenigen Instrumente im Blick, besonders der Öldruck hatte ihm zuletzt Sorgen gemacht, bisher war alles normal. »Ich habe es vergessen. Über dem Basteln vergesse ich alles«, murmelte er beiläufig. Wilhelm warf ihm einen kritischen Blick zu. Paul trat die Pedale, löste die Drosselung und langsam begann die F 13 zu rollen. Er erhob sich, um über den gläsernen Sichtschutz zu schauen, dessen Schlieren sich in der Morgensonne vervielfältigten. »Wir müssen immer aufpassen, dass keine großen Steine auf der Piste liegen«, erklärte er laut. »Wir räumen ständig alles weg, aber nach fast jeder Nacht liegt wieder irgendwo ein Brocken. Weiß der Teufel, wo die herkommen. Ob die vom Himmel fallen oder die Wüstenhyänen sie auskacken ...«. Dann beschleunigte er.

Urplötzlich hörte das Schütteln auf und sie waren in der Luft. Angespannt hielt der Mechaniker den Blick auf die Instrumente geheftet und machte vorsichtig einige Flugmanöver, bevor er gen Süden drehte. »Die Berge liegen im Nebel. Ich traue der Waschküche da drüben nicht. Ich fliege südlich entlang der Fernstraße nach Ghom. Kennen Sie die Stadt? Wenn es ein technisches Problem gibt, bringe ich die Kiste nämlich sauber neben der Straße runter.« Er blickte zur Seite und sah Wilhelm den Kopf schütteln. Der hielt die Lippen fest zusammengepresst und sah aus wie ein Tiefseetaucher, mit der Lederkappe auf und den riesigen Pilotengläsern vor den Augen. Paul grinste. Er trug ja dasselbe.

»Sie können den Mund ruhig aufmachen. Sandflöhe und Wanzen und Moskitos fliegen einem am Boden in den Mund. Hier oben nicht mehr. Höchstens mal ein Geier, wenn Sie Pech haben.« Er lachte wiehernd.

Teheran war bald hinter ihnen verschwunden. Mit rasender Geschwindigkeit von hundertfünfzig Sachen in der Stunde folgten sie einer weißen Erdpiste nach Süden, auf der immer wieder Kolonnen von Kamelkarawanen trotteten oder ein Eseltrupp widerwillig vorangetrieben wurde. Selten sahen sie Lastwagen, gut erkennbar an den Staubfahnen, die sie hunderte Meter weit hinter sich herzogen. Zum Verdruss aller, die ohne schützendes Blech um sich herum die gleiche Route nahmen. Der Flugwind kühlte, das Metall der Karosserie erwärmte sich zusehends und der Motor tat sein Übriges. »Wer hat Sie heute morgen gebracht?«, rief Paul. »War das der Staudacher? Der ist nett. Wirkt etwas spröde, verglichen mit seinem Vorgänger. Ist er aber gar nicht.«

Das nachfolgende Lachen war lauter als erwartet. Wilhelm schrie »Wieso?« gegen den rauschenden Wind und den älteren Junkers L5-Motor.

»Warum?«, brüllte Paul zurück. »Der Staudacher ist ein Streber. Hatte seinen Doktor in Staatswissenschaften schon mit zweiundzwanzig in der Tasche und sieht das hier als Karriereschritt. Der gute Gustav Glock hingegen war lebenslustig. Hat alsbald eine Perserin geheiratet und ihre Familie gleich mit. Ist sogar Mohammedaner geworden.« Er lachte. »*Allahu akbar* und so, Sie verstehen? Dann sollte er nach Lissabon versetzt werden. War das ein Gewimmer und Gejaule, wochenlang war der nicht arbeitsfähig, heißt es. Heulte sich bei Fräulein Huth aus und wenn die nicht mehr konnte, dann war ich an der Reihe.« Laut kicherte er. »Schlussendlich ging es für ihn nach Rio. Ein Jahr später als Berlin das wollte, weil die Kandidaten für den Jahrgang 1927 alle durchs Examen gefallen waren. Es gab also keinen Ersatz und Glock konnte vorerst bleiben. Aber scheiden lassen musste er sich letztlich trotzdem. Eine islamische Scheidung ist teuer. Sechshundert Toman. Satte 2400 Mark! Hatte er natürlich nicht. Fünfzig Toman gab ich ihm, die sehe ich sicher nie wieder. Staudacher hat erzählt, dass der Glock dort in Brasilien wohl wieder geheiratet hat. Glücklich ist der Mann, der sich die schönsten Früchte aus Gottes Paradies pflückt.«

»Ist das aus einem Gedicht von Hafis?«, rief Wilhelm.

»Nein, besser. Aus der Lebensliturgie des Paul Anar!« Sie lachten beide. Paul schlug triumphierend auf den gepolsterten Rand der Pilotenkanzel. »Fliegt doch toll. *Fly me home so soon, little girl in the moon*«, intonierte er.

Unterhalb zu ihrer Linken zog eine Karawanserei vorüber, die abseits der Straße lag; daneben eine kleine *Imamzadeh*. Die Landschaft hatte sich verändert. Rechts im Westen lag eine weite, leere Ebene, Ausläufer der Kewir-Salzwüste, die sich fern nach Osten bis hinter den Horizont erstreckte. In Flugrichtung links, östlich von ihnen, wuchs mit der Zeit aus der welligen Steppe eine Reihe gestaffelter Berge, die durch und durch bunt gefärbt waren, als hätte ein Kind sie angemalt. Der Anblick war märchenhaft, wie das erstarrte Wunderland eines Zuckerbäckers. In der Ferne lag eine Stadt. Paul zeigte nach vorne und Wilhelm reckte sich. Augenblicklich toste der Flugwind um seine Kappenspitze.

»Sehen Sie mal«, schrie der Flieger. »Wenn man in westlichen Ländern auf eine Stadt zufliegt, so merkt man es zunächst an den überhandnehmenden Reklameschildern. Dann kommen die Schuttabladeplätze, dann die Schornsteine und die Mietskasernen. In Persien aber erleben wir noch etwas von dem biblischen Gefühl der Ehrfurcht vor alten Mauern.« Er hustete laut. »*Ziehe deine Schuhe aus, denn der Ort, worauf du stehest, ist heiliges Land*, so sagt man hier.« Seine Fingerspitze zuckte nach vorne, als wolle er die ganze Hand dem Ziel entgegenwerfen. »Das dort ist Ghom, in der Tat eine heilige Stadt.«

Bald würde er heiser werden und Wilhelm musterte die Umrisse, die sich in der Ferne abzeichneten.

»Neben Karbala und Maschhad gibt es für einen Schiiten keine bedeutendere als diese: Ghom, die Heilige, am Fuße der Grabmoschee des Imamen. Wenn wir näherkommen, sehen wir die von weither leuchtete vergoldete Kuppel in der Morgensonne.«

Und tatsächlich: Momente später wurden die vier mächtigen Minarette erkennbar, deren Spitzen wie goldene Speere in der Sonne blitzten. Wilhelm hielt den Atem an. Einen erhabeneren Anblick konnte er sich nicht vorstellen, der Kölner Dom mochte aus der Höhe ebenso imposant wirken. Doch war er nicht so leicht und hell. Er begriff jetzt, dass gläubige Wallfahrer, die in ihrem Leben nie anderes gekannt haben, als die graue Steppe und die schwarzen Zelte eines ruhelosen nomadischen Daseins, nach monatelanger Wanderung vor diesem Anblick in den Staub sanken wie im Angesicht von etwas Göttlichem.

Aus allen Himmelsrichtungen zogen kleine Ströme von Pilgern auf Ghom zu, wie Ameisen gegen ein schmackhaftes Kuchenstück, an dem sie sich laben wollten.

Ein trockenes Flußbett lag vor der Stadt, eine alte, in fremder Architektur gehaltene Brücke führte darüber in die Gassen des *Lourdes von Persien*, wie der Bädeker-Reiseführer es beschrieb, die voller Menschen waren. Klein, eng und dunkel lagen die Wege, aber über allem strahlten die Farben der Moschee, deren Portal geziert war mit bunten Fliesen, die vielfach verschnörkelte Koranschriften darstellten. Das Innere des Hofes leuchtete wie ein steinernes Gedicht hinein in die Rumpelkammer einer verschachtelten Stadt.

Die F 13 machte auf sich aufmerksam. Man streckte dort unten die Hälse, Blicke folgten dem seltenen und wohl störenden Anblick eines Fliegers über dem Heiligtum.

Wilhelm verrenkte sich, um möglichst viel von Ghom in Erinnerung zu behalten. Ein großer, viereckiger Platz, rings begrenzt von Säulengängen, während in der Mitte ein Brunnen ruhte. Dort unten war es sicher wunderschön kühl, überall leuchtete von den Mauern eine Fülle von Farben. Ein Portal, schimmernd in einem Übermaß von blauen und weißen Mosaikverzierungen in maurischer Art, funkelte in der Sonne. Darüber ragte die gewaltige goldene Kuppel der Moschee, benachbart von den Minaretts mit ihren vergoldeten Spitzen, der Boden der Höfe mit Steinfliesen gepflastert. Ein wenig abseits standen weitere Türme und dazwischen ein kleiner Tempel mit einem Dach ähnlich einer chinesischen Pagode. In dem Hof hockten ringsum die Menschen wie bunte Farbenkleckse, bis hier oben glaubte Wilhelm ihr leises Beten der weitgewanderten Pilger zu hören. Das war sicher seine Fantasie. Zweifellos würden unten manche sie verfluchen, mit dem Motorenlärm die Würde des Ortes gestört zu haben.

In einem leichten Bogen führte Anar die F 13 um die Moschee herum, aus Respekt in einigem Abstand, dann ging es zurück. Stürmisch brauste die Junkers-Krähe wieder dem heimatlichen Teheran entgegen.

»Ich hörte, dass Sie im Krieg bei den Funkern in Palästina waren«, brüllte Wilhelm. »Da war ich ebenfalls. Bei General Kreß von Kressenstein.«

»Stimmt, ich war zuerst bei den Husaren, dann den Funkern und wurde später den Osmanen unterstellt.« Er rutschte ein paar Zentimeter in den Sitz, um dem Flugwind zu entgehen und leichter sprechen zu können. »Erst bei der Pascha-Station in Derat und zuletzt in Birseba auf dem Sinai. Staubige Angelegenheit. In jeden Wind haben wir unsere *Äthernadeln* gehalten. In osmanischen Diensten endete für mich auch der Krieg durch Gefangenschaft. Aber die Gegend ließ mich nie mehr los. In Deutschland ... kann ich nicht mehr leben.«

»Ich war bis zuletzt dabei, sogar noch nach dem Krieg in Persisch-Kurdistan und Aserbaidschan. Wir dachten, wir könnten die Sowjets vom Norden fern und Georgien unbesetzt halten und den Briten ein Schnippchen schlagen.« Beide schwiegen für einen Moment. Am nördlichen Horizont tauchten die ersten Anzeichen des Elburs auf.

»Funker, ja? Ich liebe das noch heute. Ich bastele eine Funkstation. Nur für mich, aber irgendwann können wir sie auch für den Flugplatz nutzen.«

»Beeindruckend«, schrie Wilhelm.

»Zeige ich Ihnen mal, wenn wir Zeit haben. Wir sind in einer halben Stunde da. Ich muss noch ein wenig die Instrumente beobachten, damit für morgen alles klar ist. Hatten neulich erst eine Notlandung. Braucht niemand, sage ich Ihnen.«

»Notlandung? Kam jemand zu schaden?«, fragte Wilhelm besorgt.

»Natürlich«, nickte Paul. »Das Renomée von Junkers. Beinahe jedenfalls. Anfang Januar starteten fast zeitgleich unsere F 13 ›Bremse‹ und das Postflugzeug ›Bolbol‹. Während der Postflieger in Pahlavi landete, kam die F 13 nicht an. Gegen Mittag lief ein Telegramm ein, dass wir einen Verlust befürchten mussten. Karadj hatte den Überflug noch beobachtet, Abijeg – nichts. Ghaswin nur ein Flugzeug gesehen. Rascht und Mendjil ebenfalls eines. Nobaran und Hamadan keine Sichtung. Die beiden letzten Meldungen wurden nur eingeholt, um ein Abweichen von der Flugroute festzustellen.«

»Wie ist es denn ausgegangen? Machen Sie es nicht so spannend.«
Langsam fürchtete er, heiser zu werden.

»Abends kehrte ›Bolbol‹ zurück, aber hatte auch nichts gesehen. Am
nächsten Tag startete der Postflieger abermals und flog gleich in den
Regen hinein. Später gingen die ›Schildkrähe‹ und der ›Zwergspecht‹
hinterher. Auch ein Automobildienst wurde eingeschaltet, in alle Richtungen die Augen aufzuhalten. Abends gelangten alle drei im Geschwa-
derflug wieder nach Teheran. Unser deutschsprechender Flugleiter in
Pahlavi, Herr Magrochry, fuhr mit dem Wagen nach Süden, blieb aber
auf der Passhöhe zwischen Ghaswin und Mendjil liegen und konnte nur
durch Glück gerettet werden. Auch eine Maultierkarawane gab es. Aber
nach einigen Tagen tauchte plötzlich die ›Bremse‹ über Teheran auf und
die Suchaktion konnte abgebrochen werden.«

»Häh?«, machte Wilhelm. »Ich verstehe nicht.«

Paul lachte wiehernd gegen den Flugwind. »Wir auch nicht. Zunächst.
Der Pilot war vom schlechten Wetter immer weiter nach Norden abgedrängt worden. In die Berge. Hatte aber keine Passage hindurch zur
Nordküste gefunden. Schließlich landete er in Araxes, nordöstlich von
Täbris, auf russischem Gebiet.« Er hustete laut und schluckte. »Da es
dort kein Flugbenzin gab, kaufte er schweres Traktoren-Benzin und
stellte überrascht fest, dass der brave L5 auch damit lief, aber schwächer. Sie flogen also vorsichtig weiter bis Baku, wo sie sich wieder vernünftig versorgen ließen. Dann ging es zurück.«

»Ein Abenteuer!«, stöhnte Wilhelm.

»Karl May in Reinstform«, gröhlte Paul.

Wilhelm nutzte das nachfolgende konzentrierte Schweigen dafür, die
Landschaft zu bewundern, über der ungekrönt längst der Damawand
thronte.

Herr Weil stand vor der kleinen Baracke des Flugdienstes und wartete, als Wilhelm hinter Paul aus der Maschine kletterte. Dann ging er
langsam auf ihn zu.

»Es ist halb zwölf Herr Darburg. Sagten wir nicht zehn Uhr?«

»Sagten wir nicht sieben Uhr, Herr Weil? Guten Morgen.«

Von Ferne ertönte vielkehlig der Gebetsruf zu Mittag.

Der lächelte schmal. »Geeinigt haben wir uns auf zehn Uhr. Danach
kann man es im Sommer vor Hitze auch in Gebäuden hier draußen
kaum noch aushalten. Deshalb beginnen die Blecharbeiter und Schwei-
ßer schon um vier Uhr früh. Also, dann, was kann ich für Sie tun? Und
warum treffen wir uns nicht in der Zentrale in der Laleh-Zar?«

Gemeinsam gingen sie in das Verwalterbüro. Fräulein Huth brachte Wasser, nicht kalt, immerhin wenigstens trinkbar. Wilhelm legte die Aktentasche auf einen Tisch und öffnete sie. Dann zog er Unterlagen heraus und entfaltete diese. Vor ihnen lag nun die technische Zeichnung des hier zur Tarnung als Funkturm bezeichneten Ankermastes.

»Beim nächsten Mal treffen wir uns gerne in Ihrem Büro. Ich kenne mich noch nicht mit den hiesigen Gegebenheiten aus.« Er räusperte sich entschuldigend. »Also, ich vertrete eine Gesellschaft, die hier in Teheran Handelsgeschäfte betreiben möchte, in Textilien. Der Markt ist schnell und bedarf direkter Informationsverbindung. Es soll daher ein Funkturm gebaut werden, der Teheran als Stützpunkt mit der Simon'schen Handels-Korporation in Potsdam verbindet.«

»Korporation?«, fragte der andere. »Wer ist noch dabei?« Interessiert studierte er den Plan und runzelte seine Stirn.

Wilhelm schluckte. Er durfte über Details nicht sprechen, aber konnte er die Hintermänner nennen?

»Die Simon'schen Seidenwerke, Telefunken und Finanziers, darunter bekannte Banken. Begutachtet und wohlwollend begleitet vom Auswärtigen Amt in Berlin«, log er, Zeppelin und die DELAG auslassend. Diese Banken wurden zwar durch von Richthofen vertreten, tauchten aber offiziell nicht auf. Telefunken war gar nicht beteiligt. Die DELAG durfte er keinesfalls erwähnen, sonst war offensichtlich, woher der Hase lief.

Ingenieur Weil sah kurz auf und lachte laut. »Ich verstehe, Freiherr von Richthofen ist mit im Spiel. Die Banken und das AA, mehr hätten sie gar nicht sagen müssen. Die Truppe um Hartmann von Richthofen und Thomas Brown sorgt für unsere Auslastung. Wenn wir nicht ständig neue Delegationen flögen, wären wir längst pleite. Also einverstanden. Machen Sie das mit dem Funkmast. Fräulein Huth soll die Arbeiter anheuern. Sie bezahlen natürlich. Aber Moment.« Er sah sich den Plan genauer an. »Dieser Mast hier, die Höhe stimmt, aber der ist viel zu stabil. Das brauchen Sie gar nicht. Er sollte nur länger sein, denn im Untergrund müssen Sie ihn ordentlich verankern. Warum dieser ... Turm? Der Paul baut auch eine Antenne, aber das sind dürre Baumstämme, die vollkommen ausreichen«, brachte er die Sache auf den Punkt. »Wenn auch die Höhe annähernd stimmt. Paul erreicht wohl dreißig Meter.« Weil hatte Recht. Sollte er bemerkt haben, dass diese Skizze den Ankermast für ein Luftschiff darstellte, leicht verfremdet, und keinen Funkturm?

»Telefunken möchte von Anfang an die neue oszillatorgesteuerte Funktechnologie der Zukunft verwenden. Damit besäße Teheran den modernsten Flugplatz der Welt«, übertrieb Wilhelm, denn die Technologie war längst nicht ausreichend für den Alltagseinsatz getestet. Herr Weil schien diese Vorstellung zu gefallen.

»Schön, dann geht es hier voran. Stecken Sie das mal der persischen Regierung. Die sucht ja überall nach der Moderne.« Er trommelte auf den Tisch. »Warum haben Sie nicht mit Junkers gesprochen? Die Flieger haben bisher nicht einmal Funk. Und ein Verwandter des alten Professor Junkers ist im Textilhandel, war vor zwei Jahren noch hier und hat damals den Grafen mit Beschlag belegt. Der wäre doch mehr als aufgeschlossen. Soll ich denen mal kabeln, dass man sich mit Ihren Auftraggebern in Verbindung setzt?«

Wilhelm schüttelte den Kopf.

»Gut, gut. Ist mir auch egal. Sprechen Sie mal mit dem Paul, der kennt sich hier auch mit den Wetterverhältnissen aus und kann Ihnen mehr zum Thema erzählen als ich. Ich muss jetzt mal für morgen die Verbindung nach Bagdad klären.«

Wilhelm verstand. Das Gespräch war beendet. Höflich bedankte er sich und verließ das Büro. Plötzlich überfiel ihn große Sehnsucht nach Gertrude. Seine Isolation von der Welt an diesem Ort wurde ihm nahezu körperlich spürbar.

Angriff auf dem Bazar

Nach den ersten Tagen und Verwirrungen in Teheran erschien Wilhelm das Straßenbild wenigstens im Umfeld der Laleh-Zar mittlerweile vertraut. Sie war das Wunder des modernen Persiens, vergleichbar mit den Linden in Berlin. Der Vorzeigeboulevard aller weltgewandten Perser und jener, die dafür gehalten werden wollten. Fußgänger wie auch Droschkenkutscher genossen seine Breite und die Möglichkeit, einander aus dem Weg gehen zu können. Elegante Herren und schöne Damen sowie, die das gerne wären, mochten hier in einem der vielen Caféhäuser verweilen oder in Restaurants einkehren, deren Speisekarte oft europäisch schien. Meistens servierte man dann abgewandelte persische Hausmannskost als erlesene Gastronomie *a la Parisienne*. Schwein war natürlich nicht zu bekommen, es sei denn, man wusste, wo und wer zu fragen wäre und es handelte sich um Geräuchertes.

Für heute hatte sich Wilhelm den Umzug vorgenommen. Mittlerweile sollte wohl etwas in seinem Sinne geschehen sein, sonst musste er nachdrücklich werden. Fräulein Huth war ausnehmend süß und bildete eine adrette und nette Gesellschaft, aber er durfte seine Pläne nicht vergessen – vom Grand Hotel aus würde er sicher besser arbeiten können als in dieser winzigen Pension *Trey*. Er lief einen kurzen Weg die Saadi-Straße nach Süden und nicht weiter geradeaus die Laleh-Zar entlang, sondern bog rechts in die Istanbul-Straße ein. Diese kreuzte sich mit der Firdousi-Straße, der *Rue de Legations,* und führte damit direkt ins Diplomatenviertel, in dem zwei bedeutende Banken lagen. An der Kreuzung befand sich die britische Botschaft, in einem riesigen Garten gelegen, bewacht von grimmigen Soldaten vom indischen Stamm der Sikhs.

Linkerhand, hundert Meter südlich, lag zwischen der türkischen und der belgischen Gesandtschaft die deutsche, verglichen mit der britischen ein Gartenhäuschen. Vögel zwitscherten in den hohen Bäumen, ein wenig Wasser lief die Straße hinab, das aus den gepflegten Gärten sickerte und sich auf Bürgersteigen in Rinnsälen vereinigte, bis es an der nächsten staubigen Ecke irgendwann versiegte. Adern gleich zogen sie über die Gehwege, aber ihr Blutdruck war schwach und musste verenden, wenn erst die Sonne weiter ihre glühende Bahn über den Himmel zog. Wenige Menschen waren hier unterwegs. Dienstpersonal, Besucher der Gesandschaften oder der *Banque d'Escompte de Perse*. Es war, als sei eine unsichtbare Käseglocke auf das Viertel gestülpt, welche Geräusche und andere Einflüsse der Stadt fernhielt.

Langsam schritt er durch das offene Tor der Gesandtschaft und nickte dem persischen Kosaken zu, der hier Wache stand. Der Legende nach war der heutige Schah früher ein simpler Wachsoldat gewesen, während des Krieges vor der deutschen Botschaft. Hatte er damals den Entschluss gefasst, dem Weltenrad in die Speichen zu fassen? Hatte Wilhelm gerade einem Herrscher der Zukunft zugenickt? Das Gebäude lag ruhig da, aus einem geöffneten Fenster klapperte von irgendwo eine Schreibmaschine. Hier hatte man bereits die Beete und Blumenschalen benetzt. Er lief bis vorne zu der weiß gestrichenen Holztür. Ein lautes Klingeln hallte durch das Haus, zunächst geschah nichts. Erst nach einem zweiten Klingeln schlurfte jemand heran und öffnete. Es war Kasem. Höflich brachte Wilhelm seinen Wunsch vor, bald in das Hotel umzuziehen, man habe ihm doch Hilfe versprochen. Das Klappern stoppte, Stuhlbeine scharrten auf dem Boden und Dr. Staudacher trat lächelnd aus einem Dienstzimmer im Erdgeschoss. Augenblicklich schob Kasem sich in den Hintergrund.

»Guten Morgen, lieber Herr Darburg. Ich hörte, dass Sie es sind. Ja, ich war in der Tat erfolgreich. Wir konnten ein Zimmer im Grand Hotel reservieren für Sie. Sie können von Glück sprechen, jetzt nach Moharram kommen auch die westlichen Reisenden wieder öfter. Da wird es schnell eng. Sie rechnen selbst ab mit denen, aber die Reservierung lautet auf die Gesandtschaft.« Lächelnd blieb er stehen. »Kann ich noch etwas für Sie tun?«

»Ja«, zögerte Wilhelm. »Ich brauche Kontakt zu jemandem von der Regierung. Können Sie mir helfen?«

Staudacher rieb seine Hände vor der Brust. »Ja, sicher. Das wird aber der Gesandte selber vornehmen wollen. Der ist ja bald da.« Er bemerkte den enttäuschten Blick. »Ich sehe, was ich tun kann. Ein wenig werde ich Sie sicher empfehlen können.«

»Danke. Und könnte mir jemand beim Umzug helfen? Ich muss mit der Pension abrechnen. Herr und Frau Stump sind in Schiras, der Sohn ist mit ihnen und der Hausdiener spricht nur Persisch und Fräulein Huth ist schon bei Junkers. Ich komme auch mit der Währung noch nicht zurecht, Toman und Kran ... und ich weiß nicht, ob man sich im Grand Hotel verständigen kann.«

Staudacher wurde ernst. »Doch, die Pagen können sich schon verständigen. Ein paar Brocken irgendeiner Weltsprache kann jeder dieser Boys. Also, hören Sie zu. Ich habe alle Hände voll zu tun, mit dem Bazar wird es heute leider auch nichts. Kasem muss in Schemran nach dem Rechten sehen. Wenn der Gesandte zurückkehrt, soll dort alles fertig und arbeitsbereit sein. Wir haben zwar noch die gute Ida, aber sie traut sich da nicht hin ...«, er beugte sich vor. »Die Windhunde des Grafen sind oben in Schemran und sie hat Angst vor denen. Kasem bringt also das Haus auf Vordermann, füttert sie und führt sie aus.« Er nickte und grinste, dann schnippste er mit den Fingern und augenblicklich stand Kasem neben ihm. »Kasem hat einen vertrauenswürdigen Verwandten, Moshir Mirza. Gehen Sie zurück zur Pension. Moshir wird zu ihnen kommen. Er spricht auch etwas Deutsch. Er wird auf Sie warten und zum Hotel begleiten. Und vielleicht auch auf den Bazar.«

Das gefiel Wilhelm nicht besonders, aber was sollte er tun? »Er wird dort warten? Wie erreichen Sie ihn?« *Wir sind doch in Persien*, hörte er ihn in Gedanken sagen. Wie so häufig. Mit einem fliegenden Teppich?

»Wir schicken einen Botenjungen!«, sagte Dr. Staudacher unprätentiös.

Wilhelm nickte und verabschiedete sich.

Als er zurückkehrte, sah er von weitem einen schmächtigen, eher kleinen jungen Mann vor der Pension auf dem Boden sitzen. Beim Näherkommen sprang der andere plötzlich auf und stellte sich vor. Es war Moshir Mirza und er ging umgehend zur Sache. Der Umzug war schleunigst vollzogen. Wilhelm durfte nicht einmal seinen Koffer tragen, nur auf die Aktentasche bestand er. Als er dann Moshir die Laleh-Zar in südlicher Richtung folgte, hatte er Gelegenheit, sich den Boulevard genauer anzusehen. Überall wimmelte es von Comptoirs Français, Marchands Tailleurs, Maisons de Confiance. Alles in riesenhaften Inschriften, an denen da und dort verschämt in einer Ecke eine Schrift in persischen Buchstaben angebracht war. Man hatte den Eindruck, als ob in Persien jeder etwas gelte, nur der Perser nicht. Auch andere Hotels fielen ihm auf: Hotels de France, de Paris, Hotel de Londres – jedoch keines *de la Perse*. Abgesehen von den Schildern handelte es sich durchweg um einheimische Läden, wohl armenisch betrieben. Eine tiefe Reverenz vor Pfunden und Dollars und allem, was dem Perser fremd schien und damit weltläufig wirkte.

Als sie im Hotel ankamen, merkte er: Er hatte sich nicht geirrt. Die Sprachkenntnisse des schwarzlockigen Portiers im Grand Hotel beschränkten sich auf Persisch, Armenisch und ... persische Brocken Französisch. Das langwierige Gespräch Moshirs mit ihm endete mit der Feststellung, dass das Zimmer des neuen Gastes aus *Faranghistan* nicht bezugsfertig sei.

»Wir können den Bazar besuchen«, bot der junge Perser höflich an. »Der Koffer kann hier warten. Was ist mit Ihrer Aktentasche?«

Wilhelm wollte sie behalten, aber er ließ sich überreden, sie im Tresor des Empfangs einschließen zu lassen.

Ein interessanter Geldschrank, britischen Ursprungs. Unschwer vorstellbar, wie mühsam es gewesen sein musste, diesen aus England nach Teheran zu transportieren. Moshir erledigte die Formalitäten für die Einlagerung.

Noch einmal betrachtete er das Kommen und Gehen in der Lobby des Hotels. Der Name alleine war ein Hohn. Das Grand Hotel bestand aus einem einzigen Stockwerk, war aber weitläufig. Kaum ein anderes Gasthaus in der zivilisierten Welt dürfte ein solch buntes Gewimmel an Menschen beherbergen wie ein internationales Hotel in Teheran. Wilhelm tat ein paar Schritte an der Rezeption vorbei in den hinteren Teil des Gebäudes, aus dem er klirrende Gläser hörte. Unternehmer, Spieler, Abenteurer, vielerlei seltsame Gestalten, denen das Geld locker saß, bevölkerten die Polstermöbel und Gänge und auch die Bar, an der schon zu früher Stunde ordentlich ausgeschenkt wurde. Nicht zuletzt würde Spione und Intriganten unter ihnen sein, die ihre politischen Ziele im Schatten und Schutz der britischen Gesandtschaft betrieben. So war es in Berlin nicht anders.

Abseits, alleine an einem Tisch gleich neben einer verspiegelten Säule, saß Maren Grande, die irritierend düstere Person von der Party in Schemran. Die Frau von der UFA. Es schien, als mustere sie sich selbst in den kleinen Spiegeln. Sie legte den Kopf zur Seite und ließ die Strähne ihrer schwarzen Haare über das Gesicht fallen. Das wiederholte sich ein paarmal. Wilhelm spürte erneut Unruhe. Sie war hübsch, ihr Antlitz hatte regelmäßige Züge, dazu ihre geheimnisvolle Aura. Frauen wie sie konnten Männer in Dutzenden zu ihren Füßen zwingen – und sie zermalmen, wenn es ihnen beliebte. Er spürte leichte Wut bei dem Gedanken daran, dass andere Männer sie interessant fänden. Was stimmte nicht mit ihm? Sie lächelte ihr Spiegelbild an, dann war sie wieder ernst. Als posiere sie für Künstlerfotos, oder wolle die Außenwirkung der Kräfte prüfen, die in ihr schlummerten.

Wilhelm erschrak, als er von hinten angesprochen wurde. Moshir war fertig und reichte ihm einen kleinen Zettel mit einer Nummer, der ihn zur Abholung der Aktentasche aus dem Schutz des Tresores berechtigen würde.

»Und nun? Wollen Sie noch zum Bazar?« Der Morgen war fortgeschritten und wenn er sich nicht verhört hatte, dann war soeben zum Mittagsgebet gerufen worden. Langsam wurde er hungrig, trotzdem stimmte er zu.

Wieder traten sie unter den freien Himmel, nach wie vor waren seine Sinne bei Maren Grande. Was hatte sie bei der Party gesagt? Sie kannten sich? Das konnte nicht sein, sie hatten sich nie zuvor getroffen. Dennoch hatte er ein ähnliches Gefühl, als kenne er sie irgendwoher. Und das war unmöglich. Das wüsste er. Bärrlein und seine seltsamen Fragen nach metaphysischer Energie fielen ihm ein. Das mochte Humbug sein, sicher war es das. Aber aus irgendeinem Grund verspürte er ein Übereinanderschieben von Vergangenheit und Gegenwart, als waberten psychische Koordinaten der Zeitlichkeit und rissen Spalten, durch die ein Gefühl der Vertrautheit sickerte, wo es keines geben konnte. Eine Begegnung, die emotional wirkte und welche, wie er sich gestehen musste, ihn sexuell reizte.

Erneut brauchte er Moshir nur folgen und konnte sich daher das bunte Treiben auf der Straße gut ansehen. Auch seine Gedanken jagten weiter. Vertrug er das Essen nicht? Veränderte etwas seine Sinne? Narkotika waren bekanntlich geeignet, die Verkrustungen von Selbstbefangenheit zu sprengen und die Empfänglichkeit für innere und äußere sinnliche Wahrnehmungen zu erhöhen, oder Drogen. Manche Begegnungen bewirkten Erschütterungen des Weltbildes. Risse im Firniss des Selbst, die in die Räume der Seele führten.

Moshir lief vor ihm und das half Wilhelm, sich abzulenken, nicht weiter an diese seltsame Deutsche zu denken. Glücklicherweise war sehr viel los auf den Straßen und ihm fielen Europäer auf, wohlgekleidete Herren, die umgeben waren von Gruppen meistens blau berockter Perser, die sie umschwirrten wie die Fliegen eine Öllampe am Abend.

»Was sind das für Leute, Moshir?«, fragte Wilhelm und zeigte auf die sonderbare Gruppe, die an ihnen vorbeirauschte und deren Zentrum ein älterer Mann war, der eine romanische Sprache sprach, genau war das nicht zu erkennen.

»Schreiber«, sagte er, ohne den Blick abzuwenden. Sie strebten auf den Tupchaneh zu, den Kanonenplatz, und schon wurden die roten Geranienbeete sichtbar.

Sie liefen weiter geradeaus, direkt auf den Palast des Schahs hin, die Nasririeh-Straße, *Chiaban i Nasirieh*, entlang. Zum Dienstsitz öffnete sich ein mit bunten Fliesen besetztes Tor, flankiert abermals von zwei blankgeputzten Messingkanonen, die in der Sonne funkelten. Im Schatten der Mauer lungerten Wachen herum, die grimmig schauten: Kosakenoffiziere. Moshir führte Wilhelm weiter nach Süden, ohne sie eines Blickes zu würdigen und sie kamen zu einem der Eingänge des *Bazar-e bozorg*. Das Gedränge war zunehmend stärker geworden und hier wollte alles entweder hinein oder heraus.

Wilhelm fielen wieder kauernde Gestalten auf, die an niedrigen Pulten im Schneidersitz hockten. Aus dem Holzschränkchen ragten Sorten von Papier und am oberen Rand einer großen Schreibfläche lagerten kleine runde Objekte und Flakons mit Flüssigkeiten in unterschiedlichen Farben. Ein alter Mann im blauen Rock streckte sein Ohr einer verschleierten Frau hin, die ihm zuzuflüstern schien. Augenblicklich fing er an, schöne Buchstaben auf einem türkisen Zettel zu malen.

»Sind das auch Schreiber?«, flüsterte Wilhelm und hielt Moshir am Ärmel fest. Der nickte.

»Wir nennen sie Mirza. Viele Menschen können nicht lesen und schreiben. Mirzas erledigen Urkundengeschäfte, aber sie schreiben auch Liebesbriefe. Der dort schreibt sicher gerade einen. Er benutzt verschiedene Farben, sehen Sie? Ist Ihnen der Sinn unserer Schrift bekannt?«

Wilhelm dachte an die große Zahl von Bögen und Schleifen und die Punkte, die über und unter den Schnörkeln angebracht waren. Er konnte schwer einzelne Buchstaben auseinanderhalten, auch wenn er ein paar Grundkenntnisse hatte.

»Man legt sehr großen Wert darauf, möglichst schön zu malen, und es gilt als besonders elegant, wenn sich die Zeilen links an ihrem Ende nach oben biegen. Man schreibt ja von rechts nach links. Ein guter Schreiber wird möglichst schwungvoll und dekorativ schreiben und das Blatt so mit Ornamenten bedecken, dass es aussieht, wie ein blumiges Feld. Ach, und die Stempel auf dem kleinen Brett neben den Tintenfläschchen sind für den Namen des Auftraggebers. Die gängigsten Namen haben sie vorrätig: Ali, Fatma, Sobeide, Reza, Asef und so weiter. Bei seltenen schönen Namen wie Jahanara oder Turandocht wird es schwieriger. Damit stempeln sie den Brief und der Kunde malt sein Handzeichen darüber. Damit besitzt ein Schreiben Authentizität.« Er reckte verstohlen den Hals und kicherte. »Das ist ihr erster Liebesbrief!«

Wilhelm betrachtete die schwarz verhüllte Gestalt. Wie konnte er das erkennen? Man sah nicht einmal ihr Gesicht. Moshir kniff die Augen zusammen, dann stieß er ihn leicht an. »Sie heißt Mahin und lässt an einen Heydar schreiben.« Er drückte ihn einen halben Meter fort von dem innigen Schreiber und flüsterte: »Ihre Hände, sie zerknüllen den Stoff des Schleiers und der Mirza muss alle paar Momente aufhören, weil sie nach Worten ringt. Und der Kopf, sie wendet ihn ab, weil sie schamhaft ist.« Er lachte erneut. Wilhelm konnte nicht umhin, diese Beobachtung bemerkenswert zu finden. Für ihn saß dort nur ein großer schwarzer Nachtvogel, der ihm nichts sagte. Dennoch lag in diesem Bild soviel Emotion.

»Moshir, dein Name...«, weiter kam er nicht, denn plötzlich erhielt er von hinten einen Stoß und wurde unsanft zur Seite gegen ihn geschleudert. Aus den Augenwinkeln sah er, wie vier Kerle aufrecht und selbstbewusst in den Bazar marschierten, als sei sonst niemand anwesend. Ihnen folgte ein Mann in einer eleganten *Abba* und mit akkurat gewickeltem Turban, mühelos durch die hemmungslos freigeräumte Lücke marschierend. Entsetzt und erbost sah Wilhelm Moshir an, aber der schüttelte nur den Kopf.

»*Das* war ein Mirza!«

Wilhelm sah dem Kerl hinterher und nahm dann das hockende Männlein in den Blick, das sich ebenso wie seine Kundin blitzschnell zurückgezogen hatte, damit sie keinesfalls in die Reichweite der brutalen Gruppe gerieten. Nun saßen sie wieder dort, als sei nichts geschehen und er bemalte den Zettel, für den er als Unterlage sein linkes Knie nutzte. »Wie? Ich denke, *dies* ist ein Mirza.«

»Das auch«, meinte er lakonisch und beabsichtigte weiterzugehen. Wilhelm dachte an *Enscha'Allah* und dass man ja in Persien sei, dennoch wollte er diesen Unterschied jetzt verstehen. Das bemerkte Moshir anscheinend und schob eine Erklärung nach. »Der *Mirza* ist ein Titel für einen Schreiber und ebenso für einen Prinzen. Dieser Mirza dort auf dem Boden heißt vielleicht Mirza Ahmed. Der Titel beschreibt den Beruf. Das gerade eben war Mostafa-Kuli Mirza. Hintenangestellt ist es ein Adelstitel. Mostafa-Kuli ist ein Prinz aus dem Stamm der Bachtiaren. Sehr bekannt und berüchtigt.«

»Bachtiaren ... sind die wichtig?«, entfuhr es Wilhelm, den der unsanfte Stoß maßlos ärgerte. Er dachte an die Unruhen, von denen man sich erzählte. Dass seine Frage nicht besonders schlau war, bemerkte er an den weit aufgerissenen Augen von Moshir.

»Wichtig? Der Kriegsminister ist Bachtiar und gleichzeitig gelten sie als einflussreiche Kritiker des Schahs, die von den Briten Geld nehmen.« Er nickte hektisch. »*An ha ashchase mohemi hastand!* Sehr sogar!«

»Und du, Moshir? Bist du dann ein Schreiber oder ein Prinz?« Das Wort *Prinz* dehnte Wilhelm ein wenig und war überrascht, als der andere es zugab.

»Kein Grund für Übermut. Es gibt tausende Prinzen, zehntausende. Alleine Fatih Ali Schah hat hunderte hinterlassen. Er lebte vor hundertdreißig Jahren und sein Harem soll mehr als einhundertfünfzig Frauen gezählt haben in seinem langen Leben. Einhundertfünfzig männliche Kinder von ihm sind bekannt. Ungezählt die gestorbenen oder die Mädchen.«

Wilhelm schwieg überwältigt.

»Wenn auch Fatih Ali Schah sein Blut verteilt hat, so leider nicht sein Vermögen«, grinste Moshir Mirza, der mittellose Prinz. Wilhelm schmunzelte ebenfalls. Moshir schritt voran und tauchte in das dunkle Gewölbe des Bazars ein, augenblicklich waren sie umringt von bettelnden Kindern und anpreisenden Händlern.

Er entsann sich der Worte von Dr. Staudacher und hatte tatsächlich kein Geld dabei. Mühsam drangen sie vor. Als sie wieder einmal festsaßen, weil sich ihm dutzende Gesichter und noch mehr Hände mit Waren oder wenigstens mit Bitten entgegenstreckten, forderte Moshir ihn auf, etwas Persisches zu sagen. Das würde die Menschen freuen und wenn sie fortliefen, um anderen zu berichten, dass der Ausländer Persisch spräche, könnten sie eilig verschwinden.

Wilhelm schwitzte und fühlte sich überfordert, dann plötzlich stieß er aus: »Anar! Anar!«, nur um zu erleben, dass aus seinen Worten ein wildes Geschrei wurde und ihm von allen Seiten Granatäpfel gebracht wurden, die er probieren, essen, trinken, umarmen und am besten kaufen sollte.

»Warum sagen Sie *Anar*?«, fluchte Moshir. »Kennen Sie kein *Saloom*. Oder *choda hafez?*«

»Aber doch. Darauf bin ich gar nicht gekommen«, flehte Wilhelm und Moshir zog ihn schnell weiter. Offenbar betraten sie nach der folgenden Kreuzung das Gebiet der nächsten Gilde, denn die lärmende Schar blieb zurück und wechselte sich ab mit einer anderen – Verkäufern, Verwandten und Dienern der Teppichgilde. In den engen Gängen stapelten sich Teppiche, vor allem lagen sie überall auf dem Boden, so dass es unmöglich war, nicht darauf zu treten, selbst wenn er es versuchte. Moshir machte sich erst gar nicht die Mühe.

»Diese Teppiche dürfen Sie nicht kaufen«, mahnte er. »Die werden bald für viel Geld an kapitalistische *Faranghis* verkauft. Sie sind neu, aber nach wenigen Wochen im Bazar sind sie so schlecht geworden, dass man sie noch einmal reinigt und dann als Antiquität verkauft. Die Europäer lieben alte Teppiche. Geschieht ihnen recht. Imperialisten.«

Wilhelm warf ihm einen interessierten Blick zu. Diese Worte waren neu, die hatte er in diesem Land nicht erwartet.

»Sie lassen sich die Teppiche bis Schemran liefern. Da, diese Jungens dort sind *Tabbaqkesch*. Sie tragen alles auf dem Kopf. Teller, Lampen, Samoware, Nähmaschinen oder Teppiche. Sie lassen nie etwas fallen und es ist sehr günstig, sich von ihnen etwas tragen zu lassen«, warb auch Moshir jetzt wie ein Händler.

Langsam waren sie weiter gegangen und hatten das Viertel der Silber- und Schmuckhändler erreicht. Interessiert musterte Wilhelm die

Auslagen. Vielleicht fände er eine Kleinigkeit für Gertrude, dann wollte er bald wieder herkommen. Eine enge Ladenstraße lag im Halbdunkel, überall herrschte geschäftiges Rascheln und Fummeln. Juweliere erzeugten Schmuck.

»Schauen Sie, da gibt es deutsche Waren.«

Wilhelm beschaute suchend die Auslage eines kleinen Ladens, dann sah er es. Das Signet der Firma Telefunken leuchtete aus dem Hintergrund hervor. Ein Junge sprang aus dem Halbdunkel und pries alles in einem englisch-französischen und persischen Kauderwelsch an, bis niemand mehr überhaupt etwas verstand. Was Wilhelm hier sah, überraschte ihn ausnehmend. Eine Kameraausrüstung, ein Radio und Schachteln mit irgendwelchen Teilen von Telefunken. Noch was anderes interessierte ihn und es lag direkt zu seinen Füßen auf einem kleinen Holzkästchen. Er bückte sich und hob es hoch.

»Ein Feuerzeug!«, stieß er hervor und erzeugte einen abermaligen Redeschwall des Jungen, während der alte Mann scheinbar unbeteiligt auf dem Boden weiter an seinem Schmuck herumbastelte. Er betrachtete es. Schwer, ein zylinderförmiger Korpus mit einem Zündröhrchen an der Seite. Eindeutig vergoldet und auf der Oberfläche war etwas eingraviert, in großen Buchstaben ...

Er hörte Moshirs warnende Stimme, als er einen heftigen Stoß erhielt und sich im letzten Moment fing, bevor er auf den Alten und inmitten dessen Schmuckschalen fiele. Jemand zerrte an seiner Hand, dann verlor er sein Gleichgewicht und ging in die Knie, konnte aber vermeiden, dass er Alten auch noch umriss. Er drehte sich um.

Vor dem Laden standen die vier Bachtiaren und ihr Prinz. Der nahm das soeben seinen Fingern entwundene Feuerzeug in Empfang, das einer seiner Begleiter ihm reichte. Sie beachteten Wilhelm nicht.

Er sprang auf. »He, das habe ich mir gerade angesehen«, schnauzte er den Perser an. Nach wie vor immer ignorierte der ihn und betrachtete genüsslich den goldenen Gegenstand. Wilhelm sah deutlich die Gravur: *PS*. Der Händler begann, mit dem Bachtiaren um den Preis zu feilschen. Wie frech!

»Sie dürfen nicht ...«, knurrte Moshir, doch Wilhelm ließ sich nicht besänftigen. Er streckte die Hand aus und wollte dem Mirza das Feuerzeug entreißen.

In weniger als dem Flügelschlag eines Falken hatten zwei der Begleiter Wilhelm zu Boden gerissen und ein dritter drückte ihm ein Messer an die Kehle, während das Gefeilsche ungerührt weiterging.

Moshir behielt Abstand und schrie und fuchtelte auf Persisch die Männer an. Was er sagte, verstand Wilhelm nicht, der Druck der Klinge lockerte sich immerhin. Wäre Moshir nicht gewesen, hätten sie ihm die Kehle durchgeschnitten. So viel war klar. Wenig später schienen sich der Händler und der Fremde handelseinig. Der vierte Begleiter übergab ihm einen kleinen Beutel, den der prüfend in der Hand wog, dann nickte er und verbeugte sich. Die Gruppe sammelte sich und ging weiter, als sei nichts geschehen. Keuchend stand Wilhelm auf. Weder der Händler noch sein Sohn oder jemand anderes beachteten die beiden. Es war, als seien sie unsichtbar.

»Wir müssen gehen. Schnell.« Moshir zog ihn mit, erst jetzt begann Wilhelm zu zittern. Die Lust auf den Bazar war ihm gründlich vergangen. Als sie endlich dem Gewimmel entkommen waren, lehnte Wilhelm sich an eine schmutzige Hauswand und rutschte langsam daran herab, dann setzte er sich hin, wie einer der vielen namenlosen Bettler.

Moshir sah ihn besorgt an. »Bleiben Sie hier, ich gehe eben zu dem *Ab mivee forooshi* dort.« Er sprang zu einem Mann, der mit zwei riesigen Kesseln auf einer kleinen Karre im Schatten eines Baumes stand und kam mit einem Blechnapf zurück mit einer undefinierbaren Suppe.

»Was ist das?«, fragte Wilhelm entkräftet. Moshir hielt ihm den Becher an die Lippen und flößte ihm ein. Es schmeckte würzig und süß, ein Getränk, etwas schwamm darin. Während er gierig schluckte, hielten seine Augen Moshirs hilfsbereites Gesicht gefangen.

»*Sharbat-e Chakshir Nabat*«, sagte der leise. »Gut, oder? Rosenwasser mit Zitrone, Safran und Samen, die quellen. Europäer nennen es *Sophienkraut*, glaube ich.«

Als Wilhelm den Becher leer getrunken hatte, fühlte er sich in der Tat erfrischt und spürte neue Kraft.

»Den bringe ich um!«, fluchte er plötzlich. Moshir schüttelte den Kopf. Zweifellos wäre es Wilhelm, der getötet werden würde. Davor wollte er ihn bewahren.

»Moshir, dieses Gerät ... das Feuerzeug. Kennst du es? Es wurde Miss Palmer-Smith gestohlen, bei einem Empfang bei Jaroljmeks. Nun ist es hier. Und dieser ... *Mirza* hat es! Diebesgut. Er hat es einfach genommen.«

»*Ensh'Allah*, Herr Darburg. Wenn Allah will, dass es zurückkehrt, wird es zurückkehren.« Er zog ihn hoch.

Der Vorfall beschäftigte beide auf dem Weg zum Grand Hotel. Moshir bat ihn inständig, niemals alleine durch den Bazar zu gehen, erst recht nicht abends. Dann verabschiedete er sich und ließ Wilhelm zurück, der sich einfach nur hinlegen wollte.

Mahpareh, das Geistmedium

Die Tage zerronnen ergebnislos. Dr. Staudacher tat sicher, was er konnte, aber einen wirklich potenten Gesprächspartner hatte er Wilhelm immer noch nicht vermitteln können. Zuletzt durfte er Beamte der persischen Verwaltung sprechen, nur war niemand von ihnen handlungsbefugt. Für gewöhnlich begrüßte man sich umständlich, tauschte Nettigkeiten aus, trank *Chai* und versicherte sich der gegenseitigen Hochachtung.

Nachdem er bei den ersten beiden Gesprächen in der Imperial Bank of Persia und dem Kriegsministerium seine Unterlagen bei sich gehabt hatte, ließ er bald davon ab. Nur einmal, als er im Palast des Schahs selbst vorsprechen sollte, trug er sie stolz und voller Zuversicht bei sich. Umsonst. Außer einem höflichen Austausch kam nichts dabei heraus und vom Schah war keinerlei Rede gewesen. Offenbar benötigte man die Referenz eines einflussreichen Mannes im Hintergrund, der erst andere bedeutende Männer dazu bewegen würde, ihrerseits handlungs- und entscheidungsbefugte Gesprächspartner zur Verfügung zu stellen. Für Wilhelm bedeutete dies, zu warten, bis der Gesandte, Graf von der Schulenburg, einträfe. Bis dahin trank er Tee und fertigte Notizen über seine Unterredungen. Denn auch wenn er seit einer Woche so gut wie nicht vorankam, erhielt er wenigstens einen besseren Einblick in die persischen Verhältnisse. Immer an seiner Seite war Moshir, der treue und hilfreiche junge Mann. Er erzählte wenig von sich und Wilhelms Fragen verstand er geschickt auszuweichen.

Der abendliche Gebetsruf war verklungen. Mit diesem hatte das Gespräch im Schahpalast abrupt geendet und sie waren langsam zurück über den Tupchaneh gewandert. Männer in langen Roben schritten in der Abendsonne umher, hohe Filzhüte auf dem Kopf. Die Geranien leuchteten ebenso rot, wie die polierte Kanone funkelte. Die gehobene persische Gesellschaft ging aus. Sie hatte ihre Ehefrauen mitgebracht und doch wandelten die Herren mit ihresgleichen in Gespräche oder Gedanken vertieft. Abseits des geschäftigen Treibens, auf dem Grundstück eines umzäunten Gartens, hatten sich die Frauen niedergelassen. Dutzende, wenn nicht mehr. Alle von ihnen waren schwarz gekleidet, verhüllt, schattenhaft, wie wesenlos. Sie saßen auch auf den Treppenstufen oder an den Wänden der Häuser, die den Platz umgaben. Der ansonsten bunte und lebendige Tupchaneh schien gerahmt wie eine Traueranzeige. Jedoch warteten die Frauen nicht einfach. Überall war ihr Lachen und Schwatzen zu hören, aber wenig von ihnen zu sehen.

Kaum waren Wilhelm und Moshir quer über den Platz auf die Laleh-Zar gelangt, öffnete sich direkt vor ihren Füßen die große Eingangstür eines Lichtspielbetriebes und die Vertreterin der UFA stürmte heraus: Maren Grande. Ein, zwei Schritte auf dem Trottoir, dann blieb sie augenblicklich stehen, kerzengerade. Als beobachte sie erstarrt die gegenüberliegende Straßenseite. Ihre sehr spezielle Schönheit, der Kontrast ihrer hellen Hautfarbe und der pechschwarzen Haare wie auch der fast schwarzen Augen, die sie noch durch Lidschatten betont hatte, verlieh ihr vor dieser Kulisse eine spirituelle Präsenz. Nun stand sie regungslos mit einem großen quadratischen Holzkoffer vor dem *Cinema Mayak* auf dem Boulevard.

»Guten Abend«, grüßte Wilhelm sie freundlich. Sie wohnte ebenfalls im Grand Hotel, sie hatten sich hin und wieder flüchtig gesehen, beim Frühstück. An der Bar fand Wilhelm sie nie und er hatte bis heute nicht herausbekommen, was sie den ganzen Tag über so trieb. Binnen eines Augenblicks registrierte sie ihn und lächelte. Moshir wurde von ihr nicht beachtet.

»Herr Darburg, richtig? Was machen Sie hier?«

»Wir«, zeigte er auf Moshir, »kommen gerade aus dem Palast. Geschäftliche Gespräche, aber nicht sehr erfolgreich. Ich muss auf den Gesandten und seine Fürsprache warten. Bis dahin trinke ich Tee.«

Sie lachte wieder ihr flüchtiges, vergängliches Spinnwebenlachen. Es klang nicht gekünstelt, aber auch nicht herzlich. Beinahe, als wäre es gar nicht ihres, sondern käme von irgendwoher und würde von ihr aufgefangen und weiterverwendet. »Bei mir ging es leidlich«, sie hob den Holzkoffer. »*Asphalt* von Joe May. Lief hier ein paarmal, traf aber nicht den Geschmack des Publikums.«

»Oh«, meinte Wilhelm. Er hatte von dem Film gelesen und eigentlich wirkte er doch interessant. »Mögen die Perser keine Melodramen? Es geht um einen Polizisten, der vom rechten Weg abkommt.«

Sie verdrehte die Augen und verlagerte den Koffer in die andere Hand. Vermutlich enthielt er die Filmrollen. »Natürlich mögen die Leute Melodramen. Hafis, Rumi, Firdousi … die persischen Dichter schreiben betörende Klagelieder. Aber das hier ist das Melodram einer fremden Welt. Berlin, die Kultur, die Straßenszenen, die Polizeiarbeit, die Konflikte. Alles so realistisch, dass die Perser gar nichts davon verstehen können.« Sie streckte ihren freien Arm aus. »Sehen Sie sich um. Nichts davon gibt es hier. Kennen Sie *Frau im Mond*? Den soll ich ab Januar vermarkten. Ein Raketenflug … das wird was werden. Aber vielleicht ist das Thema so überaus fremd, dass es wieder interessant ist.«

Wilhelm nickte. »Und die Polizeiwelt in Berlin ist nicht fremd genug?«

Ihr schöner dunkler Kopf drehte sich der Sonne zu. »Monsieur Safaeghian vom Kino glaubt, dass solche Filme den Persern Angst machen. Sie erleben uns Faranghis auf ihren Straßen, sehen die Autos und Flugzeuge, die Politik der Russen und Briten und finden das ganz aufregend. Es betrifft sie ja. Aber in unseren Filmen erkennen sie, wo wir herkommen: Straßen, auf denen gestohlen und ermordet wird, es passieren Autounfälle, die Polizei ist machtlos. Man tötet sich massenhaft mit furchtbaren Maschinen. Hier haut man sich hingegen mit dem Schwert den Kopf ab. Verstehen Sie? Das Böse ist persönlich, zurechenbar. Bei uns ist es verhüllt und macht deshalb Angst.«

Wilhelm begriff. So hatte er Filme bisher nicht gesehen, als Botschafter des Schlechten. Mord und Totschlag gab es hier ebenfalls, aber den einheimischen kannte man, der fremde beunruhigte.

»Deshalb gab der Monsieur mir den Film zurück, bezahlte mich anständig aus und setzt ab morgen den neuen Chaplin-Film auf den Plan. Verdammte Elena!«

In das hektische Röhren einer Hupe mischten sich Rufe, die sich als jene von Dr. Staudacher herausstellten, der vom Tupchaneh aus in den Boulevard eingebogen war und abrupt hielt.

»Zu Ihnen wollte ich«, rief er vom Fahrersitz des Hansa. »Zu Ihnen allen. Steigen Sie ein. Herr Weil lädt zu einem Empfang. Zwei Junkers-Maschinen wurden geliefert und sind heute gelandet. Er will die Besatzungen entsprechend feiern, bevor sie in die Dienste des Schahs treten.«

»So wie wir sind?«, fragte die UFA-Vertreterin. Der Legationssekretär lachte. Seine Augen blitzten und seine Tolle hüpfte. Er hatte gute Laune. Sie kletterten in den alten Wagen, Wilhelm setzte sich neben Staudacher, Maren rutschte auf die Rückbank. Moshir folgte erst nach mehreren Bitten und Aufforderungen. Wilhelm hatte von dem *Taroof*-Prinzip erfahren, einer seltsamen persischen Sitte, zwar etwas zu wollen, das aber nicht zu sagen und sogar abzulehnen, bis man irgendwann doch erfreut akzeptierte. So war er unsicher, ob er Moshir nun vielleicht den verdienten Feierabend zerstörte oder der mitkam, weil er wirklich wollte, obwohl er das Gegenteil beteuerte. Der Junge nahm am äußersten Ende der Bank Platz und vermied peinlich jede Nähe zu Maren.

Sie fuhren los und hatten den Boulevard zur Hälfte hinter sich, als Staudacher eine Vollbremsung machte. In allerletzter Sekunde stützte Wilhelm sich ab. Maren presste einen Schreckensruf hervor.

»Da, sollen wir die mitnehmen? Den amerikanischen Schreiberling und Miss Reason? Fräulein Grande, wollen wir Ihre Kollegin von der Paramount aufgabeln? Sie beiden lassen doch sonst keine Party aus.«

Exakt so hatte sich Wilhelm eine Amerikanerin vorgestellt. Hochgewachsen, forsch ausschreitender Gang in langem Rock mit tiefem Seitenschlitz, unter der engen Bluse die vorgeschobene Brust über eingezogenem Bauch, die gewellten Haare wie zufällig über die Schulter geworfen. Wie ein Star, unterwegs auf einem Filmplakat. Er drehte sich zu den anderen um. Begeisterung fand er nicht. Maren sagte gar nichts und Moshir, der direkt hinter Wilhelm saß, wirkte regelrecht panisch.

»Wenn wir etwas rücken, passt es doch«, interpretierte Wilhelm Moshirs Gesichtsausdruck falsch. Staudacher winkte den beiden zu, die vor dem Grand Hotel gestanden hatten. Langsam kamen sie näher.

»Ich muss gehen«, stieß Moshir hervor. Er hatte sich verändert, wirkte auf einmal kränklich. Wie ein abgestrafter Hund.

»Nein, du bleibst.« Da der andere heftigst den Kopf schüttelte und sogar nach dem Griff der Tür langte, wiederholte Wilhelm seinen Wunsch, aber in schärferem Ton.

»Wir fahren zum Junkers-Chef, Kurt Weil. Der Ingenieur gibt eine Party. Kommen Sie mit?«, rief indessen Staudacher den Amerikanern zu.

Elena Reasons Miene strahlte, auch Byron schien erfreut. Moshir quetschte sich noch weiter in die Ecke, Byron nahm in der Mitte Platz und die beiden Frauen saßen nebeneinander. Trotz ihrer Konkurrenzsituation unterhielten sie sich leise und leidlich freundlich. Alvarado war still und Moshir blieb geradezu entsetzt. Wilhelm überlegte, ob der sich von dem Ami bedrängt fühlen könnte. Es war eigentlich genügend Raum dort hinten. Der Hansa mochte alt sein, aber er war ziemlich geräumig. In rasantem Tempo ging es hinaus nach Schemran, bequem wie auf einem fliegenden Teppich.

Der Abend war rundum gelungen, das Essen exquisit und wenn der Empfang auch eher sporadisch und improvisiert war, schienen die Mitglieder der europäischen Kolonie eine gute Übung darin zu besitzen. Es gab ja sonst wenig an Abwechslung in der Stadt, abgesehen vom Tennisspiel beim britischen Gesandten, dem Besuch der Pferderennbahn, Lesungen oder Ausstellungen bei den Franzosen und Belgiern und einem Ausritt zu Pferde. Anders als bei Jaroljmeks war der Garten bei seinem Nachfolger, dem Herrn Weil, nicht so schön geschmückt, aber die Getränkeauswahl mindestens ebenso gut. Herr Weil gab sich sehr bemüht um seine Gäste. Er kommandierte die dienenden persischen Burschen, damit niemand lange ein leeres Glas halten brauchte, und zog sich mit dem einen oder anderen kurz in die Schatten zurück, als gelte es, wichtigste Geheimnisse zu vertiefen.

Der Junkers-Ingenieur hieß zunächst die beiden Besatzungen in Teheran willkommen. Die Piloten Erich Haal und Martin Hänichen nebst ihren jeweiligen Motorfachleute Adolf Böhme und Egbert Molling hatten zwei Junkers W 33 überführt, die in den nächsten Tagen in den Dienst der persischen Luftwaffe gestellt werden würden. Der Schah gedachte, sie gesondert zu empfangen. Heute, am 3. Juli, waren sie angekommen und Herr Weil mochte sich nicht lumpen lassen. Er hielt eine schwülstige Rede, sprach vom Kameradengruß der Lüfte aus der Heimat und den persischen Waffenbrüdern, die mit deutscher Hilfe die von den Briten angezettelten Aufstände niederschlagen würden. Die Rede wurde von allen mit Jubel und Applaus aufgenommen, sogar von dem Ami Alvarado und der Britin Miss Palmer-Smith. Auch sie war selbstredend dabei. Überhaupt erkannte Wilhelm viele andere Gesichter von dem letzten Empfang bei Jerome wieder. Eine feine Gesellschaft war das, fand Wilhelm. Man lebte im Morgenland, aber tummelte sich immer im eigenen kleinen Goldfischglas.

Er unterhielt sich mit Dr. Staudacher, der ihm von den aufständischen Qashkai und den Bachtiaren berichtete, deren Widerstand der Schah endgültig brechen wolle. Der habe genug von dem Eigenleben der Stämme und ihren korrupten Machenschaften. Die Flieger wanderten von Grüppchen zu Grüppchen und wurden überall begeistert aufgenommen. Auch Wilhelm ignorierte man nicht mehr. Irgendwie gehörte er jetzt dazu. Miss Palmer-Smith trat zu ihm und Staudacher. Mit der Vertreterin von Paramount im Schlepptau.

»Ich denke, Sie kennen sich noch nicht. Darf ich bekanntmachen: Elena Reason von der Paramount in USA.« *USA* zollte sie besondere Bedeutung, denn die Engländerin betonte es.

»Wir kennen uns schon, wir sind zusammen hergefahren«, entgegnete Wilhelm freundlich.

»Wunderbar, ganz wunderbar. Herr ... Darburg?« Sie lächelte fragend.

Er nickte, er hatte sich ihr ja bereits vorgestellt.

»Ich war mir nicht mehr ganz sicher, ob ich nicht *Duberg* verstanden hatte. Oder doch?«

Wilhelm schüttelte den Kopf. Staudacher wurde sichtlich unruhig und sah sich um, als wolle er woanders hin. Miss Palmer-Smith fuhr fort: »Es hätte immerhin auch sein können, dass Sie mit Frau Duberg verwandt sind, aber Sie heißen ja Darburg.«

»Ich habe da hinten gerade einen Bekannten gesehen, mit dem ich dringend reden muss.« Dr. Staudacher nickte den Umstehenden zu und verließ sie, hielt sich aber einige Zeit am Buffet auf, ohne jemanden anzusprechen. Sofort erfuhr Wilhelm warum.

»Süß, oder?«, tönte Miss Palmer-Smith. »Da möchte er wohl nicht in die Zwickmühle geraten.« Sie stupste Elena an. »Ist ja ein offenes Geheimnis, die *Angelegenheit* zwischen dem deutschen Gesandten und seiner Alwine Duberg. *Das* gesellschaftliche Thema, bis er sie dann vor zwei Jahren nach Berlin schickte. Aber wie man hört, schreiben sie sich nach wie vor. Sogar *täglich*.« Die Journalistin kicherte.

Wilhelm fiel ein, dass er den Brief an Gertrude vergessen hatte. Der lag im Tresor des Hotels, zusammen mit seinen Geschäftsunterlagen. Die Engländerin gluckste belustigt und ließ Elena mit ihm allein.

»Es muss eine tiefe und gute Liebe sein«, bemerkte die Paramount-Amerikanerin nicht ohne Bewunderung. Ihre hellgrünen Augen erhielten einen weichen Zug. »Das geht seit Jahren so, seit 1924, sagt man. Ich habe sie nie getroffen, aber es heißt, sie sei die schönste Frau von Teheran gewesen.«

Ihr amerikanischer Akzent gefiel ihm. Wilhelm nickte.

»Dann sind Sie schon lange hier, Miss Reason?«

Sie streckte ihre Hand aus. »Elena, wie meine Freunde mich nennen, bitte.«

Wilhelm beugte sich ein wenig vor und küsste ihren Handrücken. Er duftete zart nach Rosenwasser. »Dann bin ich für Sie Wilhelm.«

Sie kiekste. »Nicht ganz zwei Jahre bin ich hier. Seit *The Jazz Singer*. Gottseidank hatte ich noch *College* dabei. Nur etwas über eine Stunde lang. Slapstick, Buster Keaton. Einfach lachen. Nicht denken. Ohne den wäre ich verhungert.«

»Der andere war nicht gut?« Wilhelm zermarterte sich sein Hirn. Er hatte nie zuvor von dem Film gehört.

»Natürlich ist der gut, aber wer soll denn bitte in diesem Land hier einen Tonfilm abspielen? Aussichtslos. Die Technik gibts nicht und die Sprache versteht niemand. Also überlebte ich 1927 mit Buster, dem alten Haudegen.« Sie lachte derb. »Übrigens, wenn Sie aus Berlin kommen, Wilhelm. Dann kennen Sie doch sicher Anita Berber.«

Seine überraschte und beinahe schockierte Reaktion gefiel ihr.

»*Die* will ich kennenlernen. Für die würde ich nach Berlin kommen. Sie wäre perfekt für einen Film! Sie tanzt nackt und treibt es mit jedem. Stimmt es, dass sie zu ihrem Publikum gesagt hat: *Seid still, ich schlafe ja doch mit jedem von euch?* Das ... der Gedanke erregt mich.«

Wilhelm atmete tief ein. »Ja, so sagt man, aber sie ist tot. Sie starb im letzten November.« Er hauchte es beinahe.

Sichtlich überrascht strich Elena ihm noch über die Wange, dann verließ sie ihn ohne ein weiteres Wort und schüttete sich ein mächtiges Glas Sekt ein, bevor sie sich mit Byron in die Schatten zurückzog. Mit dem mochte Wilhelm auch einmal sprechen. Ein Schriftsteller. Wie interessant.

Abusar tauchte plötzlich zwischen den Bäumen hervor, Jeromes erster Diener, sein persönlicher *Gholam bashi*. Moshir zeigte auf ihn und er nickte. Der Junge sollte ruhig dorthin gehen, er musste nicht die ganze Zeit bei ihm sein.

Herr Weils Haus stand offen für jeden. Langsam schlenderte er durch den Garten und lauschte Gesprächsfetzen. Das Klirren von Gläsern und Besteck schwebte zum Himmel, ein Grammophon spielte Schlager, immer wieder unterbrochen von dem Moment des Aufziehens des Drehmechanismus. Auch hier bedienten kleine persische Jungen, aber bislang blieb es ruhig, kein Skandal wie neulich bei Jaroljmeks. In die Schlagermusik mischten sich die Klänge eines Flügels, die nicht recht mit dem Grammophon harmonierten. Interessiert folgte er ihnen bis zur Rückseite des Gebäudes. An eine Terrasse schloss sich ein großes Kaminzimmer an, im europäischen Stil. Wie man hörte, konnte es im Winter in Teheran empfindlich kalt werden. Etwas abseits des Kamins stand ein riesiger Flügel, an diesem saß ... Maren Grande.

Leise näherte Wilhelm sich ihr. Versonnen und versunken bewegte sie sich leicht zu ihrem Spiel auf dem Blüthner. Es war, als berührten ihre zarten Finger nicht die Tasten, sondern erfüllten eine zauberhafte Melodie mit Bewegung, die Maren ohne Noten aus dem Gedächtnis in die Welt brachte. Nach einer überirdisch zeitlosen Weile kam sie zum Schluss und blieb kerzengerade vor dem Flügel sitzen. Wilhelm regte sich nicht, und doch drehte sie sich plötzlich um. Ihre dunklen Augen schienen wie Höhlen in dem nur von einigen Öllampen erleuchteten Raum und sie sah ihn an.

Er musste schlucken. Ihm war, als sähe er eine Erscheinung. Eine Gänsehaut lief über seinen Rücken. »Das war ... Chopin?«, stammelte er kaum hörbar.

Ihre dunkelroten Lippen öffneten sich und augenblicklich verflog die Schwermut aus ihrem Gesicht. »Nocturne IVa Nr. 16. Spielen Sie auch?«

Bedauernd schüttelte er seinen Kopf. Dann stand sie auf und verließ den Raum, indem sie an ihm vorbei auf die Terrasse trat. Überrascht lief er hinterher, sie schien zurück zur Front des Hauses zu streben und er wollte sie gerade ansprechen, da beobachtete er eine schwarz verhüllte Gestalt durch das Tor eintreten, wie bei Jaroljmeks. Abermals versteckte sie sich nicht und hielt sich exakt am Rande des Lichtscheins.

Wurde nicht beachtet, reagierte auf niemanden und verschwand dann. Sie musste das Haus betreten haben. Augenblicklich geschah Seltsames. Maren war weitergegangen, strebte ebenfalls auf den Hauseingang zu, gefolgt von Byron und Elena. Andere lösten sich kommentarlos aus ihren Gesprächen und folgten. Die Verbleibenden gruppierten sich neu, als sei nichts geschehen.

Einem Impuls folgend betrat Wilhelm das Gebäude, hörte Schritte auf der Treppe in die erste Etage und beeilte sich, hinterherzukommen.

Ein Dutzend Personen bewegten sich in einen Salon. Als er sich näherte, sah er, wie Elena, Byron, Maren und andere Platz an einen großen runden Tisch nahmen, auf dem fünf Kerzen brannten. Am Kopfende des Raumes stand Abusar, vor ihm saß eine schwarze Gestalt, schweigend, mit gesenktem Kopf. Keiner sagte etwas, niemand sah ihn an, also setzte er sich schnell. Minuten vergingen, dann trat Abusar aus dem Hintergrund und schloss zunächst die Tür, danach die Fenster und zog dicke Vorhänge zu. Daraufhin ging er zum Eingang und schob vor diesen einen schweren Wandteppich, der Wilhelm erst in diesem Moment auffiel. Sodann begab er sich zurück zu der schwarzen Gestalt.

Ihm wurde unheimlich zumute. Was würde hier geschehen?

Ein Geräusch war zu hören, eine Melodie? Oder eine hohe Stimme, die Persisch sprach? Alle fassten sich an den Händen und Wilhelm tat es den anderen nach. Ein Kreis entstand, der dort offenblieb, wo die Gestalt saß. Abusar stand ausdruckslos daneben. Er murmelte leise »*Bashe chanom*«.

Finger, die in schwarzen Handschuhen steckten, ergriffen nun die neben ihr Sitzenden und die Person richtete sich auf. Wieder sagte sie etwas, so leise, dass es nicht zu verstehen war, und doch raunten alle »*Areh. Omadeh*!« Wilhelm machte es nach, einen Sekundenbruchteil zu spät und die Gestalt wandte sich ihm zu, wortlos, regungslos. Das Gesicht verhüllt. Gänsehaut bildete sich auf seinen Unterarmen.

Abusar stellte einen Rahmen auf den Tisch, für jeden sichtbar. Er enthielt eine verschwommene Fotografie, das Bild eines Menschen, dessen Geschlecht oder Alter nicht erkennbar war. Eine schattenhafte, unheimliche Wesenheit. Wilhelm war in eine Séance geraten!

Der singende Ton musste zu der verhüllten Person gehören, war vielleicht die Stimme des Mediums.

Abusar sprach: »Schatten und Anblick sind an das Licht gebunden. Wo Schatten ist, muss immer Licht gewesen sein. Was flüchtig ist, kann durch den Zauber gefasst werden. Ein Bild löst den Schatten und den Anblick von der Sterblichkeit, in dieses kehrt sie zurück, wenn der Körper nicht mehr ist. Licht und Schatten sind die Tore in die anderen

Welten. Durch eines muss gehen, wer uns verlässt – durch dieses kehren die zurück, die gerufen werden. Wir rufen. Wir rufen. Wir rufen!«

Alle sprachen ihm nach: »Wir rufen!«

Nichts geschah. »Wir rufen!«, sagte Miss Palmer-Smith alleine und fordernd und erntete einen wütenden Blick von Abusar, den sie nicht bemerkt hatte, denn sie wiederholte ihre Worte.

An dem Rascheln von Kleidung erkannte Wilhelm aufkommende Bewegung, stand sie für Unruhe oder Ungeduld?

Die schwarze Gestalt murmelte erneut persische Beschwörungen und ein schwerer Hammerschlag ließ alle zusammenfahren. Selbst die verhüllte Person zuckte sichtbar und stieß einen leisen spitzen Schrei aus. Sie zischte, diesmal klang es lauter und wütend, wie ein Befehl.

Wilhelm spürte, wie seine Finger die der Nachbarin umkrampften und ihre die seinen ebenfalls. Er dachte an Bärrlein und dessen Theorie des somnambulen Bewusstseins, als wieder ein Schlag ertönte und er regelrecht aufsprang. Ob Wissen sich durch Berührung vermittelte, wusste er nicht, aber Elektrizität tat es und ganz offensichtlich auch geteiltes Entsetzen. Abusar schaute seinerseits aufgewühlt, doch blieb er stehen, wo er war.

Miss Palmer-Smith holte tief Luft. »Wenn ...«, sie kam nicht weit, denn die verhüllte Frau ließ die mit ihr verbundenen Hände los, als seien sie glühende Zangen. Sie schrie.

»*Non vogliamo vederti! Non! Non vogliamo vederti! Va via! Va viaaa!*«

Das klang für Wilhelm nicht souverän, sondern panisch. Unruhe ergriff ihn. Hektisch drehte die Figur den Kopf und sah immer wieder zu Miss Palmer-Smith.

»*Nooo*«, heulte das Medium und die Augen der Journalistin glänzten beunruhigt. Die Frau redete schnell in ihrer Sprache, griff nach den Händen der Nebensitzenden als suche sie Halt und Abusar übersetzte: »Es besteht Gefahr. Wir müssen es zusammen sagen: *Non vogliamo vederti!* Dreimal. Sofort!«

Jeder stimmte ein und es entstand ein Sing-Sang, bis angstvolle Stille eintrat, unterbrochen von einem gellenden Schrei des Mediums. Urplötzlich brüllte sie, mit einer tiefen, kratzigen Stimme. In Person eines Mannes, der zu befehlen gewohnt war: »Ti odiooooo!«

Dann fiel ihr Kopf ungebremst auf den Tisch. Schockiert starrten alle das Medium an. Das war noch nie vorgekommen, war sie tot? Abusars Gesicht glänzte weiß wie ein Bettlaken. Wilhelms Herz schlug bis zum Hals und er atmete schwer. Das ... hätte er bloß Bärrlein richtig zugehört.

Die Gestalt regte sich und richtete sich wieder auf, ohne Kommentar. Alle fassten sich abermals an den Händen. Falls sie mit Abusar kommunizierte, dann nahezu unhörbar, denn er sagte: »Sie müssen still sein, jede Regung kann etwas hervorrufen. Miss Palmer-Smith, jemand war bei Ihnen. Hinter Ihnen.«

Die Journalistin kicherte unsicher und lächelte schräg, Wilhelms Gänsehaut kroch in Richtung seiner Schultern, das Medium flüsterte schwach, Abusar übersetzte.

»Ein Mörder. Italienischer Polizeioffizier, ein Mann namens Conventi. Er dachte, wir hätten ihn gerufen, weil Gefangene gefoltert werden sollten und war nun enttäuscht. Er ist lange tot und hat die Zwischenwelt nicht gefunden.«

»Oh mein Gott«, wisperte es von irgendwo.

Abermals kehrte Stille ein. Sanft drehte das Medium den Kopf, immer abwechselnd in die eine und die andere Richtung. Endlich fiel ein wenig Licht in ihr verborgenes Gesicht.

»Jemand ist hier. Ein Geist, der als Vater die Welt verlassen hat«, sprach sie selbst gebrochen auf Deutsch.

Leises Jammern ertönte. Verstohlen sah Wilhelm sich um und bemerkte, dass Marens dunkle Augen sich mit Tränen füllten.

Erneut formte das Medium Worte. »Eine *rote Liebe* wird vermisst. *Rote Liebe* wurde gestohlen.«

Abusar selbst wirkte unschlüssig, was das bedeuten sollte. Marens Schluchzen wurde lauter. Wilhelm wagte es nicht, sich zu bewegen oder den Kreis zu öffnen. Er fühlte sich hilflos mitanzusehen, wie diese zarte junge Frau in ihren Emotionen erbebte.

Abusar schien aufmerksam zu lauschen, dann senkte er seine Stimme. »Ich soll etwas sagen: Der, der als Vater ging, wollte es nicht, aber er musste. Er musste.«

Maren stieß einen schwachen Schrei aus. Es war leicht zu sehen, dass allein das Festhalten ihrer Nachbarn verhinderte, dass sie zusammensackte.

»*Rote Liebe* ... ist. Sie ist ... es muss schwer sein«, sagte Abusar, dicke Schweißtropfen hatten sich auf seinem Gesicht gebildet. »Ist bei einem Stern. Nein, in der Nähe eines Sterns. Bazar. Stern des Bazars. Der Geist ist aufgewühlt. Wütend. Er kann nicht sprechen, aber er wird wiederkommen.«

Kaum waren seine Worte verklungen, nahm das Medium wieder die vorgebeugte Haltung ein wie zu Beginn. Alvarado, der Schriftsteller, wischte sich mit einem Taschentuch über das Gesicht.

Zögernd ließen die Anwesenden sich los, sie ahnten, dass die Séance vorüber wäre. Maren wirkte emotional außer sich, andere zogen sich pikiert zurück und unterhielten sich leise vor dem Salon. Nur Ungebildete würden applaudieren. Das wäre Entweihung, Profanisierung. Es war unmöglich festzustellen, ob jemand die Vorstellung für bare Münze nahm oder nur der Unterhaltung wegen gekommen waren. Wenn man zweifelte, bewahrte man das für sich oder delektierte sich heimlich an gemachten Beobachtungen.

Wilhelm blieb sitzen und behielt Maren und das Medium im Blick. Plötzlich sprang die Deutsche auf und rannte hinaus. Er eilte zunächst hinterher, aber sie war zu schnell verschwunden, offenbar die Treppe runtergerannt. Er drehte sich um und ging zurück, der Salon war leer.

»Wo ist das Medium?«, fragte er Abusar.

»Gegangen«, sagte er ausdruckslos.

»Was ...?«, wollte Wilhelm sagen, der Perser schüttelte den Kopf.

»Ich weiß nichts. *Bebachshid*«, und schritt an ihm vorbei.

Konsterniert gesellte Wilhelm sich zu den anderen, die übernatürliche Phänomene diskutierten. Leise, gedämpft, beeindruckt und sicher eingeschüchtert. Wilhelm hatte von den Fox-Sisters in New York gelesen, vor achtzig Jahren. Aber das hatte sich als mächtiger Humbug herausgestellt, wie auch Friedrich Nietzsche einmal erkennen musste, der hoffnungsvoll an einer Séance teilgenommen hatte. Elektrizität, Gedankenübertragung durch Körper? Er schüttelte nachdenklich den Kopf. Telegraphie und Funktelegrafie übermittelten Signale, Morsecode. Selbst wenn sich Gedanken übertragen ließen und man dadurch Zugriff auf ein weltumspannendes Netz des Wissens und der Erinnerung bekäme. War denn jede einzelne Überlegung, auch die simpelste, nicht ungleich komplexer als alles, was man mit Morsezeichen versenden könnte? Andererseits: Die Bildtelegrafie schickte Fotografien in nur einer Minute von Rio über Nauen nach Berlin. Wer konnte schon sagen, zu was der menschliche Geist und der Körper ihrerseits fähig waren?

Langsam stieg er die Treppe hinunter ins Erdgeschoss. Neben einem Tischchen stand Byron Alvarado. Das schien ihm eine passende Gelegenheit für ein Gespräch. Er gesellte sich zu ihm und gab Moshir ein Zeichen, der von hinter dem Haus auftauchte und sich umschaute. Suchte er Wilhelm? Erfreut kam der junge Mann heran, plötzlich verharrte er stocksteif und wandte sich ab. Hatte er sein Signal denn nicht bemerkt?

»Moshir«, rief er laut und der andere zögerte. Er wollte weggehen, das war leicht zu erkennen. Er blieb, wo er war, und kam nicht näher.

Byron drehte sich um, erkannte den Perser und musterte ihn ernst. Dann spitzten sich seine Lippen und er leerte das Glas, um Wilhelm zu-zunicken und zu Herrn Weil rüberzugehen.

Plötzlich stand Wilhelm allein. Er winkte Moshir abermals. Zögernd kam der nun zu ihm und bestritt, dass er Wilhelm ignoriert habe. Der Deutsche hielt das für eine Lüge.

Der Gesandte ist zurück in Teheran

Es war eine Woche her, als Wilhelm endlich Gelegenheit erhielt, Gertrudes Brief abzuschicken. Genauer gesagt: daran dachte, Moshir darum zu bitten. Er hatte ihn begleitet und dabei das neue Amt für Post und Telegrafie kennengelernt. Ein moderner Bau, groß und schmuckvoll, als wäre er aus London oder Wien hierher versetzt worden, mit einem Kuppeldach und einer klassischen Fassade. Im Inneren spürte man den Atem der neuen Zeitrechnung Persiens.

Wann würde sie wohl den Brief in Händen halten? Seine Hoffnung, dass Dr. Staudacher ihn mit der Diplomatenpost schmuggeln könnte, hatte der bald zerstreut. Dies sei dienstrechtlich nicht möglich. Außerdem war die Post auf dem Landweg manchmal schneller als die Luftpost, was stark mit den Unwägbarkeiten in Russland zu tun habe. Bisweilen dürften Flugzeuge nicht landen oder nicht am gewünschten Ort, Gepäck wurde nicht verladen, ewig durchsucht und kam verspätet an.

Nach einigen weiteren fruchtlosen Gesprächen in persischen Dienststellen mit viel Tee und Backwaren hatte Wilhelm sich gestern und heute freie Tage gegönnt. Vorgestern, am 8. Juli, war der Gesandte wieder in Teheran eingetroffen. Wie es hieß, sei dessen Reise nicht ohne Komplikationen verlaufen. Eine Woche hatte es von Moskau über Charkow bis Baku gedauert, von dort zur Hafenstadt Pahlavi musste er den Dampfer nehmen. Wenigstens sollte dieser ab zukünftig Mitte des Monats zweimal wöchentlich verkehren. Bislang hatte Wilhelm von der deutschen Gesandtschaft noch keine Nachricht erhalten.

Entspannt saß er im Schatten eines Baumes gegenüber dem prächtigen Gartentor *Sardar é Bagh Melli*, gleich am Rande des Sepah-Platzes. Ein Puppenspieler erzählte einer Schar von Kindern irgendeine persische Geschichte, wobei er immer wieder die Tonhöhe seiner Stimme wechselte und eine Puppe, die er an Fäden bewegte, anfing zu singen, zum großen Wohlgefallen der Jüngsten.

Einige Meter weiter spielten drei Männer *Alak Dolak*, das Spiel mit unterschiedlich langen Stöckchen, die auf Steinen platziert und dann in die Luft geschleudert werden mussten. Damit mochten sich Perser stundenlang beschäftigen und nie hatte Wilhelm begreifen können, was daran so faszinierend wäre. Die kommunikativen und aktiven Perser konnten dafür sicher auch mit Golf nicht viel anfangen. Eisstockschießen würde ihnen sicher gefallen.

Leichter Wind wehte durch die Blätter über ihm und ließ sie rascheln.

Ihm waren wohl die Augen zugefallen, denn er schrak auf, als ein lautes Röhren in unmittelbarer Nähe ertönte. Blinzelnd versuchte er, sich zu orientieren. Am Straßenrand stand der Hansa der deutschen Gesandtschaft. Neben dem Fahrer saß Dr. Staudacher und winkte, auf der Rückbank ein älterer Herr, Mitte fünfzig. Zu seiner Seite zwei Windhunde, persische Salukis, die artig nach vorne schauten, als hätten sie für die Passage bezahlt. Wilhelm rappelte sich auf, als der Legationssekretär bereits den Wagen verließ. Auf halbem Weg reichte er ihm die Hand und zeigte auf den unbekannten Passagier. Friedrich-Werner von der Schulenburg, der deutsche Gesandte. Ein groß gewachsener Herr mit Schnurrbart und kahlem Kopf. Er trug einen dunklen Anzug und nickte ihm freundlich zu.

»Kommen Sie, steigen Sie ein. Der Gesandte möchte mit Ihnen eine Spazierfahrt unternehmen.« Als er Wilhelms zweifelnden Blick in Richtung der besetzten Rückbänke sah, auf denen es sich die Hunde bequem gemacht hatten, schmunzelte er.

»Nicht doch, wenn es Ihnen genehm ist, sitzen Sie vorne. Ich gehe zu Fuß zurück zur Gesandtschaft. Unser Fahrer, Gruenwaldt, beißt jedenfalls nicht. Der Graf möchte den Hunden etwas Bewegung verschaffen und ich habe sie auch nötig. Kasem hat keine Zeit für sie. Ida und Gholin Chanom haben Angst vor ihnen – unbegreiflicherweise.«

Die großen Tiere schauten noch immer dem Fahrer über die Schultern, als wollten sie das Steuer übernehmen. *Kaum zu glauben*, dachte Wilhelm, denn ihm waren sie nicht geheuer. Hunde sah man hier selten und er hatte gehört, dass sie nach frommer Ansicht die guten Geister aus dem Haus vertrieben, weshalb viele Menschen sie nur im Freien duldeten, wenn überhaupt.

Da Walter Staudacher sich zum Gehen wandte, stieg Wilhelm vorne ein und drehte sich zu dem Gesandten um. Sie winkten sich zu und stellten sich vor. Bevor er etwas sagen konnte, entschuldigte sich der Graf mit seiner ruhigen, unaufgeregten und wohl ausgewogenen Stimme.

»Verzeihen Sie bitte, Herr Darburg. Ich hatte in den letzten beiden Tagen sehr viel zu tun. Nach einigen Wochen der Abwesenheit stapeln sich die Vorgänge geradezu auf meinem Tische und wenn ich in normalen Zeiten schon immer bis Mitternacht arbeite, geht es in den Wochen nach einer längeren Abwesenheit gerne bis morgens um zwei oder drei Uhr.« Er gab Gruenwaldt ein Signal und der Wagen setzte sich in Bewegung. Er bog rechts in die Sultanieh-Straße ein, fuhr ein paar hundert Meter geradeaus und strebte dann nach Osten in Richtung Doschantape-Tor. »Gerne würde ich mal wieder unbeschwert den blaubunten Mandelkrähen und gelbschwarzen Pirolen zusehen. Wissen Sie, in dem Nußbaum dicht an meinem Fenster des Arbeitszimmers nistet sogar der Hod-hod und die Nachtigallen singen. Es könnte so schön sein. Aber ich schweife ab. Wie ergeht es Ihnen denn hier in Persien?«

Wilhelm erzählte ihm von den Ereignissen seit seiner Ankunft und dass er früher mal im Norden stationiert war. Der Gesandte wurde nachdenklich.

»Ich erinnere mich gut an Konsul Wustrow. Eine Schande ist das, dass er bei dem Sturm auf das Konsulat ums Leben kam. Aber hätte er denn die Flüchtenden ausliefern sollen?« Er dachte kurz nach. »Es tut mir leid, dass Sie hier noch nichts erreichen konnten. Sie müssen mir gleich mal Näheres berichten, was hier eigentlich Ihre Aufgabe ist. Man hat mir zwar von Ihnen berichtet, aber nur sehr unkonkret. Hier in Persien muss man nicht nur wissen, *was* man will und mit *wem* man reden muss. Man braucht auch immer jemanden im Hintergrund, auf der eigenen und der anderen Seite. Sonst passiert gar nichts. Dass Doktor Staudacher Sie erst einmal auf den Weg durch die Instanzen brachte, wird auf jeden Fall dazu geführt haben, dass man auf persischer Seite von Ihnen spricht. Das ist viel wert. Gottlob ist er nicht so wuselig wie sein Vorgänger, Gustav Glock. Ein braver Mann, aber im Krieg verschüttet und wenn nur irgend etwas Außergewöhnliches vorkam, wurde er vollkommen unzurechnungsfähig. Briefe blieben liegen, Telegramme unchiffriert, die Kassensachen waren in heller Unordnung. Ein Graus. Und als dann seine Scheidung anstand ...«

Der Polizist am Doschantape-Tor erkannte sie und winkte sie durch, sofort gab der Fahrer Gas. Wilhelm drehte sich um und lachte, als er sah, wie die beiden Windhunde den Fahrtwind genossen.

Der Graf freute sich. »Sie sind wirklich goldig, fast wie Menschen, ich sage es Ihnen. Sie denken mit und sie leiden und sie freuen sich auch mit ihren Menschen. Mein Nachbar hier ist Richard und der an der Tür in der Mitte heißt September.« Dann schüttelte er den Kopf, als der Fahrer sich zu ihm drehen wollte. »Nein, nein, Gruenwaldt. Geradeaus, zur alten Sommerresidenz von Fatih Ali Schah.« Sie passierten die Abzweigung zum Junkers-Flugfeld und fuhren weiter. »Wir hatten auch mal einen Sheytun«, er kicherte. »Aber den haben wir zur Zucht nach Deutschland abgegeben. *Sheytun*, in diesem Land!«, er lachte laut. »Stellen Sie sich doch nur vor, wenn der deutsche Gesandte auf offener Straße *Sheytun, Sheytun* ruft! Ich dachte mir nichts dabei. Aber die Einheimischen sind da sehr sensibel.«

Wilhelm grinste. Tatsächlich, nach dem Teufel zu rufen in der Schiiten Gottes eigenem Lande ...

»Exzellenz, wie ich hörte, kamen Sie mit dem Dampfer von Baku«, rief Wilhelm gegen das Rattern des Motors und das Knarren der Federung auf der schlechten staubigen Lehmpiste.

Der Graf lachte bitter. »Leider. Mal wieder war kein Flug möglich. Es ist momentan etwas schwierig mit den Russen. Wir haben den Dampfer Wozowski genommen. Von Baku bis rüber nach Pahlewi. Annehmbares Schiff. Ich weiß nicht, wie gut Sie sich mit der persischen Politik auskennen, aber in den letzten Jahren ist es uns gelungen, zwischen Briten und den Sowjets mit den Persern zu einer auskömmlichen Balance zu finden. Haben Sie von der Aufhebung der Kapitulationen gehört?«

Wilhelm nickte. »Der neue Schah hat alle internationalen Verträge beendet.«

»Korrekt«, sagte der Graf. »Aus seiner Sicht verständlich. Waren ja sämtlich zu Ungunsten Persiens abgefasst. Hätte ich auch gemacht. Aber für uns Deutsche bedeutete das, dass alle Karten neu gemischt wurden. Wir konnten uns einen schönen Anteil sichern und dennoch Briten ebenso wie den Russen helfen. Wir haben mehr als vorher und keiner ist so richtig beleidigt.«

»Alle haben gewonnen!«, bestätigte Wilhelm.

»In der Diplomatie ja. Beim Pokern wäre das gar nichts.« Sie lachten beide.

Der Gesandte zeigte nach hinten. »Der Flugplatz wurde im August 1927 eingeweiht. Waren Sie schon dort? Sie haben doch irgendwas damit zu tun, richtig?«

»Ja, ich werde Ihnen gerne berichten«, sagte Wilhelm laut.

»Da arbeiten gute Leute, wollte ich nur sagen. Dessen ehemaliger Leiter, Edmund Jaroljmek, hat das alles aufgebaut. Aber er vertritt jetzt eine andere Firma. Kennen Sie eigentlich schon Fräulein Huth?« Als er Wilhelm nicken sah, lächelte er wissend und sein Schnurrbart zwirbelte sich an den Enden nach oben wie das Poem eines Mirzas.

»Fräulein Huth hat eine Geschichte, sage ich Ihnen. Sie ist sehr jung und lebenslustig. Vor zwei Jahren einmal nahm sie auf ihren Wanderungen in die Berge mal wieder ein paar junge Herren mit. Und nicht irgendwelche wie diesen Ingenieur von A.E.G., mit dem sie sonst immer unterwegs war. Sondern den Sohn der Pension Trey, dann einen Türken, den neuen tschechoslowakischen Konsul und den polnischen Sekretär. Wie kommt sie zurück? Mit verstauchten Füßen, weil das verrückte Huhn von irgendeinem Stein springt und sich von den Herren tragen lassen muss.« Er kicherte. »Das Los sie zu tragen haben die Herren natürlich nur zu dankbar angenommen.«

Gegen den Horizont wurde die Landschaft zunehmend welliger. Auf einem lang gestreckten Hügel, der sich über die Ansammlung staubiger kleiner Hauswürfel unter ihnen erhob, wurden Mauerreste sichtbar. Ruinen einer großen Anlage.

»Und dann landete sie im Hospital an der Kashwin-Straße?«

Der starre Blick des Grafen verdeutlichte längst, dass es an dem sicher nicht gewesen war.

»Nein, natürlich bei mir in der Gesandtschaft. Drei Tage lag sie dort, weil der liebe Höring glaubte, sie habe in der Pension nicht genug Ruhe.« Der Tonfall des Grafen und die leicht gen Himmel verdrehten Augen machten deutlich, dass wohl auch dieser Herr Höring an Fräulein Huth nicht uninteressiert war und sie am liebsten in seiner Nähe gewusst hätte. »Und ich musste mich rechtfertigen gegenüber ...«, er stockte. »Ich habe eine gute Bekannte. Die will immer genau wissen, wer in der Gesandtschaft wohnt. Das gute Fräulein Huth ist gerne auch für Ärger gut. Und für Lehrstunden in Diplomatie, wie sie nicht sein sollte.«

»Die schönste Frau von Teheran?« Das war indiskret und fast ungehörig. Der Graf ging darüber hinweg, aber seine Augen zwinkerten.

Wilhelm dachte an das, was er über die Geliebte des Grafen gehört hatte, er schwieg natürlich. »Wie kommt denn eine junge Deutsche überhaupt hierhin?«, fragte er stattdessen.

Der Graf atmete tief ein. »Die Sache war so. Eines Tages erhielt ich einen Zettel mit dem Hilferuf einer jungen Frau, nämlich besagtem Fräulein. Da war sie gerade einmal achtzehn oder neunzehn Jahre alt. Sie arbeitete als Erzieherin im Haushalt des General Sahedi in Rascht. Der hielt dieses arme junge Mädchen tatsächlich so ungefähr gefangen. Sie musste fast den ganzen Tag in ihrem Zimmer sitzen und durfte auch nicht ausgehen. Ich habe es ohne große Probleme erreicht, dass das Fräulein den Dienst bei dem General verlassen konnte, um den Preis, dass sie alsbald nach Deutschland zurückkehrte. Er wollte wohl niemanden in Persien haben, der intime Details der Familie ausplaudern konnte. Ulkig, ulkig.«

»Ulkig?«, fragte Wilhelm verständnislos.

»Ja, ulkig war, dass ich mich in seinem Hause unter dem Kran einer Badewanne waschen musste. Rasieren war unmöglich. Und neben dem Bett stand ein Nachttisch. Darin war aber nicht das erwartete Gefäß, sondern nur Militärkappen des Generals. Totaler Kohl!« Leises Kichern folgte. »Jedenfalls sollte sie eigentlich nach Deutschland zurück. Aber ich glaube, sie kann vom Morgenland schon nicht mehr lassen. Leider ist ihre Nachfolgerin, Frau Grohmann, in letzter Sekunde abgesprungen.

Sie war auch die Vorgängerin von Fräulein Huth und auch sie ... zog es eigentlich wieder nach Teheran. Aber sie hat eine gute Position bei Siemens-Halske angenommen« Nach einer Pause sagte er halblaut und mehr für sich: »Etwas passiert hier in Persien mit den Leuten. Fräulein Huth bleibt uns also vorerst erhalten.« Dann wies er den Fahrer ein, vor einem eingesunkenen Portal zu halten, das vor langer Zeit sicher prächtig gewesen war. »Uns und der Herrenwelt von Teheran«, setzte er schmunzelnd hinzu. Sie stiegen aus und der Gesandte ließ die Hunde laufen. Gruendwaldt wartete derweil.

Langsam spazierten sie durch die Anlage. Sie war halbverfallen, und doch hausten Menschen in ihren einigermaßen bewohnbaren Teilen. Es war ruhig hier oben, von der Anhöhe hatte man einen Rundumblick und konnte in etwa zehn Kilometern die Stadtmauer von Teheran erkennen. Ebenso die Wallburg des Flugplatzes. Bäume standen hier in kleinen Gruppen. Wenn es früher Gärten gegeben haben sollte, waren diese längst der Steppe anheimgefallen. Trotz allem eine bemerkenswerte Anlage, fand Wilhelm. Wie eines der Lustschlösser des neunzehnten Jahrhunderts, bei denen das Stadium des Verfalls fester Teil der Gestaltung war. Von der Löwenburg in Kassel hatte er einmal gelesen. Von Anfang an gebaut als malerische Ruine.

Der Graf pfiff, seine Hunde waren verschwunden. »Die kommen schon wieder, wenn sie sich ausgetobt haben«, grummelte er. »So, lieber Ingenieur. Was tun Sie in Persien? Freiherr von Richthofen sprach sehr positiv von Ihnen, aber so richtig viel hat er mir nicht erzählt.«

Wilhelm überlegte. Er durfte den Gesandten einweihen, musste das sogar, doch nicht zu früh. Also hieß es, die Worte gut zu wählen. »Ich soll Gespräche mit der persischen Regierung führen. Ich vertrete ein Konsortium, die Simon'sche Lufthandels-Korporation. Geplant ist ein Handelsstützpunkt hier in Teheran für Tuche und Stoffe sowie edle Seiden. Verbunden mit dem Bau einer großen Halle.«

Graf von der Schulenburg brummte zustimmend. »Und Staudacher hat Ihnen Gespräche vermittelt? Er weiß davon? Woher?« Der neue Ton war schärfer.

»Ehm, in Ihrer Abwesenheit hat vermutlich Freiherr von Richthofen ihn instruiert, nach unserem Gespräch bei dem Fabrikanten Simon.«

Der Graf blieb stehen. »Ich habe von Richthofen getroffen. Er erwähnte nur, dass Sie sich melden würden. Keine Details. Warum kennen Sie Details aus dem Ministerium und mein Untergebener und ich nicht? Von Richthofen ist an dem Geschäft beteiligt?«

Wilhelm war ein wenig eingeschüchtert. Die Dominanz eines tausendjährigen Adelsgeschlechtes brach sich Bahn durch die bisher ruhige und überlegte Fassade des Gesandten.

»Mit Verlaub, aber über die Hintergründe weiß ich auch nicht viel. Freiherr von Richthofen ist an der Finanzierung beteiligt, denn ...«

»Herbert von Richthofen finanziert das Ganze?«, der Graf war nunmehr nahezu ruppig.

Wilhelm grübelte einen Moment. »Nein, Hartmann von Richthofen hieß der Mann.« Verunsichert befürchtete er, durch seine Plauderei Probleme verursacht zu haben. Zu seiner Überraschung lachte der Gesandte.

»Sie sprachen von dem Bau einer Halle. Wie groß? Die Halle?«

Nacheinander stiegen sie über die Reste einer umgestürzten Wand. In einiger Entfernung beobachteten sie zwei Kinder. Diese zögerten, wohl abwägend, ob sie fliehen oder betteln sollten.

»Etwa dreihundert Meter lang und fünfzig Meter hoch und breit.«

Der Graf blieb stehen und schien nachzudenken. »Ist Ihnen klar, wieviel *Tuche und Stoff und edle Seiden* Sie da lagern können?« Er ahmte Wilhelm nach. »Und wie transportieren Sie das alles?«

Der schwieg.

Dafür sprach der Graf. »Hartmann von Richthofen ist Finanzier und Abgeordneter im Reichstag. Herbert von Richthofen ist mein Referatsleiter. Das führt immer mal zur Verwirrung. Die Familie ist groß.« Er sah Wilhelm prüfend an, dann ging er weiter. »Wissen Sie, wo wir hier sind? Das ist *Heftdest*, ein ehemaliges Sommerschloß von Fatih Ali Schah. Es ist heute verfallen, teilweise sind nur noch Ruinen vorhanden, aber vor hundert Jahren fanden sich hier mächtige, schwellende Diwans, bunte Blumen, zahme Vögel.«

»Der Schah mit den 150 Frauen?«, fragte Wilhelm.

Der Graf nickte. »Wunderschöne, riesige Hallen aus Stein müssen Sie sich vorstellen, mit Springbrunnen und Marmorbecken, in denen die Sultaninnen und Favoritinnen im Schmuck von Perlenketten und Juwelen ein herrliches Haremsleben führten.« Er grinste, als er bemerkte, wie sich Wilhelms Gedanken in Bewegung setzten und er sich zweifellos Dutzende halbnackte reizvolle und wohl gebaute Orientalinnen vorstellte, die hier ein Leben in Muße genossen. »Eines Tages werde ich meinen Ruhestand auch auf einer Burg verbringen und meine Memoiren schreiben«, fügte Graf Schulenburg versonnen hinzu. Dann blieb er stehen und zeigte auf ein großes Feld mit etlichen schachtelartigen

Kammern, deren Wände dünn und meistens eingebrochen waren, die Grundstruktur noch erkennbar.

»Was das ist, da kommen Sie nicht drauf, deshalb sage ich es Ihnen. Das waren die Wohnräume seiner Frauen. Einige durchaus großzügig, ein paar Quadratmeter groß. Die meisten jedoch maßen anderthalb mal zwei Meter. Vielleicht etwas größer. So lebten jene Gespielinnen, die gerade nicht an der Spitze des Harems standen. Also die allermeisten. Ein Leben lang. In engen Verschlägen, kaum größer als Särge, ohne Fenster. Ich liebe Persien. Lieben Sie Persien? Das hier ist aber *ebenfalls* Persien. Das Persien, das Sie nicht im Bädeker finden. Das Persien, dass auch nachlässig behandelt, was doch sein Eigen ist und was es lieben sollte. Wie seine Frauen.«

»Aber das ist grausam«, murmelte Wilhelm. Wie weit und üppig war die Landschaft und klein das Leben derer, die hier einmal geliebt und gehofft hatten. Der Graf nickte und pfiff abermals nach den Hunden, doch sie ließen sich nicht sehen.

Sein Blick ruhte auf dem schachbrettartigen Grundriss, und ihm wurde klar: Selbst das tiefste und finsterste Verlies würde nicht auf ewig bestehen. Mauern brachen, Decken verfielen und eines Tages würde immer das Licht wieder eindringen, auch in die schwärzeste Dunkelheit.

Ruhig sah der Graf ihn an. »Wenn ich Ihnen helfen soll, dann wäre es gut, wenn Sie mir sagten, was Ihre Absichten sind.« Diesmal klang die Stimme des Gesandten mahnend. »Eine solche Halle ... Da es hier kein Meer gibt, dürften alle Arten von Schiffen ausgeschlossen werden, die Sie darin beladen können. Denn solche bräuchten Sie, um die Lagermenge angemessen zu bewegen. Und wenn Sie auf die Eisenbahn spekulieren, die wird vielleicht 1937 fertig sein. Oder 1940.« Er sah ihn wieder prüfend an. »Und Staudacher darf zwar gerne das Gegenteil des guten Gustav Glock sein, aber er soll auch nicht zu weit vorpreschen. Wenn Sie was brauchen, kommen Sie zu mir oder bitten ihn, mit mir Rücksprache zu halten, verstanden?«

Wilhelm nickte. Seine Kehle war trocken geworden. »Zunächst soll nur ein Funkmast am Flugplatz errichtet werden. Ich habe bereits mit Herrn Anar von Junkers gesprochen. Er wird das beaufsichtigen und persische Arbeiter bauen es. Der ist bald fertig.«

»So? Und gibt es denn schon Funk?«

Wilhelm schüttelte den Kopf. Der Gesandte räusperte sich und pfiff erneut. Jetzt tauchten die beiden Windhunde auf und bellten vornehm und zurückhaltend. Er und der Graf hatten die Anlage umrundet und näherten sich dem Wagen. Daneben hatte Andreas Gruenwaldt sich im

Schneidersitz auf dem Boden niedergelassen und verspeiste irgendetwas.

»Meydan-e Junkers, der Flugplatz«, begann der Gesandte wieder, »ist ein gutes Beispiel für die Zusammenarbeit mit Persien. Der Schah hat ihn eingeweiht. Und als einer der Junkers-Piloten vor zwei Jahren bei einem Flugunfall ums Leben kam, hat er zum katholischen Begräbnis seine eigene Ehrenwache geschickt und Salut schießen lassen. Unter uns: Wagner war unvorsichtig und hat bei einem Schaumanöver in vierhundert Metern Höhe den Motor falsch gedrosselt. Aber egal. Junkers erhielt ein Monopol. Doch irgendwann landeten plötzlich wieder britische Flieger auf dem Weg nach Indien in Persien zwischen. Verstehen Sie, was ich sagen will?«

Wilhelm verstand nicht und man sah es ihm an.

Der Graf nickte. »Die Perser schließen Verträge und brechen sie, wie sie es immer brauchen. Wenn Sie hier etwas erreichen wollen, kann das nur über persönliche Kontakte passieren. Nichts funktioniert weiterhin, nur weil es vorher schon einmal funktioniert hat. Solange Jaroljmek Junkers geleitet hat, klappte alles nach Plan. Nun ist es Herr Weil, ein vortrefflicher Mann, aber die Dinge laufen anders. Das muss man wissen. Was Sie also wollen und was Sie zu bezahlen bereit sind, ist das eine. Was hier in Persien am Ende wirklich geschieht, etwas ganz anderes. Und vergessen Sie jede Logik!«

Er wartete, bis die Hunde heran waren. Sie durften wieder auf die Rückbank hüpfen. Dann stiegen die Männer ein und ließen sich langsam auf die versteppte Straße zurück chauffieren.

»Ich erzähle Ihnen noch eine Geschichte, Herr Darburg. Jüngst war ich in Maku, mit einigen Leuten. Mein Diener Kasem war auch dabei. Maku ist ein winziges Nest in der Gegend von Choi, eine wundervolle Landschaft im Nordwesten, bewaldet, grün, mit Blumen übersät, duftend, kennen Sie vielleicht noch von früher. Nun, dort gibt es eine riesige Felswand, in der sich eine Höhle befindet. Unerreichbar, auf halber Höhe. Ich griff zu meinem guten Zeiss-Feldstecher und tat kund, dass ich eine Schatztruhe in der Höhle sähe, voller Gold und Juwelen und Perlen. Natürlich war dort keine. Ich reichte aber das Glas herum und jeder sah immer noch mehr als sein Vorgänger. Als die Reihe an Kasem war, sah er so viel Gold, dass er alles daransetzte, zu der Höhle zu klettern und die Truhe zu bergen. So kann Persien sein: Man glaubt uns *Faranghis*, folgt uns mit Überschwang – aber so wie zu Beginn übertrieben wird, wird nachher untertrieben und aus Übereifer bleibt ... nichts mehr.«

»Danke, dass Sie mir das sagen, Exzellenz. Und dass Sie mich nicht zwingen, mehr preiszugeben als ich es zu diesem Zeitpunkt kann.«

Der Gesandte sah Wilhelm in die Augen. »Mir ist doch klar, dass Sie mir hier nur die Hälfte der Geschichte auftischen. Höchstens. Ich habe Hartmann von Richthofen vor meiner Abreise aus Berlin getroffen. Und davor Thomas Brown, der ebenfalls ständig in Sachen Außenhandel für uns unterwegs ist. Ich erfuhr dabei von Ihnen, aber sonst auch nichts. Selbstverständlich habe ich das Gefühl, dass von mir Hilfe erwartet wird, aber ebenso, dass man mir wichtige Informationen vorenthält. Im August 1926, vor drei Jahren, bin ich auch nicht darüber informiert worden, dass die persische Regierung mit Krupp über Hochofenangelegenheiten verhandelt hat. Täuschen Sie sich also nicht, ich *bin durchaus verärgert*, dass man mich im Dunkeln tappen lässt.« Er lehnte sich zurück, tätschelte Richards Schnauze und sah Wilhelm an. Neutral, diplomatisch.

»Exzellenz«, begann der, doch Schulenburg winkte ab.

»Sind Sie verheiratet? Wenn Sie verheiratet sind oder ein Mädchen haben, dann sollten Sie ihr etwas mitbringen, was man nicht so leicht kaufen kann. Vor einigen Monaten war ich mit unserem Professor Herzfeld, der die Regierung in archäologischen Fragen berät, an der Ausgrabungsstätte Niawand in Isfahan. Dort fanden wir bunte Steine und Glasperlen, fünftausend Jahre alt. Sogar einen Stein mit einem Swastika drauf, einem Hakenkreuz, das ja einige in Deutschland neuerdings so mondän machen wollen. Das indische Sonnenrad. Ich habe daraus eine Kette machen lassen. Denken Sie nur, eine Kette, fast so alt wie die Zeit, wenn man nach dem Alten Testament zählt«, er kicherte. »Eine gute Tagesreise nordwestlich von hier, mitten in den Bergen, findet sich in Alamut die Burg der Assassinen, die vor achthundert Jahren im Kampf gegen die Mongolen standen. Und leider vernichtet wurden. Dreihundert Kilometer sind es von hier. Wenn Sie Zeit haben, besuchen Sie die. Dort werden Sie nah unter der Erdoberfläche leicht bemalte Scherben finden und vielleicht sogar Bronzen aus alten Gräbern der vorislamischen Zeit. Die Stammesführer, die Khans, werden Ihnen die Grabung gegen ein wenig Bachschesch gestatten. Viele Bronzen wurden längst geraubt. Aber man findet immer noch relativ leicht schöne Grabbeigaben. In fünf oder zehn Jahren sicher nicht mehr. Und in Ghasvin gibt es das neue Grand Hotel, sicher eines der europäischsten Hotels in Persien und die Betten sind wunderbar. Bequem und direkt auf dem Weg, bevor es in die Berge geht. Dort können Sie gut eine oder zwei Nächte verbringen. Ich kann Ihnen den Wagen überlassen, wenn ich es früh genug weiß. Nur Gruenwaldt brauche ich selbst, den Fahrer.«

Als sie den Flugplatz erreichten, erspähte Wilhelm Antennen an den kahlen Baumstämmen, die Paul mittlerweile befestigt hatte. Ihn wollte er später unbedingt besuchen.

Am Doschantape-Tor gab er dem Fahrer einen Wink und stieg aus, nachdem der Wachmann ihnen die Durchfahrt gestattet hatte. Er mochte zu Fuß gehen. Der Gesandte riet ihm, den Weg am Madjlis vorbei zu suchen und nicht ohne Begleitung durch das Gewirr enger Gassen entlang der Hanekka zu laufen, dann brauste er davon. September bellte. Das Straßengewimmel brach hinter dem Wagen herein und Wilhelm war alleine.

Am Ende der Doschantape-Straße lief er nicht nach links, die letzten Meter der Schemrantor-Straße folgend, sondern tat, wovon der Gesandte ihm abgeraten hatte: Er ging geradeaus durch die Kemal ol Hag Straße und betrat buchstäblich eine andere Welt. Der weiter südlich liegende Anarestan-Platz vor dem Parlament und die großen Boulevards, die zu den Stadttoren führten, waren bunt und voller Menschen und ihren Fahrzeugen gewesen. Jetzt wanderte er durch enge Gassen wie vor tausend Jahren. Kaum zwei Esel konnten hier aneinander vorbeigehen. Zusammen mit Kindern, huschenden, geschäftigen Frauen und schwatzenden Männern füllten sie den Raum zwischen den hohen fensterlosen Mauern. Jeder tat hier etwas, niemand lungerte rum, wie auf den großen Straßen. Selbst alle Bettler mussten an ihrem Arbeitsplatz sein: Dort, wo die Leute mit Geld sich aufhielten, nicht hier. Wenige Augenblicke, nachdem er die Hauptstraße verlassen hatte, sahen ihn Menschen an, als hätten sie niemals zuvor einen Fremden gesehen. Sogar das Sonnenlicht wirkte hier anders und der Himmel schien ferner, zweifellos eine Folge des Gefühls von Bedrängnis, das sich bald einstellte. Körbe mit Eiern standen herum, dazwischen wandernde Esel – nichts ging kaputt, alles hatte seinen Rhythmus. Hier und da balgten sich kleine Kinder. Und es roch streng, es stank sogar. Er konnte nicht sagen wonach: Abfälle, Essen, Vieh – es war eine ungewöhnliche Mischung, die seinen anfänglichen Wagemut bald verfliegen ließ. Schon an der nächsten Kreuzung beeilte er sich, zurück auf den Anarestan-Platz zu kommen, südlich von hier. Dann schlenderte er über den Kanonenplatz wieder die Laleh-Zar hinauf. Hier kannte er sich wenigstens mittlerweile aus.

An der Junkers-Zentrale schlenderte er vorbei. Im *Cinema Mayak* lief tatsächlich ›The Circus‹ von Charlie Chaplin. Interessiert betrachtete er das Poster, aber es war ihm zu nichtssagend. Schade, dass dafür Fräulein Grandes Film abgesetzt worden war. Er konnte den Betreiber verstehen, diesen Monsieur Safaeghian. *Asphalt* dürfte gut und gerne doppelt so lang sein wie *The Circus* und mit diesem konnte man an einem Abend zweimal Einnahmen generieren.

Das Grand Hotel sah er von weitem und jemand stand davor und winkte, Staudacher. Er trug ein rot gestreiftes Hemd, Hosenträger und einen weißen Hut mit Krempe. Er sah aus wie ein Buchhalter, der nur für eine Zigarette das Büro verlassen hatte.

»Sie kommen *per pedes*«, rief der, kaum dass er Wilhelm gesichtet hatte und lief auf ihn zu. »Haben Sie den Gesandten im Galopp verloren? Oder haben die Hunde ihn fortgetragen?«

Er zog die Stirn in Falten. Hatte der gute Laune? War er heute besonders locker? Der junge Mann hatte sich umgezogen. Bevor Wilhelm aber etwas erwidern konnte, stand Staudacher neben ihm und schob ihn zur Seite, bis sie vor dem Schaufenster der *Boutique Femina* stehenblieben.

»Haben Sie den Rest des Tages frei?«, fragte er. Staudacher ging darüber hinweg.

»Ich habe Erkundigungen eingeholt«, legte der sofort los und gab dem anderen keine Gelegenheit, sich zu wundern. »Ich habe von Ihrem Leid erfahren. Mostafa-Kuli Mirza, der Mann, mit dem Sie auf dem Bazar zusammengeprallt sind. Halten Sie sich von dem fern. Unbedingt.«

Nach einem ersten Schreckmoment öffnete Wilhelm den Mund. Er hatte doch gar kein Interesse, mit diesem Menschen wieder zusammenzutreffen. »Warum wissen Sie davon? Ich hätte nicht gedacht, dass Moshir ...«

»Moshir tut nur seine Pflicht, lieber Freund«, beruhigte der Legationssekretär. »Sie dürfen keinesfalls einem Einheimischen vertrauen. Jedenfalls nicht einfach so. Kasem, Moshir, Gholin Chanom – ach, die kennen Sie ja nicht – viele sind gute Leute. Aber nicht jeder und nicht einfach so. Wie bei uns auch. Was Sie hier aber nicht einschätzen können, sind die Verflechtungen und Verpflichtungen zwischen den Personen, die keiner überblicken kann. Auch die selber manchmal nicht. Die Pflicht zu Leistung und Gegenleistung überspannt manchmal Generationen.« Er erkannte, dass Wilhelm ihm nicht folgen konnte. »Und was diesen Mostafa-Kuli angeht.« Er sah sich um, niemand nahm Notiz von ihnen. »Er stammt aus der Gegend von Sefid Dasht, dem Bachtiarengebiet. Das liegt südwestlich von Isfahan. Die Stämme haben einige Gebirgspässe besetzt und setzen der kaiserlichen Infanterie mächtig zu. Die typischen innenpolitischen Spielchen in Persien. Das läuft immer so. Ärger in der Provinz, dann lässt sich ein Abgesandter in der Hauptstadt sehen und bietet seine Hilfe bei Verhandlungen an – gegen Bachschesch versteht sich. Das meiste für den Stamm, aber einen ordentlichen Batzen auch für die eigene Kasse. Mostafa-Kuli Mirza ist der wichtigste

Sohn des Scheichs. Ich sprach heute früh mit dem Kriegsminister, in dessen Diensten ja die deutschen Piloten mit den neuen Junkers getreten sind. Der erzählte mir, dass die W 33 bald nach Isfahan verlegt werden, um gegen die Bachtiaren eingesetzt zu werden. Damit will der Schah ein Exempel statuieren, das seine Wirkung nicht verfehlen wird.«

Ein langgezogenes Tröten kündigte einen offenen Wagen an, hinter dessen Steuer der belgische Gesandte saß und ihnen zugrinste. Seine Exzellenz fuhren selbst! Die Hupe trieb eine Gruppe von Frauen vor sich her und an Wilhelm und Dr. Staudacher vorbei. Nachdem sie sich schimpfend entfernt hatten, raste der weiter.

»Die Bachtiaren sind ein kriegerisches Volk. Sehen Sie sich hier um. Unsere Perser hier, die Bazarperser, sind beim Handeln so stark wie die Löwen, ansonsten aber bequem und verweichlicht. Die Stämme hingegen sind aus ganz anderem Holz geschnitzt. Sie sind hart wie Eisen und ausdauernder als Raubvögel. Ihr ganzes Menschenleben lang sind sie der Natur ausgesetzt: Sonne, Kälte, Staub, Sand, Wassernot. Sie überleben dennoch. Sie mögen verwittert aussehen, aber sie sind kühn. Mutig in der Gefahr, unerschrocken und rücksichtslos im Kampf. Und sie sind treuer als irgendjemand anderes und ebenso rachsüchtig. Jeder Faranghi und besonders jeder Deutsche kann zum Ziel oder zur Geisel werden, wenn die sich bedrängt fühlen. Denn für die wird jeder Deutsche einer der Piloten des Schahs sein.« Er sah ihn ernst und prüfend an. »Verstehen Sie das? Ich spreche hier von Lebensgefahr, die von jetzt auf gleich eintreten kann, denn niemand weiß, wann die Fliegertruppe des Schahs losschlägt und wie schnell dann die Nachrichten reisen. Und die reisen schnell in diesem Land. Auch ohne Telegrafie.«

Wilhelm nickte. Er war erschrocken und wusste nicht, was er sagen konnte. Er sah sich durch die engen Gassen laufen. Sollte er nur noch mit Moshir das Hotel verlassen? Mit einer Leibwache? Oder überhaupt nicht?

»Sie begreifen. Das beruhigt mich«, jubilierte der andere und schüttelte kräftig seine Hand. Dann schob er den Hut in den Nacken und ging pfeifend davon, als wenn sie sich bloß zum Billard verabredet hätten. Galt die Gefahr nicht für ihn ebenso?

Betreten schlich Wilhelm zum Hotel zurück.

Dort angekommen, trat er durch das Eingangsportal und strebte gleich rechts an der Rezeption vorbei, um durch das Treppenhaus den ersten Stock zu erreichen. Von da verliefen zwei Korridore im rechten Winkel an der Häuserfront entlang. Über diese waren die Räume erreichbar. In der Nähe des Treppenhauses hatte man Sitzgelegenheiten gruppiert, in denen die Gäste der Etage sich treffen und unterhalten konnten für den Fall, dass ihnen der Sinn mehr nach Geselligkeit als der Einsamkeit ihres Zimmers stand. Gegenübersitzend, getrennt von einem Tisch, beugten sich die beiden Amerikaner über Schriftstücke: Byron Alvarado und Elena Reason. Als sie seiner gewahr wurden, nickte Alvarado ihm zu, Elena beachtete ihn nicht, sie war in die Unterlagen vertieft und ihr Gesicht leicht gerötet. Er grüßte flüchtig zurück und lief weiter. Hinter der nächsten Ecke befand sich sein Zimmer, nur wenige Meter von denen der anderen entfernt. Über den Tag nachsinnend stellte er fest, dass er den Schlüssel an der Rezeption nicht abgeholt hatte. Er fluchte leise. Nachdem der Angestellte ihn erst vorgestern ermahnte, hatte er sich gefügt, was er zunächst vermeiden wollte. Er machte kehrt und sah, dass Byron und Elena verschwunden waren. Der Flur war mit dicken Teppichen belegt, sie waren wohl einfach lautlos fortgegangen. Hinter einer der Türen wurde plötzlich gesprochen.

»Mylady, wenn Sie mir die Ehre geben, werde ich mich erkenntlich zeigen«, sagte jemand und eine andere Person rief laut: »Ehre? Ich werde Ihnen zeigen, was ich unter Ehre verstehe. Hier, spüren Sie meine Reitpeitsche.«

Wilhelm verharrte. Stritten da zwei? Als eine menschliche Stimme das Knallen einer Peitsche und darauffolgende Schmerzensschreie nachahmte, wurde deutlich, dass Menschen Rollen probten. Aber wer ... er schlich zu der Tür, die zu dem Zimmer des Schriftstellers gehörte und legte vorsichtig das Ohr an das Holz. Es war eine einzige Stimme, jemand las vor. War es die von Alvarado? Dann schweres Atmen und Murmeln. Abermals das gleiche, lauter: »Es ist schwer für mich, das auszuhalten.« Eindeutig eine Männerstimme. Wurde ein geschriebener Text geprobt?

»*That's all you get. That's the deal*«, flüsterte eine Frau ... war das nicht diese Reason von Paramount?! Das Knarren der Stufen zum Erdgeschoss kündete jemanden an und augenblicklich löste er sich von dem Holz und schritt gemessen auf das Treppenhaus zu, als sei er auf dem Weg dorthin gewesen. Die wildesten Vorstellungen gingen durch seinen Kopf. Er nahm unten den Schlüssel entgegen. Die Sonne fiel durch die großen Fenster und rollte breite Bahnen aus bis zur Rezeption, die die Muster des gefliesten Bodens verblassen ließen.

Eine leise Melodie erregte seine Aufmerksamkeit und er betrat die Bar, an die ein kleiner Salon angeschlossen war. Dort stand ein Klavier und an diesem saß Maren. Wilhelm winkte der Bedienung und ließ sich einen *Dry Martini* bringen. Versonnen sah er ihr zu, wie sie eine ihm unbekannte Sonate intonierte.

Nachdem sie geendet hatte, bemerkte sie ihn, lächelte zaghaft und setzte sich zu ihm.

»Guten Tag Herr Darburg. Wie haben Sie Ihren Tag verbracht?«

Er hob fragend sein Cocktailglas, sie schüttelte ablehnend den Kopf. Dann erzählte er ihr von der Fahrt mit dem Gesandten und seiner Idee, Alamut zu besuchen. Die junge Frau begann zu strahlen. Sogar ihre dunklen Augen schienen ein wenig mehr das Licht der Umgebung widerzuspiegeln.

»Das ist ein fantastischer Einfall. Darf ich mit? Ich komme hier viel zu selten raus. Ich sehe nur Teheran und den Flugplatz. Neue Filme kommen mit dem Flugzeug, aber ich habe nur selten was davon.«

Er bejahte überschwänglich. Natürlich würde er sich über diese Gesellschaft freuen.

»Wir brauchen auch Moshir«, entgegnete er. »Und einen Fahrer. Der Gesandte bot an, dass wir den Dienstwagen haben können.«

Maren klopfte mit ihren Händen auf die Lehnen des grünen Plüschsessels. »Vielleicht fragen wir auch die Amerikaner? Für den Schriftsteller wird das inspirierend sein. Und Miss Reason sieht dann mal eine echte Burg, nicht nur die Hollywoodkulissen.« Sie nickte und lächelte schief, Neid auf die erfolgreichere Konkurrentin der Paramount blitzte durch.

Wilhelm grinste diabolisch und berichtete ihr, was er oben gesehen und gehört hatte.

Marens Augenbrauen hoben sich. »Aber das habe ich Ihnen doch erzählt. Er schreibt erotische Geschichten gegen Geld. Und die liest er vor, und wie ich hörte …«, sie räusperte sich und blickte sich schnell um. Niemand lauschte und der Barkeeper schien vollkommen gelangweilt. »Die Elena soll hinter einem durchsichtigen Tuch sitzen, total nackt. Und er liest ihr vor. Aber das ist auch alles, was er tun darf. Nur lesen. Und schauen. Und sie genießt das.« Ein Grinsen umspielte ihren Mund. »Ob das stimmt, weiß ich nicht. Und ob da mehr passiert … aber so habe ich das jetzt schon ein paarmal gehört. Andere bekommen nur die Geschichten geliefert, aber Miss Reason will eine Sonderbehandlung. Nur dies, ohne jede Berührung.« Ihre Blicke schweiften in die Tiefe des Raumes. »Ich finde das sehr aufregend«, schob sie dann leise hinterher.

Wilhelm stellte es sich vor, jemanden ausschließlich sehen zu dürfen und seufzte. Er bekam ja nicht einmal Post von Gertrude. Geschweige denn ein Foto.

Polternde Schritte schwerer Schuhe näherten sich. »Na, da sind Sie ja, Darburg. Ich habe die Arbeiter beisammen. Sie warten auf Instruktionen.«

Im Flur vor der Bar stand Paul Anar. Wilhelm bat Maren um einen Moment Geduld und begleitete ihn zur Bar. Er war erfreut über die guten Nachrichten und spendierte ihm einen Drink. Als er kurze Zeit später nach der UFA-Vertreterin sah, war sie längst gegangen. Schade, er hatte sie fragen wollen, woher ihr Anschein von Traurigkeit rührte.

Jenseits von Alamut

Der Weg gen Ghasvin im Westen führte von Teheran über die pistenartige, aber wenigstens ausgebaute Fernstraße, vorbei an kahlen Bergrücken. Sie fielen vom Elburs herab, dessen Gipfel ewig und heilig weit oben thronten. Von der Straße aus schlängelten Pfade und manchmal nur Schleichwege fort nach Norden, vielgewunden, sich bald zwischen den Felsen verlierend, oder in südliche Richtung, durch die Einsamkeit der Steppe, hin zu irgendwelchen Dörfern und deren Menschen. Zunächst hatten sie versucht, sich mit Singen die Zeit zu vertreiben. Byron und Elena hatten die neuesten Schlager gejohlt, Maren und Wilhelm mit *Hoch auf dem gelben Wagen* geantwortet, Moshir persische Volksweisen angestimmt, aus denen unter tatkräftiger Mithilfe aller ein übles Gejaule geworden war. Das war jäh erstorben nach dem zweiten schweren Ford-LKW, aus der Gegenrichtung, der den weißen Hansa und seine Insassen endlos mit Staub eingedeckt hatte. Danach war ihnen die Lust vergangen. Wenigstens reisten sie nicht auf einem Esel, wie viele andere, die in diese oder jene Richtung unterwegs waren.

Byron fuhr und löste mit Maren ab. Als nächste wäre Elena an der Reihe. Alle würden in Ghasvin übernachten und vermutlich war es gegenüber Teheran hinterwäldlerisch und primitiv. Dieses Land zwischen den Städten war noch schlichtweg mittelalterlich. Abseits der Straße lagen kleine und winzige Ortschaften, in denen Zeit keine Gültigkeit hatte.

Sie waren gleich nach dem *Dhuhr*, zur Mittagszeit, aufgebrochen und der Straße gefolgt, die noch den alten Karawanenwegen entsprach. Querfeldein durch Wüsten, windgepeitschte Höhen oder trockene Flusstäler führte sie die kleine Gruppe, ohne bislang von den Künsten eines Straßenbauingenieurs behelligt worden zu sein. Entsprechend vorsichtig ging es voran, während die Sonne unbarmherzig vom hellblauen Himmel brannte. Jeder unbedacht berührte Stein mochte einen Achsbruch verursachen, dann wäre es aus und es bliebe nur noch die persische Eisenbahn – eine Esel-Karawane. Wenigstens waren diese großen Fernstraßen im Norden mittlerweile sicher. Immer wieder ließ sich berittene Polizei in blauen Uniformen sehen oder ragten in Sichtweite der Straße die lehmigen Türme von Wachtposten auf.

»Wir müssen eine Pause machen«, rief Byron und hustete keuchend. Die starre Frontscheibe des Hansas bot kaum genug Schutz gegen den Fahrtwind, geschweige denn den Staub, der einfach überall war und auf dessen Flügeln die Sandflöhe kamen. Nicht so viele, wie weiter südlich, aber es reichte ihnen vollkommen.

Er lenkte den Wagen aus der Spur zu einer kleinen Gruppe von Nadelbäumen, die frei zwischen der Straße und den ersten Hügeln der Gebirgsausläufer standen.

»Was ist los?«, fragte Maren und dann hörten es alle. Ein vernehmbares Zischen und Blubbern. Als der Hansa ausgerollt war, stiegen sie aus. Das Kühlwasser musste zunächst wieder abkühlen und zur Ruhe kommen. Beeindruckt fanden sie sich in der Einsamkeit abgestellt wie Zinnsoldaten im Sandkasten. Es war total still, der leichte Wind, der bisweilen von den Bergen herabzog, bewegte nicht einmal Blätter, nur die Äste der großen Zypressen knarrten alle paar Minuten. Elena hockte sich auf den Boden und lehnte sich an einen Baumstamm, Maren tat es ihr nach. Byron setzte sich in den Sand, den anderen den Rücken zudrehend. Die Bäume hoben sich vom Himmel ab wie ein Scherenschnitt und warfen schwarze Muster in den staubigen Untergrund. Der Motor knackte vor sich hin. Bald würden sie weiterfahren können. Wilhelm entdeckte lange Reihen kleiner Erdhügel, die von Norden nach Süden verliefen, oder andersrum, jedenfalls einigermaßen schnurgerade. Er machte Moshir darauf aufmerksam, der neben ihm stand und wie er selbst die Weite des Horizonts betrachtete.

Er schien in Gedanken gewesen zu sein, aber gab augenblicklich Auskunft. »Das ist, was die Faranghis eine Wasserleitung nennen würden«, erklärte er. »Sie führt von den Bergen zu einem Dorf oder einem Feld, das ansonsten über keinen Brunnen verfügt. Wir nennen sie *Kanate*.«

Leise wiederholte Wilhelm den Begriff: *Kanate*. Er zog sein Notizbuch aus der Tasche, notierte sich das Wort und fertigte eine Skizze an. Überall in der wildesten Ödnis südlich der Straße sah man Felder oder Gärten mit Obstbäumen, dann wieder Staub, kilometerweise, bis erneut Oasen in Sicht kamen mit massenhaft Melonen und Gemüse.

Moshir freute sich über Wilhelms Interesse. »So machen wir es seit tausenden von Jahren. Man holt einen Wassersucher, der Wasser riechen kann. Der findet es unter der Erde. Wenn er ruft: ›Ab! Inja!‹, wird ein kreisrunder Schacht von einem Meter Durchmesser gegraben. Manchmal kann er bis zu fünfzig Meter tief sein. Die Erde lässt der Gräber in einem Sack aus Hammelfell nach oben ziehen. So geht es weiter, Gruben und Hohlräume in etwa zwanzig Metern Entfernung voneinander entstehen, die unterirdisch durch Kanäle verbunden werden. Jeder Schacht ein wenig flacher als der vorherige, bis aus dem niedrigsten ein kleiner Bach zutage tritt. So lenkt man das Wasser.«

»Aber das dauert doch ewig, ohne Hilfe von Maschinen. Und ist es nicht gefährlich?«

Moshir nickte. »Es *dauert* ewig. Und es *ist* gefährlich.« Er überlegte eine Sekunde. »Wir sind anders hier. Anders als ihr. Allah schenkte uns die Welt für die Ewigkeit. Wir haben Zeit. Geduld ist unsere Kultur. Ohne Geduld gibt es kein Ende aller Aufregung. Wenn nicht heute, dann kommen wir morgen an das Ziel unserer endlosen Reise. Und wer auf dieser Reise stirbt, schaut früher die Wässer und Gärten des Himmels. Auch wenn er unten bei der Arbeit in den Kanälen bleibt. *Enscha'Allah!*«

»*Enscha'Allah*«, wiederholte Wilhelm ergriffen.

Plötzliches Geschrei aus Richtung der Bäume unterbrach sie, zunächst von Maren, dann stimmten Elena und Byron ein, sprangen auf und rannten wie angestochen umher.

»Wir sollten weiterfahren«, grinste Moshir und seine großen schönen Augen kicherten nahezu. »Ihre Freunde haben die Zecken und Sandflöhe gefunden.«

Wilhelm verstand. Senkrecht brannte die Sonne auf das Land. Jedes Nadelbüschel, jeder Ast zeichnete sich wie ein Tuschestrich auf den Grund, dem nachwandern musste, wer nicht verdorren wollte. Und auch kleine Tierchen dachten gar nicht daran. Ihm fiel ein, was General Kreß einmal gesagt hatte, damals in Palästina: *Niemand schläft ungestraft unter Palmen.* Jetzt erinnerte er sich wieder.

Es war nicht sonderlich spät, als sie Ghasvin erreichten. Dessen Gassen waren noch enger als jene in Teheran, die Mauern höher, fast wie Gefängnisse. Zerlumpte Bettler saßen auf den Straßen und hielten kupferne Schälchen empor, Kinder rannten bettelnd hinter dem Auto her, ihre Not und Wünsche in alle Winde schreiend und ihnen aufgeregt *Odobil! Odobil* hinterherrufend, wohl in Abwandlung dessen, was sie einmal von einem Faranghi aufgeschnappt hatten. Persische Metropoliten nannten das Automobil längst *Maschin.*

Das Hotel war bald gefunden. Wieder ein *Grand Hotel* und es lag unweit des *Hotel de France.* Wie der Graf versprochen hatte, war das Grand Hotel neu und sah von innen ansprechend aus, jemand hatte sich in Europa inspirieren lassen. Der Service war indes orientalisch. Nicht weniger als fünf Bedienstete sprangen auf sie zu, während die Räume gerichtet wurden. Einer griff nach ihren Taschen, brachte sie auf die Zimmer, öffnete sie und legte jedes einzelne Stück des Inhaltes ungefragt auf das Bett wie in die Auslage eines Ladens. Ein weiterer zog ihnen die Schuhe aus, ein dritter holte Wasser, derweil der vierte Tee besorgte und der fünfte mit einem riesigen Fächer Luft zufächelte. Zuletzt brachte man ein Windlicht und stellte es auf den Waschtisch jedes Zimmers, dann verschwanden die Diener wieder wie ein lautloser Spuk in der einbrechenden Nacht.

Gemeinsam setzten sie sich in die Lobby und ließen sich *Dough* bringen, eine Mischung aus Joghurt und Wasser, leicht gesalzen und mit Minze. Byron wollte unbedingt Whisky, aber den gab es nicht und er hatte auch keine Lust, ins *Hotel de France* rüberzugehen. Also blieb er und maulte bloß ein wenig über die persischen Zustände. Langsam kam das Gespräch in Gang, alle waren müde. Geradezu euphorisch kehrte Moshir zurück, der die Gruppe beim örtlichen Polizeichef angemeldet und nach der Lage nördlich von Ghasvin gefragt hatte, in Richtung des Tales von Alamut, ihrem Reiseziel.

»Es gibt gute Neuigkeiten. Captain Mardjan Mirza sagt, die Straßen wären frei, es gäbe momentan keine Probleme mit Straßenräubern.«

»Noch ein Mirza?«, rutschte es Wilhelm raus und Moshir stockte, dann lachte er.

»*Areh*. Sogar ein Verwandter. Entfernt verwandt.«

»Hier ist jeder mit jedem verwandt«, lästerte Byron und Elena kicherte. »Das ganze Land quillt über von Onkels und Tanten, Vettern und Basen, bei denen man unterschlüpfen kann.«

Wenn er das witzig gemeint hatte, dann verstand Moshir den Scherz wohl nicht, denn er ignorierte den Amerikaner und sagte ernst zu den anderen: »Selbstverständlich. Deshalb brauchten wir früher nie Hotels. Wer keine Verwandten in einer Gegend hat, kampierte in Karawansereien. Die Faranghis, nur sie brauchen die Hotels.«

»Was hast du erfahren, Moshir?«, fragte Maren. Sie wollte offenbar nur ins Bett und wirkte ein wenig düsterer als sonst.

»Mardjan Mirza sagte, Alamut wäre frei, aber er empfahl uns dringend, die Festung Lamiasar zu besuchen. Alamut kennen viele Menschen und oft gruben Abenteurer dort. Lamiasar liegt westlich davon und ist den meisten unbekannt. Es war eine der großen Assassinenfestungen, die der mongolischen Belagerung lange standhalten konnte, in den Bergen von Rudbar.« Er legte eine Landkarte auf den Tisch, sie war in Persisch. Er beschrieb, wo sie waren und welchen Weg sie nehmen müssten.

Wilhelm sah in die Runde. Er las Karten auf die militärische Art und witterte mehr, als verzeichnet war. Was Moshir ihnen da zeigte, war keine Straße, vielleicht nicht einmal ein Pfad, wie sollten sie dort mit dem Hansa hinkommen? Er fragte ihn.

»Mardjan sagt, mit dem Auto sei es *nicht unmöglich*.«

»Nicht unmöglich«, ließ Wilhelm die persische Variante von einer *wahnwitzigen Idee* über seine Lippen fließen.

Moshirs Finger fuhren mehrfach eine Linie nach. »Dieser Weg führt nördlich in die Berge. In der Senke eines fruchtbaren Tals liegt Bahram Abad, ein Dorf. Wenn wir das erreichen, haben wir es fast geschafft, denn diese Stelle hier«, er wies auf mehrere verschlungene, serpentinenartige Kurven, »ist eng, steil und gefährlich. Die Ablösung für den Polizeiposten in Razmian geht heute Nacht ab, per Pferd. Captain Mardjan wird sie anweisen, am Fuße dieser Stelle zu warten und uns zu helfen. Wir müssen aber morgen früh dort sein.«

»Wie früh?«, fragte Elena.

»Nach *Emsak*«, antwortete Moshir ernst und damit war klar: Wenn sie Hilfe wollten, mussten sie weit vorher aufbrechen. »Emsak ist gegen 4.50 Uhr. Um drei soll es losgehen. Besser wir sind früher dort als zu spät.«

Alle waren müde. Maren wirkte, als sei sie mehr als das. Erschlagen wie die anderen, aber ungewöhnlicher. Sie war still und in sich gekehrt.

Nachdem sie alle auf ihre Zimmer gegangen waren, lag Wilhelm noch wach und dachte an den morgigen Tag und warum er hier war. Seinen Auftrag hatte er bisher keinen Meter vorangebracht. Gut, Paul Anar hatte die Arbeiter beisammen und ein Mast wäre schnell gebaut, selbst wenn einige Besonderheiten zu beachten waren. Aber er musste dringend mit der persischen Regierung sprechen und dabei hatte er nur wenige Wochen bis zum Eintreffen von LZ 127.

Über diese Gedanken und das Betrachten des sonderbaren Wandbehanges schlief er ein. Ein ausgesprochen hässlicher Teppich zeigte den gegenwärtigen Schah in der Mitte einer illustren Gesellschaft von Cäsar, Alexander dem Großen und Napoleon. Blau gefärbt und vor einem grünen Hintergrund, darüber ragten rote Berge gen Himmel. Als das Windlicht verlosch, schien das scheußliche Gemälde weiter zu leuchten, aber das sah Wilhelm zum Glück nicht mehr.

* * *

Paul hatte über die Arbeit an der Funkpritsche das Schließen der Stadttore verpasst. Nicht zum ersten Mal passierte ihm das. Er kam einfach nicht weiter, was immer er auch versuchte. Mehr als einmal sank sein Kopf auf die Brust, die Müdigkeit nahm überhand. Seine Uhr hatte er in der Fliegerbaracke liegenlassen. Vermutlich war es längst nach zwei Uhr in der Früh. Ächzend erhob er sich von seinem Schemel und entrollte einen dicken Teppich. Auf den ließ er sich sinken. Kaum auf den Knien, fiel er um wie ein Sack. Noch schlummerte er nicht. Die kleine Lampe brannte. Die würde von selbst ausgehen, wenn niemand mehr den Generator ankurbelte. Huschende Traumgesichter wischten an ihm vorüber. Der Bazar öffnete sich. Er schlief bereits?

Sein Gehör, das schon manchem das Leben rettete, weil er Maschinenschäden früher spürte, als sie erkennbar wurden, ließ ihn wieder aus dem Schlaf hochfahren. Hellwach setzte er sich auf. Dicht vor ihm war in dem Türvorhang des Zeltes eine handbreite Spalte. Draußen schimmerte Mondlicht auf den Hof des Flugplatzes. Eine Täuschung? War er für Sekunden eingeschlummert und hatte geträumt? Er hielt den Atem an. Die Zeltplane bewegte sich manchmal, Sand rieselte, von lauen Lüften wie im Spiele herumgescheucht. Aber das war es nicht, was ihn beunruhigte. Jetzt verlöschte er doch das Licht und kroch zurück zum Eingang. Dort linste er durch den Spalt. Still hockte er auf einem Zipfel des weichen Teppichs und lauschte. Wieder ein Kratzen.

Eine geheimnisvolle Unruhe ergriff ihn. Wie von einem Magneten gezogen schob er sich kriechend ins Freie. Seine Hände wurden kalt, ein Beweis seiner Anspannung. Das Herz jagte. Sollten die persischen Nachtwächter nicht irgendwo sein? Er sah niemanden. Paul horchte ... lauschte ... alles still. Langsam erhob er sich und schlich zu der Öffnung im Wall, die zur Piste führte. Die Wächter nicht zu sehen. Waren jenseits der anderen Seite oder tatsächlich eingeschlafen. Draußen brach sich das Mondlicht auf der staubigen Steppe. Ein paar Büsche und Felsen. Einer dieser Steine bewegte sich! Eine Illusion? Nein, es gab einen zweiten. Waren es Tiere, deren Silhouetten er sah? Was taten sie? Sie krochen herum, fanden sich und schoben dann etwas auf die Piste. Zweifellos Schurken, die Verbotenes vorhatten.

Paul wich langsam zurück und eilte leise zum Zelt. Dort griff er zu der alten Armeepistole, die er von einem Karawanenhändler erstanden hatte. Sie war geladen. Mit dieser kehrte er wieder, um weiter zu beobachten. Wer konnte wissen, wie viele von den Burschen sich hier herumtrieben und was sie im Schilde führten.

Klarer wurde sein Blick im Dunkeln, immer deutlicher. Die Wächter hatten sich verkrümelt und dort vor ihm schoben zwei Strauchdiebe Brocken auf die Piste. Der sinnlose Versuch, den Fortschritt zu sabotieren. Sollte er lachen? Oder wütend werden? Immerhin wären sie eine große Gefahr für jedes Flugzeug, das überraschend landen musste. Denn normalerweise wurde vor regulären Flügen die Rollbahn inspiziert.

Verhüllte Gestalten schoben Brocken um Brocken auf die Bahn. Dabei bewegten sie sich geschmeidig durch den Dreck, kamen jedoch nur langsam voran. Paul behielt sie im Auge, aber ließ sie. Sollten sie sich ruhig verausgaben. Dennoch blieb er wachsam, damit nicht jemand ihn von hinten überraschte.

Irgendwann reichte es ihm. Er war müde und hatte sofort in der Früh die Maschine aus Buschehr zu überprüfen. Aus seiner Hosentasche zog er ein Feuerzeug und entzündete es. Ihm kam die Flamme hell vor, die Sabotierer bemerkten sie nicht. Er ging einige Schritte auf sie zu. Noch immer nichts. Er atmete seufzend ein.

»He, ihr persischen Lauselümmels. Verzieht euch und geht schlafen!«, rief er.

Die Gestalten ließen erschrocken ab von ihrem Tun und erhoben sich. Nun würden sie sicher wegrennen. Und wie die Wüstenhunde jämmerlich die nächsten Stunden vor den Stadttoren rumlungern, bis die später öffneten.

Er hatte sich getäuscht. Sie kamen auf ihn zu. Ein paar Schritte zunächst, dann liefen sie. Gebrüll aus Männerkehlen. Wilde, bärtige Gesichter, das Mondlicht hatte kein Erbarmen. Paul bekam Angst. Wenn die Wächter abgehauen waren, würden die ihn umbringen. Heulende Schreie. Sie hatten nur ein Dutzend Meter vor sich. Zitternd zog er die Pistole aus der Tasche. Sie klemmte, er zerrte, sie kam frei. Aufgeregt hob er die Waffe, der Hahn war nicht gespannt. Hektisch holte er das nach. Sie stürmten auf ihn zu. Hilflos richtete er das Schießeisen gen Himmel und feuerte. Einmal, zweimal. Die Männer warfen sich in den Staub, sprangen sofort wieder auf und traten endlich die Flucht an. Paul sah sie laufen und spürte in diesem Moment die zitternden Knie.

Er war so müde, aber was, wenn sie zurückkehrten? Kraftlos stapfte er zu der Bank vor dem kleinen Ankunftsbüro. Dort setzte er sich, die Pistole auf dem Schoß. Den Wächtern wollte er die Fresse polieren, die sollten sich bloß blicken lassen.

Die Nacht lag ruhig. Nichts rührte sich mehr. Die Steppe weithin zu überblicken. Die laufenden, hüpfenden Schatten der Flüchtenden nicht zu sehen, in der Ferne mit der Dunkelheit verschmolzen. Menschenleer die Ebene, wie tot, grausam in ihrer Unfruchtbarkeit. Und dennoch lebendig. Als die Dunkelheit bereits gemächlich jenem Zwielicht wich, das lange glimmt, bevor es plötzlich und rasch in die klare Helligkeit des Sonnenaufgangs übergeht, schlief Paul erschöpft ein.

* * *

Die pralle Scheibe des Mondes wetteiferte mit den grell funkelnden Sternen über ihnen. Der Nachthimmel gewandete sich tintenblau, das Sternenlicht fuhr hernieder wie ungebremster Regen aus Licht. Als sie nach zähen Verhandlungen und Bachschesch für die Torwächter endlich die Stadt verlassen konnten, war es empfindlich kalt. Ein feiner Nebel bedeckte die Landschaft und verbarg die Berge, durch den hier und da wie verhangene Blutmonde der Lichtschein von Lagerfeuern fiel von Menschen, die vor den Toren Ghasvins kampierten.

Das glitzernde Himmelszelt bot erstaunlich viel Licht und Orientierung. Je weiter sie nach Norden kamen, desto öfter hallte die öde Umgebung wider vom Blöken und Brüllen aufbrechender Herden, die von ihren Hirten neuen Weidegründen zugetrieben wurden. Im Osten streute sich das erste Hell des Tages in den Spalt zwischen Land und Nacht. Niemand sprach, Elena fuhr den Hansa, als steuere sie ihn über rohe Eier. Ein Achsbruch konnte fatal sein. Auf Maren hatten sie warten müssen, doch Byrons Aufregung hatte sich bald gelegt, er hatte es eilig. Alle hatten sich Schals um den Kopf gewickelt. Der Wagen hatte kein Verdeck, es war irgendwann kaputt gegangen und nie ersetzt worden. Der eisige Fahrtwind schmerzte in den Ohren. Selbst die Männer schienen nun den Hejab zu tragen. Wenigstens dürften die Außentemperaturen der Motorkühlung dienen.

Links und rechts des Weges wuchs das nackte, chaotisch aufgetürmte Gestein immer höher. Von den schwachen Scheinwerfern des Wagens erfasst, von Wettern der Jahrtausende geschliffen. Es nahm nicht Wunder, dass die Polizisten geritten waren. Das war eindeutig die schnellere Art voranzukommen. Trotz der Müdigkeit behielt Wilhelm seine Umwelt im Auge. Ihn faszinierte dieses Land, auch die karge Gegend, durch die sie fuhren. Hatte er sich gestern Sorgen gemacht, wie er seinen Auftrag abschließen könnte, trieb ihn jetzt der Gedanke um, Persien eines Tages wieder verlassen zu müssen. War es der Halbschlaf, der ihn so denken ließ? Daheim wartete Gertrude! Und es lockte sein schlecht bezahlter Lehrauftrag. Nein, er wollte erfolgreich sein, er musste es, die Arbeit für die Simon'sche Handelskorporation würde ihm beides ermöglichen: Das Leben mit Gertrude *und* ein Leben mit Persien.

Er schien wieder eingenickt zu sein, denn als er das nächste Mal von hinten über Elenas Schulter nach vorne sah, hatte sich die Landschaft verändert. An Byrons zusammengesunkener Gestalt vorbei sah er durch das staubige Fenster Felshänge und Berge, die sich auftürmten. Der Pfad, den der Hansa entlang hoppelte, war rötlich, die Erde musste salzig sein, denn Vegetation war nirgends zu erblicken. Zu ihrer Linken passierten sie eine überhängende Felswand.

»Wo sind wir?«, fragte er krächzend gegen den Fahrtwind.

»Westlich von Beverly Hills«, kam es postwendend und gut gelaunt vom Fahrersitz zurück. Wilhelm nickte. Das hatte er verdient. Dumme Antwort auf eine unnötige Frage. Er reckte den Hals. Sie fuhren langsam durch ein Tal, zu beiden Seiten ragten Felsstürze in die Höhe. Es war noch immer düster, aber über die Gesteinszinnen streute nun genügend Licht, dass man mit bloßem Auge sehen konnte. Die kühn gewundene Passage rechts wurde von schwarzem und grauem Granit bedrängt und gab links roten Felsenstürzen Raum.

Immer höher schraubte sich der Pfad, der glücklicherweise nie zu eng für den Hansa wurde, und sog das munter laufende Auto mit sich. Der Blick zurück fiel bis weit nach Süden, Ghasvin war noch zu erkennen. Die Piste folgte einer Steigung, wie man sie selbst in den Alpen kaum kannte, wo viele Straßen längst für die Erfordernisse des 20. Jahrhunderts bereitet worden waren. Die verringerte Dichte der Luft ließ sich sogar schmecken. Und es war nach wie vor kalt, sehr kalt.

Zu ihrer Linken fiel nun ein Hang steil ab bis in eine Senke, in der auch die gegenüberliegenden Felsenhänge verschwanden. Im Hintergrund, gen Westen hin, türmte sich eine Felswand auf und schloss das Tal hermetisch von der dahinterliegenden Ebene ab, wie das Bauwerk uralter, prähistorischer Zeit, wie eine Grenzbefestigung. Viel zu riesig für Menschenwerk.

Immer langsamer schnaufte der Hansa vorwärts und Augenblicke, nachdem Elena bange fragte: »Ist schon jemand wach?«, blieb er stehen. Der Wagen war zu schwer, der Weg zu steil. Sie weckte Byron, Wilhelm die anderen, dann stiegen sie aus. Mit dem Ersterben des Motors fiel wieder die Stille über sie, fast lauter als das monotone Brummen zuvor. Niemand sagte etwas, sondern alle begannen, die Karosse zu schieben.

Zwischen den Gipfeln war es dämmerig, der Weg nach oben weit und steil. Während Wilhelm bereits in der ersten Kehre zweifelte, ob sie den Rest jemals schaffen würden, lenkten ein Schreckensruf von Elena und das Schnauben von Pferden ihren Blick voran. Hinter der Kurve saßen um ein Lagerfeuerchen herum die vier Polizisten, die heute Nacht aus Ghasvin nach Razmian vorausgeritten waren. Sie winkten und rührten sich erst, als die Faranghis und Moshir das Auto bis direkt neben sie geschoben hatten.

»Chera neshastin vaghti mibinin ma be komak ehtiyaj darim! Pesaraye ghazvini!«, rief der junge Perser, ein wenig wütend.[1]

---

1 Was sitzt ihr da rum, wenn ihr seht, dass wir Hilfe brauchen, ihr Burschen aus Ghasvin?

Die Polizisten lachten. »*Chera do ta chanom ro ba mashin mibari vaghti ye hamrahe agha va ziba dari?*«, gab einer zurück und die anderen gröhlten.[2]

»Was hat der Polizist gesagt?«, fragte Maren und Moshir schüttelte den Kopf.

»Idioten«, knirschte er durch seine Zähne. Dann standen die Beamten auf.

Moshir kommandierte sie, als hätte er nie anderes getan. »*Shoma mitunin az posht komak konid. Posht ro begirid va hol bedid.*«[3] Er fluchte leise und schob ein gehässiges »*Shoma ke inkar ro alii anham midin*« hinterher.[4]

Wilhelm, Maren, Byron und er nahmen Aufstellung neben dem Wagen, die Polizisten drückten von hinten und kicherten immer wieder. Einer ging voraus und führte die Pferde. Wilhelm musterte seinen Helfer Moshir, der augenblicklich nicht so servil und höflich schien wie sonst. Diesen Wandel fand er interessant.

»*Ya, Ali! Ya, Ali-i-i*«, riefen sie im Chor und stemmten rhythmisch ihre breiten persischen Schultern gegen den deutschen Hansa. Moshir und die anderen stimmten ein. Die internationale Truppe ächzte unter Anrufung des heiligen Ali den staubigen Berg hinauf.

Elena ließ den Motor wieder an und mit vereinter Hilfe von Mensch und Technik kamen sie voran. Moshir hatte viel Spaß dabei zu sehen, wie die frechen Polizisten aus Ghasvin zurückblieben und neben dem Staub die Abgase schluckten und nach Luft schnappten. Wilhelm bemerkte dessen Schadenfreude, sollten sie ihn geärgert haben?

Immer weiter ging es die enge Passstraße hinauf, eine Haarnadelkurve nach der anderen überwanden sie und endlich bezwangen sie den Gipfelzug südlich des Shahroud. Die Polizisten ritten heran.

Wilhelm gab jedem von ihnen drei Kran, glücklich sprangen sie auf ihre Pferde, grüßten überschwänglich und eilten voran nach Razmian.

Unten öffnete sich ein weiter Talkessel, wie ihn zumindest die allermeisten Faranghis bisher in Persien nicht gesehen hatten. Die Luft hier oben wehte herrlich kühl. Es war halb acht. Das Land erstreckte sich zu ihren Füßen, grün, mit buntgescheckten Feldern, die von Bächen durchzogen wurden und einem kleinen Fluss, dessen Gewässer bis hierhin

---

2   Und warum nimmst du in einem Auto zwei Frauen mit, wenn du doch hübsche Begleiter hast

3   Ihr könnt hinten helfen. Fasst hinten an und schiebt

4   Das könnt ihr doch am Besten

blau glitzerte. Die Bergmatten waren mit Blumen bewachsen, Wiesen, auf denen Vieh weidete.

»*Al hamdulillah!*«, stieß Moshir hervor. Ruhm sei Allah, dem Herren der drei Welten! »*Al hamdulillah!*«, wiederholten die anderen.

»*Holy Christ*«, murmelte Byron. Zweifellos fertigte er in Gedanken eine Beschreibung dieser Gegend für den Roman an.

Selbst an den Talrändern, wo sich die Felsen der Berghänge in das üppige Grün hineingruben, war alles saftig. Wie schweres Tuch fielen sie über den zerklüfteten Fels, als habe ein alter Sufi beim Baden das Gewand fallen lassen. Einige hundert Meter wuchsen Bäume an den Hängen empor, dann wurden sie spärlicher und beinahe unvermittelt hörte jeder Pflanzenwuchs auf. Über allem schwebten die Berggipfel, die rot in der Morgensonne glühten.

»Das da unten muss Bahram Abad sein«, sagte Moshir und zeigte nach rechts. »Dieser Ort Razmian. In den Bergen dahinter wird die Festung liegen.« Die Blicke folgten ihm, doch von hier aus war nichts zu entdecken. Die flachen Dächer standen dicht zusammengedrängt unter dem fleckenlosen Himmel, dem die Lichtstrahlen der aufgehenden Sonne immer weiter die Decke der Nacht fortzogen. Da und dort ragten Zypressen wie stumme Wachtposten in die Höhe.

Maren war einige Meter spazieren gegangen und kam aufgewühlt zurück.

»Hier ist eine Quelle. Gleich dort unten.« Und tatsächlich sprudelte aus einer Felsspalte klares Wasser, die sie nach einem kurzen Abstieg erreichten. Es war frisch und eiskalt. So kalt, dass jede Berührung schon schmerzte. Glücklich füllten sie ihre Feldflaschen.

Maren benetzte die Hände und ging vor den anderen her zum Hansa zurück. In den Dreck von dessen über und über verstaubten Seiten schrieb sie mit ihrem feuchten Finger groß und deutlich *Ya Ali!*

»So wollen wir das Auto nennen. Es hat uns nicht im Stich gelassen.« Sogar ein leichtes Lächeln huschte durch ihr Gesicht und die Düsternis verwischte für einen kurzen Moment.

Moshir sah sie zweifelnd an, sagte aber nichts. Er empfand es als ungehörig, ein Auto nach dem ersten Imam der Schiiten zu benennen und beschloss, die Schrift beim Einsteigen einfach zu ignorieren. Der Staub des Weges würde die Schmach schon tilgen.

Sie fuhren weiter, Byron war an der Reihe und lenkte das Auto. Er konnte es nicht erwarten, die Burg der Assassinen zu sehen. Es ging steil bergab und auf halber Höhe über dem Dorf Bahram Abad stiegen doch alle wieder aus, um die Bremsen nicht zu sehr zu beanspruchen.

Käme der Wagen unkontrolliert ins Rollen, würde er sich zweifellos bald überschlagen und den Berg hinabstürzen.

Gegen neun Uhr erreichten sie das Tal und fuhren durch fruchtbare Felder und an Obstgärten vorbei auf Razmian zu. Wie schon zuvor in Bahram Abad ließen alle Menschen stehen und liegen, an was sie gerade arbeiteten und liefen zusammen, um das seltsame Objekt in Augenschein zu nehmen, das dort durch ihr kleines Paradies schnaufte. Möglicherweise war dies das erste Mal überhaupt, dass sie ein *Odobil* aus der Nähe schauten. Die Dörfer sahen nicht anders aus als viele, an denen sie vorübergefahren waren, lehmgrau und braun. Sie schienen hier wohlhabender und insgesamt in besserem Zustand. Auch waren die Dächer mit Holz und Reisig gedeckt, vermutlich gegen die öfter vorkommende Feuchtigkeit in den Bergen. Reine Lehmhütten brachen bei großer Nässe bisweilen zusammen und verwandelten sich in einen Matschehaufen.

Von überall her drang lautes unheimliches Knarren zu ihnen und bildete das einzige Geräusch. Dessen Ursprung waren die vielen Brunnen, die das Grundwasser für diese fruchtbare Oase in den Bergen nutzbar machten. Sie bestanden aus einem Loch, über dem auf zwei Pfählen eine Stange ruhte, welche eine Rolle trug. Darüber lief eine Leine mit einem Eimer, den hier ein Ochse und dort ein Esel in unermüdlicher Arbeit heraufzog und dabei die unwirkliche Erscheinung erzeugte. Das gewonnene Wasser wurde sofort in Gräben gekippt und erreichte dadurch Gurken, Kartoffeln und sonstige Pflanzen, denen ansonsten die Gebirgssonne bald das Leben ausgedörrt haben würde.

Von einer ähnlichen Aufmerksamkeit begleitet durchquerten sie den nächsten Ort, Razmian, der im Grün seiner Nussbäume, Pappeln und üppiger Grasmatten lag, die sich mutig die Berghänge hinaufwagten. Im Schatten der Bäume waren die Bewohner bei der Ernte. Schwarze Ochsen trotteten träge im Kreis um runde Kornhaufen, damit die Körner mit schweren hölzernen Walzen ausgedroschen werden konnten.

Vor einer Imamzadeh grasten die Pferde der Polizisten und sie hielten an. Nach einiger Suche fand Moshir sie beim Frühstück im Schatten einer Eiche. Zufällig war Mohammad Khan, der Grundherr des Dorfes anwesend.

Höflich bot man den fremden Ankömmlingen an, das Mahl zu teilen. Moshir lehnte ab, sie hatten Taftoon, Eier, Datteln und etwas Weißkäse dabei. Dennoch musste er auf deren Geheiß hin alle Faranghis zu ihnen bitten und erklären, was sie wollten und mit dem alten Mann Tee aus einem Samowar trinken.

Sie gedachten, Lamiasar zu suchen, erklärte Moshir offen und über-setzte für die anderen. Wilhelm zweifelte, ob der Bergweise dies nicht verbieten würde. Nur ein wenig buddeln und dann vor Einbruch der Nacht, spätestens zum *Maghrib,* wieder zurückfahren. Der *Arbab,* der Grundherr, fragte etwas. Moshir sagte, dass der wissen wollte, ob sein Kollege in Ghasvin ihnen eine Genehmigung zum Graben gegeben habe.

»Wen meint er? Den Khan von Ghasvin? Wir brauchen eine Erlaub-nis?« Wilhelm war entgeistert und ärgerte sich sogleich über sich selbst. Was hatte er denn erwartet, dass man hierhin und dorthin reiten und einfach etwas mitnehmen könne?

Moshir sprach wieder mit dem Alten und alle freuten sich, der *Arbab* lächelte versonnen und nickte.

»Was hat er ihm gesagt?«, fragte Byron. Moshir antwortete nicht und sah ihn nicht an, daher wiederholte Wilhelm seine Frage.

Moshir fuhr sich durch die pechschwarzen Haare. »Ich sagte ihm, dass der Khan von Ghasvin ihm, Mohammed Khan, das Vertrauen schenkt, zu entscheiden und alles Nötige für die Fremden zu tun. Das hat ihm gefallen.«

Zu Wilhelms Überraschung kicherte der Alte und vertraute ihnen an, dass Regen dort oben vor einiger Zeit Bronzen freigelegt habe, die sie aber in Ghasvin verkauft hätten. Jemand habe auch Skelette entdeckt, die in Tonkrügen bestattet gewesen seien – behauptete wenigstens eine Legende. Denn das sei lange her. Sonst habe niemand gesucht, die Fes-tung sei selbstverständlich noch dort, für die habe sich kein Käufer ge-funden und keine Seele wollte sie mitnehmen. Zuerst lachten die Poli-zisten, nach Moshirs Übersetzung auch die anderen. Mohammed Khan lächelte breit und enthüllte mächtige Zahnlücken. Er schien ein ruhiger und glücklicher Mann zu sein. Die Beamten berieten sich kurz, dann bo-ten sie an, auf das Auto aufzupassen, denn der Weg dorthin sei nicht befahrbar. Das Ziel zu Fuß jedoch leicht nach zwei bis drei Kilometern zu erreichen.

Moshir bedankte sich im Namen aller für das Angebot, sie griffen zu Klappspaten, einer Hacke und einem Seesack, verstauten Proviant und liefen los. Eine sonderbare Schar, aufmerksam verfolgt von jedem le-bendigen Augenpaar in dem Ort.

Der Weg senkte sich über eine Bergschulter bis in den Ort herab. Mächtige Feldsteine markierten ihn, hin und wieder fanden sich selt-same Anordnungen großer Findlinge, die einst Posten oder die Funda-mente von Türmen gewesen sein mochten. Genau war das nicht zu er-kennen. Pappeln und Eichen und Granatbäume wuchsen vereinzelt in dem Geröll. Je höher sie stiegen, desto öfter ließ sich etwas beobachten, was wohl wirklich einmal Mauern waren. Verständlich, der Weg zu einer Feste musste gedeckt sein.

Abgekämpft erreichten die Wanderer das ehemalige Westtor von Lamiasar. Vor ihnen lag ein weites Plateau. Am Rand des Steilfelsens erhob sich der alte Schutzwall, dessen Zinnen waren zerbröckelt, von den Gebäuden bestanden nur mehr Mauerreste. Löcher im Boden in der Nähe der Mauern zeugten von hölzernen Stützstrukturen. Eine rückwärtig gelegene Wehrmauer in Richtung des Gebirgsmassivs folgte dem Verlauf des stumpfen Bergkegels und umschloss eine abschüssige Fläche von guten fünfhundert Metern Länge und zweihundert Metern Breite. In ihrem Schatten fand sich ein Loch, das in den massiven Fels gegraben worden war. Dessen Boden blieb unsichtbar. Vermutlich führte es einst zu einer unterirdischen Quelle, die lange versiegt sein musste. Elena warf einen großen Stein hinein und lauschte. Sie verzog enttäuscht ihr Gesicht. Anscheinend war der Effekt nicht so, wie sie es gehofft hatte.

»Weiß jemand etwas von diesem Ort?«, fragte Maren.

Byron war es, der sein Geschichtswissen offenbarte. »Die Mongolen unter Hulagu Khan haben die Burgen der Assassinen um 1256 belagert und zerstört. Girdkuh und Lamiasar hielten am längsten durch und deshalb bekamen sie deren Zorn auch am ärgsten zu spüren. Die Verteidiger wurden umgebracht, die Burg zerstört, die Kinder versklavt, die Frauen vergewaltigt. Alle Bibliotheken verbrannt, wie schon zuvor in anderen großen Städten. So auch die Bibliothek von Bagdad. Die Mongolen waren keine Barbaren. Sie hatten nicht nur ihre Reiterheere, sondern auch moderne Belagerungsgeräte. Sie führten chinesische Fachleute mit und stellten mit viel Geld ortskundige Hilfstruppen auf. Aber das alte Wissen – dafür waren sie unempfänglich.« Er schien nachdenklich, als stelle er sich den Schrecken vor, der sich hier 800 Jahre zuvor zugetragen haben musste.

Moshir mischte sich ein, ungeduldig. Byron verließ die Gruppe. »Es kann nur ein gewaltiger Verrat gewesen sein, dem die Assassinen zum Opfer fielen«, sprach der Diener. »Die Täler von Schah Rud liegen abseits aller großen Straßen wie jener von Buchara nach Chorasan. Bis vor wenigen hundert Jahren kannte niemand dieses Gebiet zwischen dem Kaspischen Meer und der großen Straße, über die schon Alexander der Große marschiert sein musste. Für Späher ist dieser Ort unerreichbar, jeder Eindringling würde bemerkt. Für Armeen nahezu unpassierbar, auf den engen Wegen könnten sie leicht überfallen und aufgerieben werden. Nein, es muss ein grandioser Verrat gewesen sein, der eine ganze mongolische Streitmacht bis vor die Tore der Festung gelangen ließ und diese dadurch auslieferte.«

Alle waren nachdenklich, Byron strich unruhig umher, griff sich eine Spitzhacke und begann, große flache Steine des Untergrundes hochzuhebeln. Wilhelm notierte einige der Fakten in seinem Notizbuch und fertige eine grobe Skizze des Grundrisses der Anlage an.

»Da ist aber jemand ungeduldig«, sagte Maren zu Moshir mit Blick auf Byron und der Perser schnaubte verächtlich.

Wilhelm schritt die Westseite ab. Die Mauer musste hier dünn gewesen sein. Sie befand sich über einem natürlichen Felsabsturz und war damit nicht gefährdet. Dafür waren hier Turmreste. In Bogenschussweite konnte man anscheinend den Pfad zur Burg beschießen. Bis auf eine offene Stelle an der Nordseite dürfte dieses Bollwerk einen ausgesprochen guten Schutz geboten haben.

»Wenn es Gräber gibt, dann wohl eher im Tal«, sagte Moshir zu ihm, der lautlos herangekommen war. »Und ob es hier Schätze zu entdecken gibt? Aber es lohnt vielleicht, im Inneren von Gebäuden zu graben. Wenn sie eingestürzt sind, haben sie möglicherweise etwas unter sich verborgen.« Wilhelm nickte und beobachtete Byron, der eine Steinplatte nach der anderen anhob. Anscheinend ohne jedes System.

Er ging weiter in die Anlage hinein und Moshir und die Frauen folgten ihm. Das Südtor lag tiefer, der Weg von dort führte an einer Art Wachhaus vorbei zu einer Fläche, die einmal ein Hof gewesen sein mochte, gesichert von einer Mauer aus mächtigen Quadersteinen.

»Ich habe etwas«, rief Maren und hob eine bunte Scherbe auf. Sie freute sich und steckte sie in die Tasche. Elena suchte ebenfalls den Boden ab. Keramik und interessante Objekte, die menschengemacht waren, aber deren Zweck nicht auf den ersten Blick zu erkennen waren, fanden sich überall. Die Zahl der Menschen, die sich hier in den letzten hundert Jahren aufgehalten hatte, konnte nicht sonderlich groß gewesen sein. Daher dürfte der Zustand der Felsenburg im Wesentlichen so sein, wie die Mongolen sie hinterlassen hatten.

Wilhelm und Moshir fassten ein anderes Ziel ins Auge. Die Sonne hatte ihren Höhepunkt überschritten. Sie mochten vielleicht noch zwei Stunden Zeit haben, bevor sie zurück und losfahren mussten, um wenigstens vor Mitternacht Ghasvin zu erreichen. Oben, unterhalb des Nordtores, lagen imposante Mauerreste, drei Dutzend Meter im Quadrat, eher mehr. Auch einige Zisternen fanden sich hier, sie waren aber nur wenige Meter tief und versandet.

Im Inneren waren zwölf kleine, schmale Räume zu sehen, in der Südostecke ein Turm oder das, was davon übrig war. Spitzbögen waren sichtbar, die zu einer Passage führten. Die etwa ein Meter dicke Wand wies primitive Fenster auf. Die Mauern schienen aus aufgeschichteten

Steinen zu bestehen, ohne Mörtel. Und doch überdauerten sie die Jahrhunderte. Jenseits der Außenmauern des großen Gebäudes lagen halb in der Erde versunkene Verliese.

»Lass es uns hier versuchen, Moshir«, sagte Wilhelm. Die grauschwarzen Granitfelsen strahlten ihre Hitze gegen sie. Schweigend begannen sie an den Öffnungen zu arbeiten, die wie Augen in die Tiefe führten. Lange dauerte es nicht, bis sie Feuersteine, Bronzesplitter, primitive Keramik und einen behauenen Stein fanden, der einst wohl für die Bearbeitung von Holz benutzt worden war. Was sie entdeckten, warfen sie hinter sich. Mit einem Schatz rechnete niemand, aber man konnte ja nie wissen und es machte sogar einigen Spaß. Nach kurzer Zeit wurden die Steine größer und schwerer, die ihnen im Wege lagen. Zunächst zögernd, dann entschieden, konzentrierten sie sich auf Moshirs Verlies, in dem sie beide stehen und arbeiten konnten.

Wilhelms Schaufel war zu klein und Moshirs Hacke löste sich immer wieder vom Stiel. Slapstick! Er dachte an Pat und Patachon, Laurel und Hardy – oder hier waren sie eher Abi und Rabi, die persische Variante. Das hätten die Filmemacher sehen sollen. Jemand schrie und sie hielten inne. Gefahr? Der Schrei wiederholte sich, es war einer aus Wut und Frust heraus. Byron! Wilhelm grinste Moshir an, der murmelte nur etwas in seiner Sprache, was klang wie ein Fluch. Jedenfalls nichts Nettes.

»Moshir, gibt es Streit zwischen dir und dem Amerikaner?«, fragte er plötzlich und sein Diener stutzte, zog es vor zu schweigen und arbeitete weiter. Nach einem Moment tat Wilhelm es ihm gleich.

Sie waren längst nassgeschwitzt. Das Sprechen war mühsam, sie verständigten sich mit Blicken – diesen einen Stein noch. Sie griffen ihn von beiden Seiten mit dem unpassenden Werkzeug. Er ließ sich keinen Millimeter bewegen. Mittlerweile standen sie tief in dem Loch und vielleicht hatten sie schlicht den Boden erreicht? Wilhelm brach seinen Hebelversuch ab und rammte den Spaten hinter dem Brocken in das Geröll und bewegte ihn, damit er weiter einsank, um von unten eine stärkere Wirkung erzielen zu können. Es war zwecklos. Doch in dem Schutt an der Rückwand der Nische schimmerte etwas! Wilhelm legte die Schaufel weg, ging in die Hocke und kroch vorwärts. Mit bloßen Händen durchsuchte er das Geröll und fand eine gräuliche Kugel, groß wie eine Olive. Er steckte sie in die Hosentasche. Fast im gleichen Augenblick eine weitere, dann wieder eine. Moshir sah zu und begann, ihm zu helfen. Es dauerte nicht lange, und die beiden hatten dreißig dieser kleinen grauen Kugeln der Erde entrissen. Sie legten sie zu den anderen Scherben und Steinen und Metallgegenständen. Schweigend betrachteten sie die staubige, unspektakuläre Ausbeute einer unglaublichen Reise zu den Assassinen. Moshir sah gen Himmel und in der Tat, die Sonne brannte nach wie vor unerbittlich hernieder, aber es wurde Zeit. Sie stiegen aus dem Loch und schlugen ihre Fundstücke in ein Stück Segeltuch ein. Dann suchten sie die anderen.

Maren und Elena lehnten nebeneinander im Schatten an einer Wand und unterhielten sich über Filme, friedlich, wie es schien. Ihre Ausbeute bestand aus ein paar bunten Scherben, und doch waren sie zufrieden. Byron hatte sich hackend entfernt und hob noch immer Steine an.

Moshir sah mit böser Miene zu ihm hin. Elena zeigte mit dem Daumen auf den Amerikaner und sagte zu den anderen: »Der spinnt. Der glaubt, er findet den Schatz der Assassinen.«

»Man kann es auch übertreiben«, setzte Maren hinzu.

»Bemerkenswert«, murmelte Wilhelm. Er malte eilig einige der gefundenen Scherben in sein Notizbuch.

»Wohl eher verzweifelt. Der will unbedingt was finden, was er auf dem Bazar verkaufen kann. Der ist pleite.« Maren war direkt, aber es klang nicht gehässig.

Wilhelm sah Moshir an. Der schaute bewusst in eine andere Richtung. »Ich verstehe nicht, pleite.«

»Er soll ein Buch über Persien schreiben und kriegt es nicht fertig.« Sie sah ihn an. Neutral. Denn sie wusste selbst, wie schwer das Überleben als Ausländerin hierzulande war.

Wilhelm und Moshir packten ihrer aller Fundstücke in den Seesack, nachdem sie den Proviant herausgenommen hatten und legten ihn in einiger Entfernung ab, zwischen der Mauer und dem Brunnen, in den Elena ihren Stein geworfen hatte. Dann setzten sie sich im Schneidersitz in den Schatten.

Marens Auskunft schien der Amerikanerin nicht auszureichen, also ergriff sie das Wort. »Er hat von Rock Books in New York fünftausend Dollar Vorschuss bekommen und ist Ende letzten Jahres mit dem Luftschiff von Lakehurst aus nach Europa gereist. Auf ganz großem Fuß, Mister Schriftsteller. Von Deutschland dann über Sizilien nach Beirut, mit dem Bus via Aleppo und Bagdad, bevor er Teheran erreichte. Die Atlantikpassage mit LZ 127 hat sehr viel Geld gekostet, siebenhundert Dollar. Aber das meiste hat er durch Unachtsamkeit und Schurkereien in der Levante verloren. Jetzt sitzt er in Teheran fest, kommt nicht weg und muss sich seinen Lebensunterhalt verdienen. Wodurch er zu seinem Buch nicht mehr kommt. Und solange er nicht wenigstens die Hälfte liefert, schickt ihm sein Verlag kein Geld mehr.«

Wilhelm verstand. In der Tat eine prekäre Situation. Dass dieser Alvarado mit dem Luftschiff gekommen war … das hätte er nicht vermutet.

Er musste dann die legendäre Atlantikfahrt mitgemacht haben, über die alle Zeitungen wochenlang berichtet hatten. Damit wäre Byron der erste Zeppelinpassagier überhaupt, den Wilhelm kennenlernte. Und er durfte ihn nicht einmal unbekümmert ausfragen.

»Moshir, willst du Mister Alvarado holen? Wir sollten essen und uns dann langsam für den Rückweg bereit machen.« Wilhelm holte Taftoon, weißen Käse, gekochte Eier und Datteln aus dem Seesack und breitete alles auf einem Stück Tuch aus, das er auf den Boden legte. Moshir rührte sich nicht und Wilhelm sah ihn zunächst irritiert an, dann gab er Elena einen Wink und ging an dem Diener vorbei rüber zu Byron.

»Sie sollten was essen. Wir müssen bald zurück.«

Der reagierte nicht. In einem Dreckhaufen einige Schritte entfernt erkannte Wilhelm ein paar Scherben und etwas, das nach dem Teil eines menschlichen Unterkiefers aussah. »Byron, wollen Sie zu uns kommen?«

Alvarado sah ihn an, nassgeschwitzt, die Haare fielen ihm wirr ins Gesicht. Dann hackte und hebelte er weiter. »Ich muss was finden. Nur eine Bronze. Eine metallene Pfeilspitze.«

»Wir müssen gehen. Kommen Sie, essen Sie etwas. Sie haben doch was gefunden, wir haben auch Funde gemacht. Wir teilen. Ich bin hier aus Interesse, nicht um etwas mitzuschleppen.«

Alvarado war entkräftet, ganz offensichtlich. Nur seine Wut hielt ihn aufrecht. Er schuftete seit Stunden in der prallen Sonne ohne jede Pause. Dann reichte es ihm. Er hörte einfach auf, klaubte seine wenigen Fundstücke zusammen und ging mit Wilhelm zu den anderen.

»Byron, wollen Sie uns beim Essen nicht etwas von Ihrer Überfahrt mit dem Luftschiff erzählen?«, versuchte Wilhelm ihn auf bessere Gedanken zu bringen. »Das muss doch eine unglaubliche Erfahrung gewesen sein.«

Der Amerikaner sah für einen Moment über die anderen hinweg in die Ferne. Er atmete lange aus. Wie entspannt. »Ich durfte zum Kommandanten nach vorne«, stieß er hervor. »Stand im Hirn des Grafen Zeppelin, wo die Schalthebel und Räder die Geschicke steuerten und Lichter blinkten. Sah all die Zeiger und Skalen, die Höhenmesser, die Barometer. Erblickte die Nervenzellen des genialen Schiffes.«

»Ich beneide Sie«, wisperte Elena. Moshir schnaufte vernehmlich.

»Dann gab der Erste Offizier Lehmann den Befehl, die Motoren anzulassen«, er flüsterte. »Der Graf hob sich, die Anziehungskraft der Erde war besiegt. Keine tote Masse mehr aus Zellstoff, Duralumin und mit Gas gefüllt. Nein, der Graf lebte, schwebte plötzlich zum reinen Firmament, den Sternen entgegen.« Mit diesen Worten wandte er sich wieder ab und schlich zu der Stelle, wo die Fundstücke der Gruppe lagen. Die anderen blieben schweigend zurück. Er legte dort seine Schätze in den Seesack.

Wilhelm musterte Moshir strafend. Das hätte er nicht erwartet, dass der Diener seine Anweisung einfach ignorierte. Und das Schnaufen war unhöflich gewesen. Jetzt wandte er sich von ihm ab. Was hatte der Junge? Er setzte sich. »Nun kommen Sie aber auch. Wir essen«, rief er hinter dem Amerikaner her.

Byron stand unweit des Loches im Boden mit dem Seesack in der Hand und durchsuchte dessen Inhalt. Dann ließ er ihn herab. Plötzlich hockte er sich daneben und stieß seine Finger immer wieder hinein, als grübe er das Innere um. Sie hörten einen Ruf der Überraschung. Er hielt eine der Kugeln in die Sonne und betrachtete sie. Steckte sie tief in den Sack, holte sie erneut raus. Das wiederholte er mehrmals. Irgendwo kläffte ein Hund.

Wilhelm hatte Käse und Datteln in Taftoon gerollt und war dabei abzubeißen. Dann legte er die Rolle zurück auf das Tuch und beobachtete den Amerikaner. Auch die anderen wurden aufmerksam.

Byrons Gesicht war verschwitzt und schmutzig, nur seine Augen strahlten, als er einige Kugeln in der Hand hochhielt. Er rief. »Sie leuchten. Man glaubt es nicht. Diese Kugeln leuchten. Woher stammen sie?«

Wilhelm winkte ihm. »Moshir und ich haben sie gefunden. Kommen Sie jetzt endlich. Essen Sie was, dann fahren wir und Sie haben auf der Rückfahrt genug Zeit, sich alles anzusehen.«

Byron legte die Gegenstände in den Sack. Wilhelm und Moshir wechselten einen Blick. Leuchtende Kugeln ... die Hitze war zuviel für ihn gewesen. Sie aßen schweigend. Ein Tier knurrte irgendwo. Der Amerikaner atmete schwer. Den gefundenen Knochen hatte er neben sich gelegt. Es schien der Teil eines menschlichen Unterkiefers zu sein. Dann nahm er das Stück wieder, drehte es prüfend und schob das Knöchelchen in die Hosentasche.

Elena lächelte ihn an. »Diese Burg regt mich an. Man könnte hier gut einen Film drehen. Oder eine Geschichte schreiben. Nicht wahr, Byron?«

Der Glanz eines inspirierten Moments flog über dessen Gesicht. Moshir sah zu Boden. Maren war bereits fertig. Sie hatte sich zurückgelehnt und betrachtete die Berggipfel in der Ferne um sie herum. Dann stand sie auf und schlenderte zu den Überbleibseln des westlichen Walls auf dem Felsvorsprung. Dahinter ging es dutzende Meter im freien Fall in die Tiefe. Der Ausblick war wahrhaft atemberaubend. Andere taten es ihr nach. Moshir schlug die Reste der Lebensmittel in das Tuch ein und stopfte es wieder in den Seesack neben dem alten Brunnenschacht. Dann folgte er, sich sorgsam abseits von Byron haltend.

Das Tal erstreckte sich friedlich unter ihnen. Klein erschienen Menschen und Tiere, die die letzten Dinge erledigten, bevor bald das Abendgebet zu einer Pause rufen würde. Heiseres Kläffen wiederholte sich. Erneutes Knurren, diesmal nicht weit entfernt. Hinein in aggressives Reißen und Klappern mischte sich Gebell und Geschrei. Es war sicher kein Magenknurren! Es kam von hinter ihnen.

»Um Gottes Willen«, entfuhr es Byron. Zwei Hyänen hatten sich aus den Bergen herangeschlichen und versuchten, an die verstauten Lebensmittel zu kommen. Hilflos sahen sie zunächst zu, wie die Tiere zerrten und bissen. Dann fasste sich Moshir ein Herz und ging langsam auf das Werkzeug zu, das wenige Meter entfernt dort liegen geblieben war, wo sie es zum Essen abgelegt hatten. Einer der Hyänen witterte ihn und fletschte die Zähne, während die andere weiter die Nahrung herauszerrte. Maren verließ die Gruppe und lief laut brüllend und gestikulierend auf die Kreaturen zu. Für eine Sekunde waren sie abgelenkt. Der Moment reichte aus, damit Moshir die lange Schaufel greifen konnte und sie mit dem vorgereckten Blatt drohend erhob.

»Los, wir müssen sie vertreiben«, stimmte Elena ein und rannte wild auf die Tiere zu. Das war für sie zu viel. Beide wandten sich zur Flucht. Die erste Hyäne, die Moshir bedroht hatte, eilte heiser keuchend auf das Nordtor zu, die andere wollte folgen, doch sie hing mit ihrem Gebiss in den Falten des Seesacks, sprang und kam ins Stolpern. Hart prallte sie auf den Rand des Loches, der Sack rutschte schwer hinterher und drängte gegen sie. Der Schubs reichte, dass sie sich aus dem sicheren Verderben noch einmal retten konnte und dem Brunnen entkam, heulend und jaulend ihrem tierischen Kameraden nachjagend. Mit einem leisen, schleifenden Geräusch fiel der große Beutel in den Schacht und verschwand.

Ernüchternd blieben sie stehen. Byron stammelte: »Das ... das ...«, und trat neben die Öffnung im Felsboden. Sie hatten keine Lampen, es war aussichtslos, ohne jedes Hilfsmittel ihre abgestürzten Fundstücke zu bergen. Sie verfügten weder über Seil, noch Winde oder eine Strickleiter. Sogar die Lebensmittel waren verloren. Die Feldflaschen befanden sich im Auto, aber das war alles.

Wilhelm sah, wie Byrons Blick wieder auf die Spitzhacke fiel. Er schüttelte den Kopf. »Wir müssen los, sonst sitzen wir mitten in der Nacht auf dem Pass fest. Fahren, und zwar jetzt. Sofort.« Er zog sein Notizbuch aus der Hosentasche und notierte sich die Funde wo sie in den

Schacht gefallen waren. Dann griff er einiges Werkzeug und ging ohne ein weiteres Wort auf den zerborstenen Torbogen zu. Die anderen taten es ihm nach. Schweigend stieg die kleine Truppe wieder bergab, zurück in das Dorf. Die Polizisten waren verschwunden, der Hansa stand unversehrt und unberührt. Die Kinder hielten ehrfürchtig Abstand von *Ya Ali*. Sicher hatten sie das Fahrzeug ausgiebig in ihrer Abwesenheit bewundert.

Freundlich und liebreizend streckten sie ihre kleinen Hände aus, doch es gab nichts mehr zu verteilen. Alles war ja fort. Höflich lächelnd und tapfer die eigene müde Enttäuschung vor den Kindern verbergend stiegen die Fremden ein und fuhren los.

Am Shahroud-Fluss, an der Abzweigung von Razmian nach Bahram Abad, hielten sie noch einmal und füllten ihre Feldflaschen für den Rückweg. Die Lieblichkeit des strömenden Wassers war betörend. Ein großer grüner Schmetterling taumelte durch die Luft, mit roten Flügelspitzen, selten in dieser Pracht in Deutschland. Die Felsblöcke am Ufer waren mit malvenfarbenen Blüten bedeckt, die zu Schlingpflanzen gehörten. In den feuchten Spalten wiegte sich ein nahezu mannshoher Strauch aus der Tiefe hervor mit milchigen Blättern. Dessen rosafarbene Kelche, die in Glockentrauben wuchsen, waren dunkelrot geädert und verliehen diesem ganzen Ort eine geheimnisvolle Heiterkeit. Manche beobachteten den Falter. Nur der missgelaunte Byron schien sich davon nicht anstecken zu lassen. Von Ferne jaulten noch immer die Brunnen, die scheinbar protestierend ihrer feuchten Last entledigt wurden. Ein Ochsenkarren zog vorüber auf ungefügten Scheibenrädern, die bei jeder Umdrehung ein ohrenbetäubendes Getöse verursachten. Ein Paradies, ein Märchengarten – ebenso berauschend schön wie unschicklich laut und schrill.

Maren blieb abseits, während die anderen die Feldflaschen füllten. War es nicht seltsam, wie sie ihren Arm hielt, dachte Wilhelm. Moshir hatte es ebenfalls bemerkt.

»*Bei Allah*«, stieß der Junge hervor, riss sich den Schal vom Hals und sprang zu ihr hin, mit dem gebundenen Stoff auf sie einschlagend, als gedachte er sie auszupeitschen.

»Moshir, du Wahnsinniger«, schrie Wilhelm und eilte hinterher. Maren kreischte erschrocken und Byron rannte mit wutverzerrtem Gesicht in gleicher Weise zu ihnen, als wollte er Moshir an die Gurgel gehen. Maren war aufgesprungen und machte einen weiten Satz in Richtung des Baches, als sei sie aus einer Trance erwacht.

»Skorpion! Ein Skorpion«, rief Moshir, die Gefahr eines Missverständnisses gegen sich witternd, und rannte einige Schritte, auf den Boden zeigend, wo der Skorpion von etwa drei Zentimeter Länge eilig versuchte, zu entkommen. Sein Leben endete unter Byrons schweren Stiefeln. Er stieß den Jungen zur Seite.

»Lass die Finger von ihr!«, zischte er ihn an. Wilhelm war bei den beiden und trennte sie. Er zog Moshir mit sich und drängte zum Aufbruch.

»Danke, das sollte uns eine Lehre sein. Untersucht bitte das Auto, ob es noch mehr solche unliebsamen Überraschungen gibt. Wir dürfen davon nicht auf der Fahrt erwischt werden.«

Wilhelm wurde den Verdacht nicht los, dass Maren sich bewusst der Gefahr ausgesetzt hatte. Er bat Elena zu fahren. Moshir sollte neben ihr Platz nehmen. Maren, Byron und er rutschten auf die Rückbank. Die schwierige Steigung des Hinwegs würden sie bergab passieren, so dass sie sich keine Sorgen machen mussten, solange sie nicht in der Nacht eine Panne hätten. Maren saß in der Mitte und war seltsam still, während der Hansa den schmalen Pfad bergan schnaufte.

Wilhelm überschlug in Gedanken die nächsten Schritte. Sie wollten wenigstens versuchen, eine weitere Übernachtung in Ghasvin zu vermeiden und in der Nacht Teheran erreichen. Mit dem Verweis auf die deutsche Gesandtschaft und den stadtbekannten Wagen würde man sie am Stadttor hoffentlich einlassen.

»Ich bin es leid, so leid.« Die Stimme sprach zu sich selbst und sie kam von Maren, hinter ihm. Er drehte sich um und sah sie an. Meinte sie diese Fahrt? Die verlorenen Schätze? Traurig, fürwahr, aber ...

»Alles, was mich mit meinem Leben in Deutschland verbindet, war die rote Perle meines Vaters. Sein letztes Geschenk.« Sie sah Wilhelm direkt an, ihr fahles Gesicht im rötlichen Licht der spätnachmittaglichen Sonne. »Sie wurde mir gestohlen. Sie ist fort. Wie auch mein Vater. Er hat sich umgebracht. Er war Spieler und hat alles verloren. Alles, bis auf die Perle, die er mir geschenkt hatte. Der allerletzte Rest des Vermögens der Familie, seit Generationen aufgebaut. Dann erschoss er sich vor dem Spiegel unseres Wohnzimmers in Berlin.«

Sie hatte nicht einmal leise gesprochen. Nicht für irgendwessen Ohren. Eher zu sich selbst. Sein Gesicht versteinerte, Byron sah nach rechts in die Landschaft hinaus, Moshir hatte sich ein wenig abgewandt.

»Sicher längst auf dem Bazar«, hörte er den Amerikaner murmeln.

Wilhelm wusste nichts zu sagen. Die unerwartete Beichte der jungen Frau erschütterte ihn.

Ein Termin beim Hofminister

In Teheran gab es alles im Überfluss: Betörende Frauen, weise Männer, Berge von Teppichen, Chaplin im Kino, Automobile neben Eselskarren, echte und falsche Prinzen, englische Spione, Finanzamerikaner und aufschneiderische Geheimniskrämer. Dazu Obstsorten, von denen kein Ausländer zuvor gehört hatte und die er nie mehr missen mochte. Armut und Verwahrlosung und bolschewistische Agitatoren. Nur eines gab es seltener: Regen. Wenn er erst fiel auf eine Kultur, die in den Gassen und auf den Plätzen lebte und in den Bazaren arbeitete, dann war es, als regne es in jedermanns Wohnzimmer.

Als Byron sich in aller Frühe aus den schmutzigen Bettlaken geschält und umgekleidet hatte, hörte man von draußen und vom Dach den schweren orientalischen Regen und sonst gar nichts. Er war gleich nach der Ankunft verschwitzt und schmutzig ins Bett gefallen. Es war erst sieben Uhr morgens, kaum vier Stunden Nachtruhe hatte er gehabt, doch er wollte los. Musste die Unruhe besänftigen, die ihn umtrieb. Unter einer Falte des Teppichs, da, wo dieser nicht recht mit der Zimmerwand abschloss, hatte er sein Geld verborgen. Dort und an drei anderen Stellen. Er nahm die achthundert Toman, die er vor fünf Wochen versteckt hatte, und hob dann das Bild von der Wand, einen hässlichen Kunstdruck, der einen indischen Palast zeigte. Eingeklemmt in den Rahmen hatte er auf der Rückseite weitere hundert Toman verborgen. Dieses Geld steckte er in seine andere Hosentasche. Leise öffnete und schloss er die Zimmertür und schlich den Korridor entlang, runter zur Rezeption. In der Lobby hockte bereits das übliche Publikum. Oder immer noch, wer wusste das schon. Niemand beachtete ihn. Einen Moment blieb er nachdenklich unter dem Vorsprung vor der Eingangstür stehen. Wie eine Flut stürzte das Wasser herab. Es rieselte an den Wänden der Häuser herunter, gleich ob gemauert oder gestampft oder mit Holz verkleidet, sammelte sich auf der Straße und trieb in Schlieren den Staub der letzten Wochen mit sich dahin. Es war viel weniger los als sonst. Frauen entdeckte er gar nicht. Selbstverständlich wäre es äußerst unbequem, in klatschnassen Tschadoren umherzuwandern. Wer unterwegs war, versuchte sich dennoch eines gemessenen Ganges, als bräche nicht soeben der Himmel zusammen. Man hatte Zeit und Würde.

Byron hingegen rannte und war bald ebenso nass wie atemlos in der schwülen Luft. Ungehindert erreichte er den dunklen Eingang des Bazars. Hier war ihm nicht wohl, er fühlte sich ausgeliefert. Aber was Maren gestern erzählt hatte ... und die *rote Liebe*, von der das Medium sprach ... der Gedanke erschlug ihn geradezu, wie sehr sie leiden musste.

Und es war seine Schuld! Unter den gemauerten Hallen herrschte das übliche Treiben, gedämpfter als sonst. Sogar hier ließ sich das Prasseln vernehmen. Weniger Kunden waren da, die Händlerschaft wirkte ausgedünnt. Rinnsale flossen durch die engen Gassen, kamen von irgendwoher und sammelten sich ebendort oder versickerten, wurden aufgesogen von Staub und Teppichen, die niemand aus dem Weg räumte, denn so wurden sie ja *antik* und wertvoll.

In den abgelegeneren Winkeln des Bazars unter freiem Himmel waren die Tricktrack-Spieler vor den Ständen mit den Samowaren verschwunden, die dort sonst zu allen Tageszeiten ihre Variante des Backgammon zelebrierten. Fort waren die Wasserpfeifenraucher und die Kupferhändler mit ihren lehnenlosen Hockern, den Tabouretten. In den Gassen standen nasse Esel regungslos. Tauben saßen mit eingezogenem Kopf da und sie erduldeten die Feuchtigkeit von oben. In den Verschlägen, Nischen und Läden hockten ausdruckslos die Händler und warteten auf Allahs Milde. Bald musste er doch die Sonne schicken – binnen Minuten würden augenblicklich die Hässlichkeit und der graue Schmutz weichen und das Leben zurückkehren wie eine bunte und laute Explosion von Farben und Gerüchen.

Eilig schritt Byron voran und erreichte das Viertel der Schmuckhändler. Von weitem erblickte er den Laden des Bazarjuden, dieses Hassid Bar Yaghoubzadeh. Er saß auf den Stufen, ein winziger Dachvorsprung schützte ihn vor der Feuchtigkeit. Versonnen blickte er in die Gasse und auf das Wasser, das hindurchfloss und Blätter, Staub und manche Stofffetzen mitschwemmte. Mit dem linken Arm hatte er sich auf sein Knie gestützt und rieb sich durch den grauen Spitzbart, in der rechten hielt er beperlte Riemen, die aussahen wie mohammedanische Gebetsketten. Andere Händler saßen gleichsam zurückgezogen in ihren Läden. Er fasste Mut, trat an ihn heran und räusperte sich.

»Himmel, ja, ich komme ja schon«, knurrte Wilhelm und rollte sich aus dem Bett. Irgendjemand hämmerte an seine Tür. Im letzten Moment wurde er gewahr, dass er lediglich eine Unterhose trug, und streifte immerhin das verdreckte Hemd über, das er heute Nacht vom Leib gerissen hatte, bevor er schlafend in die Kissen gefallen war. Er lauschte dem Prasseln des Regens, das sich in das wilde Klopfen mischte und erschrak: Der offene Hansa. Sie hatten ihn vor der Tür stehen lassen. Hastig riss er die Zimmertür auf. Ein junger Hotelbaschi stand vor ihm und sah verschämt zur Seite ob der nackten Beine des Deutschen.

»Es ist Besuch da für Sie, Monsieur.«

»Was ist mit dem Auto?«, fragte er zurück. Der Baschi schien einen Moment überfragt, strahlte aber dann.

»Ihr Auto? Ist bedeckt. *Pas de problème.* Ihr Besuch ist anwesend.«

Wilhelm fuhr sich über die Stirn. »Ich erwarte keinen Besuch. Wer ist es?«

»Ihr Besuch ist da«, strahlte der Junge erneut und offenbarte seine begrenzten Fremdsprachenkenntnisse. Er dankte ihm und schloss die Tür. Dann kleidete er sich an. Er wählte die wenigen sauberen Sachen, die er noch hatte.

Unten in der Lobby wartete Kasem neben dem Ausgang. Er lächelte, als er Wilhelm sah und hob einen Zettel in die Höhe. Wilhelm griff ihn.

»Guten Morgen, Kasem. Schön, Sie zu sehen.« Er entfaltete den Bogen mit der Aufschrift *Deutsche Gesandtschaft* und einigen handschriftlichen Zeilen des Grafen von der Schulenburg.

»*Sobh be cheyr*, Herr Darburg. Der Gesandte erbittet Ihr Erscheinen. Um 14 Uhr. Wäre es Ihnen recht?«

Wilhelm lächelte ob der förmlichen Anrede und nickte.

»Selbstverständlich, ich bin sehr erfreut. Ich werde da sein. Ach, Kasem ... draußen steht der Hansa, nehmen Sie ihn mit?«

Kasem verbeugte sich stumm mit einem Gesichtsausdruck des Bedauerns und verschwand. Offenbar konnte er nicht fahren, ebenso wenig wie Wilhelm. Zögerlich sah er sich um. Frühstück! Seit gestern Nachmittag in Lamiasar hatte er nichts mehr gehabt. Nun meldete sich der Hunger mit Macht. Danach würde er rausgehen zum Meydan-e Junkers und sich die letzten Entwicklungen von Paul berichten lassen.

Byron räusperte sich und trat an den Schmuckhändler heran. Wasser floss von oben auf seinen Kopf, die Tücher, die sonst die Sonne abhielten, offenbarten ihre fortgeschrittene Zerschlissenheit. Sie hielten es nicht ab, sie verteilten es bloß in dickeren Rinnsalen. Er erblickte auch den jungen Mann von neulich. Der hockte weiter hinten im Laden, wo es dunkel war, an die Wand gelehnt auf einem kleinen Hocker.

»Ich möchte mit Ihnen handeln«, sprach er den Alten an. Der beachtete ihn demonstrativ nicht und auch der Junge ignorierte ihn. »Ich möchte ein Geschäft machen«, begann Byron von Neuem. Wieder keine Reaktion. Hilflos sah er sich um. Man hatte ihn bemerkt und sicher erinnerte man sich an ihre letzte Begegnung. Er empfand die sichtbaren und unsichtbaren Blicke aus den Tiefen der dunklen Verschläge rundum als feindlich, bestenfalls abwartend.

»Bitte, ich möchte etwas kaufen ... *viln tsu koyfn*«, versuchte er es auf Jiddisch. Als New Yorker konnte man immer ein paar Brocken, hier half das offensichtlich nicht. Sollte er gehen? Nein, das *konnte er* nicht. Er zog das kleinere Bündel Geld aus der Tasche und hielt es hoch. »*Koyfn. Want to buy.*« Dann zeigte er auf den Warenbestand und wedelte mit den Scheinen. »*Pul!*«, und steckte sie zurück in seine rechte Hosentasche.

»Wir kaufen nicht von Ihnen und verkaufen Ihnen nichts«, drang die Stimme des Jungen aus dem Laden, der sich nicht einmal die Mühe machte, ihn anzusehen. Womit hatte Byron diese Verachtung verdient? Die sollten nicht so tun, als sei der Bazar ehrlich wie das Kinderfest einer Nonnenschule.

»Ich habe Geld und ich *will kaufen*«, betonte er. »Ich will die Perle kaufen. Die rote Perle. Ich will sie zurück!«

Umspielte ein Lächeln den Mund des Alten? Der Junge wisperte ihm zu, aber der reagierte nicht.

»Ich habe das Geld mitgebracht, ich gebe es Ihnen zurück. Ich muss die Perle haben!«

»1500 Toman, Mister *U–S–A*«, sagte der Händler plötzlich in akzentfreiem Englisch.

»Was?«, schrie Byron entrüstet und die Regungen in den Ladenhöhlen nebenan blieben von ihm nicht unbemerkt. »Ich habe nur 800 Toman bekommen.«

»Sie wollten 1500 Toman. So viel ist Ihnen die Perle wert. 1500! Wenn Sie das Geld haben, reden wir. Wenn nicht, holen Sie es. Wenn die Perle dann noch da ist, handeln wir wieder.«

»Das ist Betrug«, japste er. Er wischte sich in einer hilflosen Geste das Wasser aus dem Gesicht und zog das Geld aus der linken Hosentasche. »Hier, Ihre 800 Toman. Die gebe ich Ihnen!«

Der Alte zeigte auf die andere Tasche und sah ihn fragend an. Byron wurde rot. »Was, ich ...«.

Der Mann wiederholte die Geste. Byron bekam Angst. Das ging an seine Existenz. Er spielte mit seiner eigenen Zukunft. Warum war ihm nicht alles einfach egal. Gegen seine Bedenken zog er das Geld aus der Tasche.

»Das sind noch einmal 100 Toman. 900 Toman. Das ist mein letztes Angebot.«

Der Alte sah die Scheine in beiden Händen. Musterte den nassen Amerikaner von unten bis oben und seine Blicke verharrten auf dessen Gesicht. Dann kümmerte er sich wieder um seinen Bart und die Ketten in seinen Fingern. Das Gespräch war beendet. Hilflos suchte Byron nach dem Jungen, auch der ignorierte ihn. Schnell steckte er das Geld zurück in die Taschen, tief hinein. Der Rückweg stand ihm bevor. Durch den unheimlichen Bazar, früh morgens, ohne die Chance auf westliche Zeugen, falls ihn jemand ausrauben würde.

Er drehte sich um und sein Hals schnürte sich zu, Wut und Entsetzen paarten sich mit Verzweiflung. Gut, er behielt weiterhin das Geld, seine einzige Lebensversicherung.

Aber ...

Während er seinen Weg zurück durch die engen Gassen suchte, brach die Sonne hervor und flutete das Halbdunkel des Bazars. Augenblicklich fing das Leben um ihn herum wieder an, als habe es lediglich eine Pause gemacht. Geschäftiges Treiben überall, die Händler rückten ihre Waren auf die Straße, die Samoware erhitzten sich. Da und dort fielen Tropfen von Vordächern und Sonnenschutztüchern und es fegte ein Junge Wasser aus einem undichten Laden. Die Teppiche hingen erneut vor den Türen, neue wurden auf die alten nassen gelegt, Wasserpfeifen gurgelten und Bettler baten um Bachschesch. Hammelfleisch erschien wie aus dem Nichts. Als habe Gauguin mit drei Pinseln gleichzeitig gearbeitet, tauchte sich der graue Bazar in eine farbenprächtige Vision von 1001 Nacht – oder als habe jemand an der Lampe des Aladin gerieben, des sunnitischen Verwandten aus Bagdad. Alles war wie es sich gehörte. Menschen, Tiere und der Waren. Nur Byron war verärgert.

Als er aus dem Haupttor des *Bazar-e Bozorg* auf den Vorplatz trat, schob heißer Wind längst wieder gelbe Staubschleier vor sich her. Wie kühl und angenehm war es doch im Inneren gewesen und wie erquickend der Regen. In des Tores Schatten kauerten die Schreiber und knabberten Oliven oder Mandelkerne, bis die nächste verliebte Saiide vorbeikäme. *Enscha'Allah!*

»Und hier wünschen Sie dann den Mast stehen zu haben, Herr Darburg? Hier?« Paul breitete die Arme aus. Sie standen 400 Meter vom Rollfeld und ebenso den äußeren Erdwällen entfernt, die das kleine Verwaltungsgebäude und die Hallen von Junkers gegen den ärgsten Flugsand schützten. Wilhelm hatte die Zeichnung des Ankermastes gerollt und auf der Schulter liegen wie Old Shatterhand seinen Henrystutzen. Seine Aktentasche lag im Staub auf dem Boden.

»Weil er dann freisteht und von nichts behindert wird? Der Funkmast.« Paul zwinkerte. War es die Sonne oder scherzte er?

Wilhelm strahlte den Mechaniker an, als sei der ein schwachsinniges Kind und habe endlich gelernt den Namen zu schreiben.

»So weit entfernt muss er aber gar nicht stehen.« Anar gab nicht auf. »Wir können ihn doch mühelos um zehn bis fünfzehn Meter erhöhen. Und näher an den Platz verlegen.«

Wilhelm schüttelte den Kopf und lächelte ihn weiter an. »Höchstens fünfundzwanzig Meter. So wie auf dem Plan.« Die beiden Männer standen außerhalb Teherans im Nirgendwo, sahen sich in die Augen und der eine wusste, dass der andere nicht die volle Wahrheit sagte. So wie der andere wusste, dass dem einen das bekannt war.

Paul nickte. Gut, dann war alles besprochen. Bauplan und Ort lagen vor. Die Arbeiter waren angeheuert, dieser Darburg hatte Geld vorgelegt. Man könnte morgen früh anfangen.

»Wir werden ungefähr eine Woche benötigen. Ich mache das ja nur nebenbei. Herr Weil sagt, ich dürfe meine dienstlichen Pflichten für Junkers nicht vernachlässigen.« Paul schien nachdenklich. »Ich habe übrigens Strolche erwischt, die die Piste sabotieren wollten. Ich konnte sie vertreiben. Versuchten Steine auf die Bahn zu rollen. Heute Nacht.« Vom Flugplatz her röhrte ein Hupen heran. Er bemerkte Wilhelms fragenden Blick. »Aber Sie müssen keine Sorgen haben. Ach, was ich noch fragen wollte«, wechselte er wieder das Thema. »Diese Halterungsvorrichtung oben, die auf dem Plan eingezeichnet ist. Die soll für die Funkoszillatoren sein? Ist sie dafür nicht etwas zu groß? Und passte sie nicht besser auf halber Höhe an die Seite?« Er knurrte. »Ich will ja nix sagen, doch einen Funkmast würde ich mindestens doppelt so hoch errichten.«

Wilhelm schüttelte freundlich den Kopf. Natürlich war seine Planung für den besprochenen Zweck Blödsinn. Aber er wusste, was er wollte. Und Paul schien ja trotzdem zufrieden. Ein nagendes Gefühl der Sorge breitete sich aus. Er musste Paul später nach den Ereignissen der Nacht fragen.

Ein Auto fuhr das Rollfeld entlang bis auf ihre Höhe und hielt. Anar steckte einen Stab mit einem Lappen an der Spitze in den Boden und sicherte ihn mit ein paar Feldsteinen. Wilhelm hatte ein gutes Gefühl. Endlich ging es voran. Er saß nicht nur seine Zeit ab, sondern arbeitete an seinem Auftrag. Hier in der Mitte von Nirgendwo stand der Ankermast richtig. LZ 127 war über 230 Meter lang, das neue Luftschiff LZ 128 würde kaum kürzer. Ein Abstand von 300 oder besser 400 Metern ringsum erlaubte eine Landung von jeder Seite aus und eine sichere Verankerung bei jeder Windrichtung und gleichzeitigem Flugbetrieb auf dem Junkers-Flugfeld. Für die Stippvisite des *Graf Zeppelin* war diese Stelle perfekt. Später würde man jenseits des Schiffsradius' die Halle bauen. Eine regelrechte Luftfahrtstadt könnte in den nächsten Jahren entstehen, mitten in Asien. Bis 1940, spätestens 1950. Er freute sich im Grunde seines Herzens. Für das Konsortium, für Persien und sich selber.

»Die dürften auf uns warten«, murmelte Wilhelm mit Blick auf das wartende Auto.

Paul kniff die Augen zusammen. »Ich denke auf Sie, denn es ist niemand von Junkers.«

Da sie fertig waren, hob er seine Tasche auf, klopfte den Staub ab und sie marschierten gemeinsam los, hinter sich näherndes Motorengedröhne. Nach einem weiten Schwenk schwebte von Osten her die Morgenmaschine aus Isfahan heran. Paul winkte der W 33 zu, aus deren offenem Cockpit eine Hand den Gruß erwiderte und Zeichen machte.

»Haben Sie das gesehen? Sind noch nicht gelandet, schon bekomme ich einen Auftrag«, lachte Paul. »Irgendwas mit dem Öldruck! Wer braucht heute Funk? Bestimmt wieder einer der neueren Motoren, die sind anders abgestimmt.«

»Was steht da auf der Seite? Vorne am Bug der Maschine?« Sie war zu schnell vorbeigeschwirrt, als dass Wilhelm die Schriftzeichen hätte entziffern können.

»*Bolbol*«, lachte Paul. »Unsere W 33 haben doch Namen. Es gibt noch *Tuti*, *Ogab* und *Gomri*. So wie Zeppeline. *Gomri* dürfte gerade in Buschehr sein.«

Wilhelm nickte lächelnd.

»Unsere *Bolbol* hier ist übrigens ein ganz besonderes Exemplar.« Paul war nicht zu stoppen. »Wir haben sie erst ein paar Monate. Erinnern Sie sich an den Atlantikflug vor zwei Jahren?« Er wartete Wilhelms Nicken gar nicht erst ab. »Das da ist die frühere *Europa*. Krachlandung bei Bremen, Reparatur. Jetzt bei uns im Morgenland.«

Wilhelm grinste breit. »Der Rekordflieger? Den hat es nach Persien verschlagen?« Vom Meer in die Wüste. Technischer Wagemut und Leistung gefielen ihm. Er mochte den Kerl und es war eine Schande, dass er ihm nichts sagen durfte.

Sie brauchten einige Minuten, bis sie durch das unebene Gelände nahe genug an die Piste herangekommen waren. In dem Fahrzeug saßen Dr. Staudacher und der Gesandte, Graf von der Schulenburg sowie ein unbekannter Mann in der Mitte. Staudacher vorne neben dem Fahrer Gruenwaldt, dahinter der Unbekannte und der Graf in der letzten Reihe der Großraumlimousine, die Wilhelm neu war. Was war mit dem ollen, treuen Hansa?

»Sie haben einen Termin, Herr Darburg. Beim Hofminister. Der Gesandte kommt mit«, rief Dr. Staudacher. »Haben Sie alles dabei, was Sie brauchen?«

Wilhelm nickte und bewunderte das Auto, einen nagelneuen Horch. Der Graf hob von hinten grüßend einen Spazierstock.

»Wenn Sie nicht laufen wollen, Herr Anar, nehmen wir Sie mit und setzen Sie bei Junkers ab. In unserer Gesellschaft befindet sich auch Ruhalla Khan Meykadeh, unser *Montschi*. Er übersetzt uns.«

Paul bedankte sich. Gemeinsam stiegen sie auf die mittlere Rückbank. »Das ist das neue Auto der Gesandtschaft, ein Horch 8, Typ 350«, erklärte Staudacher. »Die Getriebeteile sind angekommen und unser guter Andreas Gruenwaldt hier hat die Reparatur vorgenommen.«

Der Fahrer grüßte von vorne, ohne sich umzudrehen.

Wilhelm staunte. »Das ist ja beinahe ein Omnibus. Hier passen gut und gerne acht Personen hinein.«

»Wenn es eng werden darf, sogar zehn«, fügte Gruenwaldt hinzu und ihm war der Stolz anzumerken.

Alle schwiegen bis Paul sich verabschiedete und bei einem kurzen Stopp aus dem Wagen sprang. Dann setzten sie ihre Fahrt fort.

»Kommen Sie voran mit Ihren Plänen, Herr Darburg?«, fragte der Graf von hinten. Wilhelm rutschte auf die andere Seite der Mittelbank und drehte sich um. Wenn Ruhalla Khan, der Dolmetscher, nicht wäre, hätte er sich ohne große Verrenkung längs hinlegen können. Er nickte stumm. Sie waren an das Doschantape-Tor gelangt und mussten halten, weil die beiden Torwächter in ihren blauen Uniformen wenigstens einmal den neuen Horch von allen Seiten betrachten wollten, danach winkten sie sie sofort durch.

Der Graf schien zufrieden. »Gut, ich habe Ihnen eine persönliche Audienz beim Hofminister Timurtasch verabredet. Ich kenne ihn sehr gut und möchte Sie begleiten, wenn Sie gestatten.« Da dies eine Höflichkeitsfloskel war, wartete er gar nicht erst möglichen Widerspruch ab. »Sie müssen einiges über die gegenwärtige Lage Persiens wissen. Der Hofminister steht momentan von allen Seiten her in der Kritik. Solange der Schah ihm vertraut, wird sich nichts ändern. Wenn das, was Sie, Herr Darburg, vorhaben, für Timurtasch lohnend erscheint, werden sich Ihnen alle Türen öffnen. Und in Persien gilt die Mannesehre alles. Was sein Ansehen stärkt, sichert auch seine Stellung. Und da der Schah öffentlich zu ihm hält, dient es auch diesem.«

»Von Richthofen hat per Draht um Vermittlung gebeten, unser Referatsleiter«, schaltete sich Dr. Staudacher ein. »Vermutlich auf Bitten aus

Berlin. Wir haben jedoch nicht das Gefühl, dass wir vollständig über Ihre Ziele unterrichtet sind.« Seine Worte waren mit einer leichten Mahnung versehen, die Wilhelm alarmierte.

Sollte er sie jetzt im Vorfeld über seine Absichten unterrichten? Er entschied sich dagegen. Sein Auftrag war klar wie der strahlend blaue Morgenhimmel über Teheran: Hartmann von Richthofen wollte keine Öffentlichkeit und wenn er selbst die nicht vorgenommen hatte, dann durfte Wilhelm sich nicht dagegen wenden. Also sagte er nichts, sondern nickte nur huldvoll. Er hatte alles dabei und in dem Gespräch mit dem Hofminister würden sie ja von den Plänen erfahren.

»Wenn Sie uns nicht vollständig einweihen, Herr Darburg, besteht die Gefahr, dass Sie sich in den Untiefen der hiesigen Innenpolitik verlieren«, drängte der Gesandte. »Ich kann und werde Sie nicht zwingen. Ich gebe es nur zu bedenken. Nach diesem Gespräch werden im Hintergrund viele Menschen von Ihnen hören. Sie werden möglicherweise kontaktiert, angesprochen, eingeladen von Personen, die sie nicht kennen und deren Absichten sie Ihnen nicht enthüllen. Persien kann sehr einnehmend sein – und brutal und zurückweisend, wenn Sie nicht mehr nützlich sind oder sogar gefährlich erscheinen.«

Wilhelm stimmte zu. Er würde das Gespräch abwarten und danach entscheiden. Das war ohnehin alles, was er tun konnte. Bis dahin war viel zu gewinnen und nichts verloren. Der Graf lehnte sich zurück, als er merkte, dass Wilhelm seinen Auftrag ausführen würde, wie aufgetragen. Das war natürlich zu respektieren.

Der Horch hielt an, sie hatten den Amtssitz des Hofministers erreicht. Palastbeamte und Wachen näherten sich, um Aufstellung zu nehmen. Gruenwaldt sprang aus dem Auto und öffnete dem Gesandten, Dr. Staudacher tat das gleiche bei Wilhelm. Der schluckte vor Nervosität. Es ging also los. Er, der schlecht bezahlte Hochschuldozent, hatte seinen ersten Auftritt auf diplomatischem Parkett. Er griff seine Tasche und die Papprolle mit den Plänen und Zeichnungen und gesellte sich zu den anderen. Bevor er sich an seine staubigen Schuhe erinnerte, wieselte ein persischer Junge in weißer Livree heran und machte sie sauber. Wilhelm dankte ihm nickend und stampfte unmerklich auf, damit auch von seiner Hose der Staub fiele.

Er hörte, wie der Gesandte Staudacher Anweisungen zuraunte, er solle zuhören und sich ansonsten zurückhalten. Dann wurden sie in das Innere des Palastes geführt. Marmor, Plüsch und Gold herrschten vor. Überall standen Wachen und die Zahl der Bediensteten musste gigantisch sein. Es war kein Vergleich mit der entspannten Gelassenheit, die das Straßenbild prägte. Oder orientalischen Faulheit. Man geleitete sie eine große Treppe hinauf und einen breiten Korridor entlang. »Jetzt treffen wir gleich den Hofminister«, wisperte Staudacher. »Es heißt Exzellenz. Immer Exzellenz. Nicht mit Namen ansprechen!« Wilhelm nickte verunsichert. Langsam bekam er Angst. Er hatte darauf gewartet und der Moment war da, die Chance seines Lebens.

Eine große, doppelflügelige Tür aus weißem Holz und besetzt mit vergoldeten Ornamenten wurde geöffnet. Der Blick der Besucher fiel sofort auf ein wahrhaft gigantisches Gemälde des Schahs an der rückwärtigen Wand. Er war dargestellt im Stil der französischen Sonnenkönige, obwohl er, nach allem, was Wilhelm von ihm wusste, eher mit dem Alten Fritz, Friedrich II von Preußen, vergleichbar wäre. Das Gemälde dominierte dermaßen, dass der abseitsstehende goldene Schreibtisch mit dem Mann dahinter erst auf den zweiten Blick auffiel. Der erhob sich und kam mit ausgebreiteten Armen auf sie zu. Ein durchaus stattlicher Herr, groß für einen Perser. Gekleidet in einen locker fallenden schwarzen Anzug. Er trug einen wohlgepflegten Schnauzbart, die Haare kurz und modern gelegt.

Vertraut und freundschaftlich begrüßte er zunächst den Gesandten. Sie wechselten einige Worte auf Persisch, während Wilhelm beeindruckt, vielleicht sogar niedergeworfen überwältigt, die Blicke durch den Raum schweifen ließ, der gut dreimal so groß war wie sein Hörsaal in Berlin. An kleinen Schreibtischinseln saßen Lakaien, die irgendwelche Schriftstücke verfassten oder lasen.

Ein älterer Beamter gesellte sich zu ihnen und ein weiterer würdevoller Herr in weißer Uniform, der sich sicher und dermaßen formvollendet respektvoll verhielt, dass es sich um des Hofministers Leibdiener handeln musste. Sowohl die Deutschen als auch die Perser hatten ihren eigenen Übersetzer dabei.

Der Diener wartete die Begrüßungsformeln und die Küsse auf die Wangen ab, die der Hofminister mit dem Gesandten austauschte. Dann wies er ihnen den Weg zu einer großen und sehr bequemen Sitzgruppe europäischen Stils an einem der hohen Fenster. Wilhelm bemerkte niedrige Tischchen, die auf prächtigen und dicken Teppichen standen. Offenkundig saß man nach wie vor gerne auf dem Boden, wenn keine internationalen Gäste anwesend waren.

Genüsslich stöhnend ließ sich Hofminister Timurtasch in die Mitte einer großen Couch fallen. Der Diener nahm seitlich hinter ihm Aufstellung, sein Übersetzer hockte auf einem kleinen Stühlchen, krumm und unglücklich. Ihm war anzusehen, dass er sich lieber auf den Boden gesetzt hätte.

Der Gesandte fand Platz auf einem schmuckvollen Sessel, Staudacher und ihr Übersetzer auf einem Sofa und Wilhelm hatte ebenfalls die Ehre, ein Fauteuil für sich zu haben. Zwischen ihnen befand sich ein riesiger, niedriger Tisch, an dem man eine ganze Abendgesellschaft bewirten könnte.

»*Chosh amadid*«, begann der Minister. Dann überlegte er einen Moment. »Willkommen. Guten Tag, ...«, unbeholfen stockte er, »*Monsieur* ... nein, ... *Herr* Darburg!« Er lachte ein breites und sympathisches Lachen und gluckste ein wenig dabei. In seiner eigenen Sprache ging es weiter. »Ich freue mich immer, Gäste aus dem wunderbaren Deutschland zu empfangen«, übertrug sein Dolmetscher. Der Hofminister wandte sich an Wilhelm. »Sie sind Ingenieur? Wurde mir berichtet. Für Telegrafie?«, er machte eine Bewegung mit dem Zeigefinger, die das Tippen von Morsezeichen symbolisieren mochte und Wilhelm lächelte stumm. »Ich verfolge alle Nachrichten.«, fuhr er fort. »Ich durfte schon dreimal Gast bei Ihnen sein, zuletzt vor einem Jahr – gleich zweimal.«

Wilhelm wollte den Redefluss seines Gegenübers nicht stören. In Deutschland musste jeder bei Hofe warten, bis man zum Sprechen aufgefordert wurde. Sicher war es hier nicht anders. Er lächelte.

»Ihr Reichspräsident ist ein großartiger Mann. Ein echter Weiser. Von Hindenburg wäre ein äußerst geeigneter Schah für Deutschland. Intelligent, mutig, erfolgreich im Krieg. Ein Mann, der aus seinem Willen Realität erschafft.« Er kniff listig die Augen zusammen und grinste dem Gesandten zu. »Hat die Russen aus Deutschland wieder vertrieben.« Dann wurde er ernster. »Ich habe von Berlin gehört. Es ist teuflisch, was dort passiert ist.«

Wilhelm sah hinüber zu Staudacher und der nickte kaum merklich.

»Exzellenz, Ihr sprecht sicher von dem *Blutmai*«, erklärte er. »In der Tat, wir haben gegenwärtig sehr viel Unruhe in unserem Land. Der politische Kampf findet auf der Straße statt, nicht in den Parlamenten. Unbeteiligte kommen zu Schaden.«

»Kommunistische Umtriebe haben wir hier auch. Sie versuchen es in jedem Land.« Seine Exzellenz sah den Gesandten an und hob die Hand, schnippste, und augenblicklich zauberte sein Diener ein gefaltetes und bedrucktes Papier im Überformat hervor, eine Flugschrift anscheinend. Der Hofminister zeigte auf den Grafen und der Diener brachte ihm das Dokument.

»Lieber Graf«, übersetzte Ruhalla Khan Meykadeh, der persische Dolmetscher. »Das ist eine Ausgabe von *Setareh-e sorke*, von der ich Ihnen berichtet hatte. Die kommunistische Untergrundzeitung, die hier verteilt wird. In Deutschland gedruckt! Ich erwarte, dass das aufhört. Nein, nehmen Sie sie ruhig mit!«, wehrte er den Versuch ab, das Papier mit Bedauern und Verständnis zurückgereicht zu bekommen.

Dann ging es um Wilhelm. »Als Ingenieur verfolgen Sie sicher den Aufbau des Rundfunks in Deutschland«, richtete der Politiker Worte an ihn.

Der nickte und erzählte, dass seine Freundin das Hamburger Hafenkonzert gerne höre, dass seit Juni ausgestrahlt werde. Sie hätten leider kein eigenes Radio und würden die Sendung manchmal in einem Café genießen. Auf die Erwähnung von Gertrude schien der Hofminister reagieren zu wollen, dann kam er zurück zu den politischen Themen.

»Vor zehn Jahren ging der unselige Große Krieg zuende und die Folgen waren für Ihr Land fürchterlich. Sie dürfen mir glauben, wir wissen, wie es sich anfühlt, der Willkür fremder Staaten ausgeliefert zu sein. Über hundert Jahre waren es ausländische Mächte, die unsere Schätze raubten, weil die persischen Schahs schwach und korrupt waren. Endlich hat das nun ein Ende und wir hoffen, dass auch Ihr Land bald wieder frei und stark sein kann. Die Weltgeschichte ist ein Seil, geflochten aus den Lebenslinien von starken Männern.«

Wilhelm blieb nichts, als zu nicken.

»Was die Deutschen leisten ist überragend«, sprach Timurtasch zu seinem dolmetschenden Montschi, als erwartete er von diesem Zustimmung. »Sie beherrschen nun schon wieder die Lüfte. Ich habe ein fliegendes Schiff gesehen, groß wie ein Haus, ach, zehn Häuser. *Ein Himmelsstern.* Ich sah es groß wie den Mond, dabei befand es sich am Horizont.«

»Das war das neue Luftschiff, Eure Exzellenz. LZ 127 *Graf Zeppelin*, auf der letzten Probefahrt über Süddeutschland, bevor es auf große Reise nach New York abging«, nickte der Graf, während der Dolmetscher übertrug und der Hofminister strahlte.

»War es nicht jüngst der Fall, dass ein Luftschiff ein Flugzeug abgesetzt und wieder aufgenommen hat?« Die Frage ging an den Gesandten.

Der bestätigte das. »Das Luftschiff *Los Angeles*, früher LZ 126, als deutsches Reparationsschiff nun in amerikanischen Diensten. Ja, es stimmt. Die Menschheit hat die Möglichkeiten der Luftschifffahrt noch längst nicht ausreichend erkundet.«

Der Hofminister musterte Wilhelm, abwartend. Sein Blick fiel auf dessen Aktentasche und die mitgebrachte Papprolle. »Herr Darburg, Ihr Graf hat die Eigenschaft, uns immer sehr interessante Gesprächspartner zu vermitteln. Er brachte uns die deutsche Schule, Fabriken, half bei der Ausstattung unseres Krankenhauses, nicht zu vergessen der wunderbare Flugdienst der Firma Junkers und zuletzt die Eisenbahn.«

Er zwinkerte dem Grafen mit gespielt böser Miene zu. »Nur die fünf Straßenwalzen bekommen wir nicht, sicher damit Sie im Flugverkehr mehr Geld verdienen können. Wir warten und warten.« Dann wieder zu Wilhelm: »Was haben Sie denn für uns? Man erzählt von einer Funkstation ...«

Wilhelms Herz schlug bis zum Hals, so aufregend empfand er die Situation. Bislang war das Gespräch überraschend freundlich und offen. Es konnte kaum besser laufen. Seine Finger wurden kalt und zitterten leicht, als sie zu der Aktentasche neben sich auf den Polstern tasteten. Er sah den Grafen und auch Staudacher mit einem Ausdruck gewissen Bedauerns an, weil er ihnen die Wahrheit vorenthalten hatte. Bis jetzt.

»Die Zeppelin-Werke und die DELAG möchten im Rahmen einer Handelskorporation in Teheran ein Luftschiffdrehkreuz einrichten und die in Planung befindlichen Routen von Deutschland nach Nord- und Südamerika um eine Verbindung nach Asien und Südostasien erweitern.«

Der Gesandte atmete gepresst.

Mit einer Verzögerung aufgrund der Übersetzung entglitten dem Hofminister die Gesichtszüge und er lehnte sich zurück in die weichen Tiefen des Sofas. »Noch eine Fluglinie? Warum? Oder ...?«

Wilhelm erkannte, dass der Minister glaubte, nicht recht gehört zu haben. Ruhalla Khan, Dolmetscher der Gesandtschaft, wiederholte das Gesagte, aber schien andere Worte zu verwenden. Zwischen den beiden Übersetzern und dem Hofminister ging es hin und her. Immer wieder fiel der Begriff *Setareh parvaz*. Auch *Ballun* wurde gesagt. Die Deutschen warteten ab. Wilhelm zog die Tasche auf die Knie und öffnete sie. Die Körperhaltung des Dieners spannte sich. Zöge Wilhelm eine Waffe, wäre er bestimmt bereit zum sofortigen Angriff. Es wurde still und er wagte, langsam Unterlagen und Pläne auf den Tisch zu legen und zu entfalten. Konstruktionszeichnungen wurden sichtbar, auf einer Karte des Großraumes von Teheran waren Pfeile und Markierungen eingezeichnet. Zuletzt zog Wilhelm den Stöpsel aus Kork von der Papprolle und legte den Inhalt ebenfalls dorthin. Vorgebeugt schaute er hoch zu dem Hofminister.

»Wir sehen hier den *Meydan-e Junkers*. Nordöstlich davon, in ausreichendem Abstand zum Flugplatz, dem Rollfeld und der Stadt können das Startfeld der Luftschiffe sowie die große Wartungshalle liegen.« Er faltete die Pläne der Halle auseinander, 100 mal 150 Zentimeter groß. »Neben der Halle werden ein neues Abfertigungsgebäude sowie ein Hotel für die Übernachtung der Gäste und der Mannschaften benötigt. Für die Gasbetankung ist noch ein Maschinenhaus nötig mit unterirdisch gelagerten Tanks für die Treibstoffe und Gase.«

Wilhelms Nerven waren bis zum Zerreißen gespannt, er zitterte und hoffte inständig, dass man es nicht bemerkte. Er sah aus den Augenwinkeln, wie der Gesandte und dessen Beamter Staudacher schweigend die Pläne betrachteten, er selber behielt den Hofminister im Auge. Timurtasch wurde bleich und war stumm, seine offene Jovialität verschwunden. Wilhelm kam sich vor wie eine Mischung aus Messias, Zauberer und Hochstapler. Der Minister verstand noch nicht, oder wagte es nicht zu realisieren, was er da sah.

»Unser Ziel ist es, so viel persisches Personal wie möglich zu schulen und einzusetzen. Der Bodenbetrieb soll persisch organisiert werden. Die Gebäude werden unter Aufsicht der Luftschiffbau Zeppelin GmbH in Friedrichshafen durch persische Baufirmen hier vor Ort errichtet.«

Nach wie vor Schweigen. Manchmal, wenn Wilhelm Laien die Funktion eines Bildtelegrafen erklärte, beobachtete er ähnliche Reaktionen. Seine Zuhörer wussten zunächst nicht, an welcher Stelle sie das neu Gehörte in ihr bisheriges Weltbild integrieren sollten und blieben daher in Ehrfurcht erstarrt. Er entrollte die Konstruktionszeichnung von LZ 128 und sah, wie Minister Timurtasch schnaufte. Langsam wuchs die Erkenntnis.

»Das ist das neue Luftschiff, LZ 128. Es wird so groß wie jenes, das Eure Exzellenz in Deutschland gesehen haben und vor allem für den Warentransport einsetzbar sein. Es kann auch einige Passagiere befördern. Damit könnten Sie ohne Zwischenstopp in einem Tag und einer Nacht nach Deutschland fliegen.«

In diesem Moment verstand der Hofminister die gesamte Dimension des Vorhabens. Man sah seinen Augen an, wie er blitzschnell die neuen Möglichkeiten in alle Richtungen durchspielte, die sich Persien boten, auch ihm persönlich ... und dem Schah. Doch Wilhelm war längst nicht fertig.

»Natürlich ist ein Bauplan wenig ansehnlich. Daher habe ich ein Bild mitgebracht, damit Sie sich vorstellen können, wie das Schiff aussehen wird.«

Er entrollte das letzte Dokument, einen Farbdruck im Format 1 Meter mal 80 Zentimeter. Timurtasch beugte sich vor, ebenso Graf von der Schulenburg und Dr. Staudacher. Sogar die Dolmetscher und der Diener des Hofministers ließen alle Zurückhaltung fahren und rutschten nahezu auf den Tisch. Das war ein Gemälde. LZ 128 schwebte über Teheran, im Hintergrund das Elburs-Gebirge.

»*Shahnameh*! *LZ 128 Shahnameh*?!«, stieß der Politiker hervor und seine Finger tippten unablässig auf das Gemälde. Er sprach, für die Deutschen unverständlich, zu seinen Dienern, als seien diese von einem

Moment zum anderen ihm ebenbürtig. Dann schloss er die Augen und murmelte rhythmisch. Eine religiöse Formel, eine Verwünschung? »Sie wollen ihm einen persischen Namen geben? Wie Ihrem LZ 127 *Graf Zeppelin*?«

Wilhelm nickte. »Natürlich. Zu Ehren des gewaltigen Reformprogramms des Schahs.«

Der Eindruck hätte nicht wirkmächtiger sein können und fast rechnete Wilhelm damit, dass in die absolute Stille hinein jemand aus Rührung schluchzen könnte. »Wir dachten auch an *Farvahar*, den mythischen Vogel, mit dem die Zoroastrier den menschlichen Geist darstellten.«

Der Hofminister atmete schwer. »Das würden die Olama als Angriff werten, nein.« Er konnte endlich wieder sprechen. »Herr Graf, wussten Sie davon?« Er sprach direkt den Gesandten an und Wilhelm wurde unruhig. Hatte er etwas Falsches gesagt? Von der Schulenburg erwiderte zunächst nichts. Timurtasch schien aufgeregt, unruhig. Offensichtlich wollte Staudacher etwas sagen, aber er wagte es nicht, weil niemand ihn angesprochen hatte.

»Herr Gesandter?«, wiederholte der Übersetzer des Hofministers.

»Ja, selbstverständlich. Ich wusste alles«, gab dieser sich eine Ruck und demonstrierte Selbstsicherheit und Gelassenheit. »Die Reichsregierung begrüßt und unterstützt diesen Vorschlag. Die Freude seiner Exzellenz des Hofministers über LZ 127 ist uns bei Ihrem Besuch nicht verborgen geblieben. Wir wären entzückt, wenn der Hofminister und seine kaiserliche Hoheit, der Schah, in Zukunft nicht mehr auf die Eisenbahn angewiesen wären, sondern uns auf direktem Wege beehren könnten.«

Timurtasch lachte über diese Anspielung an einen diplomatischen Faux pas bei seinem letzten Besuch, als er fälschlich am Schlesischen Bahnhof ausgestiegen war und niemand ihn erwartete. Ausgerechnet die polnische Regierung verschaffte ihm dann einen Luxusbahnwaggon – hinter der Grenze.

Abrupt stand der Hofminister auf. »Meine Herren, es tut mir leid, ich muss später noch den britischen Gesandten empfangen.« Er zeigte auf die Pläne. »Das hier bleibt bitte unter uns. Ich werde dem Schah berichten und Sie dürfen damit rechnen, dass wir bald auf Sie zurückkommen werden.«

Wilhelm packte umsichtig alle Unterlagen zusammen. Das Gemälde ließ er wie zufällig liegen, damit der Hofminister es dem Schah präsentieren konnte. Während sie hinausgeleitet wurden, hörte Wilhelm den

Minister noch zum Grafen sprechen: »Mister Clive erfährt das nicht! Von mir nicht. Auch von Ihnen nicht. Versprochen?«

Der deutsche Gesandte brummte zustimmend. Er würde dem britischen Geschäftsträger sicher nichts davon erzählen. Zu angespannt war momentan die Situation.

Gruenwaldt wartete auf sie und ließ den Horch an, als die kleine Gruppe im Hof des Amtssitzes auftauchte. Staudacher und Wilhelm nahmen Platz, Graf von der Schulenburg blieb neben dem Wagen stehen. Er schaute Wilhelm ernst an.

»Da haben Sie ja einen außerordentlichen Coup gelandet, lieber Darburg. Nur, dass ich mal wieder vor vollendete Tatsachen gestellt worden bin, gefällt mir überhaupt nicht.«

Bevor Wilhelm reagieren konnte, winkte der andere ab. »Ich kenne von Richthofen und das AA. Wissen Sie aber schon, dass die Briten etwas ganz ähnliches vorhaben?«

Wilhelm bejahte. »Die bauen ebenfalls zwei Transportluftschiffe, das ist bekannt. R100 und R101. Aber solange sie damit nicht über Persien fliegen dürfen, wird ein LZ 128 stets schneller sein. Und Deutschland liegt näher an Persien und Indien als England.«

»Aber Sie wissen, dass Zeppelins Vordenker Doktor Eckener gut Freund ist mit den Briten?«

Das war ihm natürlich bekannt. »Doktor Eckener liegt hoffentlich mehr an einer Auslastung der Werft als an einem fairen Wettbewerb um jeden Preis.« Jedenfalls hoffte es Wilhelm.

»Nun gut! Wenn Berlin das unterstützt, werde ich alles in meiner Kraft Stehende tun, damit das Vorhaben ein Erfolg wird«, sagte der Graf. Dann gab er dem Chauffeur einen Wink. »Fahren Sie mal los und bringen Sie Herrn Darburg wohin er möchte. Ich laufe und genieße noch ein wenig die frische Luft.«

Wilhelm lächelte, denn es war warm und schwül und die Luft alles andere als frisch.

Diebstahl! Wo sind die Pläne?

Es war längst Mitte Juli. Wieder wartete Wilhelm einen ganzen Tag auf Nachricht des Gesandten, ob es Neues gäbe vom Hofminister. Doch es geschah nichts. Persien hatte sein eigenes Tempo und das war zäh und quälend langsam. Dabei stand der Start von LZ 127 bevor – kaum vier Wochen waren es bis dahin. Sicher liefen die Vorbereitungen in Friedrichshafen längst auf Hochtouren. Die Sonne schien durch die großen Straßenfenster der Lobby des Grand Hotels in seinen Rücken. Zwischen Gästen wuselten die Boys herum in ihren weißen Jacken und machten sich nützlich. Das Licht war unangenehm intensiv, doch er hatte wenigstens ausreichend Helligkeit für die Aufzeichnungen, die er in sein Notizheft eintrug. Er versuchte, möglichst präzise aufzulisten, was sie in den Ruinen gefunden hatten und wo es verloren gegangen war. Vielleicht ergäbe sich ja irgendwann die Gelegenheit, den Seesack mit ihren Schätzen zu bergen. Insbesondere die großen grauen Kugeln hätte er sich gerne genauer angesehen. Auf den ersten Blick hatten sie ihn an uralte Musketenkugeln erinnert – aber gab es die damals? Hier, in Asien? Die Chinesen kannten Sprengstoffe und die Mongolen hatten chinesische Fachleute auf ihren Eroberungszügen bei sich gehabt. Er war zu wenig historisch bewandert. Gewehrkugeln in einer von mongolischen Kriegern zerstörten Burg, die nie archäologisch vermessen und ausgewertet worden war? Das erschien eine arge Sensation zu sein.

»Wilhelm! Wie erging es Ihnen gestern? Ich war todmüde und bin erst nach Mittag aufgewacht.«

Er sah von seinem Notizbuch auf. Soeben hatte er noch einmal die Skizzen und Anmerkungen ihres Ausfluges nach Lamiasar durchgesehen. Dieser Tag erschien ihm fast wie ein wilder Traum. Die Burg, das Tal, einfach alles, was sie gesehen und erlebt hatten.

Vor ihm stand Maren, sie trug ein gelbes Kleid, das bis über die Knie reichte, und einen roten Sonnenhut. Ihre schwarzen Haare fielen weich auf ihre Schultern.

Er lächelte sie an und bedeutete ihr, sich zu setzen. Sie zögerte. War sie eilig oder schüchtern?

»Kommen Sie schon!«, drängte er sie. Sie schien hier in Teheran isoliert zu sein. Nicht als Deutsche, sondern weil sie diesen dünnen Schleier von Düsternis mit sich trug, sogar jetzt, wenn sie farbenfroh gekleidet war. Dieser Moment im Tal des Shahroud hatte einen Blick dahinter erlaubt, als sie den Skorpion auf ihrem Arm balancieren ließ.

Sollte das ein Versehen gewesen sein? Sie musste gewusst haben, wie groß die Gefahr war. Vielleicht war das der Grund, warum sie zögerte?

»Ich habe eigentlich nicht viel Zeit, denn ich ...«, begann sie und stockte. Sie schien auf etwas zu lauschen. Dann hörte Wilhelm es auch. Sie beugte sich vor und sah an ihm vorbei, dabei kam sie ihm nah und er roch ein leichtes, blümerantes Eau de Toilette.

»Da draußen geht was vor sich!«, raunte sie mit einigem Erschrecken in der Stimme. Andere Gäste wurden ebenfalls aufmerksam und drängten zu den Fenstern und zur Eingangstür. Wilhelm drehte den Kopf und berührte kurz ihre Brust.

Zuerst wenige, dann immer mehr Menschen liefen die Laleh-Zar entlang und skandierten etwas. Er erinnerte sich an Berlin, war das eine Demonstration? Oder doch ein veritabler Aufruhr? Er dachte an das, was man ihm über Moharram erzählt hatte.

»Vielleicht ist es besser, wenn wir uns weiter ins Innere des Hauses zurückziehen? Ins Auditorium?« Er sah sie unschlüssig an. Die Beschädigungen an Gebäuden während der Märzkämpfe im Frühjahr '19 in Berlin waren noch ein Jahr danach sichtbar gewesen, als er wieder nach Deutschland zurückgekehrt war. Sowas konnte schnell außer Kontrolle geraten.

Maren schüttelte den Kopf und ihre Haare streiften dabei sein Gesicht. »Aber ich muss gehen«, sagte sie und lief ohne ein weiteres Wort in Richtung des Aufganges in den ersten Stock. Wilhelm roch einen letzten Moment ihren Duft, dann schlug er sein Notizheft zu und steckte es in seine tiefe Hosentasche. Hoteldiener waren nach draußen gelaufen, vielleicht aus Neugierde oder um das Hotel und dessen Gäste zu schützen oder die Polizei zu holen. Er stand auf und folgte ihnen langsam.

Vorsichtig, zaghaft drehte Byron den messingfarbenen Knopf seiner Zimmertür und zog sie auf. Sie schabte ein wenig über den Teppich, aber das hörte man kaum. Er streckte den Kopf durch den Spalt und lauschte. Von unten kamen Geräusche, die man aus Hotels kennt: Geklapper, Schritte und Gespräche. Der Korridor indes war leer. Niemand schien ein Zimmer verlassen oder betreten zu wollen. Dann zog er sich hastig zurück. Fußtritte! Zunächst auf der Treppe, sie liefen eilig an seiner Tür vorbei, leichte Tritte, wahrscheinlich einer Frau. Zwei Stimmen sprachen leise. Er runzelte die Stirn. Es war nur eine Person, die er gehört hatte. Wo war die andere gewesen? Leise schloss sich eine Tür und es war still. Erneut prüfte er den Gang, die Luft schien rein. Der Korridor führte nach links zum Treppenhaus, rechts knickte er ab und verlief weiter an der Außenseite des Hotels entlang. Hatte jemand hinter der

Ecke gewartet? Wenn dem so war, dann waren beide in einem der Zimmer verschwunden. Er hielt den Atem an, schloss die Augen und lauschte. Nichts. Von der Straße her drangen Rufe. Etwas passierte dort. Bisweilen kam das vor, Gruppen zogen dahin, wo die Ausländer waren, um für oder gegen irgendwas zu protestieren. Für gewöhnlich ging das eine Stunde, manchmal länger und band die Aufmerksamkeit der Umgebung. Das wäre sein Vorteil. Weiterhin vorsichtig und geräuschlos schlich er den Gang entlang bis zu dem Zimmer des Deutschen. Den hatte er eben noch in der Lobby gesehen und seitdem war keiner mehr hier oben gewesen. Bis auf die Person gerade. Trotzdem klopfte er, zunächst leise, dann etwas lauter, bevor er den Knopf drehte. Sicher hätte man ihn spätestens jetzt gehört. Mitten am Nachmittag schlief normalerweise niemand. Er ging leicht in die Hocke und zog seinen Haken aus der Tasche. Er kannte viele Geschichten über Hoteldiebe, die flogen immer irgendwann auf, wenn sie im eigenen Hotel einbrachen. Wer klug war, kackte in fremde Betten, würde er einen der Helden in seinen Detektivromanen sagen lassen. Nur hatte er leider keine Wahl. In Teheran fiel jeder Fremde aus dem Westen auf, es gab nicht genügend, und er konnte nicht in irgendeiner beliebigen Unterkunft zugreifen. Er war kein notorischer Dieb, sondern musste bloß überleben. Und er wollte hier weg. Für beides brauchte er Geld. Es gab in Teheran viele mittellose Ausländer, die es hierhin verschlagen hatte. Die sich durchschlugen für Hungerlöhne, geringer als die des miesesten persischen Tagelöhners. Waren Fremde erst ohne Geld und Ansehen, galten sie weniger als ein Esel. Unrein, ungläubig und unnütz.

Der Haken glitt in das Schlüsselloch, zwei kurze Bewegungen aus dem Handgelenk und er hörte nicht einmal das Klicken, er spürte es. Sodann drückte er einfach die Tür auf, warf einen Blick dahinter und vergewisserte sich, dass er allein war, bevor er hineinschlüpfte und die Tür schloss. Jetzt musste er schnell sein. Alle Räume waren gleich, er hatte es tausend Mal in seinem eigenen probiert und die Zahl möglicher Verstecke war gering. Flink streifte er den Lampenschirm, sah hinter das Bild und prüfte die Falten des Teppichs, der in keinem Zimmer mit der Wand abschloss, sondern mehr oder weniger fachgerecht mit dem Boden vernagelt war. Zog die Schublade des Nachttisches auf und hob die Matratzen des Bettes an – diese waren sogar neu. Fehlanzeige. Rein gar nichts. Sollten etwa alle Wertgegenstände im Tresor sein? Warum war der Kerl nur so korrekt und ordentlich? Es blieb noch der Stapel Wäsche auf dem schmalen Sessel. Zwei Schritte genügten, dann war er dort und hob Hemd und Hose. Darunter lag die Aktentasche. Das Geschrei auf der Straße wurde lauter. Kam es näher? Das mochte die Aufmerksamkeit nach draußen lenken. Wenn man Angst bekäme, würde man sich wohl in die Zimmer zurückziehen. Also musste er schnell hier raus. Er zog an dem metallenen Schnappverschluss, aber der blieb verschlossen. Leise fluchend griff er mit beiden Händen die Tasche und bog sie. Nichts. Der Verschluss klemmte. Stimmen aus dem Nebenzimmer wurden laut. Offenbar standen Leute am Fenster und sahen runter auf den Tumult. Seine Nerven waren zum Reißen gespannt. Ein erneuter Versuch führte zu keinem anderen Ergebnis und kurzerhand zog er die Mappe unter der Wäsche hervor und schlich zur Tür. Es war nach wie vor still auf dem Korridor, aber wie lange noch? Sämtliche Signalhörner in ihm trompeteten Alarm. Er öffnete die Tür und huschte hinaus, sie hinter sich zuziehend. In das leise Schnappen mischte sich das Knarren einer Tür, die weit aufgezogen wurde und auf den Gang trat eine Person, vollkommen in schwarz gekleidet. Eine verschleierte Frau.

Die Menge lief von überall her zusammen. Sie sammelte sich offenbar vor dem *Cinema Mayak* und schrie laut ihre Wut heraus über irgendeine Angelegenheit. Geistliche waren unter ihnen und zunehmend mehr Menschen blieben stehen: Perser waren Zuschauer oder Demonstranten, während Ausländer möglichst schnell von der Straße verschwanden. Aus Richtung der Demonstration kamen zwei Personen eilig die Laleh-Zar herauf und auf das Hotel zu. Ein persischer junger Mann und eine Frau, die einen Tschador übergeworfen hatte.

»Elena«, rief Wilhelm überrascht aus, als sie vor der Tür angekommen dem Jungen den Überwurf zurückgab und dieser abschob. Er ging zu ihr. »Ist der Protest drüben beim Kino?«

Sie rückte in die Menge der schaulustigen Gäste und verbarg sich ein wenig hinter Wilhelm. Gemeinsam und leise flüsternd sah man den Protesten zu.

»Es geht um meinen Film. Irgendjemand nimmt Anstoß daran.«

»An einem Chaplin-Film?«, er war überrascht und winkte einem der Hotelpagen, der aus der gleichen Richtung wieder zum Hotel zurückkam. »Worum geht es den Leuten?«, fragte er den Bashi.

Zunächst zog der die Schultern hoch, dann wagte er es doch, mit den Gästen zu reden. »Der amerikanische Film hat Leute verärgert. Menschen küssen sich und die Rolle eines Vaters wird verächtlich gemacht.«

»Was?«, Elena kreischte es fast. Wilhelm dankte dem jungen Mann schnell. Sie würden nicht viel mehr aus ihm herausbekommen, seine Fremdsprachenkenntnisse waren begrenzt.

Sie japste vor Wut. »Das ist eine Liebesgeschichte. Ein Tramp rettet eine Zirkusdarstellerin vor ihrem gewalttätigen Stiefvater und ...«

»Das ...« entfuhr es Wilhelm und unterbrach Elena, als er diesen Mann in der Menge erkannte. »Wie kommt der denn ...«, murmelte er und streckte sich, um die Szenerie besser sehen zu können, die permanent in Bewegung war. Elena sah ihn fragend an. Er ignorierte sie und drehte sich um.

»He, *Pesar*. Komm zurück.« Der Junge verharrte und trat wieder neben ihn. »Der da, der Mann, der große. Wer ist das?«

»Ich sehe nicht ...«, begann er. Dann: »Der Mann neben den *Ruhani*?«

Wilhelm griff seinen Arm und zupfte ihn. »Klar, der lange Typ neben den Mullahs. Wer ist das?«

Der Boy starrte ihn aus großen Augen an. »Mostafa-Kuli Mirza«, stieß er hervor in einer Mischung aus Unglauben und Verachtung, dass jemand diesen Mann *nicht* kennen konnte. »Ein sehr wichtiger Mensch. Sehr sehr wichtig.« Dann ging er.

Die Protestrufe wurden lauter und der Bachtiarenprinz schien einer der Organisatoren zu sein. Er wechselte immer wieder zwischen Gruppen von Geistlichen und überbrachte anscheinend ihre Nachrichten. Die Rufe und ihre Lautstärke veränderten sich dabei. Mittlerweile tauchten mehr blaue Uniformen in der Menge auf. Es wurde geschrien und getobt, irgendwann war die Wut verraucht und die Meute zerstreute sich. Auch Mostafa-Kuli und die Mollahs verließen als Letzte die Laleh-Zar. Zwanzig Minuten nach dem Beginn des Geschreis schien alles wieder wie immer.

Nachdenklich folgte Wilhelm den anderen Schaulustigen zurück ins Hotel. Maren sah er nicht. Wohin war sie verschwunden? Eine schwarz verschleierte Frau eilte die Treppe herab, beachtete niemanden und lief geradewegs hinaus ins Freie, dann hielt sie sich rechts und verschwand in nördlicher Richtung zur Istanbul-Straße. *Eine Wäschefrau?*, dachte Wilhelm. Er hatte nie eine vollständig verhüllte Frau im Hotel gesehen. Und Bedienstete oben bei den Gästen schon gar nicht.

Es war nicht spät und er noch unschlüssig, was er mit dem Rest des Tages anfangen konnte. Wenn Nachricht in seiner Angelegenheit käme, würde man ihn im Hotel suchen. Wann sollte er damit rechnen? Hier rumzusitzen für die kommenden Wochen war keine verlockende Aussicht. Hunger hatte er ebenfalls nicht, also ging er langsam hoch zu seinem Zimmer. Dort legte er sich auf das Bett. Gelangweilt sah er zur Decke hinauf. Ein kleiner Pfeil in der Ecke wies nach Mekka, er schmunzelte. Dann fragte er sich, ob er die Zimmertür aufgeschlossen oder bloß aufgedrückt hatte. Sie hätte verschlossen sein sollen. Aber darauf geachtet hatte er nicht.

Nach einigen Minuten des Grübelns beschloss er, Gertrude einen Brief zu schreiben. Papier und Schreibutensilien lagen in der Akten-tasche. Oder sollte er sich die Pläne noch einmal ansehen? Auch das könnte er tun.

Mit einem leisen Seufzen rollte er sich auf die Seite und setzte sich auf, lief zu dem Stuhl und nahm die Kleidung, die seit dem Ausflug nach Lamiasar verstaubt hier lag. Morgen früh würde er sie in die Reinigung abgeben. Das Hemd schob er beiseite, dann zog er an der Hose. Da war etwas in seiner staubigen Seitentasche. Neugierig griff er hinein und riss überrascht die Augen auf, als er das Objekt zu fassen bekam und hervorzog: Die graue Kugel!

Natürlich, die erste hatte er in die Tasche gesteckt und danach ver-gessen. Ein beglücktes Stöhnen entfuhr ihm und er setzte sich wieder auf das Bett und drehte sie in den Fingern. Die Vorhänge waren etwas zugezogen, damit die Nachmittagssonne nicht direkt in das Zimmer fiele und es aufheizte, aber es war nicht vollends dunkel. Und dennoch – die graue Kugel schimmerte. Hatte dieser Alvarado nicht gesagt, sie leuchte? Oder glänze? Er führte sie nahe an die Augen und in der Tat, sie glimmte aus eigener Kraft. Und doch wieder nicht, Lichteffekte fuh-ren über die Oberfläche oder tanzten eher knapp unterhalb. Wie Schlie-ren, die sich langsam bewegten. Jedem prüfenden Blick entzogen sie sich, wie die feinen Muster, die manchmal vor Augen hat, wer auf dem Rücken liegend in die Sonne blickt. Diese waren ebenfalls nie genau zu erkennen.

Er hielt sie verdeckt in seiner Handwölbung in die Luft, dann legte er sie auf den Boden. Immer wirkte sie anders, nie einfach nur grau. Irgen-detwas musste sie spiegeln, selbst wenn nur wenig Umgebungslicht da war. Er wollte es heute Nacht probieren.

Es war bestimmt keine Musketenkugel, diese Art der Oberfläche hatte er noch nie gesehen ...

Byron hatte die Aktentasche unter seiner Matratze versteckt und sich daraufgesetzt. Er war nervös. Irgendwer hatte ihn bemerkt. Nicht nur das. Jemand anderes war nach oben gekommen und nach allem, was er gehört hatte, konnte es sehr gut dieser Darburg gewesen sein. Wann würde der den Diebstahl bemerken und was würde dann geschehen? Gäbe es Geschrei? Würde er die Hoteldiener oder die Polizei die Hotel-zimmer durchsuchen lassen? Wie sollte er bis dahin die Ledertasche loswerden?

Sein Atem ging schneller. Zeit verfloss. Minuten, in denen nichts ge-schah. War es jemand anderes gewesen? Nein, es war die Richtung des

Zimmers des Deutschen. Byron wagte es nicht, sich zu bewegen. Den Raum verlassen und die Tasche hier verstecken? Riskant. Wenn er hier wäre, könnte er sich versuchen rauszureden. Aber falls man sie in seiner Abwesenheit fände, würde er im Knast landen – in einem persischen und darunter stellte er sich alles vor, nur nichts Gutes.

Nach einer Ewigkeit öffnete sich wieder eine Tür auf dem Gang und eine Person lief nach unten. Kein Geschrei? Kein Geräume und Gerumpel, weil jemand etwas suchte? Er schlich zur Tür und warf einen Blick in die Richtung, aus der das Klappern gekommen war. Natürlich, das konnte nur Darburg gewesen sein.

Er schloss die Tür wieder und setzte sich abermals auf das Bett. Also würde er warten. Nein, vor allem musste er schnell untersuchen, was er da gefunden hatte. Er hockte sich vor die Tür und blockierte sie mit seinem Körper, zog die Tasche heran und öffnete sie. Sie hatte sich verhakt, mit ein wenig Fummelei ging es. Zunächst war die Enttäuschung groß. Flink war seine Hand durch das Innere gefahren. Weder Geldscheine noch harte Gegenstände waren zu finden. Bloß Papier.

Er prüfte die Tür, sie war glücklicherweise fest verschlossen. Beruhigt breitete er den Inhalt aus. Es waren Pläne von Gebäuden, Deutsch beschriftet. Dafür das Risiko? Byron war enttäuscht und wütend auf sich selbst. Das war der mit Abstand wertloseste Fund, den er je getätigt hatte. Sollte er alles zurückbringen? Draußen war es ruhig, würde es so bleiben? Und wenn Darburg den Diebstahl bemerkt hatte, musste er dann nicht jeden Moment zurückkommen? Aufgebracht, in Begleitung von Hotelpersonal oder der Polizei? Je länger er wartete, desto größer würde genau diese Gefahr.

Er verfluchte sich und schwitzte, während er ratlos die Zeichnungen betrachtete. Plötzlich ein Moment der Erkenntnis! Sie kamen ihm nicht einfach bekannt vor, er kannte sie wirklich. Diese Hallen hatte er gesehen, in Lakehurst und später in Friedrichshafen. Es waren Luftschiffhallen! Was hatten solche Pläne in Teheran verloren?

Plötzlich wollte er sie nicht mehr zurückbringen. Er sollte sie klein falten und verbergen und die Tasche loswerden. Dann nachdenken. Der Deutsche hatte Geld. Wenn sie wichtig waren, würde er dafür bezahlen, damit er sie zurückbekäme. Und das Verfahren für diese Geldübergabe musste Byron sich jetzt ausdenken.

Nach dem zweiten Whisky war Wilhelm schon nicht mehr besorgt wegen der Unruhen auf der Straße. Mit dem dritten mochte er seinen russischen Thekennachbarn und ab dem vierten begutachtete er mit diesem und einem Belgier seine Kugel, die die anderen beharrlich für eine Murmel hielten. Der sechste Whisky versuchte ihn beinahe, dem Russen die *Murmel* zu schenken und eilig verabschiedete er sich, um nach oben zu wanken. Einen guten Cognac wünschte er sich, statt des schlecht gebrannten Whisky. Langsam war es spät geworden an der Bar. Müde stand er in seinem Zimmer vor dem Bett und ließ die Kugel in die Tasche seiner Hose rollen, die er gerade trug.

Ein flüchtiger Gedanke erinnerte ihn daran, dass er eigentlich die Pläne ansehen wollte. Oder Gertrude einen Brief schreiben.

Ein langgezogener Seufzer entfuhr ihm, der wie ein betrunkenes *Nääh* klang. Die Hose zog er noch aus, dann legte er sich lang auf das Bett und schlief ein.

Ist es vorbei, bevor es angefangen hat?

»Warum verstehen Sie mich nicht, verdammt!« Wilhelm schnauzte den Hotelbediensteten hinter der Rezeption an. Er war außer sich. »Sie muss hier sein. Im Zimmer ist sie nicht. Meine Tasche *muss* im Tresor sein.«

Andere Gäste in der Lobby waren still geworden, sein Auftreten hatte Aufmerksamkeit verursacht. Er riss sich zusammen und senkte die Stimme. »Bitte, schauen Sie doch noch einmal nach.«

Der Rezeptionist bedeutete ihm, um den Tresen herumzukommen. Er sollte selber in den Tresor sehen. Wilhelm entdeckte seine Ausweispapiere und seinen Geldumschlag, doch keine Aktentasche, natürlich nicht. Sie wäre viel zu groß für den Safe.

»Dann bin ich bestohlen worden, dann ist man eingebrochen.« Auch das hatte er schon vorgebracht. Die Tasche war fort und die Pläne darin, doch es gab keinerlei Einbruchsspuren und sonst war nichts weggekommen.

»Ich kann die Polizei rufen«, bot der Perser an, zum wiederholten Male. Er hatte mehr als deutlich gemacht, dass das kaum von Erfolg gekrönt wäre. Was sollte Wilhelm denen auch erzählen? Dass er Hallen- und Luftschiffpläne verloren hatte? Unwissenden Laien von seinem Auftrag berichten? Sie würden es nicht verstehen und dann konnte er es sogleich auf dem Kanonenplatz öffentlich verkünden. Er müsste eine Aussage machen, würde Zeit verlieren und die Bemühungen wären letztlich wohl erfolglos.

Die Leute starrten ihn unverhohlen an, aber das merkte er nicht. Er wollte hier raus. Wilhelm ließ den Mann stehen und eilte durch die Eingangshalle, ohne Blick und Gruß zu irgendwem. Dann stand er unter blauem Morgenhimmel im Sonnenschein, lief nach Norden, drehte um und rannte ein paar Schritte gen Süden, wo er abermals ratlos verharrte. Was sollte er tun? Was würde jetzt werden? Alles war verloren. Worüber sprechen, mit wem? Was, wenn es zu einem weiteren Treffen mit dem Hofminister käme, oder dem Schah? Nichts! Er hatte nichts mehr, gar nichts. Es war zum Verzweifeln. Er konnte ebenso gut sofort zurückfliegen. Besser laufen, denn das hatte er verdient. Orientierungslos drehte er sich einmal um sich selbst, unschlüssig, was zu tun oder wohin sich zu wenden sei. Neue Pläne per Post? Dann wäre LZ 127 längst in Japan oder sogar Los Angeles angekommen. Die Chance vertan, im Orient für ein fliegendes Wunder am Himmel zu sorgen. Eiligen Schrittes ging er ein paar Meter nach Süden.

»Herr Darburg, das ist ja ein Zufall!« Es war Paul Anar, der auf ihn zutrat. »Ich hatte gar nicht damit gerechnet, Sie zu treffen …«, er musste Wilhelms Verstörung bemerken, denn der sah Paul und blickte direkt hindurch. Atmete schnell, seine Augen schienen wirr.

Paul wagte es nicht, ihm den Arm um die Schulter zu legen. »Ist Ihnen nicht wohl? Es ist … die Arbeiter, sie haben heute mit dem Mast begonnen.« Vorsichtshalber trat er einen Schritt zurück. Sicher befürchtete er, dass der Mann aus Berlin von etwas gestochen worden war und gerade ein Fieberwahn ausbrach.

»Himmelherrgott!«, kreischte Wilhelm auf einmal und rannte los, Paul unsanft zur Seite stoßend. »Bleib stehen, du Verbrecher. Dich bringe ich um!«

Menschen in der näheren Umgebung verharrten erschrocken und sahen zu, wie der Deutsche auf einen kleinen Jungen zusprang, der soeben etwas aus einem Busch gezogen hatte. Wie ein Beserker drosch er auf ihn ein.

»Darburg!«, schrie Paul und rannte zu dem Jungen, der plötzlich schreiend fortrannte. Der Ingenieur kniete auf dem Boden und zog eine braune Tasche vollends zwischen dem Gesträuch hervor.

»Darburg, Wilhelm! Sind Sie wahnsinnig geworden?« Paul war heran. Die gellenden Schreie des Jungen verebbten in der Ferne. Wenn sie Pech hatten, würden bald dessen Verwandte auftauchen.

»Ich bin bestohlen worden«, schrie Wilhelm wie von Sinnen. »Diese diebische Elster. Hier! Meine Tasche.« Er zeigte sie hoch und riss sie auf – beide blickten auf das Innenfutter der leeren Mappe. Er ließ sie fallen und beugte sich vor, schluchzend.

»Aber ich bitte Sie. Sind Sie sicher? Der Junge hatte doch gar nichts in Händen.«

Eine kurze Pause. Wilhelm sah betroffen zu Boden, als besinne er sich. »Dann muss es die verschleierte Frau gewesen sein«, schluchzte er. »Ich traf gestern Abend eine verhüllte Frau auf der Treppe. Ich habe nie zuvor eine verschleierte Frau im Hotel gesehen.«

»Und die hatte die Tasche dabei? Diese hier? Unter dem Schleier?« Anar zweifelte, sie war groß und klobig. Tatsächlich schüttelte Wilhelm den Kopf. »Dann hat sie sie vielleicht aus dem Fenster geworfen und nur den Inhalt versteckt?«

Beide sahen am Gebäude empor. In der Tat, sein Zimmerfenster lag dort oben, gut zehn Meter entfernt. Würde eine Frau die Tasche so weit werfen? Könnte er selbst das überhaupt? Er zweifelte.

»Ich bin erledigt«, murmelte er. Paul half ihm hoch und riet, zur Gesandtschaft zu gehen. Gerade dann, wenn er in offiziellem Auftrag hier war. Er begleitete ihn bis zum Tor des Grundstücks an der Firdousi-Straße und verabschiedete sich. Wilhelm wurde umgehend zum Gesandten vorgelassen.

Dr. Staudacher und Graf von der Schulenburg hörten ihm geduldig zu. Kasem brachte Tee, Wilhelm rührte nichts an.

Die beiden Diplomaten tauschten lange Blicke aus. »Das ist ein sehr ernster Vorfall, Herr Darburg«, sagte der Gesandte besonnen. »Ihnen sind die Hände gebunden. Sie können den Diebstahl nirgends bekannt geben, denn sonst würden Ihre Ziele offenbar.«

»Und wenn Sie sicher sind, dass nur die Pläne verschwunden sind,« setzte Staudacher hinzu, »dann könnte es jemand von der Regierung gewesen sein, oder einer deren innenpolitischer Gegner, der davon erfahren hat.«

»So schnell?«, zweifelte Wilhelm. »Und warum möchte die Regierung Pläne stehlen, die ich ihr selber gebracht habe?«

Staudacher lächelte bemüht. Vielleicht sollte es nicht hämisch wirken. Er verbarg seine Auffassung nicht, dass sein Gegenüber keine Ahnung von der hiesigen Innenpolitik hatte.

»Wir sind hier in Asien, Herr Darburg«, sagte der Gesandte ruhig und etwas niedergeschlagen. »Hier wachen Menschen auf und verfolgen andere Ziele als am Abend zuvor. Oder tauschen Freund und Feind aus. Oder bringen Pläne und Vorhaben unter anderem Namen neu heraus. Rollen Steine auf eine Flugpiste und glauben, dadurch kehrt das Mittelalter zurück. Die gute alte Zeit. Alles ist möglich. Das einzige, was hier sicher ist, ist, dass nichts sicher ist.«

Wilhelm sah ihn an, wütend. Dann wussten sie von dem Sabotageversuch am Flugplatz? Und es kümmerte sie nicht?

Der Graf fuhr fort. »Wenn Sie eine Perserin verdächtigen und keinen anderen Hotelgast, dann muss sie einen Auftrag bekommen haben, genau diese Tasche zu stehlen. Und dieser Auftrag muss von jemandem erteilt worden sein, der wusste, was er wollte. Was davon ist denn noch vorhanden?«

»Nichts!«, brauste Wilhelm auf, dann sagte er beruhigter: »Der Plan des Ankermastes liegt bei Junkers, das Gemälde des LZ 128 *Shahnahme* beim Hofminister.«

»Das ist nicht *Nichts*, Herr Darburg.« Staudacher nickte bedächtig und ja, Wilhelm konnte ihm zustimmen. Die Planungen der Hallen und der Dienstgebäude sowie des Maschinenhauses zu verlieren war schmerzhaft, doch wenn LZ 127 erst landete, wäre das alles vergessen und für Teheran müssten ohnehin neue Konstruktionen vorgenommen werden. Da würden die Muster von Friedrichshafen nicht genügen.

Der Graf sprach entschlossen: »Aber Sie müssen Berlin verständigen. Wenn es wahr ist, dass auch die Pläne von LZ 128 fehlen...«, des Gesandten Worte stießen gleich in Wilhelms Herz. »In der gegenwärtigen Lage, bei der Konkurrenz mit den Briten ...«

Er sah den Gesandten an. Dass der das jetzt erwähnte. Ausgerechnet in diesem Moment. Galt der nicht als anglophil, britenfreundlich? Hatte von Richthofen Wilhelm nicht vor ihm gewarnt? Aber er zwang sich zur Ruhe. Es war kaum vorstellbar, dass der deutsche Gesandte für die Engländer ... oder doch? Nein, er musste ruhig bleiben. Und nachdenken. Daher nickte er. »Ich gehe zur Indo-European Telegraph.«

»Das werden Sie keinesfalls tun«, raunte der Graf. »Wollen Sie es den Briten gleich in den Schreibblock diktieren? Die lesen doch mit!« Zu seinen Legationssekretär gewandt: »Staudacher, Möbius soll mit unserem Diensttelegrafen ein verschlüsseltes Drahttelegramm aufsetzen und Berlin verständigen.« Dann sprach er wieder Wilhelm an. »An wen denn genau? Von Richthofen? Simon? Schulz? Alle drei? Ich würde empfehlen, Sie richten die Nachricht zunächst an den Freiherren Hartmann von Richthofen. Der kennt die Verhältnisse hier und wird den anderen gegenüber die richtigen Worte finden. Und ich setze *unseren* von Richthofen im Amt in Kenntnis.

»Ja, bitte nur an Herrn von Richthofen«, sagte Wilhelm leise und nickte schwach.

Als Teheran im 19. Jahrhundert mit Macht an die Hauptstädte der Welt anschließen wollte, schickten die Adeligen ihre Kinder nur zu gerne nach Europa zum Studieren. Von dort brachten sie eine aufregende Idee in den Orient: Die Eisenbahn in der Stadt. Inspiriert von den Straßenbahnen in Paris und anderen Metropolen pflanzte man den Gedanken fester Verkehrslinien ins Zentrum der persischen Kapitale: Die Pferdebahn war geboren, die im Schritttempo der Schahpur-Straße nach Norden folgte, bevor sie scharf nach Osten abbiegend an den Kasernen vorbei und über den Kanonenplatz zuckelte. An der Imperial Bank of Persia entlang und vorüber an der russischen Botschaft bis fast zum Stadttor. Dann gen Süden und irgendwann wieder nach Westen – einmal rund um den großen Bazarbezirk. Die Pferdebahn war beliebt und dennoch von ebenso zweifelhaftem Nutzen wie die polierten Kanonen, die überall aufgestellt waren.

Ein heiseres Wiehern hatte Wilhelm vorgewarnt, gefolgt von dem Knallen einer Peitsche. Doch bis jemand versehentlich von einer Pferdebahn erfasst würde, könnte man einen Samowar kaufen, ihn erhitzen, Tee trinken und wieder gemächlich verstauen, denn sie war langsam. Rastlos hatte er sich durch die Stadt treiben lassen. Nun warf er dem Kutscher mit der Lammfellmütze eine Münze zu und sprang auf eine der Holzbänke, die dicht gedrängt mit Menschen waren, bunte und fremdartige Gestalten. Die Pferdebahn war zwar kein regelrechtes Fortbewegungsmittel. Jeder Kriegsversehrte wäre schneller gewesen. Doch sie eignete sich für jenen, der aus der Bewegung heraus mit Muße das rege Treiben auf den Straßen beobachten, Chaigläser zählen und Zugfolgen von Schachspielern auf den Trottoirs bezeugen mochte. Für all das hatte man Zeit.

Wilhelm schloss die Augen und lehnte sich an die harte hölzerne Rückbank. Er lauschte genüsslich der melodischen persischen Sprache um ihn herum und sog die verschiedenen Gerüche in sich auf. Man fuhr mit, indem man auf ein Trittbrett sprang und dort stehenblieb, wenn man keinen Platz fand. Die Bahn glich einem Zigeunerwagen ohne Wände, mit halbrundem Dach. Die Bänke waren hintereinander angeordnet, der Kutscher schlug in monotonen Abständen mit der Peitsche durch die Luft und trieb die beiden spindeldürren weißen Pferde an. Betagt wirkten die, als seien sie zusammen mit der Bahn angeschafft worden. Alt und klapperig mussten sie dennoch das schwere Gefährt aus Holz und Eisen ziehen, auf dem gut und gerne bis zu zwei Dutzend Personen Platz fanden.

»Sie sind zu bequem zum Laufen, das hätte ich nicht gedacht«, erklang eine vertraute Stimme schräg hinter ihm. Spöttisch. Es war Maren. Wilhelm freute sich. Trotz allem.

»Sie wohl auch?«

Maren lächelte. »Eigentlich nicht. Ich versuche ein Gefühl dafür zu bekommen, wie die Leute hier leben, damit ich ihnen die richtigen Filme aus Berlin bestellen kann.«

»Oh«, entfuhr es Wilhelm erstaunt. Das war ein guter Ansatz.

»Haben Sie was? Sie sehen irgendwie aufgebracht aus?«, fragte sie.

»Ich wurde bestohlen. Jemand ist in mein Zimmer eingebrochen«, stieß er hervor.

»Was?« Sie sah ernsthaft entsetzt aus. »Wann ist das passiert?«

»Es muss gestern Abend gewesen sein. Bestohlen und beraubt. Wie Sie auch. Die Perle Ihres Vaters.« Augenblicklich verdüsterte sich ihr Gesicht, das bis zu diesem Moment einen Anflug von Fröhlichkeit gezeigt hatte.

»Jemand stiehlt in dem Hotel. Waren Sie bei der Polizei?«

Wilhelm schüttelte den Kopf. »Und Sie?«

»Natürlich nicht«, kam es von ihr leise zurück. »Das würde wohl keinen Erfolg haben.«

»Nein, vermutlich wirklich nicht.«

»War es wertvoll?«, fragte sie einfühlsam. »Was gestohlen wurde?«, setzte sie erklärend hinzu.

Er sah auf die Straße hinaus. »Ja, es war meine Arbeit. Ich weiß nicht, ob ich ohne überhaupt hierbleiben kann. Ich brauche die Unterlagen. Und sie wären niemandem von Nutzen.«

Sie nickte und sah ihn lange an. Wilhelm schaute hinab auf die Händler, die mit heulender Stimme ihre Waren anpriesen. Bettler drängten sich bachscheschfordernd heran. »Ich habe eine Frau gesehen, eine verschleierte Frau. Jedenfalls dachte ich, dass es eine wäre. Danach habe ich den Diebstahl entdeckt.«

»Verschleiert? Inwiefern?«

Er beschrieb es ihr und sie schwieg betreten und nachdenklich.

Das Gewühl um die Pferdebahn herum war beängstigend. Sie pflügte unbeirrt hindurch, ohne jemanden zu gefährden oder gar zu verletzten.

Sie beugte sich vor, griff aus und legte ihre Hand auf seine Schulter. »Kommen Sie mit mir. Ich habe gleich wieder ... eine Sitzung.« Sie sah seinen Gesichtsausdruck. »Ja, wie neulich. Es ist ... ich hoffe, ich erfahre etwas.« Ihr Blick senkte sich. »Vater! Ich muss da etwas wissen. Das Medium, Mahpareh. Sie ist gut.« Dann flüsterte sie. »Vielleicht kann sie auch Ihnen helfen. Nur ...«, sie schwieg einen Moment. »Niemand darf es wissen. Es gibt in schiitischen Ländern eine weitverbreitete Furcht vor Geistern. Manche Menschen verlassen sogar Haus und Hof, wenn dort ein Verwandter gestorben ist. Byron kommt auch. Und Abusar wird übersetzen. Sonst niemand. Wir treffen uns in meinem Zimmer. Falls nicht, erfahren Sie rechtzeitig den Ort.«

Wilhelm entschied, dass er kommen würde.

Tief in Gedanken versunken und grübelnd lag Byron auf seinem Bett. Er hatte versucht, den Roman zu schreiben und dann doch zerrissen, was er seiner Reiseschreibmaschine entlockt hatte. Diese ganze Situation, sie belastete ihn. Er hasste Unsicherheit, sie ließ sein Gehirn versteinern. Drei Seiten Text konnte er wieder entknittern, die waren gut. Er durfte nicht selbstkritisch sein. Die Leser kauften viel größeren Schund. Ein Agent der persischen Regierung in Amerika – die Idee hatte etwas, aber was sollte er daraus machen?

Was würde denn die persische Regierung von Amerika wollen? Wie sollten die Amerikaner mit dem Perser umgehen? Der könnte sich keinen Meter in den USA bewegen, ohne aufzufallen. Wütend schüttelte er sich. Das war keine Geschichte, das war Müll! Abermals zerknüllte er die Seiten und warf sie durch den Raum. Verflucht.

Ein sanftes Schaben kam von der Tür her, ein Zettel lag auf dem Boden. Jemand hatte ihn unter der Tür durchgeschoben. Seine Nerven waren gespannt. Byron sprang auf und öffnete sie, der Korridor war leer. *Mahdi Darwish Straße*, stand darauf. *Vis a vis Hospital. 19 Uhr.*

Ratlos hielt er das Stück Papier. Was sollte das bedeuten? Es war kurz nach sechs. Er wollte sich mit der Deutschen treffen. Dort? Eilig zog er seine Schuhe an und verließ das Zimmer. Dann klopfte er bei ihr, einige Meter weiter. Niemand öffnete. Waren sie nicht verabredet? Sollte er warten? Er entschloss sich dagegen. Vielleicht war dies die Adresse? Er musste los, auch wenn er spät käme. Er konnte immer noch sagen, dass er aufgehalten worden sei oder sich in seiner Arbeit verloren habe. Er prüfte noch einmal die Zimmertür, dann verließ er das Hotel und lief nach Westen, in Richtung des Hospitals.

Auch Wilhelm war unterwegs. Für die paradierenden Kosaken hatte er keinen Blick, die Straßen waren nach dem Abendgebet weniger belebt. Bald hatte er das Hospital erreicht. Gegenüber öffneten sich die schmalen Gassen, deren Wände enger standen und höher waren, von denen Laken und Tücher die Sonne fernhielten und die in der Tiefe ihrer Verschachtelungen zum Bazar führten, oder auch woanders hin.

Eine *Mahdi Darwish* Straße sah er nicht. Sie musste abseits der Hauptstraße liegen, wo man nach wenigen Schritten das Teheran des Schahs, der Ordnung und der europäisierten Boulevards verließ und jenes des mystischen persischen Mittelalters betrat. Zwei Gassen führten schnurgerade in das Häusergewirr hinein. Wilhelm wählte die westliche.

Die Gegensätze dieses Landes zeigten sich auf den ersten Metern: Hinter ihm war das Hospital noch sichtbar, in welchem europäische Ärzte arbeiteten. Vor sich das alte Teheran, grell in seiner unverhüllten Traditionalität und Armut. Unsichtbar die Region der belebten Kaffeehäuser, der zweifelhafte und amüsante Fortschritt der Pferdebahn und die Automobile. Die Stadt der unverschleierten modernen Frauen mit den winzigen Hüten der letzten Pariser Mode. Diesseits die in den Hauseingängen hockenden Alten, Nüsse kauend. Kinder, die von Müttern in weiten dunklen Gewändern herumgescheucht wurden, streunende Esel und Hunde. Über ihm die Abendsonne, deren Strahlen brutal warm durch die Lücken der aufgespannten Tuchfetzen in seinen Nacken stachen, um ihn herum die wundersamsten Gerüche, Geschrei, Gestank, Tiere, Bettler wie lebendige Skelette, vom Opium zerfressen.

Plötzlich bekam er Angst und dachte an die Warnungen vor den unbegleiteten Besuchen in den Gassen. Mit äußerster Wachsamkeit schlich er vorwärts, die sichere Welt des Boulevards hinter sich wissend, wenige Meter entfernt und doch im Ernstfall eine Weltenlänge. Er würde bis zur nächsten Ecke gehen, nicht weiter. Seine Begegnung mit dem Bachtiarenprinz drang ihm in den Sinn, als er an eine winzige Kreuzung kam. Hier waren die Gassen bereits so eng, dass kaum ein Esel hindurchpasste. Konnte das eine Falle sein? Hatte der Dieb seiner Pläne ihn hierhergelockt? Panik peitschte durch seinen Verstand und er spürte einen Fluchtreflex. Wie konnte er nur so dumm sein und einem solchen Hinweis folgen?

Er schaute nach rechts um die Ecke, dort sah es nicht besser aus. Die Gasse verlief schräg weiter, auf einen Scheitelpunkt zu, hinter dem sie offenbar wieder abknickte.

Je mehr Byron sich in den Winkeln verlor, desto lauter schien ihm das Lärmen der Menschen. Aus Gesprächen wurden Toben und Geschrei. Der Geruch von Gewürzen, ranzigem Hammelfett, Knoblauch und tausend anderen Dingen gerann in seiner Wahrnehmung zu Gestank. Viele Leben um ihn herum, die irgendwann ihren Anfang genommen und zu einem fernen Zeitpunkt in der Zukunft ein Ende nehmen würden. Fremde Inschriften, Buchstaben, die er nicht kannte, waren auf die Wände gemalt, Straßennamen gab es nicht und wenn, dann konnte er sie nicht lesen.

Er war in Persien, weil er die Wunder des Orients und die Reformen des Schahs in seinem Buch vereinen wollte, wo waren all die Besonderheiten? Er sah sie nicht, seine Angst schottete ihn ab davon. Schatten fielen und Lichter blitzten. Was mochte vorgehen in diesen dunklen Behausungen hinter den gestampften Lehmwänden, die er passierte? Was galt hier ein Menschenleben? Wieviele Verbrechen ereigneten sich ungesühnt, gerade in diesem Moment? Welches Unglück trieb die Menschen auf die Straße, außer der Hitze, die selbst die ärmste Gasse zu einer Verlängerung des Schlafzimmers machte. Welche Krankheiten hatten ihn vielleicht längst infiziert, die man bei ihm zu Hause nicht einmal dem Namen nach kannte? Oder *noch* nicht?

Bald käme die Nacht, die hier weniger als anderswo der Freund des Menschen war. Schwül, drückender als die Hitze des Tages. Und mit der Nacht die Lüste, Laster und Leidenschaften – hier wie ebenso in Las

Vegas oder Hollywood. Byron war in Gedanken an einer kleinen Kreuzung links abgebogen und weiter geschlichen. Er hatte einen guten Orientierungssinn und würde wohl zurückfinden. Sollte er nicht dennoch besser sofort umkehren? Plötzlich wurde ihm klar, dass dies die Geschichte war, die er erzählen musste. *Seine Geschichte.* Die eines Gestrandeten – in Teheran. Welche nicht zu der eines *Verlorenen* werden durfte. Byron hatte sein Romanthema!

Wilhelm hatte jetzt zu entscheiden, ob er länger an dieser Kreuzung stehenbleiben wollte wie eine Wassertonne oder weitersuchen. War das nicht alles Blödsinn? Er brauchte diesen Zettel niemandem zeigen. Kein Mensch hier könnte lateinische Buchstaben entziffern, wenn sie überhaupt des Lesens mächtig waren. Er würde keinen Straßennamen erkennen können.

Während er sich fast seinem stärker werdenden Fluchtimpuls ergeben wollte, entdeckte er hinter dem Knick in der abzweigenden Gasse, gut zwanzig Meter entfernt, eine Gestalt, größer als die wenigen herumlungernden Perser. Mit hellen Haaren. Das rundliche Gesicht mit den kleinen Augen kannte er.

»Byron!«, rief Wilhelm. »Hey, Alvarado!« Er lief einige Schritte auf ihn zu. »Was tun Sie denn hier?« Er bemerkte einen Zettel in der Hand des anderen.

Der Amerikaner war stehengeblieben. Jenseits des Knicks in der Gasse befand sich ein offenes Tor, das zu einem Innenhof führte. Beide sahen gleichzeitig hindurch.

»Vielleicht das gleiche wie Sie«, rief er Wilhelm entgegen. »Haben Sie den auch bekommen?« Er zeigte den Zettel.

Wilhelm nickte. Er war froh, dass er nicht mehr alleine hier war, obwohl es die Angelegenheit um nichts weniger gefährlich für sie beide machte.

Byron sprach leise. »Ich glaube ja nicht an diesen Humbug, aber es ist unterhaltsam. Jemand sagte, dies sei die *Mahdi Darwish* Straße.«

Wilhelm war erstaunt. »Sie können Persisch?«

»Um Gottes Willen. Ich kann nur ein paar Buchstaben und wenige Wörter. Wenn sie lesbar geschrieben sind.«

Das fand Wilhelm bemerkenswert. Noch einmal sahen sie sich um, dann betraten sie den Innenhof.

»Hier könnte man uns ausrauben«, flüsterte Wilhelm.

»Ach ja?«, machte Byron nur. »Oder auch entführen oder in die Sklaverei verkaufen.«

»Sowas passiert?«, entfuhr es Wilhelm.

Der andere sah ihn mitleidig an. »Wir sind weder minderjährig noch weiblich. Kein Provinzfürst würde uns in die Nähe seines Harems lassen, nicht einmal als Eunuchen. Und besonders wohlhabend sehen wir beide auch nicht aus. Und wir sind nicht bedeutend genug für Lösegeld. Oder sind Sie wichtig?« Diese letzte Frage war direkt und wenn Wilhelms Sinne nicht von Alarmsignalen übertönt gewesen wären, hätte ihn das argwöhnisch machen können.

»Hierher!«, wisperte eine Stimme leise. Es war Maren, sie lehnte sich aus einem dunklen Hauseingang und trug einen schwarzen Tschador.

»Die Séance? Da drin?« Wilhelm sah die Stufen aus gepresstem Lehm hinauf, die zum Dach führten, auf dem sich ein Holzgerüst befand, abgedeckt mit uralten und zerrissenen Tüchern, von der Sonne verblichen. »Ist es dort oben nicht angenehmer?«

»Es muss dunkel sein und vollkommen still. Nur ein ungestörtes Gottesgeschenk kann die Seelen lösen. Deshalb nicht im Hotel.«

Byron sah zu Wilhelm, der schaute zu Boden. Sie führte sie in einen großen Raum, in dem jemand einige Kerzen entzündet hatte. Er war leer bis auf einen quadratischen Teppich in der Mitte, auf dem eine flache Schale aus Kupfer stand, anscheinend mit Wasser gefüllt.

Nicht ganz zwei Meter davon entfernt saß das Medium, Mahpareh. Ihr schwarzes Gewand war auf die Schultern herabgezogen, sie trug einen weißen durchsichtigen Gesichtsschleier, hinter dem ein überraschend schönes und fein gezeichnetes orientalisches Antlitz offenbar wurde. Sie dürfte Lippenstift aufgetragen haben, der in der nur wenig erhellten Dunkelheit glänzte wie Öl. Ihre Augenbrauen waren dünne Striche, sanft geschwungen wie die Liebesworte eines Mirza. Ihr Nasenrücken schien leicht gebogen. Sie musste eine außergewöhnlich aparte Frau sein, die regungslos dort saß und die Augen geschlossen hatte.

Aufrecht gegenüber der Tür aus vielfach gesplittertem Holz stand Abusar, Jaroljmeks Diener, der wieder übersetzen würde. Wilhelm vermisste Moshir. Ohne Worte und nur mit einigen Gesten bedeutete Maren ihnen, dass sie sich um die Schale mit Wasser hocken sollten. Niemand gab einen Ton von sich, bis Abusar leise sprach.

»Etwas geht um, wir sind nicht alleine.«

Das Medium atmete tief und geräuschvoll ein, es klang wie ein schrilles Pfeifen. Wilhelm spürte einen Hauch von Gänsehaut auf dem Rücken. Dann wurde es wieder still.

»Vielleicht dieser italienische Mörder?«, flüsterte Byron. Niemand reagierte, daher hielt er die Klappe.

Mahpareh sagte etwas, es war kaum zu vernehmen, aber sie bewegte die Lippen. Dann platzten laut und nahezu schreiend Worte aus ihrem Mund, in unterschiedlichen Sprachen. So schnell und vermischt, dass nichts zu verstehen war. Wie eine Momentaufnahme von einem Bazar. Wilhelm hörte einen Brocken Deutsch, Spanisch, vieles, das nicht einmal klang wie Persisch, sondern aus anderen asiatischen oder afrikanischen Sprachen stammen mochte. Ihr Gesicht veränderte sich in keiner Weise. So laut die Worte waren, ihre Gesichtszüge lagen ruhig wie Brunnenwasser. Plötzlich, als hätte jemand ein scharfes Messer gezückt, endete der Wortschwall – wie abgeschnitten. Verstohlen sah Wilhelm zu Abusar, der sich nicht rührte. Stattdessen holte Maren Luft.

»Ich rufe meinen Vater!«, sagte sie deutlich, aber mit unsicherer Stimme. Nichts geschah. »Ich rufe meinen Vater!«

Wilhelm erwartete ein besonderes Ereignis. Er hielt das Medium im Blick. Plötzlich schien ein Ruck durch Maren zu fahren.

»Gott, er ist da, ich spüre ihn! Vater!«

Wieder erlebte er eine Gänsehaut. Blitzschnell wechselte sein Blick von Maren, die sich stocksteif aufgerichtet hatte, zu Abusar und Mahpareh. Beide hatten sich nicht verändert. Byron schien in dem fahlen Licht zu grinsen.

»Paps, ich bin hier. Bist du auch hier?«

Das Medium flüsterte, doch sie verstanden es nicht. »Vater kann nicht reden. Er ... er ist wütend«, übersetzte Abusar. Wilhelm hatte keine Mundbewegung des Mediums bemerkt. Er würde genauer darauf achten. Sie hielt immer noch die Augen geschlossen. Etwas anderes fiel ihm auf. Das Wasser in der Schale hatte sich verändert, kreisförmig breiteten sich winzige Wellen aus. Nur wie? Er spürte keine Stöße und niemand bewegte sich. Ein Schrecken durchfuhr ihn. Erdbeben waren in dieser Region häufig. Er zwang sich zum Abwarten.

»Warum? Vater, ich war gut. Ich ...«, begann Maren weinerlich.

Wilhelm beobachtete, wie die Wellen stärker wurden.

»Vater möchte sprechen, aber kann nicht. Es ... ist ihm nicht möglich. Er möchte, aber er darf nicht«, übersetzte der Diener. Hatte denn Mahpareh überhaupt etwas gesagt?

Maren beugte sich vor und stützte sich auf ihre Knie, sie sprach zu der Schale, offenbar kannte sie das Verfahren gut. »Du möchtest, aber kannst nicht? Bitte ... du musst ... ich muss wissen, warum. Bitte. Warum?«, sie schluchzte. Sogar Wilhelm tat sie leid, obwohl er so gut wie nichts von ihr wusste.

Das Medium rührte sich. Nicht in einer natürlichen Regung. Es war anders, wirkte unnormal, unnatürlich. Das Wasser wurde ruhig – doch auf einmal war es erneut aufgewühlt. Es schwappte beinahe, als sei etwas hineingefallen. Wilhelm hielt den Atem an. Jetzt hörte man wieder eine leise weibliche Stimme, noch immer waren Mahparehs Lippen geschlossen. War sie eine Bauchrednerin?

»Es muss nur die Familie sein. Die Familie. Niemand als sie«, sagte Abusar tonlos und kryptisch.

»Vater, ich verstehe nicht. Was ist denn passiert? Warum hast du dir das angetan?«, ihre Stimme knisterte, als würde sie gleich zerreißen. »Wie konntest du mich alleine lassen?«

Mahpareh atmete laut durch ihre Nase. Das Wasser tanzte wild, nichts schwappte über den Rand der Schüssel. »DIEB!«, schrie sie plötzlich auf Deutsch und Wilhelm war sich sicher, dass das Medium *nicht* den Mund bewegt hatte. »Dieb! Verräter!«, wiederholte sie leiser, jetzt bewegten sich ihre Lippen. Dann beruhigte sich das Wasser und sie meldete sich erneut, Abusar übersetzte: »Vater will nicht mehr reden. Nur Familie, keine Diebe.«

»Aber was heißt das nur?«, jammerte Maren.

Endlich wagte es Wilhelm, ebenfalls etwas zu sagen. »Ich bin bestohlen worden. Ich muss wissen, wer das war.«

Stille füllte den Raum. Das Wasser war ruhig wie zu Beginn.

»Mahpareh wird Geister fragen.« Abusar, der sich zuvor so gut wie nicht bewegt hatte, nickte entschieden. War die Séance vorüber?

Byron lachte höhnisch. »Gute Idee«, er schlug Wilhelm auf die Schulter »Fragen Sie mal die Geister. Hey, Abusar. Habt ihr nicht einen freundlichen persischen Geist? Hafis zum Beispiel? Oder Rumi? Die großen Dichter? Hat nicht einer Lust, meinen Roman zu schreiben? Denen muss doch langweilig sein.« Das klang frech und unpassend. Irgendwie hatte Wilhelm den Eindruck, dass der Schriftsteller hier seine eigene Unsicherheit überspielte.

Niemand reagierte oder antwortete. Als Maren aufstand, folgten sie ihr leise und ließen das Medium und den Diener alleine zurück.

Den ganzen Weg über sagte Maren nichts, sie strebte geradewegs zum Hotel zurück, während Wilhelm aufgewühlt war von den Erlebnissen. Byron wirkte überraschend unbeteiligt. An der Einmündung der Laleh-Zar verabschiedeten sie Maren und setzten sich in Sichtweite des *Cinema Mayak* in ein Café, auf dessen Dach einer der ersten persischen

Stummfilme gedreht worden war. Elenas Film lief noch immer, der Protest dagegen schien ein einmaliger Ausbruch gewesen zu sein.

»Sie nehmen das wohl alles mit Humor, Byron!«, kommentierte Wilhelm, nachdem er an seinem türkischen Mokka genippt hatte. Der Schriftsteller lächelte.

»Bei uns ist das längst außer Mode gekommen. Kurz nach dem Krieg war es fast eine kleine Seuche. Überall spritistische Sitzungen und Geistdeutungen, weil Leute ihre Kriegsgefallenen nicht gehen lassen wollten oder konnten.« Er nahm seinerseits einen Schluck. »Ich habe oft teilgenommen, man erfährt geradezu wahnwitzige Sachen. Wie in einem Zauberspiegel glaubt man, die Wahrheit hinter den Dingen zu sehen. Aber das ist Mummenschanz. Manchmal ist es ganz schlicht und man glaubt fast, dass da wirklich was passiert. Nicht selten sind die Machenschaften spannender als die Botschaften. Fenster müssen verhängt sein oder die Türen geschlossen – das kennt man ja. Aber oft auch sämtliche Schubladen oder Kästen.« Er kicherte. »Ist ja auch klar, sonst wäre die Überraschung nicht so groß, wenn eine Lade plötzlich, o Wunder, einen Millimeter offensteht.« Er schüttelte mitleidig den Kopf. »Arme Irre.«

»Aber gibt es nicht auch seriöse Geisterseherei?«, begann Wilhelm zögerlich. »Ich denke an elektromagnetische Messungen ...«. Er wurde augenblicklich unterbrochen.

»Nennen Sie mir eine«, schoss der andere ihm fast aggressiv entgegen. Dann setzte er versöhnlicher hinzu. »Seriös? Tote sind unter uns und wissen gar nicht, dass sie nicht mehr leben, haben Angst wie die Menschen? Geister hausen zwischen den alltäglichen Dingen. Heute angeblich im Äther. Sprechen durch das Radio? Mal ehrlich. Vor hundert Jahren war davon noch keine Rede. Und warum? Weil der Äther noch gar nicht erfunden war. Schon von den *Hydeville Rappings* gehört? Draußen bei Newark. *Jesus*! Alles Blödsinn. Tote Kinder leben in einem Schattenreich zwischen Himmel und Hölle – in ewigem Zwielicht, hieß es.«

Er schüttelte sich in gespieltem Entsetzen, trank seinen Mokka aus und schnaufte verächtlich. Dann stand er auf. »Doch, ich glaube daran, dass Séancen etwas bewirken. Und zwar das gleiche wie eine Couch beim Therapeuten. Man redet über sich selbst und manche erkennen sich dann besser. Verlieren ihre Hemmungen. Und man verdient gut damit. Erleichtert die Gutgläubigen. Der Rest? *Bullshit!* Danke, Sie laden mich ein.«

»Moment mal!«, begehrte Wilhelm auf. »Ich wurde bestohlen. Im Hotel. Ängstigt Sie das gar nicht?«, folgte Wilhelm einem Impuls, als der Schriftsteller gehen wollte. »Sie wohnen auch da!«

Tatsächlich drehte der sich noch einmal um.

»Was mich ängstigt? Ich will Ihnen sagen, was mich ängstigt. Schon vom *Mercy Brown Vorfall* gehört?« Wilhelms Gesicht legte sich schräg. Byron wartete keine Reaktion ab. »1892 in Exeter, Rhode Island – 200 Meilen nördlich von mir. Alle Mitglieder einer großen Familie starben an Tuberkulose. Furchtbar. Damals war der Glaube an Wiedergänger stark, Untote. Freunde des gramzerfressenen Vaters setzten ihm die Wahnidee in den Kopf, eines seiner Kinder wäre ein Untoter gewesen und werde nun auch noch den letzten Sohn Edwin holen, der schon schwer krank war.« Er beugte sich vor und flüsterte wie ein Verschwörer. »Man grub alle toten Kinder wieder aus und der Vater musste zusehen. Und was glauben Sie? Die Tochter Mercy Brown, ein Jahr vorher gestorben, war vollständig erhalten. Sie hatte sogar noch Blut im Herzen.«

Wilhelm wurde fahl und er schluckte.

»Man machte die kleine Mercy für die Todesfälle verantwortlich und verbrannte ihr Herz und Lunge. Aus der Asche erzeugte man ein Tonikum, das man dem kranken Edwin zum Trinken gab. Er starb zwei Monate danach.«

»Wie und was ...«, begann Wilhelm.

»Wenn Sie von meinen Ängsten wissen wollen, *Herr* Darburg, dann ist es das: Lebendig begraben werden in einem schäbigen Loch. Und später herausgezerrt und zur Schau gestellt. Wie die kleine Mercy. Ob mich also ein Hoteldieb ängstigt? Natürlich. Aber die klauen alle hier. Jeder dieser kleinen Perser um uns herum ist ein Dieb. Jeder Pagenboy würde die passende Gelegenheit nutzen. Und die Europäer und Amerikaner? Sind noch größere Diebe. Und der Schah und seine Regierung?«

Er ließ ungesagt, dass es sich bei ihnen um die allergrößten Verbrecher von allen handeln dürfte und ging einfach, nachdem er Wilhelm grinsend zugenickt hatte. Einmal drehte er sich noch um.

»Darburg!«, rief er über die Straße. »Es heißt, Bram Stoker habe sich für seinen berühmten Roman durch das traurige Schicksal der armen Mercy Brown inspirieren lassen. Aber glauben Sie mir: *Diese* Geschichte stimmt. Können Sie nachlesen.«

Lange sah Wilhelm ihm nach, wie er über den Kanonenplatz schlenderte und in dem Gewimmel verschwand. Alvarado, ein Autor. Erfinder von Geschichten. Und doch ... irgendwann hörte er auf zu grübeln und lief zum Grand Hotel.

Kaum hatte er die Pforte überschritten, winkte der Rezeptionist ihm zu und schickte einen der Jungen in weißer Dienstgeisterjacke los. Er musste nur wenige Meter laufen, aber erhielt für das Kuvert von Wilhelm immerhin einen Kran in die bittend geöffnete Hand gedrückt.

Sorge keimte auf, was der Brief ihm bringen würde. Er setzte sich auf einen der Sessel in der Lobby und riss den Umschlag auf, so dass niemand ihm über die Schulter sehen konnte.

Auf einem Zettel standen handschriftliche Worte: *Bitte um Treffen morgen 8 Uhr. Grüße. Schulenburg.* Das andere war ein Telegramm, übermittelt durch die Indo-European Telegraph, dechiffriert von der deutschen Gesandtschaft: *Ankomme Teheran baldigst. Bereithalten zur Beratung. Schulz DELAG.*

Nachdenklich schob er beides wieder in den Umschlag und legte ihn auf seinen Schoß. Dann schloss er die Augen. Es war nicht zu Ende. Vielleicht würde es unangenehm, aber es ging weiter.

Junkers W 33 auf dem Flugplatz Teheran 1929 (Quelle: Junkers Jahresbericht 1930)

Wer ist Mister Ruby?

Berlin-Charlottenburg.

»Mein Herr, mundet Ihnen das Souper nicht?« Der Bedienstete im Kellnerfrack mit dem hageren Gesicht sah ihn an. Abwartend, vorsichtig. Seine Bartstoppeln verrieten eine länger als einen Tag zurückliegende Rasur.

Der blonde Mann mit der Boxernase und den wasserblauen Augen saß an dem Tisch und hatte sich in den letzten Minuten so gut wie gar nicht bewegt. Stattdessen schaute er gedankenverloren auf die Straße, die von der Abendsonne langsam golden eingefärbt wurde. Schwarze Limousinen fuhren vorbei und kleine offene Sportwagen. Es war die Ruhe vor dem abendlichen Sturm, bevor sich die Aktivitäten vom Ku'damm einige hundert Meter südlich von hier nach Norden verlagern würden, hin zu den Theatern und Kinos.

Der *Herr* hieß Mason Ruby, aber das wusste der Kellner selbstverständlich nicht. Unwillig löste Ruby seinen Blick vom Eingang des Hotel Savoy schräg gegenüber des ›Delphi-Palastes‹ auf der anderen Seite der Fasanenstraße in Charlottenburg. Er hatte sich absichtlich an den großen Fenstern zur Straße niedergelassen und wartete lauernd auf jemanden, den er nicht verpassen durfte. Flüchtig sah er den Kellner an. Sein Gespür berichtete ihm in wenigen Augenblicken die Lebensgeschichte des Mannes, der da vor ihm stand: Der schwarze Dienstfrack mit der Aufschrift ›Delphi-Palast‹ etwas zu groß, die Kopfhaut des Endfünfzigers leicht schuppig, die Haare grau und streng nach hinten gekämmt. Hornhaut an den Handknöcheln zeigte die schwere Arbeit vergangener Jahrzehnte. Gleichzeitig vermittelte er eine gewisse Intelligenz und Bescheidenheit. Mit deutschen Dialekten kannte der Privatdetektiv aus Sheffield sich nicht aus, aber die Aussprache des Mannes war härter als Deutsch in seinen Ohren ohnehin klang. Womöglich stammte er aus dem Osten, Posener Provinz, ein Landei. Alt geworden, musste immer noch arbeiten. Hatte während der Inflationszeit vielleicht sein Vermögen verloren. Die leichte Delle am Ringfinger mochte ein Hinweis auf eine vergangene Ehe sein. Die Frau, fortgelaufen oder gestorben? Wer wusste das schon und wen kümmerte es?

»Ich mag keine Linsensuppe«, sagte er und blickte wieder zum Hotel.

Ein Moment irritierten Schweigens trat ein, denn er hatte genau diese Mahlzeit bestellt und nicht einmal den Löffel benetzt. »Darf ich also abräumen, Sir?«, stellte der Kellner sich augenblicklich auf den ausländischen Gast um. Ruby wedelte mit der Hand, als verscheuche er ein lästiges Insekt. Bald würden die ersten Abendgesellschaften zum Tanzen eintreffen. Dann wollte er längst wieder fort sein. Vor Tanztees grauste es ihm. Wenn er in Berlin war, zog es ihn eher in den Admiralspalast in eine der Haller-Revuen. Dort traf man wenigstens die Damen der Haute Volee, der oberen Zehntausend. Wohlhabend vermählt, einem nächtlichen Abenteuer selten abgeneigt und sie nervten auch nicht. Als geheimnisvoller Brite reizte er die Frauen, keine von ihnen würde ihn für ihren reichen Gatten eintauschen. Problemfreie Liasons waren seine Sache. Das konnte im Tanztheater der Witwen und Verlassenen schnell anders ausgehen und Probleme dieser Art verabscheute er.

Der Kellner zog von dannen. Mason würde ihm Trinkgeld geben, aber er hatte keine Lust und Zeit für Freundlichkeiten. Das Leben war nicht nett, auch zu ihm nicht. Warum also sollte er das sein?

»Die Fotografiererei bei Werksbesuchen zu erlauben ist mehr als töricht, Hermann«, verlautete einer der beiden Herren am Nebentisch. »Es muss darauf geachtet werden, dass kein Besucher Wind von der Existenz des ›St 1‹ bekommt.«

Mason wurde hellwach und für einen Moment achtete er nicht weiter auf das ›Savoy‹. Der Mann, der so energisch auf sein Gegenüber einredete, mochte Ende fünfzig sein. Der andere schüttelte beruhigend den Kopf. Er schien etwas jünger, aber nicht viel.

»Keine Sorge, Hans. Ich lasse es so aussehen, dass die Pläne von Berkoff hinter verschlossenen Türen angefertigt werden. So ist zu verhindern, dass unnötig viele Leute ins Vertrauen gezogen werden.«

Der Mann mit Vornamen Herrmann winkte dem Kellner, der innerhalb von Sekunden neben ihm stand und abermals einen abschätzigen Blick auf Mason warf.

»Herr Hitzeroth, wie kann ich behilflich sein?«, fragte er beflissen und nahm eine Bestellung auf. Sodann eilte er, sie umgehend zu erledigen und den Röstkaffee fertigen zu lassen.

Der Ältere, *Hans*, griff den Gesprächsfaden wieder auf. »Nun, es ist ja so. Ein Stratosphärenschiff mit einem luftdichten, druckfesten Rumpf und den großen Kompressoranlagen ... das ist nun doch einmal etwas ganz anderes als die gewöhnlichen Typen. Und wenn das ein *Wettflug der Nationen* werden soll, muss es spannend sein«, betonte er, kurz bevor der Kellner wieder mit dem Kaffee erschien.

Mason spitzte die Ohren. ›*Stratosphärenschiff*‹? ›*Druckfeste und luftdichte Rümpfe*‹?

Gegenüber, vor dem Hotel Savoy, tat sich etwas. Eines der modernsten Hotels Berlins. Soeben eröffnet. Jedes Zimmer verfügte über ein Bad und elektrischen Zimmermädchenruf.

Leon, einer der Pagen, überquerte eilig die Straße, flüchtig nach links und rechts sehend. Er hielt einen Zettel in der Hand. Mason setzte sich aufrecht. Das war hoffentlich die Nachricht, auf die er wartete. Gleichzeitig versuchte er, weiter die beiden Männer nebenan zu belauschen, die gerade irgendetwas über geheime Konstruktionsdaten faselten. Aber in einer Lautstärke, als wollten sie diese an den Meistbietenden verkaufen.

Der Page stürmte durch die große Drehtür und blieb einen Moment stehen, dann hatte er den Engländer entdeckt und kam schnell auf ihn zu.

Auf halbem Weg verharrte er stocksteif und starrte die Männer am Nebentisch an. Erst dann trat er zu Mason, nicht, ohne weiterhin aus den Augenwinkeln die Herren in ihrer Unterhaltung anzuglotzen.

»Was ist mit dir?«, fragte Ruby ihn.

Verstohlen nickte Leon zum Nachbartisch. »Kennen Sie ihn nicht? Der eine, der Ältere, das ist Hans Dominik! Ein bekannter Autor. Er schreibt Zukunftsromane!« Er zupfte seine Livree gerade.

Nein, Mason kannte ihn nicht und interessierte sich nicht für deutsche Schriftsteller. Also ging er darüber hinweg. Wenigstens begriff er nun den Inhalt des mitangehörten Gesprächs. Unernster Unterhaltungskram. »Hast du, was ich will?«, fragte Mason mit einem leicht aggressiven Unterton. Der Junge sollte gefälligst ihm seine volle Aufmerksamkeit schenken. Dafür bezahlte er ihn schließlich.

Leon nickte heftig. Als Informant war er wirklich zu gebrauchen. Ein hübscher Bursche, beinahe ein wenig zu hübsch für einen Jungen, der kaum zwanzig Jahre alt war. Und er war jovial. Immer wieder schaffte er es, diesem Hans Schulz das zu entlocken, was Mason wissen wollte. Er wies ihm den Stuhl, aber der Bursche lehnte ab. Das geziemte sich nicht für einen Aushilfspagen. Er war diskret und sprach leise, damit niemand sonst es mitbekam.

»Herr Schulz war heute im Reichstag, Sir.«

Soweit war Mason im Bilde. Da hatte er ihn aus den Augen verloren, weil er selbst keinen Zutritt erhielt ins Parlament. »Dort hat er sich mit einem Abgeordneten getroffen, dem Freiherrn von Richthofen, wie ich hörte. Und einem Bankier. Wenn ich mich nicht irre, auch ein von Richthofen. «

Unwillig verzog Mason das Gesicht. »Kannst du nicht einmal genauer hinhören? Von Richthofen ist im Weltkrieg gefallen. Du meinst doch den Roten Baron?«

Der Junge schüttelte den Kopf, zog gleichzeitig die Schultern hoch. Mason wedelte mit der Hand und forderte ihn zum Weitererzählen auf.

»Was er besprochen hat, weiß ich nicht. Aber er hat sich mit dem Abgeordneten getroffen und dem Bankier. Jemand vom Außenministerium war auch dabei.«

Mason wurde wütend. Das verwirrte ihn. Hans Schulz war ein Manager der DELAG, der Luftfahrtgesellschaft. Natürlich hatten die Betreiber der Zeppelin-Luftschifffahrt Verbindungen in die Politik und vielleicht spielte Leon auf diesen Hartmann von Richthofen an, den er bereits als einen von Schulz' Kontakten identifiziert hatte. Dann gab es da noch diesen Unternehmer aus Potsdam, der mit Schulz irgendetwas zu tun hatte. Masons Auftraggeber waren an eben diesen Kontakten interessiert, aber bislang hatte er nichts liefern können. Nachdem er Schulz von Frankfurt aus nach Berlin gefolgt war, hatte er gehofft, dass sich nun etwas täte, aber er kam nicht nah genug heran und der Junge hörte nur, was er Schulz entlocken konnte.

»Das war alles? Warst ja mächtig erfolgreich!«, höhnte Mason und wandte den Blick ab, wie angewidert.

»Herr Schulz hat über die Rezeption einen Flug buchen lassen. Gleich morgen. Wie ich hörte, geht es über Moskau nach Teheran.«

»*What?*«, entfuhr es dem Engländer und beinahe stieß er mit den Knien von unten den Tisch empor. Schulz traf sich heute im Reichstag und flog morgen ab – nach wohin? *Teheran?* Persien? Ausgerechnet Persien? Wo sein eigenes Leben eine solch verhängnisvolle Wendung genommen hatte? Entscheiden konnte er schnell. »Lass mir den gleichen Flug buchen. Das Geld ist im Safe an der Rezeption hinterlegt. Los, spring!« Er zeigte auf das Schriftstück in Leons Händen. »Und was ist das? Für mich?«

Der Page nickte eifrig. »Ein Telegramm«, er reichte es Mason und gleichzeitig einen Stift, mit dem er den Empfang quittieren musste. Mason fiel die Gravur auf: ›Leon Miler‹ stand dort in geschwungenen Buchstaben geschrieben. Wohl der Privatstift des Jungen. Mit diesem öffnete er den Umschlag und las. Von seinem Steuerberater, Lipman & Scarff, London. ›Steuerschuld 1927 zu begleichen! Letzte Fristsetzung. Ende 3. Quartal 1929‹. Wütend schlug er mit der rechten Faust auf den Tisch und zerbrach den Stift. Bebend sah er den Jungen an, als wartete er darauf, dass dieser etwas sagen würde, damit er ihm an den Kragen gehen konnte. Leon war klug genug, seinen Verlust hinunterzuschlucken. Er kannte jähzornige und rechthaberische Gäste zur Genüge.

Masons Gedanken rasten. Das Guthaben im Safe war alles, was er hier hatte. So kurzfristig war es unmöglich, weiteres Geld anzufordern, falls er es überhaupt bekäme. Die Nachfragen seiner Auftraggeber wurden zunehmend ungeduldiger. Würde er den Flug bezahlen, könnte er seine Steuerschuld nicht begleichen. Es sei denn, er könnte die Sache zur Zufriedenheit seiner Kunden rechtzeitig abschließen. Wenn nicht, würden ihn die britischen Behörden auf die Fahndungsliste setzen, oder pfänden und er wusste nicht, was schlimmer war. Seine Reputation galt bereits ohnehin als *shaky*. Er hatte Jahre gebraucht, um sich als Wirtschaftsdetektiv einen halbwegs soliden Ruf zu erarbeiten. Weder war er wohlhabend noch so respektiert, dass er sich die Aufträge aussuchen konnte. Das hatte er sich mit seinem jetzigen Kunden erhofft. Wenn er einen bedeutenden und einflussreichen Auftraggeber zufriedenstellte, würde ihn das einige Sprossen nach oben auf der Erfolgsleiter befördern. Anderenfalls ...

»Was stehst du noch hier rum?«, schnauzte er den hübschen Jungen an und erhob sich. Der drehte sich um, nicht ohne einen weiteren sehnsüchtigen Blick auf den Schriftsteller zu werfen, verließ das Foyer und rannte über die Straße.

Ruby legte zwei Mark auf den Tisch und ging zu einer der Telefonkabinen. Dort nahm er den Hörer ab und ließ sich verbinden. Es dauerte nicht lange, als sich mit einem leisen Knacken eine freundliche junge Frauenstimme meldete.

»Auswärtiges Amt. Guten Abend. Wie kann ich Ihnen helfen?«

Mason räusperte sich. »Guten Abend«, sagte er betont langsam, damit sein britischer Akzent zur Geltung käme. »Ich möchte einen Gesprächspartner von heute Mittag sprechen.«

»Sind Sie Engländer? Wie wäre denn der Name, Sir?«

»Hm. Von Richthofen. Würden Sie mir die Abteilung und die Telefonnummer verraten?«

Es wurde still und leises Rascheln von Papier war zu hören. Das Fräulein ging Abteilungslisten durch. »Hier. Ja ... Freiherr Herbert von Richthofen leitet das Referat III für Asien, Sir. Darf ich Ihren Namen ...«

Mason legte auf. Seine Zunge fuhr langsam über seine Zähne. Er hatte keine Ahnung, was da vor sich ging. Aber der Zeppelin-Mann flog nach Teheran, nachdem er sich mit einem leitenden Beamten des deutschen Außenministeriums getroffen hatte. Hoffentlich schaffte es der Junge mit dem Flugschein. Er würde umgehend packen müssen.

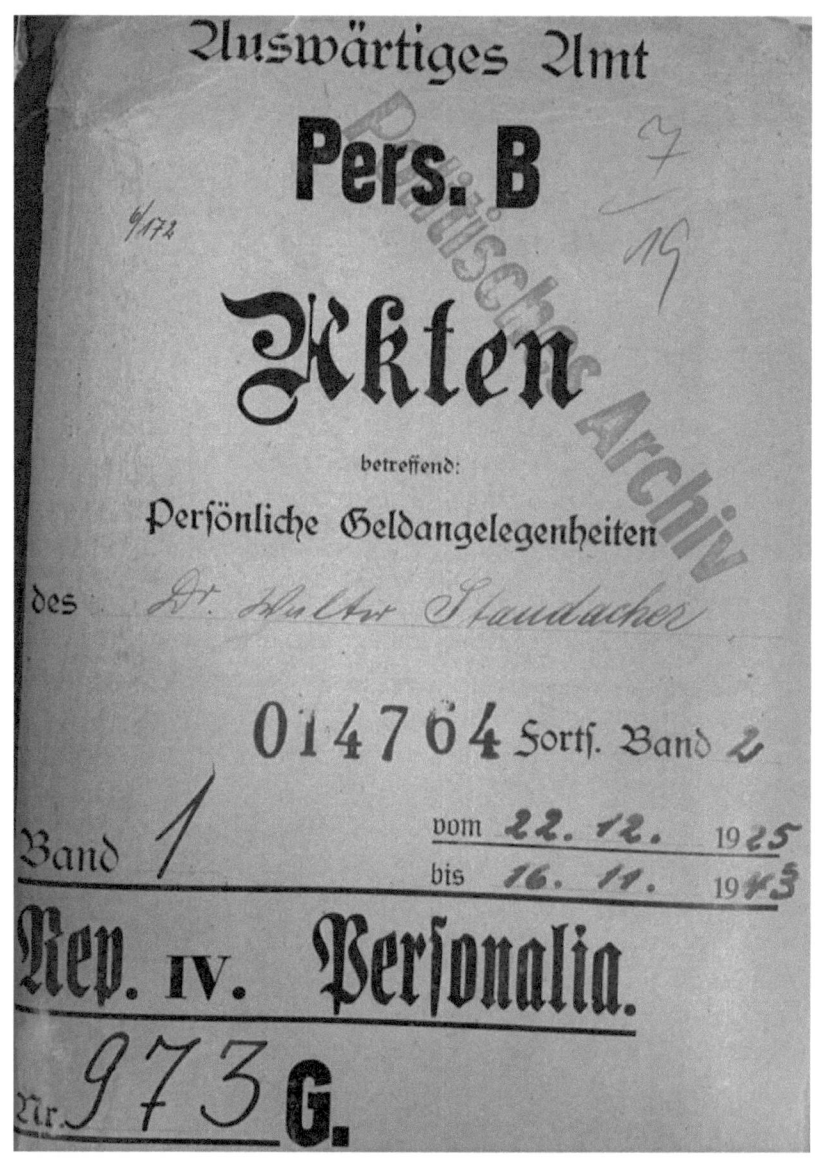

Personalakte Dr. Staudacher (Quelle: Politisches Archiv des AA)

Im diplomatischen Dienst

Es war erst Viertel vor acht Uhr morgens, als Wilhelm dem Wachmann am Tor der deutschen Gesandtschaft in der Firdousi-Straße seine Papiere zeigte. Der ließ ihn umstandslos zwischen den weißen Säulen hindurchtreten, welche die Zufahrt rahmten. Sein Weg führte durch eine kleine Rasenfläche zu der dahinter liegenden Terrasse, von der Stufen in die Diensträume wiesen. Vor dem Haus standen zwei Herren und rauchten. Als der Graf ihn sah, winkte er Wilhelm hastig zu und kam ihm entgegen.

»Ich muss das lassen«, lachte er zu dem anderen Mann und schnippste die Zigarette weg. »Ein ums andere Mal schreibe ich Alla, dass sie aufhören soll zu rauchen, und ich selbst ...?« Die Männer kicherten und der Gesandte streckte Wilhelm die Hand hin. »Einen schönen guten Morgen, Herr Darburg. Sie sind etwas früh, aber das macht gar nichts. Wir haben viel zu tun.« Er zeigte auf seinen Begleiter. »Darf ich vorstellen? Fritz Repnow.«

Repnow schüttelte ihm die Hand, ein freundlicher Mann, Anfang vierzig, mit Mittelscheitel und Monokel. Er deutete eine Verbeugung an. »Ich übe die Geschäfte des Kanzlers an der hiesigen Gesandtschaft aus«, sagte er förmlich.

Gemeinsam gingen sie auf das Haus zu. Gärtner benetzten die Beete und Grasflächen, Vögel zwitscherten in den Bäumen. Es würde heute wieder warm. Momentan war es noch angenehm im Schatten der Blätter.

Der Graf deutete auf Repnow und zu Wilhelm gewandt sagte er: »Wir sind zuversichtlich, dass er schon im November auch offiziell zum Kanzler ernannt wird. Das dauert stets ein wenig mit Berlin. Aufgrund des Gesundheitszustandes von Minister Stresemann kommt immer wieder einiges ins Stocken.«

»Oh ja«, schnaufte Repnow.

Sie traten durch die offene Eingangstür in das Haus und verharrten in der 1. Halle. »Er ist ja schon seit einem Jahr bei uns. Es wird also Zeit«, erklärte Graf Schulenburg. »Staudacher, kommen Sie mal zu uns!«, rief er laut in das Gebäude hinein. Irgendwo rutschte eine Schublade vernehmlich zu und der Sekretär erschien von links kommend in der Eingangshalle und gesellte sich grüßend zu ihnen.

»Wir gehen in den Gartensaal?«, fragte der Kanzler.

»Ich dachte an den Großen Salon vor dem Bild des Reichspräsidenten, aber der Gartensaal ist eine vortreffliche Idee!«, stimmte der Gesandte zu. »Staudacher, bringen Sie uns die Unterlagen dorthin?« Der verschwand augenblicklich. Wilhelm war ein wenig verwirrt. Er hatte das Telegramm dabei und vermutet, dass man darüber sprechen wollte. Um welche Dokumentenangelegenheit ging es denn sonst?

Gemeinsam betraten sie einen großen Raum, an den sich eine Terrasse anschloss, die durch die geöffnete Tür sichtbar war. Die hell getünchten Wände waren mit rotem Stuck versehen, am unteren Ende begrenzt durch eine weiße Holzverkleidung. Über einem Kamin in der Ecke hing ein persischer Teppich, der eine Frau in traditioneller Tracht zeigte. Auf einem niedrigen runden Tisch stand eine Wasserpfeife, mehrere Polstermöbel offerierten eine gewisse Behaglichkeit.

Der Kanzler in spe hatte eine Angewohnheit, die Spitze seines linken Schuhs klapperte leise auf dem Parkett.

»Exzellenz, ich erhielt gestern ein Telegramm …«, begann Wilhelm, aber der Legationssekretär war schon zurück. Er musste sich durch die Haare gefahren sein, denn seine hohe Stirn erschien noch höher und seine blonde Tolle stand heraus wie eine Pickelhaube. Er lächelte.

»Gerade fertig geworden«, sagte er stolz und legte ein Buch und eine Unterschriftenmappe auf den Tisch. Dann räumte er die Wasserpfeife zur Seite und stellte sie auf den Kaminsims. Die drei Diplomaten nahmen Aufstellung. Wilhelm wartete aufgeregt.

»Geehrter Herr Darburg, auf Weisung des Dirigenten der Abteilung III des Auswärtigen Amtes, des Freiherren Herbert von Richthofen, ernenne ich Sie zum *Diätar*, einen Beamten auf Zeit. Die Ernennung ist zunächst gültig bis zum 31. Dezember 1929 und verlängert sich um ein weiteres Jahr, wenn sie nicht widerrufen wird. Mit dieser Ernennung sind keinerlei Ansprüche auf Gehalt oder Ruhestandsbezüge verbunden.«

Staudacher schlug die Mappe auf und Wilhelm erkannte ein Dokument mit Reichsadler und Dienstsiegel, bereits unterschrieben vom Gesandten und dem Kanzler. Lediglich seine eigene Unterschrift fehlte.

»Sie müssten jetzt den Amtseid leisten. Der ist unersätzlich.« Staudacher klopfte auf das Buch, die Reichsverfassung.

Wilhelm räusperte sich. »Ich habe nichts dagegen, aber dieser Schritt … wie muss ich das verstehen?«

Kanzler Repnow ergriff das Wort. »Damit unterstützen und sichern wir Ihren Rechtsstatus gegenüber persischen Behörden. Berlin hat großes Interesse an dem Projekt. Dass Hartmann von Richthofen involviert ist, schadet dabei sicher nicht. Diese Familie ist groß und einflussreich.«

Wilhelm nickte. Einen der erfolgreichsten Jagdflieger des Weltkrieges, Manfred von Richthofen, den *Roten Baron*, kannte immerhin jedes Kind. »Aber diese Ehre ... wird sie allen zuteil, die Geschäfte in Persien verfolgen?«

»Nein«, sagte der Gesandte. »Aber jenen, die Projekte von erheblicher außenwirtschaftlicher und propagandistischer Bedeutung für das Reich verfolgen und die sich in unsicheren Zeiten und unruhigen Gefilden bewegen.«

»Wie Persien zur Zeit?«, fragte er stockend zurück.

Repnow und Graf Schulenburg sahen sich an. Der Gesandte lächelte nicht mehr. »Gegenwärtig nicht, aber das kann sich in den nächsten Wochen und Monaten schnell ändern. Der Hofminister konnte sich innenpolitisch stabilisieren, aber die Geistlichkeit ist weiter unruhig. Was wir von den lächerlichen Versuchen zu halten haben, die Rollbahn des Flugplatzes zu blockieren, wissen wir auch nicht. Noch etwas macht uns Sorge, nämlich die Verbindung der Stämme mit den städtischen Olama, den Geistlichen. Die Ausschreitungen vor der Junkers-Zentrale, dem *Cinema Mayak* und die Proteste gegen einen amerikanischen Film könnten einen Vorgeschmack gegeben haben auf Größeres.«

Wilhelm nickte zustimmend, die hatte er ja miterlebt.

»Wie man in Legationskreisen diskutiert«, fuhr der Graf fort, »hat sich die Polizei zurückgehalten und ist erst spät eingeschritten. Das mag natürlich ein Indiz dafür sein, dass sich der Pöbel in Grenzen austoben darf. Oder auch für eine zunehmende Schwäche des Staates. Der Schah setzt die neuen Flugzeuge von Junkers und ihre deutschen Piloten gegen Aufständische ein. Momentan stehen die im Kampf gegen die Bachtiaren und haben sogar das Landhaus des Provinzfürsten in Sefid Dasht angegriffen. Im Bazar von Isfahan sind Plakate aufgetaucht, die ein Kopfgeld auf die deutschen Piloten aussetzen.«

»Sie sehen jetzt besorgt aus, lieber Darburg«, versuchte Kanzler Repnow die Stimmung einzufangen.

»Etwas Sorge schadet nie, sie gemahnt zur Vorsicht«, ergänzte der Graf ernst. »Leider sind es nicht nur die Perser, sondern auch unsere englischen Freunde, die uns etwas Kopfzerbrechen bereiten. Wie Miss Palmer-Smith kürzlich erzählte, sind die Luftschiffe R100 und R101 so gut wie fertig. Botschafter Clive äußerte sich ebenso. Mit der Aushallung von R101 wird in wenigen Wochen gerechnet, der Jungfernflug soll noch in diesem Herbst stattfinden, der von R100 wenig später. Die Presse spricht von Fahrten nach Montreal, sogar Tasmanien. Dass sorgsam jeder Verweis auf Indien vermieden wird, könnte ein Indiz für die wahren Absichten sein. Berlin unterstützt daher entschieden den propagandistischen Großeffekt, den der Abstecher von LZ 127 nach Tehe-ran und später die Einrichtung einer Luftschifflinie mit LZ 128 bedeu-ten würde. Alles, was die Engländer frühzeitig auf diese Spur führen könnte, muss verhindert werden. Und dass Ihre Pläne verschwunden sind ...«

Wilhelm nickte. Die Sache wurde immer komplizierter und vielleicht sogar gefährlicher. »Wir müssen hoffen, dass es ein Eierdieb war, der nicht wusste, was er da stahl«, sprach er leise. Vor diesem Hintergrund glaubte Wilhelm selber kaum an seine eigenen Worte.

Alles war gesagt. Staudacher griff zu einem Papier aus der Unter-schriftenmappe und las vor: »Gemäß Artikel 176 der Verfassung des deutschen Reiches vom 11. August 1919 und der Ausführungsbestim-mung im Reichsgesetzblatt Seite 1383 Artikel 1 Satz 2 spricht der hier Anwesende Wilhelm Darburg, geboren 1889 in Potsdam, Sohn des Weinhändlers Adalbert Darburg und seiner Gattin Rachel Darburg, ge-borene Rothstein, die Eidesformel für *übrige* Beamte: *Ich schwöre Treue der Reichsverfassung.*«

Wilhelm sprach ihm nach: »Ich schwöre Treue der Reichsverfas-sung.«

Alle sahen sich an. Repnow nickte. »Fein, dann haben wir das ja.«

»Und nun? Was tue ich nun?« Wilhelm wirkte ratlos.

Der Graf reichte ihm die Hand. »Das gleiche wie vorher. Sie warten auf Nachrichten aus Berlin. Herr Schulz wird ja mit Instruktionen an-kommen, vielleicht bringt er neue Dokumente mit. Er flog gestern in al-ler Herrgottsfrühe in Berlin los und ist sicher bereits in Moskau gelan-det. Er hat es eilig. Sie können sich von nun an für Post- und Nachrich-tensachen an die Gesandtschaft wenden. Wenn Sie dringende Informa-tionen haben, gehen Sie zu Staudacher.« Auch die anderen schüttelten seine Hände. Die Zeremonie war beendet und er wurde nach draußen geleitet.

Das Wunder der Nour-Steine

Für Wilhelm fühlte es sich besser an, mit dem zeitweise verliehenen diplomatischen Schutz durch Teheran zu wandern. Neue Sorgen waren hinzugetreten. Die Bachtiaren als Störenfriede, Diebe im Hotel, eine persische Regierung von zweifelhafter Stabilität, möglicherweise Komplikationen mit anderen Mächten wie England ... von all dem hatte er nichts geahnt. Wenn er ehrlich zu sich selbst fand, dann war das zu Erwarten gewesen. Man brauchte nur Karl May lesen, um zu erkennen, dass Innovationen überall auf der Welt und in jeder Kultur Geld bedeuteten und immer Neider, Konkurrenten und Widerstand anzogen. Gertrude fehlte ihm. Es gab Tage, da dachte er nicht einmal an sie – das bereitete ihm Angst. Eilig schrieb er ihr einen kurzen Brief und faltete den Zettel, damit der Empfang ihn später abschicken würde. Wenige Zeilen nur. Als seine Adresse gab er die Gesandtschaft an – darüber würde man ihn sicher immer finden. Hoffentlich antwortete sie ihm.

Das Mittagsgebet wartete er im Hotel ab. Nach seiner Rückkehr war eine Garnitur Kleidung gereinigt und geplättet gewesen. Erleichtert kleidete er sich um und gab auch den Rest seiner Sachen mit dem Staub aus Lamiasar in säubernde Hände. Dann lief er aufmerksam durch die öffentlich zugänglichen Räume des Hotels und das große Auditorium. Die Hoffnung war noch vorhanden, dass der Dieb die für ihn, *oder sie*, wertlosen Unterlagen einfach irgendwo hingeworfen hatte. Natürlich fand er nichts.

Danach legte er sich auf sein Bett und betrachtete die seltsame graue Kugel aus der von Mongolen zerstörten Assassinenburg. Bis es an der Tür klopfte und ein junger Diener ihm umständlich mitteilte, dass in der Lobby jemand auf ihn warte. Den Gedanken, das eigentümliche Artefakt zu verstecken, verwarf er sofort wieder. Kein einziges Risiko wollte er mehr eingehen und das Mineral möglichst immer bei sich haben. Er steckte die Kugel tief in seine Hosentasche, dann lief er neugierig nach unten.

Erfreut sah er, dass Moshir dort wartete.

»Kasem sagt, ich soll Ihnen zu Diensten sein und ein wenig auf Sie aufpassen«, lächelte der Perser. »Wenn Sie es wünschen, warte ich hier unten, bis Sie mich brauchen.«

Wilhelm schüttelte den Kopf. Er setzte sich eng neben ihn, steckte die Hand in die Hosentasche und zog sein Fundstück heraus. »Sieh mal, Moshir«, flüsterte er und präsentierte die Kugel. Dessen Überraschung hätte nicht größer sein können.

»Die ... haben wir doch gefunden. Aber woher ... die sind doch alle ...«

»Eine hatte ich in die Tasche gesteckt, die erste. Alles andere ist fort, aber diese habe ich noch.« Er gab sie dem Jungen, der sie ausgiebig betrachtete. Wilhelm behielt die Umgebung im Blick. Verhielten sich der Gäste auffällig? Beobachtete sie jemand? Er konnte nichts entdecken.

»Der Amerikaner hatte recht, die Kugel ... sie leuchtet. Aber nein ... und doch!«

»Ich weiß«, flüsterte Wilhelm, ohne die Umgebung zu vernachlässigen. »Es scheint, als sei etwas da drin. Aber man sieht es nicht.«

»Nein, man kann es nicht genau erkennen«, bestätigte Moshir erfürchtig. »Es entzieht sich!« Er gab sie Wilhelm zurück.

»Ich habe Angst, dass sie mir gestohlen wird.« Eilig erzählte er ihm von dem Diebstahl seiner Unterlagen, ohne allzu sehr ins Detail zu gehen. Moshir wirkte betroffen. »Deshalb möchte ich gerne ein kleines Kästchen kaufen, das ich mir um den Hals hängen kann.«

Zögernd fand sein persischer Helfer die Sprache wieder. »Aber ja, das ist leicht. Wir gehen zu den Schmuckmachern auf dem Bazar. Ohne den Bachtiaren diesmal.«

Wilhelm lächelte gequält. Er forderte Moshir auf mitzukommen und trat an die Rezeption. Dort ließ er sich aus dem Tresor fünfzig Toman seines Guthabens aushändigen. Er unterzeichnete die Übergabe und gab ihm die Hälfte, falls einer von ihnen beraubt würde. Der protestierte zunächst, nahm es aber doch. Dann machten sie sich auf den Weg zum Bazar.

Der Lärm der Hämmer verkündete schon von weitem die Arbeit der Kupfer- und Silberschmiede. Nicht nur Schmuck entstand im Bazar, Schalen und Schüsseln und sogar Samoware wurden ebenfalls gefertigt. Es war die Kunstfertigkeit der Juwelenschleifer und Goldschmiede, die jedem Besucher die Augen aus dem Kopf treten ließen. Oftmals waren ganze Schätze aufgetürmt, Gold- und Silbermünzen aus aller Herren Länder, wohlweislich stets ein wenig außer Reichweite der Laufkundschaft aufbewahrt, aber dennoch gut sichtbar. Sie kündeten von der Erfahrung und Weltgewandtheit ihrer Besitzer. Es funkelte überall, Edelsteine in den buntesten Farben lagen herum oder wurden angebracht auf Handschmiedearbeit, wo sie Ornamente verzierten. Nicht selten Blumenmuster, aber auch Darstellungen zweifelhaften Geschmacks wie Drachen oder sogar Automobile. Eine vornehme Handwerkskunst, in Deutschland längst verschwunden und von Maschinen verdrängt. Die Zunft der Kupferstecher seit mehr als hundert Jahren ausgestorben. Hier lebten sie ihre eigene Moderne.

Bald standen sie an dem winzigen Laden des alten Juden, Hassid Bar Yaghoubzadeh. Gemächlich arbeitete der an Schmuck und fügte lilafarbene Steine in ein Medaillon ein. Sein Junge hockte untätig im Halbdunkel des Geschäfts.

»Wollen Sie wirklich ein Kästchen? Sie können die Kugel auch als Kette um den Hals tragen«, flüsterte Moshir.

Er nickte bestätigend. »Frag ihn einmal.« Heimlich steckte der Junge Wilhelm die andere Hälfte dessen Geldes zu. Es gefiel ihm nicht, für die Habe eines Ausländers verantwortlich zu sein.

Der Alte unterbrach seine Arbeit, lauschte ihrem Wunsch und zog einige fertige Ketten unter seinem Schemel hervor. Eine fiel Wilhelm besonders auf. Ihr Anhänger war tropfenförmig, in der Mitte saß eine nahezu glasklare Kugel, vermutlich aus Bergkristall und am tieferen Ende befand sich eine Perle. Die Fassung bestand aus Gold, in die kleine Schriftzeichen eingeritzt waren. Es war nicht arabisch. Auf diese zeigte er.

»Die ist schön« Dann zog er die Kugel aus der Tasche. »Frag ihn, ob er den Kristall durch diese Kugel ersetzen kann.«

Der Alte musterte den Stein und zog ein Gesicht, als sei er tief erschrocken, dass sein wundervoll geschliffener Edelstein durch ein graues Mineral ersetzt werden solle.

»Der Juwelenmacher fragt, ob Sie nicht lieber die schöne Kette kaufen möchten.«

»Nein, ich will eine Fassung für diesen Stein. Ich hätte gerne diese Fassung.«

Moshir und der Mann wechselten ein paar Worte. Dann übersetzte er wieder.

»Er möchte die Kette nicht zerstören. Er sagt unfreundliche Dinge über Ihre Kugel, die wir gefunden haben. Aber er hat eine weitere Fassung. Sie beide stammen aus dem Besitz einer der Frauen von Fatih Ali Schah.«

»Ach«, schmunzelte Wilhelm, der kein Wort davon glaubte. Der Alte zog bereits eine identische Ausführung aus Gold hervor, der jedoch der Stein fehlte. »Von welcher der über einhundert Frauen stammen die Stücke denn?«

Bevor Moshir fragen konnte, sagte der Alte etwas und Moshir übersetzte. »Fatih Ali Schah hatte 158 Frauen und diese Stücke stammten von seiner *Ersten*, der Stammmutter, die den Thronerben gebar.«

Wilhelm staunte, der Alte streckte seinen Zeigefinger aus und krümmte ihn mehrfach, dabei sah er auf die Kugel. Moshir nickte zustimmend, daher reichte Wilhelm sie dem Mann. Der betrachtete und bewunderte sie, ein kaum spürbarer Ruck ging durch seinen Nacken. Auch seinem Sohn blieb die Reaktion nicht verborgen, denn er kam langsam aus dem Schatten und sah dem Vater über die Schulter. Auch dem Alten war das eigentümliche Wesen des Steins aufgefallen.

Der Bazarhändler murmelte. Moshir staunte.

»Er zitiert Hafis«, flüsterte der. »*Sagt mir doch, warum die Augen; Diese dunklen, wundervollen; Diese vollen Mondgesichter; Mir so gar nicht hold sein wollen.*« Er kicherte zu Wilhelm gewandt. »Er besingt die dunklen Augen der Prinzenmutter.«

Wilhelm nickte. »Gut, dann möge er die Kugel in die leere Fassung einsetzen. Und für den Abschluss unten ...«, er ließ seinen Blick schweifen und beugte sich vor. Unter dem stoffbezogenen Schemel des Mannes lagen Kästchen und Schüsselchen, in einer davon alleine, groß und leuchtend eine knallrote Perle. »Die da! Diese rote Kugel, oder Perle. Ist das eine Perle? So groß?«

Wilhelm streckte die Hand aus und mit leichtem Zögern ließ der Alte die Kugel wieder auf dessen Handfläche zurückrollen. Moshir übersetzte und auch Haim, sein Sohn, redete auf ihn ein. Moshir zog ein entsetztes Gesicht.

»Das ist unverschämt, es ist zuviel. Der Mann will 1700 Toman. Für die Perle und die Fassung.«

Wilhelm hielt die Hand auf und erhielt die Perle zur Ansicht. Sie war tatsächlich tief rot und schien echt zu sein. Es war eine von der Art, wie man sie sonst höchstens in Abenteuerromanen beschrieben fand. Der Preis indes astronomisch. Aber daheim sicherlich das Dreifache oder Vierfache wert.

»Sag ihm, höher als 1500 gehe ich nicht. Das sind 6000 Reichsmark. Verhandele bitte mit ihm. Und dafür muss er auch meine Kugel einarbeiten.«

»Aber Herr, das ist ... davon kann man hier mehr als ein Jahr leben. Ohne Arbeit«, quälte sich Moshir. Trotzdem gehorchte er.

Um den Druck zu erhöhen drehte Wilhelm sich um und ging einfach. Schon kurze Zeit später lief ihm Moshir rufend hinterher. Man hatte sich geeinigt. Auf 1500 Toman. Für das bearbeitete Schmuckstück. Wilhelm zog seinen Notizblock und den praktischen Tintenkuli von Rotring aus der Tasche. Er kritzelte etwas und riss die Seite aus dem Heft, die er Moshir gab. Es war eine Zahlungsanweisung, die Rezeption sollte dem Überbringer dieser Nachricht umgehend 1500 Toman aushändigen. Zur Sicherheit schrieb er seine deutsche Adresse und die Zimmernummer hinzu sowie den Namen des Hotelbesitzers und als Referenz für den Notfall den Namen des Gesandten.

Moshir rollte mit den Augen, aber er bestätigte brav den Plan. Der Alte solle schon einmal beginnen, er bekäme hundert Toman als Anzahlung und den Rest nach Moshirs Wiederkehr. Der Deutsche würde bei ihm bleiben. Dann rannte er los. Der Sohn des Juweliers nahm das Geld, zählte es und gab ein nahezu unhörbares Signal, er schnalzte mit der Zunge. Augenblicklich beendete der Alte die Arbeit an den anderen Stücken und bereitete die Fassung vor. Er feilte ein wenig an ihr herum und weitete die Wölbung, in welcher die graue Kugel Aufnahme finden sollte. Bei dem Versuch, sie in den goldenen Rahmen zu setzen, rutschte sie ihm mehrfach ab und der Mann kniff die Augen zusammen, als könne er nicht richtig sehen.

Wilhelm musterte den Laden. Im Hintergrund stapelte sich allerlei Krimskrams. Sogar Schachteln mit europäischen Aufdrucken entdeckte er. Telefunken Ersatzteile, Osram-Glühbirnen, auch einen Gaszähler der Deutschen Continental Gas ... was für ein Sammelsurium. Daneben glasbesetzte Gürtel und etliche Kästchen und Schubladen.

Hin und wieder lehnte sich der Schmuckmacher zurück und blickte in den Himmel, manchmal zeichneten die im leichten Wind sich bewegenden Tücher Lichtmuster auf sein Gesicht. Erneut begann er und hörte abermals auf. So ging es mehrmals. Der Junge fragte etwas, dann wiederholte er die Antwort des Alten laut und Männer aus den benachbarten Edelsteinläden liefen zusammen. Wilhelm wurde unwohl. Niemand beachtete ihn, alle wollten einen Blick auf die Kugel werfen.

Plötzlich legte der Händler die Kugel und die Fassung in das Schälchen mit der Perle und zog sich in den Laden zurück. Dort ließ er sich auf dem Boden nieder und schloss die Augen, als wolle er sich ausruhen. Wilhelm war ratlos, einer der Männer ging fort, die anderen kümmerten sich wieder um ihre Geschäfte.

»Woher der Stein?«, fragte ihn überraschend der Sohn des Mannes. »Mein Vater hat Augenschmerzen, der Stein macht krank. Vielleicht verzaubert?«

»Sie verstehen mich?« Wilhelm verfluchte sich über seine fehlende Vorsicht bei den Preisverhandlungen. Kein Wunder, dass man sich auf den von ihm selbst vorgeschlagenen Preis geeinigt hatte. Der Junge nickte. Wilhelm schüttelte den Kopf. »Er ist sicher nicht verzaubert. Vielleicht geschickt geschliffen. Es fällt bloß schwer, ihn direkt anzusehen.«

Der fortgelaufene Händler kehrte zurück und schleppte einen Rabbi mit sich. Wieder rückten die Leute aus den umliegenden Läden zusammen. Wilhelm wurde mulmig. In Berlin liefen viele Juden herum, in seinem Viertel gab es etliche Hinterhofsynagogen, seine eigene Herkunft war teilweise jüdisch. Aber seine Mutter hatte bereits mit ihrer Religion gebrochen und so hatten sich für ihn nur wenige Berührungen ergeben. Die Bazaris unterhielten sich leise und der Juwelenmacher holte das Schälchen unter dem Schemel hervor. Der Rabbi nahm die Kugel in die Hand.

»*Alman?* Deutscher?«, fragte der Rabbi. »*Fun vanen kumt es?*«

Nach einem Augenblick der Irritation zog Wilhelm ihm mit spitzen Fingern die Kugel von der Handfläche. »Ich habe sie gefunden. In Lamiasar. Es ist eine Burg ...«. Sie mussten Bescheid wissen, er hörte hin und wieder den Begriff *Alamut* sowie *Hashashin* und *Hashashiyun*. Der Rabbi flüsterte von *Bag Dad*, und jemand sagte kaum missverständlich *Hulagu Khan*.

»Wissen Sie, ich möchte nur eine Kette machen lassen«, versuchte Wilhelm einen Ausweg, denn er bekam Angst vor einem Missverständnis und der Drang wuchs, hier verschwinden zu wollen. Er war umringt von Fremden, die nicht sonderlich freundlich schienen.

»Kette ist morgen fertig. Kommen Sie morgen wieder«, sagte der Alte plötzlich, als alle anderen zu schweigen begonnen hatten.

Wilhelm hielt den Stein fest in der Hand umschlossen. Seine Gedanken rasten. Das wollte er nicht, keinesfalls. Was würde geschehen, wenn er ginge? Da er nicht reagierte, sahen ihn der Rabbi und der Alte eindringlich an.

»Halt, Herr Darburg!«, schrie jemand von hinten und Moshir rannte heran, warnend und entschuldigend *Bebachshid* rufend in alle Richtungen. Dann war er bei ihm. »Verzeihen Sie, es hat etwas gedauert, aber hier ist das Geld.« Er gab ihm einen Umschlag, das Interesse der Umgebung wuchs.

»Sie wollen die Kette erst morgen fertig haben«, flüsterte Wilhelm. Moshir schüttelte heftig den Kopf und seine Augen rollten warnend.

»Nein, heute«, sagte er mit fester Stimme. »Wir warten.« Er gab dem Mann das restliche Geld. Die anderen zerstreuten sich, der Sohn zog sich zurück, bloß der Rabbi blieb stehen und wechselte ein paar Worte mit dem Alten, die weder Wilhelm noch Moshir verstanden. Dann ging auch er. Sie warteten und der Mann arbeitete. Er kniff die Augen zusammen und sah nicht direkt auf den Stein, sondern drückte ihn mit den Daumen in die Fassung. Er verdeckte ihn mit einem Stück Stoff und werkelte an der Befestigung der roten Perle. Nach kaum einer weiteren Stunde war die Arbeit geschafft und beinahe zeitgleich kehrte der Rabbi zurück mit einem dicken alten Buch. Er zeigte es dem Jungen, dann erhob sich auch der Alte und warf einen Blick hinein.

»Holen Sie sich die Kette besser zurück«, flüsterte Moshir warnend.

»Ich kaufe Ihre Kette«, sagte der Alte mit einem freundlichen Lächeln und ohne jeden Akzent. Dann zog er die 1500 Toman hervor und zählte weitere 500 obendrauf.

»Keinesfalls!«, antwortete Wilhelm und streckte die Hand aus. »Wir haben ein Geschäft und Sie sind ein Mann von Ehre.«

Der Alte nickte. »Ich biete Ihnen 3000 Toman.«

Wilhelm schluckte. Moshir wurde weiß wie der schneebedeckte Gipfel des Damawand.

»Was steht in dem Buch?«, fragte der Deutsche.

»Ich sage es Ihnen, wenn Sie mein Geld akzeptieren und mir die Kette verkaufen.« Der Mann gab dem Jungen einen Wink. Der sprang los und war Sekunden später mit einem dicken Bündel Geldscheine zurück. Dollarscheine! Er legte 500 Dollar auf den Stapel, warf ihm einen prüfenden Blick zu. Als Wilhelm nicht reagierte, folgten weitere 500. Dreitausend Toman und tausend Dollar. Insgesamt fast viertausend Dollar. Bei einem Wechselkurs von 4,20 Mark lag dort eine Gesamtsumme von über 16.000 Reichsmark! Wilhelm unterdrückte ein nervöses Husten. Der Händler starrte ihn abwartend an. Seine Finger zuckten. Würde er noch mehr drauflegen? Soviel Geld, in Sekunden verdient.

Wilhelm und Moshir wechselten Blicke.

Wilhelms Stimme versagte fast, als er sich um einen festen Ton bemühte. »Nein, nein. Nein. Haben Sie 50.000 Toman? Oder 100.000? Das wäre mir alles egal. Meine Antwort ist immer Nein.« Ein Seitenblick auf Moshir, der wurde nahezu ohnmächtig bei diesen Summen. Wieder streckte er die Hand aus. Verärgert, langsam, aber doch bereitwillig legte der Alte die Kette hinein. Sie fühlte sich schwer an und sah prachtvoll aus, ehrwürdig, erhaben. »Also: Was steht in dem Buch?«

»*Hat ihr anderer Shteyner?*«, fragte der Rabbi auf Jiddisch.

Wilhelm konzentrierte sich, ließ den Klang der Worte in seinem Kopf rollen und antwortete dann, dass sie lediglich diesen einen Stein hätten. Kein anderer wäre gefunden worden. »Was steht in dem Buch?«, fragte er zum dritten Mal und zählte 200 Toman von seinem restlichen Geld. Der Junge kam, nahm sie und zog weitere 100 Toman mit sich. Wilhelm ließ es zu. Bloß keinen Aufruhr im Bazar. Dann sprach der Alte:

»Es ist eine Sage. Um 1250 der westlichen Zeitrechnung breiteten sich die Mongolen nach Süden und Westen aus. Ihr Ziel war Bagdad, das Zentrum der Welt, das Geschenk Gottes. Hort von Wissen und Kunst.

Hier in Persien stießen sie auf ersten Widerstand. Ala ad Din Muhammad III wollte sich mit dem Joch und dem Hass der Eindringlinge nicht zufriedengeben und schickte Mörder aus, Assassinen, die die mongolischen Edelleute umbringen und damit den Feind schwächen sollten. Denn ihr Heer betrug mehr als hundertfünfzigtausend Mann und war im Feld nicht zu besiegen. Doch Verrat und List ließen den Plan scheitern und führten die fremden Heere in die Berge von Alamut. Dort wurden die persischen Helden vernichtet und ihre Burgen geschliffen.«

Grußlos ging der Rabbi und nahm sein Buch mit. Der Alte erzählte weiter.

»Danach zogen die Mongolen nach Bagdad und vernichteten die Stadt vollständig. Sie zerstörten die Wasserkanäle und versalzten das Land. Sie rissen Türme und Paläste um und brandschatzten die ehrwürdigen Bibliotheken. Was sie an Schriften nicht dem Feuer zum Fraß gaben, warfen sie in den Tigris. Doch die Menschen dort ehrten das Wissen, so wie wir Juden die Bücher lieben. Sie griffen zu *Nour*, Steinen des Lichts, und warfen sie in den Strom. Neunundneunzig Steine waren es, wie ihr Gott neunundneunzig Namen hat, anders als unserer, Jahwe. *Einer, der da ist.* Diese Steine tranken das Wissen, das alte Wissen der mesopotamischen Kultur, und nahmen es auf. Es befindet sich in ihnen, sagen die Schriften.«

Wilhelm hob die Kette hoch und band das Tüchlein los, das darum geschlungen war. Sanft verformten sich Schlierenmuster, eine optische Täuschung? Der Alte kniff die Augen zusammen, um die Kugel nicht direkt anzusehen.

»*Das* soll einer dieser *Nour* sein? Der Lichtsteine? Und wie kommen sie von Bagdad nach Persien, in die Berge von Alamut?«, fragte Wilhelm.

Der Alte hob die Schultern. »Vielleicht wollte man sie dort verstecken, wo der Hass der Mongolen sich bereits vollkommen ausgetobt hatte? Warum sollten sie dorthin zurückkehren, wo sie schon alles vernichtet hatten?«

»Alamut oder Lamiasar«, flüsterte Moshir. Wilhelm nickte. Er streifte sich die Kette über den Kopf und verbarg sie unter seinem Hemd. Ob wahr oder nicht, dieses Schmuckstück war etwas Besonderes und er wollte es als solches bewahren.

Wilhelm verbeugte sich, dann gingen sie. Er spürte deutlich das Gewicht des Kettenanhängers auf seiner Brust – und die Leere in seiner Tasche, in der sich das viele Geld befunden hatte.

Was musste Moshir denken, der so viel im ganzen Jahr nicht verdiente? Oder in zweien? Und diese Geschichte ... im Orient wuchsen die Ereignisse im Quadrat ihrer Entfernung. Und die Gerüchte und Sagen.

Wahrheit und Dichtung mischten sich permanent. Jemand sah einen verdächtig aussehenden Menschen, der nächste machte einen Räuber daraus, der dritte erzählte von einem Toten am Straßenrand. Wenn dann alles irgendwann im Bazar landete, wurde jede Kleinigkeit wie durch ein Vergrößerungsglas betrachtet und die Stadt sah sich bedroht von einer blutlüsternen Räuberbande. Die orientalische Phantasie entzündete sich oft an ihrer eigenen Glut. War erst ein Ereignis unter den Bazaris gelandet, wurde bald eine epochale Nachricht daraus. Die nicht unbedingt stimmte, an die aber jeder glaubte. So verhielt es sich vielleicht auch mit den Nour-Steinen? Aber es war nicht lediglich ein Gerücht. Der Rabbi hatte die Geschichte in alten Schriften gefunden.

Junkers F 13 über Teheran (Quelle: Junkers-Archiv, Deutsches Museum München)

Hans Schulz in Teheran

Die Ankunft von Hans Schulz hatte sich um einen weiteren Tag verzögert, erst heute sollte es so weit sein. Vor fünf Tagen war er abgeflogen. Wilhelm schaute auf seine Armbanduhr: längst nach elf Uhr Vormittags. Fräulein Huth hatte den Flug für halb zehn avisiert, aus Baku kommend. Seitdem sah er dem Staub dabei zu, wie der leichte Wind ihn von der einen zur anderen Seite des von Wällen umrandeten Innenhofes wehte. Paul hatte ihm den Zutritt in sein Zelt gestattet, wo er wieder einmal den Funkwagen untersuchte. Er konnte es einfach nicht lassen. Zu stark waren seine Erinnerungen an die Kriegszeit und was er und seine Truppe damit erlebt hatten. Die Kinderzeit der Funktechnologie. Innerhalb kürzester Zeit hatten sie viele Erfahrungen gemacht unter verschiedensten Bedingungen. Nachdenklich sank er im Schatten auf einen Klappstuhl aus Stoff und streckte die Beine aus. Weit sehen konnte er nicht, ein schmaler Spalt zwischen den Lehmwällen erlaubte einen Blick auf den Horizont. Aber was war dieser gegen den unendlichen und makellosen Himmel. Nur im Süden, wohl über Ghom, hatten sich zwei kleine weiße Wolkenhügel angesammelt.

Von nebenan hörte er Paul fluchen. Dessen Spezialschlüssel für die Schrauben der Motordichtung war noch immer nicht eingetroffen und so arbeitete er mit unpassendem Werkzeug, stets in der Angst, einen Schraubenkopf abzubrechen und dann richtig in der Patsche zu sitzen. Ein dumpfer Schlag, gefolgt von einem Klirren, gab Zeugnis vom fliegenden Schraubenschlüssel, der gegen die Holzwand der Halle geprallt und danach auf den Boden gefallen war. Schadenfreude mochte er eigentlich nicht, und trotzdem musste er lächeln.

»Brauchen Sie Hilfe, Paul?«, rief er nicht mal laut, denn der Junkers-Mechaniker arbeitete keine fünf Meter entfernt, getrennt von ihm nur durch eine Bretterwand und die olivfarbene Zeltplane.

»Das wüsste ich«, war Murmeln zu vernehmen und Wilhelm kicherte, trotz der Sorgen, die er sich machte. »Sehen Sie lieber zu, dass Sie Ihren Besucher nicht verpassen! Der steht beinahe schon auf Ihren Füßen«, meckerte Paul.

Wilhelm hielt den Atem an. Es schien ... hatte er ... und wirklich. Kaum hörbar zunächst, dann wurde es deutlicher und immer lauter. Motorenbrummen. »Paul, das können Sie doch unmöglich gehört haben!«

Lachen von nebenan. Wilhelm erhob sich aus dem Stuhl und ging in das Freie hinaus. Das Geräusch war so leise, dass er nicht einmal die Richtung ausmachen konnte, aus der er den Flieger erwarten sollte.

»Ich höre sogar, dass die Öltemperatur erhöht ist«, tönte der andere vorlaut aus dem Inneren seines Zeltes.

»Und wie hat dem Kopiloten das Frühstück geschmeckt?«, lästerte Wilhelm.

»Er hat es gehasst.« Paul grinste aus dem Dunkel. »Ich übertreibe natürlich. Außer über das Frühstück in Baku. Genießen Sie das mal, dann wissen Sie Bescheid. Sowjetische Küche ... da liegt man mit Enthaltsamkeit immer richtig.« Er sah prüfend in den Himmel. »Sie kommen aus nordwestlicher Richtung rein. Dann haben sie sich entlang der aserischen Küste bewegt. Vermutlich ein Gewitter über dem Kaspi.«

Wilhelm betrachtete die Berge, die im strahlenden Sonnenlicht lagen. Sie hielten von Norden her schlechtes Wetter ab, über dem Kaspischen Meer war es wenig berechenbar. Er schlenderte die paar Meter zur Verwaltung und bat Fräulein Huth, in der Gesandtschaft anzurufen und einen Wagen anzufordern. Graf von der Schulenburg hatte darum gebeten, dass Hans Schulz zunächst ein Zimmer im Grand Hotel nähme, aber sogleich gemeinsam mit Wilhelm zu ihm käme. Dann verließ er den Vorplatz, trat zwischen den Erdwällen heraus und stellte sich neben die Rollbahn.

Einige hundert Meter entfernt wuchs der Ankermast in die Höhe, eine hölzerne Konstruktion mit einem steinernen Fundament im Format sieben mal sieben Meter erhob sich bereits drei Meter über die Steppe. Bis in fünf Meter Tiefe war ein Stützgestänge in den Grund getrieben worden. Arbeiter kletterten daran herum, sie würden in spätestens einer Woche den Turm bis in eine Höhe von vierundzwanzig Metern fertig gestellt haben. Als Vorbild hatten dem Architekten die grazilen Türme gedient, die Umberto Nobile für seine Polarfahrten mit dem Luftschiff am Nordkap anfertigen ließ. Nur war der Teheraner Mast nicht aus Metall, sondern hauptsächlich aus Holz, da hier nicht mit den heftigen Stürmen zu rechnen war, wie dort oder in Südamerika. Und er brauchte längst nicht so hoch sein, denn der *Graf* sollte mit der Gondel auf dem Grund ruhen. Wenn LZ 127 käme und landete, wäre es zudem nur eine Stippvisite. Würde eine regelmäßige Verbindung eingerichtet, musste man eine gänzlich andere Infrastruktur schaffen. Aber immerhin konnte er dem DELAG-Beauftragten etwas vorweisen.

Nachdenklich die Worte abwägend, die er gleich zur Begrüßung wählen wollte, wanderte er in Richtung Stadt, zum Ende der Piste, damit er nicht beim Ausrollen vollkommen eingestaubt würde. Es war *Tuti*, die sich näherte, und als die Maschine nur noch einige hundert Meter entfernt war, sah er zu Boden. Die hochstehende Sonne spiegelte sich in der Frontscheibe und der Duralumin-Außenhaut und blendete ihn. Mit einem Knirschen setzte sie auf. Augenblicklich entwickelte sich eine gewaltige Staubwolke, die von dem leichten Wind aus den Bergen südwärts in die endlose Leere getrieben wurde. Laut dröhnte der Motor, bis er etwa zwei Dutzend Meter von ihm entfernt erstarb und die Maschine stehenblieb. Dann kehrte die Stille zurück und langsam verzog sich der staubige Dunst. Die Luft war noch nicht klar, als die kleine Tür an der hinteren Seite der W 33 sich öffnete und die ersten Personen heraussprangen. Gleich der zweite war Hans Schulz, dessen weiße Haare in der Sonne leuchteten. Wilhelm hörte die röhrende Hupe des Hansas. Drei weitere Gäste waren mitgeflogen. Einer blieb bei Hans und folgte ihm, als der winkend auf Wilhelm zukam. Die anderen beiden gingen in ein Gespräch vertieft zu der Junkers-Baracke.

Wilhelm bemühte sich um ein Lächeln. »Herzlich willkommen in Teheran, Herr Schulz. Ich hoffe, Sie hatten einen guten und angenehmen Flug«, rief er ihm entgegen, um der Etikette Genüge zu tun. Er streckte die Hand aus.

Schulz schlug ein und schüttelte seinen Arm. Falls er verärgert war wegen der verlorenen Pläne ließ er sich wenigstens nichts anmerken.

»Dass es mich mal hierhin verschlagen würde«, er sah sich um, musterte die Stadtmauer von Teheran und die vorgeschobenen Bastionen, die Zinnen und Türmchen, dann bestaunte er die Berge. »Junge Junge, als hätte jemand Karl May und Rothenburg ob der Tauber zusammengerührt. Diese Berge ... selbst aus dem Flugzeug heraus wirken sie nicht viel kleiner.« Der andere Herr war neben ihm stehengeblieben. Hans zeigte auf ihn. »Das ist ein Mitreisender ...«

»Mason Ruby, angenehm!«, sagte der Mann mit unverkennbar britischem Akzent.

»... der für die Anglo-Indian Telegraph hier ist. Die sollen technische Einrichtungen projektieren«, fuhr Hans fort. »Der Wagen ist da, können wir ihn mit in die Stadt nehmen? Ich steige im Grand Hotel ab.«

Wilhelm nickte. »Durchaus. Wo muss er ...«

»Grand Hotel. Ebenfalls«, sagte Ruby und grinste Schulz an.

»Hübsch«, erwiderte der. »Also dann, bringen Sie uns zum Grand Hotel, Herr Darburg?« Er strebte auf den Wagen zu, in dem der Fahrer der Gesandtschaft wartete, Gruenwaldt. Neben ihm saß Dr. Staudacher. Die drei nahmen auf den beiden hinteren Sitzbänken Platz und der Hansa fuhr los. Wilhelm erklärte, dass das Auto eines der deutschen Vertretung sei, und lud den Engländer ein, den kurzen Weg mitzufahren.

»Wir sollen zunächst in die Gesandtschaft kommen«, sagte Staudacher. »Aber wir bringen Sie vorher ins Grand Hotel, dann können Sie die Zimmerbuchung bestätigen.«

Wie für Wilhelm zuvor war das Erstaunen der Neuankömmlinge riesig, als sie in die fremde Welt eintauchten. Die Kontrolle am Stadttor dauerte ein wenig länger, weil Schulz auf einer Gästeliste der Gesandtschaft stand, der Brite Mason Ruby jedoch nicht und er sich vollständig ausweisen musste. Bald ging es weiter und sie durften direkt vor dem Hotel aussteigen. Staudacher half Schulz an der Rezeption. Wilhelm wartete, bis der sein Zimmer in Augenschein genommen hätte. Am Empfang schien es mit Ruby ein Problem zu geben. Erst nach einigem Hin und Her bekam er einen Schlüssel. Wilhelm hatte nicht in Erfahrung bringen können, was da los war. Dann gedachte der Brite wohl eilig die Beine hochzulegen. Er rannte beinahe die Treppe hinauf und beachtete Wilhelm nicht weiter.

Indessen kamen Schulz und Staudacher zurück. Zu dritt verließen sie das Hotel und stiegen wieder ein. Es ging nach Norden, in Richtung Schemran. Zwar übte der Gesandte einige Amtsgeschäfte bereits in der Gesandtschaft aus, aber wegen des besseren Klimas würde er mindestens noch zwei bis vier Wochen auf dem Sommersitz verweilen, wo es ebenfalls Büros und repräsentative Räume gab.

Die Fahrt führte über breite Straßen, an weit auseinanderliegenden Häusern und Obstgärten vorbei. Ein wenig erinnerte ihn der Ort an Potsdam. Viel kleiner als Teheran, nicht so gedrängt, sauberer. Die Umfassungsmauern des Grundstücks des Anwesens bestanden aus Lehm, mit Ziegeln verblendet. Sie hatten sichtlich ihre besten Tage hinter sich. Die Einfahrt wurde gerahmt von zwei hoch gemauerten Begrenzungen, in die altertümliche Laternen eingelassen waren. Über ihr trug ein Querbalken das konsularische Schild mit dem Reichsadler und den Worten *Deutsche Gesandtschaft*.

»Jetzt ein kühles Bier!«, sagte Schulz und Wilhelm pflichtete ihm insgeheim bei.

Sie nahmen auf der Terrasse Platz. Die Atmosphäre war überraschend entspannt. Wilhelm hatte mit Schlimmerem gerechnet. Graf von der Schulenburg setzte Hans Schulz die innenpolitischen Verhältnisse auseinander. Dass die Pläne gestohlen waren, fand er unglücklich. Aber er hatte einen guten Grund, unaufgeregt zu bleiben.

»Die Hallenpläne hätte ein Interessent auch in Lakehurst oder bei den Briten in Howden bekommen können, vielleicht sogar kaufen.« Er sah ernst aus, doch nicht verängstigt. »Das Schiff ... nun, LZ 128 wird ein gutes Schiff sein, aber es ist ein Lastesel und die Zukunft verlangt nach luxuriösen Sternenkreuzern, Luftschiffen für die Interkontinentalfahrt, mit allem Zipp und Zapp.«

»Aber die Pläne bieten doch Neues?«, gab der Gesandte zu bedenken. Staudacher saß bei ihnen und fertigte Notizen an.

»Sicher, sicher. Aber die Engländer und ihre R100 und R101 ... man wird die Jungfernfahrt abwarten müssen, doch deren Schiffe dürften ebenbürtig sein. Wir haben mit LZ 128 den Vorteil des Bessermachens. Wir können leicht die Leistung erhöhen und die Engländer überrunden, aber die Zukunft liegt bei LZ 129.«

Die Runde sah sich überrascht an. *LZ 129*? Das hatte Schulz erwartet und er lächelte breit. »*Dies* wird der wahre Nachfolger von LZ 127. Der *Graf Zeppelin* wird bald mit der anstehenden Weltfahrt die Überlegenheit deutscher Luftschifftechnik beweisen. Unser Vordenker, Doktor Eckener, glaubt an den Passagierverkehr. Aber Menschen brauchen Platz und Annehmlichkeiten. LZ 129 wird ganz sicher das *Traumschiff* der Lüfte. Und LZ 128 ...«, er sah die anderen an. »Wird ein famoses Frachtschiff, vor allem lastet es die Werft aus. Jetzt, nicht irgendwann. Nur mit diesem Argument können wir die Geschäftsleitung und vor allem den Chef überzeugen. Der sieht die Zukunft über dem Atlantik. Aber es gibt mehr.« Schulz breitete die Arme aus, als präsentiere er Persien.

»Und wenn die Pläne bei den Engländern landen?«, brachte Wilhelm vorsichtig hervor.

Der DELAG-Mann beugte sich zu ihm. »Meine ehrliche Meinung? Gut so. Sie werden glauben, dass sie einen Vorsprung haben und auf LZ 128 heruntersehen. Sich in Sicherheit wiegen. Und wenn erst LZ 129 kommt, verschrotten sie freiwillig ihre Luftschiffflotte.« Er lachte laut und die anderen stimmten ein. Dann zeigte er auf den Gesandten. »Sie verhandeln die Landung von LZ 127 mit den Persern und Sie«, er nickte Wilhelm zu, »stellen sicher, dass an der Landestelle alles bereitsteht. Wie ist es hier mit der Funktelegraphie?«

»Ganz schwierig«, sagte Dr. Staudacher nachdenklich. Ihm war nicht entgangen, dass der Diplomat es nicht schätzte, wenn Schulz ihm freihändig Aufgaben übertrug. »Bis vor ein paar Jahren gab es großen Wildwuchs. Die Briten und die Russen hatten experimentelle Funkstationen auf ihrem Botschaftsgelände. Dann haben die Russen einen bis dahin ungenutzten Funkturm bei Chasr-Kadjar in Beschlag genommen und großspurig angekündigt, eine Großfunkstation zu bauen. Streng bewacht von der persischen Armee. Nicht einmal unser Telegraf Möbius durfte da rein und nach dem Rechten sehen. Während in den südlichen Städten wie Isfahan und Schiras die Stationen fertig wurden, kamen die Russen jedoch nicht voran. Alles, was da funktionierte, war der deutsche Dieselgenerator für den Strom. Riesenärger mit den Persern. Der Schah hat die Anlage im Juni 1926 trotzdem eingeweiht.«

»Und dann?«, fragte Schulz, weil Staudacher nichts mehr sagte. Der grinste.

»Ein Jahr später landete im AA in Berlin die Anfrage nach deutschem Personal für die Sowjets. Wurde natürlich beantwortet. Aber die Perser wollten eine eigene Lösung, also haben sie im Oktober 1927 zunächst den Betrieb von Anlagen an das Vorliegen einer persischen Genehmigung geknüpft. Die hatte natürlich niemand. Die Russen haben denen ja erst erklären müssen, worin der Unterschied zwischen einer Funkstation und einem Radio besteht. Das war Mitte ´28«

»Man darf nicht vergessen«, murmelte der Gesandte, »dass es bis Ende letzten Jahres nicht einmal ein Amtsblatt gab. Wir erfuhren also die Regierungserlasse aus der Zeitung. Da lernt man die deutsche Verwaltung fast schätzen.« Er feixte. »Seit Mitte letzten Jahres sind alle nicht-persischen Funkstationen verboten. Ende letzten Jahres erteilte die Regierung dann den Franzosen den Auftrag zur Errichtung einer Großfunkstation bei Nadjaf Abad südöstlich der Stadt.«

»Wann wird sie eingeweiht«, fragte Wilhelm hoffnungsvoll und beinahe ahnte er die Antwort.

Staudacher zog die Stirn in Falten. »Nach dem gegenwärtigen Stand in einem Jahr, Mitte 1930.«

»Aber dann gibt es überhaupt keine Funkverbindung? Gar keine?«, fragte Schulz.

»Nicht offiziell. Man ist allgemein sicher, dass die Briten ihre Station weiter betreiben, aber abgesehen davon ...«, der Graf schüttelte seinen Kopf. Lange musterte er Hans, der nachdachte.

»Ich hatte einen Mitreisenden«, begann der und spielte mit seinem Wasserglas in den Händen. »Mason Ruby, Engländer. Flog mit mir seit Berlin. Wir haben uns auf der Reise, nun ... man könnte sagen, etwas angefreundet. Er erzählte mir, dass er hier Gespräche führen soll über die Einrichtung einer Funkstation.«

»Aber das machen die Franzosen«, stieß Staudacher heraus.

»Ja, das habe ich verstanden. Aber er berichtete von Details. Sprach von Funktelegrafie und so weiter. Ich verstehe davon nichts, aber es hörte sich interessant an.«

»Und was haben Sie gesagt, warum Sie hier sind?«, fragte Wilhelm.

»Teppiche und Textilien«, lächelte Schulz.

»Was sonst auch. Und das war ja wohl nicht einmal gelogen.« Graf von der Schulenburg zwirbelte seinen Schnurrbart. »Ich war schon lange nicht mehr ausreiten. Herr Schulz, bitten Sie doch Mister Ruby für

18 Uhr zu uns und wir klopfen gemeinsam ein wenig auf den Busch. Was ist mit Ihnen, Darburg. Können Sie reiten?«

»Husarenregiment General Kreß von Kressenstein«, sagte Wilhelm nur. Allen war klar: Leichte Kavallerie, er konnte reiten.

Nach dem Gespräch waren Schulz und Wilhelm ins Grand Hotel gebracht worden, wo sich insbesondere ersterer von der langen Reise ausruhen konnte. Um kurz vor 18 Uhr hatten Kasem und der Fahrer dann sie beide und auch Ruby abgeholt. Abermals ging es nach Schemran. Diesmal war der neue Wagen gekommen. Der Horch fuhr gleich durch das Tor des Sommersitzes und direkt zu den Stallungen.

»Guten Mittag, die Herren«, drang eine Stimme aus dem Inneren einer der Pferdeboxen und die hagere, große Gestalt des Grafen trat hervor. Er überließ die Begrüßung nicht Kasem, sondern stellte sich selber vor. Mason kannte ihn selbstverständlich noch nicht. Die beiden Männer musterten sich. Ruby war nicht sehr stattlich gewachsen, hatte ein etwas kantiges Gesicht und eine Nase, die bei einem Boxkampf einmal gebrochen worden war. Seinen Kopf bedeckten blonde, seidige Haare, die kurz geschnitten waren. Geschäftsmäßig elegant, nicht militärisch. Er hatte kleine Augen, prüfend, analytisch, schlau, nicht listig oder verschlagen. Ein Mann, der vermutlich wusste, was er wollte. Der Graf nickte freundlich.

»Ich möchte Sie alle auf einen Ausritt mitnehmen und Ihnen die Berge zeigen. Wir reiten nordwärts und haben von dort einen wunderbaren Blick zurück über Schemran bis nach Teheran.« Wartende Diener holten augenblicklich Pferde hervor, die bereits gesattelt waren.

Den stärksten Hengst wählte der Gesandte, auch Hans Schulz griff nach einem weiß-gescheckten, der etwas unruhig schien. Zwei eindrucksvolle, etwa dreijährige Hengste waren übrig. Wilhelms Entscheidung fiel auf den braunen, den schwarzen ergriff sich Ruby.

Heiß brannte die Sonne jetzt am späten Nachmittag, als sie das Gelände und die Stadt nordwärts verließen. Kilometer um Kilometer legten sie zurück. Wilhelm sah, wie erstaunt Ruby und Hans zunächst alles betrachteten und diskutierten. Sie ritten einfach nach dem Kompass und querfeldein, einer schmalen, kaum sichtbaren Wegspur folgend, der man ansah, dass sie nicht allzu häufig betreten wurde.

»Wie war denn die Reise, Mister Ruby? Waren Sie schon einmal in Persien?«, sprach der Gesandte ihren englischen Begleiter direkt an.

Der nickte. »Nach dem Krieg, im Norden. Aber in Georgien ganz lange nicht mehr. Die Zwischenlandung in Tiflis. Ich hatte mir die Stadt so anders vorgestellt. Die Stadt, über die Dichter so Schönes und Berauschendes zu singen hatten. Ich rechnete damit, überall unter Palmen zu wandeln. In Wahrheit gab es nur weit draußen im Botanischen Garten einige Exemplare. Die eigentliche Stadt kannte ich aus der Zeit, als der Zar noch geherrscht hatte. Was für ein Zerrbild heute, seit die Räterussen an der Macht sind. Die Stadt ist sowjetisch, das heißt unsauber, in den winkeligen Gassen wabern penetrante Gerüche. Sie ist laut, für Ausländer übeteuert und trotz des Staatssozialismus voller Bettler.« Er wischte sich über die Stirn. »Und der Orient? Gerade die Bazare machen heute keinen sehr prunkvollen Eindruck. Die Händler voller zudringlicher Marktschreierei. Wo man früher die Perser mit ihren rotgefärbten Bärten sah, die hohen, schönen Georgier in ihrer kleidsamen Tscheerkeßka, die Vertreter der kaukasischen Bergvölker in ihren bunten Trachten, sahen nun alle aus, als seien sie gleichweg aus dem Film *Metropolis* gestürmt: Uniforme Arbeiter mit grauen Gesichtern. Und das Gewimmel von Tieren. Ich war wie betäubt von dem Lärm.«

Schulz betrachtete versonnen die Berge: »Nana, aber man muss schon auch berücksichtigen, dass es mit Paß und Zoll keine Scherereien gab.«

Der Graf ritt etwas voraus und drehte sich zu ihnen. »Man darf auch nicht die Umwälzungen nach der Revolution und die Belastung durch den Bürgerkrieg im Inneren, die Folgen des Weltkrieges und des Angriffes der Polen unberücksichtigt lassen.«

Je länger und je heißer die Sonne brannte, umso größer wurde der Durst. Nichts gab es, um ihn zu stillen. So sprach denn bald niemand mehr ein Wort. Stumpf, müde, mit von der Hitze leicht taumelndem Gehirn ließ man die Pferde gehen. Sie waren alleine mit der Natur, von einigen Schafherden abgesehen.

Schemran lag längst viele Kilometer hinter ihnen. Der Graf hatte sich eine erstaunlich und auffallend gute Laune bewahrt, während sie durch die reizlose, öde Gegend ritten. In der Ferne und dennoch wie zum Greifen nah das Elbursgebirge, an dessen Hängen ein schwacher Schimmer von Nebel lag, der sich seit den frühen Morgenstunden beharrlich hielt.

»Dass Wasser etwas so Kostbares ist, denkt man sich heutzutage gar nicht mehr so leicht«, schmunzelte der Graf. Plötzlich hoben die Pferde ihre Köpfe, blähten die Nüstern, Rubys Hengst wieherte leise und reckte sich für einen Moment. Unter einem Baum, einsam in der Steppe und wie eine Fata Morgana wirkend, standen Kasem und Andreas Gruenwaldt, der Fahrer. Im Schatten seiner Äste ein kleines Tischchen, darauf eine Karaffe mit Wasser, Gläser und – eine unversehrte Flasche Cognac. Daneben ein großer Bottich für die Pferde.

Langsam kamen sie heran, die Tiere wieherten und es klang nach echter Freude, denn sie sahen ihr Wasser, welches mit dem Hansa herangeschafft worden war. Der parkte hinter dem Baum, so dass man ihn erst im letzten Moment sah. Der Graf musste ein Mann der Überraschungen sein, diese Etappe ihres Reitausfluges war mit Sicherheit kein Zufall.

Wilhelm glitt von seinem Pferd und ging langsam vor diesem her, um sich ein wenig die Füße zu vertreten. Auf einmal fühlte er, wie das Tier seinen langen schmalen Kopf an sein Rückgrat schob. Was wollte es nur? Er lächelte und lehnte sich zurück. Darauf hatte der Hengst nur gewartet, denn nun drückte er ihn gemächlich vorwärts und bot eine gemütliche Rückenlehne.

Graf Schulenburg lachte. »Sagt man nicht, dass persische Pferde klug seien? Weiß es nicht gut, was für Sie im Moment angenehm ist?«

Wilhelm drehte sich dem Tier zu und liebkoste es. Wie es schnob, seine Augen funkelten und glühten und es mit den Hufen scharrte. Er tat, als wollte er wieder aufsitzen, doch es trat beiseite, schnaufte und schnubberte an ihm herum. Dann schubste es ihn weg und trabte zu dem Bottich, aus dem es laut und genüsslich schlürfte.

»Unfassbar«, staunte er. Der Gaul machte ihm klar, wo es langzugehen hatte. Als er getrunken hatte, versuchte Wilhelm es abermals, während die anderen im Schatten des Baumes Platz genommen hatten. Es gelang ihm nicht. Der Hengst trat immer zur Seite und entzog sich ihm, sanft und spielerisch, aber entschieden.

»Ich verstehe nicht, was willst du?«

Das Tier schnaubte und nickte mit dem Kopf in Richtung des Baumes. Langsam ging Wilhelm dorthin, behielt das Pferd im Auge, schüttete sich Wasser ein und trank. Erst jetzt kam es einige Schritte heran, blieb in der Sonne knapp außerhalb des Schattens der Blätter und legte sich auf den Boden.

»Du sorgst dich, dass ich verdurste?«, flüsterte er voller Staunen. Im Hintergrund wurde gelacht, die Herren waren vom Wasser zum Cognac übergegangen.

»Wenn Sie fragen, was hier in Persien besonders wichtig ist«, ließ sich der Graf im Gespräch mit Ruby vernehmen, »dann ist es, das Gesicht zu wahren, Wort zu halten und Respekt zu zeigen. Eine junge Deutsche, Fräulein Huth, war mal in einem sehr prekären Beschäftigungsverhältnis bei einem persischen General beschäftigt. Ich bekam einen winzigen Zettel als Hilferuf. Also sind mein Dolmetscher Ruholla Khan und ich nach Rascht in die Provinz Gilan zu dessen Anwesen und haben sie hierher mitgenommen. Alles aber nur unter einer Bedingung: Sie verlässt schnellstens das Land. Was tut das unglückliche Huhn, das so plötzlich wieder seine Lebensgeister wiederfindet, kaum dass sie den Fängen des Generals entrissen war? Bequatscht den Jaroljmek und lässt sich bei Junkers anstellen. Bis heute spricht der General nicht mehr mit mir und ich gehe ihm aus dem Weg, wann immer ich kann. Wie auf dem Schulhof dem Klassenrowdy.«

Alle lachten schallend.

»Der Funktelegraphie gehört die Zukunft«, hörte Wilhelm den Engländer sagen.

Er griff sich ein Glas Wasser und setzte sich zu den anderen. Man fachsimpelte.

»Die Forderung, immer höhere Leistungen bei Wellen zwischen 12 Kilometer und 20 Kilometer in den Raum auszustrahlen, um eine stets zuverlässige Verbindung zu schaffen, hat uns vom Löschfunken zur modernen Maschinen-Großstation geführt«, dozierte der Engländer in diesem Moment. »Und erfunden haben es die Deutschen, Telefunken.« Schulz lauschte ihm. Auch der Graf war ganz interessiert.

»Wir haben eine Telefunken-Anlage«, sagte der Gesandte. »Aber sie überbrückt nur die Distanz bis zum Telegraphenbüro, um die Meldungen vorher zu chiffrieren. Kein Vergleich mit den Franzosen, die ab 1921 schon die Meldungen des Tages übertragen und zusammengefasst als Zeitung herausgegeben haben.« Er schmunzelte. »Als wir endlich von Berlin unseren Telegrafen-Mechaniker genehmigt bekamen, hat der zuallererst die Anlage umgebaut und seitdem können wir sogar die Großfunkstation Nauen empfangen. Aber das ist kein regelrechter Funkbetrieb. Doch den Herrn Möbius behalten wir. Funken wird der irgendwann schon auch noch dürfen.«

Wilhelm war der Unterhaltung aufmerksam gefolgt. Er fand den Engländer zwar freundlich, aber mit einer Tendenz zur Forschheit. Dessen Worte trugen etwas Allwissendes in sich, Überhebliches, wirkten spöttisch. Das musste man sich auch leisten können. Er sprach schnell, manchmal war seiner Logik kaum nachzukommen.

»Wir werden unsere Station mit einer erhöhten Generatorspannung ausstatten. 700 Kilovoltampere. Je höher die Leistung, desto größer die Wellenlänge.« Ruby war sichtlich stolz. Wilhelm senkte erst den Blick, dachte nach, runzelte dann die Stirn und merkte, dass der Graf ihn prüfend ansah. Auch Schulz blinzelte ihm zu.

Wilhelm räusperte sich. »Natürlich führte der alte Menschheitswunsch, immer größere Entfernungen des Erdballs zu überwinden, zu einer fortgesetzten Erhöhung der in den Raum gestrahlten Leistung«, begann er nachdenklich und langsam.

»Aber ... diese beiden Forderungen, Erhöhung der ausgestrahlten Leistung und die Vergrößerung der Wellenlänge ... die widersprechen doch einander, weil bei einer gegebenen Antenne das Verhältnis der in den Raum gesandten Nutzleistung zu der im Erdboden in Wärme verwandelten Verlustleistung mit zunehmender Wellenlänge quadratisch abnimmt.« Schweigen in der Runde. »Es ist demnach gleichzeitig die Maschinenleistung zu erhöhen wie auch die Ausnutzung der Antenne zu verbessern.« Wilhelm wusste, dass niemand ihn verstehen würde, aber darum ging es nicht.

Ruby stutzte, dann frohlockte er. »Habe ich ja gesagt.«

Blitzschnell blickte Wilhelm von einem zum anderen. Das hatte er *nicht* gesagt, genau das Gegenteil. Merkte das sonst jemand außer ihm? Niemand reagierte, also lachte er betont, äußerte aber zunächst nichts weiter, bis er hinterherschob: »700 Kilovoltampere, das ist einsame Weltklasse. Eine solche Hochfrequenzmaschine könnte ja nur im Homopolarverfahren oder Gleichpolbetrieb genutzt werden.«

Ruby nickte. Er musste spüren, dass Wilhelm etwas erwartete. »Unserer läuft im Homopolarverfahren«, sagte er daher.

Wilhelm war stumm. Eine 700 Kilovoltampereanlage errichtete A.E.G. gegenwärtig in Japan, und zwar im Gleichpolbetrieb. Seine Laune verflog. Er zwang sich zu einem Witz.

»Mister Ruby, ganz wichtig. Bin mal gespannt, was Sie dazu sagen. Damit haben unsere Ausbilder bei Siemens und Telefunken immer die Drahtmädels genervt, die die Kästen gebaut haben. Also: Für die Telefunkensender nutzten wir das Edelmetall Tantal. Da es sehr teuer ist, kamen verschiedene Theorien auf. Die einen sagten, Molybdän könnte ebenso genutzt werden, andere stimmten für Wolframblech. Wenn wir die Anoden der Röhren nicht allzusehr belasten, wäre Wolfram doch eine passende Alternative. Richtig oder falsch?«

»Eindeutig Wolfram. Das nutzen wir viel lieber, weil es billiger ist«, lächelte Ruby gewinnend.

»Wir führen unsere Lehrlinge übrigens mit folgender Frage hinters Licht«, blieb Wilhelm am Ball. »Wenn sie im Senderlabor mit Versuchen über einen Funkeninduktor beschäftigt waren und in Zweifel gerieten, ob sie eine dünnere oder dickere Leitung zwischen die Sekundärklemmen und der Entladestrecke anbringen sollten, überraschten wir sie mit der fatalen Frage: *Glauben Sie nicht, dass es besser wäre, den stärkeren Draht zu wählen?*« Wilhelm sah Ruby an, der reagierte nicht, nach einigen Momenten wurde es unangenehm still.

»Den dickeren zu nehmen wäre keinesfalls ratsam«, schob der Engländer heraus, gefühlt viel zu zögerlich.

»Exakt«, Wilhelm grinste und kniff die Augen zusammen. »Dann macht es nämlich einen schönen Knall und das Pausenbutterbrot kommt von selber wieder raus.« Alle mussten laut lachen.

Wilhelm hob sein Glas und sie prosteten sich zu. »Auf die Großfunkstation Teheran!«

Der Graf stieß mit dem Briten an. Es klirrte leise. »Sie sagten, dass Sie nach dem Krieg im Norden gewesen seien. Was haben Sie da gemacht?«, fragte der Gesandte.

»North Persian Force«, antwortete Ruby wie aus der Pistole geschossen. »Bei Täbris stationiert. Gemischte britisch-persische Truppe.«

»Dann gehörten Sie zu der Einheit, die in der Nähe war, als das deutsche Konsulat dort gestürmt wurde?«, fragte Wilhelm interessiert.

Ruby zögerte. »Vermutlich. Wir hatten keinen Befehl einzugreifen und außerdem«, er dachte nach. »Unsere persischen Hilfstruppen waren ja auf der Seite der Aufständischen. Das hätte die Einheit gefährden können. Wir hatten eine Menge Probleme mit den Mohammedanern.«

»Anders als unser Konsul Waßmuß, der mit seinen persischen Aufständischen Ihren Truppen mächtige Probleme bereitet hat«, sagte der Graf süffisant, aber nicht unhöflich. »Der Konsul arbeitet noch immer im Sinne Persiens.«

»Wir Briten machen lieber Geschäfte mit Muselmanen, als dass wir sie in den eigenen Reihen dulden«, antwortete Ruby spitz. Es entwickelte sich ein kleiner Schlagabtausch, denn der Gesandte gab mit gleicher Münze zurück.

»Das merken die natürlich und es erklärt, warum die arabische Welt im antibritischen Aufruhr ist, nachdem sie Ihnen im Weltkrieg gegen die Osmanen noch geholfen hat.« Der Graf hob versöhnlich sein Glas in Rubys Richtung. »Bei uns ist das etwas anders. Mein ehemaliger Gesandtschaftssekretär, der gute Gustav Glock, hatte eine persische Frau und ist sogar selbst Moslem geworden. Unser Abteilungsleiter von Richthofen ist der festen Überzeugung, dass wir im Auswärtigen Amt mehr Mohammedaner haben sollten, damit wir besser mit den Kulturen arbeiten können.«

Ruby hob ebenfalls sein Glas und nippte, doch er schwieg.

Plötzlich streckte der Hengst seine trockene Schnauze in Wilhelms Hosentasche. »Belohnt werden will der Spitzbube«, rief der fasziniert aus. »Ein Stück Zucker will er haben.«

Kasem lachte und entfaltete ein Tuch, in welches zwei Dutzend Würfel Zucker eingeschlagen waren.

»Bist du ein schlauer Kerl«, sagte Wilhelm bewundernd. »Und ein echter Perser dazu!«

Der Graf lachte laut. »Eher ein deutscher Beamter. Wenn der Gaul mal was Hilfreiches tut, will er auch sofort seine Belohnung.« Alle klatschten lachend in die Hände. Kurz danach brachen sie wieder auf. Ausgeruht und erfrischt.

Als sie in der sinkenden Sonne auf Teheran zuritten, kam Wilhelms Hengst neben Hans. Der sah geradeaus, als suche er etwas in den wenigen Wolken über der Stadt in der Ferne.

Er führte sein Pferd langsamer und behielt den Abstand zu den anderen im Auge, damit er ungestört mit Hans sprechen konnte. »Da stimmt was nicht«, sagte er ruhig.

»Die Details in Rubys Ausführungen sind nicht korrekt. 700 Kilovoltampere sind nur im Gleichpolbetrieb denkbar. Und wenn er Molybdän nicht für Halterungen von Senderöhren nutzen will, sondern als Ersatz für Tantal, fliegt ihm die Versuchsanordnung um die Ohren. Das lehren wir im ersten Semester. Ersatzstoffe für Tantal sind zwar billiger, aber die Pumpenarbeit wird erhöht und die Ausfallquote steigt. Die Fabrikation wird demnach stärker beansprucht ohne wirkliche Ersparnis.«

»Habe ich gemerkt«, knurrte Schulz. »Aber mit dem dicken Draht lag er richtig, oder?«

»Hmm, das konnte aber auch geraten sein. Eine fifty-fifty-Chance.«

Sie unterbrachen ihr Gespräch, da Ruby sich aus einer Unterhaltung mit dem Grafen löste und seinen Hengst zügelte, bis sie alle wieder auf gleicher Höhe ritten.

»Was tun Sie denn eigentlich hier in Persien, Herr Darburg?«

Wilhelm holte tief Luft, um Zeit zu gewinnen. »Ich bin beauftragt, eine ganz einfache Funkverbindung zwischen dem Flugplatz und der deutschen Gesandtschaft herzustellen. Natürlich vereinbar mit den persischen Vorschriften.«

»Natürlich«, wiederholte Ruby und es war unklar, ob er ihn nachahmen wollte. »Mir fiel aus der Luft ein Türmchen auf, abseits der Landebahn. Haben Sie damit zu tun?«

»Selbstverständlich. Das ist der Funkturm, damit die Störungen durch das Gebirge sich nicht auswirken. Eine Leiter in den Äther, sozusagen. Eine wahre Himmelsleiter.«

»Himmelsleiter«, murmelte der Engländer anerkennend. »Schöner Name.« Und realisierte nicht, dass an diesem Ort Beeinträchtigungen einer Funkverbindung zur deutschen Gesandtschaft durch die Berge kaum zu befürchten wären.

Fahrbare kleine Funkstation, Typ G-Fuk 18 (Telefunken-Zeitung 15, Mai 1919)

Aufrichten eines 28 m-Funkmastes (Telefunken-Zeitung 19, Februar 1920)

Ein Weg durch das Elburs-Gebirge

Wilhelm saß bei seinem Morgenkaffee in der Lobby des Hotels, als er den Schriftsteller den Korridor entlangschlendern sah, der zum Auditorium führte. Kam der etwa schon von der Bar? Er winkte dem Amerikaner, kaum dass er sich blicken ließ. »Byron, kommen Sie doch mal rüber!« Der andere wirkte nachdenklich. Er bemerkte ein Zögern, als wolle der eigentlich nicht. Er kam dennoch und setzte sich.

Wilhelm berichtete von ihrem Ausritt am Vortag und von dem neuen Ankömmling, einem Engländer namens Mason Ruby. Byron hatte ihn noch nicht getroffen. Wilhelm gab nicht auf.

»Ich habe es gestern Nacht lange hämmern hören, tippen. Ihre Schreibmaschine?«

Ein Lächeln flog über des Amerikaners Gesicht. »Ich schreibe wieder. Ich ...«, er beugte sich vor. »Dass ich Auftragsgeschichten schreibe, wissen Sie? Ich könnte auch für Sie ...«, er sah sich kurz um. »Erotische Sachen. Nichts, was Sie im Laden bekämen. Nicht einmal unter dem Ladentisch.« Er grinste vielsagend. Dann lehnte er sich zurück. »Von irgendwas muss man ja leben. Aber ich habe auch endlich mit meinem Roman angefangen.«

»Worum geht es dabei?«, fragte Wilhelm mit echtem Interesse. Er verstand, dass dessen Lage ziemlich schwierig war. Byron atmete lang aus und verdrehte die Augen.

»Eine komplizierte Sache. Ich dachte zunächst an eine Spionagegeschichte. Aber das ist besser. Es geht um einen amerikanischen Industriellen, der in Persien Geschäfte machen will. Sein ausgewanderter Vater fand in den Bergen nördlich von Teheran Gold, aber er starb und hatte die Stelle geheim gehalten. Nun kommt sein Sohn, um sie zu suchen. Er verliebt sich in eine Perserin und hat eine heftige Affäre, die aber bekannt wird und dadurch entbrennt eine wilde Verfolgungsjagd durch die Wüste mit einem Showdown in den Bergen.«

Wilhelm fand die Geschichte überhaupt nicht kompliziert. »Das erinnert mich an einen Western, den ...«

»*The Final Reckoning*«, räumte Byron unumwunden ein. »Es war sowieso meine Idee. George Morgan ist ein Freund von mir und hat daraus das Drehbuch gemacht. Ray Taylor drehte den Streifen.«

»Ähh«, stammelte Wilhelm. »*Diesen* Film kenne ich gar nicht ...«

Byron winkte ab. »Dann kennen Sie eben einen anderen. Ist doch vollkommen egal. Wissen Sie, warum Hollywood so erfolgreich ist? Es gibt keine neuen Geschichten. Wir erzählen immer die gleiche und meistens ist es die Variation irgendeiner Story aus dem Alten Testament. Das Publikum will gar nichts Neues. Die Zeiten sind hart, das Bekannte vermittelt Sicherheit.«

Wilhelm nickte nachdenklich.

»Fragen Sie Elena, sie wird es bestätigen. Sie macht viel mehr Geld als Maren, diese Deutsche.«

Er erinnerte sich an die Situation, als er sie frustriert vor dem Kino getroffen hatte. Deutsche Filme waren länger, komplizierter, aufwändiger, tiefgründiger. Amerikanische leicht, seicht, kurz und überall auf der Welt verständlich.

»Ihr geht es nicht gut«, gab Wilhelm nachdenklich zurück. »Sie wurde ja bestohlen. Ich übrigens auch. Sie wohnen doch schon lange hier. Ist Ihnen das auch schon passiert?«

»Mir nicht.« Byron schien erleichtert und wirkte neugierig.

Wilhelm berichtete kurz, was geschehen war. »Auf die Polizei habe ich verzichtet.«

»Das würde auch nichts bringen«, bestätigte der Amerikaner forsch. »Was wurde gestohlen? Etwas Wertvolles?«

»Ja, leider. Meine Arbeitsunterlagen. Für mich sind sie sehr wichtig, wenngleich auch nur von begrenztem Wert für andere.«

Byron nickte lediglich, er sagte nichts. Die Tür zur Straße schwang auf und ein älterer Mann mit weißen Haaren erschien. Wilhelm winkte ihm zu und erhob sich.

»Hierher. Herr Schulz, guten Morgen. Ich möchte Ihnen Byron Alvarado vorstellen. Einen amerikanischen Schriftsteller.«

Schulz bemerkte ihn. Er wich einem Bashi aus, der mit einem Haufen Flachbrote beladen war, und kam grüßend näher.

»Schlafen Sie eigentlich nicht?«, fragte Wilhelm von Weitem. »Sie sind gestern angekommen, wir ritten aus bis in den späten Abend hinein und heute früh waren Sie schon unterwegs?«

Schulz begrüßte erst ihn, dann den Amerikaner und setzte sich, bevor er nach dem Kellner um einen Kaffee winkte.

»Schlafen?«, er imitierte angestrengtes Nachdenken. »Ja das. Ach, ich habe letztes Jahr noch geschlafen.« An Byron gewandt sagte er: «Sie sind Schriftsteller? In Persien?«

Byron nickte und musterte sein Gegenüber von oben bis unten. »Ich schreibe einen Persien-Roman. Und Sie? Sind Sie von Siemens. Oder der A.E.G.?«

Hans lachte. »Ich bin beruflich hier, aber von einer ganz kleinen Gesellschaft, die Sie sicher nicht kennen. DELAG.«

Byron nickte. Dann schüttelte er den Kopf und kramte in der Innentasche seines Jackets. »Ich hätte gedacht ... es ist witzig, aber ich bin hergekommen mit einer Gesellschaft, die so ähnlich hieß. Es war sicher kein deutsches Reisebüro.«

Schulz sah Wilhelm an. »Ich komme vom Flugplatz. Wir haben dort einen Termin.«

»Wir? Aber ...«, begann der.

Byron drängte sich in ihr Gespräch. »Ich bin über Friedrichshafen angereist und via Italien nach Damaskus. Auf diesem Weg ...«, er hielt eine Reisebestätigung hoch. Byron merkte, wie Hans ihn mit großen Augen ansah. Dann fragte er unbedarft: »Heißt die Gesellschaft des Zeppelin nicht so ähnlich? *Dellack* oder so?«

Nach einem Schreckmoment hatte Hans sich gefangen. »Manchmal werden wir verwechselt, aber nur, bis man uns besucht. Wir haben ein winziges Büro. Ameisenklein.« Er griff sich ans Kinn und stand auf. »Wir sind die D-E-L-L AG, Rechenmaschinen, Sie verstehen?« Er machte eine kurbelnde Armbewegung. Dann zupfte er an Wilhelms Ärmel. Der erhob sich und winkte Byron zu. »Viel Erfolg und Ausdauer bei der Arbeit heute.« Der Autor grüßte zurück.

Auf der Straße angelangt umfing sie das singende, flirrende und bunte Leben Teherans. Schulz zog ihn zu Fuß mit nach Norden.

»Ist das wahr? Der Mann ist mit dem Zeppelin gereist? Verdammt, haben Sie dem etwas erzählt? Wenn Ihre Pläne hier kursieren und der Kerl auch noch irgendwem das Falsche erzählt, dann haben wir ein gewaltiges Problem. Für ein Geheimprojekt gerät das langsam aus den Fugen.«

An der großen Kreuzung bogen sie nach rechts ab und liefen in Richtung Doschantape-Tor.

»Nein, er weiß nichts. Und er kennt weder die Verhältnisse in Persien noch in Deutschland so gut, dass er Eins und Eins zusammenzählen könnte.«

»Ein Amerikaner? Ein fantasiebegabter Schriftsteller?«, Hans schnaubte und es war klar, dass er sich das durchaus gut vorstellen konnte. Er zwang sich zur Ruhe. »Ich war heute früh am Flugplatz. Wissen Sie, dass es dort einen Mechaniker gibt, der fliegen kann? Den habe ich zu einem Übungsflug breitgequatscht. Und wir fliegen zusammen.«

Er musste Paul meinen. Wilhelm hatte Mühe, mit dem älteren Mann Schritt zu halten, der sich außerdem schon gut zu orientieren wusste.

Nach kurzer Zeit hatten sie das Tor passiert und wie zwei Wüstenwanderer marschierten sie durch die Steppe bis zum Flugplatz. Fräulein Huth stand vor der Barackentür und rauchte. Wortlos wies sie hinter sich auf das Armeezelt. Sie schien Bescheid zu wissen. Wilhelm fühlte sich schuldbewusst. Zeigte ihm der Ältere, wie man binnen kürzester Zeit die Dinge unter Kontrolle bekam? Paul trat vor das Zelt und winkte sie zu sich. Er umrundete den Erdwall, dahinter stand die F 13. Neben ihr eine kleine Holztreppe, die auf die Tragflächen führte.

»Die Sache ist abgesegnet«, rief Paul. »Wie gewünscht unternehmen wir einen geografischen Erkundungsflug. Hier«, er blieb linker Hand der Treppe stehen. Auf dem Flugzeugflügel lag eine große Karte, mit Steinen beschwert. Wilhelm und Hans nahmen neben ihm Aufstellung.

»Sie möchten wissen, welche Anflugrouten es von Norden auf Teheran durch das Elburs gibt.« Paul sah beide an. »Stimmts?« Mit einem kritischen Seitenhieb auf Hans fuhr er fort. »Auch wenn es hilfreich wäre, wenn Sie mir sagten, worum es wirklich geht, gibt es neben den bekannten Routen vorbei an Ardebil von Westen oder Damghan im Osten keine andere Möglichkeit.« Er klopfte mit den Handknöcheln auf große weiße Stellen der Gebirgskarte. »Wer unbemerkt direkt nach Teheran will, muss durch die Berge. Das bedeutet ...«, er zeigte auf verschiedene Punkte. »Alam Kuh, fast 5000 Meter, Marjikesh, über 4500 Meter, Tochal, fast 5000 Meter, Damawand, über 5600 Meter. Ich habe es Ihnen gesagt, Herr Schulz. Wir sprechen hier über Berge, die teilweise höher aufragen als die Flughöhe vieler Verkehrsmaschinen reicht. Und wie es zwischen den Gipfeln aussieht ...«, er legte die Hand auf die weißen Stellen und ließ den Rest ungesagt. »Möchte mich mal jemand aufklären, worum es eigentlich geht?«

»Dann wollen wir mal los, die Dienstgipfelhöhe von Flugzeugen interessiert uns bloß zur Orientierung«, sagte Hans forsch. Entnervt faltete der Mechaniker die Karte zusammen und kletterte in das Cockpit, dann bestiegen die anderen die Kabine. Hans kickte die Treppe weg und schloss die Kabinentür hinter ihnen.

Mit lautem Knattern und Brüllen startete der Motor und sie mussten schreien, um sich zu verständigen. Zwischen Cockpit und Kabine gab es nur ein enges Schiebefenster. Der Lärm presste sich ungefiltert vom Triebwerk aus durch das kleine Flugzeug.

Langsam rollten sie auf die Piste, dann beschleunigte der Flieger und hob gen Osten ab. Kaum in der Luft, vollführte er einen scharfen Schwenk und flog wieder in die entgegengesetzte Richtung gen Westen. »Es gibt meines Wissens nach nur zwei mögliche Routen«, rief Paul über seine Schulter ihnen zu. »Nördlich von Karaj vorbei am Lashkarak bis Chalus oder östlich des Damawand über Amol. Abgesehen von den Städten an der Küste ist die Gebirgsgegend dünn besiedelt. Wer ungesehen auf Teheran fliegen will, müsste wohl diese Passagen wählen.«

Bald lag Karaj unter ihnen und Paul schwenkte nach Norden. Sie sahen es nun auch, eine Kette von Tälern und Schluchten bildete einen Einschnitt in das Gebirge, über dem sie dahinflogen.«

»Können wir nicht tiefer gehen?«, rief Hans. Er hatte ein Notizheft auf dem Schoß und schrieb fleißig hinein.

»Das ist nicht zu empfehlen!«, kam es von vorne zurück. Trotzdem schob sich die Nase des Fliegers gen Erdboden. Schnell verloren sie an Flughöhe und es verging nicht einmal eine Minute, bis die Kabine leicht erzitterte und der Motor höher drehte. »Sehen Sie?«, schrie er über die Schulter. »Diese Berge bilden eine natürliche Klimabarriere. Kühlere Seeluft von Norden strömt wie durch einen Kanal nach Süden, gleichzeitig rollt Kaltluft von den Gipfeln permanent abwärts. Diese Talketten sind wie thermische Fleischwölfe.« Mit einem gekünstelten Schreckensruf warf er die Maschine zurück in die Waagerechte, die sich für einen Moment abrupt zur Seite geneigt hatte. Dann zog er wieder höher. »Das habe ich gemeint, hier pfeift schon bei gutem Wetter der Wind fast in Sturmstärke. Wenn es schlechter wird, und das geht hier in den Bergen ganz schnell, fegt es ganze Karawanen von den Bergpässen herunter. Fahren Sie da mal mit dem Auto durch. Drunten liegen Generationen von Tierskeletten und Fahrzeugwracks!«

Wilhelm schauerte.

Der Mechaniker zeigte nach unten. »Wenn Sie in den versandeten Talsohlen weiße Flecken sehen, dann muss das kein Schnee sein«, rief Paul. »Es gibt hier in den Bergen kaum quellengespeiste Flüsse, wie den Sefid Roud. Meistens ist es Regen- oder Schmelzwasser, das sich in das Tal stürzt und bald verdunstet, wie in einem Sammelbecken. Zurück bleiben Salze.« Er machte eine Pause, in der er die Instrumente prüfte und zog die F 13 wieder höher. Sie beruhigte sich. »Im Sommer kommt aus dem Süden der Monsun dazu und der Passat. Der schleudert die Staubwolken bis auf mehrere tausend Meter und lässt gigantische Windhosen rotieren. Bis hierher kommen sie selten, aber manchmal eben doch. Ebenso wie es Hochnebel gibt.«

»Also ist kein Durchkommen?«, rief Hans fragend.

»Doch, natürlich. Man kann hoch genug fliegen oder aber man hat genügend Übung. Ich selbst habe sie nicht. Es gibt ein paar Verrückte, die machen das öfter. Die preschen in Bodennähe hindurch und lachen sich eins. Die Kollegen von der persischen Luftkavallerie«, er lachte. »Hasardeure. Natürlich Deutsche.«

Wilhelm stellte sich gebeugt hin, stützte sich auf die Rückenlehne aus Korbgeflecht und sah durch die enge Luke an Pauls Schulter vorbei nach draußen. Weit im Norden zeichnete sich eine Ahnung der Küstenlinie des Kaspischen Meeres ab. Wie klein die Welt durch die Fliegerei wurde. Er nahm wieder Platz und beugte sich vor zu Hans.

»Die Winde mögen ja gefährlich sein, aber LZ 127 kann doch problemlos viel höher steigen.«

Hans nickte. »Ja, kann er, aber dann kommt er nicht mehr rechtzeitig runter. Wir müssen das berechnen. Für den Überraschungseffekt soll der Zepp möglichst unvermittelt auftauchen. Wenn er aus mehr als 3000 Metern fällt, muss er viel Gas ablassen, das man hier aber nicht nachtanken kann. Für den Rest der Reise wird er dann vielleicht tiefer fliegen müssen. Wenn er gar nicht erst so hoch steigen müsste, kann er rechtzeitig in den Sinkflug gehen und sämtliche Vorräte unangetastet lassen.«

Wilhelm verstand.

»Der Zepp muss ja auch wieder zurück. Elburs, Ural ... Gegenwind oder Höhenturbulenzen können jederzeit die Reisehöhe weiter senken. Luftdruck, wüster Regen ... auf der Orientfahrt ist Kapitän Lehmann auf 1200 Metern durch die Alpen durch, in böiger Fahrt. Das ist kein Spaß«, gab Hans zusätzlich zu bedenken.

Sie waren nun nahe der Küste. Paul drehte die F 13 gen Osten. Sie überflogen bewaldetes Gebiet, links von sich im Norden das Meer, rechts das Elburs-Gebirge und unter sich ein dichter grüner Urwald. So flogen sie sanft mehr als eine halbe Stunde dahin, bis sie in einer weiten Kurve erneut nach Süden schwenkten, direkt auf den gigantischen Felskegel zu, der am Horizont das Himmelsgewölbe anzukratzen schien. Paul drehte sich um und zeigte ihnen den Berg.

»Das dort, ist der Vater der persischen Gebirge, der *Damawand.* Ein erloschener Vulkan. Unser Kamerad Fritz Zitzmann hat ihn im letzten Jahr erstmals überflogen und fotografiert. Da es keine genauen Karten gibt, sind die Berge unsere einzigen Orientierungspunkte, aber jeder ist froh, wenn er hier raus ist. Wenn einem hier in den Bergen was passiert ...«

Die höher gelegenen Täler erinnerten Wilhelm an die Alpen. Unter ihnen lagen hin und wieder Almwiesen, auf denen friedlich und verloren Viehherden weideten. Schwarze Zelte waren Hinweise auf Nomadenstämme hier oben. Vegetation erschien spärlich. Die meisten Senken waren bloß grau oder sandfarben. Langsam näherten sie sich dem gewaltigen Vulkankegel.

»Was man noch bedenken muss, Herr Schulz«, meldete sich Paul wieder von vorne. »Die Temperaturwechsel. Es gibt zwischen Sommer und Winter fast keinen Übergang, wie bei uns von Herbst zu Winter. Die Sommertemperaturen betragen im Norden 30 Grad, im Süden schnell auch 50 Grad. Im Winter sinken sie bis auf minus 25 Grad, manchmal hat man am Tag Schwankungen von bis zu 40 Grad – das ist Großkampftag für den menschlichen Organismus. Da der Luftdruck über dem persischen Hochland recht gering ist, können die Luftmassen aus den angrenzenden Gebieten fast ungehindert einströmen. Im Winter dringen zusätzlich aus den asiatischen Hochgebirgen Kaltluftmassen in den nördlichen Teil um Teheran und bringen raues Winterklima. Im Sommer kommen, wie gesagt, von Süden Monsun und Passat und sorgen für Trockenheit. Nur hinter uns, am Kaspischen Meer, gibt es ausreichend Wasser. Deshalb die fast tropische Vegetation – hohe Lufttemperatur und viel Wasser.«

Sie passierten den Vulkan an seiner östlichen Flanke und flogen in südlicher Richtung.

»Gehen Sie doch bitte noch einmal tiefer. Bis auf 2000 Meter?«, bat Hans und Paul gehorchte. Er drosselte den Flieger runter, hielt den Kopf aber gedreht, als schaue er gen Westen. Tatsächlich lauschte er dem Motor. Das Zittern und Rollen setzte wieder ein, deutlich weniger stark als zuvor. Hans zeigte aus dem Fenster.

»Herr Darburg, sehen Sie? Nach Osten hin sind die Berge nicht mehr so hoch, die Luft kann sich also besser verteilen und wir haben nicht die Engpasssituation wie auf dem Hinflug.« Sie hielten sich fest, als eine Böe die F 13 schüttelte. Die gewünschte Flughöhe war erreicht und in einem waagerechten Geradeausflug zogen sie ihre Bahn.

»Diese Route scheint deutlich friedlicher, Herr Anar«, rief Hans. »Wie steht es mit Querwinden?«

»Ich habe keine Aufzeichnungen, aber wenn nicht gerade ein Sturm aufzieht, dürften die sich im Rahmen halten.«

Vor ihnen erschien wieder die sandige Ebene, weit im Süden glitzerte die große Kewir-Salzwüste, die sie bereits auf dem Flug nach Ghom bewundern konnten. Paul kippte den Flieger und sie beschrieben einen Bogen gen Westen. Sie dürften nun auf Teheran zuhalten und tatsächlich kamen dessen Umrisse in der flimmernden Sonnenglut bald in Sicht und wuchsen sich aus, bis sie die gesamte ausgedehnte Stadt unter sich sahen.

»Da kreist jemand über Ihrem Turm, Herr Darburg«, rief Paul von vorne. Neugierig erhob Wilhelm sich und schob seinen Kopf in das Cockpit. Eine altersschwache deHavilland aus Weltkriegsbeständen und mit persischen Hoheitszeichen machte mehrere Überflüge, dann kehrte sie auf Gegenkurs zur F 13, bemerkte den deutschen Flieger, und drehte ab, nach Süden zum Militärflugplatz knatternd.

»Keine Ahnung!«, rief Wilhelm. Die Regierung war ja verständigt und hätte jederzeit jemanden vorbeischicken können.

Aus einigen hundert Metern Höhe herabdrosselnd kurvte Paul noch ein paarmal über dem Stadtzentrum. Um Hans' Mundwinkel spielte ein Lächeln, als er die im Licht glänzenden Minarette und Kuppeln der großen Moschee bewunderte. Flache Dächer, niedrige, meist ein- oder zweistöckige Häuser, weite Innenhöfe, Gärten mit Wasserbecken und die freien Plätze mit ihren verwinkelten Straßen drumherum. Ein Labyrinth zahlloser Wege für Menschen und von Menschen bildete das Luftbild. Wilhelm spürte ein Gefühl des erfreuten Ankommens.

Südlich der Stadt lag der Militärflugplatz *Ghale Morghi*, wo die neuen W 33 und F 13 mit ihren deutschen Piloten stationiert waren. Paul ließ es sich nicht nehmen, eine Begrüßungsrunde zu fliegen. Einige ältere Maschinen standen dort abgedeckt. Die Junkers-Flieger waren nicht zu sehen, vielleicht waren sie im Einsatz.

Die F 13 zog nach Nordosten und landete kurze Zeit später wieder auf dem Meydan-e Junkers. Paul ließ sie auf die Warteposition rollen, von der aus sie gestartet waren, stellte den Motor ab und kletterte flink aus dem Cockpit. Hans hatte den Verschlag geöffnet und war im Begriff auszusteigen.

»Der Höhenmesser zeigt immer noch 1200 Meter. Teheran ist eine Gebirgsstadt.« Sie lachten und Hans bedankte sich überschwänglich bei Paul. Falls er ihm etwas bezahlt hatte, dann musste das Geld bereits vorher den Besitzer gewechselt haben.

Hans und Paul verschwanden in der Baracke, um die abgeflogenen Routen in die Karten einzuzeichnen. Wilhelm kam hinterher. Ganz klar, wenn eine Strecke in Frage kam, dann jene am Damawand entlang. Sie war ruhiger, sicherer und auch landschaftlich beeindruckender.

Unschlüssig stand er im Vorraum. »Fräulein Huth, wir haben gerade eine persische Militärmaschine gesehen, die hier herumgeflogen ist.«

Sie nickte. »Oh ja, allerdings. Ich dachte, die will uns auf dem Dach landen.«

»Es gibt doch deutsche Piloten auf dem Stützpunkt dort. Können Sie anrufen und herauskriegen, wer das war?«

Sie lächelte und griff zum Hörer. Bis die Verbindung stand, würde Zeit vergehen. Bis dahin wollte er sich die Beine vertreten. Es dauerte nicht lange, da lehnte sie sich aus der Tür ins Freie.

»Niemand da. Alle ausgeflogen. Zu den Aufständischen im Süden. Eine Maschine war draußen, aber niemand weiß, welchen Auftrag sie hatte. Tut mir leid. Wenn ich doch noch was erfahre, melde ich mich.« Sie lächelte bedauernd, aber wenigstens liebreizend.

Schulz kehrte zurück und drängte sich an Fräulein Huth vorbei. Er hielt die gerollten Karten hoch. »Alles da. Die Route steht. Ich kann wieder zurück. Morgen früh geht's über Bagdad und Tiflis in die Heimat.«

»So bald?« Wilhelm schüttelte den Kopf. »Dann waren Sie ja beinahe zwei Wochen ohne eine ruhige Minute.«

Hans grinste. Wilhelm ahnte schon ... auch ruhige Minuten hatte der rastlose ältere DELAG-Mann wohl letztes Jahr noch gehabt. Wilhelm hatte auf einen ruhigen Moment mit Paul gehofft, aber der war schon wieder auf dem Weg zu der F 13. Er hatte ihn nach weiteren besorgniserregenden Vorkommnissen in der jüngsten Zeit fragen wollen.

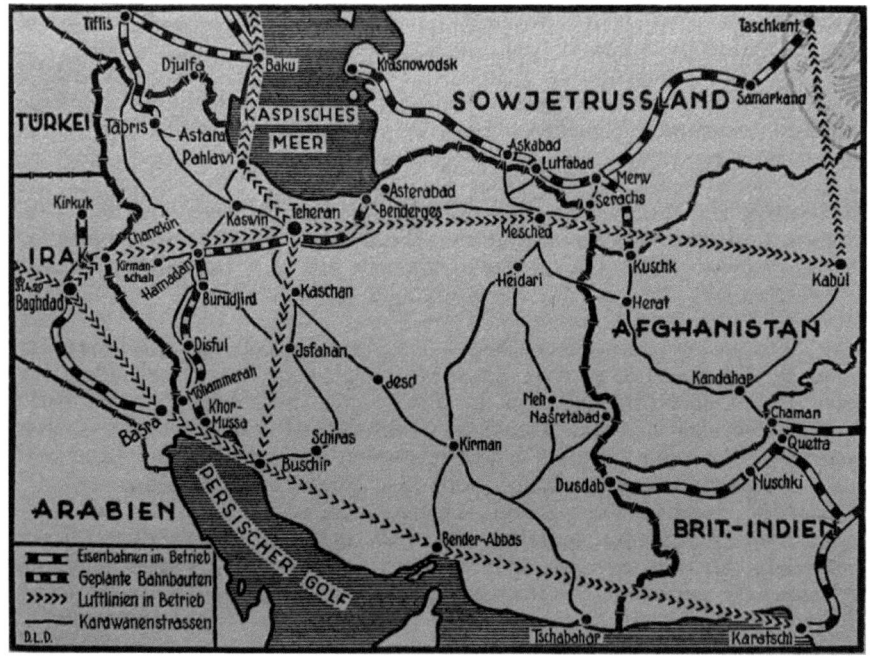

Infrastruktur Persien 1928 (Quelle: Hesse 1932)

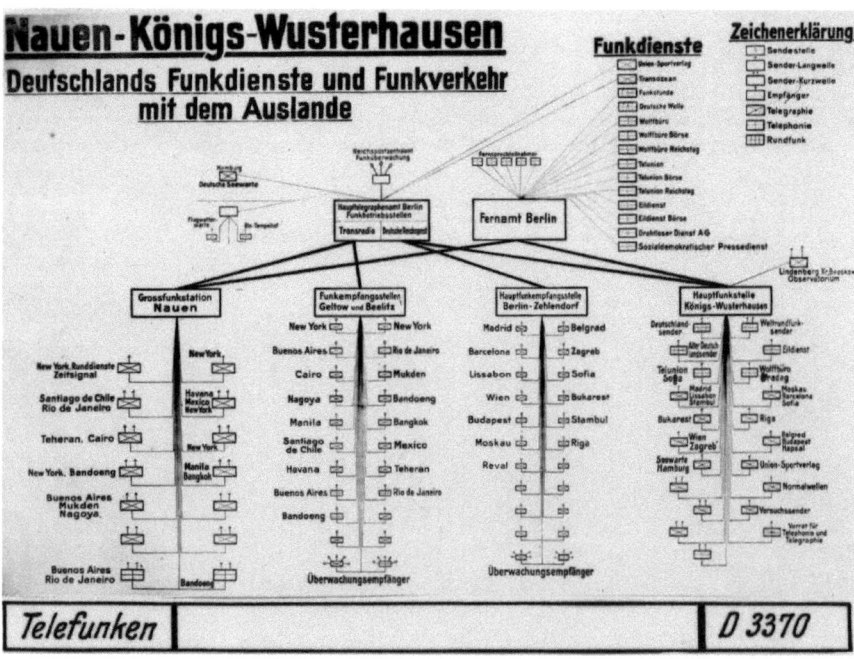

Weltfunkverkehr, etwa 1933 (Quelle: Museum für Telekommunikation, Frankfurt)

Geheimnisse und Verdächtigungen

Kaum war der Ruf zum Mittagsgebet verhallt, schleppte ein Bediensteter des Hotels einen internationalen Postsack hinter die Rezeption, der sicher mit der Morgenmaschine aus Bagdad oder jener aus Tiflis gekommen war.

»Ich will doch mal sehen, ob auch etwas für mich etwas dabei ist«, lächelte Maren und stand auf. Gemeinsam mit Wilhelm hatte sie den Morgen in der gut besuchten Lobby verbracht, es war *Jomeh*, Freitag, der persische Sonntag. Daher hatte niemand der Gäste einen offiziellen Termin und man wanderte durch die Stadt, machte Ausflüge oder harrte hier eines ereignislosen Tages.

Wilhelm schaute Maren hinterher. Heute würde man den Ankermast am Flugplatz aufrichten, dann wäre alles bereit. Das würde hübsch was extra kosten, aber so lange die Gebetszeiten nicht beeinträchtigt wurden, spielten die Arbeiter mit. Sofort würde er benachrichtigt. Falls nicht, ginge er morgen früh nach dem Rechten schauen. Danach hätte er am späten Vormittag einen Termin beim deutschen Gesandten, der sicher Neuigkeiten von seinen persischen Regierungskontakten zu berichten wusste – jedenfalls hoffte Wilhelm das. Heute durfte er ein wenig entspannen, der Gedanke an den Diebstahl nagte weiterhin. Jeden Gast beobachtete er, ob der sich verdächtig verhielt. Ihm schuldbewusste oder wissende Blicke zuwarf. Maren griff nach einem Brief, den man ihr reichte. Sie pfiff sogar eine Melodie! Die Tür zur Laleh-Zar flog auf und der Engländer stürmte hindurch. Für einen Moment schweifte Wilhelms Aufmerksamkeit von Maren ab.

»Darburg!« Ruby hatte ihn erkannt und kam sofort näher. »Wussten Sie, dass heute eine öffentliche Auspeitschung stattfindet? Ich war am Kanonenplatz und habe gesehen, wie dort ein Podest aufgebaut wird.«

»Es ist Freitag. Das findet immer Freitags statt.« Begeistert war Wilhelm nicht.

Die Augen des anderen starrten groß und weit. »Auch Hinrichtungen?«

Wilhelm nickte. »Ich war noch nicht dabei, aber ja, vermutlich auch diese. Vor dem Haupteingang des Bazars. Ich denke, Sie kennen Persien? Wenigstens den Norden?«

»Ja, natürlich. Auf dem Dorf, in der Provinz. Da wird öffentlich bestraft. Aber in der Stadt? In der Hauptstadt?«

Wilhelm sah ihn an. War der Engländer überrascht oder fasziniert? »Wo sonst soll denn die Einhaltung der Gesetze durch Abschreckung nachahmenswert gemacht werden, wenn nicht in der Hauptstadt?«

Es machte ihm Spaß, den anderen ironisch vorzuführen. Persönlich fand er Körperstrafen barbarisch. Ob in Persien oder in Deutschland, wo ebenfalls Todesstrafen verhängt und vollzogen wurden, immerhin nicht öffentlich.

Sie vernahmen einen dumpfen Schlag und sahen überrascht zur Rezeption. Maren hatte mit der Faust auf den Empfangstresen gehauen, starrte auf einen Brief, das Gesicht düsterer als je zuvor. Ihr Anflug von Frohsinn war restlos verflogen.

»Moment, ich muss mal kurz …«. Wilhelm erhob sich halb. Sie stürmte an den Frühstückstischen vorbei in den rückwärtigen Teil des Hotels, wo das Auditorium lag. Er ließ sich zurücksinken.

Kaum hatte er sich wieder auf Ruby konzentriert, als sich die Tür erneut öffnete. Moshir erschien.

Wilhelm hob die Hand und hieß den Engländer zu schweigen, der etwas sagen wollte. »Sorry, Mister Ruby … Moshir! Ich warte schon auf dich. Wo bleibst du denn?«

Der Diener sah ihn und kam näher. Höflich verbeugte er sich knapp und blieb in ausreichender Entfernung vom Tisch stehen. »Ich bin da. Ich musste einen Umweg nehmen.«

»Eine Menge Volk ist dort draußen auf den Beinen«, frohlockte Ruby. »Eine Hinrichtung! Oder wenigstens eine Auspeitschung.«

Moshir sagte nichts. Er schüttelte nur den Kopf.

Ruby stand auf. »Besprechen Sie mal, was Sie mit Ihrem Diener besprechen müssen. Ich sehe zu, ob ich einen Begleiter für die Züchtigung finde.« Dann ging er ebenfalls zur Rezeption.

»Was ist los, Moshir? Du bist spät!«

»Ich bin über die Istanbul-Straße gekommen.«

»Von Norden? Aber warum denn das? Sonst kommst du doch immer über den Kanonenplatz.«

Moshir sah auf die Tischfläche. Wilhelm wies auf einen Stuhl. Der Junge blieb stehen.

An der Rezeption erhob sich wütendes Geschimpfe. Der Engländer stritt sich mit einem der Angestellten. Moshir versuchte was zu sagen. Wilhelm hob wieder seine Hand und er verstummte augenblicklich.

»Was soll das heißen, er ist abgereist? Sehen Sie nochmal nach!« Jeder in der Lobby konnte mithören. Rubys Gesicht war rot angelaufen. Der Rezeptionist konnte sich nicht weiter helfen, als immer wieder auf das Schlüsselbrett zu zeigen, an dem der Zimmerschlüssel des Gesuchten hing und wo der kleine rote Zettel fehlte, der ein belegtes Zimmer anzeigte. Wütend fuchtelte Ruby mit den Händen und ließ ihn einfach stehen. Sofort hielt er inne, machte kehrt und schnauzte den Mann in der weißen Hoteljacke wieder an.

»Besorgen Sie mir augenblicklich den nächsten Flug – ebenfalls über Bagdad. *Now!*«

»Was ist denn heute los?«, murmelte Wilhelm. Und dann lauter: »Mister Ruby, kommen Sie zu uns und erzählen Sie, was Sie so ärgert?«

Ihm war anzusehen, dass er nicht wollte. Er kam dennoch, nachdem er sich davon überzeugt hatte, dass der angeblaffte Rezeptionist wirklich telefonierte. Er schien sich schnell unter Kontrolle zu bringen, denn er sah fast wieder entspannt aus, als er die wenigen Schritte zu Wilhelms Tisch zurückgelegt hatte.

»Hans Schulz. Er ist abgereist. Wussten Sie davon?«

Wilhelm zwang sich zu lachen, obwohl ihm der Unterton nicht gefiel. »Nein, das wusste ich nicht. Oder doch, vielleicht. Er hatte so etwas erwähnt.« Dann sah er den Engländer erwartungsvoll an, der sich zu ihm an den Tisch setzte.

»Das wundert mich, ehrlich gesagt, *Mister* Darburg. Ich dachte, Sie kennen sich. Sie sind mit ihm in die Berge geflogen. Oder etwa nicht?«

Bemüht schüttelte Wilhelm den Kopf. Verwundert. »Aber nicht doch. Ich dachte, *Sie* kennten sich, *Herr* Ruby. Sie sind doch mit ihm angereist. Ich habe ihn vor Jahren einmal in Berlin getroffen und ihm hier zum Wiedersehen einen Rundflug spendiert. Aber Sie sind zusammen hergekommen.«

»Zufall«, brummte der andere und sah immer wieder zum Empfang, ob das Telefonat endlich beendet war.

Wilhelm und Moshir wechselten Blicke. »Und Ihre Geschäfte sind abgeschlossen?«, fragte er neugierig.

Der andere sah ihn an, als habe er die Frage nicht verstanden. Nach einigen Momenten reagierte er wieder. »Ja, die Funk-Konzession der Franzosen ist doch wasserdicht. Da ist für mich nichts mehr zu holen.«

Wilhelm nickte. Und das hatte der Engländer einfach zwischendurch erfahren? Aber er wollte nicht darauf herumreiten.

»Moshir, möchtest du Mister Ruby nicht zum Kanonenplatz begleiten? Mir scheint, eine öffentliche Bestrafung könnte seine Laune heben.«

Bevor Ruby reagieren konnte, drehte der Junge sich um und verschwand wortlos zurück durch die große Eingangstür. Wilhelm blieb der Mund offenstehen. Ruby sprang auf und lief zu dem Mann an der Rezeption, der soeben aufgehört hatte zu telefonieren.

Ziellos wanderten Wilhelms Blicke von dem Engländer zu der Stelle, wo Moshir verschwunden war und wieder zum Empfang. Waren heute alle durchgedreht? Lag ein Gas in der Luft? Ruby diskutierte mit dem anderen. Ging es um Schulz? Vielleicht, denn der Hotelangestellte schien mit dem Daumen öfter nach hinten zu deuten, in die Richtung, in welcher dessen ehemaliger Zimmerschlüssel hing. Mehrfach nickte der Engländer, dann verabschiedete er sich. Abermals bewunderte Wilhelm die Geschwindigkeit, mit der der Mann seine Stimmung regulieren konnte. Er kehrte noch einmal zu Wilhelm zurück.

»Meine Gesellschaft hat mich zurückbefohlen. Sie halten weitere Verhandlungen für aussichtslos.« Mit diesen Worten verabschiedete er sich nickend und ging durch die Tür auf die Straße hinaus. Dort verweilte er, als prüfe er die Luft, und schlenderte dann nach Süden, zum Kanonenplatz.

Kaum zwei Minuten später kehrte Moshir zurück. Aus der anderen Richtung. Wieder nahm er Aufstellung am Tisch, als sei nichts geschehen. Wilhelm wies abermals auf einen der Stühle. Da der Diener nicht reagierte, sah er ihn böse an.

»Setz dich jetzt hin, Moshir. Das ist ein Befehl!«

Augenblicklich warf der Perser sich auf den Sitz, so dass dessen Struktur unter dem Gewicht des schmächtigen Jungen ächzte.

»Was ist los mit dir heute? Erst kommst du zu spät, dann lässt du mich einfach stehen. Und das im Beisein von einem Engländer. Wie stehe ich denn da? Der muss ja denken, du tätest was du willst.«

Er senkte den Kopf. »Ich bitte um Verzeihung. Das war nicht meine Absicht.«

»Also, was war der Grund?«

Er schwieg.

»Moshir, was ist los? Mir ist schon zuvor aufgefallen, dass du reserviert bist. Du reagierst auch nicht, wenn der Amerikaner was von dir will. Dass du mit Fräulein Grande und Miss Reason freundlicher umgehst, verstehe ich sogar, auch wenn ...«

»Es hat nichts damit zu tun!«

»Was? Womit?« Wilhelm beobachtete zwei dicke Italiener, die für einen Moment die Rezeption verstellten. »Mit den Frauen hat es nichts zu tun? Womit dann? Du machst einen feindseligen Eindruck, Moshir!«

Der Diener sollte begreifen, dass Wilhelm ihn nicht vom Haken lassen würde. Der Junge druckste ein wenig herum.

»Sag es mir«, drängte er abermals. Auch wenn zu Insistieren sonst nicht seine Art war, musste er einfach den Grund für sein Verhalten wissen. Dafür war seine Mission hier zu wichtig. Vielleicht hatte es damit zu tun.

»Die Auspeitschung«, sagte der Junge und zog an seinem Oberteil aus Baumwolle herum. So weit, bis Wilhelm einige Zentimeter seiner Haut oberhalb der Hüfte sehen konnte. Sie war vernarbt, streifenartig zogen sich die Rückstände schwerer Wunden bis auf den Rücken.

»Gütiger Himmel, Moshir«, entfuhr es ihm. Wortlos starrte er ihn an. Gezüchtigt mit einer Körperstrafe? Sein Diener, ein verurteilter Straftäter? Wer hatte ihm den denn geschickt? Wie konnte es sein, dass die Gesandtschaft ihn einem Kriminellen auslieferte? Wilhelm schluckte.

»Ich war es nicht. Es war Unrecht. Man sagte, ich habe gestohlen. Aber es war eine Lüge. Ich war gar nicht an dem Ort, wo es geschah. Aber das hat niemanden interessiert.«

»Wie kann das sein?«, stammelte Wilhelm. Er kannte die Schariah ein wenig. Es musste Zeugen geben. So leicht, wie es oft hieß, war es mit der Willkür nicht. »Konnte denn niemand bestätigen, dass du ...«

Moshir nickte traurig. »Doch, aber nur eine Frau und es war ein Faranghi, der mich beschuldigt hat.« Wilhelm wusste, dass es zweier Frauen bedurft hätte, die für einen Diebstahl seine Unschuld bezeugten. Zwei Frauen waren so gut wie ein Mann. »*Ye ruz man migam: Ason nabod, amma man anjamesch dadam*«, sagte Moshir leise.

Die Phrase hatte er schon gehört: ›Eines Tages hast du es geschafft, auch wenn es schwer ist.‹ »Aber Moshir. Was soll das denn heißen? Das Wort eines Ausländers? Obwohl du es nicht warst? Ich bitte dich, das kann ...«

»Nein, es *war* der Ausländer selbst. Er hat seine Schuld auf mich geschoben. Niemand hat mir geglaubt, sondern ihm. Ich wurde sofort verurteilt und wenige Tage später schlug man mich. Mit einem Stock. Auf dem Tupchaneh ...« Einen Moment schwieg er und sein Blick schweifte ab. Unter den Tisch, als suche er sich einen Platz zum Unterkriechen. Er flüsterte schmerzerfüllt. »Und ich habe ihn gesehen. In der Menge. Der Mann, der mich beschuldigt hat, war dort und sah genau zu, wie man mich schlug!«

Wilhelm versuchte, mehr aus ihm herauszubekommen. Irgendwann gab er auf. Moshir würde nicht reden.

Byron Alvarado konnte nicht sagen, wie lange er sich schon mit diesen Unterlagen beschäftigte. Jedenfalls den ganzen Nachmittag und sogar der Ruf zum Abendgebet war vor geraumer Zeit ertönt. Die Pläne waren faszinierend. Es handelte sich definitiv um Zeichnungen von Wartungshallen für Luftschiffe und diese riesige Konstruktionszeichnung mit dem Kürzel *LZ 128* ... er war mit dem *Graf Zeppelin* gereist, dessen Kennung lautete niedriger. Sein technisches Verständnis reichte nicht weit, daher erkannte er nicht viel. Immerhin genug, um zu wissen, dass es kein alter Plan war. Nicht der eines Weltkriegsluftschiffes. Sondern der eines neuen Zeppelins. Zweifellos. Er war noch unschlüssig, was er damit anfangen sollte. Er könnte die Materialien für einen Roman über Luftschiffe im Weltraum benutzen, vielleicht flogen sie bis zum Mond zu einer deutschen Planetenbasis? Oder einen fiktiven Spionagethriller schreiben über eine geheime Zeppelinstation, die in Asien den Weltkrieg überstanden hat. Oder am Südpol?

Überhaupt: Waren die Unterlagen wertvoll? Möglicherweise. Aber wie könnte er jemanden identifizieren, der daran Interesse haben mochte? Sollte er sie dem Deutschen zurückverkaufen? Dieser Gedanke war ihm immer wieder durch den Kopf gegangen. Seit Tagen schon. Nur wie? Er besaß hier keine Infrastruktur für eine kleine Erpressung. Aufgrund der begrenzten Zahl von Ausländern musste er damit rechnen aufzufliegen. Und was dann? In einem Kerkerloch landen? Ohne Aussicht auf Freilassung? Zusammen mit ungewaschenen persischen Dieben und Halsabschneidern, deren Sprache er nicht verstand? Das Risiko erschien ihm äußerst groß.

Um die Pläne gut lesen zu können, hatte er sie auf dem Bett ausgebreitet, in Richtung des Fensters. Er selbst saß mit dem Rücken zur Tür und erschrak heftig, als diese aufgerissen wurde. Hatte er vergessen, sie abzuschließen?

Hektisch drehte er sich um, schob die Dokumente auf den Boden zwischen Gestell und Zimmerwand und ließ die Decke darauf rutschen. In der Tür stand der Engländer, Mason Ruby.

»Byron, hey. Wie geht´s? Was machen Sie?«

»Lesen«, stotterte er und rang nach Fassung. Wenigstens war es nicht der Deutsche, Darburg.

»Ich komme gerade von einer öffentlichen Auspeitschung. Junge, das war grausam. Diese Leute hier haben doch wirklich überhaupt keine Sitten. Haben Sie so etwas schon mal gesehen?« Er trat ungebeten näher und sah sich neugierig um. »Was lesen Sie denn? Ich wollte einen Whisky heben auf den Schreck und Sie einladen.«

Der Redefluss überforderte Byron. Er nickte und schüttelte gleichzeitig den Kopf. Die Erschütterung über den hereinplatzenden Besuch saß ihm in den Gliedern. »Ich sehe mir sowas nicht mehr an. Ich habe einmal gesehen, wie ... jemand vierundzwanzig Stockhiebe auf den Rücken bekam. Das hat mir gereicht.«

Ruby machte eine achtlose Handbewegung. »Und was lesen Sie?«, er ließ nicht locker, verließ den offenen Türrahmen und trat ungebeten näher. »Habe ich Sie gerade beim Studium von Plänen gestört? Es sah so aus. Dann tut es mir natürlich leid, und ...«, im glatten Gegensatz zu seinen Worten ging er blitzschnell um das Bett herum und bückte sich, um einen Zipfel der Bettdecke zu fassen. Ein Teil der Unterlagen wurde dabei sichtbar.

»Lassen Sie das gefälligst«, schnauzte der Amerikaner ihn an und streckte sein Bein aus, um ihm den Zugriff zu verwehren. Für eine Sekunde hatte er ja erwogen, dem anderen davon zu erzählen, vielleicht hatte der ja Interesse, aber so?

Der Engländer sah mit aufgerissenen Augen auf ihn herab. Dann fingerte er von Byrons Nachttisch das Kieferknöchelchen aus Lamiasar.

Den beschlich eine gewisse Angst. Nicht zufällig heftete sich sein Blick an die Boxernase des anderen. »Es sind Skizzen. Für meinen neuen Roman«, versuchte er Zeit zu gewinnen.

Mason drehte das Artefakt zwischen den Fingern. Plötzlich sah er Byron an und es knackste.

»Oh, der ist aber brüchig«, murmelte er bloß. »Muss ein antikes Knöchelchen sein.« Byron lief rot an und holte Luft. Der andere schaute unbewegt. Das war Absicht gewesen.

Ruby nickte. »Mir war ja, als hätte ich deutsche Begriffe gesehen. Wörter.«

Eingeschüchtert schüttelte Byron den Kopf. »Es gibt ein paar, in der Tat. Ich schreibe einen Roman über den deutschen Konsul Waßmuß.«

Ruby setzte sich auf das Bett und spähte aufreizend zu Boden, offenbar wollte er mehr sehen und erwog, einfach die Decke wegzuziehen. Byron verlagerte seine Position weiter, um sich ihm notfalls entgegenzuwerfen.

»Waßmuß? Der hat im Weltkrieg mit seiner Persertruppe fast das ganze Land kontrolliert und uns schön zugesetzt.« Dann schoß die Hand des Engländers nach unten. »Ich war ja dabei. Und deswegen denke ich, dass ich Ihnen sehr gut bei Ihrem Buch helfen könnte. Wenn Sie mich lassen, natürlich nur.«

»Nein!«, schrie Byron so laut, dass Ruby innehielt, und trat gegen dessen Hand. Fast hatte er Angst, dass der andere ihn dafür würgen würde. Der stand indes auf, warf die Kieferstücke auf den Nachttisch und ging zur Tür.

»Wenn Sie meinen. Ich sag's ja nur. Ich war im Militärdienst in Persien während des Krieges. Sicher kann ich Ihnen viel erzählen.«

»Ich komme darauf zurück, wenn ich es brauche.« Mit einem gewissen Unglauben realisierte Byron, dass der Engländer tatsächlich von ihm abließ und die Tür von außen schloss. Sofort ging er hinter ihm her und drehte von innen den Griff herum.

Schwer atmend und zitternd vor Angst saß er auf dem Bett. Was jetzt? Was tun mit diesen Plänen? Als er das Schütteln seines Körpers langsam unter Kontrolle bekam, setzte er zweimal an, um einen Erpresserbrief um Lösegeld an Darburg zu schreiben. Er nutzte absichtlich sehr fehlerhaftes Englisch. Dann zerknüllte er die Versuche. Handschriftlich würde man ihn ganz sicher als Urheber identifizieren. Wenn er seine Schreibmaschine benutzte vielleicht auch. Wer hatte denn sonst eine Reiseschreibmaschine auf dem Zimmer? Nein, er musste das Ganze noch einmal ausführlich überdenken. Woran hatte er für eine Geschichte gedacht? Eine Zeppelinstation in Asien? Drang er damit nicht in äußerst aufregende Spekulationen vor? Konnte das nicht sogar der Grund sein, warum Darburg und Schulz nach Teheran gereist waren?

Einige Meter entfernt vernahm Wilhelm im Halbschlaf Aufregung auf dem Flur. Er hatte gedöst und wollte am Abend noch etwas flanieren, bevor er sich an der Bar einen Drink genehmigte. Ab morgen galt es, denn wenn der Turm erst stünde – dann ginge es auf die Zielgerade. Zunächst wirkte die Unruhe wie Streit in einem Zimmer. Persien war ein nicht gerade leises Land und viele auch der internationalen Gäste temperamentvoll, Lärm also keine Überraschung. Kaum war es ruhiger, hörte er woanders mehrere Personen sprechen. Die Geräusche schienen aus der Richtung von Maren zu kommen. Ihr Zimmer lag schräg gegenüber von seinem, wenige Meter entfernt. Hatte sie Besuch? Das wäre ihm neu. Er dachte an den Brief, den sie heute früh erhalten hatte und ihre geradezu entsetzte Reaktion darauf. Seitdem hatte er sie nicht mehr gesehen. Es war kurz vor acht Uhr abends, der Tag ereignisarm verstrichen.

Die Stimmen redeten weiter, in unterschiedlicher Intensität, nicht durcheinander. Waren mehrere Personen zu Besuch bei ihr? Hatte sie eine Privatséance? Dann schienen sie so höflich, dass sie sich einander ausreden ließen. Er rutschte etwas hoch und bettete seinen Kopf auf ein zusammengeklapptes Kissen. Jetzt war er vollends wach. Die Vorhänge waren nicht vollständig zugezogen, Licht des frühen Abends fiel hindurch. In dem angenehmen Halbdunkel konnte er seine Sinne gut auf das richten, was außerhalb des Raumes geschah. Woanders wurde die

Tür zugeschlagen, bei Alvarado? Tritte stampften fort und verliefen sich auf dem Korridor. Verärgerte Schritte? War jemand wütend?

Die daraufhin einbrechende Ruhe war regelrecht auffallend. Unwillkürlich spannte er sich an. Irgendwo wurde eine Tür langsam aufgezogen, das Schaben über den Teppich eindeutig. Nirgends waren die Zimmertüren eingepasst, dass sie geräuschlos nach innen schwingen konnten.

Einer plötzlichen Unruhe folgend setzte er die Beine aus dem Bett und schlüpfte in seine Schuhe. Sanfte Schritte huschten erneut an seiner Tür vorbei. Vorsichtig machte er einen Sprung und zog sie auf. Links rüber, in Richtung der Treppe, bemerkte Wilhelm einen dunklen Schatten und schob neugierig den Kopf durch den Spalt. Eine verschleierte Frau, gehüllt in einen schwarzen Tschador, verschwand im Treppenhaus. Er hielt den Atem an, griff zu seiner Jacke, zog den Schlüssel ab und die Tür zu. Dann schlich er hinter ihr her. Keine Sekunde zu früh, denn unten angekommen schimmerte die Gestalt bereits draußen vor den Fenstern zur Laleh-Zar vorüber.

Den Ruf von der Rezeption nach dem Zimmerschlüssel ignorierend rannte Wilhelm auf die Straße. Da war sie! Niemals hatte er eine verhüllte Frau im Hotel gesehen, bis auf ... den Tag, als in sein Zimmer eingebrochen worden war. Konnte das die Hoteldiebin sein? Hatte sie wieder jemanden bestohlen? Führte sie ihn zu seinen Plänen?

Mason Ruby war stinkwütend. Auf Alvarado, Schulz und vor allem sich selber. Zur Beruhigung war er quer durch die Stadt bis zu den westlichen Stadttoren gelaufen und dann über die Istanbul-Straße von Norden wieder zur Laleh-Zar zurückgekehrt.

Dieser amerikanische Idiot. Der hockte auf irgendwelchen Informationen, die er nicht teilen wollte. Deutsche Pläne, für einen Roman? Lächerlich. Schon in Berlin hatte er Schulz im Auge gehabt, seine Auftraggeber hielten den Mann für eine der zentralen Figuren der Deutschen bei der Ausweitung ihrer Souveränität in der Luftfahrt. Lange hatte man zugesehen, wie erst Junkers den Versailler Vertrag aushebelte, dann das Pariser Verkehrsabkommen den Deutschen sämtliche Beschränkungen erließ und nun folgte die DELAG. Junkers verkaufte seine Flugzeuge im Ausland, in den Nischen der bekannten Welt, wo sonst kaum jemand handelte: Brasilien, Chile, Argentinien, Afghanistan, auch noch Persien. Die kleine Firma aus Dessau hielt bereits große Anteile an der Weltluftfahrt. Ihre Maschinen galten nahezu als Standard, im Hintergrund zog der alte und kongeniale Professor Junkers seine Fäden. Für ihn war der ein Kriegsgewinnler, hatte er doch überhaupt erst durch den Weltkrieg seine Firma aufbauen und entwickeln können. Dessen erklärtes Ziel war ein Weltluftfahrtsystem. Aber damit würden sich Masons Auftraggeber nie abfinden können. Er auch nicht. Andere deutsche Firmen waren nicht besser, wie Dornier mit seinen Flugbooten. Da wuchs etwas heran, das war klar. Der deutsche Erfindergeist suchte sich seine Absatzwege. Und seitdem sie mit ihrem riesigen Luftschiff den Atlantik überquert hatten, liebten selbst die Amerikaner sie. Wo blieb da Britannien? Was wäre der nächste Schritt der Deutschen? Der Aufbau einer Luftflotte mit fremden Piloten in Persien, mit der man nach Europa zurückkehren konnte? Mancher hielt seine Ängste ja für übertrieben. Aber er hatte gesehen, was ein einzelner Deutscher anrichten konnte. Konsul Waßmuß hatte im Krieg die Engländer fast im Alleingang aus dem Land gedrängt. Das durfte niemals wieder passieren. Auch wenn er nur rausbekommen sollte, was Schulz trieb, wem er zuarbeitete, was er plante und mit welchen Netzwerken er verkehrte. *Er*, Mason Ruby, würde *nicht* das *big picture* aus den Augen verlieren. Auftrag hin oder her.

Das Grand Hotel war in Sicht und plötzlich sah er jemanden eilig aus der Eingangstür stürmen: Darburg! Der rannte auf die Straße und stieß fast das belgische Ehepaar um, mit dem Mason vor zwei Stunden gemeinsam Tee getrunken hatte. Das musste eine Bedeutung haben. Er beschleunigte seinen Schritt und verlor ihn für einen Moment hinter den sich vor dem Kino drängenden Menschen aus den Augen. Dann erspähte er ihn wieder am Eingang des Bazars.

Mason erregte Aufsehen, als er dem Deutschen hinterherrannte, der an den Bazarwächtern vorbeieilte, ohne dass sie Notiz nahmen. Ihn jedoch bemerkten sie, unterbrachen ihre Partie *Tricktrack* und sprangen auf. Unmissverständlich machten sie ihm klar, dass der Bazar geschlossen sei. Sein Persisch war gut genug für einen Streit, aber das war aussichtslos. Der Deutsche könnte mittlerweile sonstwo sein.

Die Menschenmenge vor dem *Cinema Mayak* hatte Wilhelm für eine Sekunde von der Frau getrennt. Er musste sprinten, zum Glück drehte sie sich nicht um. Beiläufig bemerkte er, dass der Chaplin-Film nicht mehr lief. Was nun aktuell war, interessierte ihn im Moment aber als Allerletztes.

Sie strebte geradewegs auf den Bazar zu – sollte er ihr folgen? Jeder hatte ihn davor gewarnt, abends dort reinzugehen. Als Ausländer. Alleine. Ihm blieb nicht die Zeit, darüber nachzudenken. Mit kleinen schnellen Schritten überquerte sie den Tupchaneh und tauchte ein in das Sardar-Tor, das die Dunkelheit des Bazars zur Welt hin öffnete. Ehe er nachdenken konnte, war er ebenfalls dort. Während es unter dem freien Himmel noch hell war, überlagerten sich die Schatten im Inneren. Die Wächter am Tor beachteten die schwarze Gestalt nicht. Sie waren in ihr Brettspiel vertieft und sahen nicht einmal für Wilhelm davon auf. Die Frau schien zu wissen, wo sie hinwollte. Er ahnte, dass er sofort auffallen musste, wenn sie sich ein einziges Mal umdrehen würde. Die meisten Läden waren geschlossen, Bretterwände und Gitter bei den besseren Händlern längst vorgezogen und gesichert, die Lampen erloschen oder zur Neige brennend. Seine Nerven waren zum Zerreißen gespannt. Beim leisesten Geräusch würde er rennen, zurück, wohin auch immer. Die Seitengassen, die Liefereingänge, sogar die Mulden, in die manchmal Tonnen und Gefäße für Nüsse, Trockenobst oder Gewürze eingelassen waren, erschienen ihm wie dunkle Augen. Gähnende, aufgerissene Münder, im stummen Entsetzen erstarrt.

Luftzüge, Gerüche, Geräusche kamen von überall her – sie waren ihm zuvor nicht aufgefallen. Nun, den Blick auf die schwarze Gestalt vor ihm in den Schatten geheftet, waren sie um ihn herum, schienen wie Wispern, verlockend oder auch Verderbnis versprechend. *Immer weiter, mit ruhigen Nerven,* beschwor er sich. Nicht ablenken lassen, sonst verlor er die Fremde und dann unweigerlich die Orientierung. Was wollte eine verschleierte Frau aus dem Hotel hier? Wie sollte er das verstehen?

Manchmal geriet er aus dem Tritt, wenn er in eine unebene Stelle trat oder in das Loch eines Pfostens, das vor Jahrhunderten geschlagen worden war; für längst vergessene Zwecke. Die Ausdehnung der Gänge und Gassen schien weiter und gigantischer als tagsüber, wo man vor allerlei Herrlichkeiten ja kaum fünf Meter nach vorne schauen konnte. Er war nicht alleine. Hier und da arbeiteten Menschen, sahen ihn an, neugierig und erstaunt. Beobachteten bloß, aus der Höhe von kleinen Balkonen oder aus der Tiefe ihrer Buden. Einem Faranghi in Angst erschienen sie eben doch auch verschlagen und zu jeder Tat bereit.

Noch immer lief sie vor ihm, bis jetzt hatte sie sich nicht einmal umgedreht. Ging das wirklich erst einige Minuten so? Es fühlte sich an wie eine halbe Stunde. Eine Wand knisterte, drückte jemand dagegen? Brach sie zusammen? Es waren ein paar Sandkörner, die herabrieselten. Nicht mal ein Stein. *Nimmt das hier kein Ende,* dachte er in wachsender Unsicherheit. Seine Schritte klangen anders, der gestampfte Untergrund, festgetreten von dutzenden Generation, war hier lockerer, die Trittgeräusche dumpfer. Verließ sie den Bazar wieder? Die Gasse war zu einem Gang geworden, der nunmehr lediglich ein Pfad war, dicht begrenzt von hohen grauen Wänden, über denen schmutzige Tücher im Abendwind flatterten. Nicht einmal ein Esel käme hier durch. Führte sie geradewegs in eine Falle? War der Verfolger längst bemerkt? Würde man ihn ausrauben oder Schlimmeres? Er spürte einen Luftzug, frische klare Luft berührte ihn unvermittelt im Nacken. Seine Nackenhaare sträubten sich und er zuckte zusammen. Herumspringen und die Arme heben waren eins. Niemand war dort, lediglich ein Spalt in einer Wand. Dahinter schimmerte Tageslicht, eine Ruine. Wilhelm seufzte und wollte weiter, als er spürte, dass er alleine war. Die Frau verschwunden, er hatte sie verloren. Sehnsüchtig dachte er an Moshir.

Fluchend fügte sich Ruby in sein Schicksal. Die Torwächter wollten ihn nicht einlassen. Alles Lamentieren half nicht. Was trieb der Deutsche einsam im abendlichen Bazar, verdammt? *Well then*, nachdenklich wanderte er an den Palästen vorbei Richtung Nordosten, zum Doschantape-Tor. Die Stadttore schlössen erst nach Sonnenuntergang, bis dahin war noch Zeit. Die Tore erwiesen sich als weit geöffnet und die Wächter hatten nicht viel zu tun. Die Wälle des Flugplatzes waren von hier aus gut zu erkennen. Er vereinbarte einen kleinen Handel mit einem der Torwächter und lieh sich gegen ein paar Kran dessen Fernglas. Um die Berge zu bewundern, wie er behauptete. Den Perser interessierte das nicht. Mit Briten legte man sich besser nicht an. Er fragte Mason lediglich, wann er zurück wäre. Sie verabredeten eine halbe Stunde und er ließ ihn gehen.

Ruby spazierte ein wenig nach Norden, dann lief er in östliche Richtung. Dorthin, wo der Erdwall den Flugplatz vor Wind, Sand und Staub schützte und eine künstliche Erhöhung über der Steppe bildete. Der Flugbetrieb war für heute längst eingestellt, nur ein paar persische Wachleute würden bald Nachtwache schieben. Um Junkers ging es ihm nicht, er wollte sich den Turm ansehen, an dem nach wie vor gearbeitet wurde, wie er gut in der aus Westen einfallenden Abendsonne erkennen konnte. Sie tauchte das Gerüst in rötliches, mildes Licht. Die Konstruktion war nahezu fertig und erhob sich über die Steppe, höher als alles andere hier draußen. Arbeiter kletterten daran herum.

Mit einem Rundumblick vergewisserte er sich, dass niemand in der direkten Nähe war. Schnell erklomm er den nördlichen Erdwall und warf sich oben hinter dem Teilelager zu Boden, dessen Dachfirst ihn nach Süden gegen den Innenhof abschirmte. So konnte man ihn kaum entdecken, wenn nicht ausgerechnet jemand ebenfalls auf den Wall kletterte. Rechts vor ihm lag das niedrigere Dach der Junkers-Baracke. Jenseits derer ein Armeezelt, neben dem zwei lange Antennen, durch Holzstämme gestützt, aufgerichtet waren. Anscheinend eine Funkeinrichtung des Flugplatzes. Gegenüber am Südwall eine weitere Hütte, die als Garage, Schweißerei und Schmiede diente, wie ihm bereits aufgefallen war. Unter sich, wohl vor der Lagerbaracke, hörte er leise Stimmen auf Persisch sprechen. Die Wächter.

Er hob das Fernglas vor die Augen und sah hindurch. Das Holzgerüst war groß und stabil, solide gebaut. Sollte das wirklich ein Funkturm sein? Diese Konstruktion wirkte eher wie ein Bohrturm, nur fehlte das Gestänge. Vorne am Zelt, *das* waren Funkantennen. Das da hinten, gut einen halben Kilometer von allen anderen Objekten und Gebäuden entfernt? Das war alles, nur nicht ..., langsam ließ er das Glas sinken. Atmete ein paarmal. Hob es wieder, unruhig geworden. Ein freistehender Turm, 20 bis 30 Meter hoch, im Zentrum eines hunderte Meter umfassenden Radius' von freier Fläche, mit einem stabilen Sockel und einer doppelt verstärkten Spitze? »*Holy Moly*«, flüsterte er. Dann schreckten ihn vertraute Stimmen auf.

Tief im Bazar hinter sich hörte Wilhelm das Krachen von Metall, dann einen langgezogenen Schrei von irgendwem. War es Wut? Trauer? Todesangst? Er stolperte geradeaus und verlor seine aufgekommene Panik erst, als er in Sichtweite der südlichen Stadtmauer aus dem unendlich scheinenden Gewirr kleiner und kleinster Gassen heraustrat. Trotzdem wusste er nicht recht, wo er war. Wenn er sich links, ostwärts hielt, würde er der Stadtbefestigung in nördlicher Richtung folgen und wieder bekannteres Terrain erreichen. Entschlossen marschierte er los. Nach und nach gewann er seine Sicherheit zurück. Nein, nichts hier schien vertraut, hier waren auch keine anderen Ausländer. Gleich vor ihm zeigten sich kurze Zeit später die Berge. Das bedeutete, dass er nordwärts lief. Am folgenden Tor verließ er die Stadt. Es war das Chorassan-Tor, am südöstlichen Ende. Für den Moment hatte er seinen Bedarf an fremden Straßen gedeckt. Lieber ging er durch die Steppe, da konnte er sich wenigstens abreagieren.

Wer war die Frau? Sie kam aus einem der Hotelzimmer. Mit Sicherheit wohnte sie dort nicht. Ihre Schritte verloren sich im Bazar, in der südlichen Hälfte. Wo die Armen lebten? Das schien alles mehr als rätselhaft. War sie die Diebin? Sollte er im Hotel nach ihr fragen? Das war eine Möglichkeit. Sie fiel ja auf, sie konnte nicht übersehen werden. Aber die Angestellten waren Männer, niemand von ihnen dürfte sich vergewissern, wer sie war. Ob sich überhaupt eine Frau unter dem Gewand verbarg. Immerhin: Auch Moshir schien klein und schmächtig ... diesen Gedanken verwarf er wieder.

Im Norden kamen die Erdwälle des Flugplatzes in Sicht. Er dachte daran, Paul zu besuchen. Vielleicht den Ankermast anzusehen. Er beschleunigte seine Schritte. Es dauerte nicht lang und er erreichte das Flugfeld. Erfreut ging er auf Pauls Zelt zu.

Mason duckte sich und robbte einige Meter zu der Stelle, wo das Dach des Teilelagers mit dem niedrigeren der Motorenwerkstatt zusammenstieß und es eine kleine Lücke zwischen den Gebäuden gab. Das war doch ... der Deutsche! Was trieb der verfluchte Darburg plötzlich hier? Er hörte, wie der sich leise mit dem Flugzeugmechaniker unterhielt. Verstehen konnte er nichts.

Vorsichtig kroch er zurück, rutschte den Wall hinab und eilte im großen Bogen wieder zum Stadttor. Wortlos händigte er dem Wächter sein Fernglas aus und hastete zum Hotel. Er holte seinen Schlüssel und lief nach oben in die erste Etage. Er musste den Amerikaner sprechen, aber das Zimmer war verschlossen und auf sein Klopfen antwortete niemand.

An der Bar wurde er fündig. »Byron«, rief er unfreundlich und setzte sich neben ihn. Der Schriftsteller beachtete ihn nicht. Mason gab dem Barkeeper einen Wink, er sollte zwei neue Drinks bringen.

»Byron«, begann er abermals. »Ich muss was wissen. Wenn ich Ihnen eben zu nahegekommen bin, tut es mir leid. Aber können Sie mir mehr über die Pläne erzählen?«

Alvarado ignorierte ihn weiter, Ruby stieß dessen Glas an. »Hier, ich gebe einen aus.«

»Sparen Sie sich das«, zischte Byron. Plötzlich änderte sich sein Tonfall. »Ich habe gleich einen Termin mit Miss Reason. Was wollen Sie?«

»Erzählen Sie mir von den Plänen. Worum handelt es sich?«

»Es sind Pläne von Gebäuden. Ich dachte, das hätten Sie gesehen.«

»Aber es waren nicht nur Gebäude. War das ein Zeppelin?«

Byron nahm einen großen Schluck. »Vielleicht. Und wenn? Ich brauche sie für meine Geschichte.«

Mason lächelte. »Diese Originalpläne? Hätten Ihnen nicht Fotos gereicht? Also mal Hand aufs Herz, woher haben Sie die?«

»Aus Friedrichshafen, ich habe mit *Graf Zeppelin* den Atlantik überquert und mich mit dem Ersten Offizier Lehmann angefreundet. Ich schreibe eine Luftschiffgeschichte für ihn.«

Mason sah ihn prüfend an. Das mochte sogar stimmen. Trotzdem erklärte das nicht, dass jemand am Ende der Welt mit Originalplänen eines neuen Luftschiffes in einem Hotel herumsaß. Er sagte es ihm. Byron schnaufte verächtlich. Dann sah er ihn an.

»Was bekomme ich, wenn Sie sie ansehen dürfen?«

Mason blickte ihn ausdruckslos an. »Alvarado, ich bitte selten jemanden um Erlaubnis.« Seine Augen verengten sich und wurden noch kleiner als sonst. »Sie dürfen sie mir zeigen und ich verspreche Ihnen«, er senkte seine Stimme, »dass Sie dann sicher, ruhiger und besser schlafen werden.«

Byron bemühte sich um ein selbstsicheres Lachen, das ihm gründlich misslang. »Sie klingen wie der Boss in einem billigen Gangsterschinken. Wenn Sie so großes Interesse haben, kaufen Sie sie doch. Für tausend Dollar gehören sie Ihnen.«

Ruby neigte seinen Kopf zur Seite. So nah, dass Byron seinen warmen Atem spüren konnte. »Ich mache Ihnen eine andere Rechnung. Für hundert Dollar miete ich mir jemanden, der Ihnen den Kopf abschneidet und in der Wüste vergräbt. Aus Spaß. Und die Pläne bekomme ich umsonst. Was halten Sie davon?«

Byrons Gesichtszüge entglitten ihm und seine Finger zitterten, die das Glas umkrallten. Der Whisky begann sich bedenklich aufzuschaukeln.

»Die Pläne sind im Tresor, Ruby. Und Sie sollten sich mäßigen.«

Der Engländer nahm den Kopf zurück und stand auf. Ohne ein weiteres Wort ließ er den Amerikaner sitzen und verließ das Hotel. Er durfte es nicht übertreiben. Tausend Dollar hatte er nicht. Aber vielleicht eine Idee, wo sie zu holen waren.

Elena Reason stand am Fuß des Treppenhauses und sah hinüber zur Bar.

Byron bemerkte die Frau. Eigentlich waren sie verabredet. Sie hatte sicher wieder gebadet und freute sich nun auf die Geschichte, die er ihr angekündigt hatte. Leider war er nicht ganz fertig geworden. Jedenfalls fand er sie nicht richtig rund. Er sah sie hinüberkommen. Erwartungsfroh setzte sie sich neben ihn.

»Und? Byron? Märchenstunde?«

Er lächelte gequält. »Ich bin ... mir ist nicht richtig gut.«

»Wieso?«, erwies sie sich überrascht. Enttäuscht.

Mit wenigen Worten erzählte er ihr von dem Streit. Er ließ die Pläne aus und betonte, dass Mason sehr aggressiv gewesen sei. Langsam nickte sie.

»Es macht nichts, wenn die Geschichte nicht ganz fertig ist«, flüsterte sie. »Du kannst sie ja beim Erzählen perfekt machen. Ich freue mich so darauf und – du wirst es nicht bereuen.« Ihre Augen sahen an ihrem

Körper herab. Byron wusste, was sie meinte. Er bedauerte niemals ihren Anblick und das, was sie tun konnte, während er ihr vorlas.

Es wurde dunkel in der Stadt. Mason wollte keine weitere Minute verlieren. Er musste den britischen Gesandten informieren. Die Deutschen planten etwas. Offenbar ging es um eine Luftschiffverbindung nach Asien – ein direktes Konkurrenzprojekt zu der englischen Ostindien-Route mit den beiden Luftschiffen R100 und R101 seiner Auftraggeber. Sie hatten ihn auf die DELAG in Frankfurt angesetzt und beauftragt, deren Zukunftsplanungen in Erfahrung zu bringen. Sein eigenes Gespür hatte Recht behalten. Hans Schulz mochte keiner der Direktoren sein, aber eine treibende Kraft. Ebenso wie der geniale Konstrukteur Dr. Eckener der Macher hinter dem Grafen Zeppelin gewesen war.

Der Turm, ein Ankermast? Vielleicht. Ein Funkturm? Keinesfalls! Immerhin wirkte er überraschend ähnlich den Anlagen, die die Briten aktuell für ihre Luftschiffe in Ägypten und Indien errichteten. Eine deutsche Linie dorthin oder darüber hinaus, das war ein direkter Angriff auf das Empire. Möglicherweise eine Angelegenheit für den Völkerbund. Jedenfalls erschien das als ungeheuerlicher Affront. Auch die politische Brisanz würde er den englischen Stellen klarmachen müssen. Sollten die Deutschen englische Mandatsgebiete überfliegen? Wohl kaum. Also dann über die Sowjetunion? Was würde die dafür verlangen? Welche Folgen hätte eine weitere Annäherung der Sowjets und Deutschlands – und Persiens?

Bereits jetzt steckten die drei Länder bei der transpersischen Eisenbahn unter einer Decke und von ein paar Reibereien abgesehen kooperierte man auch in der Luftfahrt. Wer mit den Russen konnte ... er stellte sich die Weltkarte vor, vom russischen Riesenreich nahezu vollständig umfasst ... der gelangte beinahe an jeden Ort der Nordhalbkugel der Welt. Und den Süden hatten die Deutschen mit ihren geplanten Stützpunkten in Brasilien bald im Sack.

Es wurde immer düsterer, die Sterne funkelten am persischen Himmel, endlich kam die britische Gesandtschaft in Sicht. Ruby beschlich zunehmend Angst vor den Deutschen, als Staatsbürger und Monarchist. Er hatte es einmal erlebt in die Defensive zu geraten, in Nordpersien, durch den deutschen Konsul. Jetzt sollte er das erneut durchmachen? Und hinnehmen? Keinesfalls! Entschlossen trat er vor das Tor der Botschaft.

»Mein Name ist Ruby, Mason Ruby aus Sheffield«, sprach er die hoch gewachsenen bärtigen Sikhs an, die in ihren Uniformen und mit ihren

Turbanen aussahen wie zwei antike Torwächter aus Stein. »Ich muss den Ambassador sprechen.«

»Die Bürozeiten sind von 8 bis 16 Uhr, Sir!«, brummte eine der Wachen. »Benötigen Sie konsularischen Schutz, Sir?«

Ruby stutzte. »Was? Nein. Ich ...«

»Dann sprechen Sie morgen wieder vor, Sir!«

»Wie ... was können Sie ... es geht um das Empire ...«, er realisierte, dass die Wachen ihre Aufgabe ernst nahmen. Sie würden den Gesandten nicht stören. Und hinter der hohen Mauer befände sich eine ganze Einheit weiterer Elite-Sikhs.

»Gut, dann morgen früh«, knirschte er wütend und machte kehrt.

Deutsche Gesandtschaft Teheran, Firdousistraße 1932 (Quelle: Pol. Archiv des AA)

Diplomatische Spannungen

Die Täuschung fiel ihm nicht schwer. Sie war sein Geschäft.

»Die betörende Miss Grande allein beim Frühstück? Ist es denn die Möglichkeit?« Mason blieb höflich stehen und auf ein kurzes Nicken von Maren hin setzte er sich zu ihr an den Tisch. Es war früh, sehr früh. Gerade halb sieben Uhr. Grübelnd und verärgert hatte er wachgelegen, bis er irgendwann gegen halb fünf eingeschlafen war. Entsprechend gerädert fühlte er sich. Das passierte ihm ab und an, wenn er an wichtigen Fällen arbeitete. Leider konnte er hier nicht lesen oder einen nächtlichen Spaziergang machen wie zu Hause in England. Und gekühltes Ale gab er hier ebenfalls nicht auf dem Zimmer. Daher war ihm nur übrig geblieben dazuliegen und schlaflos in die Dunkelheit zu starren.

Die Deutsche war ihm längst aufgefallen. Sie hatte etwas Geheimnisvolles, ein zartes Gespinst von Traurigkeit schien über ihr zu liegen. Er wusste, dass sie für die UFA in Berlin im Rechtehandel arbeitete und für das Absatzgebiet Asien den Filmverleih organisierte. Sonst eher wenig. Kaum hatte er sich gesetzt, waren zwei Burschen in ihren weißen Jacken am Tisch. Einer brachte Tee, der andere Kaffee. Den Kaffeeschwenker schickte er wieder fort. Hunger hatte er keinen, er brach sich nur von dem persischen Brot ab, mit dem der Boy wiederkam.

»Was haben Sie heute vor?« Er lächelte sie aufmerksam an. Ihre Miene entspannte sich ein wenig.

»Ich hole einen neuen Film ab. Jedenfalls hoffe ich, dass er eintrifft. *Das Ehegesetz*, eine deutsch-russische Koproduktion.«

»Eine Komödie?«, fragte Ruby. Sie schüttelte den Kopf.

»Eher ein Drama. Es geht um ein Paar, das sich wegen der orthodoxen Kirche nicht scheiden lassen darf.«

Er sah auf ihre Hände, sie trug keinerlei Ringe. »Ein ernstes Thema für das hiesige Publikum, oder nicht?«

Wider Erwarten jauchzte sie. »Aber nein. Ja, es ist ein ernstes Thema, aber er lief schon erfolgreich in Deutschland und der Sowjetunion und bei dem starken russischen Einfluss hier wird das mit Sicherheit ein Erfolg. Das Thema ist wie geschaffen für die hiesige Kultur. Ehescheidungen sind in Persien ebenso schwierig wie in Russland, eher noch schwieriger. Ich bin sehr zuversichtlich. Er ist nur etwas lang. Vielleicht lässt er sich kürzen.«

Mason wollte was Aufmunterndes sagen, als Elena die Treppe herabstieg und sich näherte.

»Und da kommt der Grund dafür, warum ich keine Komödie habe«, zischte Maren.

Elena hatte die Worte nicht gehört, aber bemerkte ihren Gesichtsausdruck und Masons Neugierde. Sie grüßte kurz und setzte sich ohne Nachfrage zu ihnen.

»Haben Sie über mich gesprochen?«, fragte sie mit aufgesetztem Interesse, hinter dem Scharfzüngigkeit lauerte.

»Sie haben mir den neuen Film weggeschnappt!«, meckerte Maren.

Elena zog die Augenbrauen hoch. »Was soll ich haben? Ich schnappe keine Filme.«

»Sicher liegt ein Missverständnis ...«, versuchte Mason sich einzumischen. Er wurde nicht beachtet.

»Nein? Dann muss es wohl ein Zufall sein, dass nicht die UFA die Asienrechte für den neuen *Pat & Patachon* bekommen hat sondern Paramount? Gestern bekam ich die Nachricht aus Berlin.«

Nach einem Moment der Überraschung fing Elena sich. »*Cocktails*? Von Tony Banks? Den bekomme nicht *ich*, den bekommt, wenn überhaupt, Paramount. Weil Paramount für die meisten Filme von englischen Studios die Vertriebsrechte kauft. Und zwar im Block. Mit den Rechten habe ich so wenig zu tun wie Sie. Also, *bad luck, Lady*.«

»Meine Damen, mir scheint Ihre Aufregung vollkommen ...«

»*Not your business!*«, fauchten beide nahezu gleichzeitig und Mason nippte lieber an seinem erkaltenden Tee, als sich mit diesem Thema die Finger zu verbrennen. Er wollte sich mit der Deutschen gut stellen. Sie wusste vielleicht mehr über die Pläne des Ingenieurs. Wenigstens sollte er es versuchen.

Als hätte man ihn gerufen, fand sich dieser Darburg ein. Adrett im sandfarbenen Anzug und mit gebundenem Schlips. Er setzte sich zu ihnen.

»Sie sind noch hier!«, sprach er den Engländer an. »Hegen Sie doch Hoffnungen wegen der Funkkonzession?

Darüber hatte Mason die halbe Nacht nachgedacht. Wenn er blieb, und das wollte er nach den Erlebnissen gestern, musste er eine andere Geschichte erzählen. Den Flug würde er gleich im Anschluss an den Besuch in der diplomatischen Vertretung stornieren. Ein paar Tage sollte er in Teheran bleiben und die Aktivitäten der Deutschen im Blick behalten.

»Ich muss«, antwortete er und spielte sein Bedauern glaubwürdig. »Noch gestern Abend erhielt ich eine Nachricht der britischen Gesandtschaft. Sie ...«, er beugte sich verschwörerisch zu Wilhelm. »Betreiben eine Funkstation in ihrem Garten. Nicht registriert, seit langem. Illegal. Aber sie brauchen neue Geräte und da ich gerade hier bin, will man mich mit einer präzisen Liste in die Heimat schicken.« Er legte den Zeigefinger über die Lippen.

Darburg nickte. »Ich sage schon niemandem was. Leicht verdientes Geld, nehme ich an.«

»*Indeed, Mister Darburg.* Wann wird denn Ihre Einrichtung fertig sein?« Die Frage entfleuchte ihm etwas zu forsch, das musste er zugeben. Ein bisschen *zu* neugierig.

»Morgen«, sagte der Deutsche und das war so wenig überzeugend, wie Mason ihm glauben schenkte. Also wahrscheinlich heute.

»Ruby, lassen Sie uns was trinken!«, platzte Elena urplötzlich heraus. Er war irritiert. Jetzt? Um diese Uhrzeit? Wollte sie die Deutsche ärgern, weil sie gemerkt hatte, dass er sich mit ihr begonnen hatte zu unterhalten?

Eine leicht taumelnde Gestalt kam herangepoltert, Byron Alvarado.

»Meiner Treu«, murmelte Wilhelm. »Kommt der von der Bar? Der ist ja blau! Um diese Uhrzeit!«

»Ekelhaft«, lästerte Maren, doch Byron war längst bei ihnen und strahlte sie mit feuchten Augen an, als habe er gerade im Senioren-Bingo den Hauptpreis gewonnen.

»*Friends*«, er warf sich auf einen der Stühle. »Einen fröhlichen ...«, den Rest ließ er ungesagt und stierte vor sich hin. »*Sie* sind kein Freund!«, fauchte der Betrunkene zu Mason. Niemand wusste so recht, was er sagen sollte. Dann regte er sich wieder. »Miss Reason, trinken Sie doch ...«

»Hier, Elena. Da haben Sie einen Trinkpartner«, sprach Mason die Amerikanerin an und wandte sich Maren zu. »Fräulein Grande, gehen Sie mit mir spazieren? Ich möchte meine Gesandtschaft beehren. Sie dürfen mich gerne begleiten.«

Sie schüttelte den Kopf. Vielleicht war es ein echtes Bedauern, wie Mason zu deuten glaubte. »Ich treffe mich heute Nachmittag mit jemandem. Es ist eine Zusammenkunft der besonderen Art. Vielleicht kommen Sie auch, Mister Ruby? Die anderen hier waren ebenfalls schon dabei.«

»Welcher Art?«, fragte er. Elena kam Wilhelm zuvor, der bereits den Mund zu einer Entgegnung geöffnet hatte.

»Eine Séance. Maren kennt ein persisches Medium. Über sie lässt sich Kontakt zu Verstorbenen aufnehmen.«

Mason war schon im Begriff aufzustehen und nahm wieder Platz. »Eine spiritistische Sitzung? Geistersäherei? Hier?« Er sah sich um.

Niemand war in der Nähe, der sie hören konnte. »Das ist total verboten in koranischen Ländern. Das bringt alle in Teufelsküche.«

»Vielleicht ist es deshalb so eindrucksvoll«, lästerte Byron.

Mason schüttelte den Kopf. Nein, das Risiko ginge er nicht ein. Er hatte gesehen, wie Menschen für Geringeres bestraft wurden als dafür, den Kontakt zu Toten herzustellen. Das hieße, sie aus dem Zustand des paradiesischen Lebens, aus Allahs Gefilden herabzuholen. Welches könnte eine größere Sünde bedeuten für eine Religion wie den Islam, die das Jenseits dem Diesseits in so vielen Belangen vorzog?

 Elena schüttelte ebenso den Kopf. »Ich komme heute nicht. Aber ich hätte gerne eine neue Geschichte, Byron. Schreiben Sie mir eine neue Geschichte? Eine Geistergeschichte?« Sie verdrehte die Augen und dem Angesprochenen traten Schweißperlen auf die Stirn.

»Ich weiß nicht, ob ich so schnell ...«. Sie lächelte ihn vielsagend an und er nickte resignierend.

»Gut, ich versuche es. Ich schreibe effizient und hochwertig«, behauptete er und Elenas Grinsen schien das zu bestätigen.

Wenn Ruby die Blicke von Darburg und Maren richtig deutete, dann wussten alle am Tisch zumindest in dieser Angelegenheit mehr als er selbst.

Er suchte abermals Blickkontakt zu der Deutschen und sah ihr tief in die schwarzen Augen. »Ich bin dann wohl auch nicht dabei, aber vielleicht können wir uns danach treffen? Heute Abend?« Er sprach laut zu allen, aber ganz offensichtlich meinte er vor allem Maren.

»Mahdi Darwish Straße, gegenüber dem Hospital, etwas innerhalb des Viertels gelegen. Im Hofgebäude. Wie beim letzten Mal«, sagte sie ernst. »14 Uhr.« Und zu Mason: »Sie finden das schon. Vielleicht finden Sie ja doch Gelegenheit.«

Er nickte konziliant, dann verabschiedete er sich. Er musste den britischen Gesandten aufsuchen und würde es bereits nicht mehr bis Punkt 8 Uhr schaffen.

»Sie dürfen mit mir kommen, Sir. Der Gesandte seiner Majestät erwartet Sie.« Botschaftsrat Davies wartete in der Tür zum zentralen Korridor im Erdgeschoss der britischen Gesandtschaft. Ein hochgewachsener, dürrer Mann mit Seitenscheitel.

Mason griff nach seiner Schreibmappe, in der er seine Gedanken für das folgende Gespräch übersichtlich formuliert hatte. Dann stand er auf. Er war wütend, stinksauer, und das ließ er den Beamten ungefiltert spüren. Seit über neunzig Minuten wartete er, gleich war es halb elf Uhr morgens. Eine Frechheit. Davies schritt voraus. Sie passierten mehrere Wachtposten, Sikh-Soldaten wachten jeweils im Doppel an Treppenaufgängen und vor wichtigen Büros, regungslos und voll bewaffnet. Sie stiegen in den ersten Stock hinauf. Dann ging es abermals einen langen Gang entlang, bis sie endlich vor einer großen Holztür stehenblieben. Davies öffnete sie, an der Stirnseite gegenüber der Tür saß Robert Henry Clive, der britische Gesandte. Freundlich winkte er den beiden zu. Davies erlegte einem Diener das Holen von Tee auf und setzte sich an einen separaten kleinen Tisch, während Ruby und der Botschafter einander zugewandt an einem ausladenden Mahagonitisch Platz nahmen.

»Ich hoffe, dass Sie sich die Wartezeit gut vertrieben haben und sie Ihnen nicht zu lang wurde«, begann der Gesandte.

Mason zwang sich zu einem Lächeln. »Sir, Exzellenz. Danke. Alles in Ordnung. Mir geht es gut.« Er selbst war vierzig Minuten nach Beginn der Geschäftszeit eingetroffen und hatte nicht einmal einen Termin, aber seiner Meinung zufolge trotzdem mehr Respekt verdient, nachdem er einem Beamten haarklein erklärt hatte, worum es ging. Und wie wichtig seine Sache war.

Robert Henry Clive nickte gütig. »Mein Counsellor Davies berichtete mir, Sie verfügten über Informationen von großer Bedeutung für die Nation und das Empire?«

Ein Diener brachte Tee und verschwand wieder. Der Gesandte versetzte ihn bedächtig mit Milch und Zucker, Mason sah ihm zu, nahm aber nichts.

»Ja, darüber verfüge ich. Ich ...«

»Sie arbeiten für die Burney-Vickers Group? Die Werft, auf der unser Luftschiff R100 gebaut wird?«, unterbrach ihn der Diplomat. »Als Detektiv?«

Die Art, wie sein Gegenüber *Detektiv* aussprach, gefiel Mason nicht. Er empfand sie als abfällig. Er nickte gleichwohl. »Selbstverständlich. Es ist meine Aufgabe, feindliche Aktivitäten zu identifizieren und im Blick zu behalten. Dabei ...«

»Feindliche Aktivitäten in Friedenszeiten?«, hinterfragte der Brite und nippte an seinem Tee.

»Ja, in Friedenszeiten«, sprach Ruby nach einem kurzen Moment weiter und tippte auf seine Schreibmappe neben sich. »Für Vickers und die Royal Airship Works, aber angestellt bin ich bei Vickers in Howden. Wie Ihnen vielleicht bekannt ist, haben Barnes Wallis und Sir Dennison Burney ab 1923 versucht, eine internationale Luftschiffkooperation mit den deutschen Zeppelin-Werken zu etablieren. Ohne Erfolg. Schon Sir

Ashbolt verwies einige Jahre zuvor auf die große Bedeutung regelmäßiger und *schneller* Verbindungen zwischen den Kolonien des Empire.«

»Der gute Alfred«, murmelte der Gesandte zweideutig. »Ließ nie seine neuseeländischen Geschäfte aus den Augen.«

»Jedenfalls haben die Deutschen immer neue Forderungen gestellt und ganz offensichtlich kein Interesse an einer Zusammenarbeit. Nun wissen wir warum.« Wieder tippte er auf seine Mappe.

»Das wissen wir? Dann lassen Sie mal sehen!« Robert Henry Clive stellte die Tasse ab und wies auf Masons Schreibmappe. Der legte sie auf den Tisch und öffnete sie. Seine handschriftlichen Notizen wurden sichtbar.

»Sind das Ihre Beweise?«, fragte der Diplomat.

Mason verneinte. »Beweise habe ich nicht. *Noch nicht.* Aber: Ich bin einem deutschen Agenten von Berlin nach Teheran gefolgt, Hans Schulz. Hier stieß ich auf einen zweiten, Wilhelm Darburg.«

»Ein deutscher Agent namens Duberg?«

»Was? Nein«, irritiert schüttelte Mason den Kopf. »Darburg. Wilhelm Darburg. Er wohnt im Grand Hotel.«

»Ich dachte schon«, brummte der Botschafter. »Ich habe mal eine Alwine Duberg kennengelernt. In Begleitung meines deutschen Kollegen Graf von der Schulenburg. Aber die ist längst wieder in der Heimat. Doch weiter. Inwiefern handelt es sich bei beiden um Agenten?«

»Sie sagen nicht offen, was sie wollen. Sie kennen sich. Außerhalb des Junkers Flugplatzes, östlich davon, wird ein Turm gebaut. Angeblich ein Funkturm, aber ich habe Anlass zu der Vermutung, dass es sich dabei um einen Ankermast für Luftschiffe handelt. Ich habe einem russischen Piloten Geld gegeben und ...«

»Sie haben was?«

»Einem Piloten in persischen Diensten. Er hat mir Fotos ...«, er zog Aufnahmen unter seinen Notizen hervor. »Hier, bitte.«

Clive griff zu, betrachtete die Bilder des wohlbekannten Junkers-Flugplatzes sowie eines Holzgerüstes abseits davon, und schien alles andere als erfreut. Dann warf er sie zurück auf den Tisch. »Sind Sie noch ganz bei Sinnen? Sie geben zu, dass Sie einen Piloten der persischen Fliegertruppe bestechen, damit der für Sie Bilder macht? Und die bringen Sie mir? Als wenn ich das in Auftrag gegeben hätte? Können Sie sich die Verwicklungen vorstellen, wenn das in falsche Kanäle gerät?« Er schwieg nachdenklich und verärgert.

Mason sah ihm aufmerksam zu. Der Gesandte seiner Majestät musste ja ein solches Ansinnen offiziell ablehnen. Natürlich wurde Politik seit

tausenden von Jahren durch Spionage und Gegenspionage und das Er-
kaufen von Vorteilen gemacht. Clive schien daher den Nutzen seines
Angebotes zu erkennen, denn er besann sich wieder auf das Gespräch.

»In der Tat, die Deutschen konnten hier in den letzten Jahren stark
aufholen. Durch gute Qualität und geschickte Diplomatie.« Clive knetete
seine Unterlippe und schielte auf die Bilder. »Und dieser Turm ist ein-
schlägig? Sie zweifeln nicht?«

Ruby legte all seine Überzeugung in ein energisches Kopfschütteln.
»Was kann es sein, wenn nicht ein Ankermast? An dieser Stelle? Richten
die Deutschen in Teheran tatsächlich einen Landeplatz vergleichbar mit
Lakehurst oder Friedrichshafen ein, dann sind sie mit einem einzigen
Schiff schneller und erfolgreicher als wir mit zweien, zumal wir auf-
grund des Überflugverbotes des Schahs um Persien herum müssen. Die
Versailler Verträge ...«, begann er, als der andere ihn unterbrach.

»Diese Verträge tun hier nichts zur Sache. Das Pariser Luftverkehrs-
abkommen gilt nun einmal und lässt die Deutschen agieren. Junkers erledigt eine tadellose Arbeit und der deutsche Gesandte hat mehr als einmal unsere Position gestützt. Ja, sie werden einflussreicher in Persien.
Das stimmt. Und sie haben einen engen Draht zur Regierung. Gerade
der Hofminister scheint ein persönlicher Freund des deutschen Gesandten zu sein. Aber ich arbeite gut mit dem Grafen zusammen. Und
um die Dinge nicht ausufern zu lassen, unterstützen wir ausreichend
die oppositionellen Kräfte im Land. Natürlich nicht offiziell. Aber wann
immer die Zentralregierung zu fordernd wird, lassen wir durch ein paar
gezielte Aufstände in der Provinz ihre Energie schnell wieder erlah-
men.« Er lächelte ahnungsvoll. »Auf die gute alte britische Art, wie Sie
wissen. Und so könnten wir doch durch die Versagung einer Lande-
oder Überflugerlaubnis in Indien auch ein solches Schiff von dort fern-
halten. Für mehr brauche ich Beweise.«

Mason unterdrückte seine Wut. Dann landeten die Deutschen eben
außerhalb des Landes in Grenznähe. Oder in Afghanistan. Wenn nicht
die indische Öffentlichkeit die Kolonialbehörden zum Einlenken
zwänge. Clive musste doch eine Vorstellung davon haben, wie viel Begeisterung ein Luftschiff am Himmel hervorrief. Er gab nicht auf.

»Aber es gibt die Beweise. Es liegen Pläne vor, detaillierte Skizzen
und Konstruktionszeichnungen von Hallen, Maschinenlagern und sogar einem neuen Luftschiff.«

Diese Information schien die Neugierde des Gesandten anzufachen.
»Liegen vor? Hier in Teheran? Sie haben diese?«

»Nein, ich weiß aber, wo sie sind. Derjenige, der sie gestohlen hat,
verlangt tausend Dollar. Wenn ich das Geld bekommen könnte ...«

»Sir, Ihr nächster Termin«, meldete sich Davies von seinem Nebentisch. Mason war nicht dumm. Ein diplomatisch verbrämter Rausschmiss.

»Ich kann nicht hinnehmen, dass ...«, begann Ruby aufgebracht. Der erhobene Zeigefinger des britischen Gesandten stoppte seinen anhebenden Redefluss.

»Mister Ruby. Ich sage Ihnen zu, die Angelegenheit zu prüfen und ...«

»Aber das ist nicht genug«, platzte der Detektiv zwischen die Worte des Diplomaten. Davies am Nebentisch erhob sich. Mason spürte dessen angespannte Haltung. Ja, ihm war klar, dass man einen britischen Gesandten nicht unhöflich unterbrechen durfte, aber begriff der andere denn nicht, dass es hier um sehr viel ging?

»Mister Ruby, ich kenne Mister Wallis und Sir Burney persönlich. Ich war von 1923 bis 1924 Generalkonsul seiner Majestät in München. Mir sind auch die führenden Herren in Friedrichshafen bekannt. Ich erlebe die Deutschen hier in Persien als bemüht und kooperativ. Ich sage Ihnen zu, dass ich Ihre Anwürfe prüfen werde. Aber ohne Beweise ... das müssen Sie verstehen. Ich werde Ihnen keine tausend Dollar geben, damit Sie Unterlagen ankaufen, deren Echtheit und Güte Sie selber vielleicht gar nicht erkennen. Wenn Sie einen der Pläne als Muster bringen ... irgendetwas. Vielleicht dann. Und ich untersage Ihnen hiermit Alleingänge, die zu diplomatischen Konflikten mit unabsehbaren Folgen führen können.«

»Aber Sir«, begann Mason und wurde laut. »Ich ... die britische Luftfahrtindustrie erwartet Ihre Handlungsbereitschaft! Ich *bestehe* geradezu auf einem offiziellen Auftrag.« Damit kippte die Atmosphäre, das merkte er. Was sollte er denn sonst sagen oder tun?

»Sie bestehen darauf?« Der Gesandte Clive lehnte sich betont gelassen in seinen Sessel. »Dann möchte ich Ihnen einmal verdeutlichen, welche Gefahr ich hier sehe für die britische Krone und das Empire.« Er hob den Zeigefinger. Gleichzeitig reichte ihm Davies wie aus dem Nichts einen dünnen Ordner mit Unterlagen und signalisierte ihm, dass es noch mehr gäbe. »Sie, Mister Ruby, sind die Sorte von *Detektiv*, die für Geld Porzellan zerschlägt, das sie sichern soll. Wie Sie vorgehen, ist nicht die britische Art. Und das nicht erst heute, in diesem Moment.« Er deutete auf die Mappe. »Sie waren bei der North Persian Force. Als das deutsche Konsulat in Täbris belagert wurde, haben Sie sich aus Ihren Stellungen nicht gerührt, bis die Flüchtlinge entführt und Konsul Wustrow ermordet worden war. Das ist *nicht* die britische Art.«

»Was erwarten Sie denn?«, brauste Mason auf. »Dieser Wustrow hat als deutscher Konsul in Schiras Ende 1915 den britischen Konsul und zehn weitere Staatsbürger seiner Majestät festnehmen lassen. Sollen wir den einfach davonkommen lassen?«

»Und das zu rächen oblag Ihrer Entscheidung, als einfacher Soldat? Mister Ruby, 1915 war Krieg und 1920 längst nicht mehr. Es wäre ein Akt der europäischen Zusammenarbeit gewesen, zu helfen und nicht abseits zu stehen. Ehemaliger Kriegsgegner hin oder her.« Clive war die Verärgerung anzusehen. »Was *ich* von *Ihnen* erwarte, ist die Befolgung von Vorschriften und Befehlen, Mister Ruby. So, wie wir Briten das eben tun!« Einen Moment lang sagte niemand was, beide musterten sich prüfend. »Aber ich biete Ihnen was an«, fuhr der Gesandte fort. »Ich sende ein offizielles Telegramm nach Howden und weise Vickers und die Royal Airship Works darauf hin, das Sie vorgesprochen haben und welchen Verdacht sie hegen. Viel mehr haben Sie ja nicht anzuzeigen. Wenigstens das kann ich für Sie veranlassen. Dann sind sie vorbereitet – schneller, als wenn Sie selbst Bericht erstatteten.«

Ruby schnaufte vernehmlich, aber nickte.

Counsellor Davies drängte seinen Gesandten zum Aufbruch. »Sir, Mostafa-Kuli, der bachtiarische Prinz, wartet bereits. Er dürfte ungehalten sein.«

Robert Henry Clive lächelte knapp, dann verabschiedeten er und Mason sich voneinander. Trotz der Meinungsverschiedenheit höflich und förmlich, wie es die britischen Gepflogenheiten geboten. Davies führte ihn wortlos durch das Gebäude. Vor der Tür blieb der Beamte stehen und entließ ihn ins Freie.

Auf einer sattgrünen Rasenfläche unweit des Eingangs zur Gesandtschaft saßen fünf Personen. Einer von ihnen hatte einen stattlichen Bart und trug Kleidung, die wertvoller schien als die der anderen. Der erwähnte Prinz! Die Gruppe war in eine leise Unterhaltung vertieft. Mason durchmaß die wenigen Meter schnellen Schrittes. Wie vermutet, waren die vier Männer in ihrer Aufmerksamkeit ihm gegenüber vereint – das dürften Leibwächter sein. Ihre Gesichtszüge angespannt.

»Seid Ihr der Gesandte des mutigen Stammes der Bachtiaren?«, fragte Mason höflich und mit leichter Verbeugung. Die anderen standen auf.

»Gelangen wir jetzt zum Botschafter?«, sprach der Mann in der Mitte. »Wer sind Sie? Sein Kammerdiener?«

Ruby nickte und überhörte die Frechheit. Dann begann er leise zu sprechen. »Ihr werdet gleich geholt. Ich möchte mich Euch kurz vorstellen. Mein Name ist Mason Ruby, ich bin Agent seiner Majestät und möchte mich gerne mit Euch unterhalten. Mister Davies hinter mir«, er zeigte auf den ahnungslos wartenden Counsellor, »wird Euch gleich

zum Gesandten bringen. Ich erweise Euch aber die Ehre, auf Eure Rück-
kunft zu warten.« Damit lächelte er, führte grüßend die rechte Hand auf
die Brust, wie er es in den kurdischen Gebieten gelernt hatte, und deutete eine Verbeugung an. Dann ging er.

Hinter ihm setzten sich die Bachtiaren leise tuschelnd in Bewegung.

* * *

Die Zeit vergeht quälend langsam, wenn man wartet. Zunächst hatte
Ruby sich darum bemüht, beschäftigt zu wirken. Er lief an den Botschaften vorüber, als sei er auf dem Weg zu wichtigen Terminen. Die Bachtiaren tauchten immer noch nicht auf. Irgendwann stellte er sich an eine
Ecke nahe der belgischen Gesandtschaft gegenüber der Nationalbank
etwas weiter südlich und beobachtete schräg über die breite Straße
hinweg die Einfahrt zur britischen Botschaft. Er malte sich aus, dass er
sich so nicht verdächtig machte.

Die Sonne stand hoch, es war Mittag, der Gebetsruf erst vor wenigen
Minuten verklungen. Es wurde heiß, was sonst? Und er schwitzte. Das
diplomatische Viertel war ruhig. Überlaut klang das Tschilpen von Vö-
geln. Plötzlich wurde es lebhafter. Zunächst war es mehr zu spüren, als
dass man etwas sah oder hörte. Vielleicht verstummte ein Teil des Ge-
zwitschers, weil irgendwo jemand aus einem der hochherrschaftlichen
und repräsentativen Anwesen trat.

Weiter nördlich, aus der Einfahrt der türkischen Botschaft, die neben
dem Gelände der deutschen Gesandtschaft lag, traten Personen heraus
und unterhielten sich lautstark. Darüber hätte er fast übersehen, dass
sich auch bei den Briten etwas tat: Die Bachtiaren verließen stumm in
einer Gruppe das Grundstück und kamen die Straße herunter. Niemand
sprach, ihre Gesichter waren undurchdringlich.

Mason spannte seinen Körper und löste sich von der Wand. Dann
ging er schnellen Schrittes nach Norden, ihnen entgegen, und überquerte die Fahrbahn, als strebte er von irgendwo zurück zur britischen
Botschaft. Er gab sich erfreut und tat überrascht. Nahezu glückstrah-
lend sah er sie an.

»Gentlemen, ich hoffe, Ihr hattet ein gutes Gespräch.« Ursprünglich
wollte er sich eilig geben. Da sie ihn nicht beachteten, verweilte er und
sprach direkt zu dem Prinzen. »Prinz Mostafa-Kuli, ich möchte mit Euch
sprechen. In wichtigen Angelegenheiten.« Die Gruppe verharrte und
ihm blieb nicht verborgen, dass die vier Begleiter sich bereithielten, für
was auch immer.

»Was wollen Sie?«, entgegnete der Bachtiare scharf. »Ich habe den Botschafter nach Ihnen gefragt, aber er kennt Sie nicht.«

Selbstsicher richtete sich Mason hoch auf. »Ich bin Agent für auswärtige Angelegenheiten seiner Majestät des Königs. Natürlich hält Botschafter Clive meine Existenz geheim. Weiß Euer Scheich denn jederzeit, was Ihr in Teheran tut, Exzellenz?«

Der Prinz schien nicht überzeugt und sein Gesichtsausdruck spiegelte den Gedanken, Ruby einfach stehenzulassen. »Mein Scheich ist alt und kennt die modernen Gefahren nicht, denen wir hier begegnen«, sagte er dennoch. »Kulturverfall überall. Raub und Gewalt werden gezeigt. Ihr Land lässt Filme aufführen, die die Menschen fehlleiten. Der Schah bekommt von Ihnen Waffen geliefert, mit denen wir oder die Qaschkais oder die Belutschen massakriert werden. Die dort«, er zeigte rüber zur deutschen Gesandtschaft, »senden *Tajare* gegen uns, aus denen sie Bomben werfen auf mein Haus in Sefid Dasht, gegen die unsere *Tufengtschis* nichts ausrichten können mit ihren alten Gewehren.«

»Von all diesen Gefahren möchte ich Euch berichten, Hoheit.«

Der Mirza sah sich um. »Hier? Ich wohne beim Kriegsminister. Der Botschafter soll Ihnen die Adresse geben, dann besuchen Sie mich dort.«

Mason beeilte sich zu nicken. »Danke, ich werde Eurer Einladung gerne folgen. Vielleicht bringe ich Mister Davies mit«, übertrieb er und verspürte eine Änderung in der Haltung des Prinzen. Hoffentlich vertraute er ihm endlich. »Doch ich möchte Euch etwas von großer Dringlichkeit berichten, das Euch seine Exzellenz nicht offen sagen konnte. Vielleicht hat er es auch, aber ich arbeite an dieser Angelegenheit! Und bis wir uns wiedertreffen, möchtet Ihr vielleicht darüber nachdenken.«

Der Mirza sah ihn prüfend an, dann murmelte er etwas zu seinen Begleitern in ihrem Dialekt, den Ruby nicht verstand. Er begriff das als Aufforderung, daher sprach er weiter.

»Wir beobachten mit einiger Sorge feindliche Aktivitäten. Deutsche Agenten sind in der Stadt. Sie wohnen im Grand Hotel und verfolgen unterschiedliche Missionen. Eine Deutsche beliefert das *Cinema Mayak* mit brutalen Filmen, die die Moral der Menschen herabsetzen. Ihr Name ist Maren Grande. Ihr Freund ist ein deutscher Ingenieur, Wilhelm Darburg. Er arbeitet insgeheim mit den fremden *Balluntschis*, die Euch bekämpfen. Wenn Sie den *Meydan-e Junkers* beobachten, wird Euch ein Turm auffallen, der dort gebaut wird.«

Der Prinz verfolgte seine Worte aufmerksam, seine Begleiter konnten anscheinend kein Englisch.

»Die Deutschen sagen, das sei eine *Leiter in den Äther*!« Triumphierend und abwartend sah Mason den Prinzen an.

Der andere murmelte den Begriff ›Äther‹, doch schien nichts damit anfangen zu können. »Luft? Eine Leiter in die Luft?«, fragte der Mirza irritiert.

»Himmel! Die Deutschen planen eine *Himmelsleiter*!«, bekräftigte er und bemerkte an der Reaktion des Prinzen, dass er einen Nerv getroffen hatte. Erneut tuschelte der mit seinen Begleitern und die Aufregung wuchs.

»Sie steigen nach oben, um zu sehen was zuvor nur der Prophet sah in den sieben Himmeln«, zischte Mason leise, als sei er ebenso fassungslos darüber und wage es nicht, laut davon zu sprechen. »Und so können ihre Piloten Euch noch besser bekämpfen!«

»Mann, Sie lügen!«, platzte dann aus dem Bachtiaren hervor. »Ich werde die Mullahs fragen, ob das stimmt. Sie selbst haben sicher eigene Ziele!«

Mason schüttelte den Kopf. Wut und Empörung des anderen waren kurz davor, sich gegen ihn zu entladen. Das würde er zu verhindern wissen. »Fragt nur die Olama. Sie werden davon nicht gehört haben. Die Faranghi stecken mit dem Teufel im Bunde. Sie rufen ihn an. *Sheytun*. Noch heute werden sie das tun und ich kann Euch sogar sagen wo.«

»Davies«, rief der Botschafter seinem Counsellor entgegen. »Endlich, haben Sie den Bericht fertig? Und was ist mit dem Telegramm?«

William Davies hatte soeben erst die Notizen der Unterredung mit dem bachtiarischen Prinzen geordnet. Der Report über das Gespräch mit diesem Ruby würde ausführlicher ausfallen müssen. Von ihm gab es ja eine Akte aufgrund seiner britischen Militärzeit hierzulande und für seinen Bericht wollte er noch weitere Fakten abgleichen. Deshalb hatte er Station in der Poststelle und dann der Registratur gemacht. Er unterbrach seinen Weg von dort ins Büro und ging auf den Botschafter zu. »Sir, den Text für das Telegramm habe ich. Die schriftlichen Angelegenheiten erledige ich im Laufe des frühen Nachmittags. Bis zur Tea-Time ist alles fertig.«

»Was ist das da? Mehr Informationen zu diesem Ruby?«, zeigte Robert Henry Clive auf den Stapel Unterlagen in seiner Armbeuge. Die Post.

»Sir, ich bin untröstlich ...«, begann er. Der Botschafter riss ihm die *Cable-News* aus dem Arm und die restlichen Dokumente fielen zu Boden. Er bückte sich und griff einen Umschlag.

Davies hielt die Luft an. »Ein Brief von Mister Capel-Dunn ... an Ihre Gemahlin.« Er schlug die Augen nieder und ahnte sofort, dass der Gesandte lediglich die Zusammenstellung telegrafisch übermittelter internationaler Zeitungsmeldungen erwartet hatte.

Clive lief rot an, stieß mit dem Fuß vor die anderen Briefe und knurrte: »Sie lesen und berichten mir dann. Vielleicht sollte ich diesen ... der Mistkerl. Das wäre ein passender Auftrag ...«, er ließ es ungesagt. Es war offensichtlich, dass er den zwielichtigen Privatdetektiv meinte. Leicht vorstellbar, was ein solcher Mensch mit diesem impertinenten Capel-Dunn anstellen könnte, der der Botschaftergattin private Briefe schrieb. Dann fasste der Gesandte sich und schlug den Nachrichtenüberblick auf. Seine Augen weiteten sich.

Davies hatte sich in würdevollem Abstand und im Hintergrund gehalten, doch sein Chef, üblicherweise in britischer Gelassenheit nicht zu erschüttern, befand sich bereits in einer gewissen Erregung. Zu dieser gesellten sich nun Schrecken, gar Entsetzen in seinem Gesicht, als er die Schlagzeilen las. »Von wann ist das Blatt«, murmelte er wie zu sich selbst. Es gab kaum eine Zeitung, die nicht mit wenigstens zwei bis drei Tagen Verspätung eintraf, ob aus Bagdad oder Kairo. Die Kabelnachrichten waren das Aktuellste, was man in entlegenen Gebieten bekommen konnte und auch deren Neuigkeiten manchmal mehrere Tage alt.

Clive drehte die Collage im Zeitungsformat um und hielt sie Davies entgegen: *Zeppelin home in 55.5 Hrs., hailed by joyous crowds; Off to Toyko Wednesday.*

»Sir?«, fragte Davies.

»Begreifen Sie nicht? Die Weltfahrt der Deutschen hat begonnen. Vielleicht stimmt es, was dieser ... *Cretin* sagte.«

»Vielleicht, Sir ...«

»Telegramm!«, blaffte seine Exzellenz und Davies gab ihm, was er für die Royal Aircraft Works in Howden formuliert hatte. Dafür nahm er seinem Chef den Nachrichtenüberblick ab und warf ebenfalls einen Blick darauf. Die Schlagzeile war aus der New York Times vom 10. August übernommen. Gestern!

Der Botschafter überflog Davies' Textentwurf.

»Dieser Schulenburg!«, stöhnte Sir Clive und es war nicht leicht zu erkennen, ob es Anstrengung oder Hochachtung war. Dann erhob er wieder den Blick und sah Davies an. Trotzdem schaute er durch ihn hindurch, als sei er tief in Gedanken versunken. »*Graf Zeppelin* fährt in den nächsten Tagen von Deutschland aus ostwärts nach Tokio ...«, seine Augen rollten, als führe er die Route über den Globus im Geiste ab. »Dann müssen die doch eigentlich über Russland. Sagen Sie, Davies. Der ehrenwerte Sir Esmond Ovey, ist er für den Posten in Moskau schon bestätigt?«

Bedauernd schüttelte der den Kopf. »Außenminister Henderson hat noch keine Entscheidung gefällt. Er ist ja erst seit kurzem im Amt. Sir Ovey war früher hier in Teheran, richtig?«

»Ja, kurz«, murmelte Clive. »Unter Ahmad Schah Kandschar. Bis zum Abbruch der diplomatischen Beziehungen war unser Botschafter in Moskau Sir Hodgson. Wo ist der denn gerade?«

»Albanien, soweit mir bekannt ist, Sir. Momentan liegen unsere Beziehungen zu den Russen auf Eis. Wir haben keinen Botschafter dort, seit zwei Jahren nicht.«

»Verflucht. Ich brauche Augen und Ohren in Moskau. Versuchen Sie, Hodgson zu erreichen. Ich will wissen, ob die Fahrt von diesem Zeppelin über Russland geht. Vielleicht hat der noch einen treuen Informanten in Moskau. Und suchen Sie den zwielichtigen Detektiv, Davies. Das hier ...«, er wedelte mit dem Textentwurf, »senden Sie nicht nach Howden, schicken Sie es direkt nach Whitehall.«

»Der Außenminister persönlich, Sir?«

Clive sah ihn bloß an und Davies beeilte sich, mitsamt den Dokumenten schnellstens zu verschwinden.

Der Botschafter rechnete mit einer baldigen Reaktion. Jetzt könnte Minister Henderson sich ja einmal bewähren und von seiner Vertretung in Teheran Notiz nehmen. Die beiden Elitesoldaten am Treppenaufgang blieben teilnahmslos, wie versteinert, als er zurückging in sein repräsentatives Amtszimmer.

Mostafa-Kuli Mirza mischt sich ein

»Hier soll das sein? Ist es auch wirklich hier?« Ruby wischte sich den Schweiß von der Stirn.

Wilhelm bereute längst, dass er heute früh diesen Engländer im Hotel angesprochen hatte. Der erzählte ihm ungefragt von seinen vielversprechenden Gesprächen mit möglichen Interessenten an seiner Funktechnik und Wilhelm war töricht genug gewesen, ihm die Séance auf die Nase zu binden. Erst schien er nicht zu wollen, dann war er doch aufgetaucht. Alle waren bereits versammelt: Maren und er selbst. Natürlich Moshir. Etwas überraschend waren sogar Byron und Elena erschienen.

Außerdem war Wilhelm in gelöster Stimmung gewesen. Der Turm wirkte stabil. Die Arbeiter waren mit Verspätung, aber zufriedenstellendem Ergebnis fertig geworden. Paul wollte am Abend einen Belastungstest vornehmen und versuchen, ihn durch ein an der Spitze befestigtes Kabel und mit einem Auto ins Wanken zu bringen. Morgen früh beabsichtigte Wilhelm, sich abermals in der Gesandtschaft mit Dr. Staudacher und dem Grafen zu treffen, um die nächsten Schritte hinsichtlich der Regierungskonsultationen zu erörtern.

Moshir hatte die kleine Gruppe in den Bazar geführt. Mit ihm fühlte Wilhelm sich sicher. Nun waren sie aber so viele Ausländer, dass sie ebenso auffällig waren, als ginge jeder von ihnen in schreiend bunten Gewändern umher. Außerdem war er genervt von dem Engländer Ruby.

»Ja, es ist hier«, sagte Moshir leise. Immer wieder hatte er sie beschworen, sich unauffällig zu verhalten. Gemeinsam hatten sie die belebten Straßen des Nachmittags genutzt, um in der Menge zu verschwinden. Sobald sie in das Gewirr der kleinen Gassen gegenüber des Krankenhauses eingedrungen waren, wurden sie auffällig wie Marsianer. Byron hatte das vor ein paar Minuten so gesagt und vermutlich an eine seiner Geschichten gedacht, aber er hatte vollkommen Recht.

Sie schlichen in den Hof und betraten das verfallene Gebäude. Die Szenerie war abgedunkelt. In der Mitte stand heute anstatt einer kupfernen Schale mit Wasser eine solche gefüllt mit weißlichem Pulver, feiner als Sand, eben und glatt. Mahpareh, das Medium, saß am Ende des Raumes und Abusar stand reglos an der Seite, als hätte er sich seit dem letzten Mal keinen Millimeter gerührt. Sie hatte den schwarzen Überwurf wieder ein wenig zurückgeschoben und trug den dünnen weißen Gesichtsschleier. Mit Verzögerung ging Mason in den Schneidersitz, wie die anderen. Maren, die das größte Interesse an Séancen hatte, rief Elena zur Ruhe, die nicht aufhören konnte zu flüstern und damit ihre

Unsicherheit überspielte. Die Stimmung war gereizter als früher, die schwelende Konkurrenz unter Elena und Maren und das dröhnende Schweigen zwischen Moshir und dem Amerikaner Byron wirkten sich aus. Weder gestern noch heute hatte Wilhelm irgendeinem dieser Konflikte weiter auf den Grund gehen können und das war ja in der Tat nicht seine Aufgabe.

»Ich möchte gerne noch einmal Conventi treffen«, lästerte Elena leise, dann verstummte auch sie und es wurde still wie in der Wüste. Die Welt war lautlos, so dass sogar das Schlagen ihrer Herzen hörbar war.

Das Singen ertönte, oder ein Sprechen. So leise, dass es an der Grenze der Wahrnehmungsschwelle schien. Wilhelm wechselte interessierte Blicke mit Mason. Wie würde der reagieren? Dessen Gesicht blieb ausdruckslos, er war möglicherweise bloß neugierig.

Mahparehs Antlitz ruhte still und schön hinter dem dünnen Tuch. Es bewegte sich nicht. Woher kam dann diese Stimme, wenn ihr Mund geschlossen war? Als Wilhelms Blick auf die Schale fiel, konnte er ihn irritiert nicht mehr abwenden. Feine Rillen hatten sich in dem Puder gebildet, doch es gab hier weder Erschütterung noch Luftzug. Sollte es die Frequenz des Singsangs sein? War der dafür verantwortlich gewesen, dass sich beim letzten Mal das Wasser bewegt hatte und nun das weiße Pulver Muster zeigte?

»Er ist gekommen!«, sagte Abusar tonlos. Obwohl Wilhelm das eher interessant denn unheimlich fand, verspürte er einen schmalen Streifen Gänsehaut um den Nacken herum.

»Wer ist gekommen? Wie ist dein Name?«, fragte Maren, als sei sie vorbereitet worden.

»Er ist gekommen und spürt eine starke Verbindung«, sagte Abusar. »Er steht bei Ihnen, Chanum Grande. Er bewegt sich nicht vom Fleck.«

Wilhelm bewunderte Marens Gesicht, das so entrückt schien und in seiner Traurigkeit doch so weltlich blieb.

»Zeigst du dich? Darf ich dich sehen?«, stieß sie hervor, als bedeutete es, allen Mut zusammenzubringen. Stille war die Antwort.

Wilhelm entdeckte etwas anderes. In der Mitte der Schale hatte sich eine Kuhle gebildet und sie vergrößerte sich, als sacke das Pulver nach unten. Er wusste nicht, wohin er schauen sollte – dorthin, zu Mahpareh oder zu Maren?

»Thorwald ist sein Name. Thorwald Grande«, sagte Abusar und im gleichen Augenblick öffnete Mahpareh den Mund.

»Lebe, Tochter. Lebe. Denke nicht an Vergangenes. Lebe!« Es war der Mund des Mediums, der die Worte formte. Aber die Stimme war jene eines erwachsenen Mannes und sie sprach akzentfrei Deutsch. Maren schrie leise auf. Ruby starrte sie einfach nur an. Seine Blicke wanderten zwischen ihr, Mahpareh und Abusar hin und her. Verstand der genügend oder beobachtete er nur? Wilhelm schaute schnell zu Moshir. Dessen Gesicht zeigte überhaupt keine Regung, während Byrons Finger zu versuchen schienen, die neben ihm sitzende Elena zu berühren.

»Vater! Bitte. Warum hast du das nur getan?«

»Ich ...«, sagte wieder diese Stimme, dann verstummte sie.

»Was denn, bitte rede. Sprich weiter. Sprich«, flehte Maren. Etwas musste passiert sein. Mahpareh hatte ihre Haltung verändert und Abusar rührte sich ebenfalls. Das Pulver in der Schale ... die Kuhle hatte sich eingeebnet. War die Séance beendet? Wilhelm dachte an besonders hohe oder tiefe Tonfrequenzen oder Magnetismus, die vielleicht für diese Effekte verantwortlich sein konnten. Er glaubte nicht an Geister, eher an verdeckte Helfer. Doch wo sollte ein solcher hocken? Unter dem Boden?

»Der Geist fühlt Unehre«, sagte Abusar holprig und es war nicht deutlich, ob er das selber meinte oder für das Medium sprach. »In dieser Runde sind böse Menschen.«

Maren stierte vor sich hin. »Wenn ich ... es war nie meine Absicht ...«, begann sie, dann stockte sie wieder.

Es war Abusar, der für das Medium weitersprach. »Ein Dieb ist hier. Ein Dieb. Ein Schuldiger und ein Unschuldiger. Vereint an einem Ort. Und ein Mörder. Hier darf der Geist nicht sein.«

Maren riss sich zusammen, aber atmete schwer. Fieberhaft schien sie zu überlegen, wie sie das Gespräch wieder in Gang bringen konnte. War es wirklich ihr Vater? Ihre Reaktion wirkte betroffen, erkannte sie die Stimme? Er hatte nichts von Wert gesagt, also warum ihre Aufgewühltheit? Steigerte sie sich in etwas hinein? Von solchen Vorkommnissen hatte man mitunter gehört.

Wilhelm fiel auf, dass sowohl Moshir als auch Byron und Mason aufmerksamer waren als zuvor, während Elena gelangweilt wirkte. Ihr Interesse speiste sich wohl vor allem aus der Suche nach Unterhaltung und Zerstreuung.

Abusar trat einen Schritt vor. Anscheinend war die Séance wirklich vorüber. Was für eine Enttäuschung, fand Wilhelm. Andererseits war die Reaktion der einzelnen Teilnehmer äußerst interessant. Elena erhob sich als erste, gefolgt von Mason, der nicht recht zu wissen schien, was er tun sollte. Denn er sah sich um und folgte ihr und Moshir, danach ging auch Byron. Wilhelm wollte nicht aufdringlich sein und stand langsam auf. Ihn interessierte, was Maren jetzt tun würde. Diese hatte ihre

Sitzposition nicht verändert, als denke sie nach oder warte auf etwas. Plötzlich sprang sie auf und ging grußlos ebenfalls zur Tür. Vom Hof drangen Wortfetzen herauf. Man unterhielt sich.

Wilhelm sah die Schale auf dem Boden an und das Pulver, dessen Oberfläche vollkommen eben war. Nicht weit davon wartete Abusar. Auch Mahpareh war aufgestanden, ohne dass Wilhelm das bemerkt hatte. Sie trug noch immer den weißen Schleier vor dem Gesicht und kam in kleinen Schritten näher. Er schluckte. Sollte er gehen und den anderen nacheilen? Doch sie kam zu ihm, sie meinte ihn, obwohl sie zwei Meter von ihm entfernt stehenblieb. Sie sah ihn an, ruhig, still, prüfend.

Dann sprach sie zu ihm, leise und langsam zunächst, dann etwas schneller. Ihr Persisch war sanft und melodisch, der Ton ihrer Stimme verriet mehr.

»Der Ausländer trägt einen Schatten«, sagte Abusar. Übersetzte er? Wilhelm schluckte. Bevor er etwas sagen konnte, fuhr Jaroljmeks Diener fort. »Etwas bringt Unglück. Etwas Schweres ist an ihm.«

»Ich bin es nicht«, entgegnete Wilhelm betroffen und unsicher. »Ich habe nie gestohlen oder gemordet.«

Das Telefon auf dem großen Schreibtisch des britischen Gesandten klingelte im gleichen Moment, wie Counsellor Davies nach einem kurzen Klopfen die Tür öffnete.

Botschafter Clive ging einige Akten durch und wollte nicht gestört werden, aber das Auftauchen von Davies und dessen bestätigendes Nicken verdeutlichten, dass der Anruf wichtig war.

»Sir, es gibt Neuigkeiten in Sachen dieses Mason Ruby«, flüsterte er seinem Chef zu.

Clive gebot ihm per Handzeichen zu schweigen, dann nahm er den Hörer ab und lauschte dem Mädchen aus der Vermittlung im Untergeschoss. Sie bat um einen kurzen Moment Geduld, während sie die Stifte in der Schalttafel umsteckte und die Telefonverbindung zustande brachte. Sir Clive holte Luft und lächelte Davies zu. Der kam näher, blieb in respektvollem Abstand von ihm stehen und wartete.

»Sir Hodgson? So schnell?«, flüsterte Davies und zog fragend die Augenbrauen hoch.

Der Botschafter nickte erleichtert und überrascht, dass sich der Geschäftsträger in Albanien höchstselbst in der Leitung aus Whitehall befand.

»Robert«, begann Henry Robert Clive erfreut. »Sag nicht, dass du in London bist. Etwa auf Urlaub?«

Er lächelte, als der andere genau das bestätigte und ihm versicherte, dass nichts daran zu finden sei und er sich gerne für ihn umgetan und ein paar alte Kontakte in Moskau zum Klingen gebracht hätte. Selbst im Urlaub.

Dann hörte Clive einfach zu, bisweilen nickend. Nach einigen abschließenden Versicherungen der gegenseitigen Hochachtung legte er wieder auf und sah Davies an. Der wartete höflich ab, wie es die Gepflogenheiten seiner Position vorsahen. Es dauerte eine endlos erscheinende Weile. Dann erhob sich der Botschafter und lief zum Fenster, sah nach draußen und kehrte zurück.

»Hodgson kennt jemanden bei der italienischen Botschaft in Moskau, der gut auskommt mit einem Kommissar der Sowjets im Außenministerium. Der Flug von LZ 127 nach Japan ist dort bekannt und eine Überfluggenehmigung liegt vor. Der Zeppelin soll auf seiner Weltumrundung die gesamte Sowjetunion überfliegen auf einer Route nördlich von Moskau, sodann über den Ural und südwärts Kamtschatka später Tokio erreichen.« Er dachte nach. »Angeblich ist sogar eine Landung in Moskau geplant, jedenfalls haben die Sowjets darum ersucht.«

»Sie werden die internationale Aufmerksamkeit für ihre Propaganda nutzen wollen, Sir.«

»Selbstverständlich, wer würde das nicht. Hodgson sagt, niemandem in London oder in Moskau lägen anderslautende Informationen vor.«

»Dann hat dieser Ruby gelogen, Sir? Sie eiskalt angelogen? Um tausend Dollar? zu ergaunern?«

Clives Augen ruhten auf einem Bildnis Georg V. an der Wand, seines Königs. »Das wäre ungemein frech, aber vielleicht zu einfach. In wessen Auftrag handelt Ruby wirklich? Tatsache ist, der Schah ist deutschfreundlich. Er hat alle britischen Verträge gekündigt und bevorzugt jetzt die Deutschen. Er hat einige Probleme mit den Stämmen und wir geben uns Mühe, dass das so bleibt. Aber genau deshalb könnte er ein großes Interesse daran haben, aller Welt zu zeigen, wie fortschrittlich er ist und wie sehr er deutsche Technologie schätzt. Das Auftauchen eines Zeppelins würde mit einem Schlag jeden Streit mit den Stämmen beenden. Die würden sterben vor Angst, wenn sie das gewaltige Ding sehen. Sein Hofminister steht ihm da überhaupt nicht nach. Timurtasch hat genügend Probleme, der greift nach jedem Strohhalm, der ihn in gutes Licht rückt. Wenn die Deutschen noch mehr unserer Öl- und Handelsverträge übernehmen und der Schah weiter die Luftwege blockiert, dann sind deutsche Luft- und Schifffahrtsmonopole eine zwingende

Konsequenz. Der Schah gibt die Richtung vor, Timurtasch bricht die Widerstände.«

»Werden Sie mit dem Grafen sprechen, Sir?«

Clive sah auf, als habe er geträumt. »Schulenburg? Hm, ich spreche immer gerne mit Schulenburg. Aber diesmal? Diese Sache muss ihm offiziell übermittelt werden. Ja, ich spreche mit ihm, nachdem er eine klare Ansage aus Berlin bekommen hat.«

Davies nickte. Berlin also. Dann würde die Geschichte ganz oben entschieden.

»Was wollten Sie noch zu diesem Menschen, Ruby, berichten?« Erwartungsvoll, aber leicht angestrengt ruhten die Blicke des Botschafters auf dem Counsellor.

»Die Akten der North Persian Force lagern in Bagdad. Ich habe mir daraus vorlesen lassen. Es gibt einen umfangreicheren Vorgang ›Mason Ruby‹ dort. Demzufolge wurde er nach der Heimkehr nach Großbritannien zwar nicht unehrenhaft aus der Truppe entlassen, aber sein Gesuch um Verlängerung der Dienstzeit wurde abgelehnt, dreimal.«

»Oha«, murmelte Botschafter Clive und Davies nickte.

»Das kommt nicht oft vor. Laut Personalakte galt er als jähzornig und unbeherrscht. Aber auch sehr einnehmend, wenn er es darauf anlegte. In seiner Dienstzeit fehlte einmal Geld in der Regimentskasse und der später als Täter überführte Mann wurde eines Tages nach einer Prügelei tot in den Straßen Mossuls gefunden.«

»Es war doch wohl nicht Ruby?«

Davies schüttelte den Kopf. »Nachweislich nicht. Aber der Dieb hatte kurz zuvor viel Geld beim Pokern verloren.«

Clive überlegte, dann lachte er. »Und Ruby war bei der Pokerrunde dabei und hat gewonnen?«

Davies nickte. »Alle hielten dicht. Aber falls der Dieb das gestohlene Geld verloren hat, war Ruby ganz offensichtlich ein Profiteur und es dürfte kaum zu vermuten sein, dass er von nichts wusste.«

»So ein kleiner Bastard«, murmelte Clive. »Oder er hat mitbekommen, dass der andere beim Spielen verlor und nach dessen Ermordung das Geld abgezweigt, so dass der Verdacht auf einen unglücklich zu Tode gekommenen fiel. Dieser Kleinganove kommt mir hier nicht mehr ins Haus, haben Sie verstanden, Davies? Falls er Ihnen unter die Augen kommt, sagen Sie ihm, dass wir Ermittlungen anstellen lassen und den Fall neu aufrollen, wenn er sich nicht fügt.«

»Sehr wohl, Sir«, bestätigte der Botschaftsrat.

Mahpareh stand regungslos. Ihre schwarzen Augen sahen über den Gesichtsschleier hinweg geradewegs auf Wilhelms Brust, als suche sie etwas. Gar als läse sie sein Herz. Sie hatte Anmut, er spürte Stärke in ihr und das mochte er bei Frauen. Kraft und Selbstbewusstsein ebenso wie Selbstständigkeit. Plötzlich musste er lächeln. Sie war klug, hübsch und charmant, aber letztlich bestimmt doch eine Betrügerin. Sie beeinflusste ihn, wickelte ihn ein.

»Abusar, bitte sage ihr, dass ich nicht an Erscheinungen glaube oder Geister. Sag ihr, dass ich sie schätze und ernst nehme. Aber ich glaube trotzdem nicht daran.« Abusar nickte leicht. Als habe Mahpareh ihn verstanden, sprach sie leise zu dem Diener, ohne die Augen von Wilhelms Oberkörper abzuwenden.

Abusars Blick flatterte und einen Moment lang starrte er ebenfalls dorthin. »Es gibt schwarze Bücher«, sagte er dann. »Zeilen voller dunkler Gedanken.« Er räusperte sich.

Ein Geräusch erregte Wilhelms Aufmerksamkeit. Oben, auf dem Flachdach? Hockte dort jemand, eine Person, die vielleicht für die Tricks verantwortlich war?

»*Ab-e siyah*!«, hauchte Abusar.

»Schlechtes Wasser«, übersetzte diesmal Mahpareh auf Deutsch und zeigte auf seine Brust. Wilhelm schluckte und sein Hals fühlte sich kratzig an. Verwies sie dorthin, wo unter seinem Hemd die Kette mit dem Anhänger ruhte? Der *Nour*-Stein? Abusar schaute auf die gleiche Stelle. Das konnte aber doch niemand wissen. Er war alleine auf dem Bazar gewesen, nur Moshir hatte ihn begleitet, und der war längst draußen im Hof. Die Bibliothek von Bagdad, Mongolen, Feuerbrand, Fluten des Tigris – alles stürzte plötzlich durch seine Gedanken, als Mahpareh zu Abusar sprach.

Vor dem Haus ging etwas vor sich, über ihnen waren Geräusche. Abusar zögerte, als wollte oder sollte er was sagen? Er zierte sich, dann stieß das Medium ihn und es brach aus ihm heraus: »Ihr Ende wird in einem Kasten sein. Mahpareh hat es gesehen. Dunkelheit und Enge. Ein Raum, verschlossen, unter der Erde«, hastete der Mann.

Aus den Geräuschen draußen wurden Tumult und Geschrei. Wilhelm wandte sich ab und stürmte nach unten. Dort auf dem Hof riefen Männer durcheinander und prügelten wahllos auf die wartenden Ausländer ein. Abusar schob sich an Wilhelm vorbei und griff in die wilde Rangelei ein. Worum es ging, war vollkommen unklar.

Gestalten in weiten Gewändern bedrängten auch ihn. Geistesgegenwärtig parierte Wilhelm einen Faustschlag und sah, wie Abusar Mahpareh griff und mit sich durch das baufällige Tor in die Gasse zog, Byron hielt sich dicht an ihn und auch Moshir folgte. Ruby prügelte sich wie wild gleich mit drei Männern, er konnte gut einstecken und teilte mächtig aus.

Maren und Elena nutzten einen günstigen Moment, um sich ebenfalls auf die Gasse zu retten, Wilhelm folgte und wollte den Engländer an seiner Jacke mitziehen. Dabei erhielt er einen schweren Faustschlag gegen die Schläfe und taumelte, seine Finger rutschten ab. Er stolperte aus dem Innenhof hinaus und schob Maren und Elena vor sich her nach Westen. Dort mussten sie irgendwann auf die Schahpur-Straße stoßen mit der Pferdebahn.

In die andere Richtung drängte es Moshir, Byron, Mahpareh und Abusar, dicht gefolgt von den Angreifern, die ebenfalls den Hof verließen, um ihnen nachzusetzen. An der engen Weggabelung östlich stießen die Flüchtenden auf neue Gegner, die aus Richtung des Hospitals herandrängten.

Abusar stürmte geradeaus, die anderen wurden nach Süden abgedrängt. Moshir, Byron und Mahpareh waren gezwungen, in die Tiefen des Straßengewirrs in den Bazar zu hetzen. Die Gruppe war getrennt. Hatte man sie verraten? Waren das religiöse Eiferer? Oder ein misslungener Raubüberfall? Wie war Mason Ruby entkommen?

Byron keuchte und hustete, als er Moshir und Mahpareh an den Fersen blieb, die plötzlich nach Süden abgebogen waren. Dieser Diener, Abusar, war geradeaus gelaufen, als von Norden überraschend schreiende Typen auf sie zugerannt waren. Warum war er nicht dem gefolgt? Jetzt führten die anderen ihn immer weiter in das Gewirr hinein und wenn er die verlor, war er erledigt. Sie waren viel schneller als er. Trotzdem versuchte er Schritt zu halten, was sollte er sonst tun? Wie lange er ihnen schon so nachhastete, wusste er nicht. Die Gassen waren belebt, aber niemand nahm großartig Notiz von den Flüchtenden. Eigentlich konnte er froh darüber sein, denn musste das Ganze nicht so aussehen, als jage hier ein Faranghi eine persische Frau und einen jungen Mann?

Der Schweiß tropfte ihm in die Augen und ein winziger Moment der Ablenkung ließ ihn stolpern. Er kam ins Straucheln, aber bevor er stürzte, fing er sich, stützte sich an einer Mauer ab und registrierte voller Entsetzen, dass das Medium und der Junge verschwunden waren. »Nein«, stöhnte er und lief zunächst weiter. Wenig später blieb er stehen und lehnte sich irgendwo an. Suchend fuhr sein Blick in den Himmel, dann links und rechts die Wände entlang. Es war still hier, nicht einmal einsam. Eine verschleierte Frau überquerte die Gasse und verschwand in einem Haus. Ein Junge mit einem Stapel flacher Taftuun-Brote wanderte an ihm vorbei und drehte den Kopf, als sei Byron ein Außerirdischer vom Mars. Niemand sprach ihn an und keiner tat ihm etwas. Immerhin.

Egal wohin er sah, alles schien gleich. Aus dem Schutz kleiner enger Balkone beobachteten ihn immer wieder schwarze Gestalten, Frauen. Neugierde erregte er, sonst nichts. Er beschloss, den Weg in die ursprüngliche Richtung fortzusetzen. Dahin waren ja auch die anderen gelaufen. Sie mussten irgendwo sein. So einfach war es indes nicht. Ständig wechselte der Weg den Verlauf, ergaben sich Kreuzungen. Zweimal endete er in einer Sackgasse. Das zwang ihn zum Umkehren. Tiere liefen um seine Füße, Hühner und Ziegen. Ein Kind schrie.

Abermals wanderte er um eine Ecke, mittlerweile hatte sich wenigstens das Gefühl der Bedrohung gelegt, als gleich über ihm eine verschleierte Frau auf einem Vorsprung auftauchte, ihn sah – und blitzschnell verschwand. Überrascht blieb er stehen. Er hörte Schritte, jemand lief eilig eine Treppe hinunter, dann war es wieder still. Einige Meter entfernt befand sich eine Tür aus altem Holz in der endlosen grauen Wand. Sie war intakt, zwischen den Brettern klafften Spalte. War diese Person nach unten gelaufen und beobachtete ihn? Er ging zaghaft darauf zu. Erkennen konnte er nichts. Als er direkt davorstand, rief jemand dahinter: »*Go! Go away!*«

Unwillkürlich erschrak er. »Bitte, ich brauche Hilfe. Ich habe mich verlaufen.«

»*Go away!*«, wiederholte die Frauenstimme und er war sich sicher, dass es Mahpareh war. Er stieß gegen die Tür, die andere drückte von innen dagegen. Mit einem festen Schubs überrumpelte er sie und ihr Widerstand löste sich auf. Schritte liefen nach oben. Byron gelangte in den Flur eines kleinen Hauses, mehrere Zimmer gingen davon ab, die mit Teppichen ausgelegt waren. Hier wohnte jemand. Er betrat ungebeten das Haus einer Frau und er wusste, dass das Unheil bedeuten würde, wenn man ihn erwischte. Schwerstes Unglück.

Er faltete flehend die Hände. »Misses. Ich habe mich verlaufen. Bitte, ich will doch nur wissen, wie ich wieder auf eine Hauptstraße komme«, sprach er in die Stille hinein. »Ich will Ihnen nichts tun!« Niemand antwortete, daher stieg er eilig die Stufen einer engen Treppe hinauf und betrat die erste Etage, deren Holzboden lediglich auf die einfachen Wände des Erdgeschosses gelegt worden war, dann hatte man weiter gebaut.

»*Abjie*«, rief jemand von unten. »*Abjieee. Chahar koja hastieed?*«

Ein schwarzer Schatten brach aus einem der Zimmer und eilte an das Ende des Korridors, der direkt auf den kleinen Balkon führte.

»*Aghaye chareji inja hast!*«, schrie sie.

»*Chareji? Yek chareji!?*«, kam die gebrüllte Antwort.

Byron verstand nichts davon, aber er begriff sehr gut, dass nun ein Mann anwesend war, der ihn alleine mit einer persischen Frau erwischen würde. Panik ergriff ihn.

»Nein, hören Sie, ich ...«, rief er hinter ihr her. Schnelle Schritte auf den Stufen hinter ihm kündeten vom nahenden Ärger.

»Wer ... was machen Sie denn hier?«, rief eine vertraute Stimme und Byron blieb stehen. Er kannte ihn, Moshir! Noch bevor er sich vollständig umgedreht hatte, erhielt er einen Stoß und taumelte den Gang entlang, an der verängstigten Frau vorbei. Hinter ihm schrie sie und verschwand wieder in einem der Zimmer. Byron senkte die Hände, wehrlos. Der Angreifer ließ nicht ab von ihm.

»Sie betreten mein Haus. Haben Sie nicht genug Unheil angerichtet?«

»Moshir!«, rief Byron und wehrte einen zweiten Stoß ab, wich aber weiter zurück. »Ich wusste nicht ... ich habe mich nur verlaufen. Bitte ...«

»Sie sind ein Dieb«, schrie der andere wie von Sinnen und sprang ihm entgegen. »Ein mieser Dieb. Sie haben mich schlagen lassen mit dem Stock, vor allen Menschen!«

Nach einem schweren Hieb sackte der Amerikaner eine Sekunde in die Knie, dann kam er wieder hoch und hob die Arme. »Ich wollte doch nicht ... wie konnte ich wissen ...«

»Wissen, dass ich bestraft würde für einen Diebstahl, wenn Sie mich beschuldigen?« Er gab Byron eine Ohrfeige. »Wissen, dass man einem Ausländer sofort glauben würde und mir niemals?« Eine weitere Ohrfeige prallte auf die andere Seite seines Gesichts. »Dass man für Diebstahl vielleicht eine Hand abgehackt bekommt? Das zu wissen?« Ein Schlag vor die Brust. Die Frau kreischte auf Persisch. Mit dem Rücken stieß Byron vor einen Balken, der Rahmen der Tür zum Balkon.

»Ich habe doch keine Wahl. Ohne Geld komme ich hier nicht ...«

Moshir war jetzt ganz nah und schlug ihm in den Bauch. Der Schriftsteller war vollkommen unerfahren in Nahkämpfen und schaffte es nicht einmal, sich richtig zu decken. Er bettelte würgend: »Wie soll ich zu einem Diebstahl stehen? Ich kann nicht im Kerker ... ich würde hier sterben ...«

»Und ich lebe? Wenn man mich schlägt?« Speicheltropfen aus dem wutverzerrten Mund des sonst so gelassenen und sanften Moshir trafen in Byrons Gesicht. Der Junge griff Alvarado am Hemdkragen und zerrte ihn in die Mitte des Türrahmens.

Panik, Wut und Lebenswille führten zu einem letzten Sammeln der Kräfte, Byron wollte hier nicht enden. Ein Gerangel begann. »Auf dich wartet die Todesstrafe, wenn du mir was tust!«, schnaufte er, das Gesicht des Jungen von dem seinen nur Zentimeter entfernt. Er roch ihrer beider Schweiß. Moshir brüllte etwas. Mit beinahe übermenschlicher Kraft stieß und schob er den Amerikaner und warf ihn über die Brüstung.

Ein Moment des entsetzten Unglaubens paarte sich mit dem Verlust von Bodenhaftung, Byron schwebte, fiel. Gedankenfetzen spülten durch den Kopf. Dann ... glühendheißer Schmerz schoss durch sein Rückgrat, als er in der Gasse aufschlug. Als sein Kopf hart auf den gestampften Lehmboden prallte, glaubte er noch, ein gefluchtes »*Enscha'Allah!*« zu hören. Dann war da nichts mehr.

* * *

Endlich war Wilhelm wieder in seinem Zimmer, aber Ruhe fand er nicht. Eine gewisse Sorge hatte ihn an der Bar festgehalten. Ausdauernder als üblich, länger als er Durst hatte. Sie waren alle da gewesen: Elena, Maren, irgendwann später war Ruby eingetroffen ... nur der Amerikaner fehlte: Byron. Was eigentlich geschehen war, wusste niemand so richtig. Ihre Séance war verraten und überfallen worden. Doch von wem und zu welchem Zweck? Hatten sie bloß Glück, dass sie rechtzeitig davongekommen waren?

Die Rivalität zwischen Maren und Elena spielte für den Moment einmal keine Rolle. Nach und nach waren die einen aufs Zimmer gegangen, die anderen zum Essen. Elena wollte noch etwas im *Cinema Mayak* regeln. Wilhelm indessen machte sich Sorgen und mochte keine Gesellschaft. Gut kannte er diesen Alvarado ja nicht, aber dass der einfach verschwunden blieb? Morgen hatte er das Gespräch mit dem Gesandten, er würde ihn fragen müssen, was zu tun war. Sollte man die amerikanische Botschaft einschalten? Oder mit dem Hotel über das Verschwinden eines Gastes reden? Das war die beste Lösung.

Ein hartes Poltern von irgendwoher ließ ihn aufmerken, dann ein Schaben und leises Klappen einer Tür. Er sprang auf und sein Kopf schwirrte. Drei Whiskys waren zwei mehr, als er vertrug. Und drei mehr als er mochte. Die Richtung war ihm vertraut. Er stürmte auf den Flur und nahm die paar Meter zu Alvarados Zimmer mit einigen Schritten. Nicht wissend, was er erwarten sollte, drehte er den Knopf, die Tür öffnete sich und in einer Ecke ... hockte Moshir. Vor dem Tischchen, auf dem die Schreibmaschine stand und zu seinen Knien ein geöffneter Koffer.

»Moshir!«, rief er entgeistert. »Was treibst du hier? So spät abends?«

Der Diener drehte sich um, blieb kniend auf dem Boden. Er war ganz ruhig.

»Der Amerikaner ist im Hospital. Ein Unfall.«

»Wie bitte? Aber wie ... und du bringst ihm jetzt Sachen?« Für einen Moment freute er sich über dessen Edelmut, aber Moshirs Blick sagte das Gegenteil. Häme und Verachtung dominierten.

»Ich bringe ihm sicher nichts ... Meine Wunden – der Amerikaner ist schuld.« Er riss Alvarados Sachen aus dem Koffer und legte einige Gegenstände zur Seite. Dann hob er die Matratzen vom Bett und sogar die Gitterroste. Eine Mappe kam zum Vorschein. Der Junge öffnete sie und zog Unterlagen heraus. Wilhelms Pläne! Er warf sie auf das Bett. Der Junge wühlte weiter.

Überrascht stürzte Wilhelm darauf zu. »Das sind meine Pläne, sie wurden mir gestohlen ... Moshir.« Überrascht blickte er umher. »Was geht hier vor sich?«

»Muss ich das erklären? Oder verstehen Sie es?« Da Wilhelm nichts sagte, sprach Moshir: »Der Amerikaner ist ein Dieb. Er stiehlt. Er hat Ihre Pläne gestohlen. Er hat andere Dinge gestohlen. Sicherlich auch die Perle, die Fräulein Grande so vermisst.«

Wilhelm dachte an seine Kette. Deren Abschluss bildete ebenfalls eine Perle. Und sie war rot. War es nicht Alvarado gewesen, der sagte, dass sie sicher längst auf dem Bazar sei? Vielleicht die *rote Liebe*, von der das Medium berichtete? Die Perle von Marens Vater?

»Er hat kein Geld, will aber weg von hier. Also stiehlt er«, setze der Junge hinzu. Sein Gesicht war schmerzverzerrt, bevor er weitersprach, als fiele es ihm außerordentlich schwer. »Eines Tages sollte ich einen Deutschen betreuen. Sein Zimmer wurde ausgeraubt, ich fand die offene Tür. Auf dem Gang stand Mister Alvarado und wollte in seinem eigenen Raum verschwinden. Jemand kam und sah uns in diesem Moment. Ohne jede Nachfrage wurde ich beschuldigt, dort eingebrochen zu sein. Alvarado hätte etwas sagen können, aber er tat es nicht. Ich wurde sofort mitgenommen. Ich wusste nicht, dass er es war, bis ...«

»Bis wann, Moshir? So rede doch.«

Der Junge senkte den Kopf und verzog das Gesicht, als spüre er die Schmerzen jetzt in diesem Moment. »Bis ich ihn in der Menge sah. Er sah meiner Bestrafung zu. Ganz ruhig. Ohne Schuld. Es gibt einen

Unterschied, ob jemand nichts tun kann oder froh ist, nichts tun zu müssen.« Er machte eine Mundbewegung, als wolle er ausspucken. »Dieser Mann war nur zufrieden, dass *ich* dort war und er nicht an *meiner* Stelle. Nicht ein einziges Zeichen hat er gegeben. Nicht ein Wort gesagt.«

»Oh mein Gott«, murmelte Wilhelm, jetzt verstand er dessen Verhalten. Moshir zischte verächtlich. »Sicherlich*, Gott ..«.*

Schritte auf dem Gang kündigten jemanden an. Direkt, aber vorsichtig. In der offenen Tür des Zimmers erschien Ruby. Zielstrebig, als wäre er nicht zufällig vorbeigekommen. Das war er wohl auch nicht. Er wollte was von Byron.

Staunend blieb er stehen und besah sich das Chaos. Moshir sprang auf, drückte sich an ihm vorbei und verschwand, bevor Wilhelm reagieren konnte.

»Was zum Teufel ist denn hier los? Wo ist Alvarado? Haben Sie den Jungen beim Klauen erwischt?«

»Was? Keinesfalls!«, fuhr Wilhelm wütend auf. »Alles in Ordnung, Mister Ruby. Bleiben Sie ruhig. Der Amerikaner wurde als Dieb überführt. Moshir hat gestohlenes Eigentum gefunden, darunter Dokumente aus meinem Besitz.«

Rubys Blick fiel auf die Pläne auf dem Bett. Er war anscheinend weder neugierig noch überrascht, sondern schien eine gewisse Enttäuschung im Gesicht zu tragen.

»Das ist ja unglaublich«, brach es aus ihm heraus. »Aber wo ist er? Ist er ... wurde er etwa ... verhaftet?«

Wilhelm schüttelte den Kopf. »Anscheinend ein Unfall. Er soll im Krankenhaus sein.«

»Oh«, sagte Ruby lediglich und ging zurück ins Erdgeschoss, vielleicht zur Bar.

Erst jetzt fiel ihm wieder ein, was Abusar übersetzt hatte, kurz bevor das Chaos ausgebrochen war. Er würde in kleinen kastenartigen Räumen sterben? Unter der Erde? Der Gedanke brachte die Ruinen des Lustschlosses östlich von Teheran in seinen Sinn. Nein, er war überzeugt, dass er sicher nicht dereinst in einem Harem enden würde wie die dreihundert armen Frauen des liebestollen Schahs. Er musste den Schriftsteller zur Rede stellen, gleich morgen früh.

Der persische König Kei Ka'us um 1500 v. Chr. beim Versuch, seinen Thron von Adlern in den Himmel fliegen zu lassen (Quelle: Deutsches Museum, München)

Mahparehs Geheimnis

»Nein, lebensgefährlich verletzt ist er nicht.« Doktor Dubèry behielt den Bleistift im Mund. Seine Hände waren noch voller Gips, den er sich von einer Schwester abwaschen ließ. »Er hatte Glück im Unglück, würden wir wohl sagen. Er stürzte schwer auf den Rücken, aber wie mir die Nachtschwester berichtete, war es wohl ein gestampfter Untergrund, kein gemauerter. Dann hätte es anders ausgehen können.«

Wilhelm sah den französischen Arzt an. Immerhin hatte jemand mit einigen Nachbarn dafür gesorgt, dass der Amerikaner mit einer kleinen Karre sofort ins europäische Hospital gebracht wurde. »Kann ich zu ihm?« Er dachte an Staudacher, der draußen wartete, weil Graf Schulenburg ihn augenblicklich in aller Frühe sehen wollte. Wilhelm hatte sich durchgesetzt und verlangt, zunächst ins Krankenhaus zu fahren. Nachdem er ihm erklärt hatte warum, willigte der widerstrebend in den kleinen Abstecher ein – wenn er nicht zu lange dauerte.

Der Arzt nickte gleichgültig. »Oui.« Wilhelm betrat das Krankenzimmer, in dem sechs Betten standen, alle belegt mit Patienten der unterschiedlichsten Herkunft. Einer stöhnte erbärmlich, seine Decke war mit Blut befleckt, zwei Schwestern wuschen und verbanden ihn. Vielleicht war eine genähte Wunde aufgeplatzt. Rechts der Tür, zwischen zwei anderen Kranken, lag Byron, die Manschette um seinen Oberkörper noch frisch. Eine Art Korsett, mit Stangen aus Gips verstärkt. Er durfte sich nicht rühren, war sehr bleich und schwitzte stark. Hatte er Fieber oder lag es an dem Gips? Einerlei was es war, es musste schrecklich sein, so zu liegen. Hilflos.

»Mister Darburg. Sie?« Byrons Mund verzog sich zu einem Lächeln, als er die Augen öffnete und ihn erkannte. Wilhelm nickte.

»Böse hat es Sie erwischt, Byron. Der Arzt sagt, man müsse Ihnen nur die Beine amputieren, der Rest würde wieder.« Für einen Moment war der andere schockiert und beinahe genoss Wilhelm das.

»Eine schwere Prellung, vielleicht ist die Wirbelsäule beeinträchtigt. Daher das Stützkorsett. In einigen Tagen bin ich wieder der alte.« Er stöhnte. Die Schmerzen waren erheblich.

»Wie ist es dazu gekommen? Sind die Angreifer Ihnen gefolgt?«

Der andere schwieg. Sein Blick wanderte an die Decke, als müsse er sich die Geschehnisse in Erinnerung rufen. Das Schreien des Mannes am Fenster wurde schwächer. Die Schwestern bezogen sein Bett neu. Eine leere Spritze lag auf einem kleinen Tischchen, vielleicht hatte er Morphium bekommen.

»Ja, wir wurden verfolgt und gejagt«, fuhr er angestrengt fort. »Dieses Medium, Ihr Diener Moshir und ich. Diebe, Aufständische ... vielleicht waren es Bachtiaren. Ja.«

Diese Antwort befriedigte Wilhelm nicht und plötzlich platzte es aus ihm heraus.

»*Sie* sind ein Dieb, Alvarado. Und ausgerechnet mich haben Sie bestohlen und wer weiß, wen noch.«

Byron riss die Augen auf und holte Luft.

»Sagen Sie besser nichts. Ich weiß Bescheid. Sie bestehlen mich und besitzen die Frechheit, noch weiter mit mir zu verkehren, als wenn nichts gewesen wäre. Sogar jetzt noch, in Ihrem Zustand. Obwohl ich Sie besuche. Als einziger.«

»Aber ...«, begann der Amerikaner.

»Wollen Sie es abstreiten?«, rief Wilhelm laut und wusste, dass er sich mäßigen musste, wenn man ihn nicht aus dem Zimmer werfen sollte. »Ich habe Beweise. Sie haben auch andere bestohlen. Was wollten Sie mit meinen Unterlagen, meinen Plänen?«

»Sie wissen doch gar nicht wie das ist«, rief der Schriftsteller. Dann schloss er die Augen und sprach, als lese er einen unangenehmen Inhalt von einem Zettel ab, an dem er sich stützen musste. »Ich gehe vor die Hunde. Ich komme hier nicht weg. Ich bin erledigt. Ich muss einen Roman schreiben und komme nicht dazu, weil ich Geld verdienen muss. Und auch das reicht nicht.«

»Das ist doch kein Grund. Dafür gibt es konsularische Hilfe.« Wilhelm wusste natürlich, dass das nicht so einfach war. Bis die bewilligt wäre, würde Zeit vergehen und wenn er nach Hause käme, wartete der Verlag, möglicherweise mit Schadenersatzforderungen.

Der andere schlug die Augen wieder auf. »Ich habe nur zweimal etwas genommen.«

Eine weitere Lüge, da war Wilhelm sich sicher. »Was wollten Sie mit meinen Plänen?« Er machte einen bedrohlichen Schritt auf den Hilflosen zu, der flehend zu den Schwestern sah. Die waren mit dem blutenden Mann beschäftigt, aber warfen den beiden Streitenden argwöhnische Blicke zu. »Was sind Ihre Ziele, Alvarado?«

»Ich habe doch keine Ziele. Ich nahm, was ich fand. Ich hatte keine Ahnung. Und dann wollte ich sie wieder loswerden, und ...«

»Und was? Wollten Sie sie verkaufen?«

Er drehte den Kopf weg und Wilhelm wurde schwindelig. Um Gottes Willen, der hatte sie wirklich verschieben wollen. »An wen, wer weiß davon? Ich werde Ihnen verdammt weh tun, wenn Sie nicht ...«

»An den Engländer«, greinte Byron. »Ruby. Aber er wollte sie nicht. Ich habe sie ihm angeboten, für tausend Dollar. Das war ihm zuviel und er hat abgelehnt. Er war sehr interessiert, aber hatte wohl das Geld nicht. Ich hätte Ihnen die Pläne unter der Tür durchgeschoben, gestern Abend noch.«

Für einen Moment war Mitleid hochgestiegen, dieses löste sich auf wie ein Wassertropfen an einem persischen Sonnenmorgen. »Ich glaube Ihnen keine Sekunde, dass sie sie mir zurückgegeben hätten. Sie beschuldigen Moshir eines Diebstahls und sehen seelenruhig zu, wie er öffentlich bestraft wird. Was sind Sie für ein Mensch? Sie haben mehr als zweimal gestohlen. Sie sind bei mir eingebrochen, Moshir hat mir die Pläne ...«

»Moshir? Moshir?«, rief Byron. »Sie nehmen diesen Mann in Schutz? Er hat mich vom Balkon geworfen. Wegen ihm bin ich hier. Er wollte mich umbringen.«

Wilhelm verstummte. Der Junge? Er sollte versucht haben ...

»Was ist das für eine Geschrei?«, stürmte Doktor Dubèry in das Zimmer und sah die beiden Schwestern scharf an, die nicht eingeschritten waren. »Gehen Sie jetzt besser.«

»Nein, ich gehe nicht, bevor ich ...«

Gleich hinter dem Arzt stand Dr. Staudacher in der Tür. »Herr Darburg, wir werden spät sein. Ich muss darauf bestehen ...«, er war ungeduldig geworden. »Streiten Sie sich hier etwa? Der Gesandte wartet!« Er versuchte Wilhelm am Ärmel von dem Bett fortzuziehen. Der Doktor schnauzte irgendetwas auf Französisch und Staudacher keifte ebenso zurück..

»Ja, gehen Sie«, rief Byron böse hinter ihm her. »Und fragen Sie mal Ihren Säulenheiligen Moshir, was der mit dieser Frau zu tun hat, diesem Medium. Die waren nämlich zusammen und haben gemeinsame Sache gemacht.«

Wilhelm wollte beinahe zurück. Das musste er genauer wissen. Staudacher riss förmlich an ihm und trieb ihn vor sich her.

»Sehen Sie das nicht? Der Mann liegt hier fest. Sie können ihm später immer noch die Bettpfanne über den Schädel hauen, oder was immer das hier werden sollte. Aber der Gesandte hat es eilig gemacht und ich werde mir keinen Anschiss abholen, weil Sie sich wegen Saufschulden verkrachen. Und die Ärzte brauchen wir noch, also lassen Sie es gut sein!«

Gemeinsam eilten sie auf die Straße zurück. Er taumelte mehr, als dass er lief, zu groß war seine Wut. Der Hansa stand gleich vor dem Eingang. »Der hat mich beklaut. Er hat die Pläne gestohlen.«

Staudacher warf sich hinter das Steuer, Wilhelm setzte sich neben ihn. »So? Dann wissen Sie ja jetzt, wo Sie mit ihm abrechnen können. Später.«

Mit heulendem Getriebe und quäkender Hupe raste er los, gen Norden abbiegend in Richtung des diplomatischen Viertels.

Der Kies spritzte, als der Legationssekretär nach kurzer Fahrt gleich hinter dem Tor der deutschen Gesandtschaft in die Eisen ging. Im Laufschritt eilten sie in das Gesandtschaftsgebäude und direkt in den ersten Stock.

»Sagen Sie, Doktor Staudacher, was wissen Sie eigentlich über diesen Moshir, der auf mich aufpassen soll?«, fragte er, als sie die Treppe hochstiegen.

»Nicht jetzt. Bitte. Ich muss noch mit dem Gesandten sprechen, bevor wir Zeit für Sie haben.«

Durch ein Raucherzimmer führte er Wilhelm ins Herrenzimmer und hieß ihn dort warten. Das tat er dann geraume Zeit. Fünfzehn, vielleicht zwanzig Minuten war er dort und nichts rührte sich. Was mochte so dringend sein? Hatte der Graf einen Termin mit jemandem von der Regierung vereinbaren können? Das wäre wichtig, aber er hatte doch jetzt und hier keinerlei Unterlagen bei sich. Immerhin waren die Pläne wieder da und lagen sicher im Hotelsafe. Er trat an das große Bücherregal und ließ seinen Zeigefinger sanft an den Buchrücken entlangfahren.

»Oha«, murmelte er und zog einen Band heraus. Da es im Haus noch immer still war, ließ er sich auf einem der üppig gepolsterten Sofas nieder, die um einen Kamin herum gruppiert waren, und schlug den Buchdeckel zurück.

»Oha«, flüsterte er abermals. C.G. Jungs ›Zur Psychologie und Pathologie sogenannter okkulter Phänomene‹ von 1903. Auf der Innenseite befand sich ein handschriftlicher Eintrag: *GG*. Manche Seiten waren mit Lesezeichen markiert. Er schlug eine auf. Dort las er von Helly, einem Medium. Welches seine Gestalt in Ekstase nahezu ändern konnte, indem die Frau mit fremden Stimmen und in anderen Zungen sprach. Er blätterte weiter, zur nächsten Markierung.

Sie sieht und hört ihre Geister, stand dort. *Sieht, wie dieselben im Zimmer unter den Zirkelteilnehmern herumgehen, wie sie bald bei diesem, bald bei jenem stehen.* Wilhelm schluckte und hörte auf zu lesen. Jemand schien die Treppe heraufzusteigen und näherte sich durch den großen Salon. Eine weitere Seite schlug er um. Da war geschrieben: *Hier war*

ihr besonders die Gegenwart eines Mörders, den sie Conventi nannte, un-
angenehm. Sie versuchte, ihn mehrere Male zu bannen ...

»Herr Darburg, der Gesandte wäre jetzt ... Herr Darburg?« Kasem
stand im Rahmen der Tür und hielt inne, als er Wilhelm musterte, der
aschfahl und steif auf dem Sofa saß und durch ihn hindurchsah, als exis-
tiere er nicht. »Ist Ihnen gut?«

Er musste sich sammeln. Wie konnte ... wie war es möglich, dass in ...
dass hier geschrieben stand, was er bei den Séancen miterlebt
hatte? ›Conventi‹, das konnte nie und nimmer ein Zufall sein. Einen solchen Namen hatte er nur zweimal im Leben gehört – durch Mahpareh
und jetzt. Hier, in diesem Buch gelesen.

»Der Graf wartet.«

Wilhelm beeilte sich zu nicken und stand auf. Den Band behielt er in
der Hand und zeigte ihn Kasem, als er bei ihm angelangt war. »Dieses
Buch hier, Kasem. Das Kürzel – wer ist das?«

Der legte den Kopf schräg, um die Seite besser erkennen zu können.
Lateinische Buchstaben waren ihm fremd, er musste sie immer erst
entziffern und je klarer sie geschrieben waren, umso leichter fiel es ihm.

»›GG‹«, sagte er nachdenklich. »Ich bin nicht sicher.« Er ging zu dem
Regal und suchte nach einem bestimmten Buch. Als er es gefunden
hatte, gab er es Wilhelm. »Also, dieses hier gehörte Gustav Glock, dem
Vorgänger von Doktor Staudacher.«

Er schlug es auf: ›Brasilien. Land der Zukunft‹ von H. Schüler. 1924.
Mit einer handschriftlichen Signatur: ›GG‹.

»Das gleiche Kürzel.«

»Dann dürfte auch das andere von Herrn Glock sein. Nehmen Sie es
ruhig mit. Er ist ja längst in Rio de Janeiro und ich glaube nicht, dass er
noch Bücher über Brasilien braucht oder sie abholen will.«

Das Brasilienbuch stellte Wilhelm ins Regal, das andere behielt er. Als
er Kasem folgte, rasten seine Gedanken bei dem Versuch, sich einen
Reim auf diese Entdeckung zu machen. Glock, Moshir, Mahpareh, Alvarado und nicht zuletzt Maren Grande, die offenbar die treibende Kraft
hinter den Séancen war. Was sollte das alles? Abusar nicht zu vergessen,
Jaroljmeks *Ghulam baschi*, der stets im Hintergrund blieb und, wenn nötig, übersetzte. Aber auch nicht mehr.

»War Glock hier in Persien nicht verheiratet?«, fragte Wilhelm, als sie
das Erdgeschoss betraten. Paul Anar hatte das erwähnt.

»Hier, bitte. Im Gartensaal.« Kasem wies ihm den Weg. Der Graf und
Staudacher warteten. Kasem wandte sich ab und Wilhelm trat durch die

Tür. Er würde eine andere Gelegenheit zu einem Gespräch mit dem Perser nutzen müssen.

»Guten Morgen Exzellenz«, begann er. Der ernste Gesichtsausdruck des Grafen warnte ihn, nachdem Staudacher zuvor ja eine gehörige Hektik verbreitet hatte.

Der Gesandte erhob sich und drückte seine Hand, dann wies er ihm einen Platz gegenüber auf der anderen Seite des Tisches und setzte sich wieder.

»Ich will gar nicht lange um den heißen Brei sprechen, Herr Darburg. Ich weiß nicht, was Sie in der Zwischenzeit hier in Teheran angestellt oder mit wem Sie gesprochen haben, ich bekam nur heute früh ein direktes Kommunique aus dem Auswärtigen Amt in Berlin mit der Weisung, dass Ihr Projekt nicht weiterzuverfolgen ist von unserer Seite aus.«

Wilhelm war verwirrt. »Aber ich habe überhaupt nichts ...«

»Tatsache ist«, unterbrach der Graf ihn, »dass Ihr Vorhaben viel Staub aufgewirbelt hat. Berlin bekam kalte Füße, nachdem jemand von ganz oben in London schwere Bedenken vorgebracht hat. Minister Stresemann scheut momentan größere Aufregungen und ich kann es ihm nicht verdenken. Bei seinem Gesundheitszustand.«

Wilhelm schluckte betroffen. »Können Sie mir Näheres sagen? Wissen Herr von Richthofen und die DELAG schon Bescheid?«

»Näheres, Näheres. Guter Gott, was denken Sie denn ...«, begann Dr. Staudacher. Der Gesandte beruhigte ihn mit einer Handbewegung.

»Herr Darburg, wir sind eine Gesandtschaft zweiten Grades. Es ist nicht so, dass man uns über die Hintergründe aller Entscheidungen in Kenntnis setzt. Und unser Rang sagt doch schon alles. Wir stapeln hier tief, weil Berlin nicht möchte, dass die Mächte uns allzu ernst nehmen. Bislang ging das auch gut. Aber das hier ... Ihr Vorhaben ... so schön es auch wäre.« Den Rest ließ er ungesagt. Schweigen trat ein. Wilhelm schaute niedergeschlagen auf die Tischplatte. Staudacher räusperte sich. Wie auf ein geheimes Kommando hin berichtete Graf Schulenburg weiter. »Whitehall muss Wind bekommen haben. Wie auch immer. Ich erhielt schriftliche Weisung, in unserem Besitz befindliche Pläne von Hallen und Luftschiff zu vernichten und jede Unterstützung einzustellen. Meine Vermutung ist ...«

»Ruby!«, stieß Wilhelm hervor. »Mason Ruby, ein Engländer! Kam mit Hans Schulz aus Berlin und gab vor, ihn erst dort getroffen zu haben. Gestern Abend erfuhr ich, dass ein verarmter Amerikaner meine Pläne stahl und heute früh gestand dieser mir, dass er sie Ruby angeboten habe, für tausend Dollar.«

»Und mir gestand mein Amtskollege Henry Robert Clive, dass er dazu nichts sagen könne. Wir haben ein gewisses Vertrauensverhältnis. Wenn er Ja sagen kann tut er es, wenn nicht dann nicht. Wenn er nichts sagen kann, will er etwas nicht zugeben.«

Staudacher mischte sich versöhnlich ein. »Sie müssen verstehen, dass die Regierung aktuell schon aufgrund der innenpolitischen Lage mit den zunehmenden Straßenkämpfen in Berlin zwischen Linken und Rechten erheblich unter Druck steht.«

»Aber gerade deshalb wäre doch eine internationale Luftschiffverbindung eine Perspektive der Hoffnung, hinter der sich die verschiedenen Interessen versammeln könnten.« Wilhelm wollte nicht aufgeben. Es gab Projekte wie die Weltraumfahrt, die über alle Lager hinweg breite Schichten des Volkes erreichten und vereinten.

Der Graf nickte zustimmend. »Schon richtig. Großbritannien wird da nur leider nicht mitspielen. Das wurde dem Minister offenbar unverblümt gesagt. Die Rede war sogar von militärischen Maßnahmen, Überflugverbot und der Einschaltung des Völkerbundes. Die Kolonialverbindung ist für die Briten mehr als nur nützlich, es ist eine Frage des nationalen Prestiges. Der Krieg ist gerade einmal zehn Jahre her und ihr soeben noch einmal gerettetes Empire löst sich aktuell auf wie unsere Kolonien zuvor. Wir Deutsche können tun was wir wollen – aber nur, solange sie nicht ihr Gesicht verlieren. Der Minister sieht keine Möglichkeit, dagegen etwas zu tun. Es tut mir leid.«

»Also sind wir am Ende. Kann ich abreisen? *Soll* ich abreisen?« Wilhelm war niedergeschlagen, wütend und musste sich zusammenreißen, um das den Gesandten nicht spüren zu lassen.

»Niemand sagt, dass Sie abreisen sollen.« Staudacher lächelte.

Wilhelm kniff die Augen zusammen. Hatte er denn bisher nicht richtig zugehört?

»Die Gesandtschaft kann keine Unterstützung mehr leisten. Aber wie ich noch gestern hörte, will der Schah den Besuch von LZ 127 und freut sich darauf. Hofminister Timurtasch sowieso. Der möchte am liebsten gleich mit nach Tokio fliegen. Solange also die persische Regierung das Projekt verfolgt, soll es mir recht sein.«

Wilhelm begriff. Unwillkürlich setzte er sich aufrecht hin. Möglicherweise machten sich hier die Interessen der von Richthofens innerhalb und außerhalb des Auswärtigen Amtes bemerkbar. Wenn dies die rote Linie war, würde man ihm weiter den Rücken freihalten, solange er sie nicht überschritt.

»Behalte ich die Position des Diätar und damit den konsularischen Schutz?«

»Darüber sprechen wir Ende des Jahres, wenn er ausläuft«, sagte der Graf vielsagend und sah zur Uhr auf dem Kaminsims.

Wilhelm verstand, das Gespräch war beendet und der Graf tat sein Möglichstes.

Dr. Staudacher geleitete ihn hinaus. Bei der Verabschiedung im Garten raunte er leise zu ihm: »LZ 127 hat gestern Friedrichshafen verlassen und ist auf dem Weg nach Osten.«

Diese Nachricht freute ihn ausgesprochen. Erst als er auf der Hauptstraße stand fiel ihm ein, wonach er fragen wollte.

»Herr Doktor Staudacher!«, rief er dem Legationssekretär hinterher und tatsächlich drehte der sich nochmal um.

»Ihr Vorgänger Gustav Glock. Kannten Sie seine Frau? Wie hieß sie?«

»Kennen?«, antwortete der süffisant, als erinnere er sich an eine witzige Geschichte. »Kennen ist zuviel gesagt. Glock hat vor seiner Versetzung nach Brasilien versucht, rückwirkend eine Verheiratetenzulage zu bekommen. Aber da die Ehe nicht standesamtlich, sondern islamisch geschlossen worden war, war das nicht möglich. Die Scheidung dürfte ihn teuer gekommen sein.« Dann ging er, doch er hatte etwas vergessen. »Richtig, der Name. Niosha ... nein Mahtaban. Warten Sie ... Mahpareh, glaube ich. Ja, das. Nette Frau, attraktiv. Hat ebenfalls nichts unversucht gelassen, die Bezüge ausbezahlt zu bekommen aber .... leider!« Er ließ Wilhelm versteinert zurück. Der wollte jetzt nur noch diesen Engländer in die Finger kriegen.

* * *

Die Büsche des Parks und die Schatten der wenigen Bäume konnten nicht verhehlen, dass die Sonne brütete. Langsam durchschritt Maren die Straßen der nördlichen Viertel, trat auf den kiesbedeckten Weg, der in den Garten hineinführte und hielt auf den Brunnen zu, unweit der Stadtmauer. Er lag einsam wie zuletzt, beschattet von dem runden Dach, das auf den verzierten Holzpfählen ruhte. Ein Lichtstrahl suchte sich seinen Weg durch eine winzige Lücke in den Holzschindeln und fiel in den Schacht, wo er sich auf der Wasseroberfläche brach. Heute früh hatte sie einen Zettel bekommen, er war an der Rezeption hinterlegt worden: *Fatemeh-Brunnen, 14 Uhr.*

Hier war sie. Pünktlich. Außer einigen schwarz verhüllten Frauen war niemand da, von denen auch sie sich nicht unterschied, in den Tschador gehüllt, den sie sich übergeworfen hatte.

Maren umrundete den Brunnen. Das Wasser lag dunkel und still, nicht einmal das Schimmern eines Goldfisches war zu sehen. Sie blieb stehen und atmete gierig die Luft ein. Diese roch nach Blumen. Der schlichte Park war in der Stadt ein Kleinod. Was sollte sie hier nun tun? Keiner war in der Nähe, niemand hielt auf sie zu. Ein paar Frauen unterhielten sich. Auf einer einfachen Holzbank saß eine verhüllte Frau und schien die Gegend anzusehen. Sie trug einen schwarzen Gesichtsschleier. Nichts von ihr war zu erkennen. Zunächst fiel ihr Blick nur beiläufig auf sie. Als die *Chanom* das bemerkte, stand sie auf und zeigte auf etwas. War sie gemeint, Maren? Sie drehte sich um. Niemand sonst war hier. Die Gestalt wies auf eine Stelle über ihr.

Maren sah sie an, hob die Schultern und machte einen Schritt auf sie zu. Die Gestalt saß nur fünfzehn bis zwanzig Meter entfernt. Sie schüttelte das verschleierte Haupt und zeigte abermals auf diesen Punkt, gleich über oder hinter ihrem Kopf. Oben, zwischen dem Gebälk, gleich unterhalb der Überdachung des Brunnens, ragte ein Zipfel Papier heraus. War dieser gemeint? Sie streckte sich und griff danach. Vorsichtig zog sie einen winzigen Umschlag aus gewalztem Papier hervor. Etwas war darin. Sie nahm ihn, ohne dass er in den Brunnen fiel, und wandte sich um. Die Frau war fort. Auch einige Schritte in ihre Richtung änderten nichts daran. Sie musste sich eilig entfernt haben. Marens Neugierde wuchs ins Unermessliche.

Das kleine Kuvert erwies sich als kunstvoll verschlossen und eng gefaltet, dass es versiegelt war wie verklebt. Vorsichtig öffnete sie es, immer wieder sorgsam die Umgebung im Blick behaltend. Wurde sie beobachtet? Würde man sie ausrauben oder, schlimmer noch, ihr Diebesgut unterschieben? Warum hätte man sich diese Mühe machen wollen?

Aus dem Inneren rutschte etwas heraus, ein Stein rollte in ihre Handinnenfläche. Blutrot mit einem sanften weißen Muster, das sich sternförmig über die Oberfläche erstreckte. Ihr Herz schlug bis zum Hals, er erinnerte sie an ... es war mehr in dem Umschlag. Ein Zettel und ein weiteres Kuvert. Sie faltete ihn auseinander und las:

›*Maren chanom, Danke für Ihr Vertrauen. Ihr Vater ist bei Ihnen, ich habe ihn gespürt. Er bat mich, Ihnen dies zu geben. Es ist ein Sternrubin und stammt aus meinem Brautschmuck. Bitte bewahren Sie ihn gut. Ihrem Vater ist die Perle nicht wichtig. Sie müssen sie nicht suchen. Er liebt Sie, Maren chanom. Das habe ich stark spüren können.*

Der Überfall ... ich muss mich ab jetzt verbergen. Es ist gefährlich für mich. Wir werden uns nicht wiedersehen. Gott möge Ihren Weg ebnen. Enscha'Allah.

Mahpareh‹

Marens Herz wurde schwer. Abermals Abschied nehmen? Langsam bewegte sie den Stein zwischen Daumen und Zeigefinger der rechten Hand. Er funkelte und das Muster des Sterns umfasste den Rubin weit, als wolle er den Edelstein festhalten. Er war schön und tiefgründig. Speziell wie jene geheimnisvolle Person, die ihn ihr geschenkt hatte. Ein Ersatz für die Perle ihres Vaters? Niemals. Die war fort und konnte nie ersetzt werden. Aber dieser Edelstein sollte von nun an in ihrer Tradition stehen. Er hatte ebenfalls eine gewisse Bindung – zu der Perle und indirekt auch zu ihrem Vater, selbst wenn es nicht stimmen sollte, was das Medium hier geschrieben hatte.

Bevor sie gehen konnte, öffnete sie vorsichtig den kleineren Umschlag und zog ein altes Pergament hervor. Darauf befand sich in geschwungenen Buchstaben ein schön gemalter persischer Text.

Es ist ein Fal, dachte sie erstaunt. Eine kleine Flugschrift. Weissagungen, die arme Kinder gegen wenig Geld verkauften. Auf der Rückseite fand sich die Übersetzung, aus der sie nicht recht schlau wurde. Um Berge ging es, eine Ebene, die durchschritten werden müsse. Den Mythos des Lebens. Sie sah genauer hin. Hatte Mahpareh das geschrieben? Es war eine ungelenke Schrift, nicht darin geübt, lateinische Buchstaben zu zeichnen. Und sie wirkte eher männlich als die Linienführung einer Frau.

Nachdenklich verließ sie den Park und ging zurück in die Richtung des Hotels.

Wilhelm stand im Foyer und überlegte angestrengt, wann er Ruby zuletzt gesehen hatte. Gestern. Der hatte nach Byron gefragt und war unverrichteter Dinge wieder abgezogen. Hatte er was gesagt, irgendwelche Absichten erwähnt? Ihm fiel nichts ein. Das Zimmer war verschlossen, niemand konnte Auskunft geben. Er musste ihn unbedingt sprechen. Er wollte wissen, wieso Ruby daran interessiert gewesen war, von dem Dieb Alvarado seine Pläne zu kaufen. Für wen? Mit wessen Geld? Zu welchem Zweck?

Er schlenderte nachdenklich zur Rezeption.

»Bitte sehen Sie doch noch einmal nach, ob Mister Ruby im Hause oder ob er abgereist ist«, fragte er den Hotelbediensteten.

»Monsieur ...«, sagte der und drehte sich nicht mal um. Wilhelm hatte bereits dreimal die gleiche Auskunft bekommen. Ruby sei unterwegs, bezahle das Zimmer weiter, eine Nachricht wäre nicht hinterlegt, weder von dem Gast an Wilhelm noch irgendetwas für Ruby selbst.

Protest nach dem Freitagsgebet

»Danke, Fräulein Huth. Sonst gibt es also nur das Mietauto, um schnellstmöglich die Stadt zu verlassen?« Wilhelm verbarg freundlich und bemüht sein Interesse und den Hintergrund der Frage. Er war außerdem müde und genervt. Die Bashis in der Junkers-Zentrale in der Laleh-Zar hatten ihn zwanzig Minuten warten lassen, bis ihnen endlich eingefallen war, dass die junge Dame heute am Flugplatz Dienst täte. Und dass, obwohl sie am Freitag sowieso nicht viel zu tun hatten.

Die Junkers-Angestellte nickte. »Wenn jemand die Stadt verlassen will, ist das die Möglichkeit, oder das Flugzeug. Das wären dann wir. Es sei denn, jemand ritte mit einem Pferd.« Sie lächelte höflich und zuckersüss. »Und ein Mason Ruby steht auf keiner Passagierliste der letzten 48 Stunden. Heute passiert hier sowieso nichts. Hat er Ihnen was getan?« Sie klimperte mit den Augenlidern. Tat sie nett oder fand sie es spannend?

Wilhelm nickte. Nachdenklich verließ er den Vorraum der Flugplatzbaracke. Er verharrte einen Moment auf den Holzstufen, die in den sandigen Untergrund hinab führten. Einige hundert Meter vor der Stadtmauer erhob sich ein Staubwirbel aus der Steppe, als sei es ein düster drohender Sandgeist. Er lief den kurzen Weg zum nächsten Durchbruch und erreichte den Innenhof.

»Herr Anar, sind Sie hier irgendwo? Paul? Was staubt denn da hinten?«, rief er. Irritierte Perser hielten mit der Arbeit inne und sahen in an.

»Es sind Sandstürme angesagt, aber erst heute Nacht«, tönte es dumpf aus dem Armeezelt. Der Mechaniker erschien, konnte von dort nichts sehen und ging die paar Meter zu Wilhelm. Gemeinsam kletterten sie nach oben auf den Wall.

»Ach, das ist doch nicht der Sandsturm«, murmelte er. Nachdenklich musterten sie die Wolke, die langsam näherrückte.

»Da sind Leute«, flüsterte Wilhelm und zeigte auf eine Personengruppe, die sich näherte.

Paul legte die Hände um den Mund und rief.

»Fräulein, ist der Chef da?« Er wiederholte die Frage und Betty Huth trat aus dem Gebäude. Neugierig schaute sie herüber. »Bitten Sie ihn doch, nach vorne zu kommen. Und ...«, er machte eine Pause, um nochmal zu überprüfen, dass er richtig gesehen hatte. »Rufen Sie das

Kosakenkorps. Und besser auch gleich die Gesandtschaft. Ich glaube, da marschieren Leute auf den Flugplatz zu. Viele!«

»Um Gottes Willen«, stöhnte Betty und rief gleichzeitig nach Herrn Weil und eilte zum Telefonhörer.

Und zu Wilhelm ergänzte er: »Sieht so aus, als wenn Ihr Projekt für Ärger sorgt.«

»Mein Projekt?«, gab der sich ahnungslos. Paul sah ihn mitleidig an. Natürlich: Er musste sie auf dem Flug mit Hans Schulz belauscht haben und den Rest reimte er sich zusammen. Er war ja nicht blöde.

»Kasem! *Kaseeem*. ... Ah, hier steckst du.« Graf Schulenburg fand den persischen Botschaftsdiener im Großen Salon der ersten Etage, wo er die Glückwunschtelegramme und Karten sortierte, die zum heutigen Verfassungstag am 11. August eingegangen waren. »Du wolltest ja an unserem Feiertag unbedingt arbeiten ... lass alles liegen, was du gerade tust. Wir brauchen dich am Flugplatz. Da braut sich etwas zusammen. Staudacher soll fahren. Wenn ich nur wüsste, wo der steckt.«

»*Braut sich zusammen?*«, rätselte der Diener.

»Ja doch. Ach ja, eine Redensart. Leute demonstrieren, wie mir scheint. Gerade bekam ich einen Anruf. Die Kosakengarde ist auch unterwegs.«

»Aber was kann ich tun?«, fragte Kasem und riss seine großen braunen Augen auf.

Unsanft schubste der Gesandte den Diener zur Tür. »Hinsehen, hinhören. Du bist meine Augen und Ohren. Los. Schnell. Und nichts sagen. Ich will wissen, worum es geht.«

Kasem lief vor ihm her auf das Treppenhaus zu. »Staudacher«, rief der Graf, dessen sanfte Stimme sich sonst nur selten erhob. »Aufsitzen. Sofort.«

Schnelle Schritte ertönten auf dem Parkett im Erdgeschoss. War er etwa wieder hinter Gholin Chanom hergestiegen? Zwei Einsame ...

Am Fuß der Haupttreppe trafen sie sich.

»Warum der Alarm?«, fragte Staudacher überrascht.

»Wegen des Alarms. Den haben Sie aber nicht mitbekommen. Etwas geht am Flugplatz vor sich. Die Kosaken sind auf dem Weg. Kasem soll dem Volk aufs Maul schauen. Und Sie halten der Junkerstruppe die Stellung.«

Der Sekretär knallte nach alter Gewohnheit die Hacken zusammen und eilte mit Kasem im Schlepptau raus auf den Hof der Gesandtschaft.

»Ich bin Ihnen zu großem Dank verpflichtet, Monsieur Safaeghian. Gleich morgen, wenn das Telegrafenamt wieder geöffnet hat, werde ich nach New York drahten, dass man uns auch ältere Chaplin-Filme schickt.« Elena tat einen Knicks.

Der Kinobesitzer erhob sich aus dem bequemen Sessel im Foyer. Er verbeugte sich und küsste ihre Hand, die unter einem leichten Spitzenhandschuh verborgen war. »Das wäre ein Vergnügen. Die Menschen lieben diesen witzigen kleinen Mann. Sie möchten etwas zum Lachen sehen und sich nicht ängstigen. Gleich morgen, wenn wir wieder geöffnet haben, kann ich neue Filme ankündigen lassen.«

»Dann sollen sie natürlich mehr davon bekommen«, sie hob den quadratischen Holzkoffer hoch, als wolle sie ihn präsentieren.

Das Gesicht ihres Gegenübers verwandelte sich und spiegelte urplötzliches Entsetzen. Erschrocken drehte sie sich um. Instinktiv duckte sie sich, als ihr Splitter entgegenflogen. Ein Schemel von einem der geschlossenen Händlerstände auf der Straße war durch die Scheibe geworfen worden.

Eine Horde wütender Menschen stürmte herein und begann, Plakate und Fotos der Filme von den Wänden abzureißen.

»Was …«, sie ging in die Knie und wurde angerempelt. Rufe und Brüllerei überall um sie herum. Sie spürte, wie Hände an ihrem Holzkoffer rüttelten. Sie hielt ihn noch fest, als Monsieur Safaeghian längst in wilder Flucht in den rückwärtigen Teil des Kinos stürmte, wo er bestimmt einen Hinterausgang kannte.

»Verschwindet, ihr … mein Koffer. Lasst mir den Film!«, schrie sie, als zwei Männer ihr den Behälter entrissen und auf die Straße rannten. Ohne nachzudenken jagte sie hinter ihnen her, die Umstehenden einfach zur Seite stoßend und schubsend, wobei sie aktiv die Ellebogen einsetzte.

Sie schaffte es nicht rechtzeitig und musste entsetzt mitansehen, wie das Holz zerschlagen und der Film herausgerissen wurde, die Zelluloidrolle zerpflückt. Binnen Sekunden rannten gleich mehrere Personen in unterschiedliche Richtungen und zerrten den Filmstreifen mit sich. Erst jetzt begann sie heiser zu rufen und zu schreien. Plötzlich realisierend, dass ihr Film nicht mehr zu retten wäre und sie sich allein in einer wogenden Menge wütender Männer befand, die sie ohrenbetäubend anschrieen, wovon sie nicht ein einziges Wort verstand.

»Schneller, schneller!«, schrie Dr. Staudacher den Eselskarren an, der vor ihm die Straße entlang zuckelte. »*Boro, Boro!*« Das Doschantape-Tor war in Sicht. Von rechts, aus der Richtung der königlichen Paläste, schrillten Trillerpfeifen. Die Kosaken waren im Anmarsch. Er wollte unbedingt vor ihnen den Flugplatz erreichen, sonst würde deren Trupp ebenfalls den Weg verstopfen. Kasem sprang aus dem Auto und lief zu dem Eselsführer. Der schien ebenso bockig wie sein Tier, also führte Kasem ihn einfach zur Seite und der Esel folgte mitsamt dem klobigen Karren und dessen himmelschreiend quietschenden Rädern. Er hatte Zwiebeln geladen, bergeweise Zwiebeln.

Kasem sprang auf das Trittbrett und hielt sich fest. Staudacher brauste vorüber. Die Torwächter ließen sie fahren. Neben dem Tor standen ein paar Männer. Darunter befand sich Mostafa-Kuli Mirza, der Bachtiarenprinz, mit dem sie sich des öfteren beschäftigen mussten, wenn Hofminister Timurtasch dem Gesandten wegen innenpolitischer Probleme sein Leid klagte. Das Auffälligste war der blonde Ausländer zwischen ihnen und dass sie in Richtung des Flugplatzes starrten. War das Ruby, den er damals mit Schulz vom Flugplatz hergebracht hatte? Er hatte ihn nicht genau beachtet. Von hier aus schien die aus ein paar Dutzend Personen bestehende Menge bedrohlich. Sie näherte sich dem Platz und skandierte lautstark.

Er hielt beim Vorbeifahren großen Abstand zu ihnen und steuerte alsbald den Hansa durch die Öffnung zwischen den aufgeschütteten Erdwällen, keine zwanzig Meter von der Meute entfernt.

»Kasem, halt die Ohren auf, was sie wollen. Aber misch dich nicht ein.«

Der Diener sprang ab und Staudacher öffnete die Autotür. Paul und Wilhelm standen vor dem Junkers-Büro.

»Paul, fragen Sie mal Fräulein Huth, wo die Kosaken bleiben. Wo ist Herr Weil?«, rief er dem Mechaniker zu.

Paul antwortete nicht, sondern verschwand im Inneren.

»Doktor Staudacher«, kam Bewegung in Wilhelm auf den Stufen. »Wissen Sie Näheres, was hier los ist? Der Engländer ist übrigens verschwunden! Er ist nicht mehr im Hotel aufzufinden.«

»Nein, keine Ahnung. Der Engländer?« Er stoppte und lief in Richtung des Erdwalles. »Der blonde Kerl? Boxernase? Den ich zusammen mit Schulz abgeholt habe? Lassen Sie sich von Fräulein Huth einen Feldstecher geben und werfen Sie mal einen Blick auf das Stadttor. Da stehen ein paar Kerle. Auf einen von ihnen könnte die Beschreibung passen.«

Darburg verschwand und erschien augenblicklich wieder mit einem Fernglas in der Hand. Er stapfte den Wall hoch zu Staudacher, der sich bereits auf den Kamm gelegt hatte.

»Und?«, fragte er, die Augen zusammenkneifend, aus dieser Entfernung war nichts weiter zu erkennen.

Darburg ließ das Glas sinken. »Verflucht, er ist es. Das ist Ruby. Er steht da mit diesem Prinzen.«

»Das habe ich mir fast gedacht«, murmelte Staudacher. Wenn der Engländer hinter dem Druck aus London auf Berlin und dem Aufmarsch hier steckte, dann braute sich mächtig was zusammen.

»Herr Doktor, Herr Doktor«, rief jemand von unten und Kasem kam an den Fuß des Walls gelaufen. »Die Leute sind wütend, weil die Deutschen Gott und dem Propheten lästern. Es heißt, sie führen in die Lüfte, sie bauten eine Leiter in den Himmel, eine Himmelsleiter. Das schreien die Menschen.«

Für einen Moment sahen sie ihn verständnislos an, dann fluchte Darburg.

»Der Turm. Um Gottes willen, sie meinen den Ankermast«

Kaum hatte er das gesagt, bemerkten sie, dass der Protestzug sich weiter in dessen Richtung in Bewegung gesetzt hatte.

»Die Kosaken kommen endlich«, meldete Staudacher. In schneller Fahrt näherten sich zwei große Ford-Mannschaftswagen mit aufgesessenen Sicherheitskräften. Sie rasten entlang der Erdwälle und brausten über die Landebahn an dem marschierenden Protestzug vorbei, um im Abstand von etwa 200 Metern vom Turmgerüst entfernt anzuhalten. Die Mannschaften sprangen ab und formten eine Kette.

Staudacher nickte beruhigt. »Das wäre erledigt. Hier passiert nichts mehr. Mit den Kosaken legen die Burschen sich nicht an. Die schreien nur, aber todesmutig sind sie nicht. Es ist eben *Jomeh*, der Feiertag, da sind alle nach dem Freitagsgebet immer besonders leicht erregbar. Wir fahren in die Gesandtschaft und erstatten Bericht.«

Kasem und Wilhelm kletterten in den Wagen. Staudacher startete den Motor und verließ den Flugplatz, fuhr aber nicht direkt auf das Doschantape-Tor zu, sondern umfuhr die Stadt nordwärts, um das Schemran-Tor zu erreichen. Der Plan ging auf. Der Norden war ruhig, die Proteste konzentrierten sich auf die Viertel, in denen die europäische Präsenz stark war.

Mit röhrender Hupe vertrieb er in eiliger Fahrt Passanten und herumlaufende Tiere und fuhr nicht lange danach zurück auf den Hof der Gesandtschaft. Sie bemerkten, dass statt einem nun vier Wachleute vor dem Tor postiert waren. Die musste die Gendarmerie geschickt haben, also hatte man wirklich Sorge vor einer Ausweitung der Unruhen.

Ruhig wie ein Fels, und doch in seinen Gesichtszügen sichtlich bewegt, stand der Gesandte in Begleitung von Richard und September, den beiden persischen Windhunden, vor der Treppe in das Gebäude. Kaum hatte Staudacher angehalten, stieg er aus und lief zu ihm. Dann erstattete er einen knappen Bericht. Der Graf nickte.

»Lassen Sie uns hinauf in den kleinen Salon gehen.«

Oben angekommen, erläuterte Kasem kurz, was er aus den zornigen Mündern der verärgerten Menschen gehört hatte. Der Graf bedankte sich und gab ihm für den Rest seines Feiertages frei. Der Diener trat weg, die Tür hinter sich schließend.

Dann sah Schulenburg beide direkt an. »Ich habe telefoniert. Der Hofminister verriet mir, dass dieser Bachtiarenprinz seine Agitation gegen den Schah verstärkt, seit sein Stamm eine Niederlage gegen die Fliegertruppe bei Sefid Dasht erlitten hat. Gerüchteweise werden Waffen für einen Umsturz in die Stadt geschmuggelt, aber noch wurde nichts gefunden und ohne Beweis wagt es der Hofminister nicht, den Prinzen festzusetzen. Es heißt jedoch, dass er in englischen Diensten steht. Und anscheinend ist seinen Spitzeln nun auch der Name Ruby begegnet, der irgendetwas mit dem Prinzen zu tun hat. Noch wissen wir aber nicht genau was.« Eine Pause trat ein, in der der Graf seine Gedanken sammelte. Staudacher und Wilhelm warteten gebannt. Dann fuhr er fort.

»Ich habe mit meinem Amtskollegen Clive gesprochen. Die Briten haben ebenfalls gute Augen und Ohren hier im Land und es ist ja ein offenes Geheimnis, dass sie hinter sehr vielen Aufständen stecken, um die persische Regierung nicht zur Ruhe kommen zu lassen. Clive hat mir gesagt, dass sie selbst nichts mit Maßnahmen zu tun haben, die sich gegen Junkers richten.« Er schaute sie intensiv an. »Und ich glaube ihm.«

»Ist das die ganze Wahrheit? Der Ankermast gehört sowieso nicht zu Junkers«, hauchte Darburg heiser.

Staudacher bestätigte: »Nein, tut er nicht. Aber das weiß ja niemand. War Ihre Fabula nicht, dass es sich um einen Funkturm für den Flugplatz und die Gesandtschaft handelt?«

Darburg nickte.

»Dann mag das vielleicht erst einmal für Ruhe sorgen und niemand denkt, dass er mit einem Luftschiff zu tun hat.«

Der Graf dachte weiter nach. »Irgendwas muss ja dazu geführt haben, dass London in Berlin vorstellig wurde. Einerlei. Wenn es einer weiß, könnten es auch viele wissen. Wir müssen Timurtaschs Lage bedenken. Finanzminister Firuz Mirza sitzt noch immer im Gefängnis. Jetzt spricht man von angeblichen Umsturzplänen und das belastet auch den Hofminister. Die Stadtbewohner sind verweichlicht und haben der Härte der Bergbewohner und Stammesfürsten nichts entgegenzusetzen. Gehör finden sie bei den Geistlichen. Die unterstützen wie sie das alte Kadjarensystem und lehnen die Reformen des Schahs ab. Bislang waren sie aber ausgesprochen aufgeschlossen uns Deutschen gegenüber.«

»Und doch sind es deutsche Piloten, die für den Schah fliegen und die Stämme mit Bomben bewerfen ... aber gehörten Geistliche nicht auch zu den ersten überhaupt, die flogen?«, fragte Staudacher.

Der Graf drehte seinen Schnurrbart zwischen den Fingern. »Oh ja, allerdings. Der Schah protegierte die Fliegerei und zwang seine Generäle und Offiziere, sich das anzusehen. Sie kniffen alle. Persische Frauen waren die ersten, die unbedingt einen Rundflug machen wollten. Von ihnen fühlten sich wahrscheinlich die Geistlichen herausgefordert. Zwei Mullahs mit wunderschönen weißen Turbanen und herrlich rotgefärbten Bärten waren die ersten Männer. Dann erst war der Bann gebrochen. 1924 war das. Übrigens: Ich konnte über einen kleinen Umweg einen weiteren Termin beim Hofminister für Sie vereinbaren. So bleibe ich meiner Verpflichtung treu, mich rauszuhalten. Daher müssen Sie alleine gehen. Schaffen Sie das, Herr Darburg?«

Wilhelm nickte und hob zaghaft seine Hand. »Wir haben den Engländer, Mason Ruby, zusammen mit dem Bachtiarenprinzen gesehen. Wie wollen wir das bewerten?«

Alle sahen sich gegenseitig an.

»Ich erzählte Robert Henry Clive, dass aufgrund eines Diebstahls an einem deutschen Ingenieur möglicherweise falsche Pläne und Informationen im Umlauf sind und ihn gefragt, ob er Ruby kennt. Er bejahte das, aber meint, Ruby sei nicht von der britischen Botschaft gedeckt. Er handele nicht im Auftrag und sei nach seiner Ansicht auch kein Mann von Ehre. Was soviel bedeutet wie: Vorsicht! Das bedeutet nicht, dass die Briten von Ihren Plänen nichts wissen, Herr Darburg. Es ist vielmehr mit allem zu rechnen.«

Wilhelm schien erleichtert. Wenn der sich nur nicht täuschte, dachte der Graf. Darburg selbst handelte ja auch nicht im konsularischen Auftrag, und doch saß er hier mit dem deutschen Gesandten und war sogar als Diätar vereidigt. Ruby konnte daher genauso gut fast jede beliebige Rolle spielen. Was immer der britische Botschafter auch vorgab.

Staudacher meldete sich zu Wort.

»Wir sollten die Lage auf den Straßen im Auge behalten. Meistens beruhigt sich alles bis zum Abend. Ich hörte, dass für heute Nacht Stürme angekündigt sind. Vielleicht ist morgen schon alles vergessen. Aber falls nicht ... vielleicht stimmt das mit dem geplanten Umsturz und vielleicht war das der Auftakt? Wenn der Schah das auch so empfindet, wird es Blutvergießen geben. Der wird nicht lange zögern, jeden Widerstand niederzuschlagen. Jeder Ausländer sollte wachsam sein.«

Wilhelm sagte zu, sich im Hotel umzuhören und die Deutschen, die er kannte, zu ermutigen, sich mit der Gesandtschaft in Verbindung zu setzen. Staudacher fuhr ihn bereitwillig dorthin.

Er betrat das Hotel, warf einen Blick auf die Schlüsselwand hinter der Rezeption und sah an dem fehlenden Schlüssel, dass Maren oben sein musste. Eilig nahm Wilhelm mehrere Stufen auf einmal und stürmte ohne Klopfen in ihr Zimmer. Sie war alleine, saß auf ihrem Bett und las in einem Journal. Überrascht ließ sie es auf das Laken sinken und richtete sich auf.

»Wilhelm, was ... machen Sie hier?« Ihr Gesicht drückte eine Mischung aus Freude und Überraschung, Neugierde und Listigkeit aus. Dann entspannte es sich. »Ich wusste, dass du kommst. Wilhelm. Ich wusste es immer. Wir kennen uns bereits. Wir haben uns getroffen. Wieder und wieder. Geliebt.«

»Es ...«, stammelte er verschüchtert. »Nein, es tut mir leid, wir haben uns ...«, sagte er. Doch so unwirklich es war. Wenn er auch sicher wusste, dass er sie vor Teheran niemals gesehen hatte, empfand er ähnlich.

»Du weißt es ebenfalls, oder?«, flüsterte sie.

Er schluckte und spürte den Drang zu husten. »Es hat Unruhen gegeben. Ich komme gerade von Doktor Staudacher. Sie ...«

Maren stand auf und kam auf ihn zu. Irritierend nah blieb sie vor ihm stehen und legte ihre Hände auf seine Schultern. Noch immer lag der Schleier von Melancholie auf ihr, aber etwas war anders.

Wilhelms Atem ging schneller. »Bitte Maren, Sie ... du musst hier weg. Es wird gefährlich und ...«

Ihr Kuss überraschte ihn. Schmale Lippen pressten sich auf seine, einen Moment nur, die Grenzen des Anstands bloß geringfügig überschreitend. Dann lösten sie sich. Sie blieb, ihre Augen fordernd, das Gesicht traurig schön. Der Kuss, ihre Wärme, alles kam ihm vertraut vor. Ausgerechnet jetzt dachte er wieder an Bärrlein, den Studenten. Somnambules Bewusstsein!?

»Am Flugplatz liegt mein Flugschein. Er ist undatiert. Sie ... du kannst jederzeit fliegen. Nimm morgen das Flugzeug nach Bagdad, wenigstens für ein paar Tage.«

»Du weißt es, habe ich Recht?«

Er schüttelte den Kopf, als wolle er nasse Haare aus seinem Gesicht vertreiben. »Maren, bitte hör zu. Alle haben davon gehört, was mit Elena passiert ist. Ihr Film – zerstört.«

»Ich scheine dir vielleicht jung. Aber ich fühle, dass wir uns lange kennen.«

Sie war so energisch in ihrer Meinung. Er hatte keine Kraft, ihr zu widersprechen, denn sie berührte etwas in ihm, seit dem allerersten Moment war es da. Schon als sie sich bei Kurt Weil getroffen hatten.

»Du bist nicht zu jung. Aber ich, ich habe in Berlin jemanden, meine Herzensdame. Es kann nicht sein. Und jetzt ist nicht die Gelegenheit, das zu besprechen. Du musst morgen fliegen. Morgen früh. Halte dich bereit. Der Flugschein ist dort und kann übertragen werden.«

Mit diesen Worten eilte er aus ihrem Zimmer, die Treppe runter und raus auf die Straße. Verwirrt, verstört, aufgewühlt. Er hatte sie küssen wollen, greifen, niederwerfen. Ihre Trauer auflösen, in der persischen Sonne verdörren lassen. Ein Funken restlichen Verstandes warnte, beschwor ihn, das nicht einmal zu erwägen, sondern beharrlich an Gertrude zu denken. Maren regte ihn in jeder Hinsicht an. Der Verlust des Vaters – war er es, den sie bei Wilhelm suchte und zu finden glaubte? Bei ihm, dem älteren Mann? Gertrude war ebenfalls fünfzehn Jahre jünger als er. Wenn er mit ihr zusammen war, dann fühlte er sich nicht zerrissen zwischen Erregung und Verunsicherung wie bei Maren. Dieses Gefühl hatte er zuvor nie kennengelernt und es reizte ihn. Maren interessierte ihn. Aber jetzt war nicht der Moment. Und Teheran nicht der Ort, sich derlei Versuchungen hinzugeben.

Blick aus LZ 127 auf schweres Wetter (Quelle: Eckener 1928)

LZ 127 Graf Zeppelin über Staubsturm (Montage)

Sturm über Teheran

Die Demonstration zur Mittagszeit war schnell auseinandergetrieben worden. Die Kosaken der Garnison gaben sich da nicht zimperlich.

Flugmannschaften standen herum und fachsimpelten. Der eine oder andere Blick ging immer wieder nach Süden, von wo man heftige Staubstürme befürchtete. Das war den Besatzungen des Junkers-Flugdienstes heute früh in Bagdad mitgeteilt worden. Die britischen Behörden hatten eine Wetterwarnung für den Golf herausgegeben. Zwei schwere Stürme würden sich von See und aus der arabischen Wüste kommend über Buschehr treffen und bis Yazd und Isfahan ziehen, vielleicht noch weiter nördlich. Der Flieger von Bagdad nach Isfahan war mit einer Sondergenehmigung für den Feiertag als letzter rausgegangen und in Teheran eingetroffen. Der aus Isfahan ebenfalls unversehrt angekommen, wusste aber von einer gigantischen Staubwand südwestlich der mittelpersischen Stadt zu berichten, die schnell nordwärts trieb. Diese würde Starts und Landungen für eine ungewisse Zeit verhindern. Niemand konnte sagen, bis wohin sie zöge. Liefe sie westlich Kashan bis in Richtung Ghom und weiter gen Teheran, würde der Sturm den giftigen Staub der Salzwüste aufwirbeln und auf dem Weg alle Felder für die kommenden Jahre unfruchtbar machen.

»Ich glaube, es ... verdaaammt!«, ein Freudenschrei, der binnen Sekundenbruchteilen umschlug in wildes Fluchen. Pauls Stimme ließ fast den Eingang zu seinem Zelt flattern, gefolgt von einem blechernen Krächzen wie aus dem Nichts, dann Rauschen und Knistern. Es war überlaut. Die Männer sahen sich an, ihre Gespräche verstummten. Schrilles Pfeifen drang aus dem Inneren, gemächlich liefen die Herumstehenden vor dem Zelt zusammen.

»Da!«, rief Raimund Haas, einer der älteren Piloten. »Das ist doch wirklich eine Stimme.«

Tatsächlich. Kaum identifizierbar hörten sie inmitten der atmosphärischen Störungen eindeutig Zahlenfolgen. Paul wusste genau, was das sein musste.

»Das ...!«, ›sind Positionsangaben‹, wollte er sagen, als mit einem lauten Sirren jede Verbindung abbrach. »... ist eine gottverdammte Scheiße!«, schimpfte er stattdessen.

»Die Röhre hat's hinter sich«, fachsimpelte einer der Piloten lakonisch, die sich im Eingang drängelten und hinein starrten, was Paul da mit seiner Funkpritsche trieb. »Hast du noch eine?«

»Ja klar,«, schrie Paul in einem seltenen Anfall von Zorn. »Die hole ich doch einfach bei Tante Emma an der nächsten Ecke.« Er schüttelte den Kopf. »Menschenskinder.« Die Arbeit seiner Freizeit der letzten Wochen war dahin.

»Mädels, der Himmel im Süden sieht nicht so gut aus«, zweifelte Pilot Petermann laut. »Wir kommen jedenfalls heute noch raus«, triumphierte Haas. »Wie steht's denn, Paul?«

Der schaltete die Funkanlage aus. »Der *Specht* ist fertig. Ich glaube, deine Passagiere sind auch schon da. Mit *Bolbol* kommt ihr noch raus, die hat den starken Motor.« Er hob das Kinn in Richtung einer Gruppe von sechs wartenden Fluggästen.

Haas winkte seinem Kopiloten Schmidt zu, der soeben aus der Baracke trat. »Komm, Bursche. Lass uns abhauen, bevor es ungemütlich wird.« Sie gingen auf die W 33 zu, die auf dem Rollfeld stand.

»Was für eine Größe brauchst du denn?«, fragte Petermann. »Die Röhre, meine ich.«

Paul schüttelte den Kopf. »Nur eine RS1, mehr nicht. 3 Watt, 440 Volt Anodenspannung. Ist ja eigentlich nur eine umgebaute Schützengrabenstation mit handgetriebenem Dynamo. Nur – woher nehmen und nicht stehlen.«

»Tja«, murmelte Petermann. »*Die Briten beklauen*«, flüsterte er und verkniff sich weitere blöde Sprüche. »Du wirst hier unten eher die RS5 bekommen als die alten RS1.«

»Richtig, und weil die Dinger 600-800 Volt Spannung und 10-20 Watt Leistung brauchen, bin ich dann so schlau wie vorher. Danke für den tollen Hinweis.« Dann sah er jemanden, die er erwartete.

»Fräulein Huth«, rief Paul und ließ Petermann stehen, den er ohnehin für einen Wichtigtuer hielt.

Sie winkte ab. Die Passagierliste war bereit. »Habe ich schon gemacht, die Gesandtschaft weiß Bescheid«, rief sie zurück und trat mit einem Klemmbrett an die wartenden Passagiere heran:

»Palmer-Smith, Reason, Klingler, Bushnell, Larson, Kollorz«, sie nickte. Alle vollzählig.

Die Straßenproteste hatten unter den Ausländern für Unruhe gesorgt, die Aussicht auf den bevorstehenden Sturm ließ manche daher erst recht ihre Abreisepläne vorziehen. Viele kannten Miss Reason. Jeder hatte davon gehört, dass man die Amerikanerin von Paramount Pictures angegriffen hatte und es war allzu verständlich, dass sie wegwollte, wenigstens für einige Zeit. Entsprechend war ihr die Anspannung anzusehen. Auch Betty Huth liebte das Kino. Selbstverständlich wusste sie, wer für ihre vielen vergnügten Stunden dort verantwortlich war.

Der Flugplatz und dessen Personal wurde durch die Kosakenbrigade des Schahs gesichert. Als Einzelperson war man hingegen mehr oder weniger schutzlos. Fräulein Huth musste immer gut Acht geben, wenn sie nach dem Dienst in ihre Pension zurückging. Doch gemessen an E-lena Reason oder Maren Grande war sie unsichtbar und unbedeutend. Und sie trug den Tschador und fand ihn nicht mal unpraktisch. Er schützte vor Blicken und hielt die Kleidung sauber.

»Bitte«, wies sie den Fluggästen den Weg.

Die Wolken am Horizont türmten sich immer drängender auf.

Vom Doschantape-Tor her kam ein Auto heran. Durch dessen staubige Windschutzscheibe wirkte der silberne Vogel mit der schwarz lackierten Schnauze wie ein lauerndes Ungeheuer, auf das eine kleine Gruppe von Personen zuging.

Abseits stand die ältere W 33, erst mittags aus Isfahan gekommen.

Dr. Staudacher drehte sich zu Maren um. »Glauben Sie mir, es ist besser, wenn Sie die Stadt verlassen«, beruhigte er. »Warten Sie in Bagdad etwas ab und kommen Sie dann zurück. Der Übergriff auf Miss Reason hätte auch Ihnen gelten können.«

Fräulein Huth hatte der Gesandtschaft frühzeitig Bescheid gesagt, dass eine zusätzliche Maschine heute Teheran verließe. Niemand wollte riskieren, dass der Staub die Motoren beschädigte. Dann besser die Flieger mitsamt zahlenden Passagieren in Sicherheit bringen. Einige Personen konnten durch Boten verständigt werden. Sie bildeten eine zweite Gruppe von Reisenden, die ausgeflogen werden sollten.

Maren nickte. Wilhelm hatte ebenfalls mit Engelszungen auf sie eingeredet. Das *Cinema Mayak* war verwüstet, die anderen Kinos hatten vorerst den Betrieb eingestellt. Mancher verglich die Lage mit den Unruhen von 1834 nach dem Tod des Fatih Ali Schah, als sich das ganze Land beinahe in Anarchie aufgelöst hatte. Sicher war das eine der üblichen persischen Übertreibungen, aber trotzdem ...

Im Hotel war Sorge zu spüren gewesen, nicht wenige reisten deshalb ab. Hinzu kam der drohende Sturm. Wenn der erst einträfe, käme man vielleicht für längere Zeit gar nicht mehr aus der Stadt und die öffentliche Ordnung bräche zusammen.

Der Hansa hielt und vom Flugfeld kam Fräulein Huth gelaufen.

Maren fasste sich ein Herz. »Doktor Staudacher«, hin und her hatte sie überlegt, dann gab sie sich einen Ruck und zog umständlich einen kleinen Umschlag aus der Tasche. »Bitte geben Sie das Herrn Darburg. Es ist wichtig.«

Sein Blick war prüfend und ernst, dann nahm er das Papier und steckte es in die Innentasche seines Jackets. Er nickte. Maren wurde von Betty in Empfang genommen.

»Da haben Sie Glück«, sagte die zu der UFA-Vertreterin, als sie zu der Baracke gingen. »Der Flugschein von Herrn Darburg ist nicht auf ein bestimmtes Datum ausgestellt. Es ist sehr großzügig von ihm, dass er ihn Ihnen überlässt.«

Mit anfänglichem Blubbern und dann lautem Dröhnen sprang der Motor der W 33 an und wirbelte Unmengen an Staub auf, die zunächst in den Sandwällen hängen blieben, sich bald auch schwerfällig darüber wälzten.

»Er bekommt ihn ja zurück«, murmelte Maren. Sie mochte nicht gehen, aber wenn es wirklich so gefährlich würde ...

Sie wollte in Bagdad bleiben und von dort aus die UFA-Vertriebslisten neu bestimmen lassen. In einer engen Brusttasche spürte sie den Sternrubin. Berlin dürfte ihr nicht länger vorschreiben, was die Perser zu sehen bekommen sollten. Sie musste die UFA dazu bringen, das zu liefern, was man hier brauchte. So hatte das zukünftig zu laufen. Alles andere wäre Zeitverschwendung und sie könnte ebenso gut heim nach Deutschland fahren. Überhaupt wuchs in ihr das Gefühl, zuhause sein zu sollen, nicht weiter die Ferne suchen zu müssen. Durfte das ein Ergebnis der Séancen sein? Gleich unter dem Stein ruhte der Brief von Mahpareh an ihrer Brust. Hatte das Medium Recht? War ihr Vater nun im Frieden?

»Ich möchte nicht fort. Ist es denn wirklich so schlimm?«, sagte sie trotz allem. Sie würde Teheran vermissen und irgendetwas vermittelte ihr, dass dies ihre letzten Momente in Persien sein und sie nicht mehr wiederkehren würde.

Betty verharrte auf der obersten Stufe der Treppe in die Baracke, drehte sich um und wies zum Horizont. Die Wolken waren noch größer geworden, nicht dramatisch, aber eindeutig. Sie rückten näher.

»Sagen wir mal so. Hätte *ich* die Gelegenheit Teheran zu verlassen, würde ich es tun. Staubstürme können mehr als 120 Kilometer in der Stunde schnell werden. Auf einen Kubikmeter Luft kommt leicht ein Kilo Staub. Draußen kann man nicht mehr atmen, im Inneren auch nicht, wenn nicht alle Löcher hermetisch abgedichtet sind. Und nicht einmal im Flugzeug, wenn der Sturm schneller ist als die Maschine ...«

Sie verstand. Aus dem Gebäude drängten Leute, von denen sie einige kannte. Man grüßte sich. Maren seufzte und ergab sich in ihr Schicksal. So wäre der Flug wenigstens nicht langweilig.

Es war Wilhelm zunächst ungewöhnlich vorgekommen, alleine zur Residenz des Hofministers zu fahren und dort vorzusprechen. Letztlich war es einfach gewesen. Man hatte ihn höflich aufgenommen und sogleich zu Timurtasch gebracht. Langsam drehte er das heiße Glas Tee in der Hand. Er konzentrierte sich auf das Gespräch und musterte sein Gegenüber, während der Dolmetscher seines Amtes waltete und die Botschaft aufnahm.

»Die Offensive gegen den aufrührerischen Stamm der Bachtiaren ist endgültig beendet, ihr Stammsitz bei Sefid Dasht wurde eingenommen. Der Scheich hat sich unterworfen.« Genüsslich nickend wartete Hofminister Timurtasch, bis sein Übersetzer dem Deutschen die guten Neuigkeiten unterbreitet hatte. Zwar durfte ihn niemand seitens der Gesandtschaft unterstützen, doch der Graf hatte das Treffen vermittelt.

»Wir haben jedoch nun mit Vorwürfen der Korruption zu kämpfen, die Mostafa-Kuli Mirza verbreitet. Er ist noch hier und leider findet er offene Ohren bei vielen. Selbst im Madjlis, dem Parlament.«

»Exzellenz, ich möchte mich noch einmal dafür bedanken, dass ich Euch die Einrichtung einer Luftschifflinie zwischen unseren großen Nationen unterbreiten darf«, begann Wilhelm förmlich. Er sah, dass der Farbdruck des LZ 128 *Schahnameh* auf einem der Tische in dem riesigen Amtszimmer des Ministers lag. Das Bild, wie auch der bedeutungsvolle Name des geplanten Luftschiffes, hatten ihre Wirkung nicht verfehlt. Die Pläne hatte er ebenfalls bereit liegen und er wollte zum eigentlichen Grund seines Besuches vordringen. »Der Zeppelin wird bald eintreffen und wenn seine Majestät vielleicht schon vorher verkünden könnte, dass ...«

Der Hofminister sagte etwas und Wilhelm wartete, bis der Dolmetscher übernahm.

»Der Schah wird die Landung abwarten und das Luftschiff förmlich begrüßen. Erst dann wird er erklären, wie großartig es für Persien ist, in die weltweiten Luftfahrtverbindungen einbezogen zu werden.«

Wilhelm dämpfte seine Euphorie und dachte hastig nach. Seine große Furcht war es gewesen, dass der Schah einen Rückzieher machen könnte. Dazu war es nicht gekommen, aber man taktierte offensichtlich. Überall auf dem Globus kam es zu Jubelstürmen, sobald einer der Luftriesen am Himmel auftauchte. Warum sollte es hier anders sein? Es dürfte innenpolitische Gründe geben, nicht auf diesen Effekt zu bauen und sich im Vorfeld aktiv an die Spitze der Entwicklung zu setzen.

»Ist es so, dass die Bevölkerung verunsichert ist?«

Erneut war auf den Dolmetscher zu warten. Der Tee, den man ihm kredenzt hatte, wurde kalt. Danach sprach der Minister.

»Das Volk wird aufgehetzt. Uns sind Informationen über einen Engländer zugetragen worden. Ein Mann namens Ruby. Dieser hat es mit falschen Informationen Mostafa-Kuli Mirza möglich gemacht, aus einer Position der Schwäche heraus durch die Aufwiegelung der Geistlichkeit ein Klima der Untreue zu verstärken. Die Olama hatten schon lange etwas vor, jetzt reichten ihnen weniger als 48 Stunden, um sich zu formieren. Wir wissen von den Umtrieben britischer Agenten dort im Süden, in Belutschistan und Luristan. Dass sie aber auch hier in Teheran aktiv sind, *offen aktiv*, ist neu.«

Er merkte, dass Wilhelm etwas sagen wollte und ließ ihn reden.

»Exzellenz. Eine Beschwerde beim britischen Gesandten könnte klären helfen, ob Mason Ruby im Auftrag arbeitet. Angeblich ist es nicht so. Ich kenne ihn sogar. Er kam mit Hans Schulz aus Berlin, der die Interessen von Zeppelin vertritt. Er war hinter ihm her, Schulz, und hat mit der persischen Innenpolitik wenig zu tun.« Wilhelm dachte an das, was der Graf über Berlin und London gesagt hatte. Irgendwie musste die Nachricht ja den Weg von Teheran über London und Berlin wieder zurückgefunden haben und bereitete ihm jetzt Probleme. Wieder dauerte es einen Moment, bis sein Gegenüber antworten konnte.

»In dieser Situation ist es wichtig, dass die Regierung des Schahs sich als durchsetzungsfähig zeigt«, ließ der Minister sagen. »Weder die Engländer, noch die Bachtiaren können diese Regierung stürzen. Das Volk wird zu dem halten, der die Macht hat, seine Zusagen auch zu halten. Wir müssen vorsichtig sein.«

Wilhelms Unsicherheit wuchs. Folgte letztlich doch die Absage?

»Wenn der Schah vorzeitig die Unterstützung Ihres Vorhabens verkündet, könnten die Proteste gegen den ausländischen Einfluss sich mit der Angst und Wut auf Gotteslästerung verbinden, da niemand weiß, wovon gesprochen wird.« Wieder machte der Hofminister eine Pause.

Für Wilhelm schien in diesem Moment das gesamte Gebilde seiner Träume einzustürzen. Das konnte doch nicht wahr sein. Der Schah durfte nicht bloß abwarten, er musste das Heft des Handelns in die Hand nehmen und seine volle Zustimmung zeigen, damit das Projekt auch international eine entsprechende Bedeutung erhielt.

»Lassen Sie *Graf Zeppelin* aber Teheran erreichen und landen, wird das Erstaunen so groß sein, dass alle Kritik vergessen ist.« Es platzte aus Wilhelm heraus. Er mochte nicht schweigen und missachtete das Protokoll. Zu seiner Überraschung übersetzte der Dolmetscher, als sei er tatsächlich an der Reihe gewesen.

Hofminister Timurtasch musterte seinen besorgten Blick. Er sprach leise und ließ seinen Diener ergänzen: »Und wieder werden wohl die Frauen und die Geistlichen die ersten sein, die das Luftschiff betreten wollen. Danach wird niemand mehr Angst haben. Oder das zugeben. Der Schah und ich sind zuversichtlich, dass der Besuch Ihres deutschen Luftschiffs in Teheran die Verbindung zwischen unseren beiden Völkern stärkt und vertieft.«

Mit diesen Worten erhob er sich und Wilhelm wusste, dass das Gespräch beendet war. Er hielt den Blick auf das furchtbar bunte Gemälde des Schahs gerichtet. Seine Gedanken trieben ihn weit von hier, zurück in das unsichere Leben als Hochschullehrer. Vielleicht sollte er nicht undankbar sein. Dann erst drang die eigentliche Bedeutung der letzten Worte des Ministers zu ihm vor. Da war sie doch! Die Zusage! LZ 127 würde landen dürfen.

Jetzt musste er sich zügeln, die Spannung fiel ab. Ihm war, als müsse er den Minister und alle Dolmetscher und Beamten umarmen. Er zwang sich zur Ruhe. Lächelnd nickte er. Letztendlich bekräftigte also die persische Regierung in einer sensiblen Lage ihre Verbundenheit und Unterstützung für deutsche wirtschaftliche und technologische Aktivitäten. Er war kein Diplomat. Vielleicht verstand er manches nicht und erkannte nicht die wahre Bedeutung dessen, was gesagt oder getan wurde. Aber er beschloss, zunächst einmal zufrieden zu sein.

Nach der abschließenden und ausdauernden gegenseitigen Versicherung vorzüglicher Hochachtung trat er durch das Tor auf den Tupchaneh hinaus. Der Himmel war gelb und düster, als sei Schnee aus Schwefel im Anmarsch. Der Platz war nahezu menschenleer. Alles bereitete sich auf den bald hereinbrechenden Staubsturm vor. Die Sorgen waren auf einen Schlag zurück.

Residenz des Hofministers Timurtasch heute (Privat)

Treppenhaus in der Residenz (Privat)

334

Ein Tsunami aus Staub und Salz

Vom Palast aus war er direkt zum Flugplatz geeilt.

»Darburg, hierher. Kommen Sie her!« Paul Anar winkte wie wild. Er stand vor seinem Zelt, als Wilhelm die Piste entlang in Richtung Osten eilte. Der reagierte und sah zu ihm, blieb aber stehen.

»Ich sehe mir den Turm an. Danach komme ich sofort«, rief er ihm zu.

»Lassen Sie den Blödsinn. Ich brauche Sie hier! Den Turm habe ich längst unter Last gesetzt. Der ist stabil. Und der läuft nicht weg.«

Wilhelm fiel in einen leichten Trab. Wind war aufgekommen, heißer Wind aus dem Süden.

»Wir müssen die Funkanlage in Gang bringen. Ihr *Projekt* ist im Anmarsch. Und wenn LZ 127 ankommt, müssen wir ihn erreichen können. Vielleicht brauchen die ein Peilsignal.«

Wilhelm nickte anerkennend, doch er verstand nicht und das sah man ihm an. Ohne ein weiteres Wort zeigte Paul hinter ihn. Jetzt sah Wilhelm es ebenfalls. In den letzten wenigen Minuten musste sich der Südwind erneut beschleunigt haben. Eine Wand raste über die Steppe auf die Stadt zu.

»Wenn *dieser* Staubsturm über uns hereinbricht, Darburg, dann Gnade uns Gott. Sowas haben Sie noch nicht erlebt. Dann rührt sich hier unten gar nichts mehr und für jeden über tausend Meter Flughöhe breitet sich einfach nur ein graugelber Nebel über dem Boden aus. Wie eine schöne Graupensuppe. Die Luftschiffer finden uns nicht oder sie fahren gleich in die nächsten Türme hinein. Oder die Minarette der Moschee in Tadjrisch«

Wilhelm bemerkte, dass die große Halle geschlossen und auch die Fensterläden und die Tür der Junkers-Baracke fest verrammelt waren. Nur Pauls Zelt stand noch offen.

»Und wie soll ich Ihnen helfen?«, fragte er skeptisch.

»Mir ist eine RS1-Röhre durchgegangen. Gerade als ich die ersten Signale empfangen habe, vielleicht sogar schon von LZ 127. Ein paar Positionsangaben. Koordinaten, kaum zu verstehen, aber sie kamen auf Deutsch rein. Ein Handelsschiff im Golf wird es nicht gewesen sein. Deutsche Schiffe im Kaspischen Meer gibt's nicht. Aber was soll es sonst sein? Der *Graf* kann ja eigentlich noch gar nicht über der Kaspi-See sein, aber sonst komme ich auf keine logische Begründung.«

»Durchgegangen?«, fragte Wilhelm. Wenn sie durchgebrannt war, brauchte man gar nicht mehr drüber reden. Dann musste man sie austauschen.

»Kommen Sie, kommen Sie.« Paul ging vor und schlüpfte durch die offene Zeltklappe. Dann nahm er die defekte Röhre, einen Glaskolben mit angeschweißter Metallhülse, und hielt sie in das Licht. »Die ist schon noch in Ordnung. Aber wohl undicht. Wir müssen mit einer kleinen Vakuumpumpe die Luft raussaugen und die Öffnung wieder verschweißen.«

Wilhelm sah sich um. Wenn sie in der Friedrichstraße wären, bei Telefunken ... aber hier? Die nötige Ausrüstung war doch gar nicht vorhanden. »Sind Sie da nicht etwas optimistisch?«, fragte er also.

Paul sah ihn traurig an.

Wilhelm grübelte. »Mit einer Vakuumpumpe kann man sicher arbeiten. Aber wie wollen Sie hier schweißen? Etwas so Kleines?« Er schüttelte den Kopf. »Nein, da schmilzt eher die ganze Pracht vollständig in sich zusammen.« Abermals sah er sich um. »Gibt es denn keinen Ersatz? Nichts, was Sie irgendwo ausbauen können?« Eine unsinnige Frage, das wusste er selber. Sonst hätte Paul das ja längst getan. Die nächsten Röhren dieser Art gäbe es ... in Bagdad? Kairo? Moskau? Nicht gerade nebenan.

Ein wildes Brausen jagte durch den offenen Zeltverschlag, herausfordernd griff schon der Wind von überall her das schwere Segeltuch.

»Ich muss alles verhängen und das Zelt verschließen.«

»Und dann bringen wir uns in der Stadt in Sicherheit«, murmelte Wilhelm, der bereits feine Staubschleier über den Platz zwischen den Erdwällen tanzen sah. Wild wie hüpfende Sufi-Derwische und geisterhafte Dschinns, die aus der Erde stiegen. Argwöhnisch lugte er nach draußen, durch die Öffnung der Wälle hindurch in die Ferne. Die Aufschüttungen wirkten als Windbrecher, aber dahinter, in der Weite ... Die sonst so ruhige Steppe brodelte und wie zum Greifen nah türmte sich eine Staubwolke auf, nicht mehr als zehn, höchstens zwanzig Kilometer entfernt. Wie eine Sturmflut, ein Tsunami der allerschlimmsten Sorte, aus Staub, Sand und Dreck. Als balle die Natur eine Faust, mit der sie den Menschen in seine Atome zerschlagen wollte.

»Ich gehe bestimmt nicht in die Stadt. Ich passe auf meine Anlage auf. In der Baracke bin ich gut aufgehoben.« Paul trat neben ihn und musterte die gewaltige Wand, die den Horizont verdeckte und unüberblickbar von Ost nach West reichte. Das höchste Minarett von Teheran schien nicht mehr als ein Streichholz dagegen. Das war nicht Pauls erster Staubsturm, aber bislang der heftigste. Die wogende und wallende

Steppe benahm sich wie ein aufgewühltes Meer oder ein windge-peitschtes Weizenfeld. Fast sah es aus, als atmete die Weite in sanften Bewegungen, die Liebkosung der gewaltigen Staubwand erwartend, das verschlingende Streicheln des übermächtigen Meisters bebend er-sehnend.

»Der Händler. Der jüdische Schmuckhändler«, schrie Wilhelm plötz-lich und griff Paul an beiden Schultern, als wollte er ihn umarmen. »Bei dem habe ich im Lager Telefunkenschachteln gesehen. Die Industrie-schachteln. Keine Glühbirnen oder technischen Spielkram. Irgendwas Ernsthaftes wie die Ersatzteile, mit denen wir in Palästina immer gear-beitet haben. So sahen die Schachteln aus. Im Bazar!«

Paul war nicht überzeugt. Ein solches Glück konnte man nicht einmal in Persien haben, Allahs eigenem Land. Andererseits – war der Bazar der einzige Ort, wo man manchmal doch die ausgefallensten Gegen-stände fand. Bevor er was sagen konnte, sprang Wilhelm aus dem Zelt.

»Ich gehe! Ich versuche es wenigstens.« Dann rannte er fort. Paul wünschte ihm in Gedanken viel Glück. Dann warf er eine große Wachs-plane über den Funkwagen und beschwerte sie mit Steinen, verschloss das Zelt hermetisch, schlüpfte in das Haus und verrammelte die Tür hinter sich. Jenseits der Trennwand zwischen Vorraum und Dienstbe-reich setzte er sich auf den Stuhl von Fräulein Huth. Er schloss die Au-gen. Der Wind raste nicht, wie er das aus dem deutschen Riesengebirge kannte. Er *hauchte* und damit deutete er nachdrücklicher auf den na-henden Sturm als jedes Barometer. Er kam persisch elegant und ebenso eindringlich und unnachgiebig des Weges und begann, das Haus zu schütteln. Gott sei Dank waren alle Flieger rechtzeitig rausgegangen und sollten schon fast in Bagdad in Sicherheit sein. Ächzende, stöh-nende Geräusche erfüllten die Luft. Gleich würde er sich im fahlen Licht einen Whisky holen.

Wilhelm eilte zunächst, dann rannte er sogar in Richtung des Stadt-tores. Die Staubwand kratzte längst am südlichen Rand Teherans. Meter um Meter würde sie unter sich begraben und er hatte keinerlei Vorstel-lung davon, wie es wäre, auf den Straßen unterwegs zu sein, wenn sie erst heran und über ihm war.

Die Wächter hatten sich verzogen und standen an den Seiten des Tores, das nurmehr einen Spalt offen war. Sobald sie es geschlossen hat-ten, würden sie in ihren kleinen Verschlag kriechen und ein paar Stoß-gebete gen Himmel senden. Wilhelm war hindurch. Die Straßen zeigten sich geleert, wenige Personen waren noch im Eiltempo unterwegs. Was beweglich schien, war festgezurrt oder in ein Haus gebracht worden.

Die Fenster verhangen mit schweren Teppichen, die dicht und flexibel den Staub zuverlässig abhalten konnten. Manche Gebäude waren mit Brettern abgedichtet, die man in Vorrichtungen schieben konnte.

Er rannte hinter dem Stadttor zunächst gen Westen, dann die Laleh-Zar entlang nach Süden. Beim Betreten des Tupchaneh erschrak er. Vor ihm gähnte dunkel der Schlund des Bazars – gleich dahinter und über ihm ragte die massige Staubwand auf, als ende dort die Welt. Die Sonne des Abends fiel von Westen auf die Erscheinung und verursachte mit ihrem Licht ein Naturschauspiel der besonderen Art. Lichtstrahlen mischten sich unter die vielen Salzkristalle, die der Wind aus den westlichen Ausläufern der Kewir-Wüste herbeigesogen hatte und ließ sie funkeln wie die aufgesprengte Schatzhöhle von Ali Baba. Alles glühte und glitzerte in einem unwirklichen, nahezu phosphoreszierenden Licht. Die im Westen niedergehende Sonne lieferte sich einen heftigen Kampf mit der Nacht aus dem Osten. Schattenhafte Arme und Wirbel wie hässliche Geschwüre entwuchsen der Wand, ragten vor, zerfielen wie listige Kundschafter, bevor erst dann das Hauptungetüm nachrückte.

Wilhelm schlüpfte in die übermauerten Tiefen des Bazars, keine Minute zu früh. Hinter ihm schloss man Tore und verhängte sie. Die Wächter blieben dort, vielleicht hatte man Angst vor Plünderungen. Oder wagte sich selber nicht mehr auf die Straße. Die Gänge waren fast leer, so dass er schnell vorankam und sich gut orientieren konnte.

Über ihm heulte und rollte es. Er musste gleich unterhalb des Sturms sein, geschützt durch einige Meter Stein und gestampfte Erde. In wildem Trab raste er durch die Gänge, das jüdische Viertel lag leer, die Läden verschlossen. Über den Gassen waren die schweren Tücher nutzlos geworden, die dem Staub und Dreck keinen Einhalt gebieten konnten. Durch jede Ritze fiel er, drang er, pulsierte er. Staub lag in der Luft und setzte sich, feinstem Pulverschnee gleich, in Verwehungen auf Gebäudeecken und Vorsprünge.

Wilhelm hielt sich sein Hemd vor den Mund, das er zu diesem Zweck aus der Hose gezogen hatte. Dann war der Laden erreicht und er hämmerte vor das mit einem großen Teppich verhängte Gitter. Nach dem zweiten Versuch hörte er eine Stimme von innen. Anscheinend wartete man dort das Ende des Sturmes ab.

»Öffnen Sie. Bitte. *Open, please*«, rief er und klopfte und rüttelte weiter. Er fühlte schon, wie der Staub sich auf ihn legte, auf seinen Schultern sammelte und in seinen Nacken rieselte. Wieder die Stimme von innen. Was sie sagte, verstand er nicht. Endlich zupfte jemand einen winzigen Winkel des Teppichs zur Seite und blickte hindurch.

Wilhelm zeigte auf sich selbst. »Bitte öffnen Sie. Ich habe bei Ihnen gekauft.« Er zeigte ein sanftes und freundliches Gesicht. Das wollte er wenigstens, denn langsam wurde es unangenehm hier draußen. Man hatte ein Einsehen und ließ ihn herein. Es war der Junge.

Er war so aufgeregt, dass er das wenige Persische vergessen hatte, das er konnte. Er zeigte auf die Telefunkenschachteln und machte einfach einen Schritt auf sie zu, griff sie aus dem Regal und öffnete sie. Spulen, Zubehör für kleine Generatoren und tatsächlich – zwei Senderöhren. Wer auch immer sie aus welchem Grund zunächst nach Persien verbracht und dann verkauft hatte – vielleicht ein Funkenthusiast. Oder es war Teil der Beute irgendeines Straßenräubers, der dann den ganzen Sack Diebesgut en gros auf dem Bazar verhökert hatte. Einerlei, das mochte sich nun als nützlich erweisen. Es war dunkel hier drin, nur eine Öllampe brannte. Die Röhren sahen ähnlich aus, und doch waren es unterschiedliche Typen, der Aufdruck der Schachtel war nicht identisch. Er griff die beiden Schachteln und zog Geld aus der Tasche. Der Junge sagte was. An seinem Blick war zu erkennen, dass er feilschte. Wilhelm drückte ihm die Scheine in die Hand und lupfte auch den Rest seines Geldes hervor. Es war nicht viel, er hatte ja nicht damit gerechnet, etwas kaufen zu müssen. Aber er drehte sich um und machte Anstalten zu gehen. Er hoffte inständig, dass man nicht wieder auf den grauen Stein zu sprechen käme. Die Kette. Und entgegen seiner Erwartung – ließ der Junge ihn. Vielleicht wussten sie selbst nicht, was die Röhren wert waren und saßen schon sehr lange auf diesem für sie toten Kapital.

Draußen umfing der Wind ihn stärker als vorher und er watete regelrecht durch den feinen glitzernden Staub. Den Rest des Weges durch die Tunnel rannte er, die Wächter am Tor sahen ihn von weitem nahen und öffneten rechtzeitig einen winzigen Spalt, um ihn entkommen zu lassen, ohne Fragen zu stellen.

Auf dem Tupchaneh angelangt stolperte er fast in ein Meer von Staub. Es war ein Fehler, dass er sich nicht wenigstens irgendwo einen Tschador gestohlen hatte. Er schloss die Augen, klammerte die Schachteln fest und wankte mehr vorwärts, als dass er lief. Das hochgezogene Hemd schützte die Atemwege nur wenig. Je dichter sie sich mit Staub zusetzten, desto schlechter bekam er Luft und dennoch kam von überall her immer mehr herangewirbelt. Er verwarf den Gedanken daran, im Hotel Schutz zu suchen. Stattdessen riss er von einem Pfahl die schwarze Fahne mit einem Koranvers herunter und hüllte sich in diesen.

Er lief nicht erst die Laleh-Zar hinauf. Er hielt sich rechts und eilte an den Palastgärten entlang wieder nach Nordosten.

Die Kraft des Sturms wurde Minute zu Minute intensiver. Scharf wie Messer kamen winzige Steinsplitter aus dem Nichts geflogen, der salzige Sand drang in Nasen und Ohren und schmerzte in den Augen. Er musste weiter, immer weiter. Wenn manchmal in feuchteren Gegenden der Regen wie ein Vorhang über die Landschaft fiel, so war der Staub hier wie ein Tuch, ein schwerer Teppich, der alles unter sich erstickte.

Mühsam erkämpfte er sich den Weg zum Tor. Von Zeit zu Zeit presste er sich gegen eine Wand oder einen Baum, um wenigstens für Sekunden die Illusion von Schutz genießen zu können. Nahezu blind. Dann ging es abermals vorwärts, stumpfsinnig, stupide, wie ein Kamel. Wieder ließen ihn die Torwächter durch, hinter ihm schlossen sie sofort alles zu. Niemand machte den Versuch, ihn zu stoppen. Ein verrückter Faranghi eben.

Als sich kratzend etwas an der Außenhaut des Armeezeltes zu schaffen machte, horchte Paul auf. Er tat einen großen Satz auf den Verschlag zu und zog ihn nur so weit auseinander, bis Wilhelm hindurchschlüpfte. Er war beinahe bis zur Unkenntlichkeit bedeckt mit einem glitzernden grau-beigen Staub, der von ihm herabrieselte, als sei er eine bröckelnde Sandburg. Um seinen Kopf hatte er eine schwarze Fahne geschwungen, die ihrerseits einen rieselnden Schwall freigab, als er sie von den Ohren rutschen ließ.

Durch die Staubkruste auf dem Gesicht hindurch strahlte ein schräges Grinsen, mit dem er zwei Schachteln unter seinem Jacket hervorkramte: Eine aus Pappdeckel, die andere aus Samt. Paul machte große Augen.

»Geben Sie mir die Pappschachtel.«

Wilhelm gab sie ihm. »Nicht die samtene?«

Paul schüttelte den Kopf. »Das sind die älteren. Als die Röhren noch so selten waren, kamen sie in Samt. Heute in Pappe. Also ...«. Er öffnete die Packung und prüfte die Typenkennung. Dann nahm er doch die erste. Und ließ die Schultern hängen. Enttäuscht. »Schön und gut, aber die helfen beide nicht. Die hier«, er zeigte auf die samtene, »hat 0,5 Kilowatt. Eine RS18 für bis zu einem Kilowatt Spannung. Die andere ist eine RS5 für 10-20 Watt. Die kleine fliegt uns um die Ohren, wenn wir den Generator nur schräg ansehen, die große ... tut ohne die richtige Spannung gar nichts ...«

»... und unser Maschinchen hier kann nur 3 Watt auf die Füße stellen«, vervollständigte Wilhelm den Satz. Er ließ die Hoffnungen sinken. Draußen tobte die Wut des Sturmes durch die Wildnis von Sand und

Steinen, untermischt mit dürren Gräsern, die da und dort in kümmerlichen Büschen im Grund der Steppe vegetierten.

»Wie sollen wir denn dann mit LZ 127 Verbindung aufnehmen oder eine Peilung ermöglichen?«, fragte er. Niemand sprach, beide waren ratlos.

»Flaggensignale.« Mehr sagte Paul nicht.

Wilhelm wusste natürlich, was er meinte. Im Weltkrieg waren Flieger und Luftschiffe erst nach und nach mit Funk ausgestattet worden und so hatte man sich wohl oder übel lange mit dem Geben von Signalen beholfen. Noch immer hatte jeder deutsche Flugplatz ein Flaggenbuch auf Lager. Es gab spezifische Zeichen für die Navigation von Luftschiffen. Es war kaum anzunehmen, dass ein solches Buch auf dem *Meydan-e Junkers* in Teheran aufzufinden wäre.

Mit einem Male fiel die Spannung von Paul ab und er legte die Samtschachtel zur Seite. Mit der Röhre aus der Pappkiste in der Hand zog er das Wachstuch von dem Funkerkarren. Er öffnete einen der Holzkästen und verglich die Sockel, dann spannte er die neue Röhre ein. Mit einem verwegenen Triumphieren im Gesicht umrundete er den Geräteaufbau und kurbelte den Generator an. Einige Lämpchen hinter den Spannungsanzeigen und Frequenzreglern glimmten schwach. Paul gab Wilhelm ein Zeichen, dass der sich die Ohrhörer aufsetzen solle. Das tat er, aber er hörte nichts. Wenn überhaupt, dann ein weit entferntes Rauschen, viel zu leise und undeutlich. Vielleicht war es sogar sein eigener Blutdruck. Er schüttelte den Kopf.

Paul stellte das Kurbeln ein. »Hoffnungslos. Das Ding bekommt keinen Saft. Hätten wir mehr Spannung, würde die Röhre senden und empfangen, aber dann brechen andere Bauteile vielleicht zusammen.« Er rieb sich über die Augen. »Die gesamte Anlage ist auf 3 Watt ausgerichtet. Wir können nichts mehr tun. Wir sollten schlafen. Im Teilelager gibt es Notbetten für die Piloten.«

Wilhelm war ebenfalls müde. Sich durch den Sturm zu kämpfen hatte ihn ermattet. Gerne wäre er im Hotel gewesen, um dort zu schlafen. Doch auch, wenn es längst nicht Mitternacht war, würde man ihn weder in die Stadt noch das Hotel einlassen. Bis zum Tor käme er erst gar nicht. Wind und Flugsand machten ihm vorher den Garaus. Mehrere heftige Windböen prallten kurz hintereinander gegen die Zeltplanen, so dass es laut knallte. Deutlich war das Rieseln des Staubes zu hören, der aus den Falten rutschte. Draußen dürfte es aussehen wie bei einem Blizzard aus Schnee und Eis. Daher fügte er sich. Eine Nacht auf Einladung des alten Professor Junkers ... sozusagen.

Menschenmassen auf den Straßen Teherans 1935 (Privat)

Hysterie und Teufelsfurcht

Eine schrille Stimme. Zerschnitt die Traumgespinste, ließ die Welt in die dämmernde Seele einbrechen. Schlagartig war Wilhelm wach. Der Lärm des Nachtwindes hatte ihn kaum zur Ruhe kommen lassen. War nur einen Moment Stille eingekehrt, hatte es sofort wieder zu pfeifen und zu blasen angefangen, als wollte die Natur ihren Schabernack mit den Menschen treiben. Entsprechend fühlte er sich. Zerrüttelt wie ein Wüstenbusch.

»Was ist denn hier los?«, rief Fräulein Huth überrascht, nachdem sie die Baracke aufgesperrt hatte und Licht durch den Raum schickte, als werfe sie Blitze.

Wilhelm sprang von der Pritsche und rüttelte an dem Mechaniker. »Paul, hoch mit Ihnen. Es ist längst Morgen. Wir müssen an dem Sender arbeiten.« Es war kurz vor sieben Uhr. Irgendwann heute würde LZ 127 eintreffen. Und bis dahin sollte die Funkapparatur stehen und die Bodenmannschaft musste zusammengetrommelt werden. Spätestens, wenn das Schiff da war.

Paul riss die Augen auf, blickte für einen Moment irritiert umher und setzte sich aufrecht. Die Räume waren noch dunkel. Die dicken Teppiche hinter den Fenstern und die geschlossenen Läden davor hatten nicht nur den Staub, sondern auch das Licht zuverlässig draußen gehalten. Trotzdem waberten unzählige Teilchen durch die Luft, als sei ein Sack Mehl zu Boden gefallen.

»Wir haben gearbeitet«, murmelte Paul entschuldigend zu Fräulein Huth, nach seiner Hose greifend, um die Beine zu bedecken. Gleich darauf stand er in der Mitte des Zimmers, sich durch die Haare fahrend, als suche er etwas.

»Wir sollten uns den Apparat noch einmal ansehen«, sagte Wilhelm, dessen Geist schon wach, aber dessen Glieder schlapp waren.

»Soll ich den Herren einen Kaffee bereiten? Wir haben noch etwas Pulverkaffee, den Herr Jaroljmek uns neulich mitbrachte.«

»Ich könnte Sie küssen, Fräulein Huth«, jubilierte Paul förmlich und atmete tief ein, verstohlen und halb abgewandt die Hose hochziehend. Längst war vergessen, dass er auf eine hoffentlich rothaarige Bille Grohmann gehofft hatte. Wilhelm schüttete sich abgestandenes Wasser aus einer der Gästekaraffen in ein benutztes Glas. »Bevor ich es vergesse. Ich brauche einen neuen Flugschein. Kümmern Sie sich darum, bitte?« Fräulein Huth nickte. »Berlin? Ersatz für den von Fräulein Grande? Soll ich Berlin um Bestätigung bitten? Abholen müssen Sie den aber in der Zentrale an der Laleh-Zar.«

»Ja, bitte. Richten Sie die Anfrage an das Konsortium, wie beim ersten Mal. Undatiert. Wie sieht's denn draußen aus?«

»Sehen Sie selbst nach!«, lachte sie. »Ist ja nicht unser erster Staubsturm.«

Wilhelm ging zur Haupttür und öffnete sie vorsichtig. Augenblicklich bildete sich ein zunächst dünner, dann dichter werdender Staubschleier auf dem Boden. Vor der Tür herrschte beinahe Windstille und dennoch genügte der leiseste Hauch, um den feinen Pulversand überall neu hin zu verwehen.

Paul folgte ihm nach draußen und entfernte die Holzläden von den Fenstern. Wilhelm half ihm. Dann sah er sich um. Die Luft war gefüllt von gelb-grauem Staub. Fast wie im Hochgebirge bei dichtem Nebel. Nur schmeckte man diesen hier auf der Zunge und ständig hatte man das Gefühl, blinzeln zu müssen. In allen Ecken und Winkeln hatten sich Verwehungen gebildet. Hier und da glitzerte es verwegen in dem fahlen Licht.

»Kommen Sie, wir sehen uns die Funkklitsche nochmal an.« Paul entfernte die Tücher und Teppiche und zog das Zelt auf. Dann entzündete er eine Öllampe im Inneren, um die Finsternis zu vertreiben. Auch hier hatte der Staub jede noch so kleine Spalte genutzt, um sich neues Territorium zu erobern. Wie eine aufgehauchte Schicht lag er auf dem Wachstuch, das sie über die Funkanlage gebreitet hatten. Diese selbst war indessen vollkommen sauber.

»Was haben wir zuletzt gemacht?«, fragte Wilhelm.

Paul musterte das Funkgerät, als halte er stumme Zwiesprache. »Die Röhren«, sagte er dann. »Die eine ist zu schwach, die andere zu stark. Die kleinere brennt durch in dem Moment, wo wir den Generator antreiben. Die andere braucht viel Spannung, die der Generator nicht liefern kann. Und wenn, würden andere Bestandteile den Geist aufgeben.«

»Also können wir nichts tun?«

Paul zuckte die Schultern. »Wenn wir den Generator etwas hochtouriger laufen lassen, könnten wir versuchen, auf Minimalspannung für die Röhre zu kommen. Mit etwas Glück überfordern wir die anderen Teile nicht. Ob das funktioniert ...«. Er dachte nach. »Vor dem Krieg hat die Deutsche Südseegesellschaft für drahtlose Telegraphie Signale der Großfunkstation Nauen empfangen können. Noch am Ende der Welt. Aber zum Senden war sie zu schwach. Ein Freund von mir hat sich immer Rat geholt wegen der Dieselgeneratoren. Deshalb weiß ich das.«

»Kann das nicht ausreichen? Wir müssen nicht Nauen erreichen. Sondern nur ein Luftschiff ganz in der Nähe.«

Paul nickte stumm. Er trat an den Werkzeugkasten. »Ich habe den ganzen Tag Zeit. Flugbetrieb findet ja heute nicht ...«, er verharrte regungslos vorgebeugt. Ruckartig hob sich sein Kopf. Er ging langsam, dann schneller zum Verschlag und zog die Plane zur Seite. Draußen hatte sich nichts verändert. Wieder stand er stocksteif, als nehme er Witterung. Graugelbes Halbdunkel. Binnen Sekunden füllte sich das Zelt mit Staub. Paul fluchte, trat heraus und ließ die Zeltplane hinter sich zufallen.

Wilhelm spielte einen Moment mit dem Gedanken, die Apparatur einzuschalten. Dann ließ er es doch bleiben. Er war auf Pauls Hilfe angewiesen und das war dessen Spielzeug, mit dem er sich die langen einsamen Nächte in der Steppe vertrieb. Er griff zu einem Tuch und presste es vor Mund und Nase. Von draußen hörte er ihn rufen.

»Fräulein Huth. Erwarten wir heute noch einen Flieger zurück?«

»Bist du zu Scherzen aufgelegt?«, kam es dumpf aus der Baracke. »Bevor hier jemand landet, müssen Sie aber noch die Piste fegen, Herr Mechaniker.«

Wilhelm trat neben ihn und hörte Paul etwas murmeln, was ein nicht allzu böse gemeinter Fluch sein mochte.

Der reckte konzentriert den Kopf in die Luft, machte ein paar Schritte und blieb wieder stehen. »Gottverdammich«, flüsterte er. »Hüthchen, prüfen Sie doch einmal die Pläne. Oder rufen Sie in der Zentrale an, ob denen ein Telegramm vorliegt«, schrie er gegen eine Windböe, die ihn augenblicklich husten ließ.

Wilhelm presste geistesgegenwärtig das Tuch vor sein Gesicht. Dann drehte sich Paul zu ihm um. Wilhelm schüttelte den Kopf und starrte ihn mit weit aufgerissenen Augen an. Was immer der hatte, er wusste nicht, was los war.

»Sie können nicht so taub sein, Darburg.«

Und plötzlich hörte Wilhelm es ebenfalls. Leise, kaum wahrnehmbar zunächst. Auf einer Blumenwiese hätte man es für das Summen einer dicken Hummel halten können, aber hier – der Klang von schweren Motoren! Weit entfernt, eindeutig kein natürliches Geräusch. Eine Maschine.

»Nein, keine Meldung!«, rief Betty durch die Bretterwand, um nicht eine Tür öffnen zu müssen.

»Himmelarschundzwirn«, stieß er hervor.

»Der Zepp!«, keuchte Wilhelm. Es war soweit. Und nichts vorbereitet. »Der Hofminister!«, entfuhr es ihm. Die persischen Regierungsstellen durften nicht als letzte davon erfahren, sie mussten die Ersten sein, sonst könnte alles aus dem Ruder laufen. Hals über Kopf stürzte er davon.

Byron Alvarado war erst in aller Früh in einen unruhigen Schlaf gefallen. Die halbe Nacht hindurch hatte es gestürmt. Mit dem Stützkorsett konnte er sich nicht bewegen und wenn er es versuchte, waren die Schmerzen fürchterlich. Hinzu kam die Hitze. Er schwitzte ständig und war weder fähig sich zu kratzen noch sich auf eine andere Weise Erleichterung zu verschaffen. Das war nicht alles. Angst trieb ihn um. Angst, von der er sich nicht ablenken konnte, gegen die er nichts tun konnte. Noch war niemand weiter aufgetaucht. Würde man ihn bald als Hoteldieb verhaften? Oder anklagen? Wie sollte er die Rechnung des Krankenhauses bezahlen? Etwas Geld hatte er übrig, aber dann stand er wieder ganz am Anfang. Er war kein geborener Dieb und erfolgreich schon mal gar nicht. Weder schlau genug, sich die richtigen Opfer auszusuchen noch ausreichend verschlagen, dann ordentlich hinzulangen. Wie er es drehte und wendete, er kam zu keiner vernünftigen Lösung. Er hatte manche Ausländer kommen und bleiben sehen – für immer. Abenteurer, Glückssucher, die hier in Persien strandeten und sich gegen geringste Löhne verdingten. Verachtet von allen und jedem. Er wollte hier nicht sterben, weder in Armut noch im Gefängnis.

Ein Bett war frei. Irgendwann heute Nacht hatte man den anderen Mann geholt. Er hatte es wohl nicht geschafft. Die Wunden waren immer wieder aufgebrochen. Byron hatte solche fürchterliche Angst, dass ihm das gleiche passierte. Dass er hineinsänke in ein flaches Grab in fremder, heißer Erde. Noch am selben Tag verscharrt nach islamischem Brauch.

Eine der französischen Schwestern lief über den Gang und warf nicht einmal einen Blick in sein Zimmer. Der andere Kerl schlief noch.

Seine Augen fielen zu und er konnte regelrecht spüren, wie er abermals wegdämmerte, nur gestört von Schweißperlen, welche eine um die andere über seine Stirn liefen und an seinen Augenwinkeln entlang rannen.

Dann hörte er plötzlich ein Geräusch. Ein Traum war es sicher nicht. Ein Dröhnen, ein Brummen, tief und beinahe melodisch wie eine industrielle Sinfonie. Es kam näher, es wurde lauter. Wummernder, intensiver. Ein einziges Mal im Leben hatte er ein solches Maschinenkonzert gehört, niemals vorher und nie wieder danach. Vor etwa einem Jahr, als er aus seiner Wohnung in Edison den Klang der großen Maybach-Motoren verfolgt hatte, die LZ 127 antrieben auf seiner Schleife über Manhattan. Bevor das Luftschiff nach Süden abgedreht war, in Richtung Lakehurst. Dort hatte er selber später seine Reise begonnen. En route Friedrichshafen.

Die Fenster waren geschlossen und die Läden vorgeschlagen, so dass nur ein dämmeriges Licht im Zimmer herrschte. Dennoch, dieser Klang war unverkennbar und gerade im Halbdunkel besonders eindrucksvoll. Ein Luftschiff! Es war keine Ahnung, urplötzlich war es Gewissheit, als er seine Schmerzen unterdrückte, seine Schreie nach innen lenkte und sich aus dem Bett wälzte. *Jetzt* war klar, was der Deutsche vorhatte. Das musste ein Zeppelin sein. War der nicht längst auf seiner Weltfahrt? Das war also die Mission dieses Teufelskerls Darburg: die Organisation eines Abstechers nach Teheran, zwischen Friedrichshafen und Tokio nicht mehr als ein Schlenker. Eine Rast. In kosmischen Dimensionen eine Pinkelpause.

Mühselig zog er sein Jacket über. Dass er einen Pyjama trug, war ihm egal. Dann wankte er aus dem Zimmer.

Gleichzeitig am nordöstlichen Stadttor war es reiner Zufall, dass Wilhelm nicht von dem Hansa angefahren wurde, den Staudacher in halsbrecherischer Fahrt soeben hindurch steuerte. Neben ihm saßen Moshir und Ruholla Khan, der Übersetzer. Sie waren auf der Suche nach Wilhelm, der vom Hotel vermisst gemeldet worden war. Wilhelm hatte kaum den im Anflug befindlichen Zeppelin erwähnt, als Staudacher kehrtmachte und losbrauste, augenblicklich zur Residenz des Hofministers. Der Legationssekretär hatte auf eigene Faust beschlossen, dass man mit der Regierung sprechen müsse und übertrat endgültig in jeder Hinsicht seine Kompetenzen. Wilhelm war ihm äußerst dankbar, dass er wenigstens versuchte, ihm zu helfen.

Sie hatten Glück. Der Hofminister unterbrach einen stattfindenden Termin und ließ sie vorsprechen, unter Berufung auf einen Notfall. Aber dessen Reaktion schmetterte sie nieder. Ruholla Khan Meykadeh übersetzte für Dr. Staudacher, der im Auftrag des deutschen Gesandten das Eintreffen des *Graf Zeppelin* vermelden wollte.

»Warum erfahre ich das erst jetzt?«, schnappte der Minister. »So können sie nicht landen. Niemand kann etwas vorbereiten. Der Schah weiß von nichts. Das geht nicht. Es bleibt dabei«, sagte Hofminister Timurtasch entschieden, wenngleich man einiges Bedauern heraushören konnte. Wilhelm wollte sprechen, aber Timurtasch fuhr fort.

»Die Lage ist zu ernst. Ihr Zeppelin muss abdrehen. Der Schah hatte erwogen, ihm mit Geistlichen in unseren eigenen Flugzeugen entgegen- zufliegen. Aber der Sturm hat alle Maschinen unserer Lufttruppe lahm- gelegt, die Motoren müssen erst gereinigt werden und die Startbahnen sind verweht. Ohne ausreichende Sicht ist es zu gefährlich zu landen. Ihr Luftschiff könnte in der Stadt verunglücken.«

Wilhelm rang um Fassung. »Ich flehe Euch an ...«, er dachte nach. »Ru- holla Khan, bitte machen Sie seiner Exzellenz deutlich, dass das Luft- schiff bereits hier ist. Wir können es aber nicht erreichen. Die Zeit drängt!« Er sah gen Himmel, um die Bedeutung seiner Worte zu bekräf- tigen. Der Übersetzer tat sein Bestens, aber es war klar, dass der Hofmi- nister sich nicht umstimmen lassen würde.

»Es ist ein deutsches Problem«, bestätigte Ruholla Khan auch tat- sächlich. »Der Minister sagt, Sie müssen das lösen, sonst macht man Sie persönlich verantwortlich.«

Wilhelm sah zu Boden und Dr. Staudacher stöhnte.

Byrons Schmerzen waren so stark, dass er Sterne vor den Augen sah, aber mit jedem Schritt gewöhnte er sich besser daran. Die Treppe ins Erdgeschoss war ein Alptraum, der überraschte Pförtner sagte nichts und als er plötzlich auf der Straße stand, konnte er sein Glück kaum fas- sen. Das wummernde Dröhnen war hier noch lauter und unmittelbarer zu hören. Pulversand lag auf allen Flächen und in der Luft, dichter Staub, als brenne gleich nebenan ein offener Kohleofen. Beim Gehen rutschte er in seinen Sandalen. Die Gipsstreifen stachen ihn in die Seite.

Das Atmen war schwer und unangenehm, aber dennoch füllten sich die Straßen. Menschen wollten sehen, was es mit dem Lärm auf sich hatte, der vom Himmel kam. Byron strebte zum *Meydan-e Junkers*. Nur das hielt ihn aufrecht. Er würde nie vergessen, wie sehr sich der Zeppe- lin-Offizier Lehmann über seine Geschichte gefreut hatte. ›Immer dür- fen Sie wieder mit mir fahren. Jederzeit‹. Das waren dessen Worte ge- wesen. Mehr als einmal. Das könnte ihn jetzt retten. Darauf würde er den deutschen Kapitän verpflichten und wenn er, Byron Alvarado, ihm noch zehn Bücher und tausend Kurzgeschichten schreiben musste. Falls hier ein Zeppelin landete, dann wäre das seine Rettung.

Die Drangsal in seinem Rücken begleitete jeden Schritt, aber in die- sem Moment bedeutete sie mehr Hoffnung als Leiden.

Wo die Menschen alle auf einmal herkamen, konnte er nicht sagen. Seine Schmerzen verengten seinen Blick wie Scheuklappen. Verbissen kämpfte er sich Schritt für Schritt voran und hatte fast den Topchaneh überquert und die Einmündung der Laleh-Zar erreicht. Das Dröhnen war zunächst lauter geworden. Seit einigen Minuten hatte es sich nicht mehr verändert, so dass er sich beinahe daran gewöhnt hatte. Es schwebte in einer ungewissen Höhe und Entfernung wummernd über Teheran, unerhört für eine orientalische Stadt, die doch langsam erst dem Mittelalter entdämmerte, aber noch lange nicht im 20. Jahrhundert angelangt war. Die Maybach-Triebwerke brachten die staubgefüllte Luft zum Zittern und füllten alle Sinne.

Die Leute liefen umeinander, sogar Kosaken in Uniform rannten über den Platz, ohne Waffen und anscheinend in wilder Flucht vor irgendetwas. Es knallte laut. Einmal, dann erneut. Schüsse? Aber sie kamen von oben.

Geschrei brandete auf, gleich hinter ihm. Byron rettete sich in den Schatten der Fassade des Bankgebäudes am Rande des Platzes und lehnte sich an. Er musste weiter, aber dieser Moment des Ausruhens tat gut. Aus dem Dunkel der großen Öffnung in den Bazar hinein marschierten Männer, dutzende, wenn nicht über hundert. Niemand hielt sie auf, die Bazargewölbe hallten wider von ihren Rufen, die wie Schlachtgesänge wirkten. Sie skandierten etwas. Geistliche waren unter ihnen und in ihrer Mitte befand sich eine kleinere Gruppe, von der die anderen Abstand hielten. Sie liefen auf die Kanone zu im Zentrum des Platzes. Eine Demonstration? Wieder knallte es von oben und Menschen zuckten zusammen. Er auch.

Mit Schrecken bemerkte er, dass manche bewaffnet waren. Alte Vorderlader, Gewehre aus napoleonischer Zeit, aber auch modernere Waffen. Panik trieb ihn weiter, selbst wenn die Schmerzen kaum erträglich waren. Ein allgemeiner Aufruhr? Würde es zuerst den Ausländern an den Kragen gehen? Als eine einzelne Stimme plötzlich laut etwas deklamierte, drehte er sich noch einmal um. Den Mann erkannte er: Das war derjenige, der sie vor Tagen überfallen und tiefer in den Bazar gejagt hatte. Anscheinend ein Unruhestifter. Er rief und die Menge schrie. Mit einer Hand tastete Byron sich den Platz entlang, den Blick immer wieder hinter sich werfend.

Und der Aufrührer war nicht alleine: Ruby stand ebenfalls dort! Der Engländer bewegte sich unter den Demonstranten, es war kein Zweifel möglich. Er sprach ja etwas Persisch. Was ging da vor sich?

Abermals ein Knall wie ein Schuss. Peitschend und unangenehm laut, die Richtung schwer auszumachen. Ein Schauer lief über seine Unterarme. Das Gefühl von Gefahr drängte von überall auf ihn ein. Der Maschinenlärm verstörend, und noch nicht einmal über ihnen.

Die Menschen schrien und begannen, gen Himmel in die Staubwolken zu zeigen. Byrons Finger krallten sich um einen Mauervorsprung, dann lehnte er sich nach rechts und reckte den Hals, um dorthin schauen zu können. Irgendwas war dort ... und was er sah, verschlug ihm fast den Atem.

Der Staubnebel lag noch über der Stadt, aber die Morgensonne war höher gestiegen, prallte offenbar auf das Luftschiff und zeichnete dessen mächtigen Schatten auf die Wolkendecke, die zwischen diesem und der Welt lag. Wer schon einen Zeppelin gesehen hatte, konnte sich den Ursprung gut vorstellen. Wer nicht, sah von unten die Umrisse eines riesigen Objektes, länglich, durch den Schattenwurf verzerrt, einer gewaltigen Schlange gleich. Ein schwebender Körper, der infernalischen Motorenlärm über die Stadt ausgoss, widerhallend in den Gassen und auf den Plätzen, unheimlich und verfremdet und einschüchternd wie der anbrechende jüngste Tag.

Erneut ein peitschender Knall. Und auf einmal wusste Byron, was das war: Das Luftlot des Zeppelins. Bei unklaren Sichtverhältnissen schoss man an Bord mit Platzpatronen in Richtung der Erdoberfläche und ermittelte durch Messung der Schallgeschwindigkeit die Flughöhe. Das hatte er im schweren Wetter über Frankreich erlebt, kurz vor der Schweizer Grenze.

Die Menge am Boden gebärdete sich wie verrückt, angefeuert von dem Bachtiaren und unterstützt von dem Engländer, verschreckt durch Lärm und Knall. Byron wusste, er musste hier weg. Wenn die Volksseele einmal kochte, waren Übergriffe und Pogrome manchmal nicht fern. Niemand beachtete ihn. Er trug weite Pyjamahosen und darüber ein unpassendes Jacket, war unrasiert und sah sicher übernächtigt aus – wie viele andere, die morgens unterwegs waren.

Die Rufe drangen näher, der Marsch hatte sich wieder in Bewegung gesetzt, seine Angst wurde größer.

Ein Schuss ertönte, dann wieder einer. Diesmal Gewehrfeuer aus der Menge heraus.

Bis ins Innere des Palastes waren die Rufe der Demonstranten zu hören. Der Hofminister erhob sich aus seinem reich verzierten Sessel, lief ans Fenster und sah in den Himmel. Er sagte leise etwas, das sich wie eine religiöse Formel anhörte. Wilhelm sah zu Boden, niedergeschlagen. Staudacher bemerkte, dass die beiden Wachsoldaten Blicke wechselten. Das war mindestens unüblich. Er verrenkte den Kopf, konnte aber nichts sehen von dort, wo er saß. Moshir übersetzte seine Bitte, neben den Hofminister treten und sich das ebenfalls anschauen zu dürfen. Der gewährte den Wunsch mit einem Wink seiner Hand.

»Ach du Schande«, entfuhr es dem Legationssekretär, der jetzt ebenfalls den gewaltigen Schatten erkannte. Wilhelm kam hinzu und blieb stumm. Das musste die Menschen ja in Panik versetzen und wenn das nicht sofort verschwand, würden sie auf absehbare Zeit keine Freunde für die Luftschifffahrt in Persien finden.

»Es heißt, ein neuer Staubsturm sei im Anzug«, übersetzte ihm Ruholla Khan im Namen des Hofministers. Moshir nickte bestätigend.

Auf einmal: Schüsse. Erschrocken sahen sie sich an. Nicht weit entfernt. Dann noch mehr Schüsse. Unkoordiniert zunächst, aber nahe am Palast konnte das alles bedeuten.

»Gehen Sie!«, befahl der Hofminister. »Bringen Sie das in Ordnung, egal wie!«

Ruhollah Khan nickte, dankte in Dr. Staudachers Namen und schob den mit sich. Wilhelm schlich gebrochen hinterher.

»Mein Gott«, entfuhr es Staudacher, als sie auf dem Innenhof des Palastes anlangten und der dröhnende Lärm ungedämpft auf sie hinabfiel und der große dunkle Schatten über der Stadt schwebte. Abermals Schüsse.

Sie liefen zum Hansa, der neben der Toreinfahrt abgestellt worden war.

»Aber wie sollen wir dem Zeppelin denn Bescheid geben?«, fluchte Wilhelm panisch. »Es gibt noch keine Funkstation. Wer hat denn mit einem solchen Staubnebel rechnen können.«

»Sehen die uns denn nicht?«, fragte Moshir arglos. Ruholla Khan duckte sich sogar.

Staudacher wollte erst frech antworten. Stattdessen startete er den Motor und besann sich. Woher sollte der junge Perser das auch anders wissen?

Wilhelm fand seine Worte wieder. »Von dort oben sieht man nicht viel. Wenn man über Wolken oder Nebel fliegt, kann man nicht erkennen, was auf dem Boden liegt. Timurtasch hat recht. Die Besatzung wird auf irgendein Signal vom Boden warten. Sie können nicht tiefer gehen ohne das Risiko, in den Grund zu rammen.«

»Ihr Wahnsinnigen!«, brüllte Byron auf dem Kanonenplatz auf Englisch die nächststehenden Protestmarschierer an. Sie schrien weiter, rempelten, ignorierten ihn ansonsten. Wieder Schüsse in die Luft. Einige Meter vor ihm sah er den Bachtiaren und Ruby.

»Stellt das Feuer ein!«, schrie er und humpelte auf sie zu. »Das ist kein Teufel. Ein Luftschiff! Ein Flugzeug. Wenn der Zeppelin explodiert und auf die Stadt stürzt, brennt hier alles nieder.« Er wurde nicht beachtet. Von hinten aus der Menge reckte sich ein Gewehrlauf und feuerte einen weiteren Schuss auf den Schatten ab. Mit einem donnernden Knall, mehr Pulver als Schrot war geladen in dem uralten Gewehr. Aber trotzdem. »Lasst das, Ihr Narren!« Er warf sich nach vorne und bekam den Prinzen zu fassen, vielmehr stolperte er gegen ihn und hielt sich an ihm fest. Die Schmerzen in seinem Rücken waren grenzenlos. Augenblicklich waren dessen Begleiter zur Stelle und rissen ihn los. Dann sah er Ruby.

»Mason, hilf mir. Mason!«

Der Engländer lachte nur und sagte etwas auf Persisch zu einigen Umstehenden.

»Mason, wenn der Zeppelin getroffen wird, werden hier alle sterben. Denk doch nur an das Inferno über London im Weltkrieg!«

Ruby sah ihn an. Dann drehte er sich um und ging weg.

Die Leibwächter des Mirza zogen Byron fort und schubsten ihn, dann versetzten sie ihm einen heftigen Stoß. Nach einigen Metern fiel er. Das steife Korsett hinderte ihn, sich abzustützen und so schlug er fast ungebremst der Länge nach zu Boden und schrie vor Schmerzen. Die Gipsstangen brachen. Wilde, laute Stimmen waren über ihm, die er nicht zuordnen konnte. Zu sehr war er damit beschäftigt, seinen Körper unter Kontrolle zu bekommen, die Lungen voller Staub und die Augen mit Schmerzenstränen gefüllt. Reifen quietschten gleich neben ihm. Hände zerrten an ihm.

»Ich habe ihn, helfen Sie mir!« Moshir griff Alvarado unter die Schulter und nahm einen der Arme, Staudacher tat das Gleiche auf der anderen Seite. Wilhelm hielt die Türen auf. Sie hatten gesehen, wie der Amerikaner aus der Menge der Demonstranten herausgeworfen wurde und mussten unbedingt verhindern, dass man ihm Schlimmeres antat. Begleitet von seinem wilden Geschrei zogen sie den Mann hoch und schleiften ihn zu dem Wagen. Erst auf dem Rücksitz schien er zur Besinnung zu kommen.

»Sie schießen«, stammelte er immer wieder. »Diese Narren schießen wirklich. Das wird in einer Katastrophe enden. Einem Inferno.«

»Ruholla, lauf zum Gesandten und sag ihm Bescheid, was hier geschieht!«, befahl Staudacher und winkte ihn fort, dann gab er Gas und trieb das alte Auto an der Spitze des Demonstrationszuges vorbei. Hinter ihnen erneut Schüsse. Immer wieder sahen sie hastende Kosaken in Uniform, die ebenso die Nerven verloren hatten wie alle anderen.

»Ich habe gehört, was die Männer geschrien haben«, rief Moshir gegen den Lärm. »Der Teufel komme über die Stadt. Die Faranghis hätten eine Leiter in den Himmel bauen wollen und dieser öffne sich jetzt. Das Blut der Märtyrer werde über alle fließen und jedes Leben ersticken.«

»Wir müssen die Besatzung warnen. Aber wie? Wie verdammt?« Frustriert und verzweifelt schlug Staudacher auf das Lenkrad.

»Die Menge eilt zum Flugplatz. Da sollten wir auch hin.« Moshir hielt sich fest, als Staudacher scharf nach rechts zum Doschantape-Tor abbog. Byron fiel zur Seite und kam alleine nicht mehr hoch. Er schrie wie am Spieß. Wilhelm half ihm.

Pauls Stimme wechselte vom Angestrengten zum Panischen: »Fräulein Huth, rufen Sie die Gesandtschaft an und dann die Kosaken, nein, umgekehrt. Und Herr Weil muss kommen, wo immer der steckt.«

Seit dem Aufmarsch am Flugplatz und dem Versuch der Demonstranten zum Ankermast zu gelangen, hielten ständig sechs Mann der Kosakengarde Wacht. Nun aber dröhnte der Zeppelin durch die undurchdringlichen Staubschichten und sein verzerrter Schatten ragte über die Stadt. Schüsse waren zu hören. Und als störte nicht bereits der dröhnende Lärm bei seinen Versuchen, irgendwie die Sendeleistung zu erhöhen, kam nun noch Angst dazu. Furcht, von einer in Panik versetzten Menge überrannt zu werden, der alle Gegenstände fremd und feindlich und damit zerstörenswert schienen – oder Schlimmeres.

»Paul«, gestikulierend kam Fräulein Huth aus der Baracke gelaufen. »Es ist kein Durchkommen. Niemand ist in der Vermittlung zu erreichen! Und da!«

Er sah es ebenfalls. Die Kosakenmannschaft löste sich auf. Nur noch drei Männer standen an der Durchfahrt zwischen den aufgeschütteten Erdwällen. Die anderen waren verschwunden. Und die Verbliebenen duckten sich mehr unter der nicht greifbaren Gefahr über ihnen, als dass sie die Menschenmenge im Auge behielten, die drohend auf den Flugplatz zumarschierte.

Schrilles Motorengeheul näherte sich rasant. Beinahe rutschend glitt der Hansa um den Erdwall herum und schoss auf den Platz vor der Fliegerbaracke. Dort bremste er.

Darburg, dessen Diener Moshir und der Amerikaner, zusammen mit dem Kerl von der Gesandtschaft in einem Auto? Es blieb keine Zeit zum Wundern.

Staudacher sprang sofort aus dem Wagen und rief ihn zu sich. »Sie müssen den Zeppelin erreichen. Die Narren schießen auf ihn.«

Moshir öffnete die hintere Tür. »Ich rede mit den Kosaken.« Dann lief er dorthin, wo sie auf ihrem Posten waren. Noch ...

»Wir kriegen es aber nicht hin!«, rief Paul zu Wilhelm und ging voraus in das Zelt. Staudacher und er folgten.

»Ist etwas zu machen?«, fragte Wilhelm.

Paul atmete hastig. »Doktor Staudacher, Ihr Mechaniker. Möbius. Hat der noch Teile? Uns fehlt eine Röhre mit der passenden Sendeleistung. Wir können das Gerät nicht so hoch unter Spannung setzen, dass die vorhandene Röhre ihre Leistung entfaltet.«

Wilhelm beugte sich über das Gerät und wollte ihm die Röhre zeigen, als aus einem Lautsprecher plötzlich Stimmen drangen: »... pelin. Warten auf Peilung. Achtung. Achtung. Wechseln nun auf eine andere Frequenz.« Dann wieder Rauschen im Äther.

»Was war denn das?«, fragte Staudacher.

Pauls Kinnlade war heruntergeklappt. Seine Haare standen zu Berge. »Das war er. Aber das war er doch!«, schrie Paul euphorisch. »Das passiert öfter, wenn sich jemand über die Apparatur beugt. Oder wenn Darburg das macht. Aber es hilft nicht für länger als wenige Sekunden.«

Dr. Staudacher schüttelte den Kopf. »Möbius bedient den Telegraphen und die Chiffriervorrichtung. Aber wir haben keinen Funktelegraphen. Der soll erst noch angeschafft werden.« Er kratzte sich an der Schläfe. »Vielleicht liegt es am Staub in der Luft, das nichts durchkommt?«

Paul schlug ihm vor den Oberarm, dass der Mann das Gesicht verzog. »Menschenskinder, Sie haben Recht. All der Dreck, Salz und Graphit in der Luft – das muss ja jede Verbindung blockieren. Los, mit anpacken. Wir bringen alles in den Norden von Schemran.«

Sofort riss Wilhelm den Rest der Wachsplane herunter. Er war ja bereit zu helfen, aber noch immer nicht überzeugt. »Und warum soll es da möglich sein zu senden, während es hier nicht klappt?«

Paul griff unter den großen Kasten, der die Technik in sich barg. »Waren Sie nicht bei Jaroljmek in Schemran? Das liegt höher, viel höher. Vielleicht sogar oberhalb des Dunstes. Der wird dort auf jeden Fall deutlich dünner sein«, stöhnte er. Wilhelm packte mit an. Staudacher hielt das Zelt auf.

»In den Hansa, hinten auf den Rücksitz.« Er winkte dem Amerikaner, der noch an den Wagen gelehnt stand. »Machen Sie mal die Tür auf.«

Byron sah aus, als stürbe er jeden Moment, doch er tat, wie ihm geheißen. Stöhnend und ächzend wuchteten Paul und Wilhelm den klobigen Kasten durch den feinen Staub auf dem Boden und ließen ihn erleichtert auf das zerschlissene Polster der Rückbank sinken. Dann rannte Paul zurück in das Zelt und brachte einen länglichen Sack, dessen Inhalt schepperte. Wilhelm erinnerte sich und wäre der Druck nicht so groß gewesen, hätte er sicher geschmunzelt. Die ›Äthernadel‹, wie sie die mobile Antenne früher genannt hatten. Steckbar und leicht aufzustellen, ebenso schnell wieder abzubauen. Er warf den Sack ebenfalls nach hinten. Dann kroch er auf die mittlere Bank, Wilhelm tat es ihm nach und auch Byron fiel hinein. An dem Apparat hielt er sich fest.

»Sie haben was gutzumachen, wie?«, schnauzte Wilhelm. Der Schriftsteller sagte nichts.

Staudacher fuhr los. Moshir stand auf verlorenem Posten, die Menge vor den Wällen wurde immer bedrohlicher. Die Kosaken würden nichts tun, das war leicht zu erkennen. Der Junge sprang auf das Trittbrett und hielt sich an der Seitenwand des Wagens fest. Einige der Demonstranten mussten zur Seite springen, doch noch war der Weg frei.

Wieder schoss jemand. Waren sie das Ziel? Entgegen seinen Instinkten erhob Wilhelm sich im offenen Wagen und überblickte die Menschenmasse. Etwas weiter hinten standen Mostafa-Kuli Mirza und ... Mason Ruby. Der Prinz sprach zu der Menge. Urplötzlich trafen sich die Blicke von Wilhelm und Ruby. Augenblicklich ließ Wilhelm sich fallen, aber es war zu spät. Der andere hatte ihn gesehen. Wilhelm konnte es nicht ungeschehen machen, er musste sich darauf konzentrieren, mit dem Luftschiff in Kontakt zu treten. Egal wie.

Mason schubste die umstehenden Menschen fort und drängte sich durch. Sprang, warf sich in die Menge, die irritiert auseinanderstob, fluchend und manchmal zuschlagend. Das war ihm egal. Er hatte Darburg gesehen. Ohne Zweifel. Der fuhr irgendwohin. »Ya choda«, schrie jemand auf persisch. »Sheyton, sheyton az asemon omadeh!« Und die Menge antwortete: »Ya Abolfazl« – Der Teufel fällt herab!

Meter um Meter kämpfte Mason sich voran. Als er endlich den Rand der Menge erreicht hatte, sah er das Auto nur noch für Bruchteile von Sekunden: Es war besetzt mit mehreren Personen. Darburg war darunter und sie fuhren nach Norden.

Ein Schuss knallte neben ihm und er zuckte zusammen. Er schlug dem Mann den eigenen Gewehrlauf ins Gesicht. Der Schatten des Luftschiffes wanderte und war direkt über ihnen. So hautnah wollte er die Ereignisse auch wieder nicht miterleben.

Der Engländer löste sich aus der Demonstration und rannte auf die Kosaken zu, die sich noch immer an einer Ecke des Walles drängten. Einige Meter weiter warteten ihre Pferde, angepflockt.

Die Männer beachteten ihn nicht und ihm wurde klar – er war ja Europäer, sie beobachteten die Demonstranten und hielten ihn nicht für einen von jenen. Um so besser, für ihn. Er winkte zwei der Gefolgsleute des Prinzen heran und betete, dass er als dessen Begleiter genügend respektiert wurde. Aber sie kamen ohne Zögern zu ihm.

Wenn die nach Norden fuhren ... dann konnten nur die Berge gemeint sein. Sie schienen über die Höhe des Staubes hinaus steigen zu wollen um vielleicht von dort das Luftschiff zu dirigieren? Er gab den beiden Bachtiaren Zeichen zu folgen. Sie verstanden.

Die Schmerzensschreie des Schriftstellers begleiteten sie auf jedem Meter, den der Hansa über die unbefestigte Steppenpiste holperte. Erst als sie den ausgefahrenen Weg zwischen Teheran und Schemran erreichten, wurde es besser – die Fahrt beruhigte sich und Alvarados Schreie waren nicht mehr ganz so spitz. Wilhelms Mitleid mit ihm lag nahe Null. Wie er sah, musterten sich Moshir und der Amerikaner noch immer keines Blickes.

Er hustete schwer. Spürbar wurde die Luft kühler, frischer, und weniger staubig. Permanent sackte kältere Höhenluft aus den Bergen hinunter in die wärmeren Luftschichten, drückte sie nach oben und rollte auf die Stadt zu. Dadurch schoben die Luftmassen den Staub zurück, momentan war er auch hier noch stark. Anders als in Teheran sahen sie immerhin die Sonne als bleiche Scheibe durch den Dunst grüßen. Aber es reichte nicht, sie mussten weiter.

Staudacher rief etwas und das Auto machte einen scharfen Schlenker. Ein Esel voraus blökte und tat einen Satz in die Luft. Mit Mühe konnte ein alter Mann einen Packen Reisig festhalten, der von dem Rücken des Tieres zu rutschen drohte.

»Links, Sie müssen links«, bellte Paul warnend.

»Wir haben eine Außenstelle in Schemran«, schnauzte Staudacher zurück. »Sie dürfen mir ruhig ...«, dann fuhr er tatsächlich nach links, denn Paul hatte Recht, dieser Weg würde einige hundert Meter weiter in eine der schöneren Ecken von Schemran führen – und in einer Sackgasse enden. Ein Baum wuchs in der Mitte des Weges, er war dick und uralt und die Straße war einfach um ihn herum entstanden. Gekonnt lenkte Staudacher rechts daran vorbei und mit hoher Geschwindigkeit verließen sie den Luftkurort nördlich von Teheran wieder.

Abermals wandte Wilhelm sich um. Paul und Moshir bemerkten seine Überraschung und drehten sich ebenfalls nach hinten. Alvarado versuchte es, stöhnte vor Schmerzen, und scheiterte.

Der Dunst hatte sich so weit gelichtet, dass endlich das Luftschiff erkennbar war. Der Hansa hatte sie durch die obersten Staubschichten gefahren; als würde ein Laken fortgezogen blieben diese zurück und sanken unter ihnen in die Tiefe.

Wie über einem Meer aus dreckiger Watte schwebte östlich der Stadt LZ 127 *Graf Zeppelin*, als sei es in den Himmeln festgenagelt. Lang, grau, riesig und majestätisch. Ein ehrfurchtgebietender Anblick.

»Senden, wir müssen senden!«, krächzte Paul. Er hatte eine solch erhabene Erscheinung ebenfalls noch nie gesehen.

Sie passierten eine Front mannshoher Büsche. Dahinter führte ein Feldweg nach Osten. Auf diesen bog der Legationssekretär ein und fuhr etwa dreihundert Meter weiter, bis sie gen Süden und Osten einen freien Blick hatten. Das Dröhnen der Maybach-Motoren war bis hierher zu hören, aber lange nicht so laut und drängend wie unten in der Stadt.

Der Wagen hielt.

»*What's the matter. What is going on?*«, flehte Byron. Ausgerechnet Moshir stieg aus, umrundete den Hansa und half ihm hinaus. Alvarado verstummte. Um sie herum war es fast vollkommen still. Nach dem Staub und der öden Steppe vor Teheran waren die hohen grünen Büsche eine Augenweide. Der Trampelpfad führte in etlichen Windungen weiter bergauf, in dem Gestrüpp sangen Vögel. Leichter Wind und einige Insekten durchbrachen die Ruhe. Ansonsten war es, als betrachteten sie alle den übergroßen farbigen Druck eines schwebenden Luftschiffes.

»Aber wenn die Verrückten den Zepp treffen ...« Paul flüsterte und schüttelte nur den Kopf, zeigte auf die Sonne, das Luftschiff und den langen Schatten, den es warf. Das Licht stanzte dessen Umrisse weit entfernt von seiner tatsächlichen Position auf die schmutzige Decke aus Staub, Salz und Graphit, die Teheran nach wie vor bedeckte. Und am Horizont wuchsen neue Wolken heran.

Die Leute schossen demnach auf die verzerrte Silhouette über ihren Köpfen und würden so kaum das Luftschiff selbst treffen.

»Alles einerlei. Der Sender!«, drängte Staudacher.

Moshir zog das Wachstuch aus dem Auto und lief zu einem brüchigen Stück Mauer, vielleicht dem Fundament eines alten Hauses. Paul und Wilhelm mühten sich mit dem schweren Schützengrabenfunkgerät ab.

»Da sind noch Kabel«, rief Byron. Die Männer ignorierten ihn, den Dieb und Verleumder. Staudacher ging sie holen.

»Den Generator hierhin, das Kabel ... dort. Für den Lautsprecher ...«, gab Paul die Anweisungen. Wilhelm trat hinter das Gerät, damit er das

Luftschiff im Blick hielt, als wäre ein direkter Sichtkontakt notwendig. Dann ging er in die Hocke und begann die Kurbel zu drehen, die den Strom erzeugen würde.

Paul stellte verschiedene Frequenzen ein. Bis auf gelegentliches Knacken gab die zarte Membran des Lautsprechers nichts von sich. Moshir trat einen Schritt näher und wich wieder zurück. Sein Interesse war deutlich, ebenso seine kulturelle Zurückhaltung, die eines Dieners würdig war. Byron stand einsam an den Hansa gelehnt. Sein Gesicht war schmerzverzerrt, und er rührte sich nicht.

Einige hundert Meter entfernt trieb ein Hirte seine Ziegenherde den Hang hinab.

Der Zeppelin schwebte ruhig und leise dröhnend über der Dunstfläche.

»Wenn wir nicht bald was erreichen, passiert vielleicht doch noch ein Unglück.« Auch Staudacher hatte die Aufregung gepackt.

Wilhelm drehte die Kurbel, es war längst genug Spannung aufgebaut. Also hörte er auf.

»Es funktioniert nicht, verflucht«, schnauzte Paul und warf einen Blick über die Schulter. LZ 127 hatte sich etwas gedreht und die Sonne schien geradewegs durch die Passagierkabinen hindurch und ließ die Fenster auf der den Männern zugewandten Seite hell erstrahlen. Märchenhaft, wie ein fliegendes Zauberschloss.

Wilhelm lief die Mauer entlang und sprang hinüber, dann beugte er sich über das Gerät. »Was sagt uns denn die Spannung?« Im Sonnenlicht waren die Anzeigen kaum zu erkennen. Er hatte geplant, das schlichte Instrument mit seinem Körper von der Sonne abzuschirmen, als die Nadel plötzlich ausschlug.

»... bitten wir letztmalig um Kontaktaufnahme. Hier Funkstelle des Luftschiffes Graf Zeppelin auf 34,5 Meter Kurzwelle. Wechseln jetzt auf 25 Meter ...«. Wilhelm sprang zurück. Augenblicklich verstummte die Stimme.

»*That was it!*«, rief Byron.

»Bringen Sie das zurück. Herr Anar, holen Sie die Verbindung zurück«, forderte Dr. Staudacher.

Paul arbeitete hektisch an den Reglern. »Das ist ... was glauben Sie denn ... wenn ich nur wüsste, wie!« Er war stinksauer.

»Herr, Sie haben an der Maschine etwas gemacht ...«, rief Moshir von der Seite und Wilhelm trat abermals näher und beugte sich vor.

»... Wir senden auf 25 Meter Kurzwelle. Im Namen von Kapitän Doktor Eckener entbietet das Reichsluftschiff Graf Zeppelin die Grüße des

Reichspräsidenten von Hindenburg an den Kaiser der großen persischen Nation ...«.

»Wilhelm, *Sie* verursachen das. Los, beugen Sie sich vor. Sie verbessern den Empfang.« Staudacher drängte.

Mit unterdrückten Schmerzensrufen humpelte auch Byron näher, als Wilhelm tat wie ihm geheißen. Die Spannungsnadel prallte bis vor den Begrenzungspunkt und bog sich sogar ein wenig.

Paul griff zu dem Sprechrohr. »*Meydan-e Junkers* ruft das Luftschiff *Graf Zeppelin* auf 25 Meter Kurzwelle. Können Sie hören?«

Vielstimmiges Blöken übertönte einen Moment jedes andere Geräusch, als der Hirte neugierig sein Vieh einige Dutzend Meter an ihnen vorbeitrieb.

»Mist, ich kann nicht ...«, fluchte Paul.

»Hier Luftschiff *Graf Zeppelin*. Wir rufen *Meydan-e Junkers*. 1. Funkoffizier Dumcke. Wir sind glücklich, Sie zu empfangen. Befürchteten schon, wir hätten das Ziel verfehlt. Können Sie uns ein Peilsignal senden? Die Zeit drängt. Wir haben bereits begonnen, die Grußbotschaft des Reichspräsidenten zu verlesen, bevor wir wieder abdrehen müssen.«

Staudacher schlug fasziniert die Hände zusammen. Byron fing laut an zu weinen. Wilhelm hing verkrümmt über dem Gerät, sein Rücken begann zu schmerzen. Fieberhaft dachte er darüber nach, was der Grund für diese Anomalie sein konnte. Damals in Palästina ... manchmal hatten sie den Empfang der schwachen Feldfunkgeräte durch Hilfsmittel verbessern können, aber die Betriebsspannung doch nicht.

Der Funker meldete sich erneut. »*Meydan-e Junkers?* Hier spricht Erster Funkoffizier Dumcke, *LZ 127 Graf Zeppelin*. Können Sie hören? Wir drehen nach Süd-Süd-West. Dort scheint die Bevölkerung unsere Ankunft zu feiern. Wir sehen nichts, aber wir hören Feuerwerk am Boden.«

Staudacher schlug die Hände vor dem Gesicht zusammen. »Mein Gott, nein! Sagen Sie denen, dass sie sich entfernen sollen. Anar!«, rief er. »Machen Sie schon. Die fliegen gleich in das Feuer der aufgewiegelten Menge hinein.«

Nahezu gleichzeitig brachen unter wildem Schnauben und brechenden Ästen drei Pferde in vollem Lauf durch das Buschwerk und sprengten die kleine Gruppe. Männer sprangen ab und warfen sich augenblicklich auf die Anwesenden.

»*Onja, oon Vasila ro*«, rief jemand und stieß brutal Moshir zu Boden, während ein anderer Byron rückwärts gegen den Hansa schleuderte. Mason Ruby! Wilhelm war geschockt. Ruby kam ohne Zögern zu ihm und wollte ihn von dem Funkgerät wegziehen. Schützend hob Wilhelm die Hände. Dann riss ihn der andere am Hemd nach vorne. »*Nabodesch kon, beschkanesh!*« Ruby schrie es ihm ins Gesicht und so viel verstand Wilhelm – jemand sollte das Gerät zerstören.

Byron wimmerte vor Schmerzen, sein Stützkorsett schien gerissen, die geborstenen Streben spießten ihn förmlich auf, Staudacher ging zu Boden. Das Chaos war vollkommen. Moshir rang mit einem der Männer, es mochten Begleiter des Bachtiarenprinzen sein. Hinter sich hörte er Paul, der in das Sprechrohr schrie.

»Rufe LZ 127. Drehen Sie ab. Hören Sie? Abdrehen. Sofort! Lebensgefahr. Abdrehen! ... Scheiße!« Die Verbindung war wieder erloschen in dem Moment, wo Wilhelm von dem Gerät entfernt worden war.

Paul sprang hoch und griff Ruby an. Der kräftige Mechaniker gegen den stämmigen britischen Detektiv, doch der schwere Haken eines der Bachtiaren ließ ihn zurückgehen. Staudacher wollte fliehen, er kam nur wenige Meter weit. Dort stolperte er und ein Angreifer ließ von Paul ab, um ihm hinterherzurennen. Moshir hockte auf den Knien und warf sich um die Beine des zweiten Bachtiaren, der einen großen Stein aufgehoben hatte. Sein Blick war auf das Funkgerät gerichtet. Er kam ins Taumeln, ließ den Stein fallen und stürzte. Wütend drehte er sich um und fiel über Moshir her.

»Wollen doch mal für ein gesegnetes kleines Inferno sorgen, nicht wahr? Darburg?«, knirschte Ruby und zog Wilhelm weiter von dem Funkgerät weg.

Hinter dem Engländer sah Wilhelm LZ 127, das langsam nach Westen driftete, über die Stadt. Nichts ahnend von der dort wartenden Gefahr. Er entsann sich des Nahkampftrainings der preußischen Armee und versuchte, Mason zu überrumpeln, aber das gelang ihm nicht. Staudacher war wieder auf die Beine gekommen und rannte hangabwärts, der Bachtiare hatte von ihm abgelassen und begann, Paul in eine wüste Schlägerei zu verwickeln. Moshir wurde derweil übel von dem anderen verprügelt.

Wilhelm war dem Engländer nicht gewachsen. Seine Kräfte schwanden, Ruby verstärkte seinen Griff. Dann erschlaffte er, verdrehte die Augen und rutschte einfach zu Boden. Für einen Moment stand hinter ihm noch Byron mit der Motorkurbel des Autos in der Hand. Sein Gesicht schmerzverzerrt, dann fiel er neben Ruby auf den Grund und wimmerte fortwährend.

Geistesgegenwärtig stürzte Wilhelm zurück zu dem Funkgerät. Die Spannungsnadel sprang hoch. Er drückte die Sendetaste und rief in das

Sprachrohr: »Hier Wilhelm Darburg. Abdrehen. Sie müssen abdrehen. Kämpfe am Boden. Feuerwaffen. Lebensgefahr.« Er keuchte.

»Hier Funkraum LZ 127. Funker Otto Reuter. Was ist bei Ihnen los. Abdrehen? Bestätigen Sie bitte.«

»Abdrehen. Sofort. Jetzt!«

Ein schwerer Hieb traf ihn am Hinterkopf und er prallte hart gegen den Apparat. Wilhelm fühlte, wie Flüssigkeit in seinen Nacken lief. Etwas riss ihn zur Seite und warf ihn auf den Boden. Der Mann, der Moshir verprügelt hatte, hielt jetzt die Kurbel in der Hand, mit der Byron den Engländer ausgeschaltet hatte und schlug wie ein Wahnsinniger auf das Funkgerät ein. Wieder und wieder. Holz zerbrach, die Lautsprechermembrane flog aus dem Rahmen. Die Röhren splitterten. Zwei harte Schläge rissen das Sprachrohr aus der Holzwand. Nach einigen Augenblicken besah der Kerl sein Werk und rief etwas. Der andere Angreifer kehrte wieder. Ohne Paul, Wilhelm oder die anderen weiter zu beachten, gingen sie auch an Ruby vorbei, der gerade zu sich kam, und bestiegen ihre Pferde. Dann ritten sie in wildem Galopp gen Süden. Staudacher kam zurück. Der Hirte hatte mit seiner Herde Reißaus genommen, ihm erschien der Kampf in der Nähe gefährlicher als das unheimliche fliegende Objekt einige Kilometer entfernt.

Paul blutete aus den Mundwinkeln und seiner Nase, Wilhelms Hinterkopf schmerzte. Gemeinsam besahen sie sich das vollkommen zerstörte Funkgerät Nr. 12.

»Oh Gott, alles ist aus«, flüsterte Wilhelm.

»Aber sehen Sie doch. Sehen Sie!« Moshir hatte Ruby bewachen wollen. Er gestikulierte wild und zeigte auf das riesige Luftschiff. Dieses hatte Fahrt aufgenommen. Die Maybach-Motoren drehten unter Vollast, so dass sie laut bis hierher zu hören waren. Es hatte sich ein paar Kilometer nach Süden bewegt, nun kam es zurück und flog in Richtung Nordosten. Ob man weiter versuchte, mit ihnen zu sprechen, konnte niemand wissen. Es entfernte sich immer weiter. Unversehrt. Und es gewann zunehmend Höhe. Jetzt hatten sie Gewissheit: LZ 127 hatte sie empfangen und würde keinen erneuten Landeversuch unternehmen. Wilhelm war erleichtert und gleichzeitig verletzt, wütend und enttäuscht. Die Passagiere hatten Teheran nicht gesehen. Was wäre das für eine wundervolle Gelegenheit gewesen, der Besuch eines deutschen Luftschiffes beim Schah von Persien.

Auf Wiedersehen, Graf Zeppelin (Quelle: Eckener 1928)

Choda hafez, Graf Zeppelin

»Herr, es ist Zeit. Erheben Sie sich. Der Gesandte wartet.« Kasem stand ungeduldig im Rahmen der geöffneten Tür. Wilhelm kam langsam zu sich. Sein Blick fiel auf die getünchten Wände, neben der Tür hing ein Kruzifix. Eine schmale Kommode und ein Stuhl, beide aus einer Art Mahagoniholz, waren die einzige Möblierung nebst dem zweiten, leeren Bett.

Er schwang die Füße auf den holzgedielten Boden, wo seine Schuhe standen. So, wie er sie gestern Nacht ausgezogen hatte,

»Was ist mit dem Amerikaner?«, fragte er.

Kasem deutete nach nebenan. »*Otagh doghtaraneh.*« Er besann sich. Dann nochmal auf Deutsch: »Zimmer von Mädchen.«

Wilhelm nickte. Er hatte verstanden. Angesichts der Ausschreitungen und Unruhe auf den Straßen den ganzen gestrigen Tag über hatte Staudacher es für klüger gehalten, sie im Diplomatenviertel unterzubringen und nicht im Hotel. »Wie geht es ihm?«

Kasem schüttelte den Kopf. Dann lief er voraus und blieb am Badezimmer stehen. Wilhelm wusch sich durch das Gesicht und kämmte sich mit einer alten Bürste, die mindestens so antik war wie die aus ölgestrichenem Blech hergestellte Badewanne an der Wand, die mit Eimern gefüllt werden musste. Sonstige Möbel und Fenstervorhänge fehlten. Ein Spiegel aus Metall hing über dem Waschbecken. Er betrachtete sein unrasiertes Kinn und das ermüdete Gesicht. Um den Hals lief ein schmaler Streifen. Spuren des Kampfes. Erschrocken griff er nach der Kette und zog sie hervor. Er hielt den Anhänger zwischen seine Augen und dem Spiegel. Der graue Stein schimmerte, wie stets. Er war einfach nicht in der Lage, dessen Muster im Blick festzuhalten. Er sah, dass da etwas im Inneren war, immer aufs Neue entzog es sich ihm. Dieser Stein ... er dachte an die Reaktion des Funkgerätes im Zelt und am Fuß des Gebirges, wenn er sich darüber gelehnt hatte. Sollte es daran liegen? Wie sollte das möglich sein? Nichts als ein Mineral. Es war nicht heiß, es tat nichts. Wenn er zurück wäre in Berlin, würde er ihn mit einer Kamera aufnehmen lassen. Vielleicht ließ sich auf Zelluloid verfolgen, was damit vor sich ging. Ihm fiel etwas ein: Hatte Mahpareh diesen Anhänger gemeint, als sie auf seine Brust zeigte? *Dunkles Wasser*?

Kasem räusperte sich ungeduldig und Wilhelm ließ sie zurück in sein Hemd fallen. Nun noch Eau de Cologne ... dann machte er keine so üble Erscheinung mehr ...

Der Gesandte wartete in seinem kleinen Esszimmer im Erdgeschoss. Ein mit Möbeln verschiedener Form durcheinander gewürfeltes Zimmer, dessen alte englische Gartentapete rosa wirkte. Die Dielen knarrten, als Wilhelm eintrat. Freundlich grüßte ihn der Graf und bat, Platz zu nehmen.

Abbas, der Tischdiener, warf sorgfältig eine große weiße Serviette über seine Knie und reichte ihm alles Nötige. Jetzt spürte er den Hunger und griff ordentlich zu. Persisches Brot, Marmelade aus Möhren und Eier.

»Sie haben gerade Professor Herzfeld verpasst. Er leistet mir hier gerne Gesellschaft. Aber er fuhr eben wieder zu Grabungen nach Isfahan.«

Wilhelm verschlang das Frühstück. Er erinnerte sich. Der Archäologe, der ihn auf Jaroljmeks Party ignoriert hatte. Die Unruhen waren erst am frühen Abend abgeflaut, als der zweite Staubsturm über die Stadt zog. Dieser war bei weitem nicht so intensiv gewesen wie der erste, brachte die unruhigen Massen aber auf andere Gedanken. Den Chefarchäologen in Diensten der persischen Regierung hatte er am Vorabend kurz gesehen, aber keine Kraft für einen Plausch gehabt. Der ältere Mann schien redselig zu sein.

»Sie müssen gut geschlafen haben.« Der Graf lächelte, Wilhelm nickte. Dann schüttelte er den Kopf.

»Ich war schnell eingeschlafen, aber zwischenzeitig hellwach vor lauter Sorgen. Irgendwann bin ich wieder eingenickt.«

Der Graf schmunzelte und streichelte seinen Schnurrbart. »Ach, die Sorgen. Das ist doch alles Kohl. Sorgen macht man sich dann, wenn es an der Zeit ist, sich Sorgen zu machen.«

Wilhelm war über den Teller gebeugt, damit ihm das flache persische Brot nicht den Aufstrich auf die Kleidung entlud und sah hoch. Sprach der Graf jetzt wie ein Sufi?

»Den amerikanischen Romancier lassen wir noch zwei Tage hier, dann kann er gehen, wohin er will. Von mir aus auch wieder ins Hospital. Essen Sie mal, Darburg.« Er bückte sich und hob etwas vom Boden auf. Eine Zeitung, die lediglich aus einem großen gefalteten Blatt bestand. »Ich verlese Ihnen die Meldungen. Besonders wichtig: Der ehrenwerte Bachtiarenprinz Mostafa-Kuli Mirza hat den Teufel verjagt.« Er grinste breit und hielt die Gazette hoch. »Ehrlich. Da steht es. Der Prinz habe zusammen mit den Olama mutig die Bevölkerung angeleitet, dem großen Schatten des Teufels zu widerstehen, der zu seiner Tarnung den Staubsturm auf Teheran schickte. Das alles geschah im Auftrage des Schahs und unter Billigung des Hofministers.«

»Heilige Maria«, stotterte Wilhelm mit vollem Mund. »Nichts davon stimmt.«

»Natürlich nicht, aber jeder wahrt sein Gesicht und das Volk ist ruhig, denn seien wir ehrlich, wer hätte den Menschen erklären wollen, was ein Luftschiff ist? Ohne dass irgendjemand zuvor eines gesehen hatte?«

Wilhelm brummte. Er hörte unterdrücktes Kichern hinter sich. Das musste Kasem sein. Gut, die verstanden besser, was hier an Nachrichten zu ertragen war.

»Wenn Sie fertig sind, können wir zwei eine kleine Fahrt unternehmen.«

»Ach? Wohin?« Er schluckte den Rest herunter und nippte am Tee.

Graf von der Schulenburg stand auf. »Unser konsularischer Gast soll uns nicht weiter behelligen.«

Wilhelm nickte wissend. Mason Ruby war gemeint, der saß in der Arrestzelle der Gesandtschaft. Staudacher wollte ihn schmoren lassen und endlich wieder einmal das Gefangenenzimmer belegen, bevor sie ihn der britischen Botschaft übergeben würden. Paul hatte ihn mit einem wütenden Tritt dort hinein befördert. Daraus war ein Aufenthalt über Nacht geworden.

Kasem verließ irgendwann den Raum und wenig später drängte der Graf zum Aufbruch. Abbas räumte die Servietten von ihren Knien und kümmerte sich dann um den Tisch.

Hinter dem Tor der Gesandtschaft warteten zwei Autos. Der neue Horch und der Hansa, ihr guter alter *Ya Ali*. In diesem saßen Mason Ruby, auf der Rückbank eskortiert von Mohammed und Ahmed, den beiden kräftigen Stalldienern. In der Mitte des Wagens Resa und Hossein, die Kanzleidiener. Dr. Staudacher fuhr. Den Horch lenkte der Fahrer der Gesandtschaft, Andreas Gruenwaldt. Dort nahmen der Graf und Wilhelm Darburg Platz. Dann ging es los, nur hundert Meter. Vor dem Tor der Briten hielten sie wieder an. Einer der Sikh-Wachsoldaten trat zu ihnen.

»Graf von der Schulenburg«, sagte der Gesandte und hob grüßend die Hand. »Kanzler Repnow hat mich bei Sir Clive avisiert. Wir haben einen Gefangenen, den wir übergeben wollen.«

Der Sikh blieb stumm, gab aber ein Signal in Richtung der Botschaft und ließ sie passieren. Sie fuhren noch einige Meter bis vor das Portal. Auf dem oberen Absatz der großen Treppe erschien der britische Botschaftsrat Davies in Begleitung von zwei weiteren uniformierten Soldaten, die ebenfalls stolz ihren Turban trugen. Er schnippste mit den

Fingern und zeigte auf Ruby. Sie kamen ihn holen. Dann trat Davies zum Grafen und Wilhelm.

»*Good morning, Sirs.* Möchten Sie mir bitte zum Gesandten folgen?« Er näselte ein wenig und Wilhelm fragte sich wieder einmal, ob britische Staatsbedienstete dies während ihrer Ausbildung für offizielle Anlässe lernten, denn sonst sprachen sie ganz normal und umgänglich.

Graf von der Schulenburg begrüßte den Counsellor förmlich. Wilhelm ahmte einfach nach, was der Graf tat und folgte den beiden in den ersten Stock, durch einen Korridor. Vorbei an riesigen Vasen und Gemälden verblichener englischer Könige und vor allem der stets präsenten Queen Victoria. Im Vergleich dazu erschien die deutsche Gesandtschaft wie ... nicht ganz so mickrig wie seine Wohnung im Kiez im Vergleich mit der Villa des Textilfabrikanten Simon am Wannsee, aber ungefähr so. Jetzt verstand Wilhelm auch, warum sie nicht einfach über die Straße geschlendert waren, sondern den Gefangenentransport gleich mit zwei Fahrzeugen bewerkstelligt hatten. Es ging um Anschein und Wirkung.

Die prächtige, doppelflügelige Tür am Ende des Flurs wurde von innen geöffnet und in der Mitte des Raumes stand Henry Robert Clive, der britische Gesandte. Er breitete die Arme aus.

»Fritz!«, rief er jovial. »*What a pleasure.* Und Sie müssen Herr Darburg sein? Der Mann, der uns hier oben«, er zeigte gen Himmel, »schön durcheinandergewirbelt hat?«

Wilhelm gab ihm die Hand und verbeugte sich. Trotz der freundlichen Begrüßung war ihm nicht entgangen, dass während der letzten Worte von Sir Clive dessen Lächeln ein wenig aus den Augenwinkeln entglitten war.

Davies wies sie zu einer Sitzgruppe, auf die der Graf zuging, als wäre er hier zuhause und wo er sich an einer Stelle niederließ, die ihm vertraut schien. Wilhelm hielt Abstand und setzte sich ans andere Ende des Sofas.

»Da haben Sie uns ja eine ganz besondere Frucht aus dem britischen Garten heimgebracht«, begann Botschafter Clive und abermals wirkte das Lächeln aufgesetzt.

Wilhelm holte Luft, aber er realisierte rechtzeitig, dass es nicht an ihm war zu antworten, obwohl der Brite ihn angesehen hatte. Aber der musterte ihn bloß und wollte ihn wohl einschätzen.

Von der Schulenburg räusperte sich. »Wir erachten es nicht als feine englische Art, dass ein britischer Staatsbürger, möglicherweise im Auftrage, einen deutschen Staatsangehörigen angreift und das Eigentum der Firma Junkers zerstört«, sagte er leise und sanft. Fast so, als zitiere er bloß ein Gedicht von Rilke. Wilhelm dachte, dass die Funkpritsche eigentlich Eigentum von Paul Anar gewesen war, aber ...

»Ich darf Ihnen, Fritz, und Ihnen, Herr Darburg, mein aufrichtiges Bedauern mitteilen. Mister Ruby ist uns bekannt. Leider nicht sehr positiv. Er hat bei uns vorgesprochen in einer zweifelhaften Angelegenheit. Er ist ehemaliger Angehöriger der North Persian Force und hat dort nicht nur positive Eintragungen in der Akte, soviel darf ich Ihnen sagen. Wir werden die Sache aufklären und ihn dann nach britischem Recht der entsprechenden juristischen Verfolgung überstellen.«

Der Graf nickte befriedigt. Sir Clive beugte sich vor und faltete die Hände, dann kniff er die Augen zusammen. »Und Fritz, man hat mir zugetragen, dass Berlin Ihnen jegliche Unterstützung von Luftschiffaktivitäten in Persien untersagt hat. Nun war gestern aber ein Luftschiff hier und es ist wohl nur dem schlechten Wetter zu verdanken, dass es nicht gelandet ist. Sie ...«, er zögerte theatralisch, »haben davon gehört?«

Graf von der Schulenburg hob die Hände. »Robert, ich versichere Ihnen, dass ich keine Unterstützung geleistet habe. Herr Darburg ist jetzt bei mir, weil er aufgrund der Unruhen den Schutz der Gesandtschaft gesucht hat.«

Für einen winzigen Augenblick spiegelten ihrer beider Gesichter den gleichen Ausdruck: Eigensinn, Pflichtbewusstsein, aber auch Vertrautheit, die über das übliche Maß hinausging. Vielleicht sogar eine Art von Freundschaft. Und das Wissen um die hunderten kleinen Kniffe des diplomatischen Gewerbes.

»Ich spüre, wir verstehen uns. Was glauben Sie, wie ich in Erklärungsnot komme, wenn unsere Flieger Persien nicht überqueren dürfen und daher ...«, er stockte.

»Die britischen Luftschiffe um Persien herum müssen?«, ergänzte der Graf den verunglückten Satz des Botschafters. Andeutend, wie viel er ebenfalls wusste. »Nun, *dass* britische Flugzeuge wieder in Persien landen dürfen, konnte ja auch nicht zuletzt durch meine bescheidene Fürsprache erreicht werden.«

»Dafür dürft Ihr Deutschen in Bagdad landen.« Da war sie erneut, die freundschaftliche Rivalität, die Wilhelm beobachtet hatte. »Der Schah hat mir wegen der Sache mit Ruby die Hölle heiß gemacht. Der habe Mostafa-Kuli aufgehetzt, nachdem die Bachtiaren in Sefid Dasht gerade erst unterworfen worden sind. Und es seien unsere Agenten, die in den Provinzen die Aufstände anstachelten.«

Graf von der Schulenburg sagte nichts, sondern nickte verständig. Selbstverständlich wusste jeder, dass dies seit Generationen die beliebteste Methode des Empire war, Unsicherheit zu schüren und dann dem

Herrscher Schutz zu versprechen. Es wäre eine Lüge gewesen, in diesem Moment beschwichtigend einzugreifen.

»Gut«, wollte Sir Clive das Gespräch beschließen. »Wir sehen uns ja schon übermorgen wieder beim Bankett von Miss Palmer-Smith. Ich hörte, sie sei vor dem Sturm nach Bagdad geflüchtet und bereits wieder auf dem Rückweg. Kennen Sie den sehr schmeichelhaften Artikel von ihr? Jedenfalls für Sie und weniger nett für mich. Vom 11. Juli.«

Der Graf lachte laut. Natürlich kannte er den. Jedes Mitglied der europäischen Kolonie tat das. Repnow und Staudacher hatten tatkräftig dafür gesorgt, dass er unter die Leute kam. Ein Loblied auf die deutsche Diplomatie in Persien. Hatte seiner Autorin einigen Ärger eingebracht.

Sie standen auf und verabschiedeten sich. Clive sah Wilhelm besonders tief in die Augen. »Dass Sie alleine so mutig in Teheran ein solches Projekt verfolgen. Respekt. Respekt.« Wilhelm lächelte, schwieg aber aus Gründen der Etikette. Der Blick des anderen sagte indes, dass der ihm nicht nur Anerkennung zollte. Er haftete an ihm und Wilhelm verstand, dass das wohl auch so bleiben würde. Dass man ihn im Blick behielte, solange er in Teheran weilte.

Counsellor Davies war stumm geblieben, geleitete sie aber nach der Verabschiedung wieder ins Freie. Der Vorplatz war leer.

»Die Autos sind verschwunden!«, staunte Wilhelm halblaut.

Graf von der Schulenburg, der einige Meter in Gedanken versunken vorgegangen war, blieb stehen und drehte sich um. Dann ging er weiter durch das Tor, die Hand den Sikh-Wächtern zum Gruße hebend. Und ironisch über seine Schulter: »Habe ich das richtig gehört? Kaum sind Sie im diplomatischen Dienst, schon erwarten Sie einen Wagen mit Fahrer? Für einen Katzensprung? Das kann ja was werden ...«

Wilhelm huschte eilig hinterher. »So war das doch nicht ... wieso diplomatischer Dienst? Wegen der Verpflichtung als Diätar ...?«

In der Mitte der Straße blieb der Gesandte stehen und ließ ihn herankommen. Die deutsche Vertretung war schon zu sehen. Vor dem Tor warteten Personen.

»Was sollen Sie denn sonst hier machen? Der Schah will nicht mehr. Timurtasch hat großen Druck bekommen. Man hat Angst, dass ein Luftschiff, wenn es wirklich kommt und von jedem gesehen wird, für noch mehr Aufruhr sorgen könnte. Nein, sie werden dem Luftkreuz nicht zustimmen. Staudacher lässt Sie über Möbius gleich ein Telegramm nach Berlin senden. Sie können es ja in Kabul nochmal probieren, Schah Mohammed Nadir Schah von Afghanistan – der hält auch große Stücke auf uns Deutsche. Aber ich könnte Sie auch hier brauchen. Und da Sie ja schon unbesoldet in meinen Diensten stehen, bleiben Sie doch.« Er grinste und schritt voran. »Natürlich dann mit Bezahlung«, rief er über seine Schulter. »Ist doch Ehrensache!«

Neben dem Wachmann am Tor der deutschen Gesandtschaft standen Moshir und Byron. Sie warteten auf ihn. Der Amerikaner lehnte an dem hohen Pfeiler rechts der Durchfahrt. Nicht erholt, aber aufrecht.

Schulenburg grüßte und ging an den Wartenden vorbei. Zu Moshir sagte er: »Sie kommen dann gleich nochmal zu mir, ich habe neue Arbeit für Sie«, und lief weiter.

»Jetzt weiß ich, was Sie hier getrieben haben, Wilhelm«, begann der Schriftsteller. »Wir hatten einen schlechten Start. Ich wünschte, ich hätte Ihnen zugehört, statt Sie zu bestehlen. Ihre Geschichte gäbe einen fantastischen Persien-Roman. Ich könnte ihn ›Stairway to Heaven‹ nennen, *Himmelsleiter*. Wenn ich es nicht mache, dauert es sonst vielleicht hundert Jahre, bis mal jemand Ihre wahnwitzige Idee aufschreibt.« Er lachte, wie er es immer tat, nachdem er abends an der Bar des Grand Hotel drei Whisky gekippt hatte.

Wilhelm stimmte ein. »Hier herrscht Frieden, wie mir scheint.« Er war erleichtert.

Der Blick, den Moshir daraufhin Byron zuwarf, war nicht ungeteilt freundlich, aber wohlmeinend. »Mister Alvarado hat versprochen, eine Geschichte mit mir als Hauptperson zu schreiben. ›Sternenkreuzer Moshir‹.« Er wirkte stolz. »Aber noch habe ich nicht verstanden, was ein Sternenkreuzer sein soll.« Sie lachten.

»Ich wollte mich eigentlich bei dir bedanken und verabschieden, Moshir. Aber ich bleibe doch vorerst in Persien.« Als Wilhelm das ausgesprochen hatte, fühlte er sich erleichtert.

Aus dem Garten der Gesandtschaft näherte sich Dr. Staudacher. »Ich will doch mal sehen, was das hier für ein Menschenauflauf vor dem Tor ist.« Er blieb stehen und sah zur Seite, hinter die Mauer, die das Grundstück begrenzte. »Und warum steht Frau Glock hier so versteckt? Darf sie nicht bei Ihnen sein? Kommen Sie mal hervor, Mahpareh Chanom.«

Schüchtern trat sie aus ihrem Versteck heraus in die Einfahrt. Sie trug den schwarzen Tschador, aber schlug nun die Kapuze zurück. Wilhelm fand seine Ahnung bestätigt – sie war attraktiv. Eine wunderschöne Perserin mit dunklen Augen, tiefschwarzen Haaren und pharaonischen Gesichtszügen.

»Sie haben unsere Überraschung verdorben, Herr Doktor«, meckerte Moshir gespielt übertrieben. Der hob entschuldigend die Hände.

Mahpareh lächelte Wilhelm an.

»Meine Schwester möchte Ihnen noch etwas sagen.«

Er starrte Moshir erstaunt an. Jetzt verstand er einiges.

»Sie sind ein guter Mann, Wilhelm«, sagte sie. »Ich hatte nicht Glück mit deutschem Mann. Er ging, er musste gehen. Aber ich liebe mein Land, meine Familie, alles. Ich konnte nicht. Und *kann* es nicht.«

»Glock? Gustav Glock etwa?«, murmelte er. »Ich hatte es geahnt. Sie waren mit Glock verheiratet!« Mahpareh nickte und bestätigte damit, warum sie etwas Deutsch konnte und wieso ihre Séancen wie aus dem Lehrbuch dem Werk von C.G. Jung entsprachen. Kasem hatte ja vermutet, dass es wohl ›GG‹, also Glock, gehört habe. Sie schaute zu Boden. Zögernd.

»Aber, Wilhelm ...«, sie stockte und Moshir gab ihr einen Schubs. »Es ist ...«

»Sie will sagen ...«, begann Moshir für sie. Er erhielt einen energischen Schlag vor die Brust und verstummte wieder.

»Ich ... nicht gute Nachricht. Aber ernst. Ich sehe Sachen. Ich sehe Tage, weit von hier. Fern. Und Sie ...«. Dann stieß sie es heraus: »Sie werden heiraten. Schon im *Sal*, das kommt. Jahr. Im nächsten Jahr.« Als sie bemerkte, dass er lächelte, schüttelte sie hastig den Kopf. Das war nicht das, was ihr bedeutend erschien. »Aber Sie nicht sterben mit Frau. Sie alleine sterben. Ohne Ehre. Ohne Würde. Das ... ich sehe es und es macht mich weinen.«

Sein Lächeln erstarb. Das war nicht, was er erwartet hatte. Warum sagte sie sowas? War sie zornig? Er sah die Umstehenden an. Byron schien das ernst zu nehmen, Moshir hielt sich nahe an seiner Schwester, als wolle er sie stützen. Staudacher sah gen Himmel. Vielleicht suchte er zu vermeiden, etwas Despektierliches zu sagen. Moshir sah Wilhelm direkt in die Augen, seine Kopfbewegung war kaum merklich. Er bestätigte, dass sie das zweite Gesicht hatte.

Dann nickte Wilhelm. Es fiel ihm schwer, diesen Humbug zu glauben. Aber er wollte ihr Respekt zeigen, denn sie hätte das nicht sagen müssen. Sie hätte ja gar nicht kommen brauchen. Und doch war sie da. Er hatte ohnehin befürchtet, dass sie als Geisterseherin nach dem Angriff der Bachtiaren sich in die Verborgenheit zurückziehen müsste. Nochmal nickte er, wollte ihr die Hand geben, besann sich dann und verbeugte sich lediglich stumm. Moshir und Mahpareh verabschiedeten sich und gingen langsam die Straße hinunter, nach Süden.

Staudacher drängelte und wollte gehen. Überraschend griff er sich an die Brust, zog etwas hervor und verharrte. »Herr Darburg. Bitte, das gab mir Fräulein Grande, bevor sie nach Bagdad abflog.« Er reichte ihm den kleinen Umschlag.

Wilhelm nahm und öffnete ihn vorsichtig. Darin steckte ein Zettel, beidseitig beschrieben. Ein *Fal*, eine Prophezeihung. Auf der Vorderseite waren in schönen persischen Buchstaben Verse gemalt, auf der Rückseite hatte eine unsichere Hand die Übersetzung hinzugefügt:

Eines Tages erreicht die Traurigkeit die Größe eines Berges

Eines Tages erreicht das Glück die Größe einer Ebene

So lautet der Mythos des Lebens, Liebster

Im Schatten des Berges muss man die Ebene durchqueren

Wilhelm räusperte sich leise, faltete das Papier und verbarg es sicher.

Sein Blick fiel auf Byron.

»Mister Alvarado, tun Sie mir einen Gefallen? Gehen Sie zu Fräulein Huth im Junkersbüro an der Laleh-Zar. Dort ist ein Flugschein für mich hinterlegt. Nehmen Sie ihn und verlassen Sie Teheran, wann immer Sie wollen. Ich bleibe hier.« Dann lief er hinter Staudacher her, Byron rief nach ihm, dankte ihm lautstark. Wilhelm hob nur seinen Daumen. Jetzt waren wichtige Angelegenheiten zu regeln.

Staudacher ging voraus zu einem kleinen Häuschen tiefer im Garten, dem des Telegraphen. »Der Gesandte sagte, sie wollten eine chiffrierte Nachricht nach Berlin schicken? Dann bringe ich Sie zu Möbius. Der erledigt das für Sie.«

Es waren wenige Schritte bis zum Haus des Telegrafen-Mechanikers. Der erwartete sie und bat sie in seine Amtsstube.

»Nennen Sie mir bitte Empfänger und Inhalt Ihrer dringlichsten Nachricht zuerst.«

Wilhelm dachte nach. Dann lächelte er und setzte sich auf einen der Stühle neben die Apparaturen und begann zu diktieren.

»An: Gertrude Bernhardt, Eisenzahnstraße. Wilmd. PA4 Berlin. Liebe Gertrude. Komme umgehend nach Teheran. Erwarte dich sehnlichst im Morgenland. Dein Wilhelm.«

Er lächelte. Wenn er im nächsten Jahr heiraten sollte, müsste sie ja hier sein.

»Das Wichtigste zuerst. So machen wir's!«

ENDE

Danksagung

Die Kernhandlung der geplanten Landung ist fiktiv. Sonstige berichtete Fakten wurden präzise recherchiert. Geschehnisse, persönliche Verhältnisse, Namen und Tätigkeitsbereiche und sogar kalendarische Daten und Tageszeiten werden exakt wiedergegeben. Hierzu wurden tausende Seiten Botschaftskorrespondenz der deutschen Vertretung in Teheran von 1924-1932 gescannt und ausgewertet.

Die Schauplätze in Deutschland und Persien wurden mittels historischer Fotografien und Pläne rekonstruiert und, soweit noch erhalten, besichtigt.

Die Innenausstattung der deutschen Gesandtschaft wird anhand von zeitgenössischen Grundrissen, Fotos jedes Raumes aus mehreren Perspektiven, Inventar- und Personallisten und Stoffproben der Wandbehänge, Tapeten und Polster beschrieben.

Das Buch entstand unter Verwendung zeitgenössischer deutscher und persischer Literatur, Recherchen vor Ort sowie mit Materialien und teilweise Unterstützung von:

- Politisches Archiv des Auswärtigen Amtes, Berlin

- Nachlass des ehemaligen Gesandten in Teheran (1924-1931) Graf Friedrich-Werner von der Schulenburg, Bundesarchiv Berlin

- Museum Burg Falkenberg, Stammsitz des Grafen von der Schulenburg, Falkenberg / Bayern

- Zeppelin-Museum, Friedrichshafen

- Dornier-Museum, Friedrichshafen

- Junkers-Archiv im Deutschen Historischen Museum, München

- Junkers-Museum, Dessau

- Museumsstiftung Post und Telekommunikation, Frankfurt

- Polnisches Nationalmuseum Landsberg an der Warthe / Gorzów Wielkopolski

Folgenden Personen bin ich sehr zu Dank verpflichtet:
- Angelika Hofmann, Junkers-Archiv in Dessau
- Gerd Fucke, Junkers-Museum in Dessau

- Dr. Matthias Röschner, Archiv des Deutschen Museums in München
- Marlinde Schwarzenau, Archiv des Deutschen Museums in München
- Jürgen Bleibler, Zeppelin-Museum Friedrichshafen
- Hans Schulz, Zeppelin-Museum Friedrichshafen
- Herbert Bauer, ehem. Bürgermeister Gemeinde Falkenberg
- Armin Conrad, früherer Redaktionsleiter ›Kulturzeit‹ bei 3Sat

Für die inhaltliche Prüfung aus einer lokalkulturellen Perspektive
danke ich:
- Sonja Anwar, Teheran
- Hale Rais Schaghagi, Teheran
- Dr. Hamideh Behjat, Universität Teheran
- Azadeh Niyazadeh, Teheran

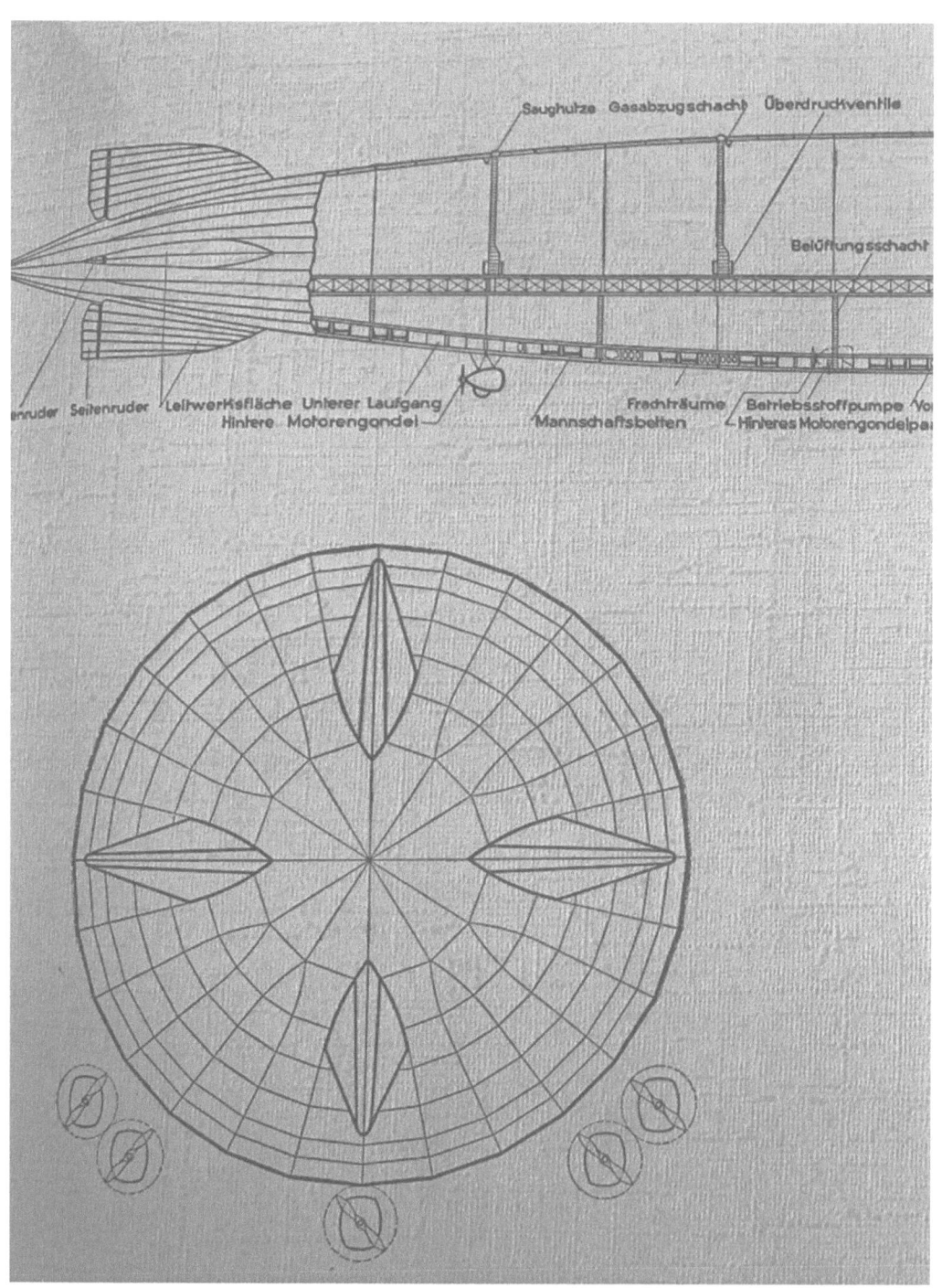

Risszeichnung von LZ 127 „Graf Zeppelin" (Quelle: Bilderstelle Lohse 1933)

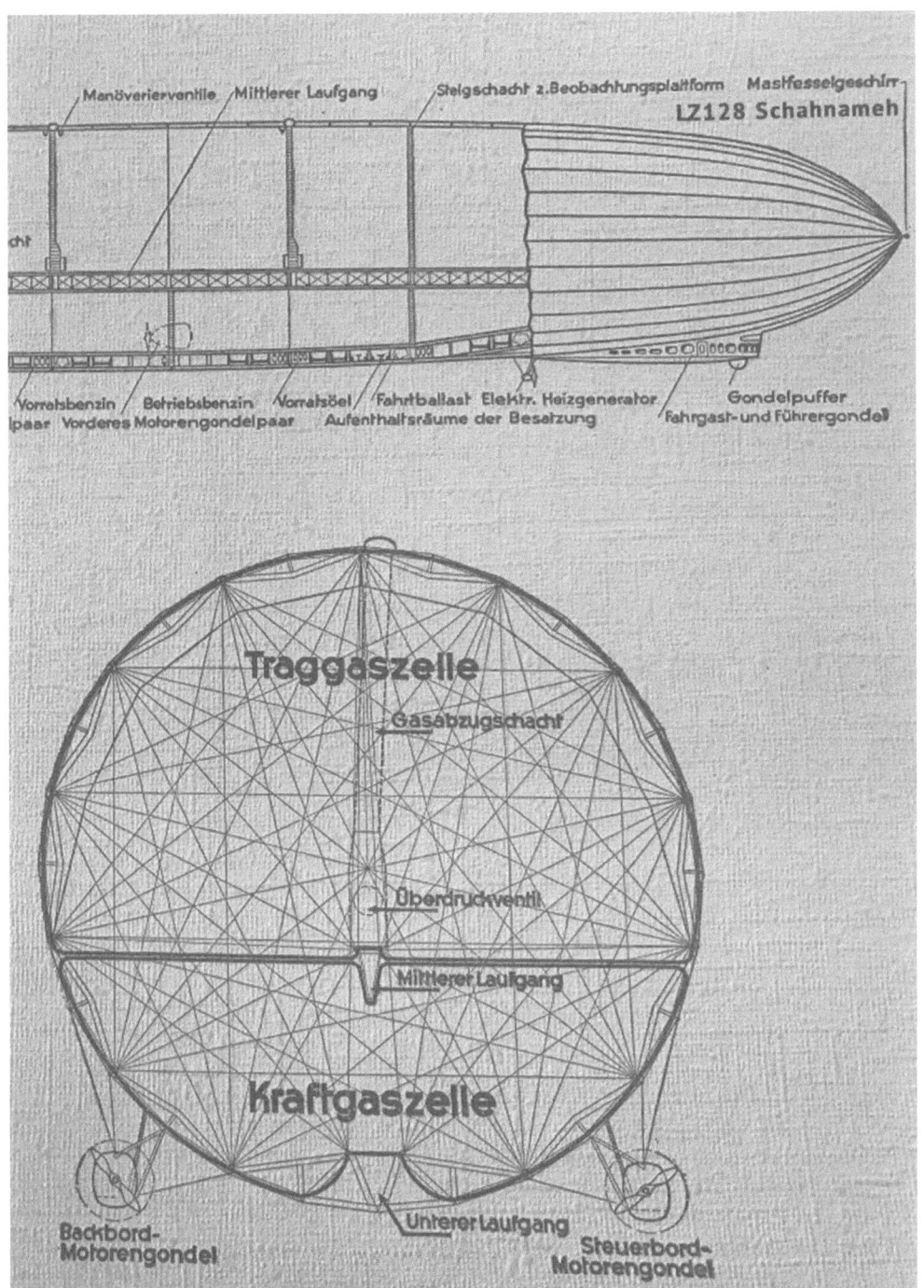

Manöverierventile Mittlerer Laufgang Steigschacht z.Beobachtungsplattform Mastfesselgeschirr

LZ128 Schahnameh

Vorratsbenzin Betriebsbenzin Vorratsöel Fahrtballast Elektr. Heizgenerator Gondelpuffer
paar Vorderes Motorengondelpaar Aufenthaltsräume der Besatzung Fahrgast- und Führergondel

Traggaszelle

Gasabzugschacht

Überdruckventil

Mittlerer Laufgang

Kraftgaszelle

Backbord-
Motorengondel Unterer Laufgang Steuerbord-
Motorengondel

Literaturliste

Auswärtiges Amt (1967): Akten zur deutschen auswärtigen Politik 1918-1945. Serie B: 1925-1933. Göttingen: Vandenhoeck & Ruprecht

Amineh, Mehdi Parvizi (1999): Die globale kapitalistische Expansion und Iran. Eine Studie der iranischen politischen Ökonomie (1500-1980). Münster: Lit

Aram, Kurt (1928): An den Ufern des Araxas. Berlin: Oestergaard-Verlag

Banneitz, Fritz (Hrsg.) (1927): Taschenbuch der drahtlosen Telegraphie und Telephonie. Berlin Heidelberg: Springer-Verlag

Bauer, Heinz (1903): Telegraphie ohne Draht. Berlin: Duncker

Bauer, Manfred (1985): Luftschiffhallen in Friedrichshafen. Friedrichshafen: Bodensee-Museum

Bilderstelle Lohse (1933): Zeppelin-Weltfahrten. Dresden: Lohse

Böhme, Adolf (1976): Wir flogen für Iran. Deutsche Flieger für ein neues Persien. Steinebach-Wörthsee: Fliegerverlag Walter Zuerl

Eckener, Hugo (1928): Die Amerikafahrt des Graf Zeppelin. Berlin: Scherl

Englisch, Paul (1932): Sittengeschichte des Orients. Wien: Phaidon Verlag

Faber, Kurt (1930): Mit dem Rucksack durch Persien. Deutsche Jugendbücherei Nr. 407. Berlin / Leipzig: Hillger

Fleischhauer, Ingeborg (1991): Diplomatischer Widerstand gegen „Unternehmen Barbarossa". Die Friedensbemühungen der Deutschen Botschaft Moskau 1939-1941. Frankfurt: Ullstein

Hagen, Wolfgang (2001): Radio Schreber. Der „moderne Spiritismus" und die Sprache der Medien. Weimar: Verlag und Datenbank für Geisteswissenschaften

Haig, H. F. (1923): Persia. London: A. & C. Black

Hesse, Fritz (1932): Persien. Entwicklung und Gegenwart. Weltpolitische Bücherei. Band 26. Berlin: Zentral-Verlag

Hirschfeld, Yair P. (1980): Deutschland und Iran im Spielfeld der Mächte. Internationale Beziehungen unter Reza Schah 1921-1941. Düsseldorf: Droste

Jaroljmek, Edmund (1942): Ich lebte in Nah-Ost. Wien: Dt. Verlag für Jugend und Volk

Kasraian, N. / Arshi, Z. (2010): Bazaars of Iran. Teheran: Agah Publishing

Lehmann, Ernst A. (1936): Auf Luftpatrouille und Weltfahrt. Leipzig: Schmidt & Günther

Litten, Wilhelm (1920): Persien. Von der „pénétration pacifique" zum „Protektorat". Urkunden und Tatsachen zur Geschichte der europäischen „pénétration pacifique" in Persien 1860-1919. Berlin und Leipzig: Vereinigung wissenschaftlicher Verleger de Gruyter

Norden, Hermann (1929): Persien wie es ist und war. Mit Karawane, Auto und Flugzeug durch Risas Königreich. Leipzig: Brockhaus

Schneeli, Gustav (1908): Radiotelegraphie und Völkerrecht. Berlin: Franz Vahlen

Shirazian, Reza (2010): Atlas of Old Tehran. Teheran: Iranian Cultural Heritage Organization

Sommer, Erich F. (1987): Botschafter Graf Schulenburg. Der letzte Vertreter des Deutschen Reiches in Moskau. Asendorf: MUT-Verlag

Stark, Freya (2005 / 1936): Im Tal der Mörder. Eine Europäerin im Persien der Dreissigerjahre. Stuttgart / Zürich / Wien: Verlag Das Beste

Urban, Heinz (2008): Zeppeline der Kaiserlichen Marine 1914-1918. Meersburg: Masuren Verlag

Wegener, Armin T. (1979 / 1930): Fünf Finger über Dir. Aufzeichnungen einer Reise durch Rußland, den Kaukasus und Persien 1927/28. Wuppertal: Hammer-Verlag

Zeppelin Museum Friedrichshafen (Hrsg.) (2005): Wissenschaftliches Jahrbuch 2005. Friedrichshafen: Zeppelin Museum

Zeppelin Museum Friedrichshafen (Hrsg.) (2004): Wissenschaftliches Jahrbuch 2004. Friedrichshafen: Zeppelin Museum

Zeppelin Museum Friedrichshafen (Hrsg.) (2002): Luftschiffe, die nie gebaut wurden. Friedrichshafen: Zeppelin Museum

Anmerkung: Der Reisebericht zu Beginn des Kapitels „Ankunft in Teheran" ist frei erzählt nach dem Persientagebuch 1927/28 von Armin Wegener (veröffentlicht 1930 / 1979).

LZ 127 Graf Zeppelin auf der Einfahrt in die Halle (Quelle: Eckener 1928)

Die Ausstellung zu den Anfängen der Luftfahrt in Asien. Kuratiert von Stefan Piasecki

Technikmuseum Hugo Junkers

Kühnauer Str. 161a

06846 Dessau-Roßlau

www.technikmuseum-dessau.org/

Hat Ihnen dieses Buch gefallen?

Es bedeutet mir und auch anderen Autorinnen und Autoren sehr viel, wenn Sie ein Buch auf Amazon oder anderen Onlineportalen gut bewerten. Auch wenn Sie vielleicht keine Zeit für eine längere Rezension haben sollten, so sind Sterne-Bewertungen recht schnell erledigt und motivieren uns ungemein, denn das Ausdenken und Schreiben von Geschichten ist sehr viel Arbeit, auch wenn es ausgesprochene Freude macht. Nicht zu vergessen auch die Kosten und Mühen für Recherchen in Archiven und an Originalschauplätzen.

Wenn Sie mögen, folgen Sie mir gerne auf
Instagram oder besuchen Sie eine meiner Webseiten:

Instagram:
https://www.instagram.com/stefan.piasecki.boucher/

Meine Romane:
www.editionvijo.com

Meine Wissenschaft:
www.stefanpiasecki.de

Herzliche Grüße
Stefan Piasecki

Kleine Frau im Mond

Roman

»Ton? Kamera läuft? Ruhe im Atelier und ... Bitte!«

Berlin 1944: Die sechzehnjährige Mara Prager liebt den Film ... und die Sterne. Seit sie denken kann, verschlingt sie alles über die noch junge Weltraumforschung. Ihr Alltag im Fahrkartenschalter eines Vorortbahnhofs ist weniger glamourös. Viel lieber träumt sie sich in andere Welten. Für sie sind die gewaltigen Flaktürme am Bahnhof Zoo keine Kriegsmaschinen. Sie bewundert ihre Technik, die Funkschüsseln und Peilsender, denn sie weiß ganz sicher... wenn man nur wollte, könnte man mit diesen zwischen die Sterne lauschen.

Eines Tages beobachtet sie einen echten Filmstar im Nachbarhaus und erfährt, dass dort die bekannten Musiker Bruno Balz und Michael Jary wohnen. Diese Bekanntschaft bringt sie tief in die Traumwelt der UFA und zu den Dreharbeiten von ›Unter den Brücken‹. Aber die Reihen der Stars lichten sich. Beliebte Schauspieler verschwinden oder werden verhaftet, manche hingerichtet. Andere verstummen, sobald das Scheinwerferlicht verlischt.

Beinahe zeitgleich lernt sie den Verwaltungssoldaten Manfred und den Flakhelfer Helmut kennen, die ihre Leidenschaften teilen. Beide wecken außerdem Gefühle, die plötzlich keine Träumereien mehr sind, sondern aufregend, beunruhigend und gefährlich. Interesse erregt das junge Mädchen, das mitten im Krieg so neugierig und voller Tatendrang scheint, unglücklicherweise bald bei Gestapo und militärischer Abwehr.

‚Kleine Frau im Mond‘ erzählt eine romantische Liebesgeschichte und begleitet im letzten Kriegssommer die Dreharbeiten eines der bekanntesten Filme des Dritten Reiches. Die fiktive Handlung verbindet sich mit realen Ereignissen und ist das Ergebnis aufwendiger Archivrecherchen, der Auswertung von Interviews, historischen Akten, Drehbüchern und Setfotos. Jetzt als erweiterte Ausgabe mit 35 teilweise nie gezeigten Fotografien historischer Dreharbeiten erhältlich.

Stefan Piasecki

Die Sterne der Welt (Roman)

1978: Hochphase des Kalten Krieges. Im Schatten drohender nuklearer Vernichtung wird auf beiden Seiten des durch Deutschland verlaufenden Todesstreifens fieberhaft am Erhalt des Friedens gearbeitet.

Linn Darburg, Offizierin der DDR-Stasi, soll die Aktivitäten der westdeutschen Firma OTRAG ausspähen, die in Zentralafrika Raketen entwickelt und testet.

Durch die Turbulenzen der iranischen Revolution gerät ihre Mission jedoch gefährlich aus den Fugen. Ausgerechnet ihr ehemaliger Geliebter Reza Naderi soll für den Diebstahl von Geldern iranischer Kommunisten verantwortlich sein. Als er verschwindet und unerwartet auf dem Testgelände in Zaire auftaucht, erkennt sie, wie dicht seine Netze der Lügen gesponnen sind. In Afrika schlittert sie in ein intrigantes Spiel der Geheimdienste und erlebt, dass auch mit dem Ende der Kolonialzeit Unterdrückung und Rassismus nicht aufhörten.

Bald geht es um nicht weniger als den Frieden, ihre Karriere und sogar das eigene Leben. Wenn sie scheitert, endet sie als Feind von Ost und West.

»Eine Story, als hätte die DEFA-Film der DDR einen modernen James Bond produziert.
Akribisch recherchiert und detailgetreu erzählt, entsteht eine historische Ost-West-Konfrontation im Kopfkino. Mutig wird eine Handlung an internationalen Schauplätzen entsponnen, in der eine Offizierin des Ministeriums für Staatssicherheit der DDR die Hauptfigur ist. Sie ist überzeugt, durch ihre Agententätigkeit, ob in München, Zaire oder Teheran, tödliche Risiken eingehen zu müssen, um den Frieden zu sichern. Auch sie kann jedoch eines Tages die Tatsache nicht länger verdrängen, dass ihr Agieren in einem Spiegelkabinett von KGB, CIA, BND und MfS abhängig vom Spiel politischer Hasardeure ist, und sie selbst nur eine Schachfigur. Das Schlussbild ist eine explosive Metapher auf falsche Ideale und Motive. Der Roman richtet eine Botschaft an die politische weltweite Vernunft, die in großer Gefahr ist. Dass hier actionreich, emotional und fantasievoll versucht wird, diese zu verteidigen, verdient Respekt und Hochachtung. Ich hoffe sehr, dass ›DIE STERNE DER WELT‹ viele Leser erreicht, als Buch wie auch als Film.«

Prof. Eberhard Görner. Regisseur, Dramaturg, Schriftsteller. Gründer der DDR-Krimiserie ›Polizeiruf 110‹.

Stefan Piasecki

Vergiftete Sonne (Roman)

Das Frankfurter Bankhaus Praetorius feiert 1987 mit den Investments des zwielichtigen Dr. Reza Sistani Rekordgewinne. Nur die Hamburger Journalistin Shila Abó Malungu fragt beharrlich nach der Herkunft märchenhafter Renditen. Sistanis wichtigster Mitarbeiter Svetozar Kron versteckt die im Westen verbliebene FDJ-Funktionärin Ada Darburg in der Hausbesetzerszene. Vor den Besuchen von US-Präsident Reagan und DDR-Staats- und Parteichef Honecker in der BRD sind die Sicherheitsdienste hochnervös.

Als wichtige Großanleger Sistani unter Druck setzen, entgleitet ihm zunehmend die Kontrolle. Er macht Fehler und wird erpressbar. So gerät er zwischen die Fronten von Waffenschmugglern, Finanz-jongleuren und Geheimdiensten aus Ost und West.

Er wird gezwungen, einen Koffer mit Dokumenten in das Grenzgebiet zwischen Iran und Irak zu bringen, wo seit Jahren ein mörderischer Krieg herrscht. Ein Kampf auf Leben und Tod beginnt, als die Kleinstadt Sardascht mit Giftgas bombardiert wird...

Die Handlung dieses realistisch erzählten Politthrillers aus dem Schattenreich des internationalen Waffenhandels führt von den sterilen Etagen Frankfurter Bankhäuser und mondänen Golfclubs bis in nordiranische Kurdendörfer. Sie spiegelt die Hybris der Finanzwirtschaft und die Skrupellosigkeit von Geheimdiensten wider und fängt den Zeit-geist und die Popkultur der späten 80er Jahre präzise ein.

Mehr von Stefan Piasecki

Fake-News, Fälschungen und Fiktionen
Wie *stern TV* in der Born-Affäre gelinkt wurde

»Nach der Authentizität hat aber nie einer gefragt ...«.
Einblicke in ›Aufschneideräume‹ des wiedervereinigten deutschen Fernsehens.

Köln, Dezember 1995:

Der junge Moderator Günther Jauch gerät in Erklärungsnot. ›stern TV‹ hat Berichte ausgestrahlt, die sich nach Ermittlungen der Staatsanwaltschaft Koblenz als Fälschungen herausstellen. Inszenierte Beiträge, mit Statisten nachgestellte Aufreger, als Wahrheiten verkauft.

Der Täter: Michael Born. Lebemann, TV-Journalist, Interviewer, Kriegsberichterstatter, seit langem im Geschäft. Er nutzt Vertrauen aus, profitiert von Sorglosigkeit, Zeitdruck und Schlamperei, findet Lücken in redaktionellen Kontrollsystemen und wird begünstigt vom ewigen Kampf der Sender um Skandale und Schlagzeilen.

Die Häme gegenüber dem erfolgreichen Privatsender RTL kennt zunächst kaum Grenzen. Als jedoch bekannt wird, dass Born auch das ZDF beliefert hatte, bricht der stetig schwelende Kampf zwischen den öffentlich-rechtlichen und privaten Anstalten um Glaubwürdigkeit und Authentizität offen aus.

Dies ist die Geschichte von Michael Born. Eines Selfmade-Journalisten, der zum Betrüger wurde. Sie ermöglicht authentische Einblicke in die Strukturen der Produktion und Auswahl von TV-Nachrichten. Im Zentrum steht der Zeitzeugenbericht von Thomas Pritzl, damals als freier Presseredakteur in der Redaktion von ›stern TV‹ beschäftigt. Minutiös zeichnet er die Fälschungen von Born nach.

Auch nach dessen Haftentlassung blieb er Borns Gesprächspartner.

IMAGINE THAT!
Die Geschichte des afroamerikanischen Gaming-Pioniers Ed Smith

Mit dem Siegeszug der Videospiele in den späteren 1970er Jahren wurden Namen geboren, die noch heute jeder kennt: Atari und Nolan Bushnell, Apple und Steve Jobs, Pac-Man und Tōru Iwatani. Andere blieben stumm, unentdeckt, vergessen, verschwiegen. Bis heute.

Dies ist die inspirierende Geschichte von Ed Smith, einem Afroamerikaner, aufgewachsen in den Slums von Brownsville in Brooklyn, der als einer der ersten am Design von Videospielen und Personalcomputern arbeitete.

»Imagine That!« berichtet von seinem steinigen Weg aus einer Nachbarschaft, geprägt von Gewalt, Drogen und Armut, der ihn bis nach Downtown Manhattan führte, wo er als Mitglied des Entwicklungsteams von APF Electronics am Entwurf des ›MP1000‹ Videospielsystems und des ›The Imagination Machine‹-Personalcomputers wirkte. In seinen eigenen Worten schildert er das Leben in einer Gesellschaft, zerrissen von Rassismus und Perspektivlosigkeit, in der die guten Arbeitsplätze nur mit der richtigen Hautfarbe zu haben waren und man auch von der Polizei keine Fairness erwarten durfte.

Herausgegeben und mit einer soziologischen Einführung in die zeitgenössische US-amerikanische Stadtgesellschaft jenseits der Hollywood-Propaganda versehen von Prof. Dr. habil. Stefan Piasecki. Mit 53 Abbildungen, Zeitleiste und Literaturverzeichnis.

»Ein wertvolles Buch zum Thema Videogames zur richtigen Zeit. Mit packender Authentizität wird der Kampf afroamerikanischer Einwohner der USA um Anerkennung und wirkliche Gleichberechtigung in den 60iger und 70iger Jahren deutlich, der die Games Branche nicht unberührt ließ. Es bietet einen tiefen Einblick in eine turbulente Phase der Technologie- und Wirtschaftsgeschichte und vermittelt aktiven Gamern wie auch Forschenden und Lernenden einen anschaulichen Blick auf die Anfänge der Videogames. Mitreißend, lehrreich und einfühlsam werden Menschen und ihre Lebensläufe geschildert. Unwillkürlich fragt man sich, ob man selbst es aus einer solchen Lage herausgeschafft hätte. Und man stellt desillusioniert fest, dass manche Probleme bis heute nicht gelöst sind.«

Thomas Dlugaiczyk, Diplom-Sozialpädagoge (FH); Gründer der Unterhaltungssoftware Selbstkontrolle (USK) und der Games Academy. Mitbegründer des game Bundesverband e.V.